Das Buch

Wochenlange Strapazen hat Lily während der Reise nach England auf sich genommen, Demütigungen erduldet und sich von den feinen Bediensteten des Lord Neville wie eine gemeine Bettlerin behandeln lassen. Aber sie kommt gerade noch rechtzeitig, um das Schlimmste zu verhindern. Denn die Gäste sind schon in der Kirche versammelt; der Bräutigam – ihr Lord Neville! – steht erwartungsvoll vor dem Altar, als nicht die edle Braut Lauren eintritt, sondern Lily – verwahrlost, doch in Nevilles Augen liebreizender denn je. Der Lord hat nur noch einen Gedanken: Er wird seine Lily nicht noch einmal gehen lassen . . .
Aber kann seine augenblickliche Leidenschaft dem gesellschaftlichen Druck wirklich standhalten?

Die Autorin

Mary Balogh wurde in Wales geboren. Sie ging in jungen Jahren als Englischlehrerin nach Kanada, wo sie ihren Mann Robert kennenlernte und wo sie noch heute lebt. Mit ihren Liebesromanen begeistert Mary Balogh Leserinnen auf der ganzen Welt.

Von Mary Balogh sind in unserem Hause bereits erschienen:

Diesen Sommer bin ich dein
Dir darf ich nicht gehören
Von dir kann ich nicht lassen

Mary Balogh

Nacht der Verzückung

Roman

Aus dem Englischen
von Thomas Mück

Ullstein

Besuchen Sie uns im Internet:
www.ullstein-taschenbuch.de

Umwelthinweis:
Dieses Buch wurde auf chlor- und säurefreiem Papier gedruckt.

Neuausgabe im Ullstein Taschenbuch
1. Auflage August 2006

Titel der amerikanischen Originalausgabe:
One Night for Love (Dell Publishing, New York)
Umschlaggestaltung: Büro Hamburg
Titelabbildung: © Fine Art Photographic Library/CORBIS
Satz: Pinkuin Satz und Datentechnik, Berlin
Gesetzt aus der Sabon
Druck und Bindearbeiten: Ebner & Spiegel, Ulm
Printed in Germany
ISBN-13: 978-3-548-26444-8
ISBN-10: 3-548-26444-1

Teil eins

Die Rückkehr

Kapitel 1

Ungeachtet der frühen Stunde und des nasskalten Wetters war der Hof des White Horse Inn an der Londoner Fetter Lane voller Menschen und lärmerfüllt. Für die tägliche Fahrt der Kutsche in Richtung Westen wurden die letzten Vorkehrungen getroffen. Erst wenige Reisende waren eingestiegen; die meisten liefen besorgt umher und wachten darüber, dass ihr Gepäck ordentlich verstaut wurde. Straßenhändler versuchten ihre Waren bei den Reisenden an den Mann zu bringen, denen ein langer und anstrengender Tag bevorstand. Pferdeknechte gingen geschäftig ihren Aufgaben nach. Kinder in zerlumpten Kleidern jagten über den Hof und hatten ihren Spaß an dem allgemeinen Trubel, wenn sie nicht gerade auf die Straße zurückgescheucht wurden.

Der Postillion blies in sein Horn; das ohrenbetäubende Signal zeigte an, dass die Kutsche in wenigen Minuten abfahren würde und dass jeder mit einem gültigen Fahrschein gut daran tat, nun einzusteigen.

Captain Gordon Harris, eine stattliche Erscheinung in seiner grünen Uniform des 95. Schützen-Regimentes, und seine junge, in warme und zugleich modische Kleider gehüllte Frau, sahen in solch uneleganter Umgebung ein wenig deplatziert aus. Sie gehörten selbst nicht zu den Reisenden, sondern hatten nur eine Frau zum White Horse begleitet, wo sie die Kutsche nehmen würde.

Ihr Erscheinungsbild unterschied sich deutlich von dem der Harris'. Obwohl sie sauber und gepflegt war, machte sie doch einen unbestreitbar ärmlichen Eindruck. Sie trug ein schlichtes, hochtailliertes Baumwollkleid und einen Schal gegen die Kälte. Beide Kleidungsstücke sahen abgetragen und verwaschen aus. Ihr Hut, der vielleicht einmal adrett gewesen sein mochte, wenn auch nie besonders modisch, hatte ganz offensichtlich einen Regenguss zu viel hinter sich. Die breite Krempe hing schlaff und unförmig herab. Die Frau musste noch jung an Jahren sein – tatsächlich war sie so klein und zierlich, dass man sie auf den ersten Blick fälschlicherweise für ein Mädchen halten konnte. Aber sie hatte etwas an sich, was einige der Männer, die auf dem Hof ihren verschiedenen Aufgaben nachgingen, ein zweites Mal den Kopf heben und genauer hinsehen ließ. Sie besaß Schönheit und Grazie, und eine undefinierbare Aura von Weiblichkeit umgab sie, die bewies, dass sie in der Tat kein Mädchen mehr war.

»Ich muss jetzt einsteigen«, sagte sie lächelnd zum Captain und seiner Frau. »Ihr braucht nicht zu warten. Es ist zu kalt, um hier herumzustehen.« Sie reichte Mrs. Harris ihre zierlichen Hände, während sie die beiden abwechselnd ansah. »Wie kann ich euch nur jemals für all das danken, was ihr für mich getan habt?«

Mrs. Harris traten Tränen in die Augen und sie schloss die junge Frau herzlich in die Arme. »Wir haben nichts Besonderes getan«, sagte sie. »Und jetzt überlassen wir dich hier der billigsten aller Kutschen, wo du doch viel angenehmer mit einer Reisekutsche hättest fahren können oder schlimmstenfalls mit der Postkutsche.«

»Ich habe mir schon genug von euch geborgt«, sagte die

junge Frau, »auch ohne mich überflüssigen Extravaganzen hinzugeben.«

»*Geborgt.*« Mrs. Harris zog ein spitzenbesetztes Taschentuch aus ihrer Handtasche und tupfte sich damit die Augen.

»Es ist noch immer nicht zu spät, deine Pläne zu ändern, das weißt du.« Captain Harris ergriff die Hand der jungen Frau. »Komm wieder zurück ins Hotel und frühstücke mit uns und ich werde noch vor dem Frühstück diesen Brief schreiben und abschicken. Ich bin sicher, innerhalb einer Woche haben wir eine Antwort.«

»Nein, Sir«, entgegnete sie ihm entschlossen, jedoch mit einem Lächeln. »Ich kann nicht warten. Ich muss fort.«

Er unternahm keinen weiteren Versuch, sie umzustimmen, sondern seufzte, tätschelte ihre Hand und umarmte sie dann ebenso bewegt, wie es seine Frau getan hatte. Sie musste sich beeilen, wollte sie nicht ihren Platz in der Kutsche verlieren, auf dem er so unerbittlich bestanden hatte. Er hatte sogar dem Kutscher ein Trinkgeld gegeben, um ihr für die lange Reise nach Upper Newbury in Dorsetshire einen Fensterplatz zu reservieren. Doch eine stattliche Frau, die aussah, als würde sie es mit jedem Kutscher oder Captain oder auch mit beiden gleichzeitig aufnehmen, wenn sie es wagen sollten, ihr in die Quere zu kommen, machte es sich bereits auf dem einzigen noch freien Fensterplatz bequem.

Die junge Frau musste sich auf einen Platz in der Mitte quetschen. Doch sie schien die Wut des Captains nicht zu teilen. Sie lächelte und hob zum Abschied die Hand. In diesem Moment ertönte erneut das Horn des Postillions als Warnung an alle Umstehenden, dass die Kutsche nun ihre Reise antreten würde.

Mrs. Harris' behandschuhte Hand war immer noch zu

einem Abschiedsgruß erhoben, als die Kutsche bereits vom Hof gerumpelt, auf die Straße eingebogen und den Blicken entschwunden war.

»Ich habe in meinem ganzen Leben noch niemals einen so sturen Menschen kennen gelernt«, sagte sie und bediente sich wieder ihres Taschentuchs. »Und einen so liebenswerten noch dazu. Was wird nur aus ihr werden, Gordon?«

Der Captain seufzte erneut. »Ich fürchte, sie tut das Falsche«, sagte er. »Fast anderthalb Jahre sind vergangen, und schon damals war es Wahnsinn. Jetzt wird es zweifellos völlig unmöglich sein. Aber sie will es nicht begreifen.«

»Ihr plötzliches Erscheinen wird für eine fürchterliche Erschütterung sorgen«, sagte Mrs. Harris. »Oh, was für ein törichtes Mädchen, dass sie nicht einmal die paar Tage warten konnte, bis du den Brief geschrieben hättest. Wie wird sie nur zurechtkommen, Gordon? Sie ist so zart und so zerbrechlich und so ... so unschuldig. Ich mache mir Sorgen um sie.«

»Seit ich Lily kenne«, antwortete Captain Harris, »hat sie sich äußerlich kaum verändert, außer dass sie zugegebenermaßen dünner geworden ist. Doch der Anschein von Zerbrechlichkeit und Unschuld ist trügerisch. Wir wissen, dass sie Dinge durchgestanden hat, die selbst die mutigsten und tapfersten meiner Männer auf eine harte Probe gestellt hätten. Sie muss Schlimmeres erlebt haben, als wir uns überhaupt nur vorstellen können.«

»Ich möchte es lieber erst gar nicht versuchen«, sagte seine Frau mit Nachdruck.

»Sie hat überlebt, Maisie«, erinnerte er sie, »und sie hat sich ihren Stolz und ihren Mut bewahrt. Und auch ihren Liebreiz – es sieht nicht so aus, als sei sie verbittert. Trotz allem ist sie immer noch von einer Aura der Unschuld umgeben.«

»Was wird er tun, wenn sie dort plötzlich auftaucht?«, fragte Maisie, als sie sich zum Frühstück auf den Rückweg zum Hotel machten. »Oh, Liebling, man hätte ihn wirklich warnen sollen.«

***

Newbury Abbey, Landsitz und Hauptbesitztum des Earl of Kilbourne in Dorsetshire, war ein imposantes Herrenhaus inmitten eines großen, sorgsam gepflegten Parks, zu dem auch ein einsames, mit üppigem Farnkraut bewachsenes Tal und ein goldfarbener Privatstrand gehörten. Vor den Toren des Parks lag Upper Newbury – ein malerisches Dorf mit strohgedeckten, weiß getünchten Häusern, die sich um die hoch aufragende Turmspitze der Church of All Souls und einen Gasthof mit einem Schankraum im Erdgeschoss und einem Versammlungsraum und Gästezimmern im Obergeschoss ins Grüne schmiegten. Das Dorf Lower Newbury, ein Fischerdorf, das um die geschützt liegende Bucht mit ihren schaukelnden Fischerbooten entstanden war, war mit dem oberen Dorf durch eine steile Straße verbunden, die von Häusern und ein paar Geschäften gesäumt wurde.

Die Bewohner beider Dörfer und der sie umgebenden Landschaft waren, alles in allem, zufrieden mit der stillen Abgeschiedenheit ihres Lebens. Doch letzten Endes waren auch sie nur Menschen. Genau wie jeder andere auch freuten sie sich über jede Abwechslung. Newbury Abbey sorgte gelegentlich dafür.

Das letzte große Ereignis war vor über einem Jahr das Begräbnis des alten Grafen gewesen. Der neue Graf, sein Sohn, hatte sich zu jener Zeit mit den Armeen Lord Wellingtons in Portugal befunden und es war ihm nicht möglich gewesen, rechtzeitig zu dem traurigen Anlass zurückzukehren. Doch er hatte sein Offizierspatent veräußert und war zurück nach Hause gereist, um seinen Verpflichtungen nachzukommen.

Aber jetzt – Anfang Mai 1813 – erwartete die Menschen der Newburys ein weitaus fröhlicheres und prächtigeres Ereignis als eine Beerdigung. Neville Wyatt, der neue Graf von Kilbourne, ein junger Mann von siebenundzwanzig Jahren, war im Begriff, seine angeheiratete Cousine, die zusammen mit ihm und seiner Schwester Lady Gwendoline auf dem Landsitz aufgewachsen war, zu ehelichen. Sein Vater, der verstorbene Graf, und Baron Galton, Großvater der Braut mütterlicherseits, hatten diese Verbindung bereits vor vielen Jahren in die Wege geleitet.

Es war eine Verbindung ganz nach dem Geschmack des Volkes. Es konnte kein schöneres Paar geben als den Earl of Kilbourne und Miss Lauren Edgeworth, darin waren sich alle Dorfbewohner einig. Seine Lordschaft war – gegen den erklärten Willen seines Vaters, so wurde gemunkelt – als großer, schlanker, blonder und hübscher Junge in den Krieg gezogen. Als er sechs Jahre später zurückkehrte, hatte er sich so sehr zu seinem Vorteil entwickelt, dass er kaum wiederzuerkennen war. Er war breit, wo ein Mann breit sein sollte, schlank, wo ein Mann schlank sein sollte, gesund und kräftig und mit ausgeprägten Gesichtszügen. Selbst die Narbe einer alten Säbelverletzung, die sein Gesicht von der rechten Schläfe bis zum Kinn durchzog und Auge und Mundwinkel nur knapp verfehlt hatte, schien sein gutes Aussehen eher noch zu betonen, als ihn zu entstellen. Und was Miss Edgeworth betraf – sie war groß und schlank und schön wie gemalt, mit ihren dunklen, glänzenden Locken und Augen, die von den einen als rauchfarben beschrieben wurden und von den anderen als violett, wobei alle übereinstimmten, dass sie ungewöhnlich entzückend waren. Und sie hatte geduldig bis zu einem fast gefährlich fortgeschrittenen Alter auf ihren Grafen gewartet – sie war immerhin schon vierundzwanzig.

Es passte also alles sehr gut zusammen und war in höchstem Maße romantisch, da waren sich alle einig.

Seit zwei Tagen schon zog ein steter Strom vornehmer Kutschen durch das Dorf, von den schlichteren Gemütern begafft und von den vornehmeren verhalten durch Wohnzimmergardinen beäugt. Die halbe bessere Gesellschaft Englands erschien zu dem Ereignis, so erzählte man sich, und mehr Adlige, als manch einer überhaupt in England, Schottland und Wales zusammen vermutet hätte. Die Gerüchteküche brodelte – obwohl es doch mit Sicherheit mehr war als ein Gerücht, da es direkt von dem ersten Cousin eines Schwagers der Tante eines der Küchenmädchen aus Newbury kam: Es gäbe kein einziges Schlafgemach auf dem Landsitz, das nicht von Gästen belegt sei. Und es gab dort eine gewaltige Anzahl von Gemächern.

Auch einige ortsansässige Familien hatten Einladungen erhalten – zu der Hochzeit und dem anschließend auf dem Landsitz stattfindenden Frühstück und zu dem großen Ball, der am Vorabend der Hochzeit stattfand. In der Tat konnte sich niemand an größere Feierlichkeiten erinnern. Selbst das niedere Volk war nicht nur zum bloßen Beobachten verdammt. Während die Hochzeitsgäste ihr Frühstück einnähmen, würden die Dorfbewohner ebenfalls ein üppiges Mahl genießen können, das auf Geheiß und auf Kosten des Grafen im Gasthaus gereicht werden würde. Danach sollte auf dem Dorfanger ein Tanz um den Maibaum stattfinden.

Am Vorabend der Hochzeit herrschte im Dorf geschäftiges Treiben. Den ganzen Tag schon schwebten die Düfte köstlicher Speisen aus der Küche des Gasthauses und steigerten noch die Vorfreude auf das Fest am nächsten Tag. Einige Frauen deckten die Tische im Versammlungsraum, während ihre Männer den Maibaum mit bunten Bändern schmückten und die Kinder ausschimpften, weil sie daran zogen und allen im Weg standen. Miss Taylor, altjüngferliche Tochter eines früheren Vikars, und ihre jüngere Schwester Miss Amelia halfen der Frau des Vikars, die Kirche mit weißen Schleifen und Frühlingsblumen zu dekorieren, während der Vikar neue Kerzen in die Ständer steckte und von dem Ruhm träumte, den ihm dieser Tag bringen würde.

Der nächste Morgen würde die Zusammenkunft aller illustren Gäste und ihrer Karossen im oberen Dorf erleben. Und den Auftritt des Grafen, den man in seinem Hochzeitsstaat bewundern konnte, und die Braut in dem ihrigen. Und – höchste aller Wonnen – es würde ein frisch vermähltes Paar geben, dem man zujubeln konnte, wenn es aus dem Kirchenportal heraustrat, während die Kirchenglocken laut die frohe Botschaft verkündeten, dass es eine neue, junge Gräfin auf Newbury Abbey gab. Und dann würde das ausgelassene Feiern beginnen.

Jeder schaute mit wachem Blick zum westlichen Horizont, wo sich die meisten aller Unwetter zusammenbrauten. Aber es gab nichts Unheilverkündendes zu sehen. Es war ein klarer, sonniger, angenehm warmer Tag. Im Westen waren keine Anzeichen von Wolken zu entdecken. Es sah so aus, als ob auch der morgige Tag schön werden würde – und das war nur recht und billig. Nichts durfte diesen Tag verderben.

Niemand kam auf den Gedanken, nach Osten zu blicken.

***

Die Kutsche aus London ließ Lily vor dem Gasthaus in Upper Newbury aussteigen. Welch ein schönes Fleckchen Erde, dachte sie, atmete die kühle, leicht salzige Abendluft ein und fühlte sich, trotz ihrer Müdigkeit und ihrer steifen Glieder, regelrecht erholt. Es sah für sie alles sehr englisch aus – sehr hübsch und sehr friedlich und ziemlich fremd.

Doch die Abenddämmerung setzte bereits ein und sie hatte womöglich noch einen Fußmarsch vor sich. Sie hatte weder die Zeit noch die Energie, sich genauer umzusehen. Außerdem hatte ihr Herz begonnen, wild in ihrer Brust zu schlagen und eine gewisse Atemlosigkeit hervorzurufen. Sie hatte erkannt, dass sie jetzt ihrem Ziel sehr nah war – endlich. Doch je näher sie ihm kam, desto unsicherer wurde sie, ob sie auch willkommen war und ob es wirklich klug gewesen war, diese Reise überhaupt unternommen zu haben – nur hatte es wohl keine andere Möglichkeit gegeben.

Lily drehte sich um und ging in das Gasthaus.

»Wie weit ist es bis Newbury Abbey?«, fragte sie den Wirt und ignorierte die beinah vollkommene Stille, die sich bei ihrem Eintreten über den Schankraum gelegt hatte. Der Raum war zum Bersten mit Männern gefüllt, die allesamt in einer festlichen Stimmung zu sein schienen, aber Lily waren solche Situationen nicht fremd. Große Ansammlungen von Männern brachten sie weder in Verlegenheit, noch machten sie ihr Angst.

»Zwei Meilen, wenn dir das was sagt«, erklärte der Wirt, lehnte sich mit massigen Ellbogen auf den Tresen und betrachtete sie von Kopf bis Fuß mit unverhohlener Neugier.

»In welche Richtung?«, fragte sie.

»An der Kirche vorbei und durch die Tore«, sagte er und zeigte in die Richtung, »und dann der Auffahrt nach.«

»Vielen Dank«, sagte Lily höflich und wandte sich ab.

»Wenn ich du wäre, schöne Maid«, rief ihr nicht unfreundlich ein Mann zu, der an einem der Tische saß, »würde ich beim Pfarrhaus anklopfen. Direkt neben der Kirche auf dieser Seite. Sie werden dir ein Stück Brot und einen Krug Wasser geben.«

»Wenn du Lust hast, dich hierher zwischen mich und Mitch zu setzen«, rief jemand anderes in derber Heiterkeit, »werde ich dafür sorgen, dass du dein Stück Brot und zusätzlich einen Krug Cidre bekommst, meine Süße.«

Schallendes Gelächter, begleitet von einigen Pfiffen und lautem Klopfen auf den Holztischen, entlud sich nach seinen Worten.

Lily lächelte, ohne gekränkt zu sein. Sie wusste mit rauen Männern und rauen Sitten umzugehen. Selten steckte etwas Böses oder auch nur übermäßige Respektlosigkeit dahinter.

»Vielen Dank«, sagte sie, »aber nicht heute Abend.«

Sie ging hinaus. Zwei Meilen. Und es war fast schon dunkel. Doch sie konnte nicht bis zum Morgen warten. Wo sollte sie bleiben? Sie hatte genügend Geld, um sich ein Glas Limonade und vielleicht ein kleines Brot zu kaufen, aber nicht genug, um eine Unterkunft für die Nacht zu bezahlen. Außerdem war sie ihrem Ziel so nahe.

Nur zwei Meilen.

***

Der Ballsaal von Newbury Abbey, der schon großartig aussah, wenn er leer war, war reich geschmückt mit gelben, orangefarbenen und weißen Blumen aus den Gärten und Gewächshäusern und mit weißen Satinbändern und Schleifen. Er erstrahlte im Licht Hunderter Kerzen, die in den Kristallleuchtern unter der Decke steckten, und ihren unzähligen Reflexionen in den langen Spiegeln, die die beiden gegenüberliegenden Wände verkleideten. Innen drängte sich die Elite der feinen Gesellschaft und die Mitglieder des örtlichen Landadels, allesamt in edelster Garderobe, herausgeputzt für den Hochzeitsball. Überall schimmerten Satin und Seide, leuchteten Spitzen und weißes Leinen. Kostbare Geschmeide funkelten. Die teuersten Parfums wetteiferten mit den Düften von tausend Blumen. Alle sprachen mit lauter Stimme, um die anderen und die Klänge der Musik zu übertönen, die von einem ganzen Orchester gespielt wurde.

Hinter dem Ballsaal schlenderten Gäste in dem geräumigen Vorraum umher und stiegen die beiden geschwungenen Treppen hinauf oder hinab, die zu dem darunter liegenden kuppelförmigen, mit Pfeilern gestützten Hauptsaal führten. Einige spazierten im Freien umher – auf dem Balkon hinter dem Ballsaal oder über die Terrasse vor dem Haus, um den steinernen Brunnen unterhalb der Terrasse herum, die gepflasterten Wege des Stein- und Blumengartens entlang zur Ostseite des Hauses. Bunte Laternen waren um den Brunnen herum aufgestellt worden und hingen von den Bäumen herab, obwohl das Mondlicht auch ohne sie für genügend Beleuchtung gesorgt hätte.

Es war ein wunderbarer Maiabend. Man konnte nur hoffen, wie einige der Gäste laut gegenüber Lauren und Neville äußerten, als sie die Empfangsreihe entlangschritten, dass der morgige Tag auch nur halb so schön werden würde.

»Der morgige Tag wird doppelt so schön werden«, antwortete Neville jedes Mal, wobei er seine Verlobte innig anlächelte, »selbst wenn der Wind heult und es wie aus Eimern schüttet und der Donner grollt.«

Laurens Lächeln konnte man fraglos als strahlend bezeichnen. Als er sie schließlich zu den ersten Bauerntänzen führte, erschien es Neville völlig unbegreiflich, dass er jemals gezögert hatte, sie zu seiner Braut zu machen, dass er sie sechs Jahre hatte warten lassen, während er sein jugendliches Ungestüm als Offizier des 95. Schützen-Regiments austobte. Er hatte ihr, natürlich, den Rat gegeben, nicht auf ihn zu warten – er hatte sie viel zu gern gehabt, um sie sich warmzuhalten, als er sich seiner Absichten ihr gegenüber noch nicht sicher gewesen war. Aber sie *hatte* gewartet. Heute war er darüber sehr glücklich und tief gerührt von ihrer Geduld und Treue. Er spürte, dass ihre bevorstehende Heirat das Richtige war. Und seine Zuneigung zu ihr war nicht schwächer geworden. Sie war gewachsen, genau wie seine Bewunderung für ihren Charakter und ihre Schönheit.

»Dies ist der Anfang«, flüsterte er ihr zu, als das Orchester zu spielen begann. »Unsere Hochzeit, Lauren. Bist du glücklich?«

»Ja.«

Doch ihre Antwort war überflüssig. Sie strahlte vor Glück. Sie war der Inbegriff einer Braut. Und sie war *seine* Braut. Es stimmte alles.

Neville tanzte zuerst mit Lauren, dann mit seiner Schwester. Dann tanzte er mit einigen jungen Damen, die aussahen, als würden sie sich auf ein Dasein als Mauerblümchen vorbereiten, während Lauren nacheinander mit verschiedenen Partnern tanzte.

Nachdem er mit einer seiner Partnerinnen einen Spaziergang auf dem Balkon gemacht hatte, betrat Neville den Ballsaal durch die Glastüren und gesellte sich zu einer Gruppe junger Gentlemen, die anscheinend, wie es auf Bällen stets der Fall war, die gegenseitige Gesellschaft brauchten, um den Mut aufzubringen, eine junge Dame zum Tanz aufzufordern. Er ließ eine Bemerkung darüber fallen, dass anscheinend keiner von ihnen zum Tanzen aufgelegt sei.

»Na, dafür hast du ja wohl so gut wie keinen Tanz ausgelassen, Nev«, sagte sein Cousin Ralph Milne, Viscount Sterne, »obwohl du nur einmal mit deiner Verlobten getanzt hast. Pech für dich, alter Junge, aber ich vermute, dass du häufiger nicht mit ihr tanzen darfst, oder?«

»Leider nicht«, pflichtete Neville ihm bei und blickte zur anderen Seite des Ballsaales hinüber, wo Lauren bei seiner Mutter stand, zusammen mit seiner Tante väterlicherseits, Lady Elizabeth Wyatt, und seinem Onkel und seiner Tante mütterlicherseits, dem Duke und der Duchess of Anburey.

Sir Paul Longford, ein Nachbar und Freund aus Kindertagen, konnte einer solch ausgezeichneten Gelegenheit für eine Zote nicht widerstehen. »Nun ja, Sterne«, sagte er so affektiert, wie er nur konnte, »das gilt nur für heute Abend, alter Junge. Nev wird morgen die ganze Nacht mit seiner Braut tanzen, wenn auch nicht unbedingt auf dem Parkett. Das habe ich aus erster Quelle.«

Die Männer ergingen sich in neuem männlichem Gelächter, wodurch sie beträchtliche Aufmerksamkeit auf sich zogen.

»Das war nicht schlecht, Nev, das musst du zugeben«, sagte sein Cousin und Brautführer, der Marquis von Attingsborough.

Neville grinste, nachdem er den Mund gespitzt und mit dem Band seines Monokels gespielt hatte. »Lass diese Worte irgendeinem weiblichen Wesen zu Ohren kommen, Paul«, sagte er, »und ich könnte mich verpflichtet sehen, dich zu fordern. Amüsiert euch, Gentlemen, aber vernachlässigt mir nicht die Damen, wenn ich bitten darf.«

Er schlenderte auf seine Verlobte zu. Sie trug ein hochtailliertes Kleid aus hellem Tüll über narzissgelbem Seidentaft und sah so frisch und lieblich aus wie der Frühling. Es war wirklich zu schade, dass er für den Rest des Abends nicht mehr mit ihr tanzen durfte. Andererseits jedoch würde es nicht mit rechten Dingen zugehen, wenn es ihm nicht gelänge, die Situation mehr nach seinem Geschmack zu gestalten.

Doch das war momentan noch nicht möglich. Es ließ sich nicht umgehen, eine höfliche Unterhaltung mit Mr. Calvin Dorsey zu führen, einem freundlichen Bekannten mittleren Alters von Laurens Großvater, der gekommen war, um Lauren für den Tanz nach dem Abendessen aufzufordern, und ein paar Minuten blieb, um Konversation zu treiben. Unmittelbar nach ihm gesellte sich der Herzog von Portfrey zu der Runde, um Elizabeth zum nächsten Tanz aufzufordern. Er war ihr langjähriger Freund und Verehrer. Doch schließlich sah Neville seine Chance.

»Draußen ist es schon eher Sommer als Frühling«, ließ er beiläufig fallen. »Der Steingarten muss im Laternenlicht ganz bezaubernd aussehen.« Er lächelte Lauren mit wohl dosierter Sehnsucht an.

»Mmh«, sagte sie. »Und der Brunnen auch.«

»Ich vermute«, sagte er, »du hast den nächsten Tanz mit Lauren für dich reserviert, Onkel Webster?«

»Das habe ich in der Tat«, antwortete der Herzog von Anburey, aber über Laurens Kopf hinweg zwinkerte er seinem Neffen zu. Er hatte den Wink schon verstanden. »Aber dieses ganze Gerede von Laternen und Sommerabenden hat in mir das Verlangen geweckt, mir mit Sadie im Arm die Gärten anzusehen.« Er blickte seine Frau an und wackelte mit den Augenbrauen. »Wenn sich nun jemand überreden lassen könnte, sich der kleinen Lauren anzunehmen …«

»Bevor ich mich schlagen lasse«, sagte Neville, während seine Mutter sich lächelnd über die kleine Verschwörung amüsierte, »könnte ich überredet werden, mich der Aufgabe anzunehmen.«

Und so befand er sich eine Minute später mit seiner Verlobten im Arm auf dem Weg in die Gärten. Zwar wurden sie gut ein halbes Dutzend Mal von Gästen aufgehalten, die ihnen Komplimente für das Fest machten und ihnen für den kommenden Tag und die zukünftigen Jahre die besten Wünsche mitgaben, doch endlich waren sie draußen und schritten die breiten Marmorstufen hinab, um sich an den Regenbogen zu ergötzen, die vom Laternenlicht und den Wasserfontänen des Brunnens hervorgezaubert wurden. Sie schlenderten weiter zum Steingarten.

»Du bist ein ziemlich schamloser Ränkeschmied, Neville«, sagte Lauren zu ihm.

»Bist du glücklich darüber?« Er neigte den Kopf zu ihr.

Sie dachte einen Augenblick nach, legte den Kopf auf die Seite und auf ihrer linken Wange zeichnete sich ein verräterisches Grübchen ab. »Ja«, sagte sie entschieden. »Sehr.«

»Wir werden uns stets an diese Nacht erinnern«, sagte er, »als an eine der glücklichsten unseres Lebens.« Tief atmete er die frische Luft mit ihrem leicht salzigen Beigeschmack ein. Er kniff die Augen leicht zusammen, sodass die Lichter der bunten Laternen im Steingarten zu einem Kaleidoskop der Farben verschmolzen.

»Oh, Neville«, sagte sie und drückte seinen Arm fester. »Hat irgendjemand das Recht auf so viel Glück?«

»Ja«, sprach er mit leiser Stimme in ihr Ohr. »Du.«

»Schau dir nur den Garten an«, sagte sie. »Im Licht der Laternen sieht er aus wie ein Märchenland.«

Er freute sich auf den unerwarteten Genuss einer halben Stunde der Zweisamkeit.

Kapitel 2

Lily fand die Auffahrt hinter den massiven Toren zum Park – eine breite, gewundene Straße, die von gewaltigen Bäumen zu beiden Seiten, deren Zweige über ihrem Kopf zusammentrafen, so verdunkelt wurde, dass nur das gelegentliche Durchschimmern von Mondlicht sie davor bewahrte, vom Weg abzukommen und sich hoffnungslos zu verlaufen. Die Auffahrt schien eher vier Meilen lang zu sein als zwei. Grillen zirpten links und rechts am Wegesrand und ein Vogel, vielleicht eine Eule, heulte ganz in der Nähe. Einmal ertönte ein Knacken rechts von ihr im Wald – vermutlich irgendein Wild, das sie aufgescheucht hatte. Aber die Geräusche vertieften nur noch die durchdringende Stille und Dunkelheit. Die Nacht war mit fast unanständiger Eile hereingebrochen.

Schließlich kam sie um eine Biegung und war verblüfft von dem nahen Licht. Sie blickte auf ein hell erleuchtetes Herrenhaus und ein ebenfalls beleuchtetes Nebengebäude. Auch draußen gab es Licht – bunte Laternen, die wohl von den Zweigen der Bäume herabhingen.

Lily hielt inne und schaute voller Erstaunen und Ehrfurcht. Ein Gebäude von diesen Ausmaßen hatte sie nicht erwartet. Das Haus schien aus grauem Granit gebaut zu sein, doch es lag nichts Schwerfälliges in der Konstruktion.

Sie bestaunte die Säulen, die spitzen Giebel und hohen Fenster und die perfekte Symmetrie. Sie besaß nicht das Wissen über Architektur, um den palladianischen Baustil zu erkennen, der mit bemerkenswert angenehmem Effekt der ursprünglichen mittelalterlichen Abtei hinzugefügt worden war, aber sie spürte die Erhabenheit des Gebäudes und war überwältigt. Hätte sie überhaupt darüber nachgedacht, so hätte sie sich einen größeren Bauernhof mit einem großzügig angelegten Garten vorgestellt. Aber allein der Name hätte sie eines Besseren belehren müssen, wenn sie sich jemals darüber Gedanken gemacht hätte. *Das* war also Newbury Abbey? Offen gesagt erschreckte es sie. Und was ging drinnen vor? Bestimmt präsentierte das Anwesen sich nicht jeden Abend auf diese Weise.

Sie wäre am liebsten umgekehrt, aber wohin hätte sie gehen sollen? Es gab nur den Weg nach vorn. Zumindest versicherten ihr die Lichter – und die Musik, die an ihre Ohren drang, als sie näher kam –, dass er zu Hause sein musste.

Irgendwie empfand sie diesen Gedanken nicht als sonderlich tröstlich.

Die großen doppelflügligen Eingangstüren von Newbury Abbey standen weit offen. Licht fiel auf die Marmorstufen, die zum Eingang hinaufführten, und dahinter hallten die Geräusche von Stimmen und Lachen und Musik wider. Auch draußen waren Stimmen zu vernehmen, doch Lily sah nur ferne Schatten in der Dunkelheit und niemand bemerkte ihr Näherkommen.

Sie ging die Marmorstufen hinauf – sie zählte acht – und trat ein in eine Halle, die so hell erleuchtet und so groß war, dass sie sich plötzlich zwergenhaft vorkam und es ihr schwer fiel, zu atmen und einen klaren Gedanken zu fassen. Überall waren Menschen, die sich durch die Halle bewegten und die großen Treppen hinauf- und hinabstiegen.

Alle waren in edle Stoffe gekleidet und funkelten vor Juwelen und Edelsteinen. Lily hatte törichterweise erwartet, vor eine verschlossene Tür zu treten, anzuklopfen und ihm gegenüberzustehen.

Sie wünschte sich plötzlich, sie hätte Captain Harris erlaubt, seinen Brief zu schreiben, und eine Antwort abgewartet. Was sie stattdessen getan hatte, schien ihr nicht länger eine weise Entscheidung gewesen zu sein.

Einige livrierte Diener mit weißen Perücken standen herum und versahen ihren Dienst. Sie sah mit einiger Erleichterung, wie einer von ihnen auf sie zueilte. Sie hatte sich bis dahin unsichtbar und auffällig zugleich gefühlt.

»Sofort raus hier!«, befahl er mit gepresster Stimme und versuchte, sie zurück zur Tür zu drängen, ohne sie zu berühren. Zweifellos hatte er die Absicht, jedes Aufsehen zu vermeiden. »Wenn du hier zu tun hast, zeige ich dir den Dienstboteneingang. Allerdings bezweifle ich das, besonders zu dieser späten Stunde.«

»Ich möchte mit dem Grafen von Kilbourne sprechen«, sagte Lily. Sie hatte nie mit diesem Namen an ihn gedacht. Es kam ihr vor, als würde sie nach einem Fremden fragen.

»Ach, tatsächlich?« Der Diener sah sie mit niederschmetternder Verachtung an. »Wenn du hergekommen bist, um zu betteln, scher dich fort, bevor ich einen Konstabler rufe.«

»Ich möchte mit dem Grafen von Kilbourne sprechen«, wiederholte sie und wich nicht von der Stelle.

Der Diener legte seine weiß behandschuhten Hände auf ihre Schultern, um sie nun doch gewaltsam zurückzudrängen. Doch neben ihm war ein anderer Mann aufgetaucht, ganz in Schwarz und Weiß gekleidet, ohne jedoch ähnlich prunkvoll zu erscheinen wie die anderen Gentlemen, die sich in der Halle und auf den Treppen befanden. Er musste ebenfalls ein Bediensteter sein, mutmaßte Lily, wenn auch höher gestellt als der erste.

»Was gibt es, Jones?«, fragte er kühl. »Weigert sie sich, ohne Aufsehen zu gehen?«

»Ich möchte den Grafen von Kilbourne sprechen«, ließ Lily ihn wissen.

»Du kannst entweder aus freien Stücken *sofort* gehen«, sagte der Mann in Schwarz mit sanftem Nachdruck, »oder innerhalb von fünf Minuten wegen Landstreicherei verhaftet und ins Gefängnis geworfen werden. Du hast die Wahl, Mädchen. Für mich macht das keinen Unterschied. Wie lautet dein Entschluss?«

Lily öffnete den Mund und rang nach Atem. Sie war zum falschen Zeitpunkt gekommen, natürlich. Es fand irgendein großes gesellschaftliches Ereignis statt. Er würde ihr gewiss nicht dankbar sein, wenn sie jetzt auftauchte. Möglicherweise würde er ihr überhaupt nicht dankbar sein, dass sie gekommen war. Nun, da sie das alles gesehen hatte, begann sie die Unmöglichkeit ihres Unterfangens zu begreifen. Aber was sonst konnte sie tun? Wohin konnte sie gehen? Sie schloss den Mund.

»Nun?«, fragte der Oberdiener.

»Ärger, Forbes?«, fragte eine weitere, weitaus kultiviertere Stimme und Lily wandte den Kopf und erblickte einen älteren Herrn mit silbernem Haar und an seinem Arm eine Dame in purpurnem Satin mit passendem federbesetztem Turban. Die Dame trug an jedem Finger einen Ring über dem Handschuh.

»Keineswegs, Euer Gnaden«, antwortete der Diener, der Forbes genannt wurde, mit einer ehrerbietigen Verbeugung. »Sie ist bloß eine Bettlerin, die die Frechheit besaß, hier hereinzumarschieren. Sie ist sofort verschwunden.«

»Na, gebt ihr ein 6-Pence-Stück«, sagte der Gentleman

und blickte mit einer gewissen Güte auf Lily. »Damit kannst du dir für ein paar Tage Brot kaufen, Mädchen.«

Mit sinkendem Mut entschied Lily, dass dies der falsche Moment war, auf ihrer Forderung zu beharren. Sie war dem Ende ihrer Reise so nahe und dennoch weiter entfernt als je zuvor. Der Diener in Schwarz fingerte in seiner Hosentasche herum, wahrscheinlich suchte er nach einem 6-Pence-Stück.

»Vielen Dank«, sagte sie mit stiller Würde, »aber ich bin nicht um ein Almosen gekommen.«

Sie drehte sich um, gerade als der Diener und der Gentleman mit der kultivierten Stimme gleichzeitig zu sprechen begannen, und eilte aus der Halle, die Stufen hinab, die Terrasse entlang und über eine abschüssige Wiese. Sie fühlte sich nicht in der Lage, jene dunkle Auffahrt noch einmal zu bewältigen.

Das Mondlicht führte sie weiter zu einem schmalen Pfad, der in einem scharfen Winkel an einigen Bäumen vorbei, die das Licht jedoch nicht vollständig schluckten, hinunterführte. Sie würde so weit nach unten gehen, entschloss sich Lily, bis sie außer Sichtweite des Hauses war.

Der Pfad wurde noch abschüssiger und der Baumbestand immer spärlicher, bis der Weg nur noch von dichtem und üppigem Farnkraut gesäumt wurde. Sie konnte jetzt Wasser hören – schwach die elementare Brandung des Meeres und, etwas näher, das Rauschen herabstürzenden Wassers. Es musste ein Wasserfall sein, vermutete sie, und dann konnte sie ihn in einiger Entfernung zu ihrer Rechten im Mondlicht glitzern sehen – ein von der Klippe über dem Tal fast senkrecht herabfallendes Band aus Wasser und unten den Bach, der zum Meer floss. Und am Fuße des Wasserfalls etwas, das wie eine kleine Hütte aussah.

Lily ging nicht dorthin. Drinnen brannte kein Licht,

doch auch dann hätte sie sich nicht genähert. Zu ihrer Linken konnte sie einen breiten, sandigen Strand ausmachen und das Mondlicht in einem glitzernden Band über dem Meer.

Sie würde die Nacht direkt oberhalb der Bucht verbringen, entschied sie. Und morgen würde sie nach Newbury Abbey zurückkehren.

***

Als Lily früh am nächsten Morgen erwachte, wusch sie Gesicht und Hände im kalten Wasser des Baches und brachte sich so gut es ging in Ordnung, bevor sie den Pfad über den farnbewachsenen Abhang und durch die Bäume bis zum Rand des gepflegten Rasens wieder hinaufstieg.

Sie blieb stehen und blickte auf ein Gebäude, bei dem es sich um die Stallungen handeln musste, und das Haus dahinter. Beide sahen im Morgenlicht noch massiger und furchteinflößender aus, als sie ihr letzte Nacht erschienen waren. Und wieder herrschte reges Treiben. Zahlreiche Kutschen standen in der Auffahrt in der Nähe der Stallungen und Stallburschen und Kutscher hatten alle Hände voll zu tun. Die Festgäste des vergangenen Abends mussten über Nacht geblieben sein und bereiteten sich nun auf die Abreise vor, vermutete Lily. Offensichtlich war noch immer nicht der rechte Zeitpunkt, um ihre Aufwartung zu machen. Sie musste noch warten.

Nachdem sie an den Strand zurückgekehrt war, verspürte sie Hunger und entschloss sich, die Zeit mit einem Spaziergang ins Dorf zu überbrücken, wo sie sich vielleicht ein kleines Brot kaufen konnte. Dort angekommen, musste sie jedoch feststellen, dass es keineswegs das ruhige, einsame Dorf war, als das es sich ihr am Vorabend präsentiert hatte. Der Dorfplatz war von vornehmen Karossen gesäumt – zum Teil womöglich von ebenjenen, die sie früher am Tag bei den Stallungen des Herrenhauses gesehen hatte. Der Dorfanger selbst war von Menschen übersät. Die Türen des Gasthofes standen weit offen und hektisches Treiben hielt Lily davon ab, näher zu treten. Sie bemerkte, dass auf dem Vorplatz der Kirche sogar noch dichteres Gedränge herrschte als auf dem Dorfplatz.

»Was geht hier vor?«, fragte sie zwei Frauen, die an der Ecke des Angers nahe beim Gasthof standen und in Richtung Kirche blickten, eine von ihnen auf Zehenspitzen.

Sie drehten die Köpfe und starrten sie an. Die eine musterte sie von Kopf bis Fuß, stellte fest, dass sie eine Fremde war, und verzog das Gesicht. Die andere war etwas freundlicher.

»Eine Hochzeit«, sagte sie. »Die halbe Gesellschaft Englands ist zur Hochzeit von Miss Edgeworth und dem Grafen von Kilbourne hierher gekommen. Ich weiß nicht, wie sie die alle in die Kirche gequetscht haben.«

Der Graf von Kilbourne! Erneut klang der Name wie der eines Fremden. Aber er war kein Fremder. Und die Bedeutung dessen, was die Frau gerade gesagt hatte, traf sie wie ein Schlag ins Gesicht. Er heiratete? Jetzt? In dieser Kirche? Der Graf von Kilbourne *heiratete*?

»Die Braut ist soeben eingetroffen«, fügte die zweite Frau hinzu, die sich mit dem Gedanken angefreundet hatte, eine Fremde als Zuhörerin zu haben. »Da habt Ihr was verpasst! Ganz in weißem Satin, mit einer bestickten Schleppe und einer Haube mit einem Schleier vor dem Gesicht. Aber wenn Ihr noch einen kleinen Augenblick hier stehen bleibt, werdet Ihr sie herauskommen sehen, sobald die Kirchenglocken anfangen zu läuten. Ich nehme an, dass die Karosse hier vorbeifahren wird, bevor sie dreht und durch die Tore entschwindet, sodass wir alle winken und einen schönen Blick auf sie werfen können. Das sagt zumindest Mr. Wesley – der Gastwirt, versteht Ihr.«

Aber Lily wartete nicht auf weitere Erläuterungen. Sie eilte über die Wiese und bahnte sich ihren Weg durch die Menschen, die dort standen. Dann rannte sie auf das Kirchenportal zu.

***

Aufgrund der plötzlichen Unruhe im hinteren Teil der Kirche wusste Neville, dass Lauren mit Baron Galton, ihrem Großvater, eingetroffen war. In den Bänken, in denen neben der Blüte der vornehmen Gesellschaft Englands auch einige der prominenteren örtlichen Familien Platz genommen hatten, griff gespannte Erwartung um sich. Einige drehten sich um, obwohl es noch nichts zu sehen gab.

Neville hatte das Gefühl, als habe irgendjemand die Krawatte um seinen Hals zusammengezogen und eine Hand voll ausgelassener Schmetterlinge in seinen Bauch gesperrt. Diese beiden Zustände hatten ihn in verschiedenen Steigerungsstufen seit dem frühen Morgen heimgesucht, als er unfähig gewesen war, sein Frühstück einzunehmen. Voller Ungeduld, den ersten Blick auf seine Braut zu werfen, drehte er sich um. Einen Moment lang erblickte er Gwen, die sich anscheinend bückte, um die Schleppe von Laurens Kleid zu richten. Die Braut selbst war, sehr zu seinem Leidwesen, nicht zu sehen.

Der Vikar, der für diese Gelegenheit seine prächtigste Robe angelegt hatte, stand direkt hinter Nevilles Schulter. Joseph Fawcitt, Marquis von Attingsborough, der Cousin, der ihm altersmäßig am nächsten stand und ihm immer ein guter Freund gewesen war, räusperte sich an seiner anderen Seite. Aller Augen, stellte Neville fest, waren jetzt in Erwartung des Auftretens der Braut auf den rückwärtigen Eingang der Kirche gerichtet. Wer achtete am Hochzeitstag schon auf den Bräutigam, wenn der Auftritt der Braut kurz bevorstand? Lauren war pünktlich wie immer, dachte er und lächelte leise in sich hinein. Es wäre nicht ihre Art, sich auch nur um eine Minute zu verspäten.

Er scharrte mit den Füßen, als die Bewegungen im hinteren Teil der Kirche unruhiger wurden und sogar Stimmen zu vernehmen waren, die für das Innere eines Gotteshauses unangemessen laut waren. Jemand ließ jemand anderen wissen, dass er oder sie keinen Zutritt habe.

Und dann trat sie durch die Türöffnung und alle, die in der Kirche versammelt waren, konnten sie sehen. Nur, dass sie allein war. Und nicht gekleidet wie eine Braut, sondern wie eine Bettlerin. Und sie war nicht Lauren. Sie machte ein paar eilige Schritte durch das Hauptschiff nach vorn, dann blieb sie stehen.

Eine Halluzination, hervorgerufen durch die Aufregung, erklärte ihm ein abgelegener Teil seines Verstandes. Diese Frau war ihm erschreckend, ja schmerzlich vertraut. Aber sie war nicht Lauren. Alles um sie herum verschwamm und er sah nur noch sie. Er blickte durch das Hauptschiff der Kirche wie durch einen langen Tunnel oder das Okular eines Teleskopes auf die Illusion, die dort stand. Sein Verstand weigerte sich, ordnungsgemäß zu arbeiten.

Irgendjemand – um genau zu sein, zwei Männer, wie er fast teilnahmslos beobachtete – packte sie bei den Armen und hätte sie wohl außer Sichtweite gezerrt. Doch die plötzliche Panik, sie könnte auf Nimmerwiedersehen verschwinden, löste ihn aus der lähmenden Erstarrung, die sich seiner bemächtigt hatte. Einhalt gebietend hob er den Arm. Er hörte sich nicht selbst sprechen, doch alle drehten sich ruckartig zu ihm um und er war sich des Echos irgendeiner Stimme bewusst, die etwas sagte.

Er trat zwei Schritte vor.

»Lily?«, flüsterte er. Er versuchte, die Realität wieder herzustellen, und rieb sich kurz die Augen, aber sie war immer noch da und neben ihr die beiden Männer, die ihre Arme ergriffen hatten und ihn ansahen, als warteten sie auf Instruktionen. In seinem Kopf, auf seinen Lippen verspürte er eine gewisse Kälte.

»*Lily?*«, wiederholte er, dieses Mal lauter.

»Ja«, sagte sie mit der sanften, melodischen Stimme, die ihn in seinen Träumen und seinem Bewusstsein so viele Monate lang verfolgt hatte, nach ihrem …

»Lily«, sagte er und fühlte sich seltsam entrückt von der umgebenden Szenerie. Er vernahm seine eigenen Worte durch das Summen in seinen Ohren, als würden sie von jemand anderem gesprochen. »Lily, *du bist tot!*«

»Nein«, sagte sie, »ich bin nicht gestorben.«

Er sah sie noch immer in dem Tunnel seiner Halluzination. Nur sie. Nur Lily. Er war sich der Kirche nicht bewusst, nicht der Menschen, die sich unruhig in den Sitzbänken regten, nicht des Vikars, der sich räusperte, nicht Josephs, der eine Hand auf seinen Unterarm legte, nicht Laurens, die hinter Lily im Portal stand und deren Augen in dunkler Vorahnung des sich anbahnenden Desasters weit aufgerissen waren. Er klammerte sich an das Bild. Er würde es nicht loslassen. Nicht noch einmal. Er würde sie nicht noch einmal gehen lassen. Er trat noch einen Schritt vor.

Der Vikar räusperte sich erneut und Neville erkannte endlich, dass er sich in der All Souls Church in Upper Newbury befand, an seinem Hochzeitstag. Und *Lily* stand im Chorgang zwischen ihm und seiner Braut.

»Mylord«, wandte sich der Vikar an ihn, »kennt Ihr diese Frau? Ist es Euer Wunsch, sie entfernen zu lassen, damit wir mit der Hochzeitszeremonie fortfahren können?«

Kannte er sie?

Kannte er sie?

»Ja, ich kenne sie«, sagte er mit ruhiger Stimme, obwohl er sich nun völlig bewusst war, dass jeder einzelne Hochzeitsgast an seinen Lippen hing und ihn deutlich hörte. »Sie ist meine Frau.«

***

Obwohl die Stille vollkommen war, dauerte sie nur sehr wenige Sekunden.

»Mylord?« Der Vikar war der Erste, der das Schweigen brach.

Dann herrschte lautes Durcheinander, als die Hälfte der Anwesenden scheinbar gleichzeitig zu sprechen anhob, während die andere Hälfte sich genauso laut bemühte, sie mit Zischlauten zum Schweigen zu bringen, um nichts von Bedeutung zu verpassen. In der ersten Bankreihe war die Gräfin von Kilbourne aufgestanden. Ihr Bruder, der Herzog von Anburey, erhob sich ebenfalls und legte seine Hand auf ihren Arm.

»Neville?«, sagte die Gräfin mit zitternder Stimme, die nichtsdestoweniger durch das allgemeine Stimmengewirr hindurch klar zu vernehmen war. »Was hat das zu bedeuten? Wer ist diese Frau?«

»Ich hätte sie letzte Nacht wegen Landstreicherei verhaften lassen sollen«, sagte der Herzog mit seiner bekannt gebieterischen Stimme und unternahm einen Versuch, die Situation unter Kontrolle zu bringen. »Beruhige dich, Clara. Gentlemen, entfernt diese Frau, wenn ich bitten darf. Neville, kehre auf deinen Platz zurück, damit diese Hochzeit ihren Lauf nehmen kann.«

Doch niemand außer dem Vikar schenkte Seiner Gnaden Aufmerksamkeit. Alle hatten gehört, was Neville gesagt hatte. Seine Worte waren eindeutig gewesen.

»Bei allem gebührenden Respekt, Euer Gnaden«, sagte Reverend Beckford, »diese Hochzeit kann nicht stattfinden, wenn seine Lordschaft soeben diese Frau als seine Gemahlin bezeichnet hat.«

»Ich heiratete Lily Doyle in Portugal«, sagte Neville, ohne auch nur ein einziges Mal die Augen von der Bettlerin zu nehmen. Die Stimmen, die Ruhe forderten, wurden nachdrücklicher, bis sich erneut eine Stille, so absolut, dass sie beinahe ohrenbetäubend war, über die Gemeinde senkte. »Weniger als vierundzwanzig Stunden später sah ich sie sterben. Ich war sofort an ihrer Seite. Ich stand über ihrem Leichnam – du warst *tot*, Lily. Und dann traf mich die Kugel am Kopf.«

Jeder wusste, dass Neville vor seiner Rückkehr nach England über einen Monat lang in Lissabon im Krankenhaus gelegen hatte. Er laborierte an einer Kopfverletzung, die er sich im Winter bei einem Anschlag in den Hügeln Zentralportugals zugezogen hatte, als er einen Spähtrupp führte. Gedächtnisverlust, anhaltender Schwindel und Kopfschmerzen hatten die Rückkehr zu seinem Regiment verhindert, auch nachdem die Wunde selbst bereits verheilt war. Und dann hatte ihn die Nachricht vom Tod seines Vaters erreicht und ihn nach Hause zurückgebracht.

Aber niemand wusste etwas von einer Heirat.

Bis jetzt.

Und die Frau, die er geheiratet hatte, war keinesfalls tot.

Ein Mensch in der Kirche wurde sich der selbstverständlichen Folgerung dieser Tatsache bewusst. Ein erstickter

Schrei ertönte im hinteren Teil, und alle, die sich umdrehten, sahen dort Lauren stehen. Ihr Gesicht war so weiß wie der Schleier, der es bedeckte, ihre Hände krallten sich in ihr Kleid und strichen hastig über die Schleppe, bevor sie sich umdrehte und flüchtete, dicht gefolgt von Gwendoline. Die Kirchentüren öffneten sich und fielen dann recht gräuschvoll wieder ins Schloss.

»Es tut mir Leid«, sagte Lily. »Es tut mir so Leid. Ich war nicht tot.«

»Neville!« Lady Kilbourne klammerte sich mit beiden behandschuhten Händen an die Rückenlehne der Kirchenbank.

Es wurde wieder lauter.

Doch Neville hob beide Hände.

»Ich bitte Euch um Entschuldigung, Euch alle«, sagte er, »aber dies ist wirklich keine Angelegenheit für die Öffentlichkeit. Zumindest jetzt noch nicht. Ich hoffe, noch vor Ende des Tages eine umfassende Erklärung abgeben zu können. Einstweilen ist es offensichtlich, dass hier heute Morgen keine Trauung stattfinden wird. Ich lade Euch alle ein, zum Frühstück nach Newbury Abbey zurückzukehren.«

Er ließ die Arme sinken, ging durch das Hauptschiff und streckte Lily die rechte Hand entgegen. Seine Augen blickten fest in ihre.

»Lily«, sagte er. »Komm.«

Seine Hand ergriff die ihrige und legte sich fest um sie. Er verlangsamte kaum seinen Schritt, sondern setzte unbeirrt seinen Weg nach draußen fort, Lily an seiner Seite.

Neville riss die Türen weit auf und sie traten hinaus in das gleißende Sonnenlicht, wo sie sich einem Meer von Gesichtern und einem Chor aufgeregter und neugieriger Stimmen gegenübersahen.

Er ignorierte sie. In Wahrheit sah oder hörte er sie nicht

einmal. Er schritt über den Kirchhofspfad, durch das Eingangstor, durch Gruppen von Menschen, die ihm den Weg freigaben, indem sie hastig zur Seite traten, und ging auf die Tore von Newbury Park zu.

Zu der Frau an seiner Seite sagte er kein Wort. Er konnte noch immer nicht glauben, dass das, was geschehen war, was gerade geschah, Wirklichkeit war, obwohl er die Erscheinung festhielt und ihre kleine Hand in seiner spürte.

Er war dabei, sich zu erinnern …

Teil zwei

Erinnerungen an eine Nacht der Verzückung

Kapitel 3

Lily sitzt allein auf einem kleinen Felsvorsprung, der hoch in den kargen Hügeln Zentralportugals über ein tiefes Tal herausragt. Es ist Dezember und es ist kalt.

Sie trägt einen abgenutzten, alten Armeemantel, den sie sich auf ihre Größe zugeschnitten hat. Doch er kann die Tatsache nicht verbergen, dass sie sich im vergangenen Jahr von einem grazilen, fohlenartigen Mädchen zu einer atemberaubend schönen Frau entwickelt hat. Das dunkelblonde Haar fällt ihr locker bis über die Taille. Der Wind bauscht es in ihrem Rücken auf und zerzaust es hoffnungslos. Ihre schlanken Arme, die von den Ärmeln des verblichenen blauen Baumwollmantels bedeckt werden, umfassen ihre hochgezogenen Knie. Trotz der Kälte sind ihre Füße nackt. Wie soll sie die Erde, wie das Leben spüren, hatte sie einmal erklärt, wenn sie Schuhe trägt?

Neville Wyatt, Major Lord Newbury, hat es sich in einiger Entfernung hinter ihr auf dem Boden gemütlich gemacht und umfasst mit beiden Händen einen Zinnbecher mit heißem Tee. Er beobachtet sie. Er kann ihr Gesicht nicht sehen, aber er kann sich den Ausdruck vorstellen, mit dem sie über das Tal unter ihr blickt, hinauf in den mit Wolken gesprenkelten Himmel oder zu dem einsamen Vogel, der dort oben seine Kreise zieht. Der Blick wird verträumt sein, heiter. Nein, diese Beschreibungen sind zu zurückhaltend. Es wird ein Glanz auf ihrem Gesicht sein, ein Leuchten in ihren Augen.

Lily sieht Schönheit, wo auch immer sie geht und steht. Während die Männer des 95. und die Frauen, die dem Tross folgen, die iberische Landschaft, das Wetter, die endlosen Märsche, die öden Lager, das Essen und sich gegenseitig verfluchen, entdeckt Lily stets irgendetwas Schönes. Doch ihr allgegenwärtiger Frohsinn wird ihr nicht verübelt. Sie ist der Liebling aller.

Bis vor kurzem war sie noch ein Mädchen. Jetzt nicht mehr.

Neville schüttet den letzten Rest Tee neben sich ins Gras und erhebt sich. Er sieht sich nach den Männern seiner Kompanie um, die er auf diesen Winterspähtrupp geführt hat, um sicherzustellen, dass die Franzosen den ungeschriebenen Waffenstillstand der Jahreszeit einhalten und zurückgezogen hinter ihren Linien in Spanien oder innerhalb der Grenzfestung Ciudad Rodrigo bleiben, die die britischen Streitkräfte belagern werden, sobald der Frühling angebrochen ist.

Er blinzelt zu den gegenüberliegenden Hügeln und hinunter ins Tal. Alles ist ruhig. Er hatte es auch nicht anders erwartet. Hätte irgendeine echte Gefahr bestanden, hätte er niemals erlaubt, dass Corporal Geary seine Frau und Sergeant Doyle seine Tochter mitgenommen haben. Es ist ein Routineauftrag und er war unerwartet angenehm – normalerweise regnet es um die Jahreszeit. Morgen werden sie zum Stützpunkt zurückkehren. Heute Nacht jedoch werden sie an dieser Stelle lagern.

Er kann nicht länger widerstehen. Er schlendert zu dem Felsvorsprung, auf dem Lily sitzt, bleibt neben ihr stehen und zeigt sich von seiner besten Seite, indem er mit der

Hand die Augen beschirmt und den Blick nochmals über das Tal schweifen lässt. Sie sieht auf und lächelt. Er weiß nicht genau, seit wann ihre Blicke und ihr Lächeln sein Herz höher schlagen lassen. Er hat versucht, sie weiterhin als die junge Tochter – die *zu* junge Tochter – seines Sergeants zu betrachten. Aber in letzter Zeit ist ihm das nicht mehr gelungen. Immerhin ist sie achtzehn.

»Du hast nicht zufällig ein französisches Regiment gesehen, das heimlich durchs Tal schleicht, Lily?«, fragt er, ohne sie anzusehen.

Sie lacht. »Zwei, um genau zu sein, Sir«, sagt sie. »Eins von der Kavallerie und eins von der Infanterie. Hätte ich etwas sagen sollen?«

»Nein, nein.« Verschmitzt lächelt er sie an und da – es geschieht erneut. Er sieht die Lebensfreude in ihrem Gesicht und sein Herz überschlägt sich. »Es ist nicht so wichtig. Es sei denn, der alte Napoleon wäre dabei gewesen.«

Sie lacht erneut. Als er sich neben sie setzt, ein Bein ausgestreckt, einen Arm über das angewinkelte Knie des anderen Beines gelegt, fragt er sich, ob sie weiß, wie sie auf Männer wirkt – wie sie auf ihn wirkt. Er ist keineswegs der Einzige, der bemerkt hat, dass sie eine Frau geworden ist.

»Ich nehme an, Lily«, sagt Neville, »dass du selbst an diesem gottverlassenen Ort Schönheit entdecken kannst.«

»Oh, nicht gottverlassen«, sagt sie ernst, und er wusste, dass sie so reagieren würde. »Selbst diese blanken Felsen haben eine gewisse Erhabenheit, die Ehrfurcht gebietet. Doch seht nur.« Sie hebt ihren schlanken Arm und deutet hinab ins Tal. »Dort gibt es Gras und sogar ein paar Bäume. Die Natur lässt sich nicht unterkriegen. Sie wird sich immer durchsetzen.«

»Das da sind armselige Karikaturen eines Baumes. Und

dieses Gras würde der Gärtner von Newbury Abbey ohne zu zögern auf den Komposthaufen werfen.«

Als sie sich zu ihm dreht und ihm in die Augen sieht, ertappt er sich dabei, wie er vorsichtig einatmet und ein Teil von ihm von ihr abrücken möchte, während der andere Teil sich wünscht, ihr so nahe zu kommen, dass er …

»Wie sieht der Garten dort aus?«, fragt sie ihn und in ihrer Stimme liegt unverhohlene Sehnsucht. »Papa sagt, dass es nichts Schöneres gibt als einen englischen Garten.«

»Grün«, sagt er. »Ein üppiges, lebendiges Grün, das sich mit Worten nicht annähernd beschreiben lässt. Gras und Bäume und Blumen in allen Farben und Formen. Unmengen. Besonders Rosen. Im Sommer ist die Luft schwer von ihrem Duft.«

Selten verspürt er Heimweh. Manchmal bereitet ihm diese Erkenntnis Schuldgefühle. Es ist nicht so, dass er seinen Vater und seine Mutter nicht liebt. Er liebt sie. Aber er ist erzogen worden, um eines Tages die Rolle seines Vaters als Graf zu übernehmen und um seine angeheiratete Cousine Lauren zu heiraten, die mit ihm zusammen auf Newbury Abbey aufwuchs und die er genauso liebt wie seine Schwester Gwen. Es kam die Zeit, da er unter den liebevollen Zukunftsplänen seines Vaters zu ersticken drohte, sich verzweifelt nach einem eigenständigen Leben sehnte, nach Taten, Abenteuern, Freiheit …

Er hat seine Eltern sehr verletzt, als er zum Militär ging. Er vermutet, dass es Lauren mehr als verletzt hat, als er sie beim Abschied so taktvoll wie irgend möglich wissen ließ, dass er nicht versprechen könne, bald zurückzukehren, und dass er nicht davon ausgehe, dass sie auf ihn warte.

»Wie gern würde ich sie sehen und riechen.« Lily hat die Augen geschlossen und atmet langsam ein, als könnte sie die Rosen von Newbury tatsächlich riechen.

»Das wirst du eines Tages.« Ohne nachzudenken streckt er die Hand aus und befreit mit einem Finger eine Haarsträhne, die sich in ihrem Mundwinkel verfangen hat. Ihre Haut ist weich – und warm. Das Haar ist nass. Er verspürt ein wildes Verlangen in seiner Leistengegend und zieht den Finger hastig zurück.

Sie lächelt ihn an. Doch dann tut Lily etwas sehr Seltenes. Sie errötet und ihre Augen flackern, wenden sich ruckartig ab und blicken wieder ins Tal.

Sie weiß es.

Der Gedanke macht ihn traurig. Lily ist immer seine Freundin gewesen, seit Doyle vor vier Jahren sein Sergeant wurde. Sie hat einen regen Verstand und einen köstlichen Sinn für Humor und verfügt, obwohl sie Analphabetin ist, über eine natürliche Kultiviertheit. Sie hat ihm von ihrem Leben erzählt, besonders von den Jahren in Indien, wo ihre Mutter starb, und von Menschen und Erfahrungen, die sie beide kennen. Einmal hat sie sich mit ihm angelegt, als er sie nach einem Gefecht auf dem Schlachtfeld fand und sie maßregelte, weil sie sich um einen verwundeten und sterbenden französischen Soldaten kümmerte. Ein Mann ist einfach ein Mann, ein menschliches Wesen, hatte sie zu ihm gesagt. Sie hat sich nie von seinem Rang einschüchtern lassen und redet ihn dennoch, wie ihr Vater und alle anderen Soldaten, mit »Sir« an. Er hat sich neben sie gekniet und dem Franzosen aus seiner eigenen Feldflasche zu trinken gegeben.

Doch die Dinge haben sich verändert. Lily ist erwachsen geworden. Und er begehrt sie. Sie weiß es. Er wird sich aus dieser Freundschaft zurückziehen müssen, weil Lily unmöglich mehr für ihn sein kann als eine Freundin. Sie ist Sergeant Doyles Tochter und er respektiert Doyle, obwohl sie aus unterschiedlichen sozialen Schichten kommen.

Doch vor allem ist Lily unbefleckt und es ist seine Pflicht, ihre Ehre zu schützen, statt sie ihr zu nehmen. Und natürlich gehört auch sie einer anderen Klasse als der seinen an. In der wirklichen Welt haben solche Dinge leider Gewicht. So rebellisch er auch sein mag, er hat nie mit seiner eigenen Welt gebrochen und wird es auch nie tun. Dazu hat er ein viel zu tief verwurzeltes Pflichtgefühl. Er ist ein Gentleman, ein Offizier, ein Viscount, ein zukünftiger Graf.

Er wird niemals Lilys Liebhaber sein können.

»Lily«, fragt er sie und versucht, an seiner Freundschaft festzuhalten und die anderen, unwillkommenen Gefühle zu unterdrücken, »was erhoffst du dir? Was willst du aus deinem Leben machen? Was sind deine Träume?«

Sie kann nicht für immer bei ihrem Vater bleiben. Was wird die Zukunft bringen? Die Heirat mit einem Soldaten, den ihr Vater sorgfältig für sie ausgesucht hat? Nein. Er wünscht sich, er hätte nicht daran gedacht.

Sie antwortet nicht sofort. Doch als er sich erneut zu ihr umdreht, sieht er, dass sie nach oben blickt und dass ihr wundervolles, verträumtes Lächeln ihr Gesicht wieder strahlen lässt.

»Seht Ihr diesen Vogel, Sir?« Er hebt den Kopf und sieht ihn. »Ich möchte so sein wie er. Mich emporschwingen können. Stark sein. Frei. Vom Wind getragen werden und Freund des Himmels sein. Ich weiß nicht, was aus mir werden wird. Eines Tages werdet Ihr fort sein und eines Tages …«

Doch ihre Stimme bricht ab und ihr Lächeln verschwindet und das eben Gesagte schwebt beinahe greifbar zwischen ihnen.

Dann zerreißt das Krachen eines Schusses die Stille.

***

Einer der Wachtposten hat aus dem Augenwinkel ein Kaninchen gesehen und es für ein raubgieriges französisches Heer gehalten. Das ist Nevilles erster Gedanke. Aber er darf kein Risiko eingehen. Seine Jahre als Offizier haben ihn gelehrt, zugleich instinktiv und verstandesmäßig zu handeln. Es geht schneller und manchmal rettet es Menschenleben.

Er springt auf und reißt Lily hoch. Sie rennen zurück zur Kompanie, wobei Neville sich von hinten schützend über sie beugt, selbst als Sergeant Doyle sie anbrüllt und alle anderen zu Büchsen und Munition greifen. Noch während er rennt, überprüft Neville den Säbel an seiner Seite. Er schreit seinen Männern Befehle entgegen und vergisst Lily, sobald sie sich in der relativen Sicherheit des behelfsmäßigen Lagers befindet.

Er hat dem Wachtposten Unrecht getan. Es ist kein Kaninchen, das seine Aufmerksamkeit erregt hat – es ist ein französischer Spähtrupp. Aber der Warnschuss war ein Fehler. Ohne ihn wären die Franzosen wahrscheinlich friedlich weitergezogen, selbst wenn sie die britischen Soldaten entdeckt hätten. Keine der beiden Seiten hat Interesse an einem Kampf. Aber der Schuss ist gefallen.

Das darauf folgende Scharmützel ist kurz und heftig, aber relativ harmlos. Es wäre ganz und gar harmlos gewesen, wäre ein junger Rekrut aus Nevilles Kompanie nicht vor Schreck auf dem blanken Hügel zu einer reglosen Zielscheibe für die Franzosen erstarrt. Sergeant Doyle eilt ihm unflätig fluchend zur Seite und wird von der Kugel in die Brust getroffen, die für den Jungen bestimmt war.

Der Kampf ist nach fünf Minuten beendet. Mit einem spöttischen Gruß ziehen die Franzosen ihres Weges.

»Lass ihn liegen!«, schreit Neville, während er über den

Hang zu seinem niedergestreckten Sergeant rennt. »Holt die Verbandskiste.«

Doch es ist sinnlos. Das sieht er sofort, als er neben ihm stehen bleibt. Auf dem Stoff des dunkelgrünen Mantels seines Sergeants ist nur ein kleiner Blutfleck zu sehen, aber der Tod steht ihm im Gesicht geschrieben. Neville hat ihn auf zu vielen Gesichtern gesehen, um sich zu täuschen. Und auch Doyle weiß es.

»Mit mir geht's zu Ende, Sir«, sagt er mit schwacher Stimme.

»Holt die verdammte Verbandskiste!« Neville kniet sich neben den Sterbenden. »Wir werden Euch in Rekordzeit wieder zusammengeflickt haben, Sergeant.«

»Nein, Sir.« Mit Fingern, die schon kalt und kraftlos geworden sind, krallt sich Doyle an seine Hand. »Lily.«

»Sie ist in Sicherheit. Sie ist unverletzt«, versichert ihm Neville.

»Ich hätte sie nicht mitnehmen dürfen.« Die Augen des Mannes werden blicklos. Sein Atem ist nur noch ein rasselndes Keuchen. »Wenn sie wieder angreifen ...«

»Das werden sie nicht.« Nevilles Finger schließen sich um die seines Sergeants. Er macht ihm nichts mehr vor. »Ich werde Lily morgen sicher zum Stützpunkt zurückbringen.«

»Wenn sie gefangen genommen wird ...«

Das ist höchst unwahrscheinlich, selbst wenn es zu einem weiteren Aufeinandertreffen, zu einem weiteren Gefecht kommen sollte. Sicherlich haben die Franzosen zu dieser Jahreszeit genauso wenig Interesse an Auseinandersetzungen wie die Briten. Sollte es ihr allerdings zustoßen, wäre ihr Schicksal fürchterlich. Vergewaltigung ...

»Ich werde für ihre Sicherheit sorgen.« Neville beugt sich über den Mann, der sein hoch geschätzter Kamerad gewesen ist, sogar sein Freund, trotz ihres unterschiedlichen Ranges. Sein Herz steht diesem Tod näher als sein Verstand. »Es wird ihr nichts geschehen, selbst *wenn* sie gefangen genommen werden sollte. Darauf gebe ich Euch mein Wort als Gentleman. Ich werde sie noch heute heiraten.«

Als Frau eines Offiziers und Gentleman würde Lily auch von den Franzosen ehrenhaft und zuvorkommend behandelt werden. Und Reverend Parker-Rowe, der Regimentskaplan, der das Lagerleben so langweilig findet wie der tatendurstigste Soldat, hat den Spähtrupp begleitet.

»Sie wird meine Frau werden, Sergeant. Ihr wird nichts geschehen.« Er ist sich nicht ganz sicher, ob der Sterbende ihn versteht. Die kalten Finger umfassen noch kraftlos die seinen.

»Mein Tornister auf dem Stützpunkt«, sagt Sergeant Doyle. »In meinem Tornister ...«

»Lily wird ihn bekommen«, verspricht Neville. »Morgen, wenn wir sicher zum Lager zurückgekehrt sind.«

»Ich hätte es ihr schon lange sagen sollen.« Seine Stimme wird schwächer, undeutlicher. Neville beugt sich zu ihm hinab. »Ich hätte es *ihm* sagen sollen. Meine Frau ... Gott vergib mir. Sie liebte sie. Wir beide. Wir liebten sie zu sehr, um ...«

»Gott vergibt Euch, Sergeant.« *Wo zum Teufel bleibt der Kaplan?* »Und niemand hat jemals an Eurer Hingabe zu Lily gezweifelt.«

Parker-Rowe und Lily treffen gleichzeitig ein, wobei sie in halsbrecherischer Geschwindigkeit den Hügel herunterjagt. Neville erhebt sich und tritt zur Seite. Lily nimmt seinen Platz an der Seite ihres Vaters ein, umfasst seine Hand mit ihren Händen und beugt sich tief über ihn. Ihr Haar bildet einen Vorhang vor ihrer beiden Gesichter.

»Papa«, sagt sie. Immer und immer wieder flüstert sie seinen Namen und verharrt einige Minuten in dieser Haltung, während der Kaplan Gebete murmelt und die Kompanie daneben steht, hilflos im Angesicht des Todes und der Trauer.

***

Nachdem sie Sergeant Doyle auf dem Hügel, auf dem er starb, beerdigt haben, befiehlt Neville, das Lager zwei oder drei Meilen entfernt aufzuschlagen. Er geht neben Lily, die mit erstarrten Gesichtszügen dahinschreitet, Parker-Rowe an ihrer anderen Seite. Er hat bereits mit dem Kaplan gesprochen.

Lily hat nicht geweint. Kein Wort hat sie gesprochen, seit Neville sie bei den Schultern genommen und aufgehoben und ihr zartfühlend mitgeteilt hat, was sie schon wusste – dass ihr Vater tot war. Natürlich ist sie mit dem Tod vertraut. Aber niemals ist man auf den Tod eines geliebten Menschen vorbereitet.

»Lily«, sagt Neville mit derselben zärtlichen Stimme wie zuvor, »ich möchte, dass du weißt, dass die letzten Gedanken deines Vaters dir und deiner Sicherheit und deiner Zukunft gegolten haben.«

Sie antwortet nicht.

»Ich gab ihm ein Versprechen«, sagt er. »Das Versprechen eines Gentlemans. Weil er mein Freund war, Lily, und weil ich es sowieso tun wollte. Ich versprach ihm, dich noch heute zu heiraten, um dir für den Rest dieser Reise und für den Rest deines Lebens den Schutz meines Namens und Ranges zukommen zu lassen.«

Immer noch keine Reaktion. Hatte er wahrhaftig ein solches Versprechen gegeben? Das Versprechen eines *Gentle-*

mans? Weil es das ist, was er will? Ist es vielleicht so, dass er gezwungen sein wollte, etwas Unmögliches zu tun, um es dadurch möglich werden zu lassen? Es ist unmöglich für ihn, einen Offizier, einen Aristokraten, einen zukünftigen Grafen, die ärmliche Tochter eines einfachen Soldaten zu heiraten, die weder lesen noch schreiben kann. Doch das ist jetzt zu einer Verpflichtung geworden, zu der Verpflichtung eines *Gentlemans*. Er verspürt ein seltsames Frohlocken.

»Lily«, fragt er sie und beugt sich zu ihr, um in ihr bleiches, ausdrucksloses Gesicht zu blicken, das ihrem üblichen Wesen so ganz und gar nicht entspricht, »verstehst du, was ich dir sage?«

»Jawohl, Sir.« Ihre Stimme ist matt, tonlos.

»Du wirst mich also heiraten? Du wirst meine Frau werden?« Der Augenblick erscheint ihm irreal, genau wie alle Ereignisse der letzten zwei Stunden. Aber da ist ein Gefühl atemloser Panik. Weil sie ablehnen könnte? Weil sie zustimmen könnte?

»Ja«, sagt sie.

»Dann werden wir es angehen, sobald wir das Lager aufgeschlagen haben«, sagt er.

Es passt nicht zu Lily, so passiv, so demütig zu sein. Ist es ihr gegenüber fair?

Doch was wäre die Alternative? Eine Rückkehr nach England zu ihren Verwandten, von denen er wusste, dass sie sie noch nie gesehen hatte? Heirat mit einem einfachen Soldaten aus ihrer sozialen Schicht? Nein – ein unerträglicher Gedanke. Aber es ist Lilys Leben.

»Sieh mich an, Lily«, befiehlt er, nicht länger sanft, sondern in einem Tonfall, dem sie, genau wie alle Männer, die unter seinem Befehl stehen, instinktiv gehorcht. Sie sieht ihn an. »Du wirst innerhalb einer Stunde meine Frau werden. Willst du das?«

»Jawohl, Sir.«

So wird es also geschehen. Innerhalb einer Stunde. Die große Unmöglichkeit. Die Verpflichtung.

Wieder die Panik.

Wieder das Frohlocken.

***

Die Hochzeitszeremonie wird vor der ganzen Kompanie abgehalten, mit Lieutenant Harris und dem neu ernannten Sergeant Rieder als offiziellen Trauzeugen. Die versammelte Mannschaft scheint unsicher zu sein, ob sie jubeln oder den zurückhaltenden feierlichen Ernst beibehalten soll, den sie von Sergeant Doyles Begräbnis vor drei Stunden mit sich getragen hat. Angeführt vom Lieutenant applaudieren die Männer höflich und lassen ihren frisch vermählten Major und die neue Viscountess Newbury dreimal hochleben.

An der neuen Viscountess selbst scheinen die Ereignisse völlig vorbeizugehen. Sie zieht sich still zurück, um Mrs. Geary bei der Vorbereitung des Abendessens zu helfen. Neville hält sie nicht davon ab, verweist nicht auf die Tatsache, dass eine Viscountess darauf warten muss, bedient zu werden. Er hat sich um seine eigenen Pflichten zu kümmern.

***

Es ist dunkel. Neville hat die Posten und den Plan für die Nachtwache überprüft.

Er hat sich entschlossen, in der Armee zu bleiben. Hier wird er seine Laufbahn fortsetzen. In der Armee können er und Lily gleichgestellt sein. Sie können eine Welt teilen, die sie beide kennen und in der sie sich wohl fühlen. Er wird nicht länger hin- und hergerissen sein, ein Gefühl, das ihm zusetzt, seit er Newbury verlassen hat. Seine Familie würde ihn dort jetzt sowieso nicht mehr wollen. Nicht mit Lily. Sie ist so schön. Sie ist der Inbegriff von Anmut und Licht und Freude. Er ist in sie verliebt. Mehr noch, er liebt sie. Aber sie wird niemals Gräfin von Kilbourne sein können, außer vielleicht dem Namen nach. Aschenputtel gibt es nur im Märchen, wo sie glücklich bis an ihr Lebensende mit ihrem Prinzen lebt. Im wahren Leben laufen die Dinge anders.

Er ist froh, dass er Lily geheiratet hat. Er fühlt sich, als sei ihm eine schwere Last von der Seele genommen. Sie wird seine Welt sein, seine Zukunft, sein Glück. Sein Alles.

Er stellt fest, dass sein Zelt in taktvoller Entfernung vom übrigen Lager aufgestellt wurde. Alleine steht sie davor, den Blick auf das vom Mondlicht erhellte Tal gerichtet.

»Lily«, sagt er leise, als er sich nähert.

Sie dreht den Kopf und sieht ihn an. Sie sagt nichts, doch selbst in dem schwachen Mondschein kann er erkennen, dass der glasige Ausdruck des Schreckens aus ihren Augen verschwunden ist. Bewusstheit und Verstehen sprechen aus ihrem Blick.

»Lily.« Sie sprechen im Flüsterton, um nicht belauscht zu werden. »Es tut mir so Leid, das mit deinem Vater.«

Er hebt eine Hand und berührt mit den Fingerspitzen leicht ihre Wange. Er hat sich seine Gedanken gemacht. Er wird sich ihr heute Nacht nicht aufdrängen. Sie muss Zeit haben, um ihren Vater zu trauern und sich mit ihren neuen Lebensumständen anzufreunden. Sie sagt immer noch nichts, aber sie hebt eine Hand, legt sie auf seinen Handrücken und drückt seine Handfläche ganz an ihre Wange.

»Ich hätte nein sagen sollen«, flüstert sie. »Ich wusste sehr wohl, was du von mir wolltest. Selbst vor mir selbst tat ich so, als wüsste ich es nicht, um dich nicht zurückweisen und in eine düstere Zukunft blicken zu müssen. Es tut mir Leid.«

»Lily«, sagt er, »ich tat es, weil ich es wollte.«

Sie dreht den Kopf und setzt ihre Lippen auf seine Handfläche. Sie schließt die Augen und schweigt.

Lily. Oh, Lily, ist es möglich ...

»Du nimmst das Zelt«, sagt er zu ihr. »Ich werde hier auf dem Boden schlafen. Du brauchst keine Angst zu haben. Ich werde gut auf dich aufpassen.«

Doch sie öffnet die Augen und betrachtet ihn im Mondlicht. »Wolltest du wirklich?«, fragt sie ihn. »Wolltest du mich wirklich heiraten?«

»Ja.« Er wünscht sich, er könnte seine Hand zurückziehen. Er ist nicht aus Stein.

»Du fragtest mich, was mein Traum sei«, sagt sie. »Wie hätte ich es dir in jenem Moment sagen sollen? Aber jetzt kann ich es dir sagen. Es war dies. Genau dies. Mein Traum.«

Er berührt ihre Lippen mit dem Mund und fragt sich, solange er noch klar denken kann, ob sie Publikum haben.

»Lily«, haucht er in ihren Mund. »Lily.«

»Jawohl, Sir.«

»Neville«, sagt er zu ihr. »Sag es. Sag meinen Namen. Ich möchte hören, wie du ihn sagst.«

»Neville«, sagt sie, und es klingt wie die zärtlichste, erotischste Liebkosung. »Neville. Neville.«

»Werde ich also das Zelt mit dir teilen?«, fragt er sie.

»Ja.« Es steht außer Frage, dass sie meint, was sie sagt, dass sie ihn will. »Neville. Mein Geliebter.«

Nur Lily kann ein solches Wort aussprechen, ohne pathetisch zu klingen.

Es erscheint ihm seltsam, ihre Ehe zu vollziehen, wo sie

doch seinen Kameraden, ihren Vater, erst vor wenigen Stunden beerdigt haben. Aber er hat genügend Erfahrung mit dem Tod, um zu wissen, dass das Leben sich unmittelbar danach in den Überlebenden erneut bestätigen muss, dass Weiterleben ein wesentlicher Bestandteil der Trauer ist.

»Also komm«, sagt er und bückt sich, um die Plane des kleinen Zeltes zu öffnen. »Komm, Lily. Komm, meine Liebe.«

***

Sie lieben sich in fast völliger Stille, da es sicherlich genügend Zuhörer gibt, die darauf erpicht sind, grunzende Lustlaute oder Schmerzensschreie zu vernehmen. Und sie lieben sich langsam, um kein übertriebenes Wackeln des schwachen Zeltaufbaus zu verursachen. Und sie lieben sich beinah vollkommen bekleidet und bedeckt von ihren beiden Mänteln, um in der kalten Dezembernacht nicht zu frieren.

Sie ist unschuldig und unwissend.

Er brennt vor Leidenschaft und ist erfahren und setzt alles daran, ihr Genuss zu bereiten, doch er fürchtet sich davor, ihr wehzutun.

Er küsst sie, berührt sie mit zärtlichen, forschenden, huldigenden Händen, zuerst über ihrer Kleidung, dann darunter; er streichelt ihren warmen, seidigen Körper mit hauchzarten Berührungen, legt die Hände um ihre kleinen, festen Brüste, reizt mit dem Daumen ihre sich verhärtenden Spitzen, lässt zärtliche, liebkosende Finger in die feuchte Hitze zwischen ihren Schenkeln gleiten, streichelt sie, teilt sie, erregt sie.

Sie hält ihn fest. Sie streichelt ihn nicht. Sie gibt keinen

Laut von sich außer ihrem beschleunigten Atem. Aber er weiß, dass sie sein Verlangen teilt. Er weiß, dass sie auch darin Schönheit sieht.

»Lily …«

Sie öffnet sich ihm, weil sein Knie es fordert, und umschließt ihn, weil ihr eigenes Verlangen sie drängt. Als er sich über sie legt, beschenkt sie ihn mit einem leisen Singsang aus Liebkosungen – meistens sein Name – und er ist selbst erstaunt über die Seufzer, die sie ihm damit entlockt. Sie ist klein und eng und sehr jungfräulich. Die Barriere scheint unüberwindlich und er weiß, dass er ihr wehtut. Doch dann ist sie überwunden und er dringt mit ganzer Länge in sie ein. In ihre weiche, feuchte Hitze und in die unwillkürlichen Kontraktionen ihrer Muskeln.

Mit leisem Flüstern spricht sie in sein Ohr.

»Ich wusste schon immer«, sagt sie, »dass dies der schönste Augenblick meines Lebens sein würde. Dies. Mit dir. Aber ich habe nie erwartet, dass es wirklich geschehen könnte.«

Ah, Lily. Ich wusste von nichts.

»Mein geliebtes Leben«, sagt er zu ihr. »Ah, meine große Liebe.«

Er kann nicht länger daran denken, seiner Braut nicht wehzutun. Sein Verlangen, seine Sehnsucht pulsiert wie mit Trommelschlägen durch jedes Blutgefäß seines Körpers und konzentriert lustvollen Schmerz in seiner Leiste und in dem Teil von ihm, der in ihr geborgen ist. Er entzieht sich ihr fast völlig und presst sich wieder tief in sie, hört sie aufstöhnen vor Erstaunen und gewiss auch vor Lust, zieht sich erneut zurück und presst sich tief in sie.

Er hält den Rhythmus so lange aufrecht, wie es ihm sowohl ihr als auch sich selbst zuliebe möglich ist, und widersteht der drängenden Versuchung, sich zu schnell der

Wonne hinzugeben, bevor sie erfahren kann, dass intimes Zusammensein mehr bedeutet als schlichtes Eindringen.

Sie liegt ruhig unter ihm. Nicht aus Widerwillen oder Schock oder passiver Unterwerfung. Das würde er spüren. Selbst wenn sie nicht diese leisen Töne der Befriedigung von sich geben würde, würde er es spüren. Sie genießt, was geschieht. Er küsst sie und ihr Mund ist warm, offen, empfänglich.

»Meine Geliebte«, sagt er. »Mein Gott, du bist so schön, Lily. So wunderschön.«

Er kann sich nicht länger zurückhalten. Er verlangsamt den Rhythmus, presst tiefer, hält länger inne. Er ist von ihr umschlossen, von ihr verschlungen, Teil von ihr. Lily. Meine Liebe. Meine Frau. Fleisch meines Fleisches, Gebein meines Gebeines, Herz meines Herzens.

Er zieht zurück und gräbt sich erneut tief ein. Tiefer. Grenzenlos. Jenseits von Zeit und Raum. Er entlädt sich tief in jene Ewigkeit, in der er und Lily vereint sind.

Er hört sie seinen Namen flüstern.

***

Bis zum Stützpunkt haben sie nur noch wenige Meilen zu gehen. Doch auf ihrem Weg liegt noch ein schmaler Engpass, den sie durchqueren müssen. Eigentlich ist das Risiko sehr gering, dass sich französische Kräfte so weit vor ihren Winterstellungen aufhalten, aber Neville ist vorsichtig. Er schickt Männer voraus, um die Hügel auszukundschaften. Er lässt seine Kompanie so antreten, dass er die gefährlichste Position an der Spitze einnimmt, während Lieutenant Harris die Nachhut bildet und die unerfahrensten seiner Männer zusammen mit dem Kaplan und den beiden Frauen in der Mitte sind.

Lily ist sehr still heute, auch wenn sie nicht mehr wie betäubt wirkt. Die Tatsache, dass ihr Vater tot ist, wird ihr langsam bewusst. Sie hat begonnen zu trauern. Doch in der Dunkelheit der frühen Morgenstunden, bevor er aufgestanden ist, hat sie ein zweites Mal mit ihm geschlafen. Sie hat ihre Arme um seinen Hals geschlungen und ihm gesagt, dass sie ihn liebe, dass sie ihn schon immer geliebt habe, vom ersten Augenblick an, vielleicht sogar schon vorher, schon vor ihrer Geburt, vor der Zeit und der Schöpfung. Er hat leise gelacht und ihr gesagt, dass er sie anbete.

Um ihren Hals trägt sie an einem Band ein Päckchen. In dem Päckchen befindet sich eine Abschrift ihres Trauscheins – die andere Abschrift wird pflichtgemäß von Parker-Rowe verwaltet werden, sobald sie zum Stützpunkt zurückgekehrt sind. Lilys Päckchen ist eine letzte Vorsichtsmaßnahme. Wer auch immer es öffnet, wird sehen, dass sie die Frau eines britischen Offiziers ist, und sie mit der angemessenen Ritterlichkeit behandeln.

Die Franzosen sind schlau. Zumindest diese eine Kompanie. Der britische Spähtrupp, den Neville vorgeschickt hatte, hat sie nicht enttarnen können. Jetzt lassen sie die Spitze des britischen Zuges durch den Engpass marschieren und auf der anderen Seite heraus, bevor sie die schwache Mitte angreifen.

Bei der ersten Salve von den Hügeln wirbelt Neville herum. Es kommt ihm vor, als würde die Welt ihren Lauf verlangsamen und er durch einen dunklen Tunnel blicken, an dessen Ende er nur Lily in der Mitte des Engpasses sieht, wie sie die Hände hochwirft und aus seinem Blickfeld nach hinten fällt, inmitten des Qualms und der kämpfenden Soldaten seiner eingeschlossenen Truppe.

Sie ist getroffen worden.

Er ruft ihren Namen.

»L-i-l-y! L-I-L-Y!«

Ohne einen klaren Gedanken handelt er, wie jeder Offizier handeln würde, zieht sein Schwert, brüllt Befehle und kämpft sich zurück zum Schlachtfeld in der Schlucht. Zurück zu Lily.

Unterdessen hat Lieutenant Harris seine Leute von hinten nach oben auf den Hügel geführt. Wenige Minuten später sind die Franzosen zumindest zu einem momentanen Rückzug gezwungen. In der Zwischenzeit hat Neville die Mitte der Schlucht erreicht und Lily gefunden, deren Brust blutüberströmt ist. Mehr Blut, als gestern auf der Brust ihres Vaters war.

Sie ist tot.

Er schaut hinunter auf ihren gemeuchelten Körper und fällt neben ihr auf die Knie, seine Pflicht vergessend. Seine Arme greifen nach ihr.

Lily. Meine Liebe. Mein Leben. So kurz nur mein Leben. Nur für eine Nacht.

Nur eine Nacht der Verzückung.

Lily!

Er spürt keinen Schmerz, als die Kugel seinen Kopf streift. Die Welt versinkt im Dunkel, als er bewusstlos über Lilys leblosem Körper zusammenbricht.

Teil drei

Ein unmöglicher Traum

Kapitel 4

Sie folgten nicht der Auffahrt zum Haus, wie Lily erwartet hatte. Kurz hinter den Toren zum Anwesen verließen sie den gepflasterten Weg und schritten bald über einen unbefestigten Waldpfad. Sein Griff um ihre Hand war schmerzhaft. Sie musste beinahe rennen, um mit seinen raumgreifenden Schritten mitzuhalten.

Sie wusste, dass er verwirrt war, sich kaum bewusst, wohin er ging oder mit wem. Sie unternahm keinen Versuch, das Schweigen zu brechen.

In Wahrheit ging es ihr selbst kaum anders. Er war im Begriff gewesen zu heiraten. Er hatte sie für tot gehalten – das wusste sie von Captain Harris. Das war vor knapp zwei Jahren gewesen. Und nun wollte er wieder heiraten. So kurze Zeit danach.

Lily hatte seine Braut gesehen, bevor sie voller Panik in die Kirche gestürzt war. Sie war hoch gewachsen und elegant und schön, in weißem Satin und weißer Spitze. *Seine Braut.* Eine Frau aus seiner Welt. Eine Frau, die er vielleicht liebte.

Lily war an seiner Braut vorbeigerannt und hinein ins Kirchenschiff. Es hatte sich angefühlt wie in der Nacht zuvor, als habe sie ein anderes Universum betreten. Nein, noch schlimmer als in der Nacht zuvor. Die Kirche war voll gewesen mit prächtig und teuer gekleideten Damen und Herren und alle hatten sich zu ihr umgesehen. Sie hatte ihre Blicke sogar dann noch gespürt, als ihr eigener Blick fest auf den Mann gerichtet war, der wie ein Märchenprinz vor dem Altar stand.

Er war in helles Blau und Silber und Weiß gekleidet. Lily hatte ihn kaum erkannt. Die Größe, die breiten Schultern, der kräftige, muskulöse Körperbau waren gleich geblieben. Aber dieser Mann war der Graf von Kilbourne, ein unnahbar englischer Aristokrat. Der Mann, den sie kannte, war Major Lord Newbury, ein rauer Offizier des 95. Schützen-Regiments.

Ihr Gemahl.

Der Major Newbury, an den sie sich erinnerte – *Neville*, wie sie ihn am letzten Tag genannt hatte –, hatte nie etwas auf sein Äußeres gegeben und war dennoch unverschämt attraktiv gewesen in seiner grün-schwarzen Regimentsuniform, die oft zerschlissen, staubig oder schlammverschmiert war. Sein blondes Haar trug er immer kurz geschnitten. Heute war er von makelloser Eleganz.

Und er war im Begriff gewesen, diese schöne Frau aus seiner eigenen Welt zu heiraten.

Er hatte Lily für tot gehalten. Er hatte sie vergessen. Er hatte nie über sie gesprochen – das war aus den Reaktionen aller Anwesenden klar zu erkennen gewesen. Vielleicht hatte er sich geschämt, von ihr zu erzählen. Oder sie hatte ihm so wenig bedeutet, dass er nicht daran gedacht hatte. Seine Ehe mit ihr war in Eile geschlossen worden, weil er sich ihrem Vater gegenüber verpflichtet gefühlt hatte. Er hatte das Ganze als Zwischenfall abgelegt, der nicht weiter erwähnenswert war.

Heute war sein Hochzeitstag – mit einer anderen.

Und sie hatte es verhindert.

»Lily.« Als er plötzlich sprach, verstärkte sich der schmerzhafte Druck seiner Hand. »Du bist es wirklich. Du bist wirklich am Leben.« Er blickte immer noch geradeaus. Sein Schritt hatte sich nicht verlangsamt.

»Ja.« Sie konnte sich gerade noch verkneifen, sich dafür zu entschuldigen, wie sie es in der Kirche getan hatte. Es wäre um einiges besser für ihn, wäre sie gestorben. Nicht, dass er gefühllos wäre. Das niemals. Aber ...

»Du warst tot«, sagte er und auf einmal erkannte sie, dass der Pfad eine Abkürzung zu dem Strand war, an dem sie die Nacht verbracht hatte. Sie hatten die Bäume hinter sich gelassen und stiegen den Hügel hinab, wobei sie mit halsbrecherischer Geschwindigkeit durch das Farnkraut stapften. »Ich sah dich sterben, Lily. Ich sah dich tot mit einer Kugel im Herzen. Harris berichtete mir später, dass du gestorben seist. Du und elf andere.«

»Die Kugel verfehlte mein Herz«, sagte sie. »Ich wurde wieder gesund.«

Als sie die Talsohle erreicht hatten, blieb er stehen und blickte zu dem Wasserfall, der in einem aufsehenerregenden Band aus weißem Schaum über eine mit Farn bewachsene Klippe in den darunter liegenden kleinen Teich schoss und weiter in den Bachlauf zum Meer. Die winzige, strohgedeckte Hütte, die Lily in der Nacht zuvor bemerkt hatte, stand oberhalb des kleinen Teiches. Ein Pfad führte zur Tür, doch es gab kein Anzeichen dafür, dass das Haus bewohnt war.

Er wandte sich in die andere Richtung und marschierte mit ihr zum Strand. Lily, die sich durch den langen, strammen Fußmarsch überhitzt fühlte, löste mit der freien Hand die Bänder ihrer Haube und ließ sie hinter sich in den Sand fallen. In der Nacht hatte sie einige Haarnadeln verloren. Die wenigen verbliebenen waren der Aufgabe, ihre lockigen, widerspenstigen Haare zu bändigen, nicht gewachsen. Es fiel ihr offen über die Schultern den Rücken hinab. Sie schüttelte den Kopf und ließ es sich von der Brise aus dem Gesicht pusten.

»Lily«, sagte er und sah sie an – zum ersten Mal, seit sie die Kirche verlassen hatten. »Lily. Lily.«

Sie wanderten nicht den festen, ebenen Sandstrand entlang, sondern gingen hinunter ans Meer. Am Wasser blieben sie stehen. Wären sie doch noch immer durch den Ozean getrennt, dachte Lily. Wäre sie doch nur in Portugal geblieben. Es wäre um ihrer beider willen besser gewesen.

Er hätte die andere Frau geheiratet.

Sie hätte nicht erfahren, dass er sie so schnell vergessen, dass sie ihm so wenig bedeutet hatte.

»Du lebst.« Endlich hatte er ihre Hand losgelassen, aber jetzt drehte er sich zu ihr, blickte mit forschenden Augen in ihr Gesicht und hob eine Hand. Er zögerte, bevor er mit den Fingerspitzen ihre Wange berührte. »Lily. Oh, mein Liebling, du lebst!«

»Ja.« Sie war am Ende ihrer Reise angekommen. Oder vielleicht auch nur am Anfang einer anderen. Er stand da in der ganzen Pracht des Grafen von Kilbourne.

***

Plötzlich wurde Neville bewusst, dass er sich am Strand befand, am Meeresufer. Er hatte keine Ahnung, weshalb er ausgerechnet hierher gekommen war. Oder doch. Das Haus würde bald wieder mit Gästen gefüllt sein und dies hier war der Ort, den er immer aufsuchte, um allein zu sein. Um nachzudenken.

Aber er war nicht allein. Lily war bei ihm. Er *berührte*

sie. Sie war warm und lebendig. Sie war klein und dünn und schön und armselig und ihr langes Haar wehte wild im Wind.

Sie war – o Gott, sie war *Lily*.

»Lily«, sagte er und blinzelte hinaus auf die See, ohne das Wasser oder die Unendlichkeit dahinter wirklich zu sehen, »was ist geschehen?«

Bewusstlos war er aus der Schlucht getragen worden. Lieutenant Harris hatte ihm im Krankenhaus erzählt, dass Lily und elf seiner Männer, einschließlich des Kaplans Reverend Parker-Rowe, ihr Leben gelassen hatten. Die Kompanie hatte bei ihrer Flucht nur die Tornister und die Verwundeten mitnehmen können. Sie waren gezwungen gewesen, es den zurückkehrenden Franzosen zu überlassen, die Habseligkeiten der Toten zu plündern und sie zu begraben.

In den anderthalb Jahren danach hatten Schuldgefühle an Neville genagt. Er hatte darin versagt, seine Männer zu schützen. Er hatte Sergeant Doyle enttäuscht. Er hatte Lily im Stich gelassen – seine Frau.

»Sie brachten mich nach Ciudad Rodrigo«, sagte sie, »und ein Chirurg entfernte die Kugel. Sie verfehlte mein Herz um Schnurrhaaresbreite, sagte er mir – er gebrauchte dieses Wort. Er sprach unsere Sprache. Wie ein paar von ihnen. Sie waren nett zu mir.«

»Waren sie das?« Er drehte den Kopf und sah sie durchdringend an. »Haben sie deine Papiere gefunden, Lily? Haben sie dich gut behandelt? Mit Respekt?«

»O ja.« Sie sah zu ihm auf und er blickte wieder in diese großen, arglosen Augen, so blau wie ein Sommerhimmel. Sie hatten sich nicht verändert. »Sie waren sehr nett. Sie haben mich mit ›Mylady‹ angeredet.« Ein flüchtiges Lächeln huschte über ihr Gesicht.

Vor Erleichterung wurden ihm die Knie weich. Der Schock begann sich zu verflüchtigen, stellte er fest. Eigentlich sollte er jetzt verheiratet sein und sich auf dem Rückweg nach Newbury Abbey zum Frühstück befinden – mit Lauren, seiner Frau. Stattdessen stand er im Hochzeitsstaat am Strand mit ... mit seiner Frau. Er spürte eine erneute Welle der Benommenheit auf sich zukommen.

»Sie haben dich gefangen genommen und dich gut behandelt?«, wiederholte er. »Wann und wo haben sie dich freigelassen, Lily? Warum wurde ich nicht informiert? Oder bist du geflohen?«

Sie senkte den Blick zu seinem Kinn.

»Kurz nachdem wir Ciudad Rodrigo verließen, wurden sie angegriffen«, sagte sie. »Von spanischen Partisanen. Ich wurde gefangen genommen.«

Er verspürte noch mehr Erleichterung. Er lächelte sogar. »Dann warst du in Sicherheit«, sagte er. »Die Partisanen sind unsere Verbündeten. Haben sie dich zum Regiment zurückgebracht? Aber das muss Monate her sein, Lily. Warum hat man mich nicht benachrichtigt?«

Er sah, dass sie sich umdrehte und über den Strand hinweg zum Tal blickte. Ihr Haar wehte ihr ins Gesicht und verbarg es vor seinen Blicken.

»Sie wussten, dass ich Engländerin bin«, sagte sie. »Aber sie wollten nicht glauben, dass ich eine Gefangene war. Ich war nicht gefesselt, verstehst du? Und sie wollten nicht glauben, dass ich eine Offiziersgattin war. Ich war nicht so gekleidet. Sie dachten, dass ich bei den Franzosen als – als Konkubine war.«

Er fühlte sich, als habe sein Herz in seiner Brust einen Salto geschlagen. Er öffnete den Mund, um etwas zu sagen, aber er brachte kaum einen Ton hervor.

»Aber deine Papiere, Lily ...«

»Die Franzosen hatten sie genommen und mir nicht wieder zurückgegeben«, sagte sie.

Er schloss fest die Augen und erstarrte. Die spanischen Partisanen waren bekannt für die Brutalität, mit der sie ihre französischen Gefangenen behandelten. Wie würden sie wohl eine französische Konkubine behandeln, selbst wenn sie Engländerin war? Wie war sie der schrecklichen Folter und der Hinrichtung entgangen?

Er wusste, wie.

Er atmete tief durch. »Warst du ... lange bei ihnen?«, fragte er. Er wartete die Antwort nicht ab. »Lily, haben sie ...«

Hatten sich die schlimmsten Befürchtungen Doyles' bewahrheitet? Und seine eigenen? Aber er brauchte nicht auf die Antwort zu warten. Sie war nur zu offensichtlich. Es gab keine andere mögliche Antwort.

»Ja«, sagte sie leise.

Die Stille zog sich in die Länge, bevor sie weitersprach. Der Schrei einer Möwe drang zu ihnen und es war leicht vorstellbar, dass dieser Schrei ein Wehklagen war.

»Nach vielen Monaten – sieben, genau gesagt – traf ein englischer Agent für ein paar Tage mit ihnen zusammen und überredete sie, mich gehen zu lassen. Ich ging zu Fuß zurück nach Lissabon. Niemand dort wollte mir meine Geschichte abkaufen, bis Captain Harris zufällig geschäftlich in Lissabon zu tun hatte. Als er und Mrs. Harris zurück nach London gingen, nahmen sie mich mit. Der Captain wollte dir schreiben, aber ich konnte nicht warten. Ich kam. Ich musste kommen. Ich musste dir sagen, dass ich am Leben bin. Ich versuchte es gestern Abend, als in deinem Haus dieses Fest stattfand, aber sie hielten mich für eine Bettlerin und wollten mich mit einem Almosen abspeisen. Es tut mir Leid, dass es heute Morgen sein musste. Ich – ich werde nicht bleiben, jetzt, da ich es dich habe wissen lassen. Wenn du willst ... bezahle mir die Kutschfahrt und ich werde ... irgendwo anders hingehen. Ich denke, nach allem, was ich getan habe, gibt es einen Weg, diese Ehe zu annullieren. Wenn man Geld und Einfluss hat, was bei dir ja der Fall ist. Danach kannst du ... deine Pläne weiterverfolgen.«

Eine andere heiraten. Lauren. Dieser Name schien zu einem anderen Leben zu gehören.

Lily bot ihm die Scheidung an. Wegen Ehebruchs. Weil sie zugelassen hatte, vergewaltigt zu werden, anstatt Folter und Exekution ausgeliefert zu sein – wenn sie überhaupt die Wahl gehabt hatte. Weil sie sich entschlossen hatte zu überleben. Und sie hatte überlebt.

Lily vergewaltigt.

Lily eine Ehebrecherin.

Seine geliebte, bezaubernde Unschuld.

»Lily.« Es war keine Einbildung, dass sie dünner geworden war. Ihre schlanke Erscheinung hatte früher eine geschmeidige Grazie besessen. Jetzt sah sie dürr aus. »Wann hast du zum letzten Mal etwas gegessen?«

Sie brauchte einige Zeit, um zu antworten. »Gestern«, sagte sie. »Mittags. Ich habe ein bisschen Geld. Vielleicht kann ich im Dorf ein Brot kaufen.«

»Komm.« Er nahm sie wieder bei der Hand. Ihre war jetzt kalt und kraftlos. »Du brauchst ein warmes Bad und einen Kleiderwechsel und ein gutes Essen und einen langen Schlaf. Hast du nichts bei dir?«

»Meine Tasche«, sagte sie und sah nach unten, als ginge sie davon aus, dass die Tasche plötzlich in ihrer leeren Hand auftauchte. »Ich glaube, ich habe sie irgendwo verloren. Ich hatte sie noch, als ich heute Morgen ins Dorf ging. Ich wollte mir etwas zum Frühstück kaufen. Und dann erfuhr ich von ... von deiner Hochzeit.«

»Man wird sie finden«, versicherte er ihr. »Mach dir keine Sorgen. Ich bringe dich nach Hause.«

Und in Verwicklungen, von denen er sich nicht die geringste Vorstellung machte.

***

»Denke bitte nicht, dass ich dich als Dienstbotin betrachte, Lily«, erklärte ihr Neville – die ersten Worte, die zwischen ihnen gesagt wurden, seit sie den Strand verlassen hatten, »aber so gehen wir der Meute aus dem Weg.«

Die Türe, durch die sie Newbury Abbey betraten, befand sich nicht an der Vorderseite des Hauses. Lily vermutete, dass es sich um den Dienstboteneingang handelte. Und die blanken Steinstufen, die sie im Inneren hinaufgingen, mussten wohl für die Dienerschaft bestimmt sein. Niemand war zu sehen. Der Rest des Hauses allerdings war keineswegs so verlassen, wie aus all den Kutschen zu schließen war, die bei den Stallungen, vor dem Wagenschuppen und auf der Terrasse standen. Auf der Terrasse befanden sich auch Menschen, die in kleinen Gruppen zusammenstanden – einige jener festlich gekleideten Hochzeitsgäste, die in der Kirche gewesen waren.

Neville öffnete eine Tür, die auf einen breiten Korridor führte. Er war mit Teppich ausgelegt und wurde von Bildern, Skulpturen und Türen gesäumt. Sie befanden sich also im Haupthaus. Im Korridor standen drei Personen in ein Gespräch vertieft, das sie jedoch unterbrachen, die beiden Neuankömmlinge neugierig betrachteten und Neville mit verlegener Miene grüßten. Er nickte ihnen höflich zu, sagte aber kein Wort. Ebenso wenig wie Lily, deren Hand sich noch immer in seinem festen Griff befand.

Dann öffnete er eine der Türen und entließ ihre Hand, um

ihr die seine in Taillenhöhe an den Rücken zu legen und sie in den Raum zu führen. Es war ein großer, quadratischer Raum mit einer hohen Decke. Mit einem kurzen Blick nach oben sah sie vergoldeten Stuck und eine Deckenmalerei mit dicken, nackten kleinen Kindern mit Flügeln. Durch zwei hohe Fenster erkannte sie, dass der Raum an der Vorderseite des Hauses lag. Es war ein Schlafzimmer, mit edlen Teppichen ausgelegt und kostbar möbliert. Über dem mit schwerer Seide drapierten Bett spannte sich ein Baldachin. Die altrosa und moosgrünen Farben der Möbel und Stoffe harmonierten geschmackvoll miteinander.

Lily hatte in ihrem ganzen Leben noch nie etwas so Prachtvolles gesehen – außer vielleicht den Hauptsaal, in den sie am vorherigen Abend einen Blick hatte werfen können.

»Ich lasse sofort Essen und Trinken heraufbringen«, sagte Neville, schritt durch das Zimmer und zog an einem mit einer Quaste verzierten Seidenband, das neben dem Bett hing, »und danach werde ich heißes Wasser für ein Bad ins Ankleidezimmer bringen lassen. Wir werden deine Tasche bestimmt wiederfinden, aber bis dahin können wir sicherlich ein Nachtgewand und ein Kleid für dich besorgen. Und dann musst du schlafen, Lily. Du siehst müde aus.«

Ja, vermutlich war sie müde. Doch Müdigkeit gehörte so lange schon zu ihren Lebensbedingungen, dass sie sich ihrer kaum noch bewusst war. Sie wusste, dass sie hungrig war, aber sie war sich keineswegs sicher, ob sie überhaupt etwas essen konnte. Sein Ton war schroff und förmlich. Das Ganze erinnerte nicht im Entferntesten an die freudige Heimkehr, die sie sich ausgemalt hatte – oder die empörte Abweisung, die sie gefürchtet hatte. Er wusste, was ihr widerfahren war, dennoch hatte er sie in sein Haus gebracht, in seine vornehmen Gemächer.

»Ist dies hier dein Zimmer?«, fragte sie ihn. Sie wusste nicht, wie sie ihn anreden sollte. »Neville« erschien ihr zu familiär, obwohl sie doch seine Ehefrau war. Sie hätte ihn gern mit »Sir« angeredet, aber er war kein Offizier mehr und sie gehörte nicht mehr seinem Regiment an. Sie konnte sich nicht dazu durchringen, ihn mit »Mylord« anzusprechen. Also entschloss sie sich, jede Anrede zu vermeiden.

»Es sind die Gemächer der Gräfin«, sagte er. Mit einem Kopfnicken deutete er auf eine Tür, die sie noch nicht entdeckt hatte. »Dahinter findest du das Ankleidezimmer.«

Gräfin? Die Gräfin musste seine Gattin oder seine Mutter sein. Doch er würde sie kaum in die Gemächer seiner Mutter bringen. Und jene groß gewachsene Frau in der Kirche hätte seine Ehefrau werden sollen, seine Gräfin. Aber es war ihm nicht möglich gewesen, sie zu heiraten, weil er bereits mit ihr, Lily, verheiratet war. Das machte sie ... zur Gräfin. Wirklich? Bis zu diesem Moment hatte sie wahrhaftig noch nicht darüber nachgedacht. Sie war verwirrt gewesen, als ihre französischen Häscher sie mit »Mylady« angesprochen hatten, und war sich erst dann bewusst geworden, dass sie die Viscountess Newbury war. Aber das war vor langer, langer Zeit gewesen.

»Soll das mein Zimmer werden?«, fragte sie. »Soll ich also bleiben?« Sie hatte nie über das Ende ihrer Reise hinaus gedacht. Tief in ihrem Inneren hatte sie gewusst, dass sich ein Graf wohl zweifellos unter dem geringsten Vorwand der Tochter eines Sergeants entledigen konnte – und der Graf von Kilbourne hatte einen Vorwand, der kaum gering zu nennen war. Aber sie hatte versucht, sich auf die Tatsache zu konzentrieren, dass der Graf von Kilbourne zugleich Major Lord Newbury war. *Ihr* Major Lord Newbury, der Mann, den sie seit jeher bewundert, vertraut, angehimmelt hatte. Neville. Ihr Gemahl. Ihr Liebhaber. Ihre

Liebe. Doch als sie dort im Zimmer der Gräfin stand, wusste sie, dass sie nie mit einem glücklichen Ende gerechnet hatte. Nur mit irgendeinem Schlusspunkt.

»Lily.« Er trat auf sie zu und sie erkannte, dass er genauso verwirrt und befangen war wie sie selbst. Vielleicht noch mehr. Er war auf das, was ihm an diesem Morgen widerfahren war, nicht vorbereitet gewesen. »Lass uns nicht in die Zukunft blicken. Du lebst. Du bist hier. Und du bist in den Gemächern der Gräfin. Um zu essen und um dich auszuruhen. Tue beides, bevor wir weiterreden.«

»Ja. Das werde ich.« Ja, sie wollte vergessen, mehr als alles andere auf der Welt. Sie wusste nicht, wie sie sich noch länger auf den Beinen halten sollte, noch länger die Augen offen halten und ihren Verstand auf irgendetwas anderes richten sollte als auf das Bedürfnis zu schlafen.

Hinter Lily öffnete sich eine Tür und sie drehte sich um und erblickte ein junges Mädchen in schlichtem, schwarzem Gewand mit weißer Schürze und Diensthaube, glotzäugig und knicksend. Neville gab ihr Anweisungen, während Lily zum Fenster ging und mit schweren Augenlidern hinaussah. Er bestellte genug Essen, um eine ganze Armee zu verköstigen. Und ein heißes Bad – welch ein unglaublicher Luxus!

Als das Dienstmädchen gegangen war, stand er plötzlich hinter ihr. »Ich werde bleiben, bis das Essen kommt«, sagte er. »Dann werde ich dich allein lassen. Wenn du fertig bist, werden im Ankleidezimmer Wasser und Nachtwäsche auf dich warten. Leg dich hin und schlaf. Ich werde später wiederkommen. Dann werden wir reden.«

»Danke, Sir«, sagte sie und kam sich sofort töricht vor.

Unvermittelt fragte sie sich, ob es einstmals, für eine kurze Nacht, wirklich ein Auflodern der Liebe gegeben hatte – seltsam verwoben mit der tiefen Trauer um ihren Vater.

Beide Gefühle hatte sie mit diesem Mann geteilt, mit diesem Fremden, der ihr Ehemann war. Liebe – oder das, was manchmal mit diesem Begriff bezeichnet wurde – hatte seit jener Nacht eine so hässliche Fratze getragen, dass sie kaum glauben konnte, dass Liebe jemals hatte schön sein können. Aber das war sie einmal gewesen. Einmal. Ein einziges Mal in ihrem Leben. Mit ihm – mit Major Lord Newbury. Mit Neville.

Es war die schönste Erfahrung ihres Lebens gewesen. All die Liebe, die sie heimlich in ihrem Herzen gehütet hatte, seit sie ihm zum ersten Mal begegnet war, hatte in jener Nacht fleischlicher Leidenschaft ihren Höhepunkt erfahren. Und sie hatte daran geglaubt – sie hatte gespürt, dass es eine gemeinsam empfundene Liebe war, obwohl sie danach erfahren musste, dass Männer zur Leidenschaft fähig waren, ohne auch nur einen Hauch von Liebe zu verspüren. Und auch dann konnten sie Liebkosungen murmeln.

Hatte sie sich nur eingebildet, dass Neville in jener Nacht beides gefühlt hatte, Liebe und Leidenschaft? War es nur ihre Naivität gewesen – oder das Bedürfnis, das in den Monaten nach jener Nacht gewachsen war, ein einziges Mal, nur für eine einzige kurze Nacht, einen Mann geliebt zu haben, der ihre Liebe erwiderte?

Sie wurde aus ihren Erinnerungen gerissen, als das Tablett mit dem Essen gebracht und auf einem eleganten kleinen Tisch abgestellt wurde. Neville zog einen Stuhl zurück, ließ Lily Platz nehmen und rückte den Stuhl an den Tisch heran. Das Essen hätte wirklich für eine Armee gereicht. Hungrig betrachtete sie einige gekochte Eier, während er ihr eine Tasse Tee eingoss.

»Ich werde dich jetzt allein lassen«, sagte er dann und ergriff mit beiden Händen ihre rechte Hand. »Ich kann dir nicht sagen, wie glücklich ich bin, dass du nicht gestorben bist, Lily. Ich bin so froh, dass du auch alles andere überlebt hast.« Er hob ihre Hand an seine Lippen und küsste ihre Finger, bevor er sich umdrehte, den Raum verließ und leise die Tür hinter sich schloss.

War er wirklich froh?, fragte sie sich, als sie ihm hinterherstarrte. Abgesehen davon, dass er kein grausamer Mensch war und ihr sicher nicht den Tod wünschte, war er wirklich froh? Dass sie überlebt hatte, ja, vielleicht. Aber dass sie in sein Leben zurückgekehrt war, um es zu erschweren? War er erfreut, dass es durch irgendeinen geisterhaften Zufall am Tag seiner Hochzeit mit einer anderen Frau geschehen war?

Wie sollte er erfreut sein? Besonders seit er wusste, was mit ihr geschehen war.

Welche Braut begehrte er? Lily dachte nach. Die andere war schön. Lily hatte sie nicht gut sehen können und ihr Gesicht war von ihrem Schleier bedeckt gewesen, aber sie hatte den Eindruck von Anmut und Eleganz und Schönheit vermittelt. Liebte er sie? Liebte sie ihn? Waren sie für einander geschaffen? Waren sie nur wenige Minuten von der Erfüllung ihres Glückes entfernt gewesen?

Doch solche Grübeleien brachten sie nicht weiter. Außerdem war es unmöglich nachzudenken, wenn jeder Gedanke wie ein bleiernes Gewicht auf ihren Augenlidern lastete. Lily ergriff die Tasse und nippte an dem heißen Tee. Sie schloss die Augen vor Wonne.

Wenn es ihr nach ihrer Rückkehr nach Lissabon nur möglich gewesen wäre, den Tornister ihres Vaters ausfindig zu machen. Aber es war viel zu viel Zeit vergangen. Vermutlich war er nach England zurückgeschickt worden, wurde ihr letztendlich mitgeteilt, zu irgendwelchen entfernten Verwandten, wenn er nicht einfach verloren gegangen oder vernichtet worden war. Papa hatte einen Vater und einen Bruder, die irgendwo lebten – war es in Leicestershire? Lily wusste es nicht so genau und sie hatte sie niemals kennen gelernt. Ihr Vater hatte sich ihnen entfremdet. Aber als sie älter wurde, hatte er ihr immer und immer wieder gesagt, dass sie, sollte er einmal unverhofft zu Tode kommen, seinen Tornister zu einem Vorgesetzten bringen und ihm das darin enthaltene Päckchen zeigen sollte. Es sei ihr Schlüssel zu einer gesicherten Zukunft, hatte er immer gesagt, genau wie das goldene Amulett, das sie immer als Talisman getragen hatte.

Sie nahm an, dass ihr Vater sein Leben lang einen Teil seines Soldes für sie aufgespart hatte. Sie hatte keine Ahnung, wie viel Geld in diesem Päckchen gewesen sein mochte. Es hätte wahrscheinlich nicht lange gereicht, aber es hätte sie zurück nach England und in ein gutes Arbeitsverhältnis gebracht. Mit diesem Geld hätte sie nicht hierher nach Newbury Abbey kommen müssen. Obwohl sie das ohnehin getan hätte. Das Einzige, was ihr während ihrer beiden Gefangenschaften Kraft gegeben hatte, war der Gedanke an *ihn* gewesen und die Hoffnung, ihn wiederzusehen. Bis vor kurzem, noch nach ihrer Ankunft in England, hatte sie nicht wirklich an die Sinnlosigkeit ihres Vorhabens geglaubt. Erst seit gestern Abend, nachdem sie seine Welt und sein Zuhause gesehen und betreten hatte.

Sie war seine Gemahlin – aber streng genommen war sie ebenfalls eine Ehebrecherin.

Hätte sie den Tornister und das Geld gefunden, wäre sie jetzt nicht so sehr auf ihn angewiesen …

Als sie das erste Ei verspeist hatte und in ihren zweiten Toast biss, schloss Lily plötzlich in einem Anflug von Panik die Augen. Ihr Medaillon. Es war in ihrer vermissten Tasche. Sie hatte es lange nicht mehr getragen, seit Manuel es ihr vom Hals gerissen hatte. Wie durch ein Wunder hatte er es ihr zurückgegeben, als er sie freiließ. Seither hatte sie es nicht mehr aus der Hand gegeben – bis zu diesem Morgen.

Würde Neville ihre Tasche finden? Sie hätte sich selbst auf die Suche begeben, aber sie war sich nicht sicher, ob sie aus dem Gebäude hinausfinden würde. Und wahrscheinlich würde sie auf dem Weg auf Menschen treffen. Nein, sie musste sich darauf verlassen, dass er die Tasche für sie fand.

Doch bei dem Gedanken, vielleicht die letzte Verbindung zu ihrem Vater verloren zu haben, brach eine Welle der Übelkeit über sie herein und sie konnte nichts mehr essen.

Sie raffte sich auf und vor Erschöpfung schwankend durchquerte sie den Raum zur Tür des Ankleidezimmers. Vorsichtig betätigte sie die verzierte Klinke.

Kapitel 5

Die Gräfin von Kilborough hatte sich der äußerst delikaten Situation angenommen, nachdem sie sich von dem Schock in der Kirche mehr oder weniger erholt hatte. Die Gäste des Hauses wurden zum Frühstück erwartet. Sie hatte Anweisung gegeben, dass es wie geplant im Ballsaal stattfinden sollte. Doch sämtliche Anzeichen, dass es sich um eine Hochzeit handelte, mussten entfernt werden – die weißen Schleifen und die Hochzeitstorte zum Beispiel.

Der Ballsaal war keineswegs voll, doch in Anbetracht der Vorkommnisse war er voll genug. Einige der Gäste, die Gräfin eingeschlossen, hatten ihren Hochzeitsstaat abgelegt und trugen Kleidung, die dem frühen Nachmittag angemessener war. Trotz allem, was in der Kirche und bei der Rückkehr nach Newbury Abbey womöglich gesagt worden war, beim Frühstück hatten sich die guten Manieren durchgesetzt. Höfliche Konversation war angesagt. Jeder Fremde, der zufällig im Ballsaal gelandet wäre, hätte kaum erraten, dass das Mahl, das gerade eingenommen wurde, eigentlich ein Hochzeitsessen hätte sein sollen, dass die Hochzeit jedoch in einem katastrophalen Desaster geendet hatte – und dass sowohl die Familienmitglieder als auch die Gäste kurz davor waren, vor Neugier zu platzen, um mehr zu erfahren.

Die Gräfin war gefasst und liebenswürdig, plauderte mit ihren Tischnachbarn über eine Vielzahl von Themen und ließ sich in keiner Weise anmerken, wie aufgewühlt sie innerlich war. Private und persönliche Belange waren hintanzustellen. Sie war schließlich nicht umsonst die Gräfin von Kilbourne.

Dergestalt war der Anblick, der sich Neville bot, als er den Ballsaal betrat. Doch die angestrengte Künstlichkeit der Situation wurde offensichtlich, als die Gespräche plötzlich verstummten und aller Augen sich auf ihn richteten. In diesem Moment wurde ihm bewusst, dass er seine Kleider nicht gewechselt hatte – er hatte einfach nicht daran gedacht. Er war ein Bräutigam ohne Braut. So wie er war, stand er im Ballsaal und verschränkte die Hände hinter dem Rücken.

»Es freut mich zu sehen, dass ihr euch zu diesem Mahl versammelt habt«, sagte er. Er sah sich um, blickte in die Gesichter seiner Freunde und Verwandten und stellte ohne Überraschung fest, dass weder Lauren noch Gwen anwesend waren. »Ich werde Euch nicht lange aufhalten. Aber ich schulde Euch natürlich mehr erklärende Worte, als mir heute Morgen in der Kirche möglich waren. Ich kann mich nicht einmal erinnern, was ich dort gesagt habe.«

Der Marquis von Attingsborough, der sich von seinem Platz erhoben hatte, um Neville den freien Stuhl an seiner Seite anzubieten, setzte sich wortlos wieder hin.

Neville hatte die Ansprache nicht vorbereitet. Er war sich nicht recht im Klaren, wie viel oder wie wenig er sagen sollte. Doch es gab keinen Grund, die Wahrheit zu verschweigen. Seine Mutter sah ihn mit ausdrucksloser Würde an. Sein Onkel neben ihr runzelte die Stirn. Einige Dienstboten waren anwesend, einschließlich Forbes, dem Butler. Aber auch die Dienstboten hatten das Recht, in

Kenntnis gesetzt zu werden, dachte Neville. Er wollte sie nicht hinausschicken, bevor er sich äußerte.

»Ich heiratete Lily Doyle wenige Stunden nachdem ihr Vater, mein Sergeant, getötet worden war«, sagte er. »Ich heiratete sie, um das Versprechen einzulösen, das ich dem Sterbenden gegeben hatte, ihr den Schutz meines Namens und Ranges zu geben, für den Fall, dass sie von den Franzosen gefangen genommen würde. Am darauf folgenden Tag geriet die Kompanie, die ich führte, tatsächlich in einen Hinterhalt. Meine ... Frau wurde getötet, das jedenfalls dachten sowohl ich als auch der Lieutenant, der mir später Bericht erstattete. Ich wurde mit einer schweren Kopfverletzung hinter die britischen Linien gebracht. Aber Lily überlebte als französische Gefangene.« Er hatte nicht die Absicht, irgendjemanden von ihrer Gefangenschaft bei den spanischen Partisanen in Kenntnis zu setzen. »Als meine Frau wurde sie ehrenvoll behandelt und schließlich freigelassen. Sie kehrte mit Captain und Mrs. Harris nach England zurück und kam, ganz auf sich allein gestellt, nach Newbury Abbey, um wieder an meiner Seite zu sein.«

Nicht einer, so schien es Neville, hatte auch nur einen einzigen Muskel bewegt, seit er angefangen hatte zu sprechen. Er fragte sich, ob einer der Anwesenden Lily letzte Nacht gesehen hatte oder wusste, dass sie mit dem Angebot eines Six-Pence-Stückes vom Herrenhaus vertrieben worden war, weil man sie irrtümlich für eine Bettlerin gehalten hatte. Er fragte sich, wie vielen klar war, dass sie in Wahrheit die Gräfin von Kilborough war. Es musste ausgesprochen werden.

»Es wird mir eine Ehre sein, euch allen später meine Gattin, *meine Gräfin*, vorzustellen«, sagte er. »Aber verständlicherweise wäre das momentan einfach zu viel für sie. Viele von euch kennen ... Lauren als Freundin oder Verwandte.

Die meisten von euch – ihr alle – werdet ihren heutigen Schmerz nachempfinden können. Ich trage mich mit der Hoffnung, dass ihr den Grund für ihr Leid nicht … nicht bei meiner Gattin sucht. Sie ist frei von jeder Absicht, Anlass für Trennung oder Schmerz zu bieten. Ich … nun ja.« Es gab nichts mehr zu sagen.

»Aber das tut sie ohne Frage, Nev«, sagte der Marquis von Attingsborough energisch, doch er war der Einzige, der das Schweigen brach.

»Ich bitte, mich jetzt zu entschuldigen«, sagte Neville. »Bitte genießt das Essen. Weiß jemand, wo Lauren ist?« Er schloss kurz die Augen.

»Sie ist mit Gwendoline im Witwenhaus, Neville«, ließ Lady Elizabeth ihn wissen. Das Witwenhaus war der Ort, wo sie seit ihrer Verlobung letztes Weihnachten zusammen mit der Gräfin lebte. »Keine von beiden wollte mich empfangen, als ich auf dem Rückweg von der Kirche dort Halt machte. Vielleicht …«

Aber Neville verbeugte sich wortlos vor ihr und verließ den Raum. Dies war nicht der Zeitpunkt, um nachzudenken oder zu beratschlagen, nicht der Zeitpunkt für gesunden Menschenverstand. Er musste dem Impuls des Augenblicks folgen oder er würde zusammenbrechen.

***

Neville war auf dem Weg nach unten, als die Stimme seines Onkels vom Treppenabsatz über ihm nach ihm rief. Er blickte nach oben und sah dort nicht nur den Herzog, sondern auch seine Mutter und Elizabeth.

»Auf ein Wort, Kilbourne«, sagte sein Onkel mit steifer Förmlichkeit. »Das bist du deiner Mutter schuldig.«

Ja, das war er wohl, dachte Neville erschöpft. Vielleicht

hätte er mit ihr sprechen sollen, bevor er im Ballsaal vor die Anwesenden trat und eine öffentliche Erklärung abgab. Doch die korrekte Etikette für eine solche Situation war ihm einfach nicht bekannt. Der Galgenhumor dieses Gedankens amüsierte ihn keineswegs. Mit einem kurzen Kopfnicken wandte er sich um und ging voraus in die Bibliothek. Er durchschritt den Raum und starrte auf die kalten Kohlen im Kamin, bis er hörte, dass die Tür geschlossen wurde. Dann drehte er sich um und sah ihnen ins Gesicht.

»Ich vermute, es kam dir nicht in den Sinn, deine Mutter von deiner früheren Heirat in Kenntnis zu setzen?«, sagte seine Mutter, deren Haltung etwas von ihrer erhabenen Würde verloren hatte und nun Verbitterung zeigte. »Oder vielleicht Lauren? Die unsägliche Erniedrigung des heutigen Tages hätte vermieden werden können.«

»Beruhige dich, Clara«, sagte der Herzog von Anburey und tätschelte ihr die Schulter. »Das bezweifle ich, obwohl die ganze Geschichte für dich weniger schockierend gewesen wäre, hätte sich Neville ehrlicher zu seiner Vergangenheit geäußert.«

»Die Hochzeit wurde sehr kurzfristig geschlossen und die Ehe war sehr kurz«, sagte Neville. »Ich hielt sie für tot und ... nun, ich entschloss mich, diese kurze Episode meines Lebens für mich zu behalten.«

Weil er sich geschämt hatte zuzugeben, dass er die ungebildete Tochter eines Sergeants geheiratet hatte, selbst noch nach ihrem Tod? Eine unangenehme Vorstellung, die hoffentlich nicht der Wahrheit entsprach. Aber wie sollte er den Impuls erklären, der ihn dazu getrieben hatte? Wie hätte er ihnen Lily beschreiben sollen? Wie hätte er ihnen erklären sollen, dass eine Frau manchmal so einzigartig sein konnte, dass es schlichtweg keine Rolle spielte, wer sie war oder – wichtiger noch – wer sie nicht war. Er hätte ihnen die schlichten Fakten mitteilen können und sie wären insgeheim froh, sogar erleichtert gewesen, dass sie gestorben war, bevor sie für sie zu einer Belastung hatte werden können.

»Ich war ganz damit beschäftigt, das fürchterliche Desaster dieses Morgens irgendwie hinter mich zu bringen«, sagte die Gräfin, während sie in den erstbesten Stuhl sank und ein spitzenbesetztes Taschentuch an die Lippen führte, »und was aus der armen Lauren werden soll. Es war mir unmöglich weiterzudenken. Neville, sage mir, dass sie nicht so fürchterlich ist, wie sie heute Morgen aussah. Sage mir, dass es nur an der Kleidung liegt …«

»Du hast doch gehört, der Junge sagte, sie sei die Tochter eines Sergeants, Clara«, erinnerte sie der Herzog und baute sich mit dem Rücken zu ihnen vor dem Fenster auf. »Ich denke, die Tatsachen sprechen für sich. Wer war ihre Mutter, Neville?«

»Ich habe Mrs. Doyle niemals kennen gelernt«, antwortete Neville. »Sie starb in Indien, als Lily noch sehr klein war. Allerdings gibt es kein blaues Blut in der Familie, Onkel, wenn es das ist, was du meinst. Lily ist eine Bürgerliche. Und sie ist meine Frau. Sie trägt meinen Namen und genießt meine Protektion.«

»Ja, ja, Neville, das ist ja alles schön und gut.« Seine Mutter ergriff ungeduldig das Wort. »Aber … o mein Gott, ich kann nicht klar denken. Wie konntest du uns das antun? Wie konntest du *dir* das antun? Deine Erziehung und Ausbildung haben dich zu Höherem bestimmt, als … als eine Frau zu ehelichen, die für jedermann wie eine gewöhnliche Bettlerin aussieht und in der Tat ein Produkt der Unterschicht ist.« Sie erhob sich abrupt und schwankte sichtlich. »Ich vernachlässige meine Gäste.«

»Arme Lily«, sagte Elizabeth, die sich zum ersten Mal äußerte. Sie war Nevilles Tante, die Schwester seines Vaters, aber sie war nur neun Jahre älter als Neville und er hatte sie niemals mit Tante angesprochen. Sie war unverheiratet – nicht weil sie niemals Angebote bekommen hätte, sondern weil sie schon vor langer Zeit erklärt hatte, dass sie niemals heiraten würde, solange sie nicht einen Gentleman fand, der sie davon überzeugte, dass der Verlust ihrer Unabhängigkeit dem Erhalt derselben vorzuziehen sei – und sie erwartete nicht, dass dies jemals eintreten könne. Sie war schön, intelligent und hoch gebildet – und niemand wusste genau, ob der Herzog von Portfrey mehr ihr Freund oder ihr Liebhaber war. »In unserer Selbstsucht vergessen wir die Notlage, in der *sie* sich befindet. Wo ist sie, Neville?«

»Ja, wo ist sie?«, wiederholte seine Mutter und ihre Stimme klang ungewöhnlich gereizt. »Nicht *hier*, nehme ich an. Es gibt auf Newbury Abbey nicht ein einziges freies Zimmer.«

»Es gibt einen Raum, der nicht belegt ist, Mama«, sagte Neville steif. »Sie befindet sich in den Gemächern der Gräfin – wo sie hingehört. Ich habe sie dorthin gebracht, damit sie essen, baden und schlafen kann. Ich habe Anweisung gegeben, sie nicht zu stören, bis ich mich um sie kümmern werde.«

Seine Mutter schloss die Augen und presste sich erneut das Taschentuch an die Lippen. Die Gemächer der Gräfin, früher einmal ihre eigenen, waren Teil einer Zimmerflucht, zu der auch das Schlafgemach des Grafen gehörte – Nevilles Schlafgemach. Er konnte förmlich sehen, wie sie sich der Tatsache bewusst wurde, dass Lily dorthin gehörte.

»Ja«, sagte Elizabeth. »Ich bin sicher, dass es für sie das Beste ist, sich eine Zeit lang auszuruhen. Ich freue mich darauf, ihre Bekanntschaft zu machen, Neville.«

Das passte zu Elizabeth, dachte er, großzügig, eine Situation so zu nehmen, wie sie war, und das Beste daraus zu machen.

»Ich danke dir«, sagte er.

Seine Mutter hatte sich wieder im Griff. »Später am Nachmittag wirst du mit ihr zum Tee erscheinen, Neville«, ließ sie ihn wissen. »Es gibt keinen Grund, sie zu verstecken, oder? Ich werde sie zum gleichen Zeitpunkt kennen lernen wie der Rest der Familie. Wir werden uns alle so verhalten, wie es deiner ... deiner Gemahlin gebührt, dessen darfst du dir sicher sein.«

Neville verbeugte sich vor seiner Mutter. »Ich habe nichts anderes von dir erwartet, Mama«, sagte er. »Doch jetzt entschuldige mich bitte. Ich muss mich um Lauren kümmern.«

»Du kannst von Glück reden, wenn sie dir nicht den Kopf abreißt, Neville«, warnte ihn Elizabeth.

Er nickte. »Und wenn schon«, sagte er zu ihr.

Wenige Minuten später verließ er das Haus und machte sich zu Fuß auf den Weg zum Witwenhaus, das in der Nähe der Eingangstore des Parks lag, ein Stück von der Auffahrt entfernt und abgeschirmt durch die Bäume und einen Privatgarten. Er hatte bereits einen Großteil des Weges hinter sich gebracht, als er feststellte, dass er noch immer seine Hochzeitskleider trug. Aber er würde nicht umkehren, um sich umzuziehen. Wahrscheinlich würde er kein zweites Mal den Mut aufbringen, diesen Weg anzutreten.

Er erkannte, dass er im Begriff war, sich einer der schwierigsten Begegnungen seines Lebens zu stellen.

***

Lauren war nicht im Witwenhaus. Er fand sie hinter dem Haus im Freien, auf einer Baumschaukel sitzend, wo sie sich gedankenverloren mit einem Fuß vor und zurückstieß. Blicklos starrte sie vor sich auf die Erde. Gwendoline saß neben ihr im Gras. Beide trugen noch ihre Hochzeitskleidung.

Er wünschte sich, irgendwo anders auf dieser Erde zu sein, nur nicht hier, dachte Neville, bevor seine Schwester ihn erblickte. Die beiden waren ihm zwei der liebsten Menschen auf der Welt und er hatte ihnen diesen Schmerz zugefügt. Und es gab keinen Trost. Nur eine völlig unzulängliche Erklärung.

Gwendoline sprang auf, als sie ihn sah, und ihre Augen blitzten ihn an. »Ich hasse dich, Neville«, schrie sie. »Solltest du gekommen sein, um sie noch unglücklicher zu machen, kannst du sofort wieder gehen – auf der Stelle! Was hat das alles zu bedeuten? Du schuldest uns eine Erklärung. Was sollte das heißen, diese fürchterliche Frau ist deine Gemahlin?« Laut schluchzend brach sie in Tränen aus und wandte sich schroff ab.

Lauren hatte aufgehört zu schaukeln, doch sie drehte sich nicht zu ihm um.

»Lauren?«, sagte Neville. »Lauren, mein Liebling.« Er wusste noch immer nicht, was er ihr sagen sollte.

Ihre Stimme war gefasst, aber tonlos, als sie anfing zu sprechen. »Im Grunde ist alles in Ordnung. Letztendlich war es doch nur ein bequemes Arrangement, unsere Hochzeit, nicht wahr? Weil wir zusammen aufgewachsen sind und uns mochten und weil Onkel und Großvater es immer so gewollt haben. Und als du fortgingst, hast du mir gesagt, dass ich nicht auf dich warten solle. Du warst sehr offen und ehrlich zu mir. Du warst weder mit mir verlobt noch mir versprochen. Es stand dir völlig frei, sie zu heiraten. Ich mache dir keinen Vorwurf.«

Er war wie vor den Kopf gestoßen. Er hätte es weitaus lieber gesehen, wenn sie sich mit gefletschten Zähnen auf ihn gestürzt hätte, die Finger zu Klauen verkrallt.

»Lauren«, sagte er, »lass mich erklären, wenn ich darf.«

»Es gibt nichts zu erklären«, sagte Gwendoline wütend, nachdem sie ihre Tränen unter Kontrolle gebracht hatte. »Ist sie deine Frau oder ist sie es nicht, Neville? Das ist alles, was zählt. Aber natürlich hast du in der Kirche nicht vor aller Ohren gelogen. Sie ist deine Frau.«

»Ja«, sagte Neville.

»Ich hasse sie«, schrie Gwendoline. »Schäbige, hässliche, *heruntergekommene* Kreatur.«

Aber darauf wollte sich Lauren nicht einlassen. »Wir wissen nichts von ihr, Gwen«, sagte sie. »Ja, Neville. Erklär es mir. Erklär es uns. Es muss eine plausible Erklärung geben, da bin ich sicher. Sobald ich es verstehe, werde ich in der Lage sein, es zu akzeptieren. Alles wird gut.«

Sie stand, natürlich, noch unter Schock. Wollte es nicht wahrhaben. Sie wollte sich selbst davon überzeugen, dass das, was geschehen war, letztendlich nicht von solch zerstörerischem Ausmaß, sondern lediglich etwas verwirrend war, jedoch vollkommen nachvollziehbar, sobald sie eine Erklärung gefunden hatte. Neville bemerkte, dass die so sorgfältig geschneiderte und bestickte Schleppe ihres Hochzeitskleides im Staub lag.

Es war so typisch für Lauren, rational statt emotional vorzugehen, selbst wenn es im Grunde keinen rationalen Weg mehr gab. Sie hatte sich schon immer so verhalten, war immer schon die Besonnene von den dreien gewesen, diejenige, die an die Folgen gedacht hatte, diejenige, die die Erwachsenen nicht ärgern wollte. Zum Teil war dies natürlich auf ihre Geschichte zurückzuführen. Im Alter von drei Jahren war sie nach Newbury Abbey gekommen, als ihre Mutter, die verwitwete Viscountesse Whitleaf, den jüngeren Bruder des verstorbenen Grafen geheiratet hatte. Sie war auf dem Landsitz geblieben, als sich die Frischvermählten auf die Hochzeitsreise begaben – von der sie nie wieder zurückkehrten. Von verschiedenen Orten der Welt waren Briefe und ein paar Päckchen eingetroffen, dann nichts mehr. Nicht einmal eine Nachricht von ihrem Tod.

Laurens Verwandtschaft väterlicherseits hatte keine Schritte unternommen, sie wieder zu sich zu nehmen. Vielmehr hatte sie, als sie ihnen zu ihrem achtzehnten Geburtstag einen Brief geschrieben hatte, eine kurze Antwort vom Sekretär des Viscount erhalten, die besagte, dass es Seiner Lordschaft nicht beliebte, ihre Bekanntschaft zu machen. Lauren selbst, so vermutete Neville, hatte sich selbst nie wirklich für liebenswert gehalten. Und nun dieses Desaster, das sie in ihrer geringen Meinung von sich noch bestätigen musste.

»Ich will es nicht verstehen«, sagte Gwendoline zornig. »Und wie kannst du dasitzen, Lauren, und so ruhig und nachsichtig und versöhnlich daherreden? Du solltest ihm die Augen auskratzen.« Wieder begann sie zu schluchzen.

»Neville?«, sagte Lauren, noch immer regungslos. »Ich muss es verstehen. Erzähle mir von ... von Lily.«

»Lily!«, zischte Gwendoline verächtlich. »Ich hasse diesen Namen. Er klingt erbärmlich.«

»Sie ist die Tochter eines Sergeants«, erklärte Neville. »Sie wuchs mit dem Regiment auf, lebte mit ihm und zog mit ihm übers Land. Sie hat sich nie vor Arbeit gedrückt und war jedermanns Freundin. Die härtesten Männer und die rüdesten Frauen liebten sie. Sie hatte eine ganz eigene Persönlichkeit. Etwas Traumartiges, Feenhaftes umgab sie – ich weiß nicht, wie ich diesen Wesenszug beschreiben soll. Die Hässlichkeit des Lebens, das sie umgab, hat sie nicht berührt. Sie war achtzehn, als ... als ich sie heiratete.« In kurzen Worten berichtete er von den Umständen, die zu ihrer Heirat geführt hatten.

»Und du liebtest sie«, fügte Lauren hinzu, nachdem er geendet hatte.

Um ihretwillen wünschte er, diese Frage verneinen zu können. Nicht, dass es wirklich etwas geändert hätte. Er schwieg.

»Das ist keine Entschuldigung«, sagte Gwendoline. »Du warst *keine* achtzehn mehr, Neville. Du warst ein Mann. Du hättest es besser wissen müssen. Du hättest deiner Familie und deiner Stellung gegenüber mehr Pflichtbewusstsein haben müssen, als aus einem so törichten Beweggrund heraus die Tochter eines Sergeants zu heiraten. Eine Ehe ist etwas fürs *Leben.*«

»Auch ich werde lernen müssen, sie zu lieben«, sagte Lauren und ignorierte Gwendolines Worte. »Ich bin sicher, dass es möglich sein wird. Wenn *du* sie liebst, Neville, dann werde auch ich ...« Aber sie führte den Satz nicht zu Ende. Mit dem Fuß setzte sie die Schaukel in Bewegung.

Neville fragte sich, ob es ihr helfen würde, wenn er zur Schaukel ginge, sie an beiden Schultern packte, herunterzöge und kräftig schüttelte. Aber er erinnerte sich an seinen eigenen Schockzustand vor wenigen Stunden. Er war den ganzen Weg von der Kirche bis zum Strand marschiert, ohne zu wissen, dass er sich überhaupt vom Altar entfernt hatte. Die andere Möglichkeit, sie nicht zu schütteln, sondern von der Schaukel zu heben und in den schützenden Trost seiner Arme zu schließen, wählte er nicht.

»Lauren«, sagte er, »es tut mir so unendlich Leid, mein Liebes. Ich wünschte, es gäbe mehr zu sagen, etwas, das dich trösten könnte, irgendetwas, damit du dich nicht so ... verlassen fühlst. Ich könnte jetzt viele bedeutungslose Dinge sagen, um dir zu versichern, dass dies alles eines Tages Vergangenheit sein wird und … Aber diese Worte würden dich jetzt nicht trösten und wären eine Anmaßung meinerseits. Wisse jedoch, dass du von dieser Familie geliebt wirst, die genauso deine Familie ist wie meine oder Gwens.« Pompöse, leere Worte, und dennoch entsprachen sie der Wahrheit. Er konnte sich nicht erinnern, sich jemals in seinem Leben so hilflos gefühlt zu haben.

»Aber nichts wird jemals wieder so sein, wie es war«, schrie Gwendoline. »Als Vernon starb und ich als Witwe nach Hause kam und als dann Papa starb, dachte ich, die Welt würde untergehen. Doch dann kamst du zurück und wir drei waren wieder zusammen und ich habe erfahren, dass du Lauren heiraten würdest und … Aber jetzt ist alles vorbei, unwiederbringlich zerstört.«

Neville fuhr sich mit einer Hand durchs Haar. Lauren schaukelte sanft vor und zurück.

Gwendoline hatte aus Liebe geheiratet, während er sich auf der Iberischen Halbinsel befand. Er war Viscount Muir niemals begegnet. Aber es war eine kurze, tragische Ehe gewesen, die nur zwei Jahre dauerte. Zuerst hatte Gwen einen furchtbaren Reitunfall erlitten, der eine Fehlgeburt verursacht hatte und von dem sie, nachdem ihr gebrochenes Bein verheilt war, ein bleibendes Hinken zurückbehielt; und dann, nur ein Jahr später, war Muir durch einen Sturz ums Leben gekommen, als er in seinem eigenen Haus wegen eines gebrochenen Treppengeländers von der Empore in die darunter liegende Marmorhalle stürzte. Gwen war in den familiären Trost ihres Elternhauses geflüchtet, statt im Haus ihres Gatten zu bleiben.

»Und wie ich mich wegen meiner Selbstsucht verachte«, sagte Gwendoline, als niemand auf ihre Worte reagierte. »Ich denke nur an mein eigenes Elend, wo es doch *nichts* ist im Vergleich zu dem, was die arme Lauren durchmacht. Oh, was bin ich nur für ein Unmensch.« Sie raffte ihre Röcke hoch und jagte aufs Haus zu, Nevilles ausgestreckten Arm ignorierend.

»Arme Gwen« sagte Lauren. »Nach Lord Muirs Tod hätte sie am liebsten die Zeit zurückgedreht, Neville. Sie wollte das Leben so, wie es war, als wir Kinder waren, und nun glaubte sie, ihr Traum habe sich erfüllt. Aber wir können niemals zurück. Nur nach vorn. Wir können nicht nach gestern zurück oder nach heute Morgen. Es gibt jetzt Lily.«

»Ja.«

»Auch ich bin selbstsüchtig gewesen«, sagte sie. »Meine eigene Enttäuschung ließ mich voreingenommen sein. Aber du, Neville, du musst so glücklich sein, selbst wenn du in deiner Güte wegen mir traurig bist und dir die Zeit genommen hast, zu mir zu kommen und mit mir zu reden. Lily lebt und sie ist zu dir gekommen. Wie wundervoll für dich.«

»Lauren«, sagte er leise. »Mein Liebes, tu so etwas nicht. Bitte nicht.«

»Du möchtest also, dass ich dir sage, wie sehr ich sie hasse?«, sagte sie. »Wie sehr ich mir wünschte, sie wäre wirklich gestorben? Wie sehr ich mir auch jetzt noch wünsche, sie möge sterben? Du möchtest, dass ich dir sage, wie sehr ich dich für dein Verhalten verachte, fortzugehen und mir zu sagen, ich solle nicht auf dich warten, und dann aus einem bloßen Impuls heraus die Tochter eines Sergeants zu heiraten? Du möchtest, dass ich dir sage, wie sehr ich dich dafür hasse, dass du es mir nicht gesagt hast? Dass ich dir zu wenig bedeute, um die Tatsache zu erwähnen, dass dies deine zweite Heirat sein würde? Dafür, dass ich heute Morgen eine solche Erniedrigung ertragen musste?«

Er atmete langsam ein. »Ja«, sagte er. »Das ist es, was

ich hören möchte, Lauren. Lass es heraus. Schrei mich an. Wirf Sachen nach mir. Schlage mich. Nur sitz nicht so reglos da.« Neville fuhr sich wieder mit den Fingern durchs Haar. »O mein Gott, Lauren. Es tut mir so unendlich Leid. Wenn ich nur könnte ...«

»Aber das kannst du nicht«, sagte sie ruhig, obwohl ihre Stimme endlich eine gewisse Schärfe bekommen hatte. »Du kannst es nicht, Neville. Und Hass ist sinnlos. Genau wie gewalttätige Emotionen. Würdest du jetzt bitte gehen? Ich möchte allein sein.«

»Natürlich«, sagte er. Es war das Einzige, was er für sie tun konnte. Ihr aus den Augen gehen.

Als er ging, trieb sie noch immer mit einem Fuß die Schaukel an. Gefangen in ihrem Schock. In ihrer Überzeugung, dass sich alles fügen würde, wenn sie nur ruhig und rational blieb. In ihrem tiefen Hass auf die Tochter des Sergeants, die mit einem Schlag ihre Hoffnungen und Träume, ihr ganzes Leben zerstört hatte. Und auf den Mann, den sie ihr ganzes Leben lang geliebt hatte.

Es half Neville nichts, über jeden Zweifel hinaus zu wissen, dass sie ihn immer mit einer viel tieferen Intensität geliebt hatte, als es ihm je möglich gewesen wäre.

Auf dem Rückweg zum Haus dachte er plötzlich an Lauren, wie sie gestern Nacht gewesen war – strahlend, berstend vor Glück, und wie sie ihn gefragt hatte, ob irgendjemand verdiene, so glücklich zu sein.

Sie verdiente es, so wie er es ihr in jenem Moment gesagt hatte. Aber das Leben gibt einem nicht immer das, was man verdient.

Was hatte er getan, dass er Lilys Rückkehr verdiente. Als er sich vorstellte, dass sie jetzt schlafend, *lebendig* im Bett der Gräfin lag, beschleunigten sich seine Schritte.

Kapitel 6

Das Essen und der Tee hatten Lily gut getan, das ausgiebige, heiße Bad mit parfümierter Seife und einem flauschigen Handtuch hatte sie beruhigt und schläfrig gemacht. Sie hatte lang und tief geschlafen und war erholt, aber auch verwirrt aufgewacht. Für einige Augenblicke war sie nicht in der Lage, sich zu entsinnen, wo sie war und wie sie dorthin gekommen war. Sie konnte sich nicht erinnern, wann sie das letzte Mal so gut geschlafen hatte.

Natürlich dauerte es nicht lang, bis ihr alles wieder einfiel. Sie war angekommen. Sie hatte das Ende einer Reise erreicht, die begonnen hatte – sie wusste nicht, wie viel Zeit seitdem vergangen war –, als Manuel zu ihr gekommen war und ihr erklärt hatte, dass sie gehen könnte. Einfach so – nach sieben Monaten der Gefangenschaft und Versklavung. Sie war irgendwo in Spanien gewesen. Das Einzige, was ihr in den Sinn kam, war, nach Westen zu gehen, nach Portugal, auf der Suche nach ihm – nach Neville, Lord Major Newbury, ihrem Ehemann. Sie hatte nicht einmal gewusst, ob er noch lebte. Möglicherweise war er bei dem Anschlag getötet worden, der sie verwundet und zu einer Gefangenen gemacht hatte. Aber sie befand sich ohnehin auf der Reise. Es gab nichts anderes zu tun. Ihr Vater war tot.

Sie war angekommen, dachte sie, als sie die Bettdecke zurückwarf und auf den weichen, grün- und rosafarbenen Teppich trat. Sie musste den Saum ihres Nachthemdes anheben, um nicht draufzutreten. Es war mindestens fünfzehn Zentimeter zu lang, oder sie war fünfzehn Zentimeter zu klein – wahrscheinlich Letzteres. Ihre Ankunft hatte sich unter spektakulär befremdlichen und auch peinlichen Umständen vollzogen. Aber sie war noch nicht abgewiesen worden, obwohl sie Dinge gebeichtet hatte, die ihn hätten veranlassen können, sie ohne weitere Umstände fortzuschicken.

Das könnte er natürlich immer noch. Aber zumindest hatte er sie freundlich behandelt, obwohl sie seine Zukunftspläne zerstört hatte. Sicherlich würde er ihr wenigstens genug Geld geben oder leihen, um nach London zurückkehren zu können. Vielleicht würde Mrs. Harris ihr helfen, eine Anstellung zu finden, obwohl sie nicht wusste, wozu sie überhaupt befähigt war.

Sie drückte die Türklinke des Ankleidezimmers ebenso vorsichtig, wie sie es zuvor getan hatte. Aber dieses Mal hatte sie nicht so viel Glück. Es war jemand drinnen.

»Oh, Verzeihung«, sagte sie und schloss schnell die Türe.

Aber die öffnete sich fast sofort wieder und das verblüffte Gesicht eines jungen Mädchens in Lilys Alter blickte sie an. Das Mädchen trug eine dieser hübschen Diensthauben, wie sie auch das Dienstmädchen getragen hatte, das ihr das Essen brachte.

»Ich bitte vielmals um Entschuldigung, Mylady«, sagte das Mädchen. »Ich habe nur Eure Kleider gebracht und Mrs. Ailsham sagte mir, dass ich bleiben solle, um Euch beim Ankleiden zu helfen und Euer Haar zu richten. Sie sagte, Seine Lordschaft komme Euch in einer halben Stunde abholen, um Euch zum Tee zu führen, Mylady.«

»Oh.« Lily lächelte und streckte ihr die rechte Hand entgegen. »Du bist ein Dienstmädchen. Was bin ich erleichtert, das zu hören. Wie geht es dir? Ich bin Lily.«

Das Dienstmädchen schielte zweifelnd auf die ausgestreckte Hand. Sie nahm sie nicht, sondern machte stattdessen einen Knicks. »Ich bin erfreut, Eure Bekanntschaft zu machen, Mylady«, sagte sie. »Ich bin Dolly. Meine Eltern ließen mich auf den Namen Dorothy taufen, aber alle haben mich immer nur Dolly genannt. Ich bin Euer persönliches Dienstmädchen, sagt Mrs. Ailsham, bis Euer eigenes kommt.«

»Mrs. Ailsham?« Lily trat in das Ankleidezimmer und sah sich um. Die Badewanne war entfernt worden, stellte sie fest.

»Die Haushälterin, Mylady«, erläuterte Dolly.

Und dann sah Lily ihre Tasche auf dem Schemel vor dem Ankleidetisch liegen. Sie eilte hin und durchsuchte sie ängstlich. Aber alles war gut. Ihre Hand schloss sich um das Medaillon. Sie zog es hervor und umklammerte es voller Erleichterung. Wenn es verloren gegangen wäre, hätte sie sich gefühlt, als habe sie ein Teil ihrer selbst verloren. Allerdings vermisste sie einige andere Dinge. Sie sah sich um.

»Ich nahm mir die Freiheit, ein Kleid und ein Hemd aus Eurer Tasche zu nehmen, Mylady«, sagte Dolly. »Ich habe sie gebügelt. Sie waren recht zerknittert.«

Sie waren sorgsam über den Rücken eines Stuhles gelegt, ihr Baumwollhemd und das kostbare, hellgrüne Musselinkleid, das Mrs. Harris ihr in Lissabon unbedingt hatte kaufen müssen.

»Du hast sie *gebügelt*?«, sagte sie und lächelte das Dienstmädchen dankbar an. »Wie lieb von dir. Ich hätte das auch selbst tun können. Aber ich bin froh, dass ich es nicht zu tun brauche. Vermutlich hätte ich niemals zur Küche gefunden.« Sie lachte.

Dolly lachte ebenfalls, wenn auch ein wenig unsicher. »Ihr seid lustig, Mylady«, sagte sie. »Die Gesichter hätte ich sehen wollen, wenn Ihr mit dem Kleid überm Arm in die Küche gekommen wärt und um ein Bügeleisen gebeten hättet.« Diese Vorstellung schien sie unglaublich zu belustigen.

»Besonders in diesem Aufzug«, sagte Lily, griff ihr Nachtgewand an den Seiten und hob es über ihre blanken Zehen. »Über meinen Saum stolpernd.«

Sie lachten wie kleine Kinder.

»Ich werde Euch beim Ankleiden helfen, Mylady«, sagte Dolly zu ihr.

»Mir helfen? Wozu?«, fragte Lily.

Dolly antwortete nicht. Sie zeigte auf Lilys abgetragene Schuhe, das einzige Paar, das sie besaß. Mrs. Harris hatte ihr auch diese Schuhe gekauft, aber sie hatte Lily gesagt, dass die Armee sie bezahlen würde. Nach Mrs. Harris' Meinung schuldete die Armee Lily etwas. Die Armee hatte auch ihre Tasche bezahlt und die Schiffspassage, die sie nach England gebracht hatte.

»Ich habe sie aufpoliert, Mylady«, sagte Dolly. »Aber Ihr braucht neue, wenn Ihr mich fragt.«

»Ich glaube, da brauche ich nicht zu fragen«, sagte Lily, während sie sich zügig anzog. Sie fühlte sich merkwürdig heiter. »Es wird nicht mehr lange dauern und ich werde einen Schritt nach vorne machen und meine Schuhe werden sich dazu entschließen zu bleiben, wo sie sind, und das wird ihr Ende sein.«

Lily konnte sich nicht daran erinnern, wie lange es her war, dass sie so ausgelassen gelacht hatte – bis zu diesem Tag, als sie und Dolly gemeinsam lachten.

»Ihr habt eine hübsche Figur, Mylady«, sagte Dolly und betrachtete sie prüfend, als sie angezogen war. »Klein und zierlich, nicht so knochig und schlaksig wie ich. Ihr werdet bezaubernd aussehen, wenn erst all Eure Koffer eingetroffen sind.«

»Aber ich wünschte, ich hätte etwas von deiner Größe abbekommen«, sagte Lily mit einem Seufzer. »Gibt es hier irgendwo ein Band, Dolly, mit dem ich mein Haar zurückbinden könnte? Ich glaube, ich habe sämtliche Haarnadeln verloren.«

»Oh, ein Band wird nicht genügen, Mylady.« Dolly klang entsetzt. »Nicht zum *Tee*. Ihr setzt Euch jetzt hier auf diesen Hocker – hierher, und die Tasche legen wir auf diesen Stuhl – und ich werde Euch frisieren. Ihr braucht Euch keine Sorgen zu machen, dass ich Euch verunstalten werde. Ich habe manchmal Lady Gwendolines Haar frisiert, bevor sie ins Witwenhaus zog, und letzte Nacht habe ich sogar Lady Elizabeths Haar gerichtet, als sich während des Balles einige Strähnen lösten und ihre Zofe nirgends zu finden war. Sie sagte, ich habe es gut gemacht. Ich wollte immer schon Kammerzofe werden, nicht bloß Zimmermädchen. Das ist mein großes Ziel, Mylady. Ihr habt wunderschönes Haar.«

Lily setzte sich hin. »Ich weiß nur nicht, was ich damit anfangen soll, Dolly«, sagte sie unsicher. »Es ist hoffnungslos lockig und widerspenstig wie ein Gestrüpp. Heute ist es noch unbändiger als sonst, weil es frisch gewaschen ist. Oh, ein völlig neues Erlebnis – mich hat noch nie jemand frisiert.«

Dolly lachte. »Was für lustige Witze Ihr macht, Mylady«, sagte sie. »Ich kenne Leute, die würden für solche Locken töten. Seht nur, wie sie sich hochstecken lassen und halten, ohne zusammenzufallen wie ein Laib Brot, wenn man die Ofentür zu früh öffnet. Und ooh, seht nur, Mylady, wie es sich ohne Wickler in kleine Löckchen legen lässt. *Ich* würde für solche Haare töten.«

Lily beobachtete im Spiegel, wie aus ihrer wilden Haarpracht eine Frisur wurde, und ihre Augen weiteten sich vor Erstaunen. »Wie geschickt du bist«, sagte sie. »Du hast erstaunliche Fähigkeiten, Dolly. Ich hätte es nicht für möglich gehalten, dass man mein Haar bändigen kann.«

Dolly errötete vor Freude und platzierte die letzte Haarnadel. Sie nahm einen kleinen Handspiegel und hielt ihn in verschiedenen Winkeln hinter Lily, sodass sie sich von allen Seiten betrachten konnte.

»Das sollte zum Tee reichen, Mylady«, sagte sie. »Für heute Abend werden wir etwas Außergewöhnliches brauchen. Ich lasse mir etwas einfallen. Ich hoffe, dass Eure Zofe nicht allzu schnell ankommt, aber ich sollte nicht so selbstsüchtig sein.« Während sie sprach, bauschte sie die kurzen Puffärmel an Lilys Kleid auf und beobachtete den Effekt im Spiegel. »Fertig, Mylady. Nun seid Ihr bereit, wenn Seine Lordschaft kommt.«

Nicht gerade ein tröstlicher Gedanke. Er wollte sie *zum Tee* abholen. Was genau hatte das zu bedeuten? Aber es war keine Zeit zum Nachdenken. Fast im gleichen Augenblick klopfte es an einer der drei Türen des Ankleidezimmers und Dolly ging hin, um zu öffnen – sie schien genau zu wissen, um welche Tür es sich handelte. Lily stand auf.

Er hatte seinen hellen Hochzeitsstaat abgelegt. In dem dunkelgrünen Rock, den er jetzt trug, sah er viel vertrauter aus, obwohl er weitaus aufwendiger geschneidert war und viel besser saß als seine Schützenjacke. Er betrachtete sie kurz von Kopf bis Fuß und verbeugte sich vor ihr.

»Du siehst besser aus«, sagte er. »Ich hoffe, du hast gut geschlafen?«

»Ja, danke, Sir«, sagte sie und verzog das Gesicht. Sie musste unbedingt daran denken, ihn nicht so anzureden.

»Du hast tief und fest geschlafen, als ich vorhin nach dir sah. Du siehst sehr hübsch aus.«

»Dank Dolly«, sagte sie und lächelte die Magd an. »Sie bügelte mein Kleid und zähmte mein Haar. War das nicht nett von ihr?«

»In der Tat.« Er hob die Augenbrauen. »Du kannst dich zurückziehen ... Dolly.«

»Jawohl, Mylord.« Ohne ihn anzusehen, machte die Magd einen tiefen Knicks und eilte hinaus.

Nun, *diese* Reaktion konnte Lily begreifen. Sie hatte Soldaten gesehen, die sich in ähnlicher Haltung von ihm entfernten – obwohl natürlich ohne Knicks –, nachdem er sie angesehen hatte. Seine Männer hatten ihn immer verehrt – und seinen Zorn gefürchtet. Lily hatte diese Angst niemals gespürt.

»Mein Name ist Neville, Lily«, sagte er. »Du kannst mich so nennen, wenn du möchtest. Ich werde dich nun zum Tee in den Salon führen. Du brauchst dir keine Gedanken zu machen. Da mehrere Gäste bereits abgereist sind, wird die Zahl der Anwesenden nicht so überwältigend sein. Zum größten Teil handelt es sich um Mitglieder meiner Familie. Ich werde bei dir sein. Sei einfach nur du selbst.«

Aber würden nicht einige dieser hochherrschaftlichen Leute, die sie gestern Nacht und heute Morgen gesehen hatte, dort sein, versammelt im Salon? Und er war im Begriff, sie dorthin zu bringen, damit sie sich zu ihnen gesellte? Wie sollte sie ihnen gegenübertreten? Was sollte sie sagen? Oder tun? Und was würden sie von ihr halten? Nicht sehr viel, vermutete sie. Sie hatte die meiste Zeit ihres Lebens mit der Armee verbracht und war sich der großen

Kluft sehr wohl bewusst, die die Männer – ihren Vater eingeschlossen – von den Offizieren trennte. Und hier war sie nun, die Gattin eines Grafen, die ihren ersten Auftritt in seinem Haus an genau dem Tag hatte, an dem er eine andere Frau hätte heiraten sollen – eine Dame aus seiner eigenen Schicht, daran zweifelte sie nicht. Eine weniger angenehme Situation war kaum vorstellbar.

Aber ihr ganzes Leben lang war Lily in schwierige Situationen geraten, von denen sie sich keine selbst ausgesucht hatte. Sie war aufgewachsen mit einer Armee, die sich im Kriegszustand befand. Sie hatte sich den unterschiedlichsten Orten, Situationen und Menschen anpassen müssen. Sie hatte sogar sieben Monate überstanden, die viele Frauen als schlimmer als den Tod empfinden würden.

Und so trat sie vor und nahm Nevilles Arm, ohne sich ihre Bedenken anmerken zu lassen, und sie traten hinaus auf den breiten Korridor, an den sie sich noch erinnerte. Sie stiegen eine der großen, bogenförmigen Treppen hinab. Sie sah über das Geländer hinunter auf die mit Marmor geflieste Halle und hinauf in die vergoldete, mit Fenstern versehene Kuppel. Erneut überkam sie das Gefühl, geschrumpft zu werden. Sie war überwältigt.

»Ich hatte ein großes Landhaus erwartet«, sagte sie.

»Wie bitte?«

»Dein Heim«, sagte sie. »Ich erwartete ein größeres Landhaus in einem großen Garten.«

»Ist das wahr, Lily?« Er sah sie ernst an. »Und stattdessen hast du dies hier vorgefunden? Das tut mir Leid.«

»Ich dachte, nur Könige leben in Häusern wie diesem«, sagte sie und kam sich äußerst töricht vor, als sie bemerkte, dass sich kleine Fältchen um seine Augen bildeten und ihre Worte ihn offensichtlich amüsierten.

Dann näherten sie sich zwei gewaltigen, doppelflügligen

Türen und einer jener livrierten Diener wartete darauf, sie zu öffnen. Es war der Diener, mit dem sie am letzten Abend zusammengetroffen war, erkannte Lily. Sie konnte sich sogar noch daran erinnern, wie ihn der Oberdiener angesprochen hatte. Ihr Leben in der Armee hatte sie darin geübt, sich die Gesichter und Namen derer zu merken, die mit ihnen zogen. Sie lächelte freundlich.

»Wie geht es ihnen, Mr. Jones?«, fragte sie.

Der Diener sah verdutzt aus, errötete sichtlich unter seiner weißen Perücke, neigte den Kopf und öffnete die Türen. Lily blickte hoch und sah erneut die Lachfältchen in Nevilles Augenwinkeln. Und er spitzte den Mund, um nicht lachen zu müssen.

Aber sie hatte keine Gelegenheit, sich weiter mit der Sache zu befassen, denn als sie in den Salon traten, stürzten so viele Eindrücke auf einmal auf sie ein, dass sie sich benommen und atemlos fühlte. Da war die gewaltige Größe und Erhabenheit des Raumes selbst – vier ihrer imaginären Landhäuser hätten mit Leichtigkeit hineingepasst. Aber noch einschüchternder als der Raum war die Anzahl von Menschen, die sich dort aufhielt. War es möglich, dass irgendeiner der Hochzeitsgäste bereits abgereist war? Alle waren etwas weniger aufwendig gekleidet als am Abend zuvor oder am Morgen, aber trotzdem erkannte Lily plötzlich, dass ihr hoch geschätztes Musselinkleid reichlich gewöhnlich war und ihre wundervolle Frisur äußerst schlicht. Ganz zu schweigen von ihren *Schuhen*!

In der Stille, die ihrem Eintreten folgte, führte Neville sie zu einer älteren Dame von herrschaftlicher Haltung mit attraktiv ergrauendem, dunklem Haar. Sie saß da, in der einen Hand eine zarte Untertasse, in der anderen die Tasse. Sie sah aus, als wäre sie in ihrer Haltung erstarrt. Ihre Augenbrauen waren vornehm hochgezogen.

»Mama«, sagte Neville und verbeugte sich vor ihr, »darf ich dir Lily, meine Gattin, vorstellen? Dies ist meine Mutter, Lily, die Gräfin von Kilbourne.« Er atmete hörbar ein und sagte dann etwas leiser: »Pardon – die Gräfinwitwe von Kilbourne.«

Lily erkannte in ihr die Dame, die am Morgen in der Kirche aufgestanden war und ihn beim Namen genannt hatte. Sie war seine Mutter. Sie setzte ihre Tasse und Untertasse ab und erhob sich. Sie war groß.

»Lily«, sagte sie lächelnd, »willkommen auf Newbury Abbey, mein Liebes, und in unserer Familie.« Und sie nahm Lilys Hand und beugte sich vor, um sie auf die Wange zu küssen.

Lily spürte den Hauch eines teuren und exquisiten Parfums. »Ich bin erfreut, Euch kennen zu lernen«, sagte sie, keineswegs davon überzeugt, dass auch nur eine von beiden aufrichtig war.

»Lass mich dich nun allen anderen vorstellen, Lily«, sagte Neville. Der Raum war bemerkenswert still. »Oder vielleicht besser nicht. Es könnte etwas zu viel für dich sein. Vielleicht reicht für den Moment eine allgemeine Vorstellung?« Er drehte sich um und lächelte in die Runde.

Doch die Gräfinwitwe war anderer Meinung und das ließ sie ihn auch wissen. »Aber natürlich muss Lily jedem vorgestellt werden, Neville«, sagte sie und hakte Lily unter. »Schließlich ist sie deine Gräfin. Komm, Lily, und lern unsere Familie und Freunde kennen.«

Es folgte ein verwirrendes Zwischenspiel, das Lily wie Stunden vorkam, obgleich es wohl kaum länger als eine Viertelstunde dauerte. Sie wurde dem silberhaarigen Gentleman und der Dame mit den zahlreichen Ringen vorgestellt, die sie gestern Abend in der Eingangshalle gesehen hatte, und erfuhr, dass es sich um den Herzog und die Herzogin von Anburey handelte, den Bruder der Gräfinwitwe und ihre Schwägerin. Sie wurde deren Sohn vorgestellt, dem Marquis von irgendeinem furchtbar langen Namen. Und dann wurde sie nur noch zahlloser Gesichter gewahr, die alle zu Menschen mit Vornamen und Nachnamen und – allzuoft – auch mit Titeln gehörten. Einige waren Tanten oder Onkel. Einige waren Cousinen oder Cousins – ersten oder zweiten Grades oder auch weiter entfernt. Einige waren Freunde der Familie oder besondere Freunde ihres Gatten oder die Freunde jemandes anderen. Einige von ihnen neigten den Kopf. Einige der jüngeren Leute verbeugten sich oder machten einen Hofknicks. Die meisten lächelten; einige nicht. Und zu viele von ihnen sprachen sie an; ihr fiel als Antwort nichts anderes ein, als dass sie erfreut war, sie alle kennen zu lernen.

»Arme Lily. Du siehst völlig mitgenommen aus«, sagte die Dame hinter dem Teetablett, als Lily und die Gräfinwitwe endlich bei ihr angelangt waren. »Jetzt ist es genug, Clara. Komm und setz dich hier auf den freien Stuhl, Lily, und nimm eine Tasse Tee und ein Sandwich. Ich bin Elizabeth. Ich weiß, das ist nicht der erste Name, den du heute hörst, und es spielt auch wirklich keine Rolle, wenn du es wieder vergessen haben solltest, wenn wir uns das nächste Mal begegnen. Wir müssen uns nur einen Namen merken und du dir gleich ein ganzes Heer. Irgendwann wirst du uns schon alle einsortieren können. Hier, meine Liebe.«

Während sie sprach, hatte sie eine Tasse Tee eingeschüttet und reichte sie jetzt Lily, zusammen mit einem Tablett winziger Sandwiches, von denen die Krusten entfernt worden waren. Lily war nicht hungrig, aber sie wollte nicht ablehnen. Sie nahm ein Sandwich und stellte dann fest, dass sie, wenn sie trinken wollte, was sie liebend gern getan hätte, zuerst das Sandwich aufessen musste, um eine Hand für die Tasse frei zu haben. Das Porzellan war so fein und zerbrechlich, dass sie plötzlich Angst bekam, es fallen zu lassen und zu zerbrechen.

Nevilles Hand legte sich beruhigend auf ihre Schulter.

Der Raum war nicht länger still, wie Lily mit einer gewissen Erleichterung bemerkte, und sie wurde nicht mehr von allen angestarrt. Alle trieben höfliche Konversation. Während sie ihr Sandwich aß und es ihr gelang, ihren Tee ohne Zwischenfall zu sich zu nehmen, lauschte sie den Unterhaltungen in ihrer Umgebung. Aber man ignorierte sie auch nicht. Menschen, deren Namen sie vergessen hatte – dass ihr normalerweise außergewöhnlich gutes Gedächtnis sie ausgerechnet in diesem Moment im Stich lassen musste! –, versuchten immer wieder, sie in ihre Konversation einzubeziehen. Einige der Damen hatten eine lebhafte Diskussion über die jeweiligen Vorzüge zweier verschiedener Haubenarten geführt.

»Was denkt Ihr darüber, Lily?«, fragte eine von ihnen wohlwollend, eine auffällig gekleidete, rothaarige Dame. War sie eine Cousine?

»Ich weiß nicht«, sagte Lily, für die eine Haube schlicht und ergreifend dazu diente, sie vor der Sonne zu schützen.

Dann wurde über ein bestimmtes Theater in London gesprochen und es gab unterschiedliche Auffassungen darüber, ob das Publikum Komödien oder Tragödien bevorzugte. Unvermittelt musste Lily mit freudiger Wehmut an die Schwänke denken, die die Soldaten von Zeit zu Zeit zur Aufheiterung des Regiments aufgeführt hatten.

»Was meint Ihr, Lily?«, fragte ein Gentleman, ein jüngerer Mann mit angenehmen Gesichtszügen und leicht gelichtetem, blondem Haar. War er ein Verwandter oder einer der Freunde?

»Ich weiß nicht«, antwortete Lily.

Andere sprachen über ein Konzert, das einige von ihnen vor Wochen in London gehört hatten. Die Herzogin von Anburey hielt Mozart für das größte musikalische Genie aller Zeiten. Ein stattlicher Mann mit gerötetem Gesicht widersprach und plädierte für Beethoven. Es gab große Unterstützung für beide Seiten.

»Was ist Ihre Meinung, Lily?«, fragte die Herzogin.

»Ich weiß nicht«, sagte Lily, die von keinem der beiden Herren jemals gehört hatte.

Sie begann sich zu fragen, ob man sie absichtlich nach ihrer Meinung fragte, da alle wussten, dass sie *nichts* wusste, dass sie noch immer fast genauso unwissend war wie an dem Tag ihrer Geburt. Aber vielleicht auch nicht. Sie schienen keine üblen Hintergedanken zu haben.

Dann sprach man über Bücher. Die Herren diskutierten politische oder philosophische Traktate und einige der Damen verteidigten den Roman als eine legitime Kunstform.

»Ich kann nicht lesen«, gab Lily zu.

Plötzlich schienen alle verlegen zu sein. Es trat eine kurze, unangenehme Stille ein, die offensichtlich niemand so schnell überbrücken konnte. Lily hatte seit jeher lesen wollen. Ihre Eltern hatten ihr Geschichten erzählt, als sie noch klein war, und sie hatte sich immer vorgestellt, wie schön es doch sein musste, ein Buch zu nehmen, wann immer man wollte, und in diese magischen Welten der Fantasie entfliehen zu können – oder sich Wissen von Dingen anzueignen, die sie nicht kannte. Sie war ja so unwissend. Aber sie hatte nie die Möglichkeit gehabt, eine Schule zu besuchen, und ihr Vater, der ein kleines bisschen lesen und seinen Namen schreiben konnte, hatte sich immer für unfähig erklärt, sie zu unterrichten.

Neville beugte sich von hinten über ihren Stuhl. Er würde sie retten und aus diesem Raum führen, dachte sie mit gewisser Erleichterung. Doch bevor er das tun konnte, ergriff die Dame hinter dem Teetablett das Wort – Elizabeth. Lily hatte schon vorhin bemerkt, dass sie sehr schön war, obschon nicht mehr jung. Sie hatte Grazie und Eleganz, um die Lily sie beneidete, ein ausdrucksstarkes Gesicht und Haar so blond wie Nevilles. Sie war seine Tante.

»Ich wage zu behaupten, dass Lily ein *lebendes* Buch ist«, sagte sie und lächelte freundlich. »Es ist mir nie möglich gewesen, über die Grenzen dieses Landes hinaus zu reisen, Lily, weil diese elenden Kriege schon fast mein ganzes Erwachsenenleben andauern. Ich würde es so lieben, zu reisen und all die Länder und Kulturen zu sehen, von denen ich bis jetzt nur habe lesen können. Du musst einige gesehen haben. Wo bist du überall gewesen?«

»In Indien«, sagte Lily. »In Spanien und Portugal. Und jetzt in England.«

»Indien!«, rief Elizabeth aus und sah Lily bewundernd an. »Die Männer kommen von solchen Reisen nach Hause und erzählen von dieser Schlacht und jenem Gefecht. Was haben wir doch für ein Glück, eine *Frau* in unserer Mitte zu haben, die uns interessantere und wichtigere Dinge schildern kann. Erzähl uns von Indien, Lily. Nein, das ist zu allgemein und man weiß zwangsläufig nicht, wo man anfangen soll. Was ist mit den Menschen, Lily? Unterscheiden sie sich wesentlich von uns? Erzähl uns von den Frauen. Was tun sie? Wie sind sie?«

»Ich habe Indien *geliebt*«, sagte Lily und die Erinnerung ließ ihr Gesicht erglühen und ihre Augen leuchten. »Und die Menschen sind so vernünftig. Weit mehr als unsere eigenen Leute.«

»Wie das?«, fragte einer der jüngeren Gentlemen.

»Sie kleiden sich so vernünftig«, sagte Lily. »Sowohl Männer als auch Frauen tragen wegen der großen Hitze leichte, lockere Hemden. Die Männer brauchen nicht den ganzen Tag enge Röcke zu tragen, bis zum Hals zugeknöpft, und lederne Stehkragen, die einem die Luftröhre würgen, und enge Reithosen und hohe Lederstiefel, in denen einem Beine und Füße verbrennen. Nicht, dass es die Schuld unserer armen Soldaten gewesen wäre – sie befolgten nur ihre Befehle. Aber sie sahen oft aus wie gekochte Rüben.«

Schallendes Gelächter ertönte – hauptsächlich von den Herren. Die meisten Damen sahen eher schockiert aus, obwohl einige der jüngeren kicherten. Elizabeth lächelte.

»Und die Frauen sind nicht so dumm, Korsetts zu tragen«, fügte Lily hinzu. »Ich sage Ihnen, *unsere* Frauen würden nicht so oft hysterische Zusammenbrüche erleiden, wenn sie dem Beispiel der indischen Frauen folgen würden. Frauen können sehr töricht sein – und alles im Namen der Mode.«

Eine der älteren Damen – Lily konnte sich weder an ihren Namen noch an ihr Beziehungsverhältnis zum Rest der Familie erinnern – hatte sich die Hand vor den Mund geschlagen und gequälte Laute von sich gegeben, als in aller Öffentlichkeit das Wort »Korsett« fiel.

»Sehr töricht, in der Tat«, stimmte Elizabeth zu.

»Oh, aber die Kleider der Frauen.« Lily schloss für einen Augenblick die Augen und fühlte sich fast wieder zurückversetzt in das Land, das sie geliebt hatte – sie konnte die Hitze und die Gewürze beinahe riechen. »Ihre *Saris*. Sie benötigen keine Juwelen, um diese Gewänder zu schmücken. Aber sie tragen gläserne Armbänder, die an ihren Handgelenken klimpern, und Ringe in der Nase und einen roten Punkt hier«, sie drückte sich einen Mittelfinger auf die Stirn über der Nasenwurzel und markierte damit einen Kreis, »um anzuzeigen, dass sie verheiratet sind. Ihre Männer brauchen nicht verstohlene Blicke auf ihre Finger zu werfen, wie es, so darf ich wohl behaupten, *unsere* Männer tun, wenn sie wissen wollen, ob sie ungestraft um eine Frau freien dürfen. Sie brauchen ihnen nur in die Augen zu sehen.«

»Sie können also nicht einmal so tun, als hätten sie es nicht *gewusst*?«, fragte der junge Gentleman mit dem langen Namen – der Marquis –, und seine Augen funkelten. »Das ist aber nicht fair.«

Einige der jüngeren Leute lachten.

»Habt ihr gewusst«, fragte Lily, lehnte sich leicht in ihrem Stuhl vor und blickte gespannt um sich, »dass Saris eigentlich nur lange Stoffbahnen sind, die so drapiert werden, dass sie wie die kostbarsten Gewänder aussehen? Es gibt keine Nähte, keine Bänder, keine Nadeln, keine Knöpfe. Eine der Frauen, die eine Freundin meiner Mutter war, hat es mir beigebracht. Ich war so stolz auf mich, als ich es zum ersten Mal ohne Hilfe geschafft hatte, einen Sari zu wickeln. Ich kam mir vor wie eine Prinzessin. Aber als ich gerade einmal drei Schritte gegangen war, fiel es herunter und ich stand im Hemd da. Da bin ich mir sehr dumm vorgekommen, das kann ich Euch versichern.« Sie lachte herzlich, genau wie die Mehrzahl ihres Publikums.

»Meine Güte, Kind.« Das war die Gräfin, die zwar gelacht hatte, aber auch ein wenig verlegen dreinblickte.

Lily lächelte sie an. »Ich glaube, ich war damals sechs oder sieben Jahre alt«, sagte sie. »Und alle fanden es sehr komisch – alle, nur ich nicht. Ich meine mich zu erinnern, dass ich in Tränen ausbrach. Später lernte ich, einen Sari richtig zu tragen. Ich glaube, ich könnte es heute noch. Es gibt keine bezaubernderen Gewänder, das kann ich Euch versichern. Und kein bezaubernderes Land als Indien. Immer, wenn meine Mutter und mein Vater mir Geschichten erzählten, stellte ich mir vor, dass sie dort geschahen, in Indien, außerhalb des britischen Lagers. Dort, wo das Leben heller und bunter und geheimnisvoller und romantischer war als jemals beim Regiment.«

»Hättet Ihr eine Schule besucht, Lily«, sagte der Herr mit dem gelichteten blonden Haar, »hätte man Euch gelehrt, dass jedes Land und jedes Volk dieser Welt Britannien und den Briten unterlegen sind.« Aber seine Augen lachten bei diesen Worten.

»Dann ist es vielleicht ganz gut, dass ich nicht zur Schule gegangen bin«, antwortete Lily.

Er blinzelte ihr zu.

»In der Tat, Lily«, sagte Elizabeth, »gibt es eine Schule des Lebens, in der diejenigen, die Intelligenz, einen offenen, fragenden Verstand und eine gute Beobachtungsgabe besitzen, wertvolle Lektionen lernen können. Du scheinst mir eine eifrige Schülerin gewesen zu sein.«

Lily strahlte sie an. Für ein paar Minuten hatte sie ihre Unwissenheit und ihre Minderwertigkeit gegenüber all diesen hochherrschaftlichen Menschen vergessen. Sie hatte vergessen, dass sie sich fürchtete.

»Aber wir haben dich zu lange erzählen lassen und sind schuld daran, dass dein Tee kalt geworden ist«, sagte Elizabeth. »Komm. Lass mich den Rest auskippen und eine frische Tasse einschütten.«

Eine der jungen Damen – die Rothaarige – wurde gebeten, im Musikzimmer nebenan Klavier zu spielen. Einige folgten ihr und ließen die Doppeltüren offen stehen. Neville setzte sich auf den Platz neben Lily, der gerade frei geworden war.

»Bravo!«, sagte er leise. »Das hast du sehr gut gemacht.«

Aber Lily lauschte der Musik. Sie war gefesselt. Wie konnte ein so reichhaltiger und harmonischer Klang nur von einem einzigen Instrument herrühren, das nur mit zehn Fingern gespielt wurde? Wie wundervoll musste es sein, so etwas zu können. Sie würde alles geben, dachte sie plötzlich, um Klavier spielen zu können – und um lesen zu können und über Hauben diskutieren zu können oder über Tragödien und den Unterschied zwischen Mozart und Beethoven.

Sie war so furchtbar, so *schrecklich* unwissend.

Kapitel 7

Neville stand auf den Marmorstufen vor dem Haus und beobachtete, wie Lily mit Elizabeth und dem Herzog von Portfrey zum Steingarten schlenderte. Er unternahm keinen Versuch, sich ihnen anzuschließen. Wenn Lily seine Gräfin sein sollte, musste sie das von sich aus schaffen, ohne dass er sich permanent in ihrer Nähe aufhielt, um sie aus unangenehmen Situationen zu erlösen – so wie er es während des Tees vorgehabt hatte, als sie zugab, Analphabetin zu sein. Er hatte jedermanns Entsetzen und ihre Verlegenheit gespürt und war sofort entschlossen gewesen, sie vor weiteren Erniedrigungen zu bewahren. Aber Elizabeth hatte sie auf grandiose Art und Weise mit ihren Fragen über Indien gerettet und unversehens war Lily in eine warmherzige, gelöste und gelehrte Studentin des Lebens verwandelt worden. Es war nicht zu leugnen, dass sie mit ihren offenen Bemerkungen über Hosen und Korsetts einige seiner Tanten und Cousinen schockiert hatte. Doch mehr als nur ein oder zwei seiner Verwandten schienen von ihr bezaubert gewesen zu sein.

Unglücklicherweise gehörte seine Mutter nicht dazu. Sie hatte darauf gewartet, dass Lily ging, und hatte sich dann nach dem Tee mit den engsten Familienmitgliedern zurückgezogen.

»Neville«, hatte sie gesagt, »ich weiß nicht, was du dir dabei gedacht hast. Sie ist vollkommen unmöglich. Sie kann keine Konversation treiben, sie hat keine Erziehung, keine Bildung, keine – keine *Präsenz*. Und hat sie nichts Passenderes für einen Nachmittagstee als dieses ärmliche Musselinkleid?« Aber so leicht ließ seine Mutter sich nicht unterkriegen. Sie hatte die Schultern gestrafft und ihren Ton verändert. »Wie dem auch sei, durch Klagen erreicht man wenig, nicht wahr? Man muss sie einfach erziehen.«

»Ich finde sie verdammt hübsch, Nev«, hatte Hal Wollston, sein Cousin, gesagt.

»Das glaube ich dir gerne, Hal«, hatte Lady Wilma Fawcitt, die rothaarige Tochter des Herzogs von Anburey, herablassend geäußert. »Aber was bedeutet schon Schönheit. Ich stimme Tante Clara zu, sie ist unmöglich!«

»Vielleicht«, hatte Neville mit ruhigem Nachdruck geäußert, »könntest du dich bitte daran erinnern, Wilma, dass du von meiner Gemahlin sprichst.«

Sie hatte diesen Einwand zwar als ›dummes Zeug‹ abgetan, danach jedoch geschwiegen.

Seine Mutter hatte sich erhoben, um den Raum zu verlassen. »Ich muss ins Witwenhaus zurück und sehen, was ich für die arme Lauren tun kann«, hatte sie gesagt. »Aber morgen werde ich ins Herrenhaus zurückziehen, Neville. Es bedarf einer Hausherrin und Lily ist in nächster Zeit wohl kaum in der Lage, diese Rolle zu übernehmen. Ich werde mich ihrer Ausbildung annehmen.«

»Darüber sprechen wir ein anderes Mal, Mama«, hatte er gesagt, »obwohl ich deiner Meinung bin, dass es das Beste wäre, wenn du wieder hier einziehst. Ich möchte jedoch nicht, dass Lily unglücklich ist. Das alles ist sehr schwierig für sie. Viel schwieriger als für irgendeinen von uns.«

Er hatte den Raum verlassen, bevor irgendjemand Einwände erheben konnte, und hatte an den Stufen innegehalten. Er dachte daran, dass es Tage gab, die so gewöhnlich waren, dass man sich eine Woche später an keine Einzelheit mehr erinnern konnte. Und dann gab es Tage, die mit den Erfahrungen eines ganzen Lebens vollgepackt zu sein schienen. Dies war eindeutig einer jener Tage.

Nachdem er vom Witwenhaus zurückgekehrt war und nach Lily gesehen hatte, die tief und fest geschlafen hatte, hatte er einige Briefe geschrieben und sofort abgeschickt. Es würde ihn viel Geduld kosten, die Antworten abzuwarten.

Denn trotz seiner öffentlichen Erklärungen und trotz seiner scheinbaren Gelassenheit war er einfach nicht sicher, *ob Lily wirklich seine Frau war.*

Sie hatten ohne Eheerlaubnis und ohne das übliche Aufgebot geheiratet. Der Regimentskaplan hatte ihm versichert, dass die Heirat völlig legal sei, und hatte die notwendigen Schriftstücke aufgesetzt, die Neville unterschrieben und Lily mit ihrem Zeichen versehen hatte, was von Harris und Rieder bezeugt worden war. Aber Parker-Rowe war am folgenden Tag getötet worden. Harris hatte berichtet, dass die Habseligkeiten der Toten mit ihnen in der Schlucht zurückgeblieben waren.

Das könnte bedeuten, dass die Heirat nie registriert worden war. Waren sie also gar nicht verheiratet? War die Eheschließung nichtig? Neville hatte schon zuvor vage an diese Möglichkeit gedacht, doch er war jener Frage nie nachgegangen. Sie war unwichtig gewesen. Lily war tot gewesen.

Doch jetzt lebte sie und befand sich auf Newbury Abbey. Er hatte sie als seine Frau und Gräfin anerkannt. Lauren hatte leiden müssen. Und ihrer aller Leben wurden auf den Kopf gestellt. Aber vielleicht hatte die Ehe überhaupt keine rechtliche Grundlage. Er hatte an Harris geschrieben – mittlerweile *Captain* Harris, wie es schien – und an einige zivile und kirchliche Autoritäten, um sich Klarheit zu verschaffen.

Was wäre, wenn er und Lily vor dem Gesetz gar nicht verheiratet waren?

Sollte er ihr gegenüber seine Bedenken äußern, bevor er die Antwort kannte? Sollte er sie gegenüber irgendjemandem äußern? Die Frage hatte seit dem Augenblick der Erkenntnis auf ihm gelastet, als er mit ihr am Strand gestanden und aufs Meer hinausgeblickt hatte. Aber er hatte sich entschlossen, seine Bedenken so lange für sich zu behalten, bis er die Antwort kannte. Er war sich ohnehin nicht sicher, ob die Lage sich dadurch entscheidend verändern würde. Er hatte Lily auf Treu und Glauben geheiratet. Er hatte ihr einen Treueschwur geleistet und er hatte nicht die geringste Absicht, ihn zu brechen. Er hatte mit ihr die Ehe vollzogen.

Und er hatte sie geliebt.

Doch er konnte sich nicht von dem Anblick Laurens freimachen, wie sie in ihrem Hochzeitkleid sanft auf der Baumschaukel hin und her schwang und ihre Enttäuschung gleichgültig und ruhig hinnahm – und sicherlich kurz davor stand, mit genau der Wut zu explodieren, die sie ihm gegenüber als sinnlos bezeichnet hatte. Eine zurückgewiesene und erniedrigte Braut.

Eine teuflisch verzwickte Situation, dachte er bei sich. Er spürte die Schuld auf seinen Schultern lasten, obwohl ihm der gesunde Menschenverstand sagte, dass er die Ereignisse des Tages unmöglich hatte vorhersehen können.

***

Lily war dankbar, wieder draußen sein zu können – fort von dem Ehrfurcht gebietenden Herrenhaus und den verwirrenden Menschenansammlungen.

Elizabeth hatte einen Spaziergang zum Steingarten vorgeschlagen, der diese Bezeichnung nicht verdiente, da es dort mehr Blumen und Zierbäume als Felsen gab. Gepflasterte Pfade schlängelten sich durch die Pflanzenpracht und einige wohl platzierte, schmiedeeiserne Sitzgelegenheiten luden den Spaziergänger ein, zu verweilen und die kultivierte Schönheit zu geniessen. Lily war an die wilde Schönheit der freien Natur gewöhnt, aber ein liebevoll angelegter, von Gärtnern gepflegter Garten hatte auch seinen Reiz, befand sie.

Elizabeth hatte sich beim Herzog von Portfrey untergehakt. Sein Name war Lily wieder entfallen, aber er war ihr im Salon als sehr distinguiert aussehender Gentleman aufgefallen. Sie schätzte sein Alter auf ungefähr vierzig, aber er sah noch immer sehr gut aus. Er war nicht sehr groß, doch seine schlanke, stolze Haltung ließ ihn größer erscheinen, als er war. Er hatte auffallend aristokratische Gesichtszüge und dunkles Haar, das an den Schläfen ergraut war. In erster Linie jedoch war er ihr aufgefallen, weil er sie aufmerksamer betrachtet hatte als alle anderen. Tatsächlich hatte er selten den Blick von ihr genommen. Ein seltsamer Ausdruck hatte auf seinem Gesicht gelegen – beinahe so etwas wie Bestürzung.

Während sie gingen, stellte er einige sehr präzise Fragen.

»Wer war dein Vater, Lily?«

»Sergeant Thomas Doyle vom 95., Sir«, antwortete sie.

»Und wo habt ihr gelebt, bevor er in die Dienste des Königs trat?«, fragte er.

»Ich glaube, in Leicestershire, Sir.«

»Ah«, sagte er. »Und wo genau in Leicestershire?«

»Das weiß ich nicht, Sir.« Papa hatte über seine Vergangenheit nie viele Worte verloren. Einmal jedoch hatte er eine Bemerkung gemacht, die Lily zu dem Glauben veranlasste, dass er aus Kummer sein Heim verlassen hatte und in die Armee eingetreten war.

»Und seine Familie?«, fragte der Herzog. »Was weißt du von ihnen?«

»Sehr wenig, Sir«, gab sie zur Antwort. »Papa hatte einen Vater und einen Bruder, glaube ich.«

»Habt ihr sie denn nie besucht?«

»Nein, Sir.« Sie schüttelte den Kopf.

»Und deine Mutter«, fragte er sie. »Wer war sie?«

»Ihr Name war Beatrice, Sir«, sagte sie. »Sie starb in Indien, als ich sieben Jahre alt war. An einem Fieber.«

»Und ihr Mädchenname, Lily?«

Elizabeth lachte. »Hast du vor, ihre Biografie zu schreiben, Lyndon?«, fragte sie. »Bitte fühle dich nicht verpflichtet zu antworten, Lily. Wir sind alle so neugierig auf dich, weil du uns als Nevilles Frau vorgestellt wurdest und weil dein Leben so faszinierend anders war als das unsrige. Du musst uns vergeben, wenn wir in unserem Wissensdurst womöglich unhöflich wirken.«

Lily war erleichtert, dass der Herzog keine weiteren Fragen stellte. Sie empfand seine blauen Augen als ziemlich beunruhigend. Er vermittelte den Eindruck, als könne er direkt in die Seele eines anderen Menschen blicken.

»Kennt Ihr die Namen all dieser Blumen?«, fragte Lily Elizabeth. »Sie sind sehr schön. Aber sie sind anders als die Blumen, die ich kenne.«

Sie nahmen auf einer der Sitzgelegenheiten Platz und Elizabeth benannte jede Blume und jeden Baum und Lily bemühte sich, all die Namen zu behalten – Lupinen, Stockrosen, Mauerblümchen, Lilien, Iris, Weinrosen, Flieder, Kirschbäume, Birnbäume. Würde sie sich jemals alle merken können? Während sie sich unterhielten, schlenderte der Herzog von Portfrey die Pfade entlang und blieb am unteren Ende des Steingartens stehen, um sich nach Lily umzudrehen.

***

Lady Elizabeth stand neben dem Brunnen und blickte Lily nach, die zum Haus zurückging. Sie sah klein und ziemlich verloren aus, aber sie hatte Elizabeths Angebot abgelehnt, sie zu ihren Gemächern zurückzubegleiten. Sie hatte gesagt, dass sie sich wohl an den Rückweg erinnern könne.

»Sie hat Courage«, sagte Elizabeth mehr zu sich selbst als zu dem Herzog von Portfrey, der neben ihr stand.

»Ich bin dir zu Dank verpflichtet, Elizabeth«, sagte er steif, »dass du mich darauf hingewiesen hast, wie ungehörig und unerträglich bohrend meine Fragen waren.«

Rasch drehte sie sich um und sah ihn an. »Oh, Liebster«, sagte sie und lächelte reumütig, »ich habe dich kompromittiert.«

»Nicht im Geringsten.« Er verbeugte sich leicht. »Ich weiß, du hattest Recht.«

»Armes Kind«, sagte sie. »Man hat den Eindruck, dass sie ein Kind ist, obwohl sie nicht so jung sein kann, wenn Neville sie vor mehr als einem Jahr geheiratet hat, oder? Sie wirkt so klein und zerbrechlich, dennoch hat sie in Indien und Portugal und Spanien bei der Armee gelebt. Das war sicher nicht leicht. Und sie war fast ein Jahr lang Gefangene der Franzosen. Warum interessierst du dich so sehr für sie?«

Der Herzog zog die Augenbrauen hoch. »Hast du das nicht gerade selbst gesagt?«, fragte er sie. »Sie ist eine Kuriosität. Und sie ist in einem Moment aufgetaucht, der besser nicht hätte gewählt sein können, hätte ein Vorsatz dahinter gestanden.«

»Aber das glaubst du nicht wirklich?«, sagte sie lachend.

»Keineswegs.« Er starrte nachdenklich auf die Tür, durch die Lily soeben entschwunden war. »Sie ist sehr schön. Sogar jetzt. Wenn Kilbourne erst Kleidung und Schmuck für sie gekauft hat und sie entsprechend ausgestattet ist ...« Er führte den Gedanken nicht zu Ende – er brauchte es nicht zu tun.

Elizabeth schwieg. Es war ihr selbst nicht möglich, ihr Verhältnis zum Herzog von Portfrey zu erklären. Sie waren seit langen Jahren befreundet, zwischen ihnen gab es eine Leichtigkeit und Nähe, die für einen allein stehenden Mann und eine allein stehende Frau selten waren. Und dennoch gab es zwischen ihnen auch eine gewisse Distanz. Vielleicht war es die Distanz, die unweigerlich zwischen Mann und Frau entsteht, wenn man nicht zu Liebhabern wird.

Elizabeth hatte sich von Zeit zu Zeit gefragt, ob sie seine Geliebte geworden wäre, hätte er sie jemals umworben. Aber das hatte er nie getan. Genauso wenig hatte er sie jemals gebeten, seine Frau zu werden. Sie war ihm dankbar dafür. Obwohl sie ihre Jugend und ihre zwanziger Jahre in der Hoffnung verbracht hatte, einem Mann zu begegnen, für den sie genug empfinden würde, um ihn zu heiraten, war sie sich mittlerweile nicht mehr sicher, ob sie ihre Unabhängigkeit opfern würde, an der ihr so viel lag.

Aber manchmal kam ihr der Gedanke, dass es ihr gefallen könnte, von dem gut aussehenden Herzog von Portfrey geliebt zu werden – körperlich geliebt.

Als sehr junger Mann war er verheiratet gewesen – kurz und tragisch. Seinerzeit war er als zweitgeborener Sohn Offizier beim Militär gewesen und hatte nicht damit rechnen können, jemals den herzoglichen Titel seines Vaters zu erben. Er hatte heimlich geheiratet, bevor er mit seinem

Regiment auszog, zuerst nach den Niederlanden und dann auf die Westindischen Inseln, wobei er seine Braut zurückließ, ohne die Ehe vollzogen zu haben. Sie war vor seiner Rückkehr gestorben. Obwohl es schon so viele Jahre her war, hatte Elizabeth den Eindruck, dass er sich niemals von diesem Erlebnis erholt hatte – sich vielleicht nie verziehen hatte, sie zurückgelassen zu haben, nicht bei ihr gewesen zu sein, als sie bei einem Kutschenunfall starb, bei ihrem Begräbnis nicht dabei gewesen zu sein.

Elizabeth empfand es so, als habe er ihren Tod niemals wirklich verwunden und sie losgelassen – obwohl er nie von ihr sprach. Er war ein schwermütiger Mann, den sie niemals vollständig begreifen würde, das fühlte sie. Aber sie musste zugeben, dass es vielleicht gerade das war, was sie so an ihm faszinierte.

Und jetzt schien er von Lily fasziniert zu sein, einer jungen Frau, die er soeben – zu Recht – als schön beschrieben hatte. Und Elizabeth selbst war sechsunddreißig. Nun gut. Sie lächelte traurig.

»Wollen wir nicht auch hineingehen?«, schlug sie vor. »Es wird kühl.«

Er reichte ihr seinen Arm.

***

Lily versuchte in ihrem Geist den Traum wieder aufleben zu lassen, an den sie sich über ein Jahr lang geklammert hatte. Wie unendlich töricht kam er ihr jetzt im Rückblick vor. Sie hatte sich vorgestellt, vor einem größeren Landhaus zu stehen, das in einem hübschen englischen Garten lag – ihr Vater hatte ihr immer erzählt, dass englische Gärten schöner seien als alle Gärten dieser Erde –, und die Freude in Nevilles Gesicht zu sehen, wenn er die Tür öffnete und sie vor ihm stünde. Er würde sie in die Arme schließen und fast erdrücken vor Überschwang und dann würde sie ihm erzählen, wie es ihr ergangen war, und er würde ihr den Teil vergeben, der der Vergebung bedurfte, und sie würden bis an ihr Lebensende glücklich und zufrieden sein. Sie würde ein *Heim* haben, einen festen Platz, wo sie hingehörte und den sie zu dem ihrigen machen konnte. In ihrem Traum hatte es keine anderen Menschen gegeben – nur Neville und sie.

Lily seufzte, als sie eines der hohen Fenster ihres Schlafgemachs öffnete und die kühle Nachtluft einatmete. Hatte sie jemals wirklich daran geglaubt, dass der Traum wahr werden könnte? Wahrscheinlich nicht. Sie war nicht so naiv zu glauben, das Leben könne so einfach sein. Ihr ganzes Leben war sie sich des unüberbrückbaren sozialen Grabens bewusst gewesen, der die Offiziere und die Mannschaft – einschließlich ihrer Frauen – voneinander trennte. Und ihre Ehe mit Neville war so urplötzlich zustande gekommen und hatte nur so kurz gedauert. Aber der Traum hatte ihr geholfen, so viele Schwierigkeiten zu überstehen. Und manchmal war es besser, dachte sie, einen unrealistischen Traum zu haben als nur die kalte Wahrheit der Realität.

Sie war die Gräfin von Kilbourne, die Herrin des Hauses – es sei denn, er entschloss sich letztendlich doch noch, sich von ihr scheiden zu lassen, was sie nicht glaubte. Dennoch, die ganze Situation war absurd. Sie war unmöglich. Der Nachmittagstee war ein Alptraum gewesen, das Abendessen sogar noch schlimmer. Sie hatte nicht gewusst, welches Essen oder welche Getränke sie sich von den Bediensteten reichen lassen, welche Messer und Gabeln und Löffel sie zu welchen Gängen benutzen sollte. Hätte Neville nicht ganz zu Anfang ihre Hand berührt und ihr zugeflüstert, sie solle einfach nachmachen, was er tat, und hätte Elizabeth ihr nicht von der anderen Seite des Tisches zugezwinkert und die für die jeweiligen Gänge passenden Utensilien ergriffen, sie hätte sich bis auf die Knochen blamiert.

Und danach die Unterhaltungen im Salon. Es hätte wirklich wundervoll sein können zuzuhören, wäre sie unsichtbar gewesen, und hätte nicht der eine oder andere aus welchen Gründen auch immer versucht, sie einzubeziehen. Mit jedem Satz, den sie sagte, hatte sie mehr und mehr von ihrer Unwissenheit preisgegeben.

Sie hatte wieder ihr grünes Musselinkleid getragen, allerdings hatte Dolly ihre Frisur verändert. Alle anderen hatten sich umgezogen und sie war sich schlampiger und gewöhnlicher vorgekommen als je zuvor. Sie hasste es, sich solcher Dinge bewusst zu werden. Ihre Kleidung hatte früher niemals eine Rolle gespielt. Sie hatte schlicht und einfach die Funktion gehabt, vor Kälte oder Hitze zu schützen und den Anstand zu wahren. Hier jedoch sagte die Kleidung etwas über die gesellschaftliche Stellung aus.

All das würde von nun an zu ihrem Leben gehören, dachte sie, als sie vom Fenster zum Bett ging. Gerade war sie im Begriff, ihr Nachtgewand hochzuziehen, damit sie nicht auf den Saum trat, doch dann hielt sie inne und lächelte ihre nackten Zehen an. Dolly hatte den Großteil des Abends in ihrem Ankleidezimmer verbracht, hatte die untere Rüsche entfernt, das Gewand gekürzt und die Rüsche wieder angenäht. Wie lieb sie doch war, wo Lily das doch genauso gut selbst hätte machen können. Aber als sie ihr das gesagt hatte, hatte Dolly gelacht und sie erneut lustig genannt und sie waren beide völlig grundlos in Gelächter ausgebrochen. Die Magd erklärte, sie habe Lilys Tasche ausgepackt und festgestellt, dass sie kein Nachthemd enthielt. Sie könne doch nicht zulassen, dass Ihre Ladyschaft über die Rüsche stolperte und sich das Genick brach.

An der Tür des Ankleidezimmers klopfte es. War Dolly etwa immer noch auf? Nahm sich das Mädchen denn niemals Zeit für sich selbst?

»Herein«, rief Lily.

Doch es war nicht Dolly. Es war Neville, der in seinem langen, brokatbesetzten, blauen Schlafrock ausgesprochen gut aussah. Lily erinnerte sich, wie er gesagt hatte, dass er früher am Tag nach ihr gesehen hatte, während sie schlief. Sie biss sich auf die Unterlippe und dachte an ihre Hochzeitsnacht. Aber fast gleichzeitig erinnerte sie sich mit einem stechenden Schmerz daran, dass dies seine Hochzeitsnacht mit einer anderen Frau hätte sein sollen.

»Lily«, fragte er, »hast du alles, was du brauchst?«

Sie nickte.

»Geht es dir ... gut?« Er sah sie forschend an.

Sie nickte erneut.

»Es war ein schwerer Tag für dich«, sagte er. »Vielleicht wird der morgige Tag leichter.«

»Liebst du sie?«, platzte es aus ihr heraus. Sie starrte ihn an und wünschte sich, sie könnte die Worte zurücknehmen, wünschte sich, sie könnte aufhören, sich verletzt zu fühlen, weil die Antwort ja lauten könnte. Die ganze Zeit, während sie bei Manuel und den Partisanen gewesen war und sich an die Hoffnung geklammert hatte, eines Tages zu dem Mann zurückkehren zu können, der sie geheiratet hatte, hatte er einer anderen Frau den Hof gemacht, hatte sich vielleicht in sie verliebt. Die ganze Zeit, während sie sich auf ihrer beschwerlichen Reise befunden hatte, die sie nur mit dem Gedanken an ein Wiedersehen durchgestanden hatte, hatte er die Hochzeit mit einer anderen geplant.

Er verschränkte die Hände hinter dem Rücken und sah sie ernst an. »Wir sind zusammen aufgewachsen«, sagte er. »Sie hat hier mit uns auf Newbury Abbey gelebt. Ihre Mutter ist mit meinem Onkel verheiratet, dem Bruder meines Vaters, aber Lauren stammt aus einer früheren Ehe. Wir waren seit unserer Kindheit füreinander vorgesehen. Ich habe sie immer sehr gern gehabt. Nach meiner Rückkehr von der Iberischen Halbinsel schien es nur folgerichtig, dass ich sie heiratete.«

»Du warst einer anderen versprochen, als du mich geheiratet hast?«, fragte sie.

»Nein«, sagte er. »Nicht wirklich. Ich lehnte mich gegen mein vermeintliches Schicksal auf. Selbst wir privilegierten Aristokraten tun das, Lily. Ich hatte ihr geraten, nicht auf mich zu warten.«

»Also war ich Teil deiner Rebellion?«, fragte sie, als ihr klar wurde, dass er seinem früheren Leben, seinen Eltern, gewiss keine gewaltigere Abfuhr hatte erteilen können, als die Tochter eines Sergeants zu heiraten.

»Nein, Lily.« Er sah sie missbilligend an. »Nein, das warst du nicht. Ich habe dich geheiratet, weil die Notwendigkeit bestand, weil ich es deinem Vater versprochen hatte. Und weil ich es wollte.«

Ja. Es war die Wahrheit. Sie durfte nicht glauben, dass er sie mit einem gewissen Zynismus ausgewählt hatte. Er hatte sie geheiratet, weil er ein guter und ehrenhafter Mann war. Und weil er es gewollt hatte. Was bedeutete das?

»Aber die ganze Zeit hattest du sie gern«, sagte sie.

»Ja, Lily.«

Es war ihrer Aufmerksamkeit nicht entgangen, dass er ihre ursprüngliche Frage nicht wirklich beantwortet hatte. Liebte er die Frau, die Lauren hieß? Erkannte er jetzt, welchen fürchterlichen Fehler er begangen hatte, als er *sie* heiratete, selbst wenn er es in einem impulsiven Moment so gewollt hatte?

»Und heute hättest du sie geheiratet«, sagte sie.

»Ja.« Er hatte den Blick nicht von ihr genommen. »Ich kenne sie schon mein ganzes Leben, Lily. Sie hat auf mich gewartet. Mein Vater starb und ich kehrte hierher zu meinen Aufgaben zurück. Eine meiner Pflichten war es zu heiraten, um Newbury Abbey eine neue Gräfin zu geben. Und um Kinder in die Welt zu setzen, insbesonders einen Erben. Mein rebellisches Leben war vorbei. Und du warst tot.«

»Du hast niemandem von mir erzählt.« Es war keine Frage. Sie drehte sich um und berührte den weichen Brokat der Bettvorhänge. So schwer und so aufwendig. So anders als alles, was sie jemals in ihrem Leben gekannt hatte. Sie wünschte sich, sie wäre in Portugal geblieben. Sie wusste zwar nicht, was sie dort hätte tun sollen, aber sie wünschte sich, sie wäre nicht hierher gekommen. Vielleicht hätte sie sich dann ihren Traum bewahren können …

»Lily«, sagte er als habe er ihre Gedanken gelesen, »tief in meinem Inneren habe ich um dich getrauert. Ich bin nicht betrübt, dass du überlebt hast. Ganz und gar nicht, mein Liebes. Wie könnte ich?«

Nein, er war ein guter Mann. Er hatte sie stets mit Zärtlichkeit und Höflichkeit behandelt, selbst als sie ein kleines Mädchen gewesen war und einigen bestenfalls als bedeutungsloses Anhängsel, schlimmstenfalls als Plage erschienen war. Natürlich würde er sich niemals ihren Tod wünschen, obwohl ihr Überleben auf dem geraden Pfad seiner Zukunft ein Hindernis errichtet hatte.

»Es ist nicht so, dass ich aus Gleichgültigkeit niemals von dir erzählt habe«, sagte er. »Es ist nicht so, dass ich Lauren heute Morgen aus Gleichgültigkeit dir gegenüber heiraten wollte, nur anderthalb Jahre nach deinem … nach deinem Tod. Bitte glaube mir.«

Sie glaubte ihm. Ja, er hatte etwas für sie empfunden. Genug, um sie zu heiraten. Genug, um ihr in ihrer Hochzeitsnacht jene Zärtlichkeiten zuzuflüstern. Genug, um sie zu betrauern. Aber wenn *er* gestorben wäre, dachte sie, hätte sie für den Rest ihres Lebens um ihn getrauert. Sie würde niemals, könnte niemals ... Aber wie konnte sie da so sicher sein? Woher nahm ausgerechnet sie das Recht zu urteilen? Inzwischen gab es ein Hindernis, das noch unüberwindlicher schien als die Tatsache, dass er Graf von Kilbourne war und sie die ehemalige Lily Doyle.

»Ich ...« Sie schluckte. »Du weißt, was mit mir in Spanien geschehen ist, oder? Du hast es heute Morgen wirklich verstanden?«

Sie konnte spüren, wie er sie lange ansah, während ihre Hände mit dem umklöppelten Saum des Vorhangs spielten. »War es ein Mann, Lily«, fragte er. »Oder waren es viele?«

»Einer.« Manuel, der Anführer. Der kleine, drahtige, verwegen gut aussehende Manuel, der seine Männer durch Kühnheit und Ausstrahlung und gelegentliche Erniedrigungen beherrschte. »Ich bin zu dir nicht aufrichtig gewesen.«

»Es war Vergewaltigung«, sagte er barsch.

»Ich ... ich habe mich niemals gewehrt«, erklärte sie ihm. »Einige Male habe ich nein gesagt und war fest entschlossen, eher zu ... zu sterben, als mich zu unterwerfen, aber als es dazu kam, wehrte ich mich nicht.« Es belastete ihr Gewissen, dass sie sich nicht heftiger gegen ihren Häscher gewehrt hatte.

»Sieh mich an, Lily«, sagte er mit der ruhigen, gebieterischen Stimme des Majors, den sie gekannt hatte. Unwillig sah sie ihm in die Augen. »Warum hast du dich nicht gewehrt?«

»Da waren die französischen Gefangenen«, fing sie an. Ihr Atem ging stoßweise, als sie versuchte, sich nicht daran zu erinnern, was mit ihnen geschehen war. »Weil ich Angst hatte. Solche Angst. Weil ich feige war.«

»Lily.« Er sprach noch immer mit derselben Stimme. Er blickte ihr gerade in die Augen und machte es ihr unmöglich wegzusehen. Plötzlich war er wieder der befehlshabende Offizier, nicht ihr Ehemann. »Es war Vergewaltigung. Du warst nicht feige. Es ist die Pflicht eines Soldaten, in Gefangenschaft auf jede erdenkliche Art und Weise zu überleben – und du warst eine Soldatentochter und eine Soldatenfrau. Die Frage der Feigheit stellt sich nicht. Es war Vergewaltigung. Es war kein Ehebruch. Ehebruch setzt Einverständnis voraus.«

Neville klang so bestimmt, seiner Worte so sicher. Hatte er Recht? War sie kein Feigling? Keine Ehebrecherin?

»Lass mich dich halten«, sagte er leise. Er sprach jetzt mit einer anderen Stimme. »Du siehst so unendlich einsam aus, Lily.«

Eine Frau, die in eine fremde Welt heimgekommen war und zu einem Ehemann, der im Begriff war, eine andere zu heiraten. War es überhaupt möglich, eine größere Erniedrigung zu fühlen? Würde sie je wieder zu sich selbst zurückfinden, zu dem heiteren, zuversichtlichen, glücklichen Ich, an das sie sich erinnern konnte, zu dem Ich, das seit ihrer einzigen Nacht der Liebe verschollen war?

Sie ließ die Schultern hängen und blickte auf ihre Hände. Als er sich vor sie stellte, ihre Oberarme umfasste und sie an sich heranzog, entspannte sie sich für einen Augenblick, ließ ihren Kopf an seiner Schulter ruhen und spürte mit ihrem ganzen Körper seine Wärme und Kraft. Sie erlaubte sich den Luxus, sich sicher zu fühlen, sich geborgen zu fühlen, sich zu fühlen, als sei sie heimgekommen. Er roch gut – nach Moschus und Seife und nach purer Männlichkeit.

Dennoch fühlte sie sich wie jemand, der am Ende des Regenbogens angekommen ist, nur um herauszufinden, dass dort überhaupt nichts war – kein Schatz, nicht einmal mehr das Licht des Regenbogens. Nichts. Und kein Glaube mehr an Regenbögen. Nur der Kern ihres Selbst, auf dem sie eine neue Identität aufbauen musste, ein neues Leben.

Sie zog sich von ihm zurück, bevor sie sich in eine Abhängigkeit verlor, auf die sie sich nicht verlassen konnte.

»Es wäre für uns beide besser gewesen«, sagte sie, »wenn ich gestorben wäre.«

»Nein, Lily«, sagte er mit scharfer Stimme.

»Kannst du mir sagen, dass es dir in den vergangenen anderthalb Jahren nicht durch den Kopf gegangen ist, dass es so besser war?«

Sie machte nur eine kurze Pause, aber es entging nicht ihrer Aufmerksamkeit, dass er sich nicht sofort bemühte, ihr zu widersprechen.

»Wenn ich am Leben gewesen wäre – wenn du *gewusst* hättest, dass ich am Leben war – du hättest mich niemals hierher gebracht. Du hättest eine Entschuldigung gefunden, mich in weiter Ferne zu halten. Du hättest es mich nicht spüren lassen. Du hättest mir erklärt, dass es zu meinem eigenen Besten sei, und du hättest Recht gehabt. Aber du hättest mich nicht hierher gebracht.«

»Lily.« Er war an eines der Fenster getreten und starrte hinaus in die Dunkelheit. »Du kannst das nicht wissen. Ich kann es nicht wissen. Ich weiß nicht, was geschehen wäre. Du warst meine Frau. Du warst ... mir teuer.«

Ah, sie war ihm *teuer.* Nicht die Liebe seines Herzens, wie er sie in jener Nacht genannt hatte? Lily lächelte traurig, setzte sich auf die Bettkante und legte in der kühlen Abendluft die Arme um sich.

»Diese ganze Situation ist einfach unmöglich. Zu sagen, dass ich hier fehl am Platze bin, ist so überflüssig, dass es schon lachhaft wäre. *Sie* ist nicht fehl am Platze, nicht wahr? Lauren? Sie ist mit all dem aufgewachsen und war dazu bestimmt, deine Frau, deine Gräfin zu sein. Stattdessen ist sie jetzt unglücklich, deine Zukunft liegt in Trümmern und ich ... Na ja.«

»Lily.« Er war zu ihr gekommen, war vor ihr in die Hocke gegangen und hatte ihre Hände in seine genommen. »Nichts ist unmöglich. Hör dich an. Ist das Lily Doyle, die da spricht? Lily Doyle, die kreuz und quer über die Iberische Halbinsel marschiert ist, unbeeindruckt von der Hitze des Sommers, der bitteren Kälte des Winters, den Gefahren von Krieg und Hinterhalten, den Unannehmlichkeiten und Krankheiten des Lagerlebens? Lily Doyle, die immer und für jeden ein Lächeln und ein freundliches Wort hatte? Die in der trostlosesten Umgebung noch Schönheit fand? Es gibt nichts, was gerade du nicht möglich machen könntest. Und ich werde dir helfen. Auf jenem Bergrücken in Portugal haben wir aus freien Stücken unsere Leben verbunden. Wir müssen da durch, Lily. Wir haben keine andere Möglichkeit. Und ich weiß nicht einmal, ob ich mir eine wünsche.«

Sie wusste nicht, ob sie jene alte Lily wieder auferstehen lassen konnte. Aber sie erwärmte sich an seinem Vertrauen in sie.

»Vielleicht«, sagte sie und versuchte ein Lächeln, »bin ich bloß müde und erschöpft. Vielleicht sieht am Morgen alles schon viel freundlicher aus. Es war für uns beide ein schwieriger Tag. Ich danke dir für deine Güte. Du warst sehr freundlich.«

»Du möchtest lieber allein sein?«, fragte er sie. »Ich werde bleiben und dich die ganze Nacht lang halten, wenn es dir hilft, Lily. Ich werde dich nicht bedrängen.«

Es war verlockend. Es wäre so einfach, sich dauerhaft auf seine Güte und Kraft zu stützen und in gewisser Weise so unterwürfig zu werden, wie sie es bei Manuel gewesen war. Aber wenn sie einen Weg finden wollte, mit diesem neuen, beängstigenden, unmöglichen Leben fertig zu werden, durfte sie nicht dem Bedürfnis nachgeben, in seinen Armen Trost zu finden – besonders dann nicht, wenn sie nicht mehr als das von ihm wollte.

»Ich möchte lieber allein sein«, sagte sie.

Er drückte ihre Hände, bevor er sie losließ und sich erhob. »Dann also gute Nacht«, sagte er. »Solltest du mich brauchen, heute Nacht oder morgen oder wann auch immer, mein Ankleidezimmer liegt neben deinem und dahinter mein Schlafgemach. Wenn du irgendetwas anderes benötigst, der Klingelzug befindet sich neben deinem Bett. Dein Dienstmädchen wird sofort erscheinen.«

»Danke«, sagte sie. »Gute Nacht.«

Sie fragte sich plötzlich, wie seine ursprüngliche Braut – Lauren – sich wohl fühlte in dieser Nacht. Liebte sie ihn? Lily empfand echtes Mitleid für sie, die an ihrem Unglück völlig unschuldig und absolut hilflos war. Dies hätte ihre Hochzeitsnacht sein sollen, aber an ihrer Stelle schlief Lily in den Gemächern der Gräfin.

Alles war so entsetzlich *verkehrt.*

Kapitel 8

Lily hatte tagsüber zu viel geschlafen. Sie schlummerte mit Unterbrechungen durch die Nacht und wachte zweimal von demselben Traum auf – ihrem altbekannten Alptraum. Er war immer bis in jede Einzelheit gleich.

Manuel war auf ihr und dann öffnete sie die Augen und sah *ihn* – Major Newbury, Neville – auf der Schwelle der Hütte stehen und sie beobachten. Er hatte diesen Gesichtsausdruck, den sie manchmal unmittelbar nach einer Schlacht gesehen hatte, jenen harten, kalten, kampfwütigen, fast unmenschlichen Ausdruck, und seine Hand krampfte sich um den Griff seines Säbels. Er war im Begriff, Manuel zu töten und sie zu retten. Verzweifelte Hoffnung keimte in ihr auf, während sie versuchte, ruhig liegen zu bleiben, um Manuel nicht zu warnen.

Der Traum nahm immer den gleichen Verlauf. Er stand dort, aschfahl im Gesicht und für endlose Augenblicke regungslos, bis er sich abwandte und verschwand und sie wertvolle Minuten verlor, während Manuel sich an ihr vergnügte.

In ihrem Traum konnte sie Neville unbehelligt nachlaufen, sobald Manuel mit ihr fertig war, aber ihre Beine waren immer zu schwach, sie zu tragen, und die Luft immer zu dick, um sie zu durchdringen. Sie hatte keine Stimme, mit der sie nach ihm rufen konnte, und sie konnte niemals sehen, wohin er gegangen war, welche Richtung er eingeschlagen hatte. Immer umgab sie Nebel und die Panik machte sie bewegungsunfähig. Und dann – der grausamste Teil des Traumes – lichtete sich plötzlich der Nebel und da war er, nur ein paar Schritte entfernt, bewegungslos und kehrte ihr den Rücken zu.

In dem Traum blieb auch sie immer an dieser Stelle stehen, voller Angst weiterzugehen, voller Angst, nach ihm zu greifen, voller Angst vor dem, was in seinen Augen zu sehen wäre, wenn er sich umdrehte. Dies war der Moment des Traumes, den sie am meisten fürchtete, der letzte Moment, bevor sie in die furchtbaren Tiefen der Verzweiflung stürzte. Denn während jener Sekunde der Unentschlossenheit waberte der Nebel erneut auf und Neville war auf Nimmerwiedersehen verschwunden.

In ihrer ersten Nacht auf Newbury Abbey träumte sie diesen Alptraum zweimal.

Noch vor Morgengrauen stand sie auf, machte ihr Bett, wusch sich im Ankleidezimmer mit kaltem Wasser und zog ihr altes, blaues Baumwollkleid an. Sie musste nach draußen, wo sie atmen konnte. Sie vergeudete keine Zeit damit, sich eine Haube oder ihre alten Schuhe anzuziehen. Es verlangte sie danach, Mutter Erde unter ihren Füßen zu spüren. Es verlangte sie danach, den Wind in ihrem Gesicht und ihrem Haar zu spüren. Sie traf niemanden an auf ihrem Weg nach unten oder während sie mit den schweren Schlössern der Vordertüren kämpfte.

Endlich war sie draußen und am östlichen Himmel zeigte sich der erste Hauch der Morgendämmerung. Tief atmete sie die kühle Luft ein. Sie spürte, wie sie auf den nackten Armen eine Gänsehaut bekam und ihre Füße langsam taub wurden vor Kälte. Unverzüglich wurde sie ruhiger und machte sich auf den Weg zum Strand.

Sie hielt nicht an, bis sie das Ufer erreicht hatte. Dort, wo das Land endete, wo Raum und Zeit endeten. Am Gestade der Unendlichkeit und der Ewigkeit. Der Wind, der aus den gewaltigen Ausdehnungen des Unbekannten herüberwehte, war kräftig und salzig und kühl. Er presste ihr das Kleid an den Körper und ließ ihr Haar wehen. Ihre Füße versanken in dem lockeren Sand. Über ihr kreisten Möwen und kreischten wie Geister, die bereits Zeit und Raum hinter sich gelassen hatten. Für einen Augenblick beneidete sie sie.

Aber nur für einen Augenblick. Sie verspürte an diesem Morgen kein wahres Verlangen, die Grenzen ihrer Sterblichkeit zu überschreiten. Ihre Jahre in der Armee hatten sie gelehrt, die unendliche Kostbarkeit des Augenblicks zu schätzen. Das Leben war eine so unsichere, vergängliche Angelegenheit, so voller Schwierigkeiten und Schrecken und Elend – und voller Wunder und Schönheit und Geheimnisse. Wie alle anderen Menschen hatte auch sie ihre Schicksalsschläge erlebt. Ein beinahe erdrückendes Übermaß davon hatte für sie nach jenem Tag begonnen, der sowohl der unglücklichste als auch der schönste Tag ihres Lebens war – als ihr Vater starb und Major Newbury sie geheiratet hatte. Aber sie hatte überlebt.

Sie hatte überlebt!

Und jetzt – jetzt, in diesem kostbarsten aller Augenblicke – war sie frei und von solch elementarer Schönheit umgeben, dass es ihr in Brust und Kehle schmerzte. Und es schien ihr, dass der Wind durch sie hindurchblies und sie mit dem geheimnisvollen Odem des Lebens erfüllte.

Wie sollte sie da nicht die Hand ausstrecken, um dieses Geschenk anzunehmen?

Wie sollte sie nicht die bedrückende Erinnerung an ihren Traum und all die Zweifel an ihrem neuen Leben, die sie noch gestern gequält hatten, loslassen?

Zumindest war es Leben.

Und es war neu. Immer und jederzeit neu. Jeden Tag.

Lily streckte die Arme zur Seite aus, streckte das Gesicht der aufgehenden Sonne entgegen und wirbelte zweimal im Sand herum, überwältigt von ihrem flüchtigen Blick ins Herz des Mysteriums.

Sie war am Leben.

Sie lebte!

Erfüllt von neuer Hoffnung, neuem Mut, neuem Überschwang machte sie sich auf, die Gegend zu erforschen. Vorsichtig erklomm sie mit ihren nackten Füßen die Felsen am Ende der Bucht und ergötzte sich an der zunehmenden Abgeschiedenheit, die ihr die hohen Klippen zu ihrer Linken und der Ozean zu ihrer Rechten boten. Obwohl die Abgeschiedenheit nicht lange andauerte. Als sie auf der Landzunge um eine Biegung kam, konnte sie kleine Boote sehen, die vor ihr im Wasser schaukelten, und kleine Häuser und andere Gebäude, die sich am Fuß der Klippen drängten. Das musste das niedriger gelegene Dorf sein, erkannte sie, Lower Newbury, das am unteren Ende jenes steilen Hügels lag, den sie vom Gasthof aus gesehen hatte.

Lily strahlte und setzte ihren Weg fort. Sie konnte Menschen sehen, die bereits auf den Beinen waren, obwohl es noch sehr früh sein musste. Einfaches Volk, wie sie.

***

Als ihre nackten Füße sie schließlich durch die Tore von Newbury Abbey und die lange Auffahrt hinauftrugen, fühlte Lily sich glücklich. Sie hatte den steilen Hügel nach Upper Newbury erklommen und war über den Dorfanger gegangen, wobei sie die wenigen Menschen, die sie traf, mit erhobener Hand gegrüßt hatte. Alle hatten nach kurzem Zögern ihre Geste erwidert.

Es war erstaunlich, wie ein neuer Tag Lebensgeister und Mut wiederherstellen konnte.

Doch als sie zu ihrer Linken an dem kleinen Pfad vorbeilief, auf den sie und Neville am vorherigen Tag auf ihrem Weg von der Kirche eingebogen waren, sah sie nicht weit entfernt zwei Damen in ihre Richtung spazieren. Lily blieb stehen und lächelte. Es waren sehr elegant gekleidete junge Damen, wahrscheinlich Gäste des Hauses, obwohl sie keine von beiden wieder erkannte.

Die eine war groß und schlank und dunkelhaarig, die andere etwas kleiner, hatte helleres Haar und hinkte leicht. Der Anblick ihrer makellosen Eleganz erinnerte Lily daran, wie sie in ihrem abgetragenen Kleid und mit nackten Füßen aussehen musste, das Haar offen und lockig und vom Wind zerzaust und der Teint durch die frische Luft und den Fußmarsch rosig. Sie zögerte und wollte schon fast weitergehen. Schließlich waren diese Damen Fremde.

Dann aber erkannte sie mit einem Flattern in der Magengegend die Größere der beiden, obwohl ihr Gesicht am Tag zuvor verschleiert gewesen war.

Und die beiden erkannten sie. Das war offensichtlich. Beide blieben stehen. Beide sahen sie mit aufgerissenen Augen und dem gleichen Ausdruck des Entsetzens an. Dann kam die größere Dame näher.

»Du bist Lily«, sagte sie. Sie war schön, trotz ihres bleichen Gesichts und der dunklen Schatten unter ihren violetten Augen.

»Ja.« Die andere Dame hatte sich, wie Lily bemerkte, in offensichtlicher Feindseligkeit versteift. »Und du bist Lauren. Major Newburys Braut.«

»Major …?« Lauren verstand und nickte. »Ah ja – Neville. Ich bin erfreut, deine Bekanntschaft zu machen, Lily. Dies hier ist Lady Gwendoline, Lady Muir, Nevilles Schwester.«

Seine *Schwester*. Ihre Schwägerin. Lady Gwendoline blitzte sie mit unverhohlener Abneigung an und schwieg.

Sie blieb stehen, wo sie war.

Laurens Gesicht zeigte keine solche Regung. Noch irgendeine andere. Es war eine bleiche Maske.

»Es tut mir so Leid, was gestern geschehen ist«, sagte Lily – oh, die Unzulänglichkeit von Worten. »Wirklich.«

»Nun ja.« Lauren, stellte sie fest, sah ihr nicht wirklich in die Augen. »Betrachten wir es von der guten Seite. Besser gestern als heute oder morgen. Aber du bist ohne Begleitung oder Dienstmagd ausgegangen? Das solltest du nicht tun. Weiß Neville davon?«

Lily verspürte das unwiderstehliche Verlangen, die fürchterliche Peinlichkeit des Zusammentreffens zu überwinden und etwas zu sagen, was den leeren Blick aus dem Gesicht der anderen Frau vertreiben würde. »Oh, es war ein so wundervoller Morgen«, sagte sie zu Lauren. »Ich ging hinunter an den Strand, um den Sonnenaufgang zu erleben, und dann kletterte ich aus purer Neugier über die Felsen und gelangte zu dem dahinter liegenden Dorf. Einige Fischer machten sich bereit auszulaufen und ihre Frauen waren bei ihnen, um ihnen zu helfen, und ihre Kinder rannten spielend herum. Ich sprach mit einigen der Leute und sie waren so nett zu mir. Ich frühstückte mit Mrs. Fundy – kennt ihr sie? – und spielte mit ihren Kindern, während sie das Kleinste fütterte. Ich weiß nicht, wie sie es schafft, sich um vier so kleine Kinder zu kümmern und gleichzeitig ihr Haus in Schuss zu halten, aber sie schafft es. Ich habe mich mit allen angefreundet und versprochen, so oft wiederzukommen, wie ich kann.« Sie lachte. »Zuerst waren sie alle komisch und wollten vor mir Knickse machen und sich verbeugen und mich ›Mylady‹ nennen. Könnt ihr euch das vorstellen?«

Lady Gwendolines Schweigen sprach Bände.

Laurens Gesicht verzog sich für einen Augenblick zu einem vagen Lächeln.

»Aber ich halte euch auf«, sagte Lily und ihre Lebhaftigkeit schwand. »Es tut mir wirklich so Leid. Du bist sehr freundlich. Er – Major Newbury – sagte mir letzte Nacht, dass er dir sehr zugetan sei. Es wundert mich nicht. Ich ... es tut mir einfach Leid.« Natürlich sagte sie nur das Falsche. Aber gab es etwas *Richtiges* zu sagen? »Lebst du auf Newbury Abbey?«

»Im Witwenhaus«, sagte Lauren und nickte zu den gegenüberliegenden Bäumen, durch die bei genauem Hinsehen Lily ein Haus ausmachen konnte. »Mit Gwen und der Gräfin, ihrer Mutter. Vielleicht darf ich dich einmal einladen. Eventuell morgen?«

»Ja.« Lily lächelte, zutiefst erleichtert. »Ich würde gern kommen, bitte. Ich würde sehr gern kommen. Wirst du auch da sein ... Gwendoline?« Unsicher blickte sie zu ihrer Schwägerin, die keine Antwort gab, deren Nasenflügel jedoch vor mühsam gezügelter Wut bebten.

Gwendoline liebte ihre Cousine, dachte Lily. Ihre Wut war verständlich. Sie lächelte beiden zu, bevor sie sich auf den Weg zum Herrenhaus begab. Sie fühlte sich beträchtlich aus der Fassung gebracht. Lauren war schön und würdevoll und weitaus anmutiger, als sie erwartet hatte. Wie sollte Neville sie *nicht* lieben?

Etwas von dem bedrückenden Gefühl des Vortages legte sich wieder auf Lilys Schultern.

***

Lauren und Gwendoline standen da und blickten ihr nach.

»Also wirklich!« Gwendoline atmete vernehmlich aus und trat neben ihre Cousine, als Lily sich außer Hörweite befand. »In meinem ganzen Leben bin ich noch niemals so beleidigt worden. Wie konnte sie sich nur erdreisten, stehen zu bleiben und mit uns zu sprechen – besonders mit dir?«

»Wie sie sich erdreisten konnte, Gwen?« Lauren blickte der sich entfernenden Gestalt nach. »Sie ist Nevilles *Frau*. Sie ist deine Schwägerin. Sie ist Gräfin von Kilbourne. Außerdem habe ich sie angesprochen.« Sie lachte, obwohl es nicht belustigt klang. »Sie ist ganz entzückend.«

»*Entzückend?*«, stieß Gwendoline mit äußerster Verachtung hervor. »Sie würde selbst einem Bettler die Schamesröte ins Gesicht treiben. Versucht sie vorsätzlich, Neville zu diskreditieren, oder weiß sie es einfach nicht besser? Sie hat sich vor aller Augen in beiden Dörfern gezeigt, in diesem Aufzug – ohne Haube, ohne Schuhe, ohne …« Sie machte ein Geräusch der Verärgerung. »Hat sie überhaupt keine Ahnung, wie man sich zu benehmen hat?«

»Aber, Gwen«, sagte Lauren so leise, dass ihre Cousine die Worte fast nicht vernahm, »hast du nicht gesehen, dass sie impulsiv und ursprünglich ist? Sie ist so anders als die meisten. Sie gehört zu einer Art von Frauen, die eines Mannes Augen und Sehnsüchte anzieht. Nevilles, zum Beispiel.«

Gwendoline starrte ihre Cousine ungläubig an. »Bist du verrückt?«, fragte sie fassungslos. »Sie ist widerwärtig. Sie ist unmöglich. Und besonders du solltest sie hassen, Lauren. Und du verteidigst sie auch noch!«

Lauren lachte erneut in sich hinein, während sie die Auffahrt überquerte und zum Witwenhaus schlenderte. »Ich versuche nur, sie mit Nevilles Augen zu sehen«, sagte sie. »Ich versuche zu begreifen, warum er mich verließ und mir sagte, ich solle nicht auf ihn warten, und dann sie traf und heiratete. Oh, Gwen, *natürlich* hasse ich sie.« Zum ersten Mal wurde ihre Stimme leidenschaftlich, obwohl sie nicht lauter wurde. »Ich verspüre den tiefsten Hass. Ich wünschte, sie wäre tot. Ich weiß, dass ich nicht so empfinden sollte. Ich bin erschrocken über meine Gefühle. Ich *wünsche* mir, sie wäre tot. Und daher muss ich versuchen, versteh doch ... ja, ich muss versuchen zu verstehen. Letztendlich ist es nicht ihre Schuld, oder? Ich bin mir sicher, dass Neville ihr von mir nicht mehr erzählt hat, als er mir von ihr erzählt hat. Und was gab es auch zu erzählen? Er hatte mir *gesagt*, dass ich nicht auf ihn warten sollte. Er war mir zu nichts verpflichtet. Wir waren nicht verlobt. Ich muss versuchen, sie zu mögen. Ich *werde* versuchen, sie zu mögen.«

Gwendoline hinkte an ihrer Seite und konnte kaum Schritt halten. »Nun, ich habe jedenfalls nicht vor, es zu versuchen«, sagte sie. »Ich werde sie für uns beide hassen. Sie hat dein und Nevilles Leben ruiniert – wobei er sich das voll und ganz selbst zuzuschreiben hat – und ihr seid die beiden Menschen, die ich mehr liebe als alle anderen. Und erzähle mir nicht, dass Lily keine Schuld trifft. *Natürlich* trifft sie keine Schuld und natürlich bin ich ihr gegenüber nicht gerecht. Aber sie ist trotzdem widerwärtig und wie sollte ich sie nicht hassen, wenn ich sehe, wie furchtbar unglücklich du bist?«

Sie hatten das Haus erreicht. Doch bevor sie eintraten, blieb Lauren stehen. »Wir werden ihr einiges beibringen müssen«, sagte sie und ihre Stimme klang wieder so tonlos wie am Tag zuvor. »Wie sie sich kleiden muss, wie sie sich zu benehmen hat, wie sie eine Dame wird. Ich werde sie morgen einladen, Gwen. Ich werde versuchen ... nett zu ihr zu sein.

»Und wir werden versuchen, das Harfespiel zu erlernen und wie man einen Heiligenschein auf dem Kopf balanciert«, sagte Gwendoline hämisch, »damit wir in unserer Todesstunde zu Heiligen oder Engeln werden.«

Sie lachten beide.

»Bitte, Gwen«, sagte Lauren und nahm den Arm ihrer Cousine mit festem Griff, »hilf mir, sie nicht zu hassen. Hilf mir ... oh, wie konnte Neville nur so eine ... so eine wilde, feenhafte Kreatur heiraten? Was ist mit *mir*?«

Gwendoline gab keine Antwort. Es gab keine vernünftige Antwort.

Kapitel 9

Lily fühlte sich plötzlich, als würde sie in ein Gefängnis zurückkehren. Ihre Schritte verlangsamten sich, als das Haus in Sicht kam. Aber dann beschleunigten sie sich wieder. Sie konnte sehen, dass Neville mit drei anderen Gentlemen draußen auf der Terrasse stand. So lange hatte sie seinen Anblick unerschütterlich in ihrem Gedächtnis und ihren Träumen bewahrt und jetzt war er wieder real. Und er beobachtete ihr Näherkommen, kräuselte die Lippen und in seinen Augenwinkeln zeigten sich kleine Fältchen. Sie alle beobachteten ihr Näherkommen. Sie hatte sich nicht geirrt, dachte sie. An diesem Morgen sah tatsächlich alles viel freundlicher aus.

Neville verneigte sich vor ihr und nahm ihre Hand ... um sie zu küssen.

»Guten Morgen, Lily«, sagte er.

»Ich bin unten am Strand gewesen«, erzählte sie. »Ich wollte den Sonnenaufgang beobachten. Und dann erkundete ich die Felsen und fand mich im Dorf wieder.« Ihr Vorhaben und ihr Zielort würden ihren Aufzug erklären.

»Ich weiß.« Er lächelte sie an. »Ich sah dich von meinem Fenster aus.«

Dann verbeugte sich der Marquis mit dem langen Namen vor ihr. »Ich bin so von Ehrfurcht ergriffen, dass ich keinen klaren Gedanken fassen kann«, sagte er, sprach dann allerdings trotzdem weiter. »Keine der Damen, die ich kenne, steht jemals früh genug auf, um zu wissen, dass die Sonne überhaupt etwas so Absonderliches tut, wie morgens aufzugehen.«

»Dann verpassen sie eine der größten Freuden des Lebens«, versicherte ihm Lily. »Könntet Ihr mir bitte noch einmal Euren Namen nennen, Sir? Ich erinnere mich nur, dass er lang ist.«

»Joseph«, sagte er und lachte, wodurch er sich als äußerst gut aussehenden Mann zeigte. »Wir sind jetzt Cousins, Lily, da brauchst du dich nicht mit Attingsborough abzuquälen.«

»Joseph«, wiederholte sie. »Ich glaube, das kann ich mir merken.«

»Und ebenso James«, sagte einer der anderen Herren und verneigte sich vor ihr. »Ein weiterer Cousin, Lily. Ich habe eine Frau, Sylvia, und einen kleinen Sohn, Patrick. Meine Mutter ist Nevs Tante Julia, die Schwester seines Vaters. Mein Vater …«

»Hol's der Teufel, James.« Der vierte Gentleman ließ seinen Blick gen Himmel schweifen. »Lilys Augen verdrehen sich und der Kopf rotiert ihr auf den Schultern. Warum fügst du zu ihrer Erbauung nicht auch noch hinzu, dass Nevilles weitere Tanten väterlicherseits Mary und Elizabeth heißen und dass sein Onkel das berühmte schwarze Schaf, das *verlorene* Schaf, ist, der sich vor mehr als zwanzig Jahren auf eine Hochzeitsreise einschiffte und nie wieder zurückkehrte? Ich bin Ralph, Lily. Jawohl, noch ein Cousin. Solltest du meinen Namen vergessen haben, wenn wir uns das nächste Mal begegnen, kannst du mich gern mit ›du‹ anreden.«

»Vielen Dank«, sagte sie lachend. Alles war einfacher

am heutigen Morgen. Vielleicht würde es von Tag zu Tag einfacher werden. Allerdings hatte sie sich in männlicher Gesellschaft immer schon wohl gefühlt, vielleicht weil sie mit so vielen Männern in ihrer Umgebung aufgewachsen war.

»Der Ausflug hat die lieblichsten Rosen auf deine Wangen gezaubert«, sagte der Marquis. »Aber wie hast du es nur geschafft, barfuß so weit zu laufen?« Er betrachtete ihre Füße durch sein Monokel.

»Oh.« Sie blickte an sich hinunter. »Es ist viel bequemer, als in Schuhen zu laufen. Wenn du deine Stiefel ausziehen und durchs Gras laufen würdest, Joseph, würdest du feststellen, dass ich Recht habe.«

»Ach du meine Güte«, bemerkte er.

»Aber das wirst du nicht tun«, sagte sie und lächelte ihn sonnig an. »Ich weiß es. Auf der Iberischen Halbinsel gibt es Männer, die niemals ihre Stiefel ausziehen – kein einziges Mal. Ich schwöre, dass sie sogar mit ihnen schlafen gehen. Manchmal fragte ich mich, ob sie überhaupt Füße haben oder ob ihre Beine direkt unter dem Knie aufhören. Sie würden eine solche Missbildung natürlich niemals zugeben. Stellt Euch nur vor, wie klein sie gewesen wären – und Männer legen großen Wert auf ihre Größe. Sie hassen es, zu anderen Männern aufzublicken, und sind zutiefst beschämt, wenn sie zu einer Frau aufschauen müssen.«

Die Gentlemen lachten und Lily fiel in ihr Gelächter ein.

»Guter Gott«, sagte Joseph und benutzte jetzt sein Monokel, um auf seine eigenen Stiefel hinunterzusehen, »mein Geheimnis ist entdeckt. Als ich bei eins vierzig aufhörte zu wachsen, ließ ich mir von Hoby Stiefel anfertigen – *hohe* Stiefel. Damit ich aus luftigen Höhen auf die Erde herunterblicken konnte.«

»Er tanzt sogar damit, Lily«, sagte Ralph. »Du würdest

bestimmt nicht gern deine Zehen aufs Spiel setzen, um mit Joe ein Tänzchen zu wagen.«

»Wenn man an die Stiefel klopft«, fügte James hinzu, »klingen sie hohl.«

»Diese Unterhaltung«, erklärte Lily vergnügt, »ist albern geworden. Aber trotz eurer Neckereien habe ich heute Morgen das Gras und den Tau unter meinen Füßen und den Sand zwischen meinen Zehen gespürt. Und ich habe die Sonne über dem Meer aufgehen sehen. England ist ein bezauberndes Land, genau wie mein Papa immer gesagt hat.«

Neville lächelte sie an. »Da hast du Recht, Lily«, sagte er. Er reichte ihr seinen Arm. »Lass mich dich zu deinen Gemächern begleiten und Dolly rufen lassen, damit sie dir hilft, dich zurechtzumachen. Meine Mutter ist vom Witwenhaus heraufgekommen und erwartet dich mit einigen anderen Damen im Morgensalon.«

Er klang ein wenig beunruhigt. Er machte ihr nicht den leisesten Vorwurf, weder jetzt noch nachdem sie die Gesellschaft seiner Cousins verlassen hatten. Aber Lily war nicht entgangen, dass er von *einigen* anderen Damen gesprochen hatte.

»Sind die anderen auch draußen und genießen den Morgen?«, fragte sie.

»Sie sind noch im Bett oder in ihren Boudoirs. Damen, äh, *genießen den Morgen* im Allgemeinen nicht bevor ihre Dienstmädchen sie angezogen und frisiert und sie das Frühstück eingenommen haben, Lily.« Er lächelte ihr zu, während sie die Eingangsstufen hinaufgingen.

»Oh«, sagte sie. Dienstmädchen – sie hatte nicht daran gedacht, nach Dolly zu läuten, als sie aufstand. Ohnehin hätte sie das Mädchen nicht so früh wecken wollen. Außerdem besaß sie kein passendes Kleid für Newbury Abbey außer ihrem grünen Musselin – und auch das konnte nur mit viel gutem Willen als passend bezeichnet werden. Aber zumindest hätte sie ihr Haar zurückbinden und ihre Schuhe tragen können, dachte sie sich. »Ich habe nicht nachgedacht. Ich hätte nicht so, wie ich bin, hinausgehen sollen, oder? Sicher habe ich dich in Verlegenheit gebracht, als deine ganzen Cousins mich so sahen. Es tut mir so Leid.»

»Nein, nein.« Er legte seine freie Hand auf die ihrige, die auf seinem Arm lag. »Versteh mich nicht falsch. Ich wollte dich nicht *tadeln*, um Himmels willen. Dies hier ist dein Heim, Lily. Du sollst tun, was auch immer du möchtest.«

Lily verstummte und erinnerte sich daran, wie ungemein elegant Lauren gekleidet gewesen war. Sie hatte eine Haube und sogar Handschuhe getragen. *Sie* wäre nicht barfüßig fortgetanzt und hätte ihr offenes Haar im Wind wehen lassen, nur um einen Sonnenaufgang über dem Meer zu sehen. *Sie* hätte ihn nicht vor seiner Familie in Verlegenheit gebracht.

***

Nachdem Lily sich gewaschen und Strümpfe und ihre alten Schuhe angezogen hatte und Dolly ihr Haar zu einem schlichten Knoten am Hinterkopf frisiert hatte, um den sie zwei Zöpfe schlang, brachte Neville sie nach unten in den Morgensalon. Dolly hatte den Rat gegeben, nicht das grüne Musselinkleid anzuziehen, da Ihre Ladyschaft sich zum Nachmittag noch umziehen müsse, also musste das alte Baumwollkleid herhalten.

Neville verweilte einen Moment bei ihr im Morgensalon, obgleich kein anderer Gentleman anwesend war, wurde dann aber zu einer Besprechung mit seinem Verwalter fortgerufen.

Die Damen begrüßten sie alle sehr freundlich. Die Gräfinwitwe erhob sich sogar, um Lily auf die Wange zu küssen, und setzte sie neben sich auf ein Zweiersofa. Aber anders als vorhin auf der Terrasse war die Konversation hier alles andere als angenehm. Es wurde über London und Almack's und Leihbüchereien und Rosengärten gesprochen und über die Behandlung von Dienstboten; in keinem dieser Bereiche hatte Lily irgendwelche Erfahrung. Und als man auf den Krieg zu sprechen kam und die Franzosen als Ungeheuer des Bösen und der Verderbtheit dargestellt wurden und Lily sich zu Wort meldete und die Meinung vertrat, dass sie ebenso Menschen seien wie die Briten, mit der gleichen Fähigkeit zur Güte und Loyalität und Liebe und allen edleren Gefühlen ausgestattet, erklärte die rothaarige Dame, die Lily als Wilma in Erinnerung hatte – Josephs Schwester? –, dass sie kurz davor sei, in Ohnmacht zu fallen, und jemand anders tadelte die junge Miranda, ein so unfeines Thema in ein Damengespräch eingeführt zu haben.

Lily lächelte dem jungen Mädchen mitfühlend zu, dessen zahlreiche Ringellöckchen sie leicht kopflastig erscheinen ließen, aber das Mädchen errötete, biss sich auf die zitternde Unterlippe und sah zu Boden.

Tante Sadie versuchte den peinlichen Augenblick dadurch zu überbrücken, dass sie Lily fragte, ob sie Lust habe, etwas zu sticken. Lily hatte bemerkt, dass fast alle Damen mit Handarbeiten beschäftigt waren. Sie sah sich gezwungen zuzugeben, dass man ihr das Sticken nie beigebracht hatte, obwohl sie im Flicken und Stopfen recht geschickt war. Wieder gab es eine peinliche, kurze Stille, bevor ihre Schwiegermutter vorschlug, dass Miranda im Musikzimmer nebenan bei geöffneten Türen für die Anwesenden Klavier spielen sollte.

Schließlich wurde Lily durch den Butler erlöst, der bekannt gab, dass Mrs. und Miss Holyoake gekommen seien, um der Gräfin von Kilbourne ihre Aufwartung zu machen.

Genau wie alle anderen anwesenden Damen blickte auch Lily die Gräfinwitwe an, die verwundert die Augenbrauen hob.

»Was kann Mrs. Holyoake nur von mir wollen?«, fragte sie. »Ich habe sie ganz gewiss nicht herbestellt.«

»Ich bitte um Verzeihung, Mylady«, sagte Mr. Forbes mit einem diskreten Räuspern, »aber soweit ich weiß, hat seine Lordschaft sie hergebeten – für seine Gemahlin. Ich habe sie in den Blauen Salon geführt.«

Lily fühlte sich durch den hastig überspielten Ausdruck der Kränkung auf dem Gesicht ihrer Schwiegermutter peinlichst berührt, die augenscheinlich vergessen hatte, dass sie, Lily, nun die Gräfin von Kilbourne war. Die Situation war völlig unmöglich, dachte Lily zum unzähligsten Mal – nur dass man es nicht dabei belassen konnte. Sie musste lernen, mit dieser Situation zu leben. Sie *alle* würden damit leben müssen.

Als sie den Morgensalon verließ, kam Lady Elizabeth mit ausgestreckten Armen auf sie zugeeilt.

»Lily«, sagte sie, nahm ihre Hände und küsste sie auf die Wange. »Guten Morgen, meine Liebe. Es ist gut, Forbes, ich werde Ihre Ladyschaft zu den Holyoakes führen. Sie sind die Dorfschneider, Lily. Neville sprach vorhin mit mir und bat mich, mich darum zu kümmern, dass sie bei dir für so viele hübsche Kleider Maß nehmen, wie sie nur anfertigen können.«

Eine verlockende Aussicht, das musste Lily zugeben. Die beiden Kleider, die sie besaß, wurden den Anforderungen ihres neuen Lebens in keiner Weise gerecht. Doch im Blauen Salon wartete nur noch größere Verwirrung auf sie.

Nachdem sie Mrs. Holyoake und ihrer Tochter vorgestellt worden war, schwarzhaarigen, braunäugigen Damen, die eine verblüffende Ähnlichkeit aufwiesen, und nachdem sie sich tief vor ihr verbeugt und sie »Mylady« genannt hatten, stellte sie fest, dass sie derart viele Stoffbahnen und Muster und Werkzeuge ihres Berufes mitgebracht hatten, dass es sicher zahlreicher Dienstboten bedurft hatte, alles hineinzutragen.

»Wäre es nicht bequemer gewesen, wenn ich zu euch gekommen wäre?«, fragte sie.

Beide Damen blickten schockiert drein und Elizabeth lachte.

»Nicht wenn man die Gräfin von Kilbourne auf Newbury Abbey ist, Lily«, sagte sie.

Es hatte den Anschein, dass sie nicht zwei oder drei neue Kleider bekommen sollte, was Lily schon als unmöglichen Luxus empfunden hätte, sondern gleich ein Dutzend und mehr. Als sie Einwände erhob, wurde ihr erläutert, dass sie Kleider für den Morgen, zum Tee und für den Abend brauchte – ein paar für Familienabende, ein paar für Dinnerpartys, ein paar für Bälle – und Kleider zum Ausgehen und solche für die Kutsche. Und einen Reitdress, nachdem herausgekommen war, dass sie reiten konnte – obwohl sie das vielleicht besser nicht hätte sagen sollen, da sie gewiss keine erfahrene Reiterin war.

Sie lernte, dass die verschiedenen Anlässe Kleider in verschiedenen Stoffen und verschiedenen Schnittmustern verlangten. Es gab zahlreiche Farben, unter denen man wählen konnte, aber man konnte nicht einfach etwas aussuchen, nur weil man es hübsch fand. Offensichtlich gab es Farben, die einigen Leuten standen und anderen nicht. Es gab Farben, die im Tageslicht gut aussahen und andere, die besser für Kerzenlicht geeignet waren. Und es gab alle möglichen

Arten von Verzierungen, die wiederum zu verschiedenen Stoffen und Tageszeiten und Gelegenheiten passten. Es gab Besatzstücke von der gleichen Farbe wie die Kleider, die sie schmücken sollten. Es gab andere, die einen Kontrast zu der Farbe bilden sollten – oder auch nicht. Es gab Stile, die in Mode waren, und andere, die zu sehr *Avantgarde* oder zu *passé* waren. Es gab Stile, die besser zu einem jungen Mädchen passten, und andere, die geeignet waren für eine junge, verheiratete Frau oder für eine ältere Dame. Es musste Maß genommen werden. Es gab …

Trotz Elizabeth' Freundlichkeit und des Respekts, den die beiden Schneiderinnen ihr entgegenbrachten, fühlte sich Lily bald wie eine unbeteiligte Puppe, die die Arme hob, wenn jemand an dem richtigen Faden zog, und eine Pirouette drehte, wenn ein anderer Faden gezogen wurde, und die ein dauerhaftes Lächeln aufgesetzt hatte. Ihre Freude über die neuen Kleider war schnell verflogen. Sie wusste nichts und war gezwungen, alle Entscheidungen denen zu überlassen, die sich auskannten. Und die ganze Zeit über quälte sie diese dümmliche Sorge – konnte er sich das alles überhaupt leisten? Noch dazu hatte sie vergessen, ihn zu fragen, ob er Captain Harris das Geld schicken könnte, das sie sich von ihm geliehen hatte. Wie war es möglich, dass sie das versäumt hatte?

Als die Prozedur endlich ausgestanden war und sie die Schneiderinnen allein gelassen hatten, damit diese ihre Sachen zusammenpacken konnten – mit verblüfften Mienen hatten sie Lilys Angebot abgelehnt, ihnen zu helfen –, nahm Elizabeth ihren Arm.

»Arme Lily«, sagte sie. »Das ist alles sehr schwierig für dich, nicht wahr? Komm, beim Mittagessen kannst du dich ein wenig entspannen.« Sie lachte mitleidig auf. »Aber selbst eine Mahlzeit ist für dich keine Erholung, nicht wahr? Im Laufe der Zeit wird alles einfacher, das verspreche ich dir.«

Lily hätte ihr gern geglaubt, aber sie war sich da nicht so sicher. Wenn sie doch die Zeit zurückdrehen könnte, dachte sie, nur ein paar Tage … Aber was hätte sie anderes tun können, als hierher zu kommen? Selbst wenn sie sich entschlossen hätte, zu warten, bis Captain Harris den Brief geschrieben hätte, sie hätte das Unvermeidliche nur hinausgezögert. Sie hatte keine andere Wahl gehabt, als hierher zu kommen. Sie war Nevilles Frau. Er hatte ein Recht zu wissen, dass sie noch am Leben war.

Was sie sich *wirklich* wünschte, war, den ganzen Weg bis zu jenem Tag zurückgehen zu können, an dem ihr Vater gefallen war. Sie wünschte, sie könnte zurückgehen und mit klarem Verstand und Verantwortungsbewusstsein hören, was Major Newbury ihr danach gesagt hatte, damit sie den Mut aufbringen konnte, nein zu sagen, wo sie ja gesagt hatte.

War es wirklich das, was sie sich wünschte? Dass sie ihn niemals geheiratet hätte? Dass es jene Nacht niemals gegeben hätte? Wäre jene Nacht nicht gewesen, jener Traum von Liebe und Vollkommenheit, sie wäre nicht in der Lage gewesen, das zu überleben, was ihr danach widerfahren war. Zumindest nicht bei klarem Verstand.

***

Lily ging nicht wieder nach draußen. Neville beobachtete mit tiefer Sorge, wie sie von seinen Verwandten überrollt und in Anspruch genommen wurde, von denen die meisten zumindest weitestgehend bereit waren, sich angemessen zu verhalten und sie in ihrer Mitte aufzunehmen. Und sie tat ihr Bestes, um fröhlich zu wirken, Namen und Verwandtschaftsgrade zu lernen, die zahlreichen Fragen zu beantworten, die an sie gerichtet wurden, und in Fragen der Etikette seiner Führung und der seiner Mutter und Elizabeth' zu folgen. Aber die Farbe, die auf ihren Wangen gewesen war, als sie von ihrem morgendlichen Ausflug zurückkehrte, und das Leuchten in ihren Augen und ihre Keckheit – all die Merkmale der alten Lily – waren im Laufe des Tages wieder verschwunden.

Er machte mit ihr einen Rundgang durchs Haus und sie wirkte interessiert und beeindruckt. Lange und eingehend betrachtete sie die Familienporträts in der Galerie.

»Wie wundervoll muss es sein«, sagte sie, als sie den lang gezogenen Raum zur Hälfte durchschritten hatten, »so viel über seine Ahnen zu wissen und auch noch Bilder von ihnen zu haben. Du siehst deinem Großvater auf diesem Porträt sehr ähnlich. Weder Mama noch Papa haben viel über ihre Familien gesprochen, über meine Vorfahren. Bis zu dem Tag, als Papa starb, wusste ich nicht, wie allein ich doch war. Wenn ich nach meiner Rückkehr nach England seine oder Mamas Verwandte hätte finden wollen, ich hätte nicht einmal gewusst, wo ich hätte suchen sollen. Ich vermute, Leicestershire ist groß.«

»Du warst nicht allein«, ließ er sie wissen und sein Herz verzehrte sich nach ihr. »Du hattest mich und meine Familie.« Doch am Tag nach ihrer Hochzeit hatte ihm sein bloßer Augenschein und die flüchtig beobachtete Bestätigung durch Harris genügt, sodass er sich nicht auf die Suche nach ihr begeben hatte, um sie nach Hause in Sicherheit zu bringen.

Sie ging zum nächsten Bild.

»Hattest du keine Bilder von deinem Vater oder deiner Mutter in deinem Amulett, Lily?«, fragte er sie. Er erinnerte sich, dass sie es früher immer getragen hatte, obwohl jetzt nicht.

Sie berührte mit einer Hand ihren Hals, als ob es noch da wäre. »Nein«, sagte sie. »Es war leer.«

Er fragte nicht, wo sie das Amulett hatte. Wahrscheinlich war es ihr während ihrer Gefangenschaft abgenommen worden und er wollte sie nicht an diesen Verlust erinnern.

Am nächsten Morgen war er enttäuscht festzustellen, dass sie nicht wieder zum Strand war, um die Sonne aufgehen zu sehen. Es hatte die Nacht über geregnet und der Himmel war noch immer recht bewölkt und trüb, aber er glaubte nicht, dass das Wetter sie abgeschreckt hatte. Als er sie in ihren Gemächern aufsuchte, sah er sie am Fenster sitzen und still hinausblicken. Sie lächelte ihn an und erzählte ihm, dass eines ihrer neuen Kleider in der Frühe geliefert werden sollte und dass sie darauf wartete, es anprobieren zu können. Außerdem hatte seine Mutter vor, sie der Haushälterin vorzustellen und in die Ausarbeitung des täglichen Speiseplans einzubeziehen.

Vermutlich war es wichtig, dachte er – zumindest war seine Mutter dieser Überzeugung –, dass sie lernte, ein großes Haus zu führen. Aber er wollte nicht, dass ihr neues Leben ihr alles Licht und alle Freude entzog. Er wollte, dass sie sie selbst sein konnte, die Lily, die sie auf der Iberischen Halbinsel gewesen war.

Später wurde Neville gewahr, dass Lily seine Mutter missverstanden hatte und nicht wusste, dass die Haushälterin zu ihr kommen musste und nicht umgekehrt. Sie war also allein in die Küche gegangen in der Erwartung, dort ihre Schwiegermutter zu treffen. Nach einiger Zeit, viel später, informierte Mrs. Ailsham Ihre Ladyschaft, die Gräfinwitwe, dass die Gräfin von Kilbourne bei den Dienstboten sei, woraufhin eine fassungslose Schwiegermutter ihr nach unten folgte, wo Lily, am großen Küchentisch sitzend, eine überdimensionale Schürze schützend über ihr neues

Kleid gelegt, mit einer Küchenhilfe Kartoffeln schälte und das verunsicherte, aber entzückte Küchenpersonal mit Geschichten unterhielt, die davon handelten, wie man ein Regiment mit Rationen bekochte, die viel zu unregelmäßig eintrafen und noch dazu oft völlig ungeeignet waren, die Bedürfnisse der Männer zu befriedigen.

Nachdem Neville die Geschichte gehört und still in sich hineingelacht hatte, obwohl seine Mutter nicht im Geringsten amüsiert gewesen war, ging er Lily suchen. Aber zu jenem Zeitpunkt war sie bereits wieder in der sicheren Obhut des Morgensalons und der Gesellschaft seiner weiblichen Verwandten und Cousinen gelandet. Sie sah zugleich fröhlich und sprachlos und teilnahmslos aus – und ausgesprochen hübsch in ihrem neuen, blauen Morgenkleid.

***

Vom Witwenhaus war die Nachricht überbracht worden, dass Lauren und Gwendoline der Familie am Nachmittag einen Besuch abstatten würden.

Als sich die Familie im Salon versammelte, herrschte allgemein eine angespannte Atmosphäre. Niemand verhielt sich natürlich. Alle lächelten viel und redeten viel und lachten mehr als nötig. Lily jedoch war sehr still.

Neville erwartete die Ankunft der beiden Frauen mit den schlimmsten Befürchtungen.

Doch als es so weit war, war ihr Auftritt beinah enttäuschend unspektakulär. Sie hatten beschlossen, sich nicht ankündigen zu lassen, sondern traten zusammen ein, sobald der Bedienstete die Türen geöffnet hatte, genauso wie sie es vor Lilys Ankunft getan hätten. Sie sahen beide äußerst elegant aus. Gwen lächelte nicht. Lauren dagegen – strahlend und anmutig. Sie schaute sich um, sah jedem ins Gesicht und fühlte sich offensichtlich ganz wie zu Hause.

Dieser Auftritt musste sie eine enorme Anstrengung gekostet haben, dachte Neville, als er aufsprang und zu ihnen eilte.

»Lauren«, sagte er und widerstand dem Impuls, sie an beiden Händen zu nehmen. Stattdessen verbeugte er sich. »Wie geht es dir? Gwen?«

»Neville, hallo.« Lauren lächelte ihn an und streckte ihm ihre Hände entgegen. »Wir sind gekommen, um deiner Gemahlin unsere förmliche Aufwartung zu machen, nicht wahr, Gwen? Wenn auch nicht, um ihr vorgestellt zu werden. Wir trafen sie gestern Morgen, als wir alle einen Spaziergang machten und sich unsere Wege kreuzten. Oh, da bist du ja, Lily.« Sie wandte sich mit einem freundlichen Lächeln von Neville ab und streckte wieder die Hände aus. »Du siehst – gezähmt aus.« Sie lachte. »Was für ein hübsches Kleid. Blassgelb steht dir gut.« Sie nahm Lilys Hände und beugte sich vor, um sie auf die Wange zu küssen.

Eine hervorragende Vorstellung. Aber war es wirklich eine Vorstellung? Sie fuhr fort, jeden mit Ungezwungenheit und Zuneigung zu begrüßen, bevor sie sich neben Lily auf ein Zweiersofa setzte.

Der Kontrast zwischen den beiden – zwischen seiner Gemahlin und der Frau, die vor zwei Tagen beinahe seine Gemahlin geworden wäre – hätte auffallender kaum sein können. Lily, klein, hübsch, still, leicht verwirrt, wenn jemand sie ansprach, lehnte sich zurück, trank ihren Tee aus, ohne auch nur einmal die Tasse auf der Untertasse abzusetzen, und ließ so ziemlich jede »Präsenz« vermissen, die seine Mutter bei einer Gräfin für so wichtig hielt. Lauren, groß, schön und elegant, ganz in ihrem Metier, saß mit aufrechter und dennoch anmutiger Haltung da, wobei ihr Rücken nicht die Lehne des Sofas berührte, nippte an ihrer Tasse und setzte sie mit der vollen Wertschätzung einer wahren Dame für edle Besitztümer wieder ab.

Fast sah es aus, dachte Neville, als habe sie sich absichtlich neben Lily gesetzt, wissend, wie sehr die Gegensätze beobachtet und kommentiert werden würden. Aber das war ein bösartiger Gedanke. Lauren war nie bösartig gewesen. Andererseits hatte sie sich noch nie in einer solchen Situation befunden.

Gwen verhielt sich schon eher so, wie er es von der zurückgewiesenen Braut erwartet hätte. Obwohl sie sich vollkommen korrekt verhielt, bedachte sie nach der ersten, steifen Begrüßung sowohl Lily als auch ihn mit nachdrücklicher Nichtbeachtung. Sie beschränkte ihre Konversation auf eine Gruppe von Cousinen.

Neville hatte halb erwartet – und mehr noch gehofft –, dass Lauren Newbury Abbey im Laufe des Vormittags zusammen mit ihrem Großvater und Mr. Calvin Dorsey verlassen würde, der dem älteren Gentleman seit dem Tag der geplatzten Hochzeit ein stiller Trostspender war und die Güte besessen hatte, für den ersten Tag der Rückreise des Barons nach Yorkshire seine Gesellschaft anzubieten. Aber Lauren war nicht mit ihnen gegangen. Newbury war immerhin für den Großteil ihres Lebens ihr Zuhause gewesen. Und vielleicht, dachte Neville, war es wichtig für sie, nicht wegzulaufen, sondern zu bleiben und sich ihren neuen Lebensbedingungen zu stellen.

Sie verhielt sich großartig. Vielleicht sollte er erleichtert sein – in gewisser Weise war er es. Aber er musste daran denken, wie Lauren als Kind ständig voller Freude davon erzählt hatte, was sie alles tun würde, wenn ihre Mama erst wieder da wäre – bis sie eines Tages vollkommen damit aufhörte und ihre Mama nie wieder erwähnte. Und wie sie, als sie älter war, begierig davon gesprochen hatte, an die Familie ihres Vaters zu schreiben und wieder mit ihnen in Kontakt zu treten und vielleicht einige Monate bei ihnen zu verbringen – bis sie von einem Tag auf den anderen kein Sterbenswörtchen mehr über sie verlor, nachdem sie eine Antwort auf ihren Brief erhalten hatte. Schweigen in beiden Fällen. Kein Verlust der Fröhlichkeit. Nur absolutes Schweigen.

Kein Fremder, der in diesem Moment den Salon beträte, würde vermuten, dass Lauren noch vor zwei Tagen eine Braut gewesen war – *seine* Braut – und dass ihre Hoffnungen plötzlich und grausam zerstört worden waren.

Lauren, dachte er voller Unbehagen, erinnerte ihn an ein Pulverfass, äußerlich völlig harmlos, aber auf den Funken wartend, der es entzünden würde.

Vielleicht hatte er Unrecht. Vielleicht war Lauren zu solcher Leidenschaft nicht fähig.

Aber ein Teil von ihm wünschte sich, sie wäre wutentbrannt auf ihn losgegangen, als er sie vor zwei Tagen besucht hatte. Und ein Teil von ihm wünschte sich, dass sie heute Nachmittag in den Salon gestürmt wäre und eine laute und skandalöse Szene gemacht hätte.

Pauline Bray, James' Schwester, machte schließlich einen Vorschlag, der die merkwürdig angespannte Normalität der Zusammenkunft im Salon durchbrach.

»Ich denke, ich werde einen Spaziergang machen«, verkündete sie. »Seht nur, die Sonne ist herausgekommen und das Gras sollte nach dem Regen der letzten Nacht inzwischen getrocknet sein. Hat jemand Lust, mich zu begleiten?«

Wie es aussah, hatten fast alle Lust. Die Cousinen und Cousins nahmen den Vorschlag mit einem gewissen Enthusiasmus an und sogar einige der älteren Verwandten zeigten sich gewillt, an die frische Luft zu gehen. Es gab eine kurze Diskussion darüber, ob man den Rhododendronweg über den Hügel hinter dem Haus nehmen oder hinunter an den Strand gehen sollte. Man gab dem Strand den Vorzug, obwohl Wilma protestierte, dass die Seeluft ruinös für den Teint sei und der Sand sich unweigerlich über den ganzen Körper verteile.

Bevor sich eine große Gruppe auf den Weg machte, waren die Pläne ausgefeilter geworden, und den Dienstboten wurden eilige Anweisungen für einen Picknick-Tee gegeben, der später am Strand gereicht werden sollte, obwohl sie gerade erst im Salon den Tee genommen hatten.

Neville war dankbar für die Ablenkung, sowohl um seinetwillen als auch wegen Lily. Sie war für anderthalb Tage ans Haus gefesselt gewesen und obwohl sie sich nicht beklagt hatte, wusste er, dass sie sich verwirrt und unter Druck gesetzt fühlte. Besonders Laurens Besuch musste eine große Belastung für sie gewesen sein.

Doch jede Hoffnung, ihr seinen Arm reichen und sie, vielleicht, ein wenig von der Gruppe wegführen zu können, wurde zerschlagen, noch bevor sie das Haus verlassen hatten. Lauren war Lily nicht von der Seite gewichen. Lächelnd nahm sie ihren Arm.

»Du und ich werden zusammen gehen, Lily«, sagte sie. »So können wir uns besser kennen lernen.«

Kapitel 10

Leidenschaftslos spazierten sie über die Terrasse und die Wiese hinunter. Leidenschaftslos wanderten sie den steilen Hügel hinab und leidenschaftslos am Strand entlang. Dort liefen sie weiter, als Lily es zuvor getan hatte, an einem gewaltigen Felsen vorbei, der über ihnen hoch thronte.

Lily trug ihre alten Schuhe, doch der Dorfschuster war offensichtlich dabei, einige neue Paare für sie herzustellen. Aber sie trug ein neues blassgelbes Kleid und einen langen Mantel – Mrs. und Miss Holyoake mussten sehr hart gearbeitet haben, um beides innerhalb eines Tages fertig zu stellen – und die schlichte Strohhaube, die sie aus dem Bestand ausgewählt hatte, den die Schneiderinnen nach Newbury Abbey gebracht hatten. Da es im Dorf keine Putzmacherin gab, hatte Elizabeth erklärt, bemühte sich Mrs. Holyoake, stets eine kleine Auswahl vorrätig zu haben.

Die breite Krempe der Haube schirmte Lilys Gesicht von der Sonne ab, die die meiste Zeit hell durch die dahinjagenden Wolken schien. Laurens Sonnenschirm, den sie unbedingt mit ihr teilen musste, hielt auch den kleinsten Sonnenstrahl davon ab, ihr Gesicht zu finden. Sie mussten sehr auf ihren Teint achten, erklärte Lauren, besonders jetzt, da es schon fast Sommer war. Sie hatte angemerkt, dass Lilys Gesicht bedauerlicherweise gebräunt sei, ein Unglück, das vermutlich mit ihrer Heimreise aus Portugal zu tun hatte. Aber sie bräuchte nicht zu verzweifeln – die Farbe würde verblassen, wenn sie draußen stets einen Sonnenschirm trüge. Lauren würde ihr einen borgen.

Wilma wollte nicht zu nahe am Wasser gehen, da das Meersalz ihre Haut rau und ihr Haar spröde machen würde. Und sie mussten sehr langsam gehen, aus Angst, Sand in die Schuhe zu bekommen. Als sie einen geschützten Platz erreicht hatten, der für den Picknick-Tee geeignet war, und die Dienstboten mit Decken und Körben eingetroffen waren, wurde den Gentlemen – von Wilma – die Aufgabe übertragen, aus Decken eine Art Zelt zu bauen, um sie vor dem Wind und den schädlichen Einflüssen des Meeres zu schützen. Als sie sich setzten, konnten sie das Wasser nicht mehr sehen – nicht einmal den Sand.

Sie hätten genauso gut drinnen bleiben können, dachte Lily.

Die Gentlemen hatten es da weitaus besser.

Sie waren munter zum Ende des Strandes marschiert und wieder zurück, wo sie die Damen auf halbem Weg abholten. Und sie waren direkt am Wasser gelaufen, wo die Möwen flogen und der Wind am stärksten blies. In ihrer Gruppe hatte es viel fröhliches Gelächter gegeben. Lily wünschte, sie hätte mit ihnen gehen können.

Alle setzten sich zum Tee, aber sobald der größte Appetit gestillt war, wollten einige der jüngeren Cousins – Hal und seine Brüder Richard und William – sich zu weiteren Erkundungen aus dem Staub machen. William zwinkerte Miranda zu, die ungefähr in seinem Alter war, und bedeutete ihr mitzukommen, und Miranda sah ängstlich zu ihrer Mama, die damit beschäftigt war, zwei Gläser zu halten, die ihr Sohn Ralph, Viscount Sterne, mit Wein füllte. Dann blickte Miranda unsicher zu Lily.

»Auch ich sehne mich danach, zu entfleuchen«, flüsterte Lily und hatte all ihre guten Absichten vergessen, die sie anderthalb Tage lang pflichtgetreu durchgehalten hatte. Neville lauschte zusammen mit Elizabeth und dem Herzog von Portfrey höflich einem Monolog, den seine Tante Mary seit mindestens fünf Minuten hielt.

Und so waren die beiden Augenblicke später verschwunden und rannten mit den jungen Gentlemen den Strand zum Wasser hinunter, bis jeder weitere Schritt ihre Schuhe eingeweicht hätte.

»Ich möchte wetten, das Wasser ist zu dieser Jahreszeit kalt genug, um jemandem einen Herzanfall zu verpassen«, sagte Richard.

»Nein«, sagte Lily, die es gewöhnt war, zu jeder Jahreszeit, außer im tiefsten Winter, in Bergflüssen zu baden. »Es ist erfrischend. Oh, der Wind fühlt sich wundervoll an.« Sie streckte ihm und der Sonne das Gesicht entgegen.

»In den angesagten Seebädern ist es der letzte Schrei, im Meer zu baden«, sagte Hal. »Aber leider nicht hier und nicht im Mai. Ich tat es letztes Jahr mit den Porters in Brighton.«

»Ich würde eher sterben, als auch nur einen Zeh ins Wasser zu stecken«, sagte Miranda. »Bestimmt macht es die Haut runzlig.«

Lily lachte. »Es ist nur Wasser, obwohl man es nicht trinken kann, wegen des Salzes.« Und ohne darüber nachzudenken, was sie tat, streifte sie ihre Schuhe ab, rollte die Strümpfe herunter und trug sie in einer Hand, während sie mit der anderen ihr Kleid hob und ins Wasser watete, bis es ihr fast zu den Knien reichte.

Miranda kicherte und die jungen Herren johlten ausgelassen.

»Es *ist* kalt«, sagte Lily und lachte nur noch fröhlicher.

»Es ist himmlisch. Oh, das müsst ihr unbedingt versuchen.«

Richard traute sich als Erster, dann Hal und dann William. Schließlich konnte sogar Miranda überredet werden, ihre Schuhe und Strümpfe auszuziehen, und sie ging vorsichtig fast knöcheltief ins Wasser. Sie lachte vor Angst und Entzücken.

»Oh Lily«, rief sie, »du bist so *spaßig.*«

»Wilma ist eine alte Meckerziege«, bemerkte Richard mit erstaunlicher Respektlosigkeit gegenüber Älteren. »Und Lauren und Gwen haben nichts anderes im Kopf, als immer damenhaft zu sein.«

Mit Schuhen und Strümpfen in der Hand wateten sie durchs Wasser, bis sie zu dem großen Felsen kamen und Lily entschied, dass ein Fels an dieser Stelle und von dieser Größe einzig und allein den Zweck hatte, erklettert zu werden. Also kletterte sie auf die Spitze und setzte sich, die Arme um die Knie gelegt und den Kopf im Nacken. Sie konnte spüren, dass ihr Saum vom Meerwasser schwer und nass geworden war, aber der würde schnell wieder trocknen. Es war absolut unmöglich, dachte sie, auf Dauer niedergeschlagen zu sein, wenn man die Sonne und den Wind im Gesicht spüren und die Wellen auf ihrem Weg zur Küste und über sich die Schreie der Möwen hören konnte. Sie nahm die Haube ab und legte sie neben sich zu den Schuhen und Strümpfen. So fühlte sie sich gleich noch besser.

Die anderen vier waren ihr gefolgt und hatten sich etwas weiter unten niedergelassen und redeten und lachten miteinander. Lily vergaß sie und genoss das wohlbekannte Gefühl, mit dem Universum allein zu sein. Sie hatte immer schon die Gabe gehabt, sich Menschenansammlungen zu entziehen – eine wichtige Gabe, wenn man so wenig Privatsphäre hatte wie sie.

»Miranda!«

Die Stimme, laut und entsetzt, ließ Lily in die Höhe fahren und brachte sie wieder in die Realität zurück. Tante Theodora war am Fuße des Felsens mit Elizabeth und Tante Mary aufgetaucht. »Zieh *augenblicklich* wieder deine Schuhe an! Und die Strümpfe und die Haube und die Handschuhe! Und komm da runter! Meine Güte, der Saum ist nass. Bist du etwa durchs Wasser gewatet? Du schockierendes, vulgäres, ungezogenes Kind. Eine *wirkliche Dame* würde nicht einmal im Traum …« Doch just in diesem Moment sah sie nach oben und erspähte Lily, die weitaus derangierter war als ihre Tochter.

Elizabeth schnalzte mit der Zunge und lachte. »Wie ungemein clever von Lily und Miranda«, sagte sie. »Sie tun genau das, wonach wir uns alle insgeheim sehnen, und genießen den Sonnenschein und die Seeluft – und das Meer.«

Aber ihr Versuch, die Peinlichkeit der Situation zu überspielen, schlug fehl. Die ganze Gesellschaft war auf dem Weg zu ihnen, Tante Theodora hatte einen hochroten Kopf und Miranda war in Tränen ausgebrochen. Tante Mary versicherte jedem mit erregtem Nachdruck, dass sie überzeugt sei, dass einzig und allein ihre Söhne die Schuld an dem Desaster trügen. Es waren ja so lebhafte Jungen. Hal wies sie in beleidigtem Tonfall darauf hin, dass er es mit einundzwanzig Jahren nicht mehr schätzte, als Junge bezeichnet zu werden.

Lily zog schweigend ihre Strümpfe und Schuhe an, verknotete die Bänder ihrer neuen Haube unter dem Kinn und machte sich vorsichtig auf den Abstieg zum Strand. Wilma ereiferte sich lauthals über irgendetwas und Gwendoline bat sie, sich doch bitte nicht zu wiederholen. Der Marquis fragte mit betont gelangweilter Stimme, ob irgendjemand schon einmal von Stürmen in einem Wasserglas gehört habe, und Pauline unterdrückte ein Lachen. Zwei starke Arme packten Lily und hoben sie vom Felsen, während sie noch immer nach einem sicheren Tritt suchte.

Er drehte sie um und lächelte sie an, die Hände noch immer an ihrer Taille. »Als ich dich dort oben sah«, sagte er, »hatte ich auf einmal das Bild vor Augen, wie du auf einem Felsüberhang sitzt und über die Hügel Portugals blickst.« Doch sein Lächeln erstarb, noch bevor er zu Ende gesprochen hatte. »Es tut mir Leid. Das war kurz bevor dein Vater starb.«

Und nur Stunden vor ihrer Heirat. Wie sehr musste er bedauern, dass all dies je geschehen war. Wie sehr bedauerte *sie* es.

Die Gesellschaft hatte sich in einer Atmosphäre allgemeiner Verlegenheit und Missstimmung auf den Rückweg zum Tal und dem Pfad zum Haus begeben. Lily und Neville folgten in kurzem Abstand.

»Es tut mir Leid«, sagte sie.

»Nein«, erklärte er mit Nachdruck. »Nein, das darf es nicht, Lily. Es darf dir nicht immer alles Leid tun. Du musst dein Leben auf deine Art leben.«

»Aber ich habe Miranda in Schwierigkeiten gebracht«, sagte sie. »Ich habe nicht nachgedacht.«

»Ich werde mit Tante Theodora sprechen«, sagte er. »Es ist nichts Schlimmes geschehen, das musst du wissen.«

»Nein«, sagte sie. »*Ich* werde mit ihr sprechen. Du musst mich nicht immer beschützen. Ich bin kein Kind.«

»Lily«, sagte er leise. »Es läuft nicht besonders gut im Moment, oder? Lass uns ein wenig Zeit für uns nehmen, einverstanden? Lass mich dir die Hütte zeigen.«

»Die im Tal?«, fragte sie ihn.

Er nickte. »Mein privater Schlupfwinkel. Mein Zufluchtsort, wenn ich Frieden und Ruhe brauche. Ich werde sie dir zeigen.«

***

Er nahm ihre Hand und verflocht seine Finger mit ihren. Es war ihm egal, ob sich einer der Vorangehenden umsah. Schließlich waren sie verheiratet.

»Die Hütte gehört also dir?«, fragte sie ihn. »Sie ist sehr hübsch.«

»Meine Großmutter war Malerin«, erläuterte er. »Sie liebte es, allein zu sein und zu malen. Mein Großvater ließ für sie die Hütte errichten, an dem mit Sicherheit schönsten Fleckchen Erde des gesamten Besitzes. Sie ist möbliert und wird einmal im Monat gesäubert und gelüftet. Eigentlich steht sie uns allen zur Verfügung, aber ich glaube, dass sie mittlerweile als mein spezieller Zufluchtsort angesehen wird. Auch ich bin manchmal gern allein und habe meine Ruhe.«

Sie lächelte ihn an. Offensichtlich konnte sie derlei gesellschaftsfeindliche Bedürfnisse gut nachvollziehen.

»Das ist eines der Dinge, die ich beim Militär als besonders hart empfand«, sagte er. »Das Fehlen einer Privatsphäre. Das musst auch du verspürt haben, Lily. Und dennoch hattest du etwas an dir … es fiel mir auf, dass du oft deiner eigenen Wege gingst, wenn auch nie außer Sichtweite deines Vaters. Du pflegtest dich allein hinzusetzen oder alleine dazustehen und dich umzusehen. Ich stellte mir immer vor, dass du eine Welt entdeckt hattest, die mir und fast allen anderen verschlossen war. War es so?«

»Es gibt einige Orte«, sagte sie, »die mehr als andere eine besondere Anmut haben. Orte, an denen man … an denen man Gott fühlt. Es ist mir nie möglich gewesen, in einer Kirche die Anwesenheit Gottes zu spüren. Ich fühle mich dort eher eingeschlossen, erdrückt, wie es mir in vielen Gebäuden ergeht. Aber es gibt Orte von ungewöhnlicher Schönheit und Frieden und ... Heiligkeit. Doch sie sind rar. Ich hatte nicht so ein Tal wie deines, als ich aufwuchs, oder einen Wasserfall oder einen Teich oder eine Hütte. Und während der Zeit beim Regiment fand ich auch nicht viele solcher Orte, obwohl es durchaus einige gab. Ich lernte zu ... zu ...«

»Was?« Er neigte den Kopf näher zu ihr. Er hatte sich in der Vergangenheit oft mit Lily unterhalten, manchmal eine Stunde lang oder mehr. Sie hatten sich immer miteinander wohl gefühlt, trotz ihres unterschiedlichen Geschlechtes und Ranges. Er hatte das Gefühl gehabt, sie gut zu kennen. Aber er hatte sie nie nach ihrer eigenen Welt gefragt, hatte sie nur beobachtet. Ihr Charakter besaß Tiefen, die ihm immer noch unbekannt waren. Aber es gab dort eine große Schönheit, vermutete er, und auch Weisheit trotz ihrer Jugend und dem Fehlen einer Schulbildung. Es gab nichts Seichtes an seiner Lily.

»Ich weiß nicht, wie ich es sagen soll«, sagte sie. »Ich lernte zu schweigen, innezuhalten, nichts zu tun oder zu hören oder zu denken. Ich lernte zu *sein*. Ich lernte, dass fast jeder Platz zu einem jener speziellen Orte werden kann, wenn ich es nur zulasse. Vielleicht lernte ich, diesen Ort in mir selbst zu finden.«

Er sah sie an – hübsche, zarte Lily in ihrem neuen, blassgelben Kleid mit Umhang und Strohhaube. Die heitere Gelassenheit, die er immer an ihr beobachtet hatte, hatte also einen Grund. Sie hatte in ihrem kurzen, schwierigen Leben entdeckt, was sich nur wenigen Menschen in einem ganzen Leben offenbarte, vermutete er. Er selbst war nicht so weit vorgedrungen, obwohl er den Wert von Einsamkeit und

Stille zu schätzen wusste. Er fragte sich, ob Lilys Fähigkeit, sich in sich zurückzuziehen, schlicht zu *sein*, wie sie sich ausdrückte, ihr geholfen hatte, ihre schwere Prüfung in Spanien zu überstehen. Aber er wollte sie nicht danach fragen. Er konnte es nicht einmal ertragen, daran zu denken.

Sie hatten das Tal erreicht und stiegen den Pfad hinan, der zur Hütte und zu dem kleinen Teich am Fuße des Wasserfalls führte. Alle anderen waren bereits oberhalb des Hügels hinter den Bäumen verschwunden. Als sie nicht mehr weit entfernt waren, blieben sie in stiller Übereinkunft stehen und weideten ihre Augen an der Schönheit der Szenerie und ihre Ohren an dem beruhigenden Geräusch fallenden Wassers.

»Ah ja«, sagte sie schließlich mit einem Seufzen, »dies ist einer jener Orte. Ich kann verstehen, warum du hierher kommst.«

Ihm war aufgefallen, dass sie ihn seit ihrer Rückkehr nicht beim Namen genannt hatte, obwohl er sie daran erinnert hatte, dass sie seine Frau war und ihn mit Vornamen ansprechen könne. Er sehnte sich danach, ihn noch einmal aus ihrem Mund zu hören. Er konnte sich daran erinnern, wie sein Name in ihrer Hochzeitsnacht wie die intimste Liebkosung geklungen hatte. Aber er konnte, er wollte nicht darauf bestehen. Er musste ihr Zeit lassen.

»Komm, ich zeige dir die Hütte«, sagte er. Mit einer gewissen Überraschung kam ihm plötzlich in den Sinn, dass er niemals mit Lauren hierher gekommen war, zumindest nicht mehr seit ihren Kindertagen.

Es gab nur zwei Räume, beide waren behaglich eingerichtet, in beiden gab es Feuerstellen und daneben einen Stapel Scheite, um für einen kalten Tag – oder eine kalte Nacht – jederzeit gerüstet zu sein. Hin und wieder verbrachte er hier eine Nacht. Im vergangenen Jahr hatte er das manchmal getan, wenn er an sein Leben mit dem 95. und an die Jahre auf der Iberischen Halbinsel denken musste und eine namenlose Sehnsucht ihn nicht zur Ruhe kommen ließ.

Nein, nicht namenlos. Hierher war er gekommen, wenn er sich nach Lily gesehnt hatte, mit der ihn in den Jahren ihrer Bekanntschaft eine allmählich wachsende Liebe verbunden hatte, in der schließlich auch eine körperliche Leidenschaft aufgekeimt war, nur kurze Zeit vor ihrem gloriosen Erblühen in der Nacht, bevor er glaubte, dass sie gestorben sei.

Er hatte versucht, auf Newbury nicht an Lily zu denken. Dort hatte er all seine Gedanken auf sein neues Leben richten wollen, das Leben der Pflichterfüllung, zu dem er erzogen und ausgebildet worden war, das Leben, zu dem Lauren gehörte. Und von Zeit zu Zeit war er zu der Hütte gegangen, um sich seinen Erinnerungen hinzugeben und seiner verbliebenen Trauer.

Es war immer noch seltsam zu erkennen, dass Lily *nicht* gestorben war. Dass sie hier war. Jetzt.

Sie warf einen kurzen Blick ins Schlafzimmer, aber es war der andere Raum, der sie offensichtlich mehr faszinierte. Dort gab es Stühle, einen Tisch, Bücher, Papier, Federkiele und Tinte – und einen direkten Blick über den Teich zum Wasserfall. Er liebte es, hier zu sitzen, zu lesen oder zu schreiben. Er liebte es auch, einfach nur dazusitzen und zu schauen. Vielleicht war es das, was sie *sein* nannte.

»Du kommst her, um zu lesen«, sagte sie und nahm ein Buch auf, nachdem sie ihre Haube abgesetzt und auf einem der Stühle abgelegt hatte. »Du lernst andere Welten und Gedanken kennen. Und du kannst zurückgehen und sie immer wieder lesen.«

»Ja«, sagte er.

»Und manchmal schreibst du deine eigenen Gedanken nieder«, sagte sie und fuhr mit dem Finger über einen der Federkiele. »Und du kannst zurückkommen und es lesen und dich erinnern, was du über irgendetwas gedacht oder gefühlt hast.«

»Ja.« Ihm fiel auf, dass sie wehmütig klang.

»Das muss das wunderbarste Gefühl auf der ganzen Welt sein«, sagte sie, »lesen und schreiben zu können.«

Da wurde ihm bewusst, wie viele Dinge er für selbstverständlich nahm. Er hatte nie wirklich darüber nachgedacht, wie privilegiert er war, eine Ausbildung genossen zu haben. »Vielleicht«, schlug er vor, »könntest du es lernen, Lily.«

»Vielleicht«, stimmte sie zu. »Obwohl ich wahrscheinlich zu alt bin. Ich schätze, ich wäre auch keine gute Schülerin. Papa sagte immer, Lesen zu lernen sei das Schwierigste gewesen, was er in seinem ganzen Leben getan hatte. Er hat es nie als leicht empfunden.« Sie legte das Buch hin, ging zum Fenster und sah hinaus.

Er hatte nicht vorgehabt, ihr die Frage zu stellen, deren Antwort er so fürchtete – gewiss noch nicht jetzt. Er fühlte sich nicht stark genug, die Antwort zu verkraften. Und dennoch schienen Ort und Zeitpunkt richtig zu sein und unwillkürlich sprudelten die Worte aus ihm heraus.

»Lily«, fragte er sie, »was hast du durchgemacht?«

Er trat neben sie, betrachtete ihr Profil und berührte mit den Fingern ihre Wange. Sie sah so zerbrechlich aus und dennoch wusste er, dass sie auf ihre Art so stark war wie die abgehärtetsten Veteranen. Aber wie sehr war ihre Kraft auf die Probe gestellt worden? »Kannst du darüber reden?«

Sie drehte den Kopf und ihre riesigen blauen Augen blickten in seine. Seltsamerweise sahen sie zugleich verwundet und ruhig aus. Was auch immer ihr widerfahren war, hatte sie verletzt, vielleicht nachhaltig, aber es hatte sie nicht gebrochen. Zumindest war es das, was er in ihren Augen las.

»Es war Krieg«, sagte sie. »Ich sah Leid, das viel schlimmer war als mein eigenes. Ich sah Verstümmelung und Folter und Tod. Ich bin nicht verstümmelt worden. Ich wurde nicht getötet.«

»Wurdest du ... gefoltert?«

Sie schüttelte den Kopf. »Ein paarmal geschlagen«, sagte sie, »wenn ich ... wenn ich nicht gefügig war. Aber nur mit der Hand. Ich wurde nie wirklich gefoltert.«

Es hätte ihm gefallen, wenn in diesem Moment ein ganz bestimmter spanischer Partisan vor seinen Augen erschienen wäre. Er hätte ihm liebend gern jeden einzelnen Knochen im Leib zertrümmert und ihn dann mit bloßen Händen in Stücke zerrissen. Er hatte Lily *geschlagen*? Auf einmal schien ihm dieses Verbrechen ebenso abscheulich wie Vergewaltigung zu sein.

»Also nicht gefoltert«, sagte er. »Nur geschlagen und ... missbraucht.«

»Ja.« Ihr Blick senkte sich auf seine Krawatte.

Es schmerzte, sich vorzustellen, wie ein anderer Mann Lily missbrauchte. Nicht, weil es sie für ihn weniger begehrenswert machte – er hatte über diese Möglichkeit bereits in der vorigen Nacht nachgedacht und sie verworfen –, sondern weil sie so ganz Unschuld und Licht und Güte gewesen war, und jemand hatte sie zur Sklavin gemacht und hatte mit seiner Lust Dunkelheit und Bitterkeit in ihren reinen Körper gestoßen. Und hatte sie vielleicht unheilbar verletzt.

Wie konnte er das wissen? Vielleicht wusste sie es selbst nicht. Vielleicht war ihre ruhige Billigung des Geschehenen, ihre verstandesmäßige Erklärung, es sei eben Krieg gewesen, nur ein dünner Verband über einer großen, klaffenden Wunde. Vielleicht unterschied sich ihr Umgang damit nur unwesentlich von Laurens ...

In diesem Moment verließ ihn der Mut – das bisschen Mut, das er für seine erste Frage hatte aufbringen müssen. Hätte er gefragt, sie hätte ihm vermutlich den Rest erzählt. All die abstoßenden Einzelheiten dessen, was sie erlitten und ertragen und überlebt hatte. Er wollte es nicht wissen. Er würde dieses Wissen nicht ertragen. Und das, obwohl er erkannte, dass es vielleicht notwendig für sie war, darüber zu sprechen.

Ah, Lily, und du sprachst von Feigheit?

Er strich mit dem Rücken seiner Finger über ihre Wange und ihren Kiefer und legte seine Hand dann unter ihr Kinn, um es anzuheben. »Es gibt nichts, wofür du dich schämen müsstest, Lily«, sagte er. Empfand sie Scham? Schließlich hatte sie ernsthaft damit gerechnet, dass er sich wegen Ehebruchs von ihr scheiden lassen könnte. »Du hast nichts Falsches getan. Ich war es, der Fehler gemacht hat. Ich bin derjenige, der sich schämen sollte. Ich hätte dich besser schützen müssen. Ich hätte wissen müssen, dass sie die Mitte des Zuges angreifen würden. Ich hätte erkennen müssen, dass die Möglichkeit bestand, dass du noch lebtest. Ich hätte Himmel und Hölle in Bewegung setzen müssen, um dich zu finden und auszulösen.«

»Nein.« Ihre Augen blickten ruhig in seine. »Manchmal ist es einfacher, Fehler zu finden und Schuld zuzuweisen – sogar sich selbst –, als die Tatsache zu akzeptieren, dass Krieg einfach sinnlos ist. Es war Krieg. Das ist alles.«

Und trotzdem fühlte auch sie sich schuldig, das war in der vorletzten Nacht offensichtlich geworden. Sie beschuldigte sich der Feigheit, nicht für ihre Tugend gekämpft zu haben, nicht lieber mit den französischen Soldaten gestorben zu sein, als sich zu unterwerfen. Und er konnte den

Krieg nicht als Absolution für seine eigene Schuld nehmen.

Er hatte geglaubt, dass seine Wunden verheilt wären. Sie sah aus, als habe sie keine davongetragen. Aber vielleicht waren sie in Wirklichkeit zwei Verwundete, die gemeinsam Verzeihung und Frieden und Heilung finden mussten.

Aber dazu durfte es zwischen ihnen keine Geheimnisse geben. Dennoch konnte er nicht ertragen zu wissen ...

Er senkte den Kopf und berührte ihre Lippen mit seinen. Sie waren weich und warm und empfänglich. Und als er den Kopf hob, um ihr in die Augen zu sehen, waren sie erfüllt von Verlangen. Er küsste sie erneut, so zart wie zuvor, bis er spürte, wie sich ihre Lippen gegen seine pressten – genauso war es in ihrer Hochzeitsnacht gewesen, als er sie im Zelt unter seine Decke gezogen hatte.

Ah, Lily. Er hatte sie vermisst. Auch als er sie für tot hielt, hatte er sie vermisst. Sein Leben war ohne sie nichtig gewesen. Sie hatte eine Leere zurückgelassen, die niemand ausgefüllt hatte oder hätte ausfüllen können. Aber sie war wieder da. Sie war heimgekommen zu ihm. Er legte seine Arme um sie und zog sie an sich. Er öffnete seine Lippen.

Und sah sich mit etwas Wildem kämpfen, das nach ihm kratzte und ihn in Panik von sich stieß, wobei es katzenartige, gequälte Geräusche von sich gab. Sie wirbelte fort von ihm durch den Raum und stellte einen Stuhl zwischen sich und ihn. Als er sie schockiert anstarrte, starrte sie mit vor Schreck geweiteten Augen zurück. Und dann presste sie die Augen plötzlich fest zusammen und als er anhob zu sprechen, presste sie die Hände auf die Ohren und gab wieder diese Geräusche von sich. Ihn ausschließend. Sich selbst einschließend.

Er wurde innerlich zu Eis.

»Lily.« Er benutzte die Stimme, von der er instinktiv

wusste, dass sie sie erkennen und darauf reagieren würde – seine Offiziersstimme. »Lily, du bist in Sicherheit. Bei meiner Ehre. Du bist *sicher.*«

Sie wurde still und nahm nach einigen Augenblicken die Hände von den Ohren. Sie öffnete die Augen, sah ihn jedoch nicht an. Ihre Augen waren riesig und leer, der Schrecken und alles andere waren aus ihnen verschwunden, wie er mit einer gewissen Bestürzung erkannte.

»Es tut mir Leid«, sagte er. »Ich bitte vielmals um Entschuldigung. Ich hatte weder vor, dich zu verletzen, noch dich zu ängstigen. Ich werde dir nie wieder gegen deinen Willen zu nahe kommen. Ich schwöre es. Bitte glaube mir.«

»Ich habe Angst«, sagte sie und ihre Stimme klang tonlos. »Ich habe solche Angst.«

»Ich weiß.« Alle seine offenen Fragen waren eindringlicher beantwortet worden, als wenn er sie gestellt und sie ihm mit Worten geantwortet hätte. Sie war genauso verstümmelt wie ein Soldat, der mit fehlenden Gliedmaßen aus dem Krieg heimgekehrt war – sogar noch mehr. Auch er hatte Angst – eine Mordsangst, dass er niemals in der Lage sein würde, alles wieder gutzumachen. Er atmete tief durch und gebrauchte wieder seine Offiziersstimme. »Sieh mich an, Lily.«

Sie gehorchte. Die lebenssprühende Farbe, die sie bei ihrem Ausflug zum Strand erworben hatte, war aus ihrem Gesicht gewichen. Sie war wieder bleich und hager.

»Sieh gut hin«, sagte er. »Wen siehst du?«

»Dich«, sagte sie.

»Und wer bin ich?«

»Major Lord Newbury.«

»Vertraust du mir, Lily?«, fragte er sie.

Sie nickte. »Bis in den Tod.«

Es war eine Antwort, die ihn zutiefst erschreckte – schon

einmal hatte er ihr Vertrauen enttäuscht, mit entsetzlichem, unkalkulierbarem Ausgang – aber im Augenblick konnte er es sich nicht leisten, seine eigene Schwäche zu zeigen. »Ich werde nicht versprechen, dich nie wieder zu küssen«, sagte er, »oder nie wieder mehr zu tun, als dich zu küssen. Aber ich werde niemals irgendetwas ohne dein freiwilliges, volles Einverständnis tun. Glaubst du mir?«

Sie nickte erneut. »Ja.«

»Sieh dich um«, befahl er ihr. »Wo bist du?«

Sie sah sich um. »In der Hütte«, sagte sie. »Auf Newbury Abbey.«

»Und wo ist das, Lily?«

»In England.«

»Es gibt keinen Krieg in England«, erklärte er. »Hier herrscht Frieden. Und dieser kleine Teil Englands gehört mir. Du bist hier bei mir in Sicherheit. Glaubst du mir?«

»Ja«, sagte sie.

»Dann lass mich dich wieder lächeln sehen«, sagte er.

Ihr Lächeln war unsicher. Aber ihre furchtbare Angst war verschwunden, das konnte er sehen, auch wenn seine eigene noch da war.

»Es tut mir Leid«, sagte sie.

»Das muss es nicht«, sagte er. Er seufzte. »Es wäre besser gewesen, wenn wir dieses Gespräch heute nicht weitergeführt hätten. Ich brachte dich nicht hierher, um dich aus der Fassung zu bringen. Ich brachte dich her, weil ich diesen Ort liebe und mein Gefühl mir sagte, dass du genauso empfinden würdest. Er gehört dir genauso wie mir. Du bist meine Frau. Du kannst herkommen, wann immer du möchtest. Und du wirst hier immer sicher sein – auch vor mir. Ich schwöre es. Und du kannst hier du selbst sein. Du kannst hier ganz der Mensch sein, der du zu sein wünschst.«

Sie nickte und griff nach ihrer Haube. Er beobachtete sie, wie sie die Bänder unter ihrem Kinn verknotete und sich zum Gehen wandte. Er öffnete ihr die Tür und sie traten wieder nach draußen und begaben sich auf den Weg das Tal hinab zu dem Pfad, der den Hügel hinaufführte. Er ging neben ihr, die Hände hinter dem Rücken verschränkt. Er hatte sogar Angst, ihr seinen Arm zu bieten.

Die Wunden waren also viel tiefer, als es den Anschein hatte. Würden sie jemals verheilen? Und war er in der Lage, sie zu heilen? Hier, wo sie nicht hingehörte, wo sie nicht die Frau sein konnte, zu der sie herangewachsen war, lebenslustig und spontan und frei?

Doch er hatte keine Wahl, er musste versuchen, ihr zu helfen, gesund zu werden und mit der momentanen Realität ihres Lebens zurechtzukommen. Sie war seine Frau. Er hatte sie innig geliebt, bevor er sie heiratete. Er hatte sie in der einen Nacht ihrer Ehe leidenschaftlich geliebt. Und auch nach ihrem vermeintlichen Tod hatte er sie ohne Unterlass geliebt.

Und von dem Augenblick an, als sie vor zwei Tagen an seinem Hochzeitstag in das Hauptschiff der Kirche getreten war, hatte er sie erneut geliebt.

Kapitel 11

Lily entschuldigte sich bei Tante Theodora, der Viscountess Sterne, und nahm die ganze Schuld für Mirandas ungeratenes Benehmen auf sich. Sie tat es öffentlich, während des Abendessens, damit alle wussten, dass es ihr Fehler gewesen war. Aber Tante Theodora errötete nur leicht und versicherte Lily, dass im Grunde ja überhaupt nichts geschehen sei. Hal stimmte ihr heißspornig und lautstark zu, woraufhin sein Vater, Sir Samuel Wollston, ihn in barschem Tonfall bat, er möge seine Zunge im Zaum halten. Joseph, der Marquis mit dem langen Namen, murmelte mit extrem gelangweilter Miene erneut etwas über Stürme in Wassergläsern. Pauline kicherte. Und Elizabeth wechselte das Thema.

Lily blieb nur die Erkenntnis, dass sie sich wieder einmal falsch verhalten hatte.

Es war ein Gefühl, an das sie sich in den nächsten Tagen zunehmend gewöhnte. Nachdem sie eines Morgens ein neues Kleid in die Küche getragen und darauf bestanden hatte, es selbst zu bügeln, und anschließend einer Küchenmagd geholfen hatte, einen riesigen Korb mit Wäsche hinauszutragen, um sie auf die Leine zu hängen, wurde ihr von ihrer Schwiegermutter sehr sanft mitgeteilt, dass Diener angestellt wurden, solche Aufgaben zu übernehmen, damit die Damen sich mit wichtigeren Aufgaben befassen konnten. Diese wichtigen Aufgaben bestanden in einem täglichen Treffen mit der Haushälterin und dem Prüfen der Einnahmen und Ausgaben, die in einem Hauptbuch niedergeschrieben waren, das Lily nicht entziffern konnte. Es dauerte nicht lang und die Gräfinwitwe versah diese Aufgabe wieder allein.

Es kamen zahlreiche Damen – und einige wenige Herren – zu Besuch nach Newbury Abbey und Lily musste die gegenteilige Vorstellung über sich ergehen lassen und anschließend mit ihnen Konversation treiben, während am Tee genippt wurde. Eines Nachmittags sprach Mr. Cannadine, der seine Mutter begleitet hatte, mit Neville und dem Herzog von Anburey und einigen anderen Gentlemen über den Krieg und Lily schaltete sich voller Interesse in das Gespräch ein. Aber nachdem die Besucher gegangen waren, zog Lauren sie zur Seite und machte ihr deutlich, dass es sich für eine Dame nicht ziemte, über solch unangenehme Dinge zu reden. Lily war natürlich kein Vorwurf zu machen, hatte Lauren hastig hinzugefügt. Mr. Cannadine hätte das Thema nicht ansprechen dürfen, solange die Möglichkeit bestand, dass das Männergespräch von den Damen mit angehört werden konnte.

Die Besuche mussten erwidert werden. Es war eine allgemein gültige Verbindlichkeit, erklärte die Gräfinwitwe, sich bei jenen erkenntlich zu zeigen, die solch eine Höflichkeit erwiesen hatten. Eines Nachmittags, als der Landauer auf dem Weg zu Lady Leigh durch das Dorf fuhr, erspähte Lily Mrs. Fundy und wies ohne zu zögern den Kutscher an, anzuhalten. Sie fragte Mrs. Fundy, wie es ihr gehe, und erkundigte sich auch nach ihrem Mann und ihren Kindern. Es waren keine rhetorischen Fragen. Interessiert lauschte sie den Antworten zu und streckte die Arme nach dem jüngsten Kind der Fundys aus, um es zu umarmen und zu küssen – obwohl Mrs. Fundy sie warnte, dass die Windeln gewechselt werden müssten und dass es nicht gerade lieblich rieche. Aber als der Landauer sich wieder in Bewegung setzte und sie mit strahlendem Gesicht ihre Schwiegermutter anblickte, stellte sie fest, dass sie sich nur eine weitere sanfte Lektion eingehandelt hatte. Man könne gewissen Leuten gnädig zunicken, aber es sei völlig unnötig, sich mit ihnen auf ein Gespräch einzulassen.

»Gewisse Leute«, verstand Lily, waren die aus den unteren Schichten. Aus ihrer eigenen Schicht.

Lily flüchtete nach draußen, wann immer sie konnte. Es war nicht besonders schwierig, zumal die meisten Hausgäste Newbury verlassen hatten. Am Ende der Woche waren alle außer dem Herzog und der Herzogin von Anburey, ihrer Tochter Wilma, Joseph, Elizabeth und dem Herzog von Portfrey nach Hause zurückgekehrt – und die anderen hatten vor, sich in den nächsten Tagen auf den Weg nach London zu machen. Für gewöhnlich gelang es Lily, das Haus unbemerkt zu verlassen und wieder zu betreten – sie hatte den Seiteneingang mit dem Dienstbotenaufgang nicht vergessen, durch den sie am ersten Tag zu ihren Gemächern gelangt war.

Sie erkundete den ganzen Park – bei Sonne und Regen. Von Letzterem gab es im zweiten Wochenabschnitt eine ganze Menge, aber ungünstige Wetterbedingungen hatten Lily noch nie abgeschreckt. Den Strand liebte sie am meisten – obwohl sie die Angewohnheit entwickelt hatte, auf dem Weg dorthin das Gesicht vom Tal und der Hütte abzuwenden. Sie liebte auch die gepflegten Wiesen und Gärten vor dem Haus, den dichten Wald, der zwischen dem Haus und dem Dorf lag und durch den sich die Auffahrt schlängelte, und den Hügel hinter dem Haus mit dem in die Landschaft eingefügten Pfad, der beinah hufeisenförmig verlief, hinter dem Steingarten begann, über den Hügel führte und im Rosengarten hinter den Stallungen wieder endete. Man nannte ihn den Rhododendronweg.

Eines späten Nachmittags, nach dem ermüdenden Besuch bei Lady Leigh, spazierte sie diesen Pfad entlang. Sie hatte ihr altes Kleid angezogen und ihr Haar gelöst, allerdings zwang die Kühle des Tages sie dazu, einen Umhang und Schuhe zu tragen. Aber für den Aufstieg und den Blick von der Kuppe und das Gefühl der Abgeschiedenheit, das sie dort oben empfand, lohnte es sich, die Unannehmlichkeiten der Witterung auf sich zu nehmen. Von ihrem Standpunkt aus konnte sie das Meer und den Strand und die kleine Bucht sehen. Wenn sie sich umdrehte, konnte sie Felder und riesige Weideflächen sehen, die sich in die Ferne erstreckten.

Es war nicht so schwer, dachte sie und schloss die Augen, ein gewisses Zugehörigkeitsgefühl zu empfinden. Dies war England, das ihr Vater so geliebt hatte, und es war ihr neues Zuhause. Wenn nur Neville eine der Hütten im unteren Dorf besäße, dachte sie wehmütig, und täglich mit den anderen Männern zum Fischen hinausfahren würde. Wenn nur …

Aber diese »Wenns« führten zu nichts. Sie sah sich um und suchte nach einem Platz, wo sie sich hinsetzen, zur Ruhe kommen und die Schönheit des Anblicks tief in ihr Mark und in ihre Seele aufnehmen konnte. Und dann erblickte sie den perfekten Platz. Es war gut, dass Miranda nicht mehr da war und unter ihrem schlechten Einfluss stand, dachte sie reumütig, als sie den Baum hinaufkletterte, das Kleid über den Knien verknotet. Einige Zeit später saß sie auf dem Ast, der von unten so einladend ausgesehen hatte. Ihre Augen hatten sie nicht getäuscht. Es war ein breiter und kräftiger Ast. Sie konnte den Rücken an den Stamm lehnen, die Beine ausstrecken und sich völlig sicher fühlen.

Jetzt ... Wenn sie nun alles losließ, sogar ihr Denken, konnte sie Teil der Schönheit und des Friedens ihrer Umgebung werden. Sie atmete einige Male tief ein und roch Blätter und Rinde und das Salz der Seeluft. Aber ihre alten Fähigkeiten wollten sich an diesem Nachmittag nicht einstellen. Sie fühlte sich einsam. Neville war seit jener fürchterlichen Szene in der Hütte sehr sanft mit ihr umgegangen. Sehr sanft und höflich – und sehr zurückhaltend. Er schien seiner Wege zu gehen, um nicht mit ihr allein zu sein. Vielleicht wollte er sie nicht noch einmal ängstigen.

Er hatte missverstanden, was geschehen war. Er hatte geglaubt, sie habe sich vor ihm gefürchtet, gefürchtet, dass er sich ihr gegen ihren Willen aufdrängen würde. Doch das war es nicht gewesen. Sie hatte sich davor gefürchtet, dass es zu mehr als nur dem Kuss kommen könnte, sie hatte Angst gehabt herauszufinden, wie es sein würde. Sie hatte sich davor gefürchtet, dass der eine Traum, der nun schon anderthalb Jahre andauerte, für alle Zeiten zerstört werden könnte und nichts da wäre, ihn zu ersetzen. Was wäre, wenn sich herausgestellt hätte, dass es mit ihm nicht anders war als mit Manuel? Was wäre, wenn sie sich danach wieder wie ein *Ding* gefühlt hätte, ein lebloses Objekt, das benutzt worden war, um ihm körperliche Erleichterung zu verschaffen? Sie ahnte, dass es anders gewesen wäre. Das sagte ihr die Erinnerung. Und er war so warm und zärtlich gewesen und hatte so sauber und nach Moschus geduftet. Sie hatte ein Aufwallen intensiven Verlangens verspürt.

Aber was wäre, wenn es sich dennoch als schmutzig herausgestellt hätte?

Vögel sangen, Dutzende, vielleicht Hunderte. Doch in

den Zweigen der Bäume waren fast alle unsichtbar – wie sie vermutlich auch. Aber sie sang nicht. Sie lehnte den Kopf an den Baumstamm zurück und schloss die Augen.

Ihre Angst hatte noch einen Grund, einen, den sie sich nicht eingestehen wollte. Sie hatte Angst gehabt, dass es für ihn schmutzig sein würde – dass *sie* für ihn schmutzig sein würde. Sie hatte Angst gehabt, dass er sie verdorben, verseucht finden würde. Sie war sieben Monate bei Manuel gewesen. Wie durch ein Wunder war sie nicht schwanger geworden – möglicherweise war sie unfruchtbar. Aber vielleicht, wenn sie ihn in ihren Körper gelassen hätte, würde sich Neville erinnert haben, dass sie, wenn auch unfreiwillig, einem anderen Mann gehört hatte. Und vielleicht hätte das alles geändert. Vielleicht hätte er, ohne es zu wollen, Abscheu verspürt.

Sie hätte es *gewusst.* Und sie hätte dieses Wissen als unerträglich empfunden.

Sie hätte *sich* als unerträglich empfunden. Sie erinnerte sich daran, wie sie nach ihrer Freilassung auf dem langen Rückmarsch nach Lissabon in einem Fluss gebadet und plötzlich bemerkt hatte, dass sie nicht mehr aus dem Wasser steigen oder aufhören konnte, sich mit ihrem zusammengefalteten Hemd zu schrubben – schrubben und schrubben, bis zur Hysterie. Sie hatte sich schmutziger gefühlt als je zuvor, aber sie war nicht in der Lage gewesen, den Schmutz abzuwaschen, weil er unter der Haut saß.

Es war nicht noch einmal geschehen, aber als sie sich endlich überwunden hatte, aus dem Wasser zu steigen, und zitternd und verängstigt am Ufer lag, hatte sie begriffen, dass sie sich vielleicht niemals wieder sauber fühlen würde. Es war eine heimliche Furcht, mit der sie gelernt hatte zu leben. Aber sollte er dieses Gefühl jemals teilen, würde sie damit nicht leben können.

Sie hätte in der Hütte ihre Ängste aussprechen sollen, dachte sie. Sie hätte ihm sagen sollen, wie sie sich fühlte. Sie hätte ihm von Manuel erzählen sollen, von ihrem langen Marsch nach Lissabon, von ihren Träumen, ihren Ängsten, ihren Alpträumen – nein, davon gab es nur einen. Sie hätte ihm alles sagen sollen. Aber es war ihr nicht möglich gewesen.

Das war vielleicht das Schlimmste von allem. Wie sollten sie einander jemals wieder nahe kommen, wenn sie nicht alles miteinander teilten?

Lily öffnete die Augen und schaute blicklos über das Dach von Newbury Abbey hinweg auf das offene Meer, als sie plötzlich zu ihrer Linken eine leichte Bewegung wahrnahm. Jemand kam vom Steingarten her den Pfad herauf. Beziehungsweise jemand stand dort in einiger Entfernung an einem Baumstamm und beobachtete, mit einer Hand die Augen beschirmend, den Pfad voraus. Vielleicht war es auch eine Frau. Es war unmöglich zu erkennen, wer es war, aber die Person war ziemlich groß und trug einen dunklen Umhang. Vielleicht war es Neville, auf der Suche nach ihr. Ihr Herz hüpfte vor Freude. Vielleicht konnten sie an diesem abgelegenen Ort doch noch miteinander reden. Und es würde ihn nicht stören, dass sie auf einen Baum geklettert war. Sie winkte ihm zu, doch dann erkannte sie, dass er es nicht war. Irgendetwas an der Art, wie die Gestalt dastand, war ihr fremd.

Der Mann – oder die Frau – verschwand. Oder ging in Deckung. Vielleicht verlegen, sie auf einem Ast sitzen zu sehen? Oder vielleicht hatte, wer auch immer es war, sie nicht gesehen.

Lily war enttäuscht. Vielleicht war es an diesem Nachmittag doch nicht das Richtige für sie, allein zu sein. Sie würde nach Hause zurückgehen, entschied sie, als sie vorsichtig wieder zu Boden kletterte und sich über den Pfad auf den Weg zum Steingarten machte. Vielleicht würde Elizabeth Lust haben, mit ihr spazieren zu gehen.

Als sie auf der Hälfte des Weges um eine Biegung kam, stieß sie beinah mit dem Herzog von Portfrey zusammen, der aus der entgegengesetzten Richtung kam – und einen dunklen Umhang trug.

»Oh«, sagte Lily, »Ihr wart das.«

»Ich war in den Stallungen, als Ihr vor einiger Zeit vorbeikamt«, sagte er, »und ich dachte, Ihr wäret auf dem Rhododendronweg. Ich entschied mich gerade eben, Euch entgegenzugehen.« Er bot ihr seinen Arm.

»Das war sehr nett von Euch«, sagte sie und nahm an. Aber weshalb hatte er auf der Suche nach ihr oder nach jemand anderem so verstohlen dagestanden und war dann umgekehrt, nur um erneut aufzutauchen und vorzugeben, dass er gerade auf dem Weg war, sie zu treffen?

»Nicht der Rede wert«, sagte er. »Ihr habt mir vor einiger Zeit von Eurer Mutter erzählt, Lily, als wir unterbrochen wurden.«

Sie waren von Elizabeth unterbrochen worden, die ihm erklärt hatte, dass er in seiner Neugier zu weit gehe.

»Ja, Sir«, sagte Lily.

»Sagt mir«, fragte er sie. »Stammte sie auch aus Leicestershire?«

»Ich glaube, ja, Sir«, sagte sie.

»Und ihr Mädchenname?«

Lily hatte keine Ahnung und das sagte sie ihm auch. Aber die bohrende Art seiner Fragen verursachte ihr Unbehagen.

»Wie sah sie aus?«, fragte er. »Wie Ihr?«

Nein. Ihre Mutter war eher pummelig gewesen, mit einem runden Gesicht und rosigen Wangen, und sie hatte dunkle Augen gehabt. Sie war groß gewesen – jedenfalls war sie ihrem Kind groß vorgekommen, das bei ihrem Tod erst sieben Jahre alt gewesen war. Sie hatte einen weiten und behaglichen Busen gehabt, an dem wo man sich ankuscheln konnte – allerdings verzichtete Lily bei der Beschreibung, die sie dem Herzog gab, auf dieses Detail.

»Wie alt seid Ihr genau, Lily?«, fragte er.

»Zwanzig, Sir.«

»Ah.« Er schwieg für einige Augenblicke. »Zwanzig. Ihr seht jünger aus. Was ist Euer Geburtsdatum?«

»Ich bin zwanzig Jahre alt, Sir«, gab sie steif zur Antwort und begann, sich von den bohrenden Fragen des Herzogs belästigt zu fühlen.

Sie hatten bereits den Steingarten hinter sich gelassen und näherten sich dem Springbrunnen. Er blickte sie an. »Ich bitte um Entschuldigung, Lily«, sagte er. »Ich bin aufdringlich gewesen. Bitte vergebt mir. Es ist nur, dass Ihr mich an eine alte ... eine alte Leidenschaft erinnert, so könnte man es wohl nennen, von der ich geglaubt hatte, mich erholt zu haben – bis zu dem Augenblick, da Ihr in das Hauptschiff der Dorfkirche tratet.«

Er verwirrte sie. Sie fühlte sich von ihm belästigt. Und sie war sich nicht sicher, ob sie sich nicht auch ein wenig vor ihm fürchten sollte.

»Vergebt mir.« Er hielt am Brunnen, lächelte sie an und hob ihre Hand an seine Lippen.

»Natürlich, Sir«, sagte sie großmütig, zog ihre Hand zurück und wandte sich ab, um leichtfüßig die Stufen zur Terrasse hinaufzueilen. Sie vergaß, dass sie in ihrem Aufzug besser zum Dienstboteneingang hätte rennen sollen. Aber zu ihrem Glück lief ihr niemand außer dem Diener Mr. Jones über den Weg, der errötete und mit einem verlegenen Lächeln auf ihre freundliche Begrüßung antwortete.

Der Herzog von Portfrey hatte ein angenehmes, elegantes Auftreten und ein gewinnendes Lächeln, dachte sie. Aber es wäre eine Dummheit, nicht weiterhin vor diesem Mann auf der Hut zu sein.

***

Am folgenden Tag war Neville schon frühmorgens mit seinem Aufseher in Verwaltungsangelegenheiten unterwegs. Es war kurz vor Mittag, als er allein durch das Dorf zurückkehrte. Er entschloss sich, am Witwenhaus Halt zu machen, um nach Lauren und Gwen zu sehen, obwohl sie fast jeden Tag dem Haupthaus einen Besuch abstatteten. Lauren bestand darauf, sich einfach so zu verhalten, als sei nichts geschehen. Fast könnte man behaupten, dass sie Lily unter ihre Fittiche genommen hatte. Manchmal las sie ihr sogar vor und spielte für sie Klavier. Obwohl man dies als glückliche Fügung betrachten könnte, beunruhigte es Neville.

Gwendoline saß allein im Frühstückszimmer. Als Neville eingelassen wurde, legte sie ihr Buch nieder und hob den Kopf, um sich auf die Wange küssen zu lassen. Sie lächelte ihn nicht an. Gwen hatte in letzter Zeit nicht viel gelächelt.

»Du hast Lily nur um eine Viertelstunde verpasst«, ließ sie ihn wissen. »Sie kam nach einem Strandspaziergang vorbei. Sie ging durch den Wald zurück zum Haupthaus statt über die Auffahrt. Sie ist sehr unkonventionell.«

»Wenn das als Kritik gemeint ist«, sagte er, »hör damit auf, Gwen. Lily hat meine ausdrückliche Erlaubnis, so unkonventionell zu sein, wie sie möchte.«

Sie sah ihn abschätzend an. »Dann wird sie nie lernen, sich anzupassen«, sagte sie. »Das ist nicht klug von dir, Nev. Aber ich werde dir etwas sagen, das mich mehr ärgert, als mir lieb ist. Ich beneide sie in vielerlei Hinsicht. Ich bin niemals durchs Meer gewatet – jedenfalls nicht seit unserer Kindheit. Ich bin nie auf diesen Felsen geklettert und habe meine Haube hingeschmissen und meine Schuhe weggeschleudert. Ich bin nie einfach ... in den Wald gegangen, ohne auf dem Pfad zu bleiben.«

Sie sahen sich für einige Augenblicke ernst an und schenkten sich dann ein wehmütiges Lächeln.

»Du darfst sie nicht hassen, Gwen«, sagte er. »Sie hatte nicht im Geringsten vor, irgendjemandem wehzutun. Und sie ist furchtbar einsam. Ich bin mir nicht sicher, ob meine Unterstützung ausreichend ist. Ich brauche Hilfe.«

Sie griff nach einer Schiffchenarbeit auf dem Tisch neben sich und beugte sich darüber. »Es war ein so schöner Traum«, sagte sie. »Du heiratest Lauren und lebst mit ihr im Herrenhaus. Ich hier mit Mama. Wir alle zusammen, wie es immer war, bevor ich ... bevor ich Vernon heiratete. Und jetzt ist alles vorbei. Und Lauren leidet so sehr, dass sie sich nicht einmal mir anvertraut. Nev, wir haben immer über *alles* gesprochen.«

»Wo ist sie?«, fragte er.

»Sie ging hinaus, einige Minuten nachdem Lily gegangen war«, sagte sie. »Sie sagte, sie bräuchte Luft und Bewegung, aber sie wollte nicht, dass ich sie begleite. Ich wünschte, sie würde nicht darauf bestehen, Lily zu ... zu ihrer Aufgabe zu machen. Sie muss sich etwas beweisen – dass sie Feindseligkeit überwinden kann, dass sie sich einfach weigern kann, Groll zu hegen, dass sie weiterhin eine perfekte Dame sein kann, wie sie es immer gewesen ist. Wenn sie nur ...«

»Mir Dinge an den Kopf werfen und Lily hassen würde?«, schlug er vor, als sie zögerte.

»Zumindest wäre es heilsam, Nev«, meinte sie. »Oder

wenn sie ein paar Tücher mit bitteren Tränen tränken würde. Sie hat sogar davon gesprochen, ins Herrenhaus zurückzuziehen, um Lily immer zur Verfügung zu stehen und ihr zu helfen, mit ihrem neuen Leben zurechtzukommen.«

»Nein«, sagte er steif.

»Nein«, stimmte sie zu. »Ich werde Lepra oder etwas ähnlich Tödliches bekommen, damit sie hierbleiben muss, um mich zu pflegen.«

Sie lächelten sich erneut flüchtig an, dann widmete sie sich wieder ihrer Arbeit.

»Vielleicht«, sagte er, »sollte ich vorschlagen, dass Lauren zumindest für einen Teil der Saison nach London geht. Elizabeth wird in wenigen Tagen dorthin zurückkehren. Ich bin sicher, sie wäre entzückt über Laurens Gesellschaft. Auch über deine.«

»London?« Sie blickte verwundert auf. »O nein, Neville. Nein, ich habe nicht den Wunsch, nach London zu gehen. Und Lauren bestimmt auch nicht. Um einen Ehemann zu finden, meinst du? Das wäre zu früh. Davon abgesehen ist sie ... ist unsere gesamte Familie wohl gerade zurzeit in aller Munde.«

Er fuhr zusammen. Ja, das hatte er nicht bedacht. Die Ereignisse der letzten Woche mussten genau das richtige Futter für den unstillbaren Hunger der vornehmen Gesellschaft Londons nach Sensationen und Skandalen sein. Viele Mitglieder der Londoner Gesellschaft waren zur Hochzeit nach Newbury gekommen. Und diejenigen, die nicht dabei gewesen waren, waren sicherlich darauf erpicht, jede Einzelheit zu erfahren. Es wäre erniedrigend für Lauren, dieses Jahr in London zu erscheinen.

Er seufzte und erhob sich. »Ich denke«, sagte er, »wir alle brauchen Zeit. Ich wünschte nur, ich könnte die ganze Last dessen, was geschehen ist, auf meine Schultern nehmen und wäre der Einzige, der leiden muss. Arme Lily. Arme Lauren. Und arme Gwen.«

Sie legte ihre Arbeit beiseite und begleitete ihn zum Stall, wo sein Pferd stand. Sie nahm seinen Arm und er verlangsamte seine Schritte, um sich ihrem Hinken anzupassen.

»Und nachdem wir uns alle unsere Zeit genommen haben«, sagte sie, »wirst du glücklich sein, Nev? Ist Glück für dich jetzt möglich?«

»Ja«, sagte er.

»Dann solltest du dich lieber um Lilys Ausbildung kümmern«, sagte sie. »Oder besser noch, du solltest Mama erlauben, sie auszubilden.«

»Ich werde nicht zulassen, dass Lily unglücklich ist, Gwen«, sagte er.

»Ist sie denn glücklich, so wie es ist?«, rief sie. »Ist *irgendjemand* von uns glücklich? Oh, was soll das Ganze? An unserem Unglück ist nicht Lily schuld. Nicht einmal du, vermutlich. Warum müssen wir immer jemand anderen für unser Elend verantwortlich machen? Wie auch immer, ich habe mich entschlossen, Lily nicht zu mögen.«

»Gwen«, sagte er, »sie ist meine Frau. Und ich heiratete sie aus Liebe, verstehst du?«

»Oh.« Sie hob die Augenbrauen. »Wirklich? Arme Lauren.«

Sie sagte nichts weiter, aber als er aufstieg und zur Auffahrt ritt, hob sie zum Abschied die Hand.

Nach seiner Rückkehr zum Herrenhaus übergab er sein Pferd der Obhut eines Stallburschen und musste feststellen, dass Lily noch nicht eingetroffen war, obwohl sie eine gute halbe Stunde vor ihm das Witwenhaus verlassen hatte. Wohin war sie verschwunden? Es gab zahlreiche Möglichkeiten, doch immerhin wusste er, dass sie in den Wald gegangen war, nachdem sie das Witwenhaus verlassen hatte.

Vielleicht war sie noch dort. Nicht, dass es einfach sein würde, sie zu finden. Und nicht, dass er es versuchen sollte.

Aber vielleicht hatte sie sich verlaufen. Er schritt am Brunnen vorbei und über die große Wiese auf die Bäume zu.

Er hätte durchaus eine Stunde lang durch den Wald laufen können, ohne sie zu finden. Es war purer Zufall, dass er sie fast augenblicklich erspähte. Ihm war ein Flattern des hellblauen Kleides nicht entgangen, das das erste ihrer neuen Kleider gewesen war. Sie stand ganz still an einem Baumstamm, die Hände flach dagegen gedrückt. Er wollte sie nicht erschrecken, also versuchte er nicht, leise auf sie zuzugehen. Trotzdem konnte er in ihren Augen eindeutig Furcht erkennen.

»Oh«, sagte sie und schloss sie kurz, »du bist es nur.«

»Wer hätte es denn sein sollen?«, fragte er sie neugierig. Sie trug keine Haube – seine Mutter wäre schockiert gewesen –, doch ihr Haar war hübsch frisiert.

Sie schüttelte den Kopf. »Ich weiß nicht«, sagte sie. »Der Herzog von Portfrey vielleicht.«

»Portfrey?« Er runzelte die Stirn. Sie hatte Angst gehabt.

»Was hast du mit deinem Umhang gemacht?«, fragte sie.

»Ich habe heute keinen getragen«, sagte er und sah an seinem Reitdress hinunter. »Es ist zu warm.«

»Oh«, sagte sie. »Dann habe ich mich getäuscht.«

Er wollte sie nicht berühren, aber er neigte den Kopf etwas näher zu ihr. »Warum hattest du Angst?«

Ihr Lächeln war ein wenig kraftlos. »Ich hatte nicht wirklich Angst. Es war nichts. Ich sehe Gespenster.«

Seine Augen wanderten über ihr Gesicht. Selbst in diesem Moment noch sah sie aus, als habe sie Angst davor, die Sicherheit des Baumstammes, gegen den sie sich lehnte, aufzugeben. Ein neuer und schmerzlicher Gedanke erfasste ihn.

»Ich habe über deine Gefangenschaft nachgedacht«, sagte er, »und ich habe mir vorgestellt, wie du in Lissabon warst und versucht hast, jemanden in der Armee zu finden, der dir deine Geschichte glaubte. Aber es gibt da einen langen Zeitraum, den ich nicht bedacht habe, nicht wahr? Du warst irgendwo in Spanien und bist den ganzen Weg nach Lissabon gelaufen. Allein, Lily?«

Sie nickte.

»Und in beiden Ländern hätte sich auf jedem Hügel und in jedem Tal und jedem Dickicht eine Gruppe von Partisanen verstecken können«, sagte er, »oder französische Truppen, die hinter ihren eigenen Linien festsaßen. Oder sogar unsere eigenen Männer. Du hattest keine Papiere. Ich hätte mich früher schon mit dieser deiner Reise beschäftigen müssen, oder?« Welchen Ängsten musste sie zusätzlich zu den körperlichen Qualen einer solchen Reise ausgesetzt gewesen sein?

»Jedes Leben beinhaltet Leiden«, sagte sie. »Wir haben jeder genug davon erfahren. Wir müssen uns nicht auch noch die Lasten der anderen aufhalsen.«

»Selbst dann nicht, wenn die andere die eigene Frau ist?«, fragte er. Normalerweise hätte sie die Partisanen selbstverständlich als Freunde betrachten können ... sie waren britische Verbündete. Aber ihre Erfahrungen mit der einen Gruppe mussten ihr gehörig Angst gemacht haben, einer weiteren Bande zu begegnen. Und er hatte über jene Reise nicht einmal *nachgedacht*. »Vergib mir, Lily.«

»Was?« Sie lächelte ihn an und sah wieder aus wie ihr altes, bezauberndes Ich. »Diese Wälder sind wunderschön. Alt. Abgeschieden. Erfüllt von Vögeln und Gesang.«

»Überstürze nichts«, sagte er ihr. »Letztendlich wirst du an den Frieden und die Sicherheit Englands, und besonders deines Heimes, glauben. Du bist hier sicher, Lily.«

»Ich habe keine Angst«, versicherte sie ihm und ihr heiteres Lächeln schien die Worte zu untermauern. »Es war nur ein ... ein Gefühl. Es war dumm. Habe ich mich verspätet? Ist das der Grund, weshalb du zu mir gekommen bist? Ist Besuch da? Ich vergesse immer, dass ständig Besuch da ist.«

»Du hast dich nicht verspätet«, sagte er, »und es ist auch kein Besuch da ... obwohl wir heute Abend Besuch haben werden. Aber selbst *wenn* du dich verspätet hättest und selbst *wenn* Besuch da wäre, es würde keine Rolle spielen. Du musst dich hier frei fühlen, Lily. Dies hier ist dein Zuhause.«

Sie nickte, gab jedoch keine Antwort. Ohne nachzudenken reichte er ihr seine Hand. Aber bevor er den Arm zurückziehen konnte, nahm sie seine Hand und legte ihre Finger um sie, als wäre es das Natürlichste auf der Welt, ihn zu berühren. Es war eine warme, weiche Hand, die er fest umfasste, als sie sich auf den Weg zum Haus begaben.

Es war das erste Mal seit dem Nachmittag in der Hütte, dass er sie berührte. Er blickte auf ihren blonden Kopf mit dem umkränzten Dutt im Nacken und seltsamerweise war ihm zum Weinen zumute.

Sie hatte sich verändert. Sie war nicht länger Lily Doyle, die sorglose junge Frau, die die Herzen eines harten, abgestumpften Regiments in Portugal erfreut hatte. Sie hatte ihre Unschuld verloren. Und dennoch umgab sie sie immer noch wie eine beinah sichtbare Aura.

Kapitel 12

Am Nachmittag war es für die Jahreszeit ungewöhnlich heiß geworden. Auch der Abend war warm geblieben und kurz vor Mitternacht war es immer noch angenehm mild, als Neville seine Gäste auf der Terrasse verabschiedete. Seine Tante und sein Onkel Wollston mit ihren Söhnen Hal und Richard, Lauren und Gwen, Charles Cannadine mit seiner Mutter und Schwester; Paul Longford; Lord und Lady Leigh mit ihrer ältesten Tochter – sie alle waren zum Dinner gekommen und zu einem Abend mit Musik und Kartenspiel geblieben.

Für Lily war es ein schwieriger Abend gewesen, das wusste Neville. Sie spielte nicht Karten – arme Lily, es war ein weiterer Mangel, den seine Freunde und Nachbarn an ihr entdeckten. Und während sie bei Hal und Richard geistesverwandte Gesellschaft hätte finden können, vielleicht sogar bei Charles oder Paul – er hatte ohne Überraschung bemerkt, dass sie mit Männern stets viel besser zurechtkam als mit Frauen –, war sie von Lady Leigh und Lady Cannadine unter deren Fittiche genommen worden, die unentwegt all die anderen Attribute einer Dame entdeckt hatten, die sie einfach nicht besaß. Dann war sie von Lauren ins Musikzimmer entführt worden, wo all die jungen Damen mit Ausnahme von Lily ihre Fähigkeiten am Klavier dargeboten hatten.

Sie seien absolut *fasziniert* gewesen, hatte Lady Leigh Neville später am Abend versichert, zu erfahren, dass Lady Kilbourne oft gezwungen gewesen war, auf dem harten Boden unter den Sternen der Iberischen Halbinsel zu nächtigen, umgeben von *tausend Männern*. Seiner Lordschaft holde Frau musste dazu überredet werden, ihnen mehr von ihren schockierenden Erlebnissen zu erzählen.

Es waren oft bedeutend mehr als tausend gewesen, dachte Neville mit stillem Amüsement und fragte sich, ob die Damen, die von solch skandalösen Neuigkeiten seine Gräfin betreffend zweifellos angenehm erregt waren, erkannten, dass man manchmal in der Menge sicherer war.

Nachdem sich alle anderen zur Bettruhe begeben hatten, blieb er ruhelos. Am Morgen wieder mit Lily allein gewesen zu sein, mit ihr gesprochen zu haben und Hand in Hand durch die Natur geschlendert zu sein, hatte das Verlangen wieder entfacht, dem er in ihrer Begleitung und für die Intimität ihrer Ehe hatte entsagen wollen. Es ging nicht um sexuelle Intimität – obwohl auch das vorhanden war, wie er zugeben musste –, sondern um emotionale Nähe, die Verschmelzung von Geist mit Geist und Herz mit Herz. Er erkannte, dass er sich bei Lauren nie sonderlich danach gesehnt hatte. Bei ihr wäre er mit der angenehmen Freundschaft und Zuneigung zufrieden gewesen, die sie seit jeher verbunden hatte. Aber nicht bei Lily.

Er kämpfte gegen die Versuchung an, in ihre Gemächer zu gehen, um nach ihr zu sehen. Seit dem Tag in der Hütte hatte er das nicht mehr getan. Er hatte Angst, er könnte einen Vorwand suchen, um bleiben zu können.

Doch plötzlich beugte er sich näher an das Fenster seines Schlafzimmers, durch das er verträumt in die Nacht geschaut hatte. Er klammerte die Hände an den Fenstersims. Ja, das da unten war Lily. Traute er etwa seinen eigenen

Augen nicht mehr? Wer sonst würde zu dieser nächtlichen Stunde das Haus verlassen? Ihr Umhang bauschte sich hinter ihr, als sie auf den Pfad zum Tal zueilte – genau wie ihr Haar. Es wehte ihr lose im Rücken.

Anfänglich wunderte er sich, dass sie sich entschlossen hatte, mitten in der Nacht allein nach draußen zu gehen, wo sie sich doch am hellichten Tag im Wald gefürchtet hatte. Aber sehr bald begriff er, dass Lily Dämonen zu bekämpfen hatte, vor denen sie sich nicht verstecken, sondern denen sie sehenden Auges die Stirn bieten wollte. Davon abgesehen hatte sie ihren Frieden und ihre Heiterkeit immer aus der freien Natur gezogen und aus der Abgeschiedenheit, die sie selbst inmitten einer geschäftigen Armee finden konnte.

Er sollte sie allein lassen.

Er sollte ihr die Möglichkeit geben, am Strand unter den Sternen Trost in ihrem Unglück zu finden.

Dennoch verzehrte er sich nach ihr. Er verzehrte sich danach, Teil ihres Lebens, ihrer Welt zu sein. Er sehnte sich danach, sich ihr hinzugeben, wie er es noch nie bei einer Frau getan hatte. Und er sehnte sich nach ihrem Vertrauen, nach ihrer Bereitschaft, sich ihm hinzugeben.

Er sehnte sich nach ihrer Vergebung, obwohl er wusste, dass es ihrer Meinung nach nichts zu vergeben gab. Er sehnte sich danach, alles wieder gutmachen zu können.

Er sollte sie in Ruhe lassen.

Aber manchmal war der Selbstsucht schwer beizukommen. Und vielleicht war es nicht nur reine Selbstsucht, die ihn veranlasste, ihr zu folgen. Vielleicht konnte er ihr weitab vom Haus, in der Schönheit einer Mondnacht, auf einer Ebene begegnen, die anders war als alle, die sie bisher hier auf Newbury gefunden hatten. Vielleicht konnten einige der Hindernisse, die sie seit Lilys Ankunft auf Newbury voneinander fern gehalten hatten – und besonders seit jenem bestimmten Nachmittag – aus dem Weg geräumt werden. Ihr morgendliches Zusammentreffen hatte in gewisser Hinsicht Anlass zur Hoffnung gegeben. Vielleicht ...

Vielleicht suchte er nur nach einer Entschuldigung – nach irgendeiner Entschuldigung –, um das zu tun, was er tun wollte. Er befand sich bereits in seinem Ankleidezimmer und zog die Reitsachen an, die ihm sein Kammerdiener für den kommenden Morgen herausgelegt hatte.

Er folgte ihr.

Und wenn er nur auf ihre Sicherheit achten konnte und dafür sorgen, dass ihr nichts zustieß.

***

Seit dem Nachmittagspicknick war Lily nur einmal frühmorgens im strömenden Regen draußen am Strand gewesen. Nach ihrer Rückkehr war sie von Dolly gründlich ausgeschimpft worden, die düster vorausgesagt hatte, dass Ihre Ladyschaft sich noch den Tod holen würde, selbst wenn sie den geliehenen Umhang mit der Kapuze über dem Kopf getragen hätte. Lily war am Strand gewesen, aber sie war nie wieder das Tal hinauf zum Teich und zur Hütte gegangen.

Dies war eindeutig einer der schönen Plätze dieser Erde und sie hatte ihn verdorben, als sie in Panik geriet, weil Neville sie geküsst hatte. Sie hatte sich geweigert, Schönheit und Frieden und Güte zu vertrauen, und war dafür bestraft worden. Sie hatte sich seit jenem Nachmittag nicht in der Lage gesehen, zu jener Zufriedenheit zurückzufinden, die sie fast immer in den unterschiedlichen Umgebungen und Situationen ihres Lebens begleitet hatte. Sie war ängstlich geworden. Sie hatte angefangen, Männer – oder vielleicht auch Frauen – in dunklen Mänteln zu sehen, die ihr nachstellten. Es gefiel ihr nicht, so schwach zu sein.

Der Abend war für sie eine große Belastung gewesen. Nicht, dass die Anzahl der Gäste sie überwältigt hätte. Noch war irgendjemand unfreundlich oder gar missbilligend gewesen. Es war nicht einmal so, dass sie sich deplatziert vorgekommen wäre. Es war nur, dass sie an diesem Abend, nach einer Woche auf Newbury Abbey, zu einer furchtbaren Erkenntnis gelangt war: dass dieser Abend das Muster für viele kommende Abende war. Und die Tage, die sie durchlebt hatte, würden sich über die Jahre immer wieder aufs Neue wiederholen.

Vielleicht würde sie sich anpassen können. Vielleicht würden die zukünftigen Wochen nicht so schwierig werden, wie es die letzte gewesen war. Aber irgendetwas war für immer aus ihrem Leben verschwunden – eine Hoffnung, ein Traum.

Furcht hatte ihren Platz eingenommen.

Furcht vor einem unbekannten Mann. Oder vielleicht war er gar nicht unbekannt. Der Herzog von Portfrey beobachtete sie im Haus ständig. Warum nicht auch außerhalb des Hauses, wenn sie sich wünschte, allein zu sein? Aber vielleicht war es nicht der Herzog. Vielleicht war es ... Lauren. Sie kam täglich zum Herrenhaus und hängte sich beständig an Lily, umsorgte sie ständig, um ihr Wohlergehen besorgt und eifrig bemüht, ihr beizubringen, was sie nicht wusste, und für sie Dinge zu erledigen, die sie nicht tun konnte. Sie war die Freundlichkeit und Güte in Person. Sie war so ziemlich das Gegenteil dessen, was man von ihr erwartet hätte. Irgendetwas stimmte nicht mit der Unbeschwertheit, mit der sie sich in ihre Situation fügte. Allein der Gedanke an sie ließ Lily frösteln. Vielleicht war es Lauren, die es für notwendig erachtete, ein Auge auf sie zu haben, auch wenn sie allein war. Vielleicht versuchte Lauren auf irgendeine teuflische Art und Weise, es ihr in Gesellschaft so unangenehm wie möglich zu machen und sie so zu verängstigen, wenn sie allein war, dass sie von selbst fortgehen würde.

Und vielleicht, dachte Lily und schüttelte diese Gedanken von sich, war das Ganze nur ein Hirngespinst, männlich oder weiblich, bekannt oder unbekannt.

Angst, hatte sie erkannt, als sie an ihrem Schlafzimmerfenster stand und sehnsuchtsvoll hinausblickte, war ein Gefühl, von dem sie sich nicht beherrschen lassen durfte. Das wäre ihre endgültige Vernichtung. Sie hatte ihr einmal nachgegeben, als sie Leben und Prostitution Folter und Tod vorzog. In vielerlei Hinsicht hatte sie sich diese Wahl verziehen. Wie Neville gesagt hatte – und auch ihr Vater ihr beigebracht hatte –, es war die Pflicht eines Soldaten, in Gefangenschaft zu überleben und zu entkommen, sobald sich die Gelegenheit bot. Sie war im Krieg gefangen genommen worden. Doch für sie war der Krieg jetzt vorbei. Sie war in England. Sie war zu Hause. Sie durfte keinem namenlosen Schrecken erlauben, von ihr Besitz zu ergreifen.

Und so war sie nach draußen gegangen – im Begriff, sich ihrer größten Angst zu stellen. Die Person mit dem Umhang, die sie neulich auf dem Rhododendronweg und heute Morgen im Wald gesehen hatte, war nicht ihre größte Angst. Es war die Hütte.

Die Nacht war ruhig und hell vom Licht des Mondes und der Sterne. Auch war es fast warm. Der Umhang, den sie trug, schien unnötig zu sein, aber vielleicht würde sie ihn im Tal brauchen, dachte Lily, als sie über die Wiese eilte und den Pfad durch die Bäume fand. Besonders wenn sie die Nacht über bliebe. Sie dachte, sie würde es so machen wie in der ersten Nacht, als ihr auf Newbury Abbey der Zutritt verwehrt worden war. Sie dachte daran, am Strand zu schlafen, nachdem sie sich gezwungen hätte, zur Hütte zu gehen – obgleich nicht notwendigerweise hinein. Jetzt, da sie das Haus hinter sich gelassen hatte, hatten sich einige ihrer Ängste bereits verflüchtigt, und sie glaubte nicht, dass sie in der Lage sein würde, sich dazu zu bringen, zum Haus zurückzukehren. Sie wünschte sich, nie wieder dorthin zurückkehren zu müssen.

Als sie das Tal erreichte, blieb sie stehen. Der Strand mit der vom Mond beschienenen See in der Gezeitenmitte sah verlockend aus. Der Sand formte im Mondlicht ein helles Band. Es würde sie bis tief in die Seele beruhigen, dort barfuß spazieren zu gehen – vielleicht wieder auf den Felsen zu klettern. Aber deshalb war sie nicht hergekommen. Widerwillig wandte sie den Kopf ab, um das Tal hinaufzuschauen.

Es war eine entrückte Welt, die farnbewachsene Klippe dunkelgrün und geheimnisvoll, der Wasserfall ein silbernes Band, die Hütte so sehr Bestandteil ihrer Umgebung, dass sie eher wie ein Teil der Natur aussah und nicht wie ein von Menschenhand erbautes Gebäude. Sie musste an diesen Ort zurückkehren, wollte sie den Scherbenhaufen ihres Lebens irgendwie wieder zusammenfügen.

Sie wandte sich langsam in die Richtung und näherte sich mit zögernden Schritten dem Teich. Doch als sie näher kam, wusste sie, dass sie das Richtige tat. Es gab etwas in diesem kleinen Winkel des Tals, das ihn vom Strand oder von irgendeinem anderen Bereich des Parks – oder irgendeinem anderen Ort auf der Erde – deutlich unterschied. Neville hatte Recht und sie hatte Recht gehabt – es war einer der besonderen Orte dieser Welt, einer der Orte, wo etwas durchbrach. Sie zögerte, dieses Etwas als Gott zu bezeichnen. Der Gott der Kirchen und großen Religionen engte die Menschen nur ein. Dies war einer jener Orte, an denen *Sinn* durchbrach und an denen sie spürte, dass sie alles verstehen könnte, wenn sie nur die richtigen Gedanken und Worte fände, um es zu beschreiben.

Aber andererseits ließ sich Sinn nicht in Worte fassen. Es war ein Mysterium, in das man Vertrauen setzen musste.

Es brauchte Mut, um Orten wie diesem zu vertrauen. Sie hatte ihren Mut am Nachmittag des Picknicks verloren. Sie musste ihn wiederfinden.

Sie stellte sich auf das üppige Farnkraut, das am Ufer des Teiches wuchs. Nach einigen Minuten löste sie die Bänder ihres Umhangs und warf ihn zur Seite. Nach kurzem Zögern zog sie auch ihr altes Kleid aus und entledigte sich ihrer Schuhe, bis sie nur noch im Hemd dastand. Die Luft war kühl, aber für jemanden, der die meiste Zeit seines Lebens im Freien verbracht hatte, war es nicht unangenehm kalt. Und es verlangte sie danach, zu *spüren*. Sie stand ganz still. Nach einigen Minuten legte sie den Kopf in den Nacken und schloss die Augen. Die Schönheit der Szene im Mondlicht drohte all ihre Aufmerksamkeit an sich zu ziehen. Sie wollte die Laute von Wasser und Insekten und Möwen hören. Und sie wollte das Farnkraut und das frische Wasser des Wasserfalls, das Salz des Meeres riechen. Und die kalte Nachtluft auf ihrer Haut spüren und den Farn und die Erde unter ihren nackten Füßen.

Als all ihre Sinne auf ihre Umgebung eingestimmt waren, öffnete sie wieder die Augen. Sie blickte in das dunkle, unergründliche Wasser des Teiches. Die Dunkelheit, die einen glauben machen wollte, dass man sich vor etwas zu fürchten habe, war eine Illusion. Der Teich wurde von dem hellen Sturz glitzernder Wassertropfen genährt und nährte seinerseits das schimmernde Meer. Dunkelheit und Licht – sie gehörten zusammen, sich ergänzende Gegensätze.

»Woran denkst du?«

Die Stimme – *seine* Stimme – war hinter ihr, nicht weit entfernt. Die Worte waren leise gesprochen worden. Sie hatte sein Näherkommen weder gesehen noch gehört, aber sie war seltsamerweise nicht erschrocken, nicht überrascht. Nichts von jenem Schrecken, jenem beängstigenden Gefühl, dass etwas Bedrohliches auf sie zukam, das sie auf dem Rhododendronweg und am Morgen im Wald verspürt hatte. Es schien ihr richtig, dass er gekommen war. Sie spürte, dass es genauso sein musste. Was an diesem Ort fehlgegangen war, konnte nur wieder gerichtet werden, wenn er hier bei ihr war. Sie drehte sich nicht um.

»Dass ich dies hier nicht nur beobachte«, sagte sie, »sondern dass ich ein Teil davon bin. Die Menschen reden oft davon, die Natur zu beobachten. Indem sie so reden, entfernen sie sich von dem, was in Wirklichkeit ein Teil von ihnen ist. Sie verlieren einen Teil ihres Seins. Ich sehe mir das nicht bloß an. Ich *bin* es.«

Sie überlegte sich ihre Worte nicht, plante sie nicht, formulierte keine Lebensphilosophie. Sie sprach aus ihrem Herzen zu seinem Herzen. Sie hatte sich noch nie einem anderen Menschen so tief mitgeteilt. Aber es schien ihr richtig, es bei ihm zu tun. Er würde es verstehen. Und er würde es gutheißen.

Er sagte nichts. Dennoch sagte eben sein Schweigen alles. Plötzlich herrschte ein Gefühl vollkommenen Friedens, vollkommener Gemeinschaft.

Und dann war er neben ihr und berührte mit dem Rücken seiner Finger ihr Haar an den Schläfen. »Dann muss das verbliebene Kleidungsstück auch noch fallen, kleine Wassernymphe«, sagte er.

In seinen Worten lag nicht ein Hauch von Anzüglichkeit. Sie drückten nur das Verständnis und die Billigung aus, die sie erwartet hatte. Während sie die Arme kreuzte und sich das Hemd über den Kopf zog, zog er sich Jacke, Weste und Hemd aus.

»Du hattest doch vor zu schwimmen, oder?«, fragte er sie.

Ja. Sie hatte nicht bewusst daran gedacht, doch ja, es wäre der nächste natürliche Schritt gewesen, selbst wenn er es nicht für sie ausgesprochen hätte. Sie musste in die Wasser des Teiches eintauchen, um sich zu einem unlösbaren Teil der Schönheit und des Friedens zu machen, die ihr in dieser Nacht zurückgegeben worden waren – ein vollkommenes Geschenk.

Sie nickte. Auch er war Teil davon, herrlich in seiner Nacktheit, nachdem er das letzte Kleidungsstück fallen gelassen hatte. Sie betrachteten sich gegenseitig mit aufrichtiger Achtung und – o ja, mit aufkeimendem Verlangen, Hunger, Sehnsucht. Aber da war mehr als nur das. Da waren die Bedürfnisse der Seele, die gestillt werden wollten, und im Moment waren die von größerer Wichtigkeit als die Begierden des Fleisches.

Davon abgesehen, sie hatten die ganze Nacht …

Er drehte sich um und tauchte in den Teich – und kam prustend und den Kopf schüttelnd wie ein nasser Hund wieder hoch. Seine Zähne blitzten im Mondlicht weiß auf. Aber bevor er etwas sagen konnte, war auch Lily eingetaucht.

Das Wasser war kalt. Betäubend, atemberaubend kalt. Und klar und süß und reinigend. Es fühlte sich an, als ginge es ihr unter die Haut und beruhigte und reinigte und erneuerte sie. Nun, da sie im Wasser war, sah sie, nachdem sie aufgetaucht war und sich das Haar aus dem Gesicht gestrichen hatte, dass es nicht länger schwarz war, sondern in bewegtem Licht schillerte. Dunkelheit war nur eine Wahrnehmung, erkannte sie erneut, was von einem Standpunkt aus gesehen dunkel war, konnte von einem anderen aus hell sein.

Es war kein großer Teich und nicht einmal besonders tief. Aber sie schwammen minutenlang Seite an Seite und sagten nichts, weil nichts gesagt zu werden brauchte. In der Nähe des Wasserfalls paddelten sie umher und streckten die Hände aus, um die scharfen Nadeln aus Wasser zu spüren, das gegen ihre Finger und Handflächen hämmerte. Das Wasser war kalt, selbst nachdem sie sich daran gewöhnt hatten.

»Warte hier«, sagte er schließlich, setzte die Hände aufs Ufer und hob sich mit einer geschmeidigen Bewegung aus dem Wasser.

Lily ließ sich gemütlich auf dem Rücken durchs Wasser gleiten, bis er, eingehüllt in ein Handtuch, weitere über den Arm gelegt, aus der Hütte zurückkehrte. Er reichte ihr eine Hand, half ihr hinaus und wickelte dann ein großes Handtuch um ihren zitternden Körper. Er presste ihr das überschüssige Wasser aus dem Haar, bevor er ihr das andere Handtuch gab, damit sie es wie einen Turban um den Kopf wickelte.

»Wir könnten in der Hütte ein Feuer anzünden«, schlug er vor, »wenn du noch einmal dort hineingehen möchtest, Lily. Vor mir brauchst du keine Angst zu haben. Ich werde dich ohne dein Einverständnis nicht berühren. Ist die Aussicht auf Wärme nicht verlockend?«

Ja, das war es. Aber noch verlockender war der Gedanke, diese Nacht der Magie zu verlängern, diese Nacht, in der sie sich einreden konnte, dass alle Probleme des Lebens für alle Zeiten gelöst waren. Sie wusste, dass das Leben niemals so einfach war, aber sie wusste auch, dass Zeiten wie diese nötig waren, Balsam für die Seele.

In einer Nacht wie dieser konnte aus Liebe alles entstehen. Liebe konnte nicht immer so sein, aber es gab kostbare Zeiten wie diese, die man nicht ungenutzt verstreichen lassen durfte.

Außerdem stellte die Hütte die einzige verbliebene Furcht dar, die noch überwunden werden musste.

Sie lächelte. »Ja«, sagte sie. »Ich habe keine Angst. Wie könnte ich auch, nach all dem hier?« Sie deutete mit einer Hand auf ihre Umgebung. Sie wusste, dass er verstehen würde. Er war mit ihr zu einem Teil dessen geworden. »Ich möchte hineingehen. Mit dir.«

***

Er musste sich sehr gut in der Hütte auskennen, dachte Lily. Er hatte in der Dunkelheit die Handtücher gefunden und jetzt brauchte er nur wenige Sekunden, um Kerzen und Zunderbüchse zu finden und die Behaglichkeit von Kerzenlicht ins Wohnzimmer zu zaubern. Während Lily sich Hemd und Kleid anzog, kniete er sich hin und entzündete das Feuerholz, das schon im Kamin bereitlag. Der Raum wurde noch heller und das angenehme Aroma brennenden Holzes verbreitete sich. Beinahe augenblicklich war ein Hauch von Wärme zu spüren.

Die letzten Überbleibsel von Furcht verschwanden.

Nachdem er sich angezogen hatte – diesmal ohne Weste und Jacke – setzte er sich in einen Sessel neben dem Kamin, während Lily auf dem Boden nahe am Feuer saß, die Knie angezogen und das Haar über eine Schulter gelegt, damit es in der Hitze trocknete. Sie fühlte sich an das gelöste, formlose Leben eines Armeelagers erinnert, obwohl sie niemals so mit ihm zusammengesessen hatte – zwischen ihrem Vater und Major Lord Newbury hatte eine zu große gesellschaftliche Kluft bestanden.

»Nach dem Tod deines Vaters«, sagte er und es schien, als befände er sich in perfekter Harmonie mit ihren Gedanken, »hast du da kein Bedauern darüber verspürt, was du ihm gesagt oder für ihn getan hättest, hättest du gewusst, dass er an jenem Tag würde sterben müssen? Oder warst du dir immer bewusst, dass er als Soldat jederzeit sterben könnte, sodass du nichts ungesagt, nichts ungetan gelassen hast?«

»Ich denke Letzteres«, sagte sie, nachdem sie einige Zeit über die Frage nachgedacht hatte. »Ich hatte das Glück, mein ganzes Leben, bis zu seinem letzten Tag, mit ihm verbringen zu dürfen. Ich hatte das Glück, einen Vater zu haben, der mich voll und ganz liebte und den ich vorbehaltlos liebte. Ich wünsche mir allerdings ... ich wünsche mir wirklich, ich hätte erfahren können, was er mir so unbedingt nach seinem Tod hatte vermachen wollen. Er hat immer wieder betont, dass etwas in seinem Tornister für mich bestimmt war. Aber ich hatte keine Gelegenheit zu sehen, was es war – er hatte ihn auf dem Stützpunkt zurückgelassen. Aber das Wichtigste ist, dass ich weiß, dass er mich liebte und versuchte, für meine Zukunft zu sorgen.« Sie sah zu Neville auf, der mit gespreizten Beinen locker und dennoch elegant in seinem Sessel saß. »Du hattest nicht so viel Glück?«

»Mein Vater war ein Planer«, sagte er. »Er hatte Gefallen daran, die Leben derer, die er liebte, zu planen. Er tat es natürlich, *weil* er uns liebte. Er hat unsere Leben für uns geplant – Gwens und Laurens und meins. Ich rebellierte. Ich wollte mein eigenes Leben. Ich wollte meine eigenen Entscheidungen treffen. Manchmal war ich dabei regelrecht boshaft. Mein Vater war dagegen, dass ich mir ein Offizierspatent zulegte, aber als er schließlich nachgab und versuchte, ein namhaftes Kavallerieregiment für mich auszuwählen, bestand ich auf einem Regiment der Infanterie, was er für unter der Würde seines Sohnes erachtete. Ich liebte ihn, Lily. Ich wäre nach einiger Zeit aus dem Alter der Rebellion herausgewachsen und wäre ihm nahe gekommen, glaube ich. Aber er starb, bevor ich ihm die Dinge sagen konnte, die er zu hören verdiente.«

»Er hat es gewusst.« Sie umklammerte ihre Knie. »Wenn er dich so sehr liebte, wie du sagst, dann hat er dich auch verstanden. Er hat lange genug gelebt, um die verschiedenen Stadien des Lebens zu kennen. Und ich glaube, dass Rebellion für viele Menschen in der Jugend normal ist. Du darfst dir nicht die Schuld geben. Du hast nichts getan, ihn zu entehren. Ich bin sicher, dass er auf dich stolz war.«

»Und was macht dich, im fortgeschrittenen Alter von zwanzig, so weise?«, fragte er mit einem Lächeln auf den Lippen und in den Augen.

»Ich habe in diesen zwanzig Jahren viele Menschen getroffen und ihnen zugehört«, sagte sie. »Den unterschiedlichsten Menschen. Jeder ist einzigartig, aber ich habe festgestellt, dass es auch gemeinsame Merkmale von Menschlichkeit gibt.«

»Ich wünschte, ich hätte deine Mutter gekannt«, sagte er. »Sie war eine jener unbezähmbaren Frauen, die auch noch mit Kindern auf dem Arm der Trommel folgen. Es ist natürlich mein Glück, dass sie es tat und dass dein Vater dir so zugetan war, dass er dich bei sich behielt, nachdem sie gestorben war. Sie haben eine ganz besondere Tochter hervorgebracht.«

»Weil sie ganz besondere Menschen waren«, sagte sie. »Ich wünsche mir auch, ich hätte Mama besser gekannt. Ich erinnere mich an sie, aber mehr als ein Gefühl denn als eine bestimmte Person. Unendliche Behaglichkeit und Sicherheit und Toleranz und Liebe. Ich hatte sehr viel Glück, sie auch nur für die kurze Zeit zu haben und Papa gehabt zu haben. Auch du hast Glück, einen solchen Vater gehabt zu haben – einen, der so viel für dich empfand, dass er dich gehen ließ. Er tat das für dich, weißt du. Er besorgte dir dein Offizierspatent und erlaubte sogar, dass du ein Regiment wähltest, das er missbilligte. Ich bin um meinetwillen froh, dass er es tat.«

Sie lächelten sich an.

Sie unterhielten sich eine ganze Stunde lang, während das Feuer herunterbrannte, Holz nachgelegt wurde und erneut herunterbrannte. Sie sprachen über Gott und die Welt und zwischen ihnen herrschte ein Wohlbehagen und eine Ausgeglichenheit, wie es sie in der vergangenen Woche nicht gegeben hatte. Es war ganz wie in alten Zeiten.

Schließlich stellten sich in ihrem Geplauder längere Pausen ein, zuerst geselliger Natur, aber unausweichlich mehr und mehr aufgeladen mit etwas anderem. Lily war sich der veränderten Atmosphäre völlig bewusst, und sie ließ es zu. Bei dieser Nacht hatte sie sich entschlossen, ihre Angst zu überwinden, ihren persönlichen Willen dem steten Fluss ihres Lebens unterzuordnen. Sie ließ zu, dass geschah, was geschehen sollte.

»Lily«, sagte er schließlich, äußerlich noch immer ruhig, »ich möchte mit dir schlafen. Möchtest du das auch?«

»Ja«, flüsterte sie.

»Hier?«, sagte er. »Im Bett nebenan? In dieser Hütte? Um die Erinnerung an das, was beim letzten Mal hier geschehen ist, auszulöschen?«

»Deswegen sind wir hier?«, antwortete sie. »Um uns einzuweben in den Zauber, um einfach nur wieder wir selbst zu sein, um zusammen zu sein trotz allem, was geschehen ist und geschieht. Zusammen, so wie wir es draußen am Teich und hier beim Feuer waren. Und zusammen – dort drinnen.« Sie nickte zum Schlafraum.

»Du brauchst keine Angst zu haben«, erklärte er ihr. »In keinem Augenblick. Gleichgültig wohin mich meine Leidenschaft treibt, ich werde in der Sekunde aufhören, in der du es mir sagst. Glaubst du mir das?«

»Ja«, sagte sie. »Das glaube ich dir. Aber ich werde dich nicht bitten, aufzuhören.«

Sie wusste, dass sie es wollen würde. Bevor er in sie eindränge, würde sie wollen, dass er aufhörte. Denn wenn er einmal in ihr wäre, würde sie es wissen. Sie würde wissen, ob ihre Träume von Liebe so gegenstandslos gewesen waren, wie es die meisten Träume sind. Und sie würde wissen, ob er sich nach diesem Abend von dem Wissen, dass ein anderer Mann sie nach ihrem Hochzeitsnacht besessen hatte, abgestoßen fühlen würde. Aber sie würde ihn nicht aufhalten. Dies – diese Nacht, so wie sie war – musste geschehen und sie würde es geschehen lassen, was auch immer dabei herauskam.

»Dann komm, Lily.«

Er erhob sich und reichte ihr die Hand. Sie stand neben ihm, während er das Feuer schürte, und nahm dann wieder seine Hand und ging mit ihm ins Schlafzimmer.

Kapitel 13

Sie entkleideten sich, ohne verlegen oder peinlich berührt zu sein, vielleicht, weil sie vor ungefähr einer Stunde nackt zusammen geschwommen hatten. Er legte seine Hände an ihre Schultern und sah sie an, bevor er sie an sich zog. Sie war klein, aber atemberaubend schön. Sein Blick jedoch wurde zu der purpurfarbenen Narbe über ihrer linken Brust gezogen. Er strich sanft mit den Fingerspitzen darüber und senkte dann den Kopf, um sie mit seinem Mund zu berühren.

»So knapp war ich davor, dich für immer zu verlieren, Lily?«, sagte er, während sie leicht mit einer Hand über die Narbe strich, die seine linke Schulter beinahe umkreiste – ein Relikt der Säbelverletzung, die ihn bei Talavera fast den Arm gekostet hätte.

»Ja«, sagte sie und als er den Kopf hob, folgte sie der Narbe in seinem Gesicht mit dem Zeigefinger. »Krieg ist grausam. Aber wir haben ihn beide überlebt.«

Er küsste sie, berührte nur ganz leicht ihre Lippen, während seine Hände an ihrer schmalen Taille verweilten und sie ein wenig von seinem Körper entfernt hielten. Sie sah aus und fühlte sich an wie die süßeste Unschuld, dachte er. Fast hätte er geglaubt, dass es ihr erstes Mal war, obwohl er ihre Hochzeitsnacht nie vergessen hatte. Und er dachte mit voller Absicht an den Spanier, den namenlosen Partisanen – dessen Namen er nicht wissen wollte, obwohl sie irgendwann in der Zukunft das Bedürfnis haben könnte, über ihn zu sprechen und er sich zwingen würde zuzuhören. Er dachte an jenen Mann und an das, was er Lily immer und immer wieder sieben Monate lang angetan hatte. Er wollte nicht vergessen, dass sie gezwungen worden war, eines anderen Mannes Mätresse zu sein.

»Es ist von Bedeutung, nicht wahr?« Sie sah ihm in die Augen. »Dass da ein anderer gewesen ist?«

»Es ist von Bedeutung«, sagte er, »weil es *dir* widerfahren ist, Lily. Weil du es all die Monate erleiden musstest, während ich mich im Hospital erholte und hierher zurückkehrte und ein neues Leben anfing, oder besser, das alte wieder aufnahm. Es ist von Bedeutung, weil du völlig schuldlos warst und ich nicht. Es ist von Bedeutung, weil ich mich als deiner nicht würdig erachte.«

Sie legte ihm sanft die Finger an die Lippen.

»Die Vergangenheit kann man nicht ändern«, sagte sie. »Es war Krieg. Doch dies ist die Gegenwart, das einzige Element der Zeit, das wir haben, um neue Erinnerungen zu schaffen. Bessere.«

Ah, Lily. Seine schöne, weise, unschuldige Lily, die das Leben auf so tiefsinnige Weise so unglaublich einfach darstellen konnte. Er nahm ihre Hand von seinen Lippen, küsste ihre Handfläche und dann ihren Mund. Er wollte ihre bezaubernde Unschuld wiederherstellen. Er wollte seine Ehre wiederherstellen.

»Ich will dir nicht wehtun«, sagte er. »Ich will dich nicht zu meinem Vergnügen benutzen, ohne dir nicht auch Genuss zu verschaffen. Ich will dich lieben.«

»Ja«, sagte sie. »Oh, habe keine Angst. Ich kenne es. Genau das hast du beim letzten Mal getan.«

Er zog sie an sich, ließ einen Arm über ihre Schultern gleiten, den anderen um ihre Taille, öffnete die Lippen über ihrem Mund und vertiefte den Kuss. Es war schwer, es langsam angehen zu lassen. Die Erinnerungen an die alles verzehrende Leidenschaft ihrer Hochzeitsnacht waren plötzlich sehr lebendig – und er hatte seitdem keine Frau mehr geliebt. Aber sie legte die Arme um ihn, presste ihren Körper gegen seinen, wie sie es in jener Nacht getan hatte, und öffnete den Mund.

»Alles wird gut«, flüsterte er ihr eine Weile später zu, als er sich zwang, seinen Mund von ihrem zu lösen, und Küsse auf ihre Schläfen, ihre Wangenknochen und ihr Kinn hauchte. »Alles wird gut werden.«

»Ja«, flüsterte sie. »O ja. Alles *ist* gut.«

Er war so ängstlich wie sie – wenn sie überhaupt ängstlich war. Er durfte keinen Fehler machen. Und er würde keinen Fehler machen. Er hatte mit der Nachmittagspost von Captain Harris Nachricht bekommen und würde bestimmt bald von allen anderen hören. Harris hatte ihm genau die Antworten gegeben, die er erwartet hatte. Die Papiere des Reverend Parker-Rowe waren auf jenem portugiesischen Pass bei seinem Leichnam zurückgelassen worden.

Er wusste auch, wie die anderen Antworten lauten würden – wie sie lauten mussten.

»Komm und leg dich hin«, flüsterte er Lily zu.

Er lag seitlich neben ihr auf dem Bett, den Kopf auf eine Hand gestützt. Sie sah ihn ohne erkennbare Furcht an, ihre Augen waren verschleiert vor Verlangen.

»Ich möchte mich auf dich legen«, sagte er. »So kann ich dich am tiefsten lieben. Aber wenn du dich von mir eingeengt fühlst, nehme ich dich auf mich, wenn es dir lieber ist. Sag mir, was du möchtest.«

Sie drehte sich auf den Rücken und hob einen Arm. »Komm«, sagte sie. »Ich werde mich nicht eingeengt fühlen. Ich habe keine Angst. Ich hatte niemals Angst vor dir, nur vor mir. Ich hätte es erklären, es dir sagen sollen. Ich habe dir immer vertraut.«

Er kniete sich zwischen ihre Schenkel, die sie bereitwillig spreizte, aber weder drang er sofort in sie ein, noch ließ er sie sein Gewicht spüren. Er schlang ihre Beine um seine und liebte sie langsam mit den Händen und dem Mund, über ihr schwebend, aber sie nicht mit seinem Körper berührend. Sie lebt, dachte er und sein Körper jauchzte über ihr, als habe er diese Tatsache erst jetzt begriffen. Sie war warm und weich und lebendig und sie war mit ihm in der Talhütte im Bett, wo er während des letzten Jahres so viele Male gelegen und von ihr geträumt, um sie getrauert hatte.

Sie war seine Frau und seine Liebe. Sie lebte.

Und sie war bereit für die Liebe. Er ließ seine Hand über den Hügel dunkelblonden Haares am Scheitelpunkt ihrer Schenkel gleiten. Seine Finger fanden ihren Kern und liebkosten sie, bis er die Hitze und die schlüpfrige Nässe ihres Verlangens spüren konnte.

»Sieh mich an, Lily«, sagte er und unterdrückte das drängende Verlangen, sofort in sie einzudringen. Er wollte ihr Einverständnis auch jetzt nicht als selbstverständlich voraussetzen – er hatte nicht den Mut. Und sie lag ganz still da.

Von unmissverständlicher Leidenschaft erfüllte Augen blickten in sein Gesicht.

»Sieh mich an«, sagte er erneut. »Ich bin dein Ehemann. Ich werde in dich gehen und dich lieben und von dir geliebt werden. Ich werde dich nicht benutzen oder verletzen oder erniedrigen.«

»Ich weiß«, murmelte sie. »Ich weiß, wer du bist.«

Er positionierte sich vorsichtig und drang in sie ein. Sie sah ihm unerschrocken ins Gesicht. Er spürte, wie ihre Muskeln ihn umklammerten, und kämpfte um Beherrschung – sie war weich und heiß und feucht. Sie ergründete seine Augen mit ihren, aber dann schloss sie die Augen und ihr Kopf fiel aufs Kissen zurück und sie öffnete die Lippen. Sie erlebte, wie er unschwer in einer Mischung aus Erleichterung und Verlangen erkennen konnte, die Vorstufen der Ekstase.

Es ist sehr schwer für einen Mann, selbstlos zu lieben, wenn die Lust ihm durch die Adern schießt und in den Schläfen hämmert und die Leisten Höllenqualen durchleben.

Er stützte den Oberkörper noch immer in die Höhe, aber er ließ sich jetzt auf sie nieder, vorsichtig darauf bedacht, einen Teil seines Gewichtes auf seine Ellbogen zu stützen. Und er begann endlich, sich in ihr zu bewegen, erregt von ihrer Bewegungslosigkeit, die alles andere als passiv war, von dem zarten, wunderschönen Körper, der Lilys war, von der Erinnerung an das erste Mal mit ihr, von seiner langen Enthaltsamkeit, von ihrer Rückkehr von den Toten, von dem stetigen Quietschen der Bettfedern, die selbst bei einem einzelnen Schläfer geräuschvoll waren, von den Lustseufzern, die ihr im Rhythmus des Eindringens und Zurückziehens, den er beibehielt, solange er konnte, entschlüpften.

Lily, dachte er, als alles Gefühl, alles Bewusstsein sich auf den köstlichen Schmerz seiner Lust konzentrierten. »Lily«, murmelte er. »Meine Liebe. Ah, meine Liebe, meine Liebe.«

Sie hatte aufgehört zu stöhnen. Ihr Körper war erschlafft und er wusste, dass sie die Welt der Loslösung vor ihm betreten hatte, mehr mit leiser Freude als mit einem plötzlichen Ausbruch von Leidenschaft. Er hätte für seine Geduld nicht kostbarer belohnt werden können. Sie war so weit entfernt von Furcht, wie sie nur sein konnte.

»Geliebter.« Es war nur ein Flüstern. Die Liebkosung, mit der sie ihn in ihrer Hochzeitsnacht bedacht hatte.

Sein eigener Höhepunkt kam schnell. Er drückte sie mit seinem ganzen Gewicht nach unten, als er sich hart und tief in sie presste und die glückselige Erlösung von all seiner Sehnsucht und all seinem Schmerz, all seiner Liebe in sie entließ.

Es war ein Moment einzigartiger Verbundenheit.

Alles wird gut werden, dachte er, als er ein oder zwei Minuten später wieder zu vollem Bewusstsein kam. *Alles*. Sie waren zusammen und sie waren eins. Es gab einige Schwierigkeiten – geringfügige Schwierigkeiten, die sie im Laufe der Zeit gemeinsam aus dem Weg schaffen würden. Es gab nichts, was sie nicht gemeinsam schaffen konnten. Alles war gut.

»Es tut mir Leid«, murmelte er, als er erkannte, wie schwer er auf ihr lag. Er erhob sich von ihr und glitt dabei langsam aus ihrem Körper und legte sich neben sie, immer noch warm und atemlos und verschwitzt. Er schlängelte einen Arm unter ihren Nacken und drehte den Kopf, um sie anzusehen. Aber ihm war nur ein kurzer Blick vergönnt, dann begann die Kerze zu flackern und erlosch. Ihre Augen waren geschlossen. Sie sah friedlich aus.

»Danke«, sagte sie und drehte sich auf die Seite, um sich an ihn zu kuscheln, während ihre Hand über seine feuchte Brust glitt und an seiner Schulter liegen blieb.

Er spürte den Schmerz von Tränen in seiner Kehle. Es fühlte sich an wie Vergebung. Wie Absolution.

Die Luft war kühl auf seinem feuchten Körper. Er angelte mit einem Fuß nach den Decken und zog sie über sie beide. »Besser?«, fragte er und lachte leise. »Und Danksagungen sind kaum nötig, es sei denn, sie sind als Kompliment gemeint. In diesem Fall würde ich gern meinen Dank an dich hinzufügen. Danke, Lily.«

Sie seufzte einmal und schlief mit einem Lächeln auf den Lippen ein.

Alles würde gut werden. Er nahm sie fester in den Arm, rieb das Gesicht an ihrem Haar, atmete ihren Duft ein und legte sich bequemer. Wenn er Lauren ebenso glücklich sehen könnte. Bestimmt würde es bald wieder so sein. Sie hatte dem Richtigen so viel zu bieten. Und Gwen – ihr Glück war so plötzlich zerbrochen.

Doch manchmal, dachte er schläfrig, konnte es einem gewiss verziehen werden, in selbstgefälligem Glück zu schwelgen. Er verspürte tiefste Zuneigung sowohl für seine Schwester als auch für seine Cousine und frühere Verlobte. Aber im Augenblick, heute Nacht, fühlte er sich so vollkommen glücklich für sich, für Lily, für *sie beide*, dass es schwierig war, einen Gedanken an jemand anders zu verschwenden.

Er schlief ein.

***

Als Lily aufwachte, überkam sie ein schmerzhaftes Gefühl der Sehnsucht. Hinter dem Fenster zeigten sich die ersten Vorboten der Morgendämmerung. Sie befand sich in der malerischen, strohgedeckten kleinen Hütte am Teich unter dem Wasserfall – sie konnte sich den Anblick vorstellen, der sich jemandem bot, der auf dem Weg zum Strand das Tal hinunterkam. Sie war mit Neville hier, ihrem Ehemann – sein Arm lag schlaff über ihr, ihr Kopf ruhte an seiner Schulter. Er hatte sie geliebt und es war unvorstellbar schön gewesen. Sie hatte sich durch und durch gereinigt gefühlt. Und er hatte keinen Abscheu empfunden – sie hätte es gewusst, wenn es so gewesen wäre.

Ihre Sehnsucht war es, diese Nacht niemals enden zu lassen. Wenn sie nur hier zusammenleben könnten, nur sie beide, für den Rest ihres Lebens. Wenn sie nur Newbury Abbey vergessen könnten, seine Verpflichtungen als Graf von Kilbourne, ihr Gefangensein, seine Familie, Lauren. Wenn sie nur für immer so verharren könnten.

Es war ohne Zweifel die glücklichste Nacht ihres Lebens gewesen.

Aber obwohl sie immer schon eine Träumerin gewesen war, hatte sie niemals Träume mit der Wirklichkeit verwechselt. Träume schenkten einem Augenblicke des Glücks und die Kraft, mit der man der Wirklichkeit begegnen konnte. Und manchmal, wenn Traum und Wirklichkeit sich berührten und für einen kurzen Moment eins wurden, wie es heute Nacht geschehen war, musste man sie als kostbares Geschenk annehmen, bis ins Letzte auskosten und dann loslassen. Ihrer habhaft zu werden und sie festzuhalten zu wollen würde bedeuten, sie zu zerstören.

Diese Nacht würde vorübergehen und sie würden nach Newbury Abbey zurückkehren. Sie würde sich weiterhin unerwünscht, gering, deplatziert und aus dem Gleichgewicht gerissen fühlen – und es auch sein. Und er, als der Gentleman, der er war, würde weiterhin versuchen, das Beste aus der Situation zu machen. Er würde Lauren weiterhin fast jeden Tag sehen und würde weiterhin, vielleicht unbewusst, die Frau, die seine Gemahlin war, mit der Frau vergleichen, die seine Gemahlin hätte werden sollen.

Konnte sie aus diesem wahr gewordenen Traum dauerhaft Kraft schöpfen? Diese Frage stellte sich Lily. Er konnte unmöglich, all seinen Liebkosungen während des Liebesaktes zum Trotz, jemanden lieben, der so wenig zu seiner gesellschaftlichen Stellung passte. Dennoch fühlte er sich zu ihr hingezogen. Er war von ihr nicht abgestoßen. Er hatte sie gewollt – das hatte sie in der wachsenden Spannung gespürt, die sich zwischen ihnen aufgebaut hatte, als sie am Feuer saßen. Und er hatte ihren Liebesakt genossen. Auch sie hatte es genossen. Ihre schlimmste Befürchtung – dass der Akt selbst sie anekelte, gleichgültig wer der Liebhaber sei – war bedeutungslos geworden. Der Liebhaber war alles andere als gleichgültig. Und sie liebte ihn.

Vielleicht, dachte sie, würden sie von dieser Nacht etwas mitnehmen. Sie waren zusammengewachsen, sowohl körperlich als auch gefühlsmäßig. Sie hatten als Freunde miteinander geredet. Sie waren als Liebhaber zusammengekommen. Sie war nicht so naiv zu glauben, dass all ihre Probleme jetzt gelöst seien und dass sie von nun an bis an ihr Lebensende in Glück und Frieden leben würden. Bei weitem nicht. Aber vielleicht war das Unmögliche heute Nacht ein kleines bisschen möglicher geworden.

»Ich liebe es immer, hier aufzuwachen«, sprach er mit leiser Stimme in ihr Ohr. »Ich lausche dem Wasserfall und sehe durch das Fenster die Kante des Strohdachs und rieche die Vegetation. Und ich kann mir einbilden, dass die Welt sehr weit entfernt ist.«

»Wünschst du dir manchmal, dass es so wäre?«, fragte sie ihn.

»Oft.« Er strich ihr mit einem Finger das Haar aus dem Gesicht und legte es ihr hinter die Schulter. »Aber nicht für immer. Flucht ist etwas Wunderbares, solange man wieder zurückkann.«

Er verspürte also nicht die Sehnsucht, diese Nacht niemals enden zu lassen?

Er küsste sie – zärtlich, langsam. Und sie erwiderte den

Kuss und fühlte die warme, gelöste Festigkeit seines männlichen Körpers an den weichen Kurven ihres eigenen und spürte, wie das Verlangen sie erneut durchströmte wie frisches Blut. Sie konnte die allmähliche Straffung ihre Brüste spüren und die Verhärtung ihrer Brustwarzen, ein Ziehen in ihrem Schoß und an den Innenseiten ihrer Schenkel, das Pulsieren in dem Bereich dazwischen. Und sie konnte spüren, wie er an ihrem Unterleib wuchs und sich verhärtete.

Sie taten nichts anderes, als sich einige Minuten mit leicht geöffneten Lippen zu küssen. Aber die Wärme wurde zwischen ihnen zur Hitze und sie waren bereit, ohne die Notwendigkeit eines weiteren Vorspiels.

»Komm auf mich«, sagte er, »und nimm dir dein Vergnügen, wie du es willst, Lily.«

Welch unglaublicher Luxus, dachte sie, vor der Vereinigung Verlangen zu verspüren, durch den pulsierenden Schmerz zu wissen, dass sich das Wunder der Erfüllung einstellen würde. Und eingeladen zu werden, sich ganz nach ihrem Belieben Genuss zu verschaffen – als ob sie so viel zählte wie er. Und sie glaubte, dass es ihm ernst war. Vielleicht liebte er sie nicht, aber sie war für ihn von Bedeutung. Wenn er sich mit ihr vereinigte und sich an ihr vergnügte, dann würde er auch dafür sorgen, dass auch sie genießen konnte.

Wie verschieden zwei Männer doch sein konnten – aber sie hatte nicht vor, sich eingehender mit diesem Vergleich zu beschäftigen.

Sie hatten es auf diese Art in ihrer Hochzeitsnacht getan, erinnerte sie sich, beim zweiten Mal, obwohl er sie damals auf sich gehoben, sie in Stellung gebracht und festgehalten hatte, während er in sie eindrang, ihr Körper schwer auf seinem. Sie war passiv gewesen, ohne jegliche Erfahrung. Sie waren gezwungen gewesen, sehr leise zu sein, da ihr Zelt in nur geringer Entfernung von einer ganzen Kompanie schlafender Männer aufgestellt worden war. Sie war vom ersten Mal noch wund und es war gleichzeitig schmerzhaft und wundervoll gewesen. Nun setzte sie sich rittlings auf ihn, nachdem er die Decken zurückgetreten und die Knie angehoben hatte, um die Fußsohlen flach aufs Bett zu stellen. Sie kniete über ihm und umfasste seine Taille mit ihren Knien, während sie ihn mit einer Hand ergriff und zwischen ihren Beinen platzierte. Sie spreizte die Hände auf seiner Brust, schloss die Augen und senkte sich auf ihn.

Es könnte auf der ganzen Welt unmöglich ein köstlicheres Gefühl geben, dachte sie und spürte, wie sie von seiner steifen Länge weit gedehnt wurde und sich in ihr die Muskeln um ihn klammerten – diese unglaubliche, freiwillige Vereinigung zweier Körper in Vorbereitung auf den Liebesakt. Es konnte kein köstlicheres Gefühl geben, außer vielleicht den Augenblick des Finales, wenn sich alles in Erfüllung und Frieden auflöste. Oder vielleicht war das Schönste der Akt selbst – der stampfende Rhythmus, der Schmerz, der sich allmählich spiralförmig von ihrem Schoß aus nach oben wand, in ihre Brüste, in jede Nervenendung ihres Körpers, die Gewissheit, dass dieser Mann, dieser Liebhaber, dieser *Gemahl* sie zur Erfüllung bringen würde. Sie öffnete die Augen und blickte in seine.

»Das fühlt sich so gut an«, sagte sie.

»Ja«, stimmte er zu, »das tut es.«

Bis er es vorgeschlagen hatte, war es ihr nie in den Sinn gekommen, dass es möglich sein könnte, sich beim sexuellen Akt anders als passiv zu verhalten. Sie hatte immer nur ganz still dagelegen – vor Verwunderung und Genuss während der ersten Nacht und der vergangenen, aus schlichtem Über-sich-ergehen-Lassen während jener sieben Monate. Sie hatte nie an die Möglichkeit gedacht, eine Liebhaberin zu sein – hatte sich immer nur als die Geliebte oder Benutzte gesehen. Doch nun konnte sie sich ihr Vergnügen nehmen, wie es ihr beliebte, hatte er gesagt. Und getreu seinem Wort – obwohl sie genug von Männern wusste, um zu erkennen, dass es für ihn sehr schwierig sein musste – lag er völlig still da, obwohl er hart und heiß in ihr war.

Wie wollte sie es haben? Sie spreizte die Hände auf seiner Brust, erhob sich fast von ihm und ließ sich wieder nieder. Als sie die Bewegung immer und immer wiederholte, entdeckte sie, dass sie den Rhythmus bestimmen konnte, was sie stets für das alleinige Vorrecht des Mannes gehalten hatte, und fand es zutiefst erregend.

»Ah ja«, sagte er mit belegter Stimme und seine Hände berührten sanft ihre Hüften, »reite mich, Lily. Reite mich hart.«

Es war ein verblüffender, erotischer Vergleich. Sie ritt ihn hart und härter mit zusammengepressten Augen, um alles Fühlen auf ihr eigenes und sein Inneres zu konzentrieren, auf ihre vereinigten Ichs – *dorthin*. Sie war sich der Geräusche ebenso bewusst wie der Gefühle – ihr angestrengtes Atmen, das feuchte Saugen und Klatschen ihres Rittes, das Quietschen der Bettfedern. Und der Gerüche – Seife und Eau de Cologne und ein erloschenes Holzfeuer und der Moschus von Sex.

Doch dann war alles nach innen konzentriert, auf den einen Punkt tief in ihr, wo sie dem tiefen Abstieg immer widerstanden hatte und sich selbst jetzt dagegen sträubte, als sie hart darauf zuritt, sich immer mehr verkrampfte, bis Furcht ihre Konzentration schwinden ließ.

»Hab Vertrauen, Lily. Vertrau mir«, sagte seine Stimme. »Ich werde dich nicht nochmals im Stich lassen.«

Sie hatte ihm immer vertraut, würde ihm immer vertrauen. Und er hatte sie nie im Stich gelassen. Niemals.

Aber es kostete sie dennoch große Überwindung, sich zu öffnen, um erneut auf ihn hinabzureiten, ohne jeglichen Schutz vor dem Schmerz, vor dem Fall, vor dem Tod.

Sie öffnete sich – und öffnete sich und öffnete sich, als er schließlich die Hände fest in ihre Hüfte krallte und sie hielt, während er in sie fuhr und hinein und wieder hinein und noch tiefer und ...

Sie hörte sich aufschreien.

Sie verlor sich nicht vollständig bis zu dem Moment, da sie ihn tief in sich an jenem geheimen Ort kommen spürte, zu dem sie noch nie einem anderen Menschen Zutritt gewährt hatte, und sie beide trafen sich und verschmolzen und wurden eins.

Sekunden oder Minuten oder Stunden vergingen, bevor sie spürte, wie er ihren Körper auf sich zog und ihre Beine streckte, damit sie neben seinen liegen konnten. Aber sie war dem Schlaf zu nahe, um etwas entgegnen zu können, außer einen Augenblick ihre Muskeln anzuspannen und ihn zu spüren, immer noch warm, immer noch in ihr. Wenn sie sich nur nie wieder trennen müssten.

Sie fragte sich flüchtig, wie er es hatte wissen können, wie er genau in dem Moment, als sie sich dessen bewusst geworden war, ihre Angst hatte spüren können, wie er genau die richtigen Worte hatte finden können, mit denen er ihr liebevoll geholfen hatte loszulassen. Wie hatte er sich so kontrollieren können, dass er sich in genau dem Augenblick in sie ergoss, als sie sich verlor – als sie aufschrie, hatte sie tief in sich seine Hitze gespürt.

Sie lauschte, wie sich ihre Herzschläge beruhigten, und fühlte sich von den Zehen bis in die Haarspitzen von Wohlbehagen erfüllt. Sie wäre vollständig in den Schlaf gesunken, wenn die Luft nicht so kalt über ihr Beine und ihren Rücken gestrichen wäre. Aber andererseits fühlte es sich auch gut an, genau wie die Wärme seines Körpers unter ihr. Beides ließ sie sich lebendig fühlen und die seltsam gegensätzlichen Gefühle von Erschöpfung und Energie ließen sie erbeben.

»Wir können schlafen«, sagte er und seine Finger spielten mit ihrem verworrenen Haar und massierten ihre Kopfhaut, »oder wir können schwimmen gehen. Du kannst es dir aussuchen.«

Sie könnten genau so einschlafen, ganz ineinander verwoben und immer noch vereint. Er würde die Decken wieder über sie ziehen und sie würden sich in einen Kokon der Wärme kuscheln. Sie war herrlich entspannt und schläfrig. Oder sie konnten in die kühle Morgendämmerung hinausgehen und in das noch kühlere Wasser des Teiches springen.

Sie verzog das Gesicht. »Ich kann es mir aussuchen?«, fragte sie, ohne die Augen zu öffnen. Plötzlich lächelte sie. »Schwimmen natürlich. Da fragst du noch?«

»Nicht wirklich«, versicherte er ihr, lachte und rollte sich mit ihr auf dem Bett, sodass sie sich voneinander lösten und sich entflochten. »Du wärst nicht Lily, wenn du nicht ein eiskaltes Bad einem geruhsamen Schlaf vorziehen würdest. Der Letzte im Teich ist ein jämmerlicher Feigling.«

Sie konnte nicht riskieren, sich diese schmähliche Bezeichnung dadurch einzuhandeln, dass sie nach irgendwelchen Kleidungsstücken griff. Sie hatte den Vorteil, näher an der Schlafzimmertür zu sein. Er hatte den Vorteil längerer Beine. Sie hatte den Vorteil der Unbekümmertheit. Er stoppte kurz, um nach den Handtüchern zu greifen. Trotzdem erreichte er das farnbewachsene Ufer des Teiches eine ganze Sekunde vor ihr, aber er blieb stehen, um sich zu brüsten. Also tauchten sie im selben Moment ins Wasser –

zumindest einigten sie sich am Ende darauf, nachdem sie keuchend aus dem kalten Wasser aufgetaucht waren und die Sache atemlos und mit klappernden Zähnen erörtert hatten.

Sie schwammen und scherzten prustend und lachend vielleicht fünfzehn Minuten lang, bevor die unnachgiebige Kälte des Wassers und der unausweichliche Tagesanbruch sie unter großem Bedauern wieder hinaustrieben, um sich schnell trockenzureiben und in die Hütte zu rennen, wo sie sich hastig anzogen.

Es war das Ende einer Nacht, dachte Lily, in der Traum und Wirklichkeit miteinander verschmolzen waren. Nun waren jene beiden Gegensätze im Begriff, sich wieder zu trennen. Die Nacht war vorüber und der Tag trieb sie und Neville wieder zurück nach Newbury Abbey, wo sie sich in nichts ebenbürtig waren. Genau das war der Zauber dieser Nacht gewesen, begriff sie in einem Moment der Erkenntnis. Sie waren in dieser Nacht Gleichgestellte gewesen, keiner von beiden dem anderen überlegen oder unterlegen. Sie waren als Liebhaber gleichgestellt gewesen. Aber zwei Menschen konnten nicht unter Ausschluss der Welt leben. Und es gab sonst keinen Ort, wo es zwischen ihnen irgendeine Art von Gleichstellung gab. Auf Newbury Abbey war sie in jeder nur erdenklichen Hinsicht die bei weitem Unterlegene.

»Möchtest du hierbleiben und schlafen, während ich zurück zum Haus gehe?«, fragte er, als sie beide angezogen waren. »Du hattest nicht viel Zeit, dich auszuruhen, nicht wahr?«

Es war verlockend. Aber sie wusste, dass sie es nicht ertragen würde, ihren Traum von ihr fortgehen zu sehen. Sie musste sich selbst davon entfernen. Nur so konnte sie hoffen, der Wirklichkeit wieder gewachsen zu sein.

Sie schüttelte den Kopf und lächelte. »Es ist Zeit, nach Hause zu gehen«, sagte sie und benutzte absichtlich die Worte *nach Hause*, obwohl sich Newbury Abbey nicht so anfühlte, wie sie es sich für ein Zuhause immer vorgestellt hatte.

»Ja.« Sie konnte kaum glauben, dass sie in seinen Augen den Ausdruck von Traurigkeit gesehen hatte. Er spürte es also auch – jene Unmöglichkeit, von der diese eine Nacht der Leidenschaft, sie stürmisch hatte glauben machen wollen, das sie letztendlich vielleicht doch möglich war.

Er hielt ihre Hand, bis sie aus dem Tal geklettert waren. Und obwohl sie nicht wusste, wann genau er sie losgelassen hatte, bemerkte Lily, als sie nebeneinander über die Wiese zu den Stallungen gingen, dass sie sich nicht mehr berührten. Sie sprachen auch nicht mehr.

Sie gingen nach Hause.

Kapitel 14

Seit ihrem ruinierten Hochzeitstag hatte Lauren Schwierigkeiten zu schlafen. Und zu essen. Und den Eindruck zu vermitteln, geduldig und fröhlich und liebevoll und pflichtbewusst zu sein. Sie hatte niemals in ihrem Leben daran gedacht, all dem ein Ende zu setzen. Aber in den Tagen nach jenem fürchterlichsten Tag ihres Lebens, als sie an dem einen Ende des Kirchenschiffes gestanden hatte und Neville an dem anderen und Lily zwischen ihnen, gab es Augenblicke, in denen sie wünschte, ihr Leben würde einfach von sich aus enden, sie würde einschlafen und nie wieder aufwachen.

Und es gab weitaus mehr Augenblicke, in denen sie sich wünschte, Lily möge diejenige sein, die das Sterben übernähme.

Sie hatte sich angewöhnt, im Morgengrauen aufzustehen, manchmal länger als eine Stunde im Morgensalon zu sitzen und zu lesen, ohne auch nur eine Seite umzuschlagen, und manchmal allein draußen umherzuwandern.

Nach Lily Ausschau haltend.

Sie erinnerte sich an den Morgen nach der Trauung, als Lily am Strand gewesen und dann über die Felsen in das untere Dorf gelaufen und über die Auffahrt zurückgekehrt war, wo sie auf Lauren und Gwen traf. Sie wusste, dass

Lily oft aus dem Haus flüchtete, um allein zu sein. Lily zu beobachten, all ihre furchtbaren Unzulänglichkeiten zu beobachten, zu versuchen, ihre Schönheit und ihren natürlichen Charme zu verleugnen, war für Lauren zu einer Art Besessenheit geworden.

Sie hatte sich selbst nie als eine eitle Frau betrachtet. Aber warum hatte Neville *sie* verlassen und dann *Lily* geheiratet? Was hatte sie an sich, das jeden veranlasste, sie zu verlassen oder zurückzuweisen? Was hatte Lily an sich, das jeden anzog? Alle Männer des Hauses waren halb verliebt in sie. Und selbst die Frauen ließen sich für sie erweichen. Sogar Gwen …

Ihre Wanderungen führten sie an jenem bestimmten Morgen zum Strand, wohin sie schon so oft erfolglos gegangen war. Der Strand hatte nie zu den von ihr bevorzugten Teilen des Parks gehört. Sie hatte stets die gepflegte Schönheit der Wiesen und Blumengärten und den Rhododendronweg vorgezogen. Die Wildheit des Strandes und des Meeres waren ihr zu elementar, zu beängstigend. Sie erinnerten sie unentwegt daran, wie nahe sie stets am Rande des Chaos gelebt hatte. Letztendlich gehörte sie nach Geburtsrecht nicht nach Newbury Abbey. Sie konnten sie jederzeit fortschicken. Wenn sie sich nicht fügte …

Sie befand sich auf halbem Weg den Hügel hinab, als sie die Stimmen und das Lachen vernahm. Zuerst wusste sie nicht genau, woher sie kamen. Doch als sie weiter hinabstieg – langsamer und vorsichtiger als zuvor –, erkannte sie, dass sie von dem Teich am Fuße des Wasserfalls kamen. Und dann sah sie sie – Neville und Lily – dort baden. Wenn sich ihre schockierten Augen nicht täuschten, dachte sie, als sie nach einem ersten, kurzen Blick auf die zwei im Wasser himmelwärts blickte, waren sie beide nackt. Sie lachten miteinander wie sorglose Kinder – oder wie Liebende. Sie konnte sie noch immer hören, obwohl der Klang ihres eigenen angestrengten Atmens die Geräusche fast erstickte. Und sie konnte vor ihrem geistigen Auge immer noch die Tür der Hütte weit offen stehen sehen, als ob sie dort die Nacht verbracht hätten.

Sie waren verheiratet, sagte sie sich, als ihre verschreckten Schritte sie über den Waldpfad zu den Eingangstoren und zum Witwenhaus führten. Natürlich waren sie Liebende. Und natürlich hatten sie jedes Recht …

Doch plötzlich kam Lauren eine Erkenntnis, die ihr Herz und beinahe auch ihren Verstand gefrieren ließ. Sie wäre niemals in der Lage gewesen, so etwas zu tun. Sie wäre niemals in der Lage gewesen, mit ihm … mit ihm *nackt* zu sein. Und ohne jede Verlegenheit Spaß zu haben. Sie wäre nicht einmal in der Lage gewesen, mit ihm auf diese Art zu lachen – mit all der Sorglosigkeit zweier Menschen, die das Glück des Augenblicks genossen. Sie hatten, natürlich, gelacht, als sie Kinder waren, sie und Gwen und Neville. Und gewiss hatten sie auch danach noch gelacht. Aber nicht so.

Sie wäre nicht in der Lage gewesen, ihm solche Freude zu bereiten, wie es Lily offensichtlich möglich war.

Eine beängstigende Erkenntnis. Die Vorstellung, dass sie und Neville zusammengehörten, dass sie füreinander geschaffen waren, dass sie einander liebten, war so sehr Teil ihres geordneten Weltbildes, an das sie sich ihr ganzes Leben lang geklammert hatte, dass sie nicht sicher war, ob sie es gesunden Geistes überstehen würde, diese Vorstellung aufgeben zu müssen.

Sie würde sie nicht aufgeben. Sie liebte ihn wirklich. Mehr als Lily. Lily konnte ihn vielleicht auf diese rohe, körperliche Art lieben, aber Lily konnte weder lesen noch schreiben oder sich mit ihm über Themen unterhalten, die ihm etwas bedeuteten. Sie konnte nicht für ihn das Haus führen oder seine Freunde unterhalten oder die hundertundeine Aufgabe seiner Gräfin übernehmen. Sie konnte ihn nicht dazu bringen, stolz auf sie zu sein. Sie konnte ihn nicht durch und durch so kennen wie jemand, der mit ihm aufgewachsen war, und zweifelsfrei wissen, was zu tun war, um sein Wohlbefinden und sein Glück sicherzustellen.

Lily war ihm nicht seelenverwandt.

Doch Lily war Nevilles Frau.

Plötzlich blieb Lauren auf dem Pfad stehen und zog den dunklen Umhang fester um sich. Ihr fröstelte trotz ihres langen Spaziergangs.

Es war nicht fair.

Es war nicht *recht*.

Wie sie Lily hasste. Und wie die Gewalttätigkeit ihrer eigenen Gefühle sie verängstigte. Als eine Dame hatte sie zeit ihres Lebens Zurückhaltung und Güte und Nettigkeit praktiziert. Wenn sie brav war, hatte sie als Kind geglaubt, würde jeder sie lieben. Wenn sie eine perfekte Dame war, hatte sie gedacht, als sie älter wurde, würde jedermann sie wertschätzen und ihr vertrauen und sie lieben.

Neville würde ihr vertrauen und sie lieben. Endlich hätte sie einen Ort, wo sie wirklich hingehörte.

Aber er war fortgegangen und hatte Lily geheiratet. *Lily!* Das genaue Gegenteil dessen, womit sie, Lauren, immer geglaubt hatte, ihn letztendlich für sich gewinnen zu können.

Sie wünschte sich, Lily wäre tot. Sie wünschte sich Lilys Tod.

Sie wünschte, Lily möge sterben.

Lauren stand eine ganze Weile auf dem Pfad, in ihren Umhang gehüllt, zitternd unter der ungewohnten Heftigkeit ihres Hasses.

***

Getragen von frischer Hoffnung kehrte Lily zum Herrenhaus zurück. Sie war nicht so naiv zu glauben, dass sich all ihre Probleme wie durch Magie in Luft auflösen würden, aber sie spürte, dass sie die Kraft und Neville die Geduld hatte, eins nach dem andern anzugehen und zu lösen.

Dolly erwartete sie schon in ihrem Ankleidezimmer, als sie eintrat. Sie betrachtete ihre Herrin von Kopf bis Fuß und schüttelte den Kopf.

»Ihr werdet Euch noch den Tod holen, Mylady«, schimpfte sie. »Euer Haar ist nass. Und Ihr habt nichts an den Füßen. Ich weiß nicht, was ich Seiner Lordschaft sagen soll, wenn Ihr Euch erkältet.«

Lily lachte. »Ich war mit ihm zusammen, Dolly«, sagte sie.

»Ach du meine Güte«, sagte Dolly, vorübergehend fassungslos. »Lasst mich Euch aus dem Kleid helfen, Mylady.« Sie war immer leicht schockiert, wenn Lily etwas tat, was ihrer Meinung nach Dienstmädchen vorbehalten war – wie zum Beispiel sich selbst ein Kleidungsstück an- oder auszuziehen.

Lily kicherte. »Und sein Haar ist ebenfalls nass, Dolly«, sagte sie, »obwohl ich glaube, dass sein Kammerdiener im Gegensatz zu dir keine Probleme haben wird, sein Haar zu kämmen. Wir waren schwimmen.«

»Schwimmen?« Dollys Augen weiteten sich vor Schreck. »Zu dieser Tageszeit? Im *Mai*? Ihr und Seine Lordschaft? Ich dachte immer, er wäre …« Sie stockte, als ihr einfiel, mit wem sie sprach, und drehte sich um, um das Hauskleid zu holen, das sie für ihre Herrin herausgelegt hatte.

»Vernünftig?« Lily lachte noch einmal. »Das war er wahrscheinlich, Dolly, bis ich hierher kam, um ihn zu verführen. Wir sind zusammen im Teich geschwommen – letzte Nacht und noch einmal heute Morgen. Es war wundervoll.« Sie erlaubte Dolly, ihr das Kleid über den Kopf zu ziehen, und drehte sich gehorsam um, damit es am Rücken zugeknöpft werden konnte. »Ich glaube, ich werde von jetzt an jeden Tag meines Lebens schwimmen gehen. Was glaubst du, wird die Gräfinwitwe davon halten?«

Als Lily sich hinsetzte, um frisiert zu werden, trafen sich ihre und Dollys Augen im Spiegel und sie brachen beide in Gelächter aus.

Als Dolly sich die Bürste genommen hatte und überlegte, an welcher Stelle sie die entmutigende Aufgabe angehen sollte, Lilys Haar zu bändigen, kam ihr ein anderer Gedanke. »Wie kommt es, dass Eure Unterwäsche nicht nass ist, Mylady?«, fragte sie.

Aber die Antwort fiel ihr ein, noch während sie fragte, und sie lief hochrot an. Beide lachten wieder ausgelassen.

»Ich kann nur sagen«, meinte Dolly, während sie kräftig bürstete, »es ist sehr gut, dass niemand vorbeikam und Euch gesehen hat.«

Beide schnaubten übermütig.

Lily war fest entschlossen, sich die Heiterkeit zu bewahren, mit der sie den Tag begonnen hatte. Nach dem Frühstück, als die Damen, wie sie wusste, wie gewöhnlich in den Morgensalon gingen, um Briefe zu schreiben und Konversation zu treiben und an ihren Stickarbeiten zu sitzen, ging sie hinunter in die Küche und half, den Brotteig zu kneten und etwas Gemüse zu schneiden, während sie sich fröhlich an der Unterhaltung beteiligte – die Dienerschaft, war sie froh zu bemerken, gewöhnte sich langsam an ihre Anwesenheit und verlor ihre Verlegenheit. Tatsächlich schimpfte die Köchin sie schon bald aus.

»Bist du immer noch nicht fertig mit den Möhren?«, fragte sie energisch. »Du solltest weniger reden …« Und dann wurde ihr bewusst, mit wem sie da sprach, genau wie allen anderen in der Küche. Alle erstarrten.

»Ach du meine Güte«, sagte Lily lachend. »Sie haben völlig Recht, Mrs. Lockhart. Ich werde kein einziges Wort mehr sagen, bis alle Möhren geschnitten sind.«

Nach einer vollen Minute verlegener Stille, die nur von dem Geräusch ihres Messers auf dem Hackbrett unterbrochen wurde, lachte Lily erneut fröhlich auf.

»Zumindest«, sagte sie, »brauche ich keine Angst zu haben, dass Mrs. Ailsham mich *rauswirft*, oder?«

Alles lachte, vielleicht ein wenig zu herzlich, aber dennoch gelöst. Lily schnitt die Möhren fertig und setzte sich dann mit einer Tasse Tee und der knusprigen, warmen Kruste eines frisch gebackenen Brotes hin, bevor sie widerwillig wieder nach oben ging. Aber sie strahlte erneut, als ihre Schwiegermutter sie fragte, ob sie Lust habe, mit ihr nach dem Mittagessen ein paar Besuche im oberen Dorf zu machen und im unteren Dorf zwei Essenskörbe abzugeben – einen bei einem älteren Mann, der krank gewesen war, und einen bei der Frau eines Fischers, die im Kindbett lag.

Aber das Abgeben der Körbe, erfuhr Lily später, als sie bei den Fräulein Taylor im Salon saßen und die unvermeidliche Tasse Tee tranken, sollte durch einen Stellvertreter erledigt werden. Der Kutscher hatte sie den Hügel hinunterzutragen und bei den entsprechenden Hütten abzuliefern.

»O nein«, protestierte Lily und sprang auf. »Ich werde sie nehmen.«

»Meine liebe Lady Kilbourne«, sagte Miss Amelia, »welch ein zutiefst gütiger Gedanke.«

»Aber der Hügel ist zu steil für eine Kutsche, Lady Kilbourne«, erklärte Miss Taylor.

»Oh, ich werde laufen.« Lily strahlte übers ganze Gesicht. Sie war seit dem Morgen, an dem sie über die Felsen dorthin gelangt war, nicht mehr unten in Lower Newbury gewesen. Sie freute sich über die Gelegenheit, dorthin zurückzukehren.

»Lily, mein Liebes.« Die Gräfinwitwe lächelte sie kopfschüttelnd an. »Es ist absolut unnötig, dass du persönlich hingehst. Man erwartet das nicht.«

»Aber ich *möchte* gehen«, versicherte Lily.

Und so begab sich die Gräfinwitwe, nachdem sie einige Minuten später das elegante Häuschen der Taylor-Fräuleins verlassen hatten, zum Vikariat, während Lily beschwingten Schrittes mit einem großen Korb auf dem Arm den steilen Hügel hinabtänzelte. Der Kutscher, der den anderen Korb trug, hatte beide nehmen wollen, aber sie hatte darauf bestanden, ihren Teil der Last zu tragen. Und sie wollte ihm nicht gestatten, einige Schritte hinter ihr zu laufen. Sie ging neben ihm und schon bald hatte sie ihn dazu gebracht, von seiner Familie zu erzählen – er hatte vor einem Jahr eines der Zimmermädchen geheiratet und vor kurzem hatten sie einen kleinen Sohn bekommen.

Mrs. Gish, die einen Tag zuvor nach langen und schweren Wehen ihr siebtes Kind zur Welt gebracht hatte, mühte sich mit Hilfe einer älteren Nachbarin, ihr Haus und ihre junge Familie in Ordnung zu halten. Lily hatte schon bald den Hauptraum gefegt, den Tisch abgedeckt und gewischt, einen Stapel schmutziger Teller gespült und abgetrocknet und einen blutigen Kratzer an einem Kinderknie gesäubert und mit einem sauberen Lappen verbunden.

Der alte Mr. Howells, der pfeiferauchend vor der Hütte seines Enkels saß und wehmütig dreinblickte, brauchte dringend ein Ohr, das gewillt war, seinen langatmigen Erinnerungen an seine Tage als Fischer – und Schmuggler – zu lauschen. O ja, versicherte er der interessierten Lily, sie hatten damals einen ordentlichen Anteil am Schmuggel in

Lower Newbury gehabt, das hatten sie. Wahrhaftig, er konnte sich erinnern, wie …

»Mylady«, sagte der Kutscher schließlich nach respektvollem Räuspern – er hatte in einiger Entfernung gestanden –, »Ihre Ladyschaft hat einen Diener vom Vikariat geschickt …«

»Oh, gütiger Himmel«, sagte Lily und stand auf. »Sicherlich wartet sie darauf, zur Abbey zurückzukehren.«

Die Gräfinwitwe wartete tatsächlich – und zwar schon seit fast zwei Stunden. Vor dem Vikar und seiner Frau legte sie Großmut an den Tag. Und auch auf dem Heimweg in der Kutsche zeigte sie sich großmütig.

»Lily, mein Liebes«, sagte sie und legte eine behandschuhte Hand über die ihrer Schwiegertochter, »es ist wie ein frischer Windhauch, der über uns hinwegweht, zu beobachten, wie du dich um Nevilles ärmere Pächter kümmerst. Und dein Lächeln und dein Charme schaffen dir Freunde, wo immer du hingehst. Wir alle haben dich ganz ausgesprochen lieb gewonnen.«

»Aber?«, sagte Lily und wandte den Kopf ab, um aus dem Fenster zu schauen. »Aber ich bin für euch alle eine Last.«

»Oh, mein Liebes.« Die Witwe tätschelte ihre Hand. »Nein, das ist es nicht. Ich denke, du hast uns genauso viel beizubringen, wie wir dir beibringen müssen. Aber wir müssen dir in der Tat sehr viel beibringen, Lily. Du bist Nevilles Gemahlin und er ist dir ganz offensichtlich sehr zugetan. Ich bin froh darüber, denn ich liebe ihn sehr, weißt du. Aber du bist auch seine *Gräfin.*«

»Und ich bin auch die Tochter eines einfachen Soldaten«, sagte Lily und in ihrer Stimme schwang eine gewisse Verbitterung mit. »Ich bin auch jemand, der nichts über das Leben in England und in einem festen Zuhause weiß.

Und noch weniger von dem Leben einer Dame, ganz zu schweigen von dem einer Gräfin.«

»Zum Lernen ist es nie zu spät«, sagte ihre Schwiegermutter energisch, aber nicht unfreundlich.

»Wenn alle jeden meiner Schritte beobachten, um einen Fehler zu finden?«, fragte Lily. »Oh, aber das ist ungerecht, ich weiß. Alle sind sehr freundlich. *Ihr* seid freundlich. Ich werde es versuchen. Wirklich. Aber ich bin nicht sicher, ob ich … mich selbst aufgeben kann.«

»Meine liebe Lily.« Die Witwe klang ernsthaft besorgt. »Niemand erwartet von dir, dass du dich selbst aufgibst, wie du es ausdrückst.«

»Aber ich habe das Bedürfnis, mich in Lower Newbury unters Fischervolk zu mischen«, sagte Lily. »Dort fühle ich mich wohl. Dort gehöre ich hin. Muss ich lernen, huldvoll zu jenen Menschen herabzunicken und nicht mit ihnen zu reden oder ihnen persönliche Anteilnahme zukommen zu lassen und ihre Kinder im Arm zu halten?«

»Lily.« Ihre Schwiegermutter hatte offensichtlich nicht die Absicht, sich weitergehend dazu zu äußern.

»Ich werde es versuchen«, wiederholte Lily nach ein oder zwei Minuten des Schweigens. »Ich bin nicht sicher, ob ich jemals die Person sein kann, die Ihr in mir zu sehen wünscht. Ich bin nicht sicher, ob ich aufhören möchte, ich selbst zu sein. Und ich kann nicht erkennen, wie ich beides gleichzeitig sein könnte. Aber ich verspreche, dass ich es versuchen werde.«

»Das ist alles, worum wir dich bitten können«, sagte die Witwe und tätschelte ihr erneut die Hand.

Aber als sie nach ihrer Rückkehr zum Haus in ihre Zimmer hinaufrannte, fühlte Lily sich wie eine elende, hoffnungslose Versagerin, die Neville nur der Lächerlichkeit preisgeben würde, wenn sie sich nicht änderte.

Es war für Lily ein glücklicher Tag gewesen – erstaunlich glücklich. Mit der Erinnerung an die letzte Nacht und an diesen Morgen, die sowohl in ihrem Geist als auch in ihrem Körper lebendig waren, und der Hoffnung, dass er vielleicht heute Nacht erneut zu ihr kommen würde, hatte sie den Tag so gelebt, wie sie es sich gewünscht hatte – genau so, wie er es von ihr erwartete – und sie war glücklich gewesen. Aber nur, weil sie sich von der Realität entfernt hatte. Sie war nicht einer der Dienstboten auf Newbury Abbey – sie war die Gräfin. Und sie gehörte nicht zum Fischervolk – sie waren die Pächter ihres Gatten. Sie hatte die Menschen gemieden, mit denen sie den Tag hätte verbringen sollen, wenn sie eine gute Gräfin wäre. Sie hatte sich nicht wirklich bemüht zu lernen, die Gräfin zu sein, die sie dem Namen nach war.

Aber offensichtlich war sie unverbesserlich. Anstatt nach Dolly zu läuten und sich umzuziehen und zum Tee nach unten zu gehen und damit Wiedergutmachung zu leisten, riss sich Lily das hübsche, mit Zweigmuster verzierte Musselinkleid vom Leib, sobald sie ihr Ankleidezimmer erreicht hatte, sprang in ihr altes Baumwollkleid, griff sich ihren alten Schal und hastete die Hintertreppe hinunter zum Seitenausgang. Sie rannte über die Wiese und rutschte und strauchelte den Hügel hinab, wobei sie nach den Riesenfarnen griff, um sich Halt zu verschaffen. In das Tal warf sie nicht einmal einen kurzen Blick – sie wollte in ihrem momentanen Gemütszustand nicht ihre Erinnerungen zerstören –, sondern rannte zum Strand und am Wasser entlang, das Gesicht himmelwärts gerichtet, die Arme seitlich ausgestreckt, damit sie den vollen Widerstand des Windes spüren konnte.

Nach wenigen Minuten beruhigte sie sich wieder. Sie würde sich anpassen können, sagte sie sich. Sie musste sich anstrengen, aber sie konnte es schaffen, wenn sie es versuchte. Sie hatte fast ihr ganzes Leben damit verbracht, sich ständig wechselnden Umständen anzupassen. Sie zwang sich, an die größte Herausforderung von allen zu denken. Sie hatte Fügsamkeit und Gehorsam gelernt – und sogar die spanische Sprache –, als Mittel zum Überleben. Wenn sie *das* geschafft hatte, konnte sie gewiss auch lernen, eine Dame und eine Gräfin zu sein.

Die Ebbe hatte eingesetzt. Die Felsen, die den Strand mit der kleinen Bucht von Lower Newbury verbanden, ragten halb aus dem Wasser. Lily erklomm sie. Nicht, dass sie vorgehabt hätte, wieder den ganzen Weg ins Dorf zu gehen, aber sie hatte das Bedürfnis, mehr Energie zu verbrauchen, als ihr ein Spaziergang oder ein Lauf über den Strand abverlangt hätten. Und auf den Felsen erwartete sie ein tiefes Gefühl von Wildnis und Abgeschiedenheit, mit dem Meer auf der einen und einer fast senkrecht abfallenden Felswand auf der anderen Seite. Nach einer Weile blieb sie stehen und drehte den Kopf, um über das Meer zu blicken.

Doch in diesem Moment hörte sie ein Geräusch, das weder vom Ozean noch vom Wind oder den Möwen verursacht worden war. Ein Geräusch, das sie nicht zuordnen konnte, das sie allerdings trotzdem fast augenblicklich in Panik erstarren ließ. Sie sah sich beunruhigt nach rechts und links um, aber da war nichts. Niemand. Sie konnte beide Richtungen gut überblicken.

Aber das Gefühl wollte nicht weichen. Was war es, das sie gehört hatte? Das Knirschen von Steinen?

Sie sah nach oben.

Alles ging so schnell, dass es auch im Nachhinein schwierig war, den Ablauf zu beschreiben – sogar mit klarem Kopf. Doch davon war Lily im Augenblick weit entfernt. Sie sah jemanden auf der Felsspitze über ihr stehen – eine

Gestalt in einem dunklen Umhang. Und dann verwandelte sich die Gestalt in einen großen Felsbrocken, der auf sie herabstürzte. Sie drehte sich weg auf die Felswand zu und er krachte genau dort zu Boden, wo sie gestanden hatte – ein gewaltiger Findling, der sie ohne jeden Zweifel getötet hätte.

Sie presste sich mit dem Rücken gegen die Felswand und ihre Hände versuchten krampfhaft, sich links und rechts von ihr festzukrallen. Und sie starrte auf den Felsbrocken, der ihr Tod gewesen wäre, und ihr Herz hämmerte ihr in der Kehle und in den Ohren, dass es ihr den Atem und das Denken nahm.

Es war ein Unfall, war ihr erster zusammenhängender Gedanke. Der Stein hatte sich durch Erosion im Laufe der Zeit gelöst – so hatte sie es gelernt – und war heruntergefallen. Als sie sich umschaute, erkannte sie, dass die Felsen in ihrer Umgebung mit ähnlichen Findlingen übersät waren, die schon früher heruntergefallen sein mussten.

Nein, es war kein Unfall. Der Stein war geworfen worden – von jemandem in einem dunklen Umhang. Von dem Herzog von Portfrey? Das war lächerlich. Von Lauren? *Lächerlich!* Natürlich war niemand dort oben gewesen. In jenen Sekundenbruchteilen hatte sie mit dem fallenden Stein Gefahr auf sich zukommen sehen und sie mit jener Gefahr in Zusammenhang gebracht, mit der sie sich seit jenem Nachmittag auf dem Rhododendronweg beschäftigt hatte.

Aber es war jemand dort gewesen!

War er noch immer da, stand über ihr und versuchte festzustellen, ob der Mordanschlag geglückt war? Oder war es eine *Sie*?

Warum sollte jemand sie umbringen wollen?

Kam der vermeintliche Mörder etwa in diesem Moment den Hügelpfad herunter durch das Tal und ging hinüber zu den Felsen, um nachzusehen, ob er erfolgreich gewesen war? Oder *sie*?

Lily war erneut kopflos vor Panik. Sie befürchtete, zu Staub zu zerfallen, wenn sie auch nur einen Muskel bewegte. Aber wenn sie sich nicht bewegte, würde sie hier womöglich bis in alle Ewigkeit stehen. Wenn sie sich nicht bewegte, konnte sie unmöglich ihr Schicksal selbst in die Hand nehmen. Erinnerungen an ähnliche Momente während des langen, beängstigenden Marsches durch Spanien und Portugal kamen in ihr hoch. Einige Male hatte sie fast die Nerven verloren, als sie hinter jedem Felsen Partisanen vermutete und fürchtete, dass sie ihr ihre Geschichte nicht glauben würden.

Mit zitternden Knien löste sie sich von der Felswand und atmete langsam ein. Sie blickte nach oben. Da war niemand – natürlich nicht. Es war auch niemand unten am Strand zu sehen – zumindest noch nicht. Sie war versucht, sich in die entgegengesetzte Richtung aufzumachen, in der Hoffnung, die Ebbe möge weit genug fortgeschritten sein, dass sie das Dorf und die Gesellschaft anderer Menschen erreichen konnte. Aber sie wollte nicht vor ihrer Angst davonlaufen. Sie würde sie niemals besiegen können, wenn sie das tat. Sie kletterte vorsichtig über die Felsen zum Strand zurück. Da war niemand. Es war auch niemand im Tal oder auf dem Hügel.

Es war überhaupt niemand da gewesen, sagte sie sich entschlossen, als sie hastig den Hügel erstieg. Oben angekommen zwang sie sich, dem Waldpfad zu folgen, bis sie glaubte, in der Nähe der Stelle zu sein, und suchte sich dann ihren Weg durch die Bäume, bis sie auf offenes Land kam, das an der Felskante endete. Ja, sie war ungefähr an der richtigen Stelle, obwohl sie sich nicht der Felskante näherte, um sich zu vergewissern. Es war niemand da und es gab kein Anzeichen dafür, dass irgendjemand dort gewesen war.

Sie hatte nur einen Felsen gesehen.

Sie begnügte sich mit dieser Erklärung, bis sie sich dem Haus näherte. Die Panik kehrte zurück, als die Sicherheit der Mauern näher kam. Vielleicht, dachte sie, wäre sie durch den Haupteingang gerannt, hätte nach Neville gefragt und sich in die Sicherheit seiner Arme gestürzt, hätte sie vergessen, wie sie aussah. Aber sie hatte es nicht vergessen und so ging sie zum Seiteneingang und stieg über die Hintertreppe zu ihren Gemächern. Sie wusch sich und zog sich um und ihre Hände hörten langsam wieder auf zu zittern.

Es klopfte, die Tür öffnete sich zur Hälfte und es erschien Dollys Kopf.

»Oh, Ihr seid tatsächlich hier, Mylady«, sagte sie. »Seine Lordschaft hat Euch gesucht. Er wartet in der Bibliothek, Mylady.«

»Danke, Dolly.«

Lily musste ihre ganze Willenskraft aufbieten, um nicht mit undamenhafter Hast zu eilen. Er war in der Bibliothek und wartete auf sie. Sie konnte nicht schnell genug zu ihm kommen. Mehr als alles auf der Welt wollte sie seine Arme um sich spüren. Sie wollte sich mit ihrem Körper an ihn pressen und seine Wärme und Kraft spüren. Sie wollte den Kopf an seine Schulter legen und seinen gleichmäßigen Herzschlag hören.

Sie wollte in ihn hineinkriechen.

Kapitel 15

Die Nachmittagspost hatte die restlichen Antworten gebracht, auf die Neville gewartet hatte. Aber Lily war nirgendwo zu finden gewesen. Sie war zwar mit seiner Mutter aus dem Dorf zurückgekehrt, aber nicht zum Tee erschienen. Das überraschte ihn nicht, nachdem ihm seine Mutter vom Nachmittag berichtet hatte. Zwei Stunden im Vikariat auf dem Trockenen zu sitzen, hatte sie ernsthaft in Verlegenheit gebracht. Er zweifelte nicht daran, dass Lily auf dem Heimweg sanft gerügt worden war.

Er hätte ihren langen Aufenthalt im unteren Dorf amüsant gefunden, wäre er nicht so angespannt gewesen. Er war eine knappe halbe Stunde im Salon geblieben und seitdem unentwegt in der Bibliothek auf und ab gelaufen. Es war ihm nicht möglich gewesen, sich anderen Aufgaben zu widmen.

Endlich hörte er ein Klopfen an der Tür, sie öffnete sich und dicht hinter dem Diener stürzte Lily herein und blieb vor ihm stehen, gerötet und lächelnd. Er reichte ihr beide Hände und sie legte ihre hinein.

»Lily.« Er hob ihre Hände an seine Lippen und beugte sich dann vor, um sie auf den Mund zu küssen. Doch er hielt inne, nahm den Kopf zurück und blickte ihr forschend in die Augen. »Was hast du?«

Sie zögerte und ihre Hände drückten die seinen fester. »Nichts«, sagte sie atemlos. »Es war nur eine Torheit.«

»Wieder die Schatten?«, fragte er. Er hatte gehofft, dass die vergangene Nacht sie für immer verbannt hätte. Aber er durfte nicht erwarten, dass alle Probleme so leicht zu lösen waren.

Sie schüttelte den Kopf und lächelte. »Du wünschtest mich zu sehen?«

»Ja. Komm und setz dich.« Er hielt ihre Hand und führte sie zu einem der Ledersessel, die den Kamin flankierten. Nachdem sie sich gesetzt hatte, ließ er sich in dem anderen Sessel nieder. »Hat meine Mutter dich gekränkt? Ist es das? Hat sie mit dir geschimpft?«

»Oh.« Sie biss sich auf die Lippe. »Nein, nicht wirklich. Sie meint es gut. Sie ist der Auffassung, dass ich mir mehr Mühe geben sollte, mich so zu verhalten, wie es sich für die Gräfin von Kilbourne geziemt, und sie hat natürlich Recht. Ich habe sie ... oh, ich habe sie sehr lange warten lassen. Ich glaube, es ist ihr nicht in den Sinn gekommen, dass ich nach Hause hätte laufen können.«

Nein, natürlich nicht. »Ich könnte wetten«, sagte er, »dass meine Pächter heute Nachmittag von dir zutiefst beeindruckt waren. Du hast die Gabe, Menschen zu beeindrucken.« Ihn eingeschlossen.

Sie sah ihn an, äußerte sich aber nicht. Er spürte plötzlich eine gewisse Nervosität und lehnte sich in seinen Sessel zurück. Er hatte sie nicht hierher gebeten, um mit ihr über die Ereignisse des Nachmittags zu sprechen. Er wusste einfach nicht, wie er das Thema anschneiden sollte, über das er mit ihr zu reden hatte. Er musste es einfach aussprechen, dachte er.

»Wir werden Morgen früh nach London aufbrechen«, ließ er sie wissen. »Nur du und ich, Lily. Ich hatte zuerst vor, allein zu reisen, aber als ich mir die Sache genauer überlegte, erkannte ich, dass es besser wäre, dich mitzunehmen.«

»Nach London?«

Er nickte. »Ich muss eine Sondergenehmigung beschaffen«, erklärte er. »Ich muss sie in London besorgen und dann können wir heiraten. Ich schätze, es dürfte nicht länger als eine Woche dauern. Aber es könnte in bestimmten Köpfen, die nicht verwirrt zu werden brauchen, dennoch für Verwirrung sorgen.

»Eine Sondergenehmigung.« Sie sah ihn ausdruckslos an.

»Eine Ehegenehmigung. Damit wir heiraten können, Lily, ohne ein Aufgebot bestellen zu müssen.« Er erklärte die Angelegenheit wirklich nicht besonders gut, dachte er unbehaglich.

»Aber wir *sind* verheiratet.« Ausdruckslosigkeit wurde zu Verwirrung.

»Ja.« Er bemerkte, wie sich seine Hände in die Armlehnen des Sessels krallten. Er lockerte sie. »Ja, das sind wir, Lily, in jeder Hinsicht, die für uns zählt. Aber die Kirche und der Staat nehmen es mit einigen eher unwichtigen Details sehr genau. Reverend Parker-Rowe ist bei dem Angriff ums Leben gekommen und seine Habseligkeiten wurden bei seiner Leiche zurückgelassen. Captain Harris bestätigte diese Tatsache in einem Brief, den ich gestern erhielt. Heute erhielt ich Antwortschreiben auf einige weitere Briefe, die ich am Tag deiner Ankunft geschrieben habe. Unsere Heiratspapiere sind verloren gegangen, bevor sie ordnungsgemäß registriert werden konnten. Unsere Heirat scheint in den Augen der Kirche und des Staates nicht zu existieren. Wir müssen die Zeremonie noch einmal vollziehen.«

»Wir sind nicht verheiratet?« Ihre blauen Augen hatten sich geweitet und starrten ohne ein Zwinkern in seine.

»Wir *sind* es, Lily«, versicherte er ihr eiligst. »Aber wir müssen die maßgeblichen Stellen zufrieden stellen, indem wir es vor dem Gesetz absichern. Niemand außer uns braucht davon zu erfahren. Wir werden nach London gehen – vielleicht für ein oder zwei Wochen, Einkäufe machen, einige der Sehenswürdigkeiten besuchen, vielleicht sogar an einigen gesellschaftlichen Ereignissen der Saison teilnehmen. Und dann werden wir mit einer Sondergenehmigung heiraten. Ich werde nicht zulassen, dass das Ganze für dich zu einer Belastung wird. Niemand wird es erfahren.«

Er wollte ihr um jeden Preis den Schrecken ersparen, sich unendlich allein und verlassen zu fühlen. Er war sich sehr wohl bewusst, dass sie niemanden außer ihn hatte. Er wollte nicht, dass sie glaubte, auch nur für einen einzigen Moment glaubte, dass er dieses kleine Schlupfloch nutzen könnte, um sich aus dem Versprechen, das er ihr gegeben hatte, herauszuwinden.

»Wir sind nicht verheiratet.« Es gab nichts in ihren Augen, was darauf schließen ließ, dass sie zugehört hatte. Sie blickte wie betäubt drein. Ihr Gesicht war bleich.

»Lily«, sagte er mit fester Stimme, »du brauchst keine Angst zu haben. Ich habe nicht vor, dich zu verlassen. Wir *sind* verheiratet. Aber es gibt Vorschriften, denen wir entsprechen müssen.«

»Ich bin Lily Doyle«, sagte sie. »Ich bin immer noch Lily Doyle.«

Da erhob er sich und ging auf sie zu. Er reichte ihr die Hand. Törichte Lily. Wie konnte sie nach der letzten Nacht auch nur für einen Augenblick an ihm zweifeln? Aber er hatte sie zu unvorbereitet mit den Fakten konfrontiert. Er hatte sie nicht vorgewarnt. Zum Teufel, er war ein Trottel.

Lily nahm die Hand nicht an. Doch als sie aufsah, konnte er sehen, dass der betäubte Blick aus ihren Augen verschwunden war.

»Wir sind nicht verheiratet«, sagte sie. »Oh, Gott sei Dank.«

»*Gott sei Dank?*« Er fühlte sich, als habe sein Magen einen Salto geschlagen.

»Oh, verstehst du denn nicht?«, fragte sie ihn, umfasste die Armlehnen ihres Sessels und beugte sich zu ihm. »Wir hätten niemals heiraten sollen, aber ich stand nach Papas Tod unter Schock und war verängstigt, und du hast dich ihm gegenüber loyal und mir gegenüber ritterlich verhalten. Aber wir beide haben einen schrecklichen Fehler gemacht. Selbst wenn wir für den Rest unseres Lebens beim Regiment hätten bleiben können, wäre es ein Fehler gewesen. Selbst dort wäre die Kluft zwischen einem Offizier und der Tochter eines Sergeants eine gewaltige gewesen. Ich hätte nicht so einfach eine Offiziersgattin werden und mit den anderen Ehefrauen verkehren können. Hier jedoch«, mit einem Wisch ihres Armes schien sie ganz Newbury Abbey und jeden, der auf dem Grundstück lebte, einzuschließen, »hier ist die Kluft völlig unüberwindbar. Es ist ein Ding der Unmöglichkeit. Ich habe von Flucht geträumt, genau wie du es getan haben musst. Und jetzt ist sie uns wie durch ein Wunder gewährt worden. Wir sind *nicht verheiratet.*«

Es war ihm niemals, nicht für einen einzigen Moment, in den Sinn gekommen, das sie froh sein könnte, die Wahrheit zu erfahren. Er wurde plötzlich von einer Panik ergriffen, gegen die er sich nicht hatte wappnen können. Er hatte sie schon einmal verloren, für immer, wie er geglaubt hatte. Und dann war sie ihm wie durch ein unfassbares Wunder zurückgeschenkt worden. Sollte er sie erneut verlieren, sogar noch grausamer als zuvor? Würde sie ihn *verlassen*? Nein, nein, nein, sie hatte nicht verstanden. Er ging vor ihrem Sessel auf die Knie und ergriff ihre Hände.

»Lily«, sagte er, »es gibt ein paar Dinge, die wichtiger sind als Kirche oder Staat. Zum Beispiel die Ehre. Ich versprach deinem sterbenden Vater, dass ich dich heiraten würde. Bei unserer Trauung schwor ich vor dir und vor Gott und vor Zeugen, dich zu lieben und zu ehren und zu dir zu stehen, bis dass der Tod uns scheidet. Ich nahm dir in jener Nacht die Unschuld. Wir waren in der letzten Nacht erneut zusammen. Selbst wenn wir niemals die Zeremonie vollziehen werden, die alles rechtens macht, werde ich mich immer als deinen Ehemann betrachten. Du bist meine *Frau.*«

»Nein.« In ihrem Gesicht war nicht die Spur von Farbe, außer ihren blauen Augen, die ihn anstarrten. Sie schüttelte den Kopf. »Nein, das bin ich nicht. Nicht, wenn alle anderen sagen, dass es nicht so ist. Nicht, wenn es nicht so sein soll, und wenn wir nicht wünschen, dass es so ist.«

»Es soll nicht sein? Ich bin in deinem Körper gewesen, Lily.« Er drückte ihre Hände, bis sie zusammenzuckte. Doch es war mehr als das gewesen – weit mehr. Er war mit ihr ... vereint gewesen. Letzte Nacht waren sie eins geworden.

Sie sah ihm gerade in die Augen. Ihre Lippen bewegten sich schwerfällig, als sie sprach. »Genau wie Manuel«, sagte sie. »Aber auch er ist nicht mein Ehemann.«

Er fuhr zurück, als habe sie ihm einen Schlag ins Gesicht versetzt. *Manuel.* Neville presste die Augen fest zu und kämpfte gegen eine Welle von Schwindel und Übelkeit an. Nun hatte der Mann einen Namen. Und sie stellte sie auf eine Stufe – zwei Männer, die sie besessen hatten, aber ohne Gattenrechte waren. Machte sie wirklich keinen Unterschied? War die letzte Nacht für sie nichts als Wollust gewesen? Und nebenbei die Austreibung einiger ihrer Dämonen? Er konnte es nicht glauben.

»Lily«, sagte er, »nach der letzten Nacht könntest du ein Kind in dir tragen. Hast du daran gedacht? Du *musst* mich heiraten.« Doch das war nicht der Grund. Sie war seine *Liebe*. Er war ihre.

»Ich bin unfruchtbar, Sir«, sagte sie mit vollkommen ausdrucksloser Stimme. »Hast du dich nicht gefragt, wie ich sieben Monate mit Manuel zusammen sein konnte, ohne zu empfangen? Wir müssen nicht heiraten. Du musst eine andere heiraten, die sowohl die Gräfin von Kilbourne als auch deine Frau sein kann. Du kannst zu guter Letzt doch noch Lauren heiraten. Ich glaube, sie ist die Richtige für dich. Sie ist in jeder Beziehung die Richtige.«

Er drückte erneut fest ihre Hände, bevor er sich erhob und sich mit einer Hand durchs Haar fuhr. Das war Wahnsinn. Er musste sich in den Fängen irgendeines bizarren Alptraums befinden. »Ich *liebe* dich, Lily«, sagte er und erkannte, noch während er es aussprach, die frustrierende Unzulänglichkeit von Worten. »Ich dachte, du liebtest mich. Ich dachte, das war es, was uns letzte Nacht verbunden hat. Und auch unsere Hochzeitsnacht.«

Sie blickte mit erstarrtem, bleichem Gesicht und Tränen in den Augen zu ihm auf. »Liebe hat nichts damit zu tun«, sagte sie. »Kannst du es nicht sehen? Dass ich deine Mätresse sein könnte, aber nicht deine Frau? Nicht deine Gräfin?« Noch bevor er Atem schöpfen konnte, um empört zu protestieren, fuhr sie fort. »Aber ich werde nicht deine Mätresse sein.«

Gott der Herr!

»Was hast du vor?« Ihm fiel auf, dass er flüsterte. Er räusperte sich. Er konnte nicht glauben, dass er diese Fragen tatsächlich stellte. »Wo willst du hin?«

Ihre Lippen bewegten sich für einen Augenblick, ohne einen Laut von sich zu geben – ein Hoffnungsschimmer.

Aber er hatte nicht mit Lilys unbezähmbarem Willen gerechnet. Ihr ruhiges, manchmal fast kindliches Auftreten war jetzt ebenso trügerisch, wie es schon immer gewesen war.

»Ich werde nach London gehen«, sagte sie, »wenn du so gut sein könntest, mir das Geld für die Linienkutsche zu leihen. Ich denke, Mrs. Harris wird mir gern dabei helfen, eine Anstellung zu finden. Oh, wenn ich doch nur rechtzeitig nach Lissabon zurückgekehrt wäre, um den Tornister meines Vaters zu finden. Dort wäre womöglich genug Geld gewesen ... aber egal.« Sie hörte für einige Augenblicke auf zu sprechen. »Du brauchst dir um mich keine Sorgen zu machen. Du bist zuvorkommend und ehrenhaft gewesen und würdest es auch weiterhin sein, wenn ich es zuließe. Aber du bist nicht für mich verantwortlich.«

Er stützte sich mit einer Hand an den Kaminsims und starrte blicklos in die leere Feuerstelle. »Beleidige mich nicht, Lily«, sagte er. »Beschuldige mich nicht, nur aus Mitleid und Ehrgefühl gehandelt zu haben.« Er rang um Fassung. »Du willst mich also nicht heiraten? Du hast dein Herz verschlossen? Es gibt nichts, womit ich dich überreden kann?«

»Nein, Sir«, sagte sie leise.

Das war der grausamste Stoß von allen. Er fragte sich, ob sie ihn absichtlich so angeredet hatte, als ob er noch immer Offizier wäre und sie die Tochter eines einfachen Soldaten. Sie hatte ihn mit »Sir« angesprochen.

»Lily.« Er war den Tränen nahe. Er schloss die Augen und wartete, bis er sicher war, dass er seine Stimme unter Kontrolle hatte. »Lily, versprich mir, dass du nicht fortlaufen wirst. Versprich mir, dass du wenigstens heute noch bleibst, und erlaube mir, dich in meiner Kutsche zu jemandem bringen zu lassen, der dir wirklich helfen kann. Ich weiß nur noch nicht, wer oder wie. Ich hatte diese Möglichkeit bis jetzt nicht in Betracht gezogen. Gib mir Zeit bis morgen früh. Versprichst du mir das? Bitte?«

Er hatte die Befürchtung, dass sie ablehnen würde. Es entstand eine lang andauernde Stille. Aber als sie sprach, verriet das Zittern in ihrer Stimme den Grund dafür. Sie war dem Zusammenbruch so nahe wie er.

»Vergib mir«, sagte sie schließlich. »Ich wollte dich nicht beleidigen. Ich wollte dich nicht verletzen, Neville, das wollte ich nicht. Aber ich muss gehen. Das verstehst du doch. Ich kann nicht bleiben. Ich verspreche, dass ich bis morgen warten werde.«

***

Sir Samuel Wollston und Lady Mary hatten mit ihren vier Söhnen die fünf Meilen nach Newbury Abbey zurückgelegt, um ein letztes Mal mit den Familienmitgliedern zu dinieren, die vorhatten, am folgenden Tag abzureisen. Lauren und Gwen waren vom Witwenhaus herübergekommen. Der Herzog und die Herzogin von Anburey, Joseph und Wilma, die Gräfinwitwe und Elizabeth waren mit ihnen im Salon, als Neville eintrat und sich in Lilys Namen entschuldigte. Sie habe Kopfschmerzen, ließ er die Anwesenden wissen.

»Das arme Kind«, sagte Tante Mary. »Ich selbst werde von Migräne geplagt und weiß, wie sie leiden muss.«

»Es ist eine verflixte Schande, Nev«, sagte Hal Wollston. »Ich habe mich darauf gefreut, Lily wiederzusehen. Es macht Spaß, sich mit ihr zu unterhalten.«

»Das tut mir Leid, Neville«, sagte Lauren. »Würdest du ihr meine besten Genesungswünsche ausrichten, wenn du sie später siehst?«

Neville verbeugte sich vor ihr.

»Es war sehr vernünftig von ihr, nicht herunterzukommen, wenn sie Kopfschmerzen hat«, sagte Elizabeth.

Die Gräfinwitwe war nicht ganz so verständnisvoll. Sie wandte sich in ruhigem Ton beiläufig an Neville. »Dies gehört zu der Art von Familienereignissen«, sagte sie, »bei denen es wichtig ist, dass die Gräfin an deiner Seite erscheint, Neville. Werden diese Kopfschmerzen jetzt regelmäßig auftreten? Ich bin erstaunt. Lily scheint mir nicht zu den Frauen zu gehören, die an nervösen Beschwerden leiden.«

»Sie hat Kopfschmerzen, Mama«, sagte er steif, »und ist somit entschuldigt.«

Die Wahrheit würde er natürlich nicht lange verbergen können. Es wäre möglich gewesen, hätte Lily seinen Plänen zugestimmt, wie er es fraglos erwartet hatte. Tatsächlich konnte sein Verstand immer noch nicht die unumstößliche Tatsache fassen, dass er nicht mit Lily verheiratet war und es auch nicht sein würde. Dass er keinen Anspruch auf sie hatte. Dass sie ihn verließ. Dass er sie nach dem nächsten Morgen nie wiedersehen würde.

Dennoch hatte es die letzte Nacht gegeben.

Aber zunächst hatte er diesen Abend durchzustehen. Er hatte vor, die Scharade zu Ende zu bringen, die er mit der Ankündigung von Lilys Krankheit begonnen hatte. Alle anderen schienen fröhlich aufgelegt zu sein, vielleicht aufgrund der Anwesenheit einiger junger Leute. Selbst der junge Derek Wollston, erst fünfzehn Jahre alt, hatte die Erlaubnis bekommen, mit den Erwachsenen zu dinieren. Aber Neville überlegte es sich anders. Wie die Dinge standen, würde er genügend Briefe mit Erklärungen zu schreiben haben. Dieser Abend bot die passende Gelegenheit, zumindest einigen der am nächsten Betroffenen die Neuigkeit mitzuteilen.

Und so, nachdem das letzte Gedeck vom Tisch entfernt worden war und seine Mutter den Damen das Signal gegeben hatte, sich in den Salon zurückzuziehen, um die Herren ihrem Port zu überlassen, ergriff er das Wort.

»Ich bitte dich, noch einen Augenblick zu bleiben, Mama«, sagte er und hob die Stimme, so dass sie am ganzen Tisch verstanden werden konnte. »Auch die anderen Damen, bitte. Ich habe etwas zu sagen.«

Seine Mutter setzte sich mit einem Lächeln wieder hin und aller Augen richteten sich auf ihn. Er spielte einen Augenblick mit dem einzigen Löffel, der vor ihm auf dem Tisch verblieben war. Er hatte sich seine Worte nicht zurechtgelegt. Er hatte einstudierte Reden immer verabscheut. Er blickte auf und sah die einzelnen Mitglieder seiner Familie an. Die meisten betrachteten ihn mit höflichem Interesse – vielleicht erwarteten sie eine Abschiedsrede für diejenigen, die abreisten. Einige lächelten. Joseph zwinkerte ihm zu. Elizabeth blickte angespannt zu ihm hinüber, als ob sie in seiner Haltung etwas erkannte, das die anderen noch nicht gesehen hatten.

»Lily hat keine Kopfschmerzen«, sagte er.

Die Stille bekam eine entschieden unangenehme Note. Onkel Samuel räusperte sich. Tante Sadie fingerte an ihrer Perlenkette herum.

»Sie hat heute Nachmittag erfahren«, sagte er, »dass sie nicht meine Frau ist. Zumindest nicht rein rechtlich gesehen.«

Die angespannte Stille ging in einem aufgeregten Stimmengewirr unter, als alle gleichzeitig versuchten, ihn auszufragen. Neville hob die Hand und alle verstummten so plötzlich, wie sie zu sprechen begonnen hatten.

»Seit dem Tag ihrer Ankunft hatte ich die Vermutung, dass es sich so verhalten könnte«, sagte er und fuhr fort, dieselbe Erläuterung zu geben, die er vorher Lily gegeben hatte. Es war nicht ausreichend, dass die Trauung tatsächlich stattgefunden und ein rechtmäßig ordinierter Priester sie durchgeführt hatte. Es war nicht ausreichend, dass er und Lily sich gegenseitig das Ehegelübde gegeben hatten und dass einer der Zeugen immer noch lebte, um es zu bestätigen. Es gab Formalitäten, die erfüllt werden mussten, bevor eine Ehe in den Augen der Kirche und des Staates gültig war. Und jene Formalitäten waren in ihrem Fall nicht erfüllt worden, weil Reverend Parker-Rowe gefallen war und die Papiere verloren gegangen waren. Einer der Zeugen war einen Monat später bei Ciudad Rodrigo gefallen.

»Also ist Lily nicht deine Frau«, sagte der Herzog von Anburey überflüssigerweise, nachdem Neville geendet hatte. »Du warst niemals mit ihr verheiratet.«

»Ich muss schon sagen!«, rief Hal entsetzt aus.

»Lily ist also nicht die Gräfin von Kilbourne«, sagte Tante Mary kopfschüttelnd und wirkte leicht betäubt. »Ich wundere mich nicht, dass sie Migräne hat, das arme Geschöpf. Du trägst immer noch den Titel, Clara.«

Die meisten der am Tisch Versammelten hatten einen Kommentar abzugeben – außer der Gräfin, die ihn schweigend anstarrte, und Joseph, der ihn mit zusammengezogenen Augenbrauen betrachtete, und Lauren, die ausdruckslos über den Tisch blickte.

»Aber, Neville.« Elizabeth beugte sich vor und wie so oft, wenn sie sprach, verstummten alle anderen, um zuzuhören. »Du hast doch gewiss vor, die Anstandsregeln zu wahren, indem du Lily erneut heiratest, oder?«

Aller Augen richteten sich auf Neville. Er versuchte zu lächeln und versagte kläglich. »Sie will mich nicht«, sagte er. »Sie hat mich zurückgewiesen und lässt sich nicht umstimmen.«

»*Was?*« Die Gräfin äußerte sich zum ersten Mal.

»Ich hatte vor, morgen früh mit ihr nach London aufzubrechen, Mama«, sagte er. »Wir hätten dort mit einer Sondergenehmigung im Stillen geheiratet und niemand außer ihr und mir hätte jemals davon erfahren. Aber sie will nicht. Sie will mich nicht heiraten.«

Unerwarteterweise lächelte Elizabeth, als sie sich in ihren Stuhl zurückfallen ließ. »Nein, das will sie nicht«, sagte sie mehr zu sich selbst als zu jemand anderem.

Es war Gwendoline, die eine mögliche Schlussfolgerung des soeben Gehörten aussprach. Sie legte die Hände an den Busen und ihre Augen leuchteten auf.

»Oh, aber das ist ja wundervoll!«, rief sie aus und lächelte ihren Bruder liebevoll an. »Du und Lauren könnt nun doch noch heiraten, Nev. Du kannst einen neuen Hochzeitstermin anberaumen und wir können neue Pläne machen. Eine Sommerhochzeit wird noch bezaubernder werden als eine Hochzeit im Frühling. Du kannst Rosen tragen, Lauren.«

Nevilles Hand krampfte sich um den Löffel. Er holte Luft, um zu antworten, aber Lauren sprach zuerst, mit tonloser Stimme.

»Nein«, sagte sie. »Nein, Gwen. Die vergangenen neun Tage können nicht so einfach ungeschehen gemacht werden. Nichts kann so sein, wie es vorher war.« Sie hob die Augen und sah ihn an. »Oder, Neville?«

Er wusste nicht, ob sie sich wünschte, dass er ihre Worte bekräftigte, oder ob sie ihn bat, ihr zu widersprechen. Er konnte ihr nur Offenheit bieten. Er schüttelte den Kopf.

»Die Wahrheit ist«, sagte er, »dass ich Lily in Treu und Glauben das Eheversprechen gegeben habe. Ich hatte voll und ganz vor, es für den Rest meines Lebens in Ehren zu halten. Macht es irgendeinen Unterschied, dass es nicht rechtsverbindlich ist? Ist es nicht *moralisch* verbindlich? Und würde ich wünschen, dass es nicht so wäre? Ich betrachte Lily als meine Frau. Ich denke, das werde ich immer tun.«

Lauren senkte wieder die Augen. Es war unmöglich zu erkennen, ob sie zufrieden oder enttäuscht war. Bei Lauren wusste man selten, was tief in ihrem Innern vorging. Würde stand für sie immer an erster Stelle. Auch jetzt war sie würdevoll – und bleich und schön. Er empfand schmerzlich tiefe Zuneigung zu ihr. Und sehnte sich danach, sie von dem Schmerz zu befreien, den sie gewiss empfand. Aber er konnte nichts für sie tun.

»Das ist absurd, Neville«, sagte seine Mutter entschieden. »Stehst du etwa über dem Staat? Über der Kirche? Wenn die Kirche sagt, dass du nicht verheiratet bist, dann bist du es selbstverständlich auch nicht. Und es ist deine Pflicht, eine Dame zu heiraten, die deinem Stand entspricht und in der Lage ist, dir Erben zu schenken.«

Lily war keine Dame; sie entsprach nicht seinem Stand, nach ihrem eigenen Bekenntnis war sie nicht fähig, ihm Erben zu schenken. Aber Lily war seine Frau.

»Die ganze Geschichte wird ein neuntägiges Wunder bleiben, darf ich wohl behaupten«, sagte der Herzog. »Die adelige Gesellschaft wird von der Geschichte entzückt sein und sie wieder vergessen, sobald eine andere Sensation oder ein Skandal ihr den Kopf verdreht. Deine Mutter hat Recht, Neville, du musst dein vorheriges Leben so bald wie möglich wieder aufnehmen. Heirate jemanden deines Standes. Ich möchte ja Lily gegenüber nicht herzlos erscheinen, aber ...«

»Dann lass es auch, Onkel Webster«, sagte Neville ruhig aber so bestimmt, dass sein Onkel mitten im Satz abbrach und errötete. »Sollte irgendjemand vorhaben, Lily zu verunglimpfen, so möchte ich denjenigen davon in Kenntnis setzen, dass ich ihre Ehre auf jegliche Art und Weise, die ich für notwendig erachte, verteidigen werde – und zwar genauso, als würde die ganze Welt sie als meine Frau anerkennen.«

»Oh, Donnerwetter«, sagte Richard Wollston. »Bravo, Nev.«

»Halt deinen Mund«, befahl ihm sein Vater barsch.

»Die Gemüter erhitzen sich«, sagte Elizabeth und fuhr fort, um ein Thema anzusprechen, über das sich scheinbar niemand Gedanken gemacht hatte – außer Neville, der sich damit gequält hatte, seit Lily ihn am frühen Nachmittag in der Bibliothek allein gelassen hatte. »Was soll aus Lily werden, Neville? Was wird sie tun? Soweit ich weiß, hat sie in England keine Familie.«

»Sie will nach London gehen und sich dort nach einer Anstellung umsehen«, sagte er. »Der Gedanke macht mir Angst. Ich hoffe, dass sie mir wenigstens gestatten wird, etwas für sie in die Wege zu leiten und ihr ein annehmbares Zuhause zu suchen. Aber ich fürchte, sie wird nicht zustimmen. Sie ist eine stolze Frau und eine starrköpfige noch dazu.«

Gwendolines Augen schwammen in Tränen. »Ich schäme mich ja so«, sagte sie. »Mein erster Gedanke war, was dies für unser Glück bedeuten könnte – Laurens und Nevilles und meines – ich fragte mich nicht einmal, was mit Lily geschehen würde. Ich wünsche mir ... o ja, ich wünsche mir wirklich, dass sie niemals in unser Leben getreten wäre. Aber sie war da und ich habe sie, ohne es zu wollen, gern gehabt. Jetzt tut es mir für sie furchtbar Leid. Sie wird doch nicht einfach fortgehen, Nev?«

»Sie hat versprochen, es nicht zu tun«, versicherte er ihr.

»Neville«, sagte Elizabeth, »vielleicht kann ich etwas für

Lily tun. Ich habe Verbindungen in London und empfinde für sie eine große Zuneigung, auch wenn sie mit ihrem Erscheinen das Glück meiner armen Lauren zerstört hat. Wirst du mir erlauben, mit ihr zu reden?«

»Ich bitte darum, Elizabeth«, sagte er. »Vielleicht kannst du sie überreden, ihre Meinung zu ändern? Mich doch noch zu heiraten?«

»Handle nicht voreilig«, riet der Herzog. »Dir ist eine zweite Chance zuteil geworden, deine Gräfin mit Bedacht zu wählen. Du tätest gut daran, dir die Zeit zu nehmen, deine Entscheidung nach reiflicher Überlegung zu treffen, statt aus dem Bauch heraus zu handeln.«

Elizabeth erhob sich. »Wo ist sie?«, fragte sie. »In ihrem Zimmer?«

»Ich denke schon«, sagte er. Man konnte bei Lily nie sicher sein, aber dort war sie gewesen, als er zum Dinner heruntergekommen war. Sie hatte sich in einem Sessel am Fenster zusammengerollt und hinausgestarrt. Sie hatte sich nicht umgedreht, um ihn anzusehen, und hatte auch nicht auf seine Fragen geantwortet; sie hatte lediglich, eher abwehrend als gleichgültig, mit den Schultern gezuckt. Ihm war aufgefallen, dass sie sich umgezogen hatte und wieder ihr altes Baumwollkleid trug.

»Dann gehe ich jetzt zu ihr nach oben«, sagte Elizabeth, »wenn ihr mich bitte entschuldigen würdet.«

Mit Verspätung bemerkte Neville, dass Forbes schweigend am Sideboard stand. Aber es spielte keine Rolle. Eine solche Wahrheit wie die, dass er und Lily nicht verheiratet waren, konnte man sowieso nicht vor den Dienstboten verheimlichen. Sie konnten sie genauso gut vom Butler erfahren, als sich häppchenweise in einer Mischung aus Gerücht und Wahrheit im Laufe der nächsten Tage zusammenzureimen.

»Vielleicht«, sagte Neville, erhob sich ebenfalls und stieß den Stuhl mit den Kniekehlen zurück, »sollten wir uns alle in den Salon zurückziehen. Mir ist nicht danach, mich in der nächsten halben Stunde dem Port hinzugeben.«

Derek und sein siebzehnjähriger Bruder William sahen schon fast lächerlich enttäuscht aus. Das Gelächter, das Neville unterdrücken musste, als er es bemerkte, schien mit seinen übrigen Gefühlen unvereinbar zu sein. Aber es half ihm, sich daran zu erinnern, dass das Leben selbst nach den schlimmsten Umwälzungen weitergeht.

Er würde den Tornister von Lilys Vater finden, dachte er plötzlich, wenn es nur irgendwie menschenmöglich war. Was auch immer er enthalten haben mag, mochte verschwunden sein, besonders wenn es sich um Geld gehandelt hatte, aber vielleicht würde er einen Teil wieder ausfindig machen können. Sie musste ganz ohne Erinnerungsstück an ihren Vater sein. Er erinnerte sich an ihre Worte, als er ihr die Galerie gezeigt hatte. Es musste furchtbar sein, keine Familie mehr zu haben, diejenigen, die noch lebten, nicht zu kennen und alles verloren zu haben, was einen mit den Eltern verband.

Das war das Einzige, was er für sie tun würde. Wenn der Tornister irgendwo auf dieser Erde noch existierte, würde er ihn finden – und wenn es den Rest seines Lebens dauern würde. Er würde ihr etwas von ihrem Vater zurückbringen.

Es war ein gewisser Trost zu wissen, dass es etwas gab, das er tun konnte, und wenn es noch so gering war.

»Nev.« Joseph, Marquis von Attingsborough, legte ihm eine Hand auf die Schulter, als sie den Speiseraum verließen. »Du brauchst heute Abend kein Salongeplauder, alter Freund. Du brauchst einen ordentlichen Rausch. Hättest du etwas gegen gleichgesinnte Gesellschaft?«

Kapitel 16

Lily saß noch immer in dem Sessel, den sie sich nahe ans Fenster gerückt hatte, die Beine seitwärts unter sich gelegt. Seit sie aus der Bibliothek die Treppen heraufgeeilt war und sich mit rasender Eile die hübschen Kleider, die ihr erst kürzlich geschenkt worden waren, vom Leib gerissen und ihr altes Baumwollkleid angezogen hatte, war sie erst einmal aufgestanden. Sie war aufgestanden, um die Decke vom Bett zu nehmen und sie sich umzulegen. Der Abend war frisch geworden, doch sie wollte das Fenster nicht schließen. Sie starrte weiter hinaus in die Dunkelheit.

Das leichte Klopfen an ihrer Schlafzimmertür störte sie nicht. Sie ignorierte es einfach. Sicher war er es und sie konnte ihn nicht ansehen oder mit ihm sprechen. Ihr Entschluss könnte ins Wanken geraten und sie könnte sich an ihn klammern – für den Rest ihres Lebens. Sie durfte das nicht zulassen. Liebe war nicht genug. Sie liebte ihn – sie betete ihn an – aus tiefstem Herzen, aber es war einfach nicht genug. Sie gehörte nicht in sein Leben. Er gehörte nicht in ihres – obwohl jener Gedanke in gewisser Hinsicht beängstigend war. Sie hatte kein Leben. Aber sie weigerte sich, sich von der gähnenden Leere einschüchtern zu lassen, die sich hinter jener letzten Nacht auf Newbury Abbey auftat.

»Lily?« Es war Elizabeths Stimme. »Darf ich eintreten, mein Liebes? Darf ich mich zu dir setzen?«

Lily sah auf. Wie gewöhnlich war Elizabeth der Inbegriff von verhaltener Eleganz in einem dunkelgrünen, hochtaillierten Kleid, das blonde Haar in eine sanft schimmernde Frisur gelegt. Sie war die klassische Aristokratin, Tochter eines Grafen, gebildet, vollendet, eine Frau von makellosem und doch leichtfüßigem Auftreten. Und sie bat darum, sich zu der Tochter eines Sergeants setzen zu dürfen – zu Lily Doyle. Nun gut. Lily war immer schon auf ihren Vater stolz gewesen, sie hielt die zärtliche Erinnerung an ihre Mutter in Ehren, sie war dazu erzogen worden, sich selbst zu lieben und zu achten. Ihre Selbstachtung hatte während jener sieben Monate gelitten, in denen sie ihr Überleben vor den Widerstand gestellt hatte, aber sie hatte sich erholt. Es gab nichts an ihr oder an ihrem Leben oder ihrer Herkunft, dessen sie sich zu schämen brauchte.

Sie nickte und blickte wieder hinaus in die Dunkelheit.

Elizabeth zog einen Sessel an ihren und setzte sich. Sie nahm Lilys Hand in beide Hände. Sie waren warm. Zum ersten Mal fiel Lily auf, dass ihr immer noch kalt war, obwohl die Abendluft im Grunde überhaupt nicht kühl war.

»Wie ich dich bewundere, Lily«, sagte Elizabeth.

Lily sah sie erstaunt an.

»Du hast etwas getan, was sowohl für Neville als auch für dich das Richtige ist«, sagte Elizabeth. »Aber es ist dir nicht leichtgefallen. Du hast eine Menge aufgegeben.«

»Nein.« Lily schüttelte den Kopf. »Es ist nicht schwer, Newbury und all das aufzugeben.« Sie vollführte mit ihrem freien Arm eine allumfassende Geste. »Du verstehst das nicht. Dies ist die Art von Leben, in das du hineingeboren bist. Ich bin im Tross einer Armee aufgewachsen.«

»Was ich meinte«, sagte Elizabeth sanft, »war, dass du

Neville aufgegeben hast. Du liebst ihn.« Es war keine Frage.

»Das ist nicht genug«, sagte Lily.

»Nein, das ist es nicht, mein Liebes.« Elizabeth stimmte ihr zu. Sie saßen eine Zeit lang schweigend beieinander, bevor sie wieder das Wort ergriff. »Neville sagt, dass du eine Anstellung suchst.«

»Ja«, sagte Lily. »Ich weiß nicht, wofür ich geeignet bin, aber ich bin gewillt, hart zu arbeiten. Ich hoffe, dass Mrs. Harris, mit der ich aus Lissabon nach England gekommen bin, mir helfen wird, etwas zu finden, wenn ich sie darum bitte.«

»Ich kann dir eine Stellung anbieten«, sagte Elizabeth.

»Du?« Lily starrte sie an.

Elizabeth lächelte. »Ich bin sechsunddreißig Jahre alt, Lily«, sagte sie, »und weit über das Alter hinaus, dass ich Anstandsdamen bräuchte, wenn ich ausgehe. Aber ich bin eine allein stehende Frau und es gibt Konventionen, die beachtet werden wollen. Man erwartet von mir, dass ich eine Gesellschafterin in meiner Umgebung habe, die immer, wenn ich ohne männliche Begleitung ausgehe, bei mir ist. Fünf Jahre lang hatte ich meine Cousine Harriet zur Seite, doch sie war attraktiv genug, gerade erst vor vier Monaten einen Pfarrer heiraten zu können und mich ohne Gesellschaft zurückzulassen. Natürlich habe ich mich für sie gefreut – sie ist älter als ich und hat immer daran geglaubt, dass eine Frau solange nicht vollkommen ist, bis sie ihre Persönlichkeit aufgibt, um zu heiraten. Und wirklich, Lily, sie war für mich eine schwere Prüfung. Man wird kaum zwei Frauen finden können, die charakterlich und im Temperament so verschieden sind. Ich brauche Ersatz. Ich brauche eine Gesellschafterin. Könntest du das nicht übernehmen? Es wäre natürlich eine bezahlte Stellung.«

Lily verachtete sich für den Schwall von Freude, den sie verspürte. Aber es würde nicht gehen.

»Du bist sehr großzügig«, sagte sie. »Aber ich bin nicht annähernd in der Lage, dir Gesellschaft zu bieten. Bedenke meine Mängel – ich kann weder lesen noch schreiben, ich kann nicht malen oder Klavier spielen, ich weiß nichts über Theater oder Musik oder … oder *sonstwas*. Ich stamme nicht aus deiner Welt. Wenn du deine Cousine ermüdend fandest, wirst du mich bald unmöglich finden.«

»Oh, Lily.« Elizabeth lächelte und drückte Lilys Hand, die sie noch immer hielt. »Wenn du wüsstest, wie stumpfsinnig das Leben für eine Dame der feinen Gesellschaft sein kann, würdest du mein Angebot nicht so unumwunden zurückweisen. Man sitzt tagaus, tagein in einem goldenen Käfig, um eine Redewendung zu bemühen. Man ist fader Gesellschaft, faden Vergnügungen und fader Konversation unterworfen, zum größten Teil deshalb, weil man eine Frau ist. Du weißt vielleicht nicht, wie viel Vergnügen du mir in den vergangenen anderthalb Wochen bereitet hast. Du glaubst, dass du nichts zu bieten hast, weil du nicht die Dinge kennst, die ich kenne. Nun gut, ich kenne sie, mein Liebes. Ich brauche sie mir nicht von jemand anderem erklären zu lassen. Aber ich weiß nichts von den Dingen, die *du* kennst. Wir könnten uns gegenseitig bereichern, Lily. Wir könnten uns Unterhaltung bringen. Das Leben mit dir in meinem Heim wäre ein großer *Spaß*, wage ich zu behaupten. Und du hast einen wachen, intelligenten Verstand, selbst wenn du dir dessen nicht bewusst bist … und Intelligenz ist ein so wichtiges Attribut. Bitte sage, dass du mitkommst – als meine Freundin. Der Einfachheit halber wärst du meine Angestellte, da du ja von irgendetwas leben musst. Aber im Grunde genommen wärst du einfach meine Freundin. Was hältst du davon?«

Sie wäre eine Angestellte, dachte Lily. Aber innerhalb der Grenzen ihrer Anstellung wäre sie auch gewissermaßen gleichgestellt. Elizabeth glaubte nicht, dass sie sich geistig oder verstandesmäßig sehr unterschieden. Sie war der Meinung, dass Lily in einer Freundschaft genauso viel zu bieten hätte wie sie. Lily war nicht ganz davon überzeugt, aber die Versuchung, ja zu sagen, war stark. Nein, sie war überwältigend, zumal sie kaum Alternativen hatte.

»Vielleicht für eine kurze Zeit«, sagte sie. »Doch wenn du feststellst, dass ich nicht so bin, wie du erwartest, so musst du es mir sagen und ich werde gehen. Ich will kein Almosenempfänger sein.«

Elizabeth hob die Augenbrauen. »Ich würde niemals jemanden aus Mildtätigkeit in mein Heim holen, Lily«, sagte sie. »Ich bin viel zu sehr auf mein eigenes Wohlbefinden bedacht. Aber ich stimme deinen Bedingungen zu. Und sie werden für beide Seiten gelten. Wenn du nach einiger Zeit feststellst, dass ich als Arbeitgeberin unmöglich bin, dann musst du es mir sagen und ich werde für dich etwas anderes finden. Kannst du morgen früh reisefertig sein?«

»Früher«, sagte Lily inbrünstig. »Aber ich versprach, heute Nacht noch zu bleiben.«

»Und das ist auch völlig richtig so«, sagte Elizabeth. »Neville ist nicht glücklich darüber, wie sich die Dinge entwickelt haben. Nicht im Geringsten. Du hast nicht zufällig vor, deine neuen Kleider zurückzulassen, oder?«

»Ich muss«, sagte Lily. »Sie wurden für seine Gemahlin angeschafft. Ich bin nicht seine Gemahlin.«

»Aber er wäre zutiefst verletzt, wenn du sie nicht mitnimmst«, redete Elizabeth ihr zu. »Manchmal kann Stolz egoistisch sein. Du solltest sie als Geschenk annehmen. Es ist nicht falsch, mein Liebes. Und es ist nicht gierig. Vielmehr wäre es grausam, sie zurückzulassen.«

Lily biss sich auf die Lippe. Aber sie nickte.

»Hervorragend!« Elizabeth erhob sich. »Wir werden früh abreisen. Versuchst du zu schlafen?« Sie beugte sich vor und küsste Lily auf die Wange.

Lily lächelte. »Danke«, sagte sie. Aber sie hielt Elizabeth zurück, bevor sie die Tür erreichte. Ihr war eine beunruhigende Möglichkeit eingefallen. »Wird der Herzog von Portfrey mit uns reisen?«

»Nein. Er kann recht provozierend sein, ich weiß.« Elizabeth lachte. »Er ist heute Nachmittag abgereist. Er reist nicht direkt nach London und wird erst in einigen Wochen dort eintreffen. Aber er hat mich nicht verlassen, weißt du ... nicht, dass ich irgendwelche Ansprüche auf seine Gesellschaft hätte. Webster und Sadie werden uns in ihrer eigenen Kutsche begleiten, und natürlich Wilma. Und Joseph wird zur gleichen Zeit abreisen, obwohl ich denke, dass er mit einem Tempo, das seiner Jugend und seinem Geschlecht mehr entspricht, vorausreiten wird. Glücklicher Mann!«

Lily nickte und verspürte ungeheure Erleichterung. Der Herzog von Portfrey war fort. Er würde eine Zeit lang nicht in London sein. Aber er war heute Nachmittag abgereist? So plötzlich? Vielleicht, nachdem er den Anschlag auf sie verübt hatte? Hatte er angenommen, dass er erfolgreich gewesen war? Aber ihre Gedanken erschreckten sie. Da war niemand gewesen. Und selbst wenn jemand da gewesen wäre, es gab keinen Beweis, dass es der Herzog von Portfrey gewesen war. Es hätte genauso gut eine Frau sein können. Aber sollte es Lauren gewesen sein, so würde es nun keine weiteren Nachstellungen oder vermeintliche Unfälle mehr geben. Lauren wäre frei, sich erneut Nevilles Zuneigung zu sichern. Aller Wahrscheinlichkeit nach war da ohnehin niemand gewesen. Jener herabstürzende Felsbrocken war wirklich ein Unfall gewesen.

Nachdem Elizabeth gegangen war, schloss Lily die Augen und ließ den Kopf an der Rückenlehne des Sessels ruhen. Sie dachte an ihre Trauung und an ihre Hochzeitsnacht, an den Traum von der Wiedervereinigung, der sie während ihrer Gefangenschaft nicht den Verstand hatte verlieren lassen, an die lange, einsame, gefährliche Reise zurück nach Lissabon und an die fruchtlose Suche dort nach ihm oder nach jemandem, der ihrer Geschichte Glauben schenkte, an die lange Reise nach England und nach Newbury, wie sie ihn in der Dorfkirche wiedergefunden hatte, als er im Begriff gewesen war, eine andere zu heiraten, an all die Ereignisse der vergangenen anderthalb Wochen.

An die letzte Nacht.

Zwei Tränen stahlen sich unter ihren Augenlidern fort, um ungehindert über ihre Wangen zu rollen und auf ihr Kleid zu tropfen.

Und an die Enthüllungen dieses Nachmittags in der Bibliothek.

Die Zerstörung ihres Traumes war ihr noch nicht ganz ins Bewusstsein gedrungen. Sie traute sich nicht, in die Zukunft zu blicken. Sie schien jetzt heller zu sein oder zumindest sicherer als noch vor einer Stunde, das war richtig. Aber es war eine Zukunft, die sie ohne ihn leben musste. Ohne Neville.

Seit ihrem vierzehnten Lebensjahr war Neville immer da gewesen, obwohl er vier Jahre lang unantastbar gewesen war und für anderthalb Jahre unerreichbar. Aber sie hatte immer an dem Traum von ihm festgehalten. Und letzte Nacht hatten sich Traum und Wirklichkeit berührt – und selbst da war sie sich bewusst gewesen, dass es eine Berührung war, die nicht ewig andauern konnte. Aber sie hatte nicht geahnt, dass sie so bald schon vollkommen getrennt sein würden. Sie hatte nicht geahnt, dass sie heute Nacht am Ende ihres Traumes anlangen würde.

Obwohl sie ihn immer noch liebte und es auch immer tun würde.

Obwohl er sie liebte.

Das Ende des unmöglichen Traumes.

Nun gut, dachte sie, als sie die Augen öffnete und sich erhob, um sich bettfertig zu machen, sie würde es überleben. Das war immer das Hauptziel der Menschen gewesen, mit denen sie aufgewachsen war ... zu überleben. Vielleicht gab es irgendwo in der Zukunft einen anderen Traum, der darauf wartete, geträumt zu werden. Sie konnte es sich jetzt noch nicht vorstellen, aber sie konnte hoffen.

Sie konnte von einem Traum träumen. Sie lächelte über die Absurdität – und die Kraft spendende Hoffnung – dieses Gedankens.

***

Neville wurde nicht betrunken. Er saß mit dem Marquis von Attingsborough in der Bibliothek und hoffte auf einstweiliges Vergessen, als er in kurzer Folge zwei Brandys hinunterkippte, doch er trank nicht weiter. Alkohol konnte nicht heilen, was ihn quälte. Er würde nur seinen Verstand vor dem vernebeln, womit er sich am nächsten Morgen auseinander setzen musste.

Lily würde ihn in der Frühe verlassen.

»Ich wünschte, es gäbe etwas zu sagen, Nev«, sagte der Marquis und setzte sein halb volles Glas ab – sein erstes. »Als ich vor neun Tagen mit dir in der Kirche stand, dachte ich, dass es kein schlimmeres Desaster geben könnte als das, was geschah. Doch es kam noch schlimmer. Sie verlässt dich.«

»Meinst du, es würde etwas nützen, ihr den Hals umzudrehen?« Neville lachte, aber auch mit Galgenhumor fühlte er sich nicht besser. Im Gegenteil. Er legte den Kopf gegen die Rückenlehne des Sessels und schloss die Augen.

»Sie ist etwas Besonderes«, sagte Joseph. Unpassenderweise lachte er auf. »Wer außer Lily hätte den verfluchten Nerv, dich zurückzuweisen? Zumal sie niemand anderen hat außer dir. Und zumal sie verrückt nach dir ist.«

»Vielleicht kann Elizabeth sie umstimmen«, sagte Neville hoffnungsvoll. »Was soll ich tun, wenn sie es nicht schafft? Ich habe Lilys Vater versprochen, mich um sie zu kümmern. Ich habe ihr den Eheschwur gegeben. Ich ... nun ja, all dies hat wenig zu tun mit Versprechungen und Schwüren. Ich ... du würdest es nicht verstehen, Joe.«

»Weil ich ein eiskalter Klotz bin, der nie geliebt und nie davon geträumt hat, die einzig wahre Liebe zu finden, die er nie wieder loslassen wird?«, sagte sein Cousin wehmütig. »Deine Gefühle ihr gegenüber sind ziemlich offensichtlich, Nev, und sie scheinen mir sehr tief zu sein. Ich habe dich beneidet. Wir alle sind Lily ein wenig verfallen.«

Doch in diesem Moment betrat Elizabeth den Raum und beide rappelten sich hoch. Sie blickte vielsagend auf ihre Gläser, enthielt sich aber jeden Kommentars.

»Und?« Nevilles Hände ballten sich zu harten Fäusten.

»Lily wird am Morgen mit mir nach London reisen, Neville«, sagte sie. »Sie hat bei mir eine Stellung angenommen. Als meine Gesellschafterin.«

»*Was?*« Neville konnte sie nur ungläubig anstarren. Der Marquis räusperte sich und scharrte unbeholfen mit den Füßen.

»Sie hat sich dazu entschlossen«, sagte Elizabeth ruhig. »Es ist eine ehrbare Stellung für sie, Neville.«

»Hast du überhaupt versucht, sie zu überreden, hier zu

bleiben und mich zu heiraten?«, fragte er sie. Aber ihr Gesichtsausdruck war auch ohne Worte Antwort genug. All seine aufgestauten Ängste entluden sich in Wut. »Du hast es nicht versucht, stimmt's? Du hattest überhaupt nicht die Absicht. Du hast mich vorsätzlich in die Irre geführt. Willst auch du sie aus dem Weg räumen, Elizabeth, damit hier die Bühne frei ist, um wieder an das anzuknüpfen, was vorher war? Nichts kann wieder so sein, wie es war. Lily ist meine *Frau.* Ich *liebe* sie. Kann niemand diese Tatsache begreifen, nur weil sie keine Dame ist? Für mich ist sie Dame genug. Ich werde jetzt zu ihr hinaufgehen und ...«

»Nein, Neville«, sagte sie ruhig, bevor er auch nur einen entschlossenen Schritt in Richtung Tür machen konnte. »Nein, mein Lieber. Das wäre ein Fehler. Falsch für dich. Falsch für Lily.«

»Und du weißt, was für uns richtig ist?« Nevilles Augen blitzten sie an. »*Du*, Elizabeth? Die altjüngferliche Tante? Was weißt *du* schon von Liebe?«

»Halt dich zurück, Nev, alter Junge«, sagte Joseph ruhig.

Neville fuhr sich mit den Fingern durchs Haar. »Es tut mir Leid«, sagte er. »Oh, zum Teufel. Vergib mir, Elizabeth. Es tut mir so Leid.«

»Ich würde mir Sorgen machen«, sagte sie völlig unbeeindruckt, »wenn du nicht mit deiner ganzen Leidenschaft reagieren würdest, Neville. Aber bitte hör mir zu. Dies mag sich sehr wohl als das Beste herausstellen, was euch beiden hätte passieren können. Du liebst sie – ich brauche nicht einmal zu fragen, ob es so ist. Aber du musst zugeben, dass eure Ehe auf dem besten Weg war, sich zu einer schrecklich unglücklichen zu entwickeln. Vielleicht wird beim nächsten Mal, wenn du um Lilys Hand anhältst, mehr da sein, was euch verbindet, als nur Liebe und Verpflichtung.«

»Beim nächsten Mal?« Seine Augenbrauen zogen sich zusammen, während der Marquis zu einem der Bücherregale schlenderte und die Buchrücken in Augenhöhe studierte.

»Du warst noch nie ein Mann, der das, was er am meisten im Leben wollte, kampflos aufgegeben hätte, Neville«, sagte sie. »Und ich bezweifle zutiefst, dass es irgendetwas gibt, was du mehr wolltest als Lily. Hast du wirklich vor, sie so einfach aufzugeben?«

Er sah sie einige Momente schweigend an. Seine Nerven waren noch immer zum Zerreißen gespannt. Er konnte sich immer noch nicht damit abfinden, dass Lily ihn am nächsten Morgen verlassen würde. Er hatte die Möglichkeit noch nicht in Betracht gezogen, dass er sie zurückgewinnen könnte, nachdem sie Newbury Abbey verlassen hatte. Er hatte geglaubt, er würde gezwungen sein, den Rest seines Lebens ohne sie zu verbringen, wenn sie ihn nicht hier und jetzt heiratete.

»Wann?«

»Das kann ich dir nicht sagen«, antwortete sie kopfschüttelnd. »Vielleicht nie. Keinesfalls früher als in einem Monat.«

»Ein Monat.«

»Nicht einen Tag früher«, sagte sie. »Aber erst einmal werden wir morgen früh aufbrechen. Ich gehe zu Bett. Gute Nacht, Neville. Gute Nacht, Joseph.«

Stille herrschte in der Bibliothek, nachdem sie gegangen war. Neville starrte zur Tür, und Joseph fuhr fort, die Bücher im Regal zu betrachten, ohne eines herauszunehmen.

»Es ist eine törichte Hoffnung«, sagte Neville schließlich. »Das ist es, Joe. Oder nicht?«

»Oh, hol's der Teufel.« Sein Cousin seufzte vernehmlich. »Wer kann weibliches Verhalten vorhersagen, Nev? Ich nicht, alter Freund. Aber ich hatte schon immer die größte Hochachtung vor Elizabeth.«

»Versprich mir etwas«, sagte Neville.

»Alles, Nev.« Der Marquis wandte sich vom Bücherregal ab und blickte nachdenklich durch den Raum zu seinem Cousin.

»Hab ein Auge auf sie«, sagte Neville. »Wenn sie Anzeichen zeigt, dass sie fürchterlich unglücklich ist …«

»Zum Teufel, Nev«, sagte der Marquis. »*Wenn* sie unglücklich ist? Aber sie ist frei, alter Freund, und sie wird weiterhin ihre eigenen Entscheidungen treffen. Aber ich werde Elizabeth ab und an besuchen. Und ich werde den ganzen Weg nach London neben ihrer Kutsche reiten, was meine Nerven auf eine beträchtliche Probe stellen wird, da die Kutsche meines Vaters ebenfalls in der Nähe sein wird, und mit meiner Mutter und Wilma zu reisen, ist kein angenehmes Unterfangen. Aber ich werde dafür sorgen, dass Lily sicher nach London kommt. Darauf gebe ich dir mein Wort.«

»Danke.«

»Und wer weiß?«, meinte Joseph froh gelaunt und durchquerte den Raum, um Neville freundlich auf die Schulter zu klopfen. »Vielleicht hat Elizabeth Recht und Lily wird klarer sehen, was sie verloren hat, wenn sie erst einmal fort ist von dir. Elizabeth weiß mehr über den weiblichen Verstand als ich. Willst du dich noch betrinken oder sollen wir Schluss machen und uns zurückziehen?

»Ich glaube nicht, dass ich betrunken werden würde, selbst wenn ich es versuchte, Joe«, ließ Neville ihn wissen. »Aber danke für dein Mitgefühl.«

»Wozu gibt es Freunde?«, fragte der Marquis.

***

Neville ging mit aufkeimender schwacher Hoffnung zu Bett. Er schlief sogar zeitweise ein. Aber am Morgen hatte er nur den Hall von Elizabeth' Worten *vielleicht nie* in den Ohren und der Klang dieser Worte ließ jede Hoffnung schwinden.

Sie reisten alle zusammen ab – Tante Sadie und Onkel Webster mit Wilma, Joe zu Pferde, Elizabeth mit Lily. Die Terrasse war dicht gedrängt mit Menschen, die sich umarmten und verabschiedeten – auch Gwen und Lauren waren zu diesem Anlass aus dem Witwenhaus hochgekommen. Lily wurde von allen herzlich umarmt, bemerkte Neville, als er sich von allen anderen verabschiedete. Weder Lauren noch Gwen hatten trockene Augen, nachdem sie sich von ihr verabschiedet hatten. Sie trug das hübsche blaue Kleid, das erst kürzlich für sie angefertigt worden war – er hatte zutiefst befürchtet, dass sie sich weigern würde, ihre neuen Kleider mitzunehmen.

Er wandte sich zuletzt an sie und bemerkte, wie sich alle anderen taktvoll entfernten, damit sie ungestört waren. Er nahm ihre behandschuhte rechte Hand in beide Hände und sah ihr in die Augen. Sie waren riesengroß und ruhig und frei von den Tränen, die ungehemmt aus den Augen aller anderen geflossen waren.

Er suchte nach Worten, aber es wollte ihm nichts einfallen. Sie blickte ihn stumm an. Er hob ihre Hand an seine Lippen und hielt sie dort einige Augenblicke, während er die Augen schloss. Aber als er wieder in ihr Gesicht blickte, gab es immer noch nichts zu sagen. Nein, das stimmte nicht. Es gab alles auf der Welt zu sagen, aber keine Worte, es auszudrücken. Also sagte er nichts.

Bis sie es tat.

»Neville.« Es war fast kein Laut zu vernehmen, aber ihre Lippen formten seinen Namen.

O Gott! Wie hatte er sich danach gesehnt, sie noch einmal seinen Namen sagen zu hören. Sie hatte ihn gestern Nachmittag ausgesprochen. Sie sagte ihn jetzt. Aber er fühlte sich, als ob sein Herz von einem spitzen Dolch durchbohrt worden wäre.

»Lily«, flüsterte er, den Kopf nah zu ihrem gebeugt. »Bleib. Überleg es dir noch einmal. Bleib bei mir. Wir können es schaffen.«

Aber sie schüttelte langsam den Kopf.

»Wir können es nicht«, sagte sie. »Wir können es nicht. J-jene Nacht. Ich bin froh, dass es jene Nacht gegeben hat.«

»Lily ...«

Aber sie riss die Hand aus seinem Griff und eilte zu der offenen Tür von Elizabeth' Kutsche. Er beobachtete voller Verzweiflung, wie ein Diener ihr hineinhalf.

Sie nahm neben Elizabeth Platz und starrte ausdruckslos auf die Kissen des gegenüberliegenden Sitzes. Der Diener klappte die Stufen ein und schloss die Tür. Die Kutsche tauchte leicht in ihre Federung und setzte sich in Bewegung.

Neville schluckte einmal, zweimal. Er kämpfte mit der Panik, mit dem Bedürfnis vorzuschnellen, die Tür aufzureißen, sie hinaus und in seine Arme zu zerren und sich zu weigern, sie jemals wieder loszulassen.

Er hob eine Hand zum Abschied, aber sie sah nicht zurück.

Vielleicht nie. Die Worte hallten mit lautem Echo durch seinen Kopf.

Ah, meine Liebe. Wenn Träume erst einmal zerschlagen waren, gab es keine Sicherheit, dass sie je wieder zusammengefügt und erneut geträumt werden konnten.

Teil vier

Die Ausbildung einer Dame

Kapitel 17

»Unterhalte mich, Lily«, befahl ihre neue Arbeitgeberin, nachdem die erste Stunde der Schmerzbewältigung in fast völliger Stille vergangen war, »und beantworte mir ein paar Fragen. Du musst ehrlich antworten – das ist die Hauptregel von Was-wäre-wenn.«

Lily wandte ihr ein entschlossen lächelndes Gesicht zu. Sie wusste noch immer nicht, wie sie für Elizabeth eine kompetente Gesellschafterin sein sollte, aber sie würde ihr Bestes geben.

»Wenn du die Freiheit und die Mittel hättest zu tun, was du am liebsten tun möchtest«, fragte Elizabeth, »was würde das sein?«

Zu Neville zurückkehren. Aber das war eine unsinnige Antwort. Sie hatte die Freiheit zurückzugehen. Aber zu ihm zurückzugehen würde auch bedeuten, nach Newbury Abbey zurückzugehen, und zu allem, was dazugehörte. Lily dachte angestrengt nach. Aber schließlich stellte sie fest, dass es auf die Frage eigentlich nur eine Antwort geben konnte.

»Ich würde Lesen und Schreiben lernen«, sagte sie. »Sind das zwei Dinge?«

»Wir betrachten das als eins«, sagte Elizabeth und klatschte in die Hände. »Was für eine wundervolle Antwort. Ich sehe schon, du wirst mich nicht enttäuschen. Jetzt etwas anderes. Vielleicht bekommen wir ja fünf Dinge zusammen. Fahre fort.«

Ja, es gab eine Menge Dinge, von denen man träumen konnte, dachte Lily. Natürlich nichts, was den Traum ersetzen konnte, den sie soeben verloren hatte, aber vielleicht genug, um dem Leben einen Sinn zu geben. Diese neuen Träume würden sich wahrscheinlich nicht verwirklichen lassen, aber das lag ja schließlich in der Natur von Träumen. Genau deshalb waren sie so verlockend. Und außerdem war *wahrscheinlich* das entscheidende Wort. Es gab Anlass zur Hoffnung.

»Ich würde Klavierspielen lernen«, sagte sie mit Überzeugung, »und alles wissen wollen, was es über Musik zu wissen gibt.«

»Das ist jetzt aber auf jeden Fall mehr als eine Sache«, protestierte Elizabeth lachend. »Aber da ich selbst die Spielregeln aufstellte, werde ich es als notwendige Einheit gelten lassen. Weiter?«

Lily beobachtete Elizabeth, die in ihrer Reisekleidung aus Braun-, Bronze- und Cremetönen, die perfekt zu ihrem Alter und ihrer gesellschaftlichen Stellung, zu ihrer Figur und ihrem Teint passte, bezaubernd und elegant zugleich aussah.

»Ich würde lernen, mich korrekt und elegant und vielleicht auch modisch zu kleiden«, sagte sie.

»Aber in deinem jetzigen Ensemble bist du korrekt und elegant und modisch gekleidet, Lily«, meinte Elizabeth. »Hellblau steht dir ausgezeichnet.«

»Du hast alle meine Kleider ausgesucht«, erinnerte sie Lily, »bis auf mein Unterhemd und meine Schuhe. Ich könnte das nicht selbst entscheiden – ich habe nicht die leiseste Ahnung. Für mich war ein Kleidungsstück immer nur dazu da, bequem und schicklich zu sein und im Winter zu wärmen oder im Sommer zu kühlen.«

»Also gut.« Elizabeth lächelte. »Das ist Nummer drei. Und vier und fünf? Hast du nicht den Wunsch, zu reisen oder teure Besitztümer zu erlangen?«

»Ich bin mein ganzes Leben gereist«, sagte Lily. »Ich habe davon geträumt, lange genug an einem Ort zu bleiben, um mich zu Hause fühlen zu können. Und Besitztümer ...« Sie zuckte mit den Schultern. Was sollte sie sich sonst noch wünschen, um die Liste zu vervollständigen? Sie würde Lesen und Schreiben und Musizieren lernen. Sie würde Klavier spielen und sich gut und elegant kleiden. Sie würde ...

»Ich möchte gerne rechnen können«, sagte Lily. »Nicht nur mit den Fingern und im Kopf, sondern ... oh, sondern so, wie es Mrs. Ailsham und die Gräfin in den Haushaltsbüchern machen. Eines Morgens zeigten sie sie mir. Sie konnten beide deuten, was dort geschrieben stand, und sie wussten anhand der Zahlen, was im Herrenhaus geschehen war, und konnten planen, was geschehen sollte. Ich wünschte mir so sehr, das auch zu können. Ich wünschte, ich könnte Bücher führen und etwas so Großes und Wichtiges wie Newbury Abbey leiten.«

»Und dein letzter Wunsch, Lily?«

»Ich konnte immer gut mit Menschen umgehen«, sagte sie nach längerem Nachdenken. »Mit allen Arten von Menschen, selbst mit den Offizieren, die zum Regiment gehörten. Aber ich fühle mich nicht wohl mit Menschen aus deiner Gesellschaftsschicht. Ich würde gern lernen ... wie ich mich zu verhalten habe, wie man Konversation treibt. Ich möchte lernen, so zu sein, wie man es von mir erwartet. Ich würde gern die Anstandsregeln deiner Klasse erlernen. Nicht, weil ich danach strebte dazuzugehören, sondern weil … oh, ich weiß nicht, warum. Vielleicht weil ich dich bewundere. Weil ich die Gräfin respektiere.«

Elizabeth schwieg eine Weile. »Ich bin nicht sicher, ob das fünf Wünsche sind, Lily«, sagte sie schließlich. »Tatsächlich zeigen sie alle *einen* Wunsch … das Verlangen nach dem Wissen und der Ausbildung einer Dame. Man könnte eventuell Malen und Handarbeiten und Tanz und die Kenntnis von Sprachen hinzufügen, aber diese Dinge sind bestimmt in dem einen oder anderen deiner fünf Wünsche enthalten. Malst oder tanzt du eigentlich oder kennst du außer Englisch noch irgendwelche anderen Sprachen? Ich weiß, dass du stopfen und flicken kannst, aber nicht sticken.«

»Ich spreche Hindi und Spanisch«, sagte Lily. »Wir tanzten Bauerntänze. Aber gemalt habe ich niemals.«

An diesem Punkt wurde ihr Gespräch unterbrochen, als die Kutsche zum Pferdewechsel auf den gepflasterten Hof eines Reisegasthauses einbog. Verblüfft stellte Lily fest, dass ihr Verstand schon nach einer Stunde nur noch mit angenehmen Dingen beschäftigt war. Sie hatte sich sogar beinahe wohl gefühlt. Und das hatte sie allein Elizabeth zu verdanken, die sich vorgenommen hatte, ihre Gesellschafterin von dem jämmerlichen Leid ihrer Trennung abzulenken.

Der Herzog von Anburey hatte im Gasthaus einen Privatsalon reservieren lassen und alle sechs speisten gemeinsam. Lady Wilma war völlig hingerissen von der Aussicht, endlich nach London zu kommen, wo die Saison bereits angefangen hatte. Ihr Gespräch drehte sich nur um Bälle und Abendgesellschaften und Theater und Empfänge bei Hofe und Vauxhall und Almack's. Es war verwirrend für Lily, die sich zwang, zumindest eine Kleinigkeit zu essen, und keinen Versuch machte, sich an dem Gespräch zu beteiligen, selbst dann nicht, als Joseph einwarf, dass die Unannehmlichkeiten ihrer Reise wahrscheinlich nichts waren im Vergleich zu Lilys Reise über die Pyrenäenhalbinsel. Sie lächelte ihm vage zu, denn sie erkannte, dass er, genau wie Elizabeth, nur versuchte, sie von ihrer bleiernen Last ein wenig zu befreien.

Sie fragte sich immer wieder, was *er* wohl in genau diesem Augenblick tat.

Nachdem Joseph ihnen wieder in die Kutsche geholfen hatte und sie weiterfuhren, nahm Elizabeth ihr unterbrochenes Gespräch wieder auf.

»Also gut, Lily«, sagte sie und tätschelte ihr liebevoll das Knie. »Ich sehe schon, die nächsten ein, zwei Monate mit dir werden sehr interessant werden. Habe ich gestern das Wort *Spaß* gebraucht? Die kommenden Monate werden gewiss ein Spaß sein – ja, das ist genau das richtige Wort. Wir, mein Liebes, werden unter Mithilfe der besten Lehrer, die ich auftreiben kann, aus dir eine Dame machen, mit der Bildung und den Fähigkeiten einer Dame – alles in ein oder zwei oder zehn Monaten. Natürlich benötigen einige Dinge mehr Zeit als andere. Was hältst du davon?«

Lily schwieg einige Augenblicke. Sie hatten Was-wäre-wenn *gespielt*, oder etwa nicht? »Nein«, sagte sie stirnrunzelnd. »O nein. Lehrern müssen Gehälter gezahlt werden.«

»Und den besten Lehrern müssen *hohe* Gehälter gezahlt werden.« Elizabeth lächelte. »Lily, mein Liebes, ich bin fast schon unanständig reich.«

»Aber du kannst doch für mich kein Geld ausgeben«, sagte Lily entgeistert. »Ich bin deine *Angestellte.*«

»Also gut«, stimmte Elizabeth zu. »Um deinen Stolz nicht zu verletzen, werde ich in diesem Punkt nachgeben, Lily. Aber Bedienstete müssen sich, wie du weißt, ihr Gehalt verdienen. Und wodurch tun sie das? Indem sie ihren Arbeitgebern gehorchen, ihnen jeden Wunsch erfüllen. Du musst wissen, dass ich mich aus den verschiedensten Gründen als eine der glücklichsten Frauen der Welt bezeichnen kann. Aber alles zu haben – fast alles – hat auch seine Nachteile, besonders, wenn man eine Frau ist. Es gibt da eine gewisse Langeweile, mit der man zu kämpfen hat. Ich kann dir gar nicht sagen, wann ich das letzte Mal *Spaß* hatte. Mich deiner Ausbildung anzunehmen wird für mich ein Spaß sein, Lily. Du darfst mir das nicht abschlagen, erst recht nicht, nachdem du zugegeben hast, dass es das ist, was du mehr willst als alles andere auf der Welt.«

Es war kein Spiel gewesen, erkannte Lily plötzlich. Und sie war nicht eingestellt worden, um zu dienen – zumindest nicht im herkömmlichen Sinn. Elizabeth hatte das schon lange geplant. Sie hatte vorgehabt, sich selbst und Lily eine Freude zu machen, indem sie aus ihr eine Dame machte.

Aber das war unmöglich.

Nun, das war es nicht!

Es war großartig und wundervoll. Sie würde Lesen lernen. Sie würde in der Lage sein, *Bücher* zu lesen. Sie würde in der Lage sein, einen Raum mit Musik zu erfüllen – mit ihren eigenen Händen. Sie würde in der Lage sein ... oh, zu viele verwirrende Möglichkeiten schossen ihr durch den Kopf.

Sie hatte einen neuen Traum.

»Woran denkst du?«, fragte Elizabeth.

»Ich werde in der Lage sein – wenn ich dich verlasse, meine ich«, sagte Lily, »eine Anstellung als Verkäuferin oder vielleicht sogar als ... als Erzieherin zu finden.« Das war eine verwirrend schöne Aussicht. Sie würde Wissen erlangen und in der Lage sein, es an andere weiterzugeben.

»Natürlich«, sagte Elizabeth. »Oder vielleicht wirst du

heiraten, Lily. Ich habe vor, dich vor Ende der Saison in die Gesellschaft einzuführen. Das gehört zu den Pflichten einer Gesellschafterin, musst du wissen. Aber du wirst mehr sein als nur eine Gesellschafterin – du wirst meine Freundin sein und teilhaben an den gesellschaftlichen Ereignissen, die wir besuchen.«

Lily ließ sich in ihren Sitz zurückfallen. »O nein«, sagte sie. »Nein, nein, das ist unmöglich. Ich bin keine Dame.«

»Völlig richtig«, stimmte Elizabeth zu. »Und die *beau monde* trägt bei solchen Dingen wie Herkunft und Verbindungen die Nase sehr hoch. Sich wie eine Dame zu verhalten, macht einen bei den allergrößten Pedanten noch längst nicht zu einer solchen. Aber für die meisten Regeln gibt es Ausnahmen. Du darfst nicht vergessen, wie berühmt du bist, Lily. Deine Geschichte – wie du in Nevilles und Laurens Trauung geplatzt bist, seine Bekanntmachung, dass du seine Gemahlin bist, die er seit langem für tot gehalten hatte, seine Erzählung von eurer Hochzeit und deinem vermeintlichen Tod – ist immer noch *die* Sensation in London. Der Rest der Geschichte – die Entdeckung, dass eure Heirat letzten Endes ungültig ist, deine Weigerung, ihr durch eine erneute Trauung mit dem Grafen von Kilbourne Gültigkeit zu verschaffen – wird die Gesellschaft von den Sitzen reißen. Sie werden darauf versessen sein, dich kennen zu lernen, ja, nur einen Blick auf dich werfen zu können. Wenn bekannt wird, dass du bei mir lebst, werden wir mit Einladungen überhäuft werden. Aber wir werden sie alle ein wenig warten lassen. Wenn du dann in Erscheinung trittst, Lily, wirst du London im Sturm erobern. Denn außer deiner Geschichte ist da noch deine natürliche Schönheit und Anmut und dein natürlicher Charme. Und wenn du dich schließlich zeigst, werden wir dem noch die Kultiviertheit vornehmer Umgangsformen und eleganten Auftretens hinzugefügt haben. Ich wage zu behaupten, dass du einen Herzog heiraten könntest, wenn du es wolltest – und wenn ein passender verfügbar ist.« Sie lachte leise. Sie amüsierte sich köstlich.

»Ich werde niemals heiraten«, sagte Lily und ignorierte den Rest des erschreckenden – und zweifellos aufregenden – Bildes, das Elizabeth ihr soeben ausgemalt hatte. Sie legte die Hände auf die Handschuhe, die in ihrem Schoß lagen.

»Warum nicht?« Die Frage war leise gestellt, aber verlangte nach einer Antwort.

Lily war eine lange Zeit still. *Weil ich bereits verheiratet bin. Weil ich ihn liebe. Weil ich mit ihm geschlafen und ihm nicht nur meinen Körper, sondern alles von mir gegeben habe. Weil ... weil, weil.*

»Ich kann nicht«, sagte sie schließlich. »Du weißt, warum.«

»Ja, mein Liebes.« Elizabeth langte herüber und drückte ihre Hand. »Es ist mir zu abgedroschen, dir zu versichern, dass die Zeit alle Wunden heilt. Ich habe niemals etwas auch nur annähernd so Intensives erfahren wie das, was du erlitten hast und noch erleidest, und deshalb kann ich nicht mit Überzeugung behaupten, dass solch große Wunden wie die deinen jemals heilen werden. Aber du bist eine sehr tapfere Frau und hast einen starken Charakter, Lily. Ich bin sicher, dass ich mit dieser Einschätzung nicht falsch liege. Du wirst *leben*, mein Liebes. Du wirst nicht bloß weiter existieren. Ich werde dir die Unterstützung meines Vermögens und meiner Verbindungen zuteil werden lassen, aber es bleibt dir überlassen, sie dir zunutze zu machen. Du hast mein vollstes Vertrauen.«

Lily war sich nicht sicher, ob sie dem gerecht werden konnte. Ihre Stimmung, die das Realität gewordene Spiel mit dem Reiz neuer Träume in ungeahnte Höhen hatte aufsteigen lassen, sank wieder. Mit jeder Hecke und jedem Meilenstein, den sie hinter sich ließen, wurde die Entfernung zwischen ihr und ihm größer, eine Entfernung, die nie wieder überbrückt werden konnte. Sie war sich in jenem Augenblick nicht sicher, ob sie überhaupt weiter existieren wollte, ganz zu schweigen von der Anstrengung zu *leben.*

»Danke«, sagte sie.

»Sag einmal.« Elizabeth ergriff erneut das Wort, nachdem sie eine Zeit lang geschwiegen hatte. »Was ist dir in all diesen Monaten widerfahren, während Neville dich für tot hielt?«

Lily schluckte. »Möchtest du die Wahrheit hören?«, fragte sie.

»Mir kam der Gedanke«, sagte Elizabeth, »dass die Franzosen die Briten benachrichtigt hätten, wenn sie die Frau eines Offiziers über einen gewissen Zeitraum gefangen gehalten hätten. Sie hätten einen für sie günstigen Gefangenenaustausch gegen einen oder mehrere ihrer Offiziere, die von den Briten gefangen gehalten wurden, fordern können. Das ist nicht geschehen, oder?«

»Nein«, sagte Lily.

»Lily«, sagte Elizabeth, noch bevor diese weitersprechen konnte, »obwohl ich fürchte, dass du mir nicht gestatten wirst zu vergessen, dass du meine Angestellte bist, möchte ich dich wissen lassen, dass es dir immer freisteht, deine Privatsphäre vor mir zu schützen. Es besteht für dich kein Zwang, mir irgendetwas preiszugeben. Aber du bist unter Männern aufgewachsen, mein Liebes. Vielleicht hattest du nicht das Vergnügen, eine Freundin deines eigenen Geschlechts zu haben, jemanden, der deine Sicht der Ereignisse und deine Erfahrungen teilen konnte.«

Lily erzählte ihr alles. All die schmerzvollen, scheußlichen, erniedrigenden Einzelheiten, die sie Neville an jenem

Tag in der Hütte vorenthalten hatte, den Kopf in die Kissen zurückgelehnt, die Augen geschlossen. Als sie geendet hatte, lag ihre Hand erneut in Elizabeth' festem Griff. Ihre Berührung war seltsam Trost spendend – die Berührung einer Frau, die das Mitempfinden einer Frau vermittelte. Elizabeth konnte verstehen, was es bedeutete, eine Gefangene zu sein, der Freiheit beraubt, und schließlich als letzte Erniedrigung den eigenen Körper entehrt zu wissen und zum Vergnügen seines Häschers benutzt zu werden. Eine Frau konnte den monumentalen inneren Krieg begreifen, den sie jeden Tag und jede Nacht hatte ausfechten müssen, um sich in ihrem tiefsten Innern an das zu klammern, was sie selbst war, was ihr Identität und Würde gab. Dieses Etwas, das selbst ein Vergewaltiger – vielleicht sogar ein Mörder – ihr nicht nehmen konnte.

»Danke«, sagten sie gleichzeitig nach einer kurzen Stille. Sie lachten beide, ein freudloses Lachen.

»Du weißt, Lily«, sprach Elizabeth zu ihr, »dass bei Männern die lächerliche Haltung vorherrscht, man müsse auch den schlimmsten Katastrophen seines Lebens aufrecht begegnen. Frauen sind nicht so dumm. Es ist völlig in Ordnung zu weinen, mein Liebes.«

Lily weinte. Sie schluchzte, bis sie glaubte, der Schmerz würde sie in Stücke reißen. Sie weinte, das Gesicht in Elizabeth' Schoß gebettet, während die ältere Frau ihr mit der Hand über das Haar strich und Belanglosigkeiten murmelte, die Lily nicht einmal hörte.

Schließlich richtete Lily sich auf, trocknete sich die Augen, schnäuzte sich und entschuldigte sich für den nassen Fleck, den sie auf Elizabeth' Rock hinterlassen hatte. Sie lachte zitternd. »Das nächste Mal wirst du es dir gut überlegen«, sagte sie, »bevor du mich noch einmal aufforderst zu weinen.«

»Weiß Neville davon?«

»In Grundzügen«, sagte Lily. »Nicht die Einzelheiten.«

»Ah«, sagte Elizabeth. »Gutes Mädchen. Also dann. Lass uns nach vorne schauen und die Zukunft planen. Lily, mein Liebes, wir werden *Spaß* haben, *Spaß, Spaß, Spaß.*«

Sie lachten erneut.

***

Neville wartete einen Monat.

Er versuchte, sein normales Leben wieder aufzunehmen. Nur dass sein normales Leben nach seiner Rückkehr von den Kriegen auf der Halbinsel die sehr enge Freundschaft zu seiner Schwester und seiner Cousine sowie sein allmähliches, unvermeidliches Werben um Lauren beinhaltet hatte.

Die freundschaftlichen Beziehungen waren angespannt. Er wollte nicht, dass sich Lauren der trügerischen Hoffnung hingab, er würde erneut um sie werben – und sie wollte keinesfalls den Eindruck vermitteln, dass sie es erwartete. Gwen fühlte sich einfach nur unwohl. Wie Lauren beim Abendessen am Tag vor Lilys Abreise gesagt hatte, nichts würde wieder so sein wie früher.

Dennoch wurde offensichtlich erwartet, dass er und Lauren heirateten. Die Nachbarn, die unter fadenscheinigen Vorwänden auf Newbury Abbey vorsprachen und häufiger als üblich zu Abendessen, Kartenpartien, zwanglosen Tanzvergnügungen und Picknicks einluden, waren viel zu höflich, um das Thema offen anzusprechen, aber es gab zahlreiche versteckte Andeutungen und geschickte Versuche, Neuigkeiten zu erfahren.

Ob sie in nächster Zeit mit der Rückkehr Baron Galtons, Miss Edgeworth' Großvater, nach Newbury rechneten, fragte Lady Leigh eines Tages. *Solch* ein distinguierter Gentleman!

Hatte die Gräfin von Kilbourne vor, ihren Wohnsitz wieder ins Witwenhaus zu verlegen, wollte Miss Amelia Taylor gern wissen. Sie fragte natürlich nur, weil es sich für sie und ihre Schwester auf keinen Fall schicken würde, eines Tages dem Herrenhaus einen Besuch abzustatten und nur Seine Lordschaft vorzufinden. Der bloße Gedanke ließ sie erröten.

Ob Seine Lordschaft in diesem Jahr noch immer eine Reise zu den Seen plante, fragte Sir Cuthbert Leigh. Die angeheirateten Verwandten seines Cousins waren eben erst von dort zurückgekehrt und hatten es als ausgesprochen malerisches und elegantes Reiseziel beschrieben.

Seiner Lordschaft müsse Newbury Abbey doch ziemlich groß und einsam vorkommen, wo seine Schwester und seine Cousine nicht mehr dort lebten, ließ ihn Mrs. Cannadine wissen.

Hatte sich Seine Lordschaft auch vollständig von dem unerfreulichen Zwischenfall erholt, fragte ihn Mrs. Beckford, die Frau des Vikars, mit demselben flüsternden, mitfühlenden Tonfall, den ihr Mann am Totenbett anschlug. Sie und der Reverend waren der Hoffnung – die Hoffnung wurde von einem koketten Blick begleitet, der nicht zu ihr passte –, dass *alles* bald wieder in Ordnung gebracht werden würde.

Und es waren nicht nur die Nachbarn. Auch die Gräfin drängte darauf, zu dem ursprünglichen Plan zurückzukehren.

»Ich mochte Lily«, versicherte sie ihm, als sie eine Woche nach Lilys Abschied gemeinsam frühstückten. »Ohne es zu wollen, mochte ich sie. Sie hat einen frischen, unbefangenen Charme. Ich hatte mich darauf eingestellt, ihr für den Rest meines Lebens meine Zuneigung und Unterstützung zu geben. Und ich weiß, dass du sie liebtest und dass die letzte Woche schwer für dich war. Du bist mein Sohn und ich kenne dich – und mein Herz hat mit dir gelitten.«

»Aber?« Er lächelte sie traurig an.

»Aber sie ist nicht deine Frau«, erinnerte sie ihn, »und möchte es auch nicht sein. Lauren war von Kindheit an für dich auserkoren. Ihr kennt euch gut, ihr empfindet tiefe Zuneigung füreinander, ihr seid euch verstandesmäßig und in Bezug auf eure Bildung ebenbürtig. Sie würde meine Rolle hier ohne anstrengende Übergangszeit ausfüllen können. Sie würde deinem Leben Stabilität schenken und der Kinderstube Kinder. Ich sehne mich nach Enkelkindern, Neville. Du kannst vielleicht nicht nachvollziehen, wie enttäuscht ich war, als Gwendoline nach ihrem Unfall eine Fehlgeburt hatte – nicht minder habe ich mit ihr getrauert. Aber ich schweife ab. Du hattest dich entschlossen, Lauren zu heiraten. Du warst glücklich mit dieser Entscheidung. Du standest mit ihr im wahrsten Sinne des Wortes schon vor dem Altar. Lass die Unruhe der letzten Wochen hinter dir und nimm deinen Lebensfaden dort wieder auf, wo du ihn fallen gelassen hast. Zum Wohle aller.«

Er reichte über den Tisch und nahm die Hand seiner Mutter in beide Hände. »Es tut mir wirklich Leid, Mama«, sagte er. »Aber, nein.« Er versuchte eine Erklärung zu finden, die sie verstehen würde, aber er wusste, das es ihm unmöglich war. Selbst seiner Mutter konnte er sein Herz nicht öffnen. »Geben wir uns allen Zeit«, fügte er müde hinzu.

Sein Leben schien in jenen Tagen nur aus Warten zu bestehen. Er wartete über eine Woche auf die Antwort auf einen Brief, den er am Morgen von Lilys Abreise an das Hauptquartier des Regiments geschrieben hatte. Endlich kam die Antwort – er hatte eigentlich erwartet, dass das Problem weitaus schwieriger, wenn nicht sogar unmöglich zu lösen sein würde. Er hatte den Brief nicht mit der Post geschickt, sondern hatte ihn mit präzisen mündlichen Instruktionen von seinem Kammerdiener überbringen lassen, der in der Armee sein Bursche gewesen war, ein stämmiger, ziemlich griesgrämiger Mann, der die Interessen seines Herrn immer gut vertreten hatte, indem er in seiner Pflichterfüllung nicht einen Millimeter von dem ausgegebenen Befehl abgewichen war. Die Antwort gab Neville etwas zu tun – und einen Vorwand Newbury Abbey zu verlassen, wo er sich nicht mehr wohl fühlte.

Er hätte einen Boten schicken können, um weiter gehende Nachforschungen anstellen zu lassen. Doch er entschloss sich, persönlich nach Leavenscourt in Leicestershire zu reisen, wohin Thomas Doyles Habseligkeiten nach ihrer Rückkehr nach England geschickt worden waren. Doyles Vater war Stallknecht auf dem Landgut von Leavenscourt.

Es war eine lange Reise und das Wetter hatte sich verändert, es war nass, stürmisch und kalt geworden. Neville war gezwungen, in einer geschlossenen Kutsche zu reisen, was ihn immer schon angeödet hatte. Und er erwartete nicht, am Ende seiner Reise etwas zu finden. Aber zumindest, dachte er, als das Wetter ihn zwang, in einer windschiefen Herberge, die diesen Namen nicht verdiente, abzusteigen, und er sich dort im Schankraum die Beine in den Bauch stand, zumindest *tat* er etwas. Newbury war ihm verhasst geworden, so vieles dort erinnerte ihn an Lily. Er hatte sogar den Fehler begangen, eine Nacht in der Hütte zu verbringen, sich dort hinzulegen, wo sie zusammengelegen hatten, erfüllt von einer solch überwältigenden Leere, dass er nicht einmal in der Lage gewesen war, sich aufzuraffen, die Hütte wieder zu verlassen.

Leavenscourt war ein kleiner, aber wohlhabend aussehender Besitz. Er sah sich mit leichter Verwunderung um, als er sich dem Haus näherte. Hier war Thomas Doyle aufgewachsen? Die Familie war nicht anwesend und sein Erscheinen versetzte die Haushälterin in höchste Aufregung. Als er ihr erklärte, dass er gekommen sei, um Mr. Doyle, einen der Stallknechte, Vater des verstorbenen Sergeant Thomas Doyle vom 95. Regiment, zu sprechen, starrte sie ihn nur schweigend an. Sie vergaß sogar ihre wippenden Hofknickse.

Es stellte sich heraus, dass Henry Doyle schon seit über vier Jahren tot war.

Neville fühlte sich, als habe ihm jemand eine Tür ins Gesicht geschlagen. »Ich habe erfahren«, sagte er, »dass das Regiment Sergeant Doyles Sachen nach seinem Tod vor mehr als achtzehn Monaten hierher geschickt hat. Wissen Sie vielleicht irgendetwas darüber, Ma'am?«

»Oh.« Sie machte einen Knicks. »Ich nehme an, dass sie an William Doyle ausgehändigt wurden, Mylord. Henry Doyles Sohn.«

Ah. »Und wo kann ich William Doyle finden?«, fragte er.

»Er ist tot, Mylord«, ließ sie ihn wissen. »Er starb vor ungefähr einem Jahr bei einem schrecklichen Unfall, Mylord.«

»Das tut mir Leid zu hören«, sagte Neville. Und das tat es wirklich. Die zwei Männer, die Lilys letzte noch lebende Verwandte gewesen wären, waren tot. »Wissen Sie vielleicht, Ma'am, was mit *seinen* Habseligkeiten geschehen ist?«

»Ich nehme an, dass Bessie Doyle sie hat, Mylord«, sagte sie. »Sie ist Williams Witwe. Sie lebt immer noch in der Hütte. Sie hat zwei Söhne aufzuziehen, und der Herr brachte es nicht übers Herz, sie fortzuschicken. Sie ist Wäscherin.«

Lilys Tante – und ihre Cousins.

»Könntet Ihr mir vielleicht den Weg zu ihrer Hütte zeigen, Ma'am?«, fragte er.

Die Haushälterin, erneut außerordentlich verwirrt, versicherte Seiner Lordschaft, dass sie Bessie zum Haus bestellen könne, aber er lehnte ihr Angebot ab und sie beschrieb ihm den Weg.

Bessie Doyle war eine korpulente Frau mittleren Alters mit rosigem Gesicht. In ihrem Haus herrschte einiges Durcheinander, aber es sah sauber aus. Sie begegnete dem Anblick eines modisch gekleideten Grafen vor ihrer Türschwelle mit einem abschätzenden Blick von Kopf bis Fuß und stemmte die Hände in ihre ausladenden Hüften.

»Wenn Ihr Eure Wäsche gewaschen haben wollt«, erklärte sie ihm, »seid Ihr hier richtig. Allerdings gebe ich mich nicht mit so schicken Stiefeln ab wie denen da, nachdem sie durch den Matsch getrampelt sind. Ihr tretet Euch besser die Füße ab, wenn Ihr vorhabt hereinzukommen.«

Neville konnte sich ein Lächeln nicht verkneifen. Im Tross der Armee hatte es zahlreiche Bessie Doyles gegeben, starke, fähige, praktische Frauen, die die gesamte Armee Napoleon Bonapartes mit in die Hüfte gestemmten Händen und ein paar bissigen Bemerkungen auf den Lippen empfangen würden.

Ja, Bessie erinnerte sich an den Brief, der eingetroffen war, um ihnen Thomas' Tod mitzuteilen. Will hatte ihn zum Vikar gebracht, um ihn vorlesen zu lassen. Und ja, hierher hatte man seinen Kram geschickt – alles nutzloses Zeugs. Es hatte dort hinten auf einem Haufen gelegen – sie deutete auf eine Ecke des Raumes, in dem sie standen – als sie vom Pflegen ihrer alten Mutter zurückgekehrt war, die letztendlich, wie das Leben so spielt, doch nicht gestorben war, dafür aber Will. Sie war von ihrer Mutter, die ein paar Meilen entfernt lebte, mit der Nachricht zurückgerufen worden, dass Will vom Pferd gestürzt war und sich bei der Landung auf einem Stein den Schädel eingeschlagen hatte.

»Das tut mir sehr Leid«, ließ Neville sie wissen.

»Nun ja«, meinte sie philosophisch, »das beweist wenigstens, dass er einen Kopf hatte, nicht wahr? Manchmal war ich mir da nicht so sicher.«

Bessie Doyle, schloss Neville daraus, war keine untröstlich trauernde Witwe.

»Ich hab das Zeug verbrannt«, sagte sie, bevor er fragen konnte. »Den ganzen Dreck.«

Neville schloss kurz die Augen. »Haben Sie es zuvor genau durchgesehen?«, fragte er. »War da kein Brief, kein Päckchen, kein ... kein Geld, vielleicht?«

Der bloße Gedanke an Geld entlockte Mrs. Doyle ein kurzes, bellendes Lachen. Ihrer weiblichen Einschätzung nach würde Will es innerhalb kürzester Zeit versoffen haben, wenn etwas da gewesen wäre.

»Vielleicht war das der Grund für seinen Sturz«, sagte sie, aber das war keine ernst gemeinte Überlegung. »Nein, natürlich war da kein Geld. Tom hätte kein Geld gespart, damit es nach seinem Tod so jemand wie Will in die Finger kriegt, bestimmt nicht.«

»Thomas Doyle hatte eine Tochter«, teilte ihr Neville mit.

Nun, Bessie Doyle wusste nichts von einer Tochter und legte auch kein brennendes Verlangen an den Tag, von ihrer lang verschollenen Nichte zu erfahren. Ihre Jungens würden bald von den Stallungen zurück sein, erklärte sie Seiner Lordschaft. Sie arbeiteten dort. Und sie würden hungrig genug sein, pro Kopf einen Ochsen zu verspeisen.

Neville verstand die Bemerkung als Aufforderung, sich auf den Weg zu machen. Aber als er sich zum Gehen wandte, fiel ihm etwas ins Auge – ein Militärtornister, der an einem Nagel neben der Tür hing.

»Gehörte der Thomas Doyle?«, fragte er und zeigte darauf.

»Ich nehme es an, ja«, sagte sie. »Das war das einzig Nützliche von dem ganzen Zeug. Aber so was von verdreckt! Musste ihn fast durchscheuern, bevor man ihn benutzen konnte.« Er war vollgestopft mit Lumpen.

»Kann ich ihn haben?«, fragte Neville. »Ich möchte ihn kaufen?« Er zog seine Geldbörse aus der Tasche, entnahm eine Zehn-Pfund-Note und reichte sie ihr.

Sie sah ihn misstrauisch an. »Seid Ihr verrückt?«, fragte sie Seine Lordschaft. »Das ist weit mehr, als ich und meine Jungens in einem Jahr verdienen. Für diese alte Tasche?«

»Bitte.« Neville lächelte. »Wenn zehn Pfund nicht genug sind, werde ich den Betrag verdoppeln.«

Doch Bessie Doyle hatte ihren Stolz. Seine Lordschaft von den Schlammigen Stiefeln mochte verrückt sein, aber sie war keine Diebin. Sie entleerte den Inhalt des Tornisters auf den Boden, überreichte ihn mit der einen Hand und nahm mit der anderen die zehn Pfund.

Der saubere, unförmige Tornister, der seinem Sergeant gehört hatte, lag während der gesamten Rückfahrt nach Newbury auf dem Sitz gegenüber Nevilles in der Kutsche. Er war Lilys einziges Erinnerungsstück an ihren Vater. Er hätte hundert Pfund dafür bezahlt – tausend. Aber er verspürte auch Enttäuschung. Hatte Mrs. Doyle unbeabsichtigt einen Brief oder ein Päckchen verbrannt, das für Lily etwas Wichtiges enthalten hatte?

Neville wollte noch einen Monat auf Newbury bleiben, bevor er in sein Stadthaus nach London ziehen würde.

Zwei Wochen waren seit seiner Rückkehr aus Leicestershire vergangen. Erst die Hälfte eines Monats und die anderen Hälfte lag noch vor ihm! Und dann könnte sich die schwache Hoffnung, die ihn getragen hatte, als illusorisch erweisen. Lily, vermutete er, war nicht so einfach zu bewegen, ihre Haltung zu ändern.

Doch als der Monat fast vorüber war, noch bevor er sich zu einem genauen Abreisetermin entschlossen hatte, erhielt er einen Brief von Elizabeth.

»Ich habe dir dies hier besorgt«, hatte sie in einer kurzen Note geschrieben, »indem ich bekannt werden ließ, dass du vorhabest, in Kürze in die Stadt zu kommen. Du wärst sicherlich gern anwesend, Neville.«

Beiliegend fand er eine Einladung zu einem Ball bei Lady Ashton auf dem Cavendish Square.

Neville nickte in die Leere der Bibliothek. »Ja«, sagte er laut. »O ja, Elizabeth. Ich werde da sein.«

Kapitel 18

Lady Ashtons jährlicher Ball am Cavendish Square war wie immer eines der großen Ereignisse der Saison. Und es war der Ball, den Lady Elizabeth Wyatt auserkoren hatte, um ihre Gefährtin in die Gesellschaft einzuführen.

Elizabeth hatte viele Freunde und Bekannte. Eine Vielzahl davon hatte sie in dem Monat seit ihrer Rückkehr nach London besucht und sie selbst hatte ebenfalls viele Besuche gemacht. Auch hatte sie sich auf vielen Abendveranstaltungen gezeigt. Aber niemand hatte ihre neue Gesellschafterin, Miss Doyle, zu Gesicht bekommen oder irgendwelches Interesse an ihr gezeigt, bis Elizabeth bei einem Abendessen kurz vor dem Ashton Ball rein zufällig die Bemerkung fallen ließ, dass Lily Doyle und die Frau, die bei der Trauung des Grafen von Kilbourne im Frühjahr für so viel Aufregung gesorgt hatte, ein und dieselbe Person waren.

Jeder wusste über Lily Bescheid. In diesem Frühjahr war sie die vielleicht berühmteste oder besser die berüchtigtste Frau Englands – zumindest bei den Mitgliedern der *beau monde*. Allein ihr Auftauchen in der Kirche von Newbury, das eines der größten gesellschaftlichen Ereignisse des Jahres gesprengt hatte, war zweifelsohne ausreichend, um eine ganze Saison lang und darüber hinaus für Gesprächsstoff zu sorgen. Aber lange bevor diese Sensation in Vergessenheit geraten konnte, wurde der Rest der köstlich bizarren Geschichte enthüllt – Lily war letztendlich überhaupt nicht die Gräfin von Kilbourne, da ihre Heirat mit dem Grafen nie ordnungsgemäß registriert worden war.

Lilys Geschichte war in jedem eleganten Salon und Speisezimmer Londons erzählt und diskutiert worden. Es gab noch viele offene Fragen, sodass sich unendlich viele Gesprächsthemen boten: Wer war sie? Warum hatte Kilbourne sie geheiratet? Warum hatte er niemals irgendjemandem davon erzählt? Wo genau war sie die ganze Zeit gewesen, während Kilbourne sie für tot gehalten hatte? Was war geschehen, nachdem Kilbourne die Wahrheit über die Unrechtmäßigkeit ihrer Ehe herausgefunden hatte? Hatte sie ihn auf Knien angefleht, sie nochmals zu heiraten? Hatte sie wirklich damit gedroht, sich von einer Klippe zu stürzen? Gab es genauere Angaben über die Höhe der Abfindung, die Kilbourne gezwungen gewesen war, an sie zu zahlen? War sie wirklich so vulgär, wie alle behaupteten? Wohin war sie verschwunden? Entsprach es der Wahrheit, dass sie sich mit dem halben Vermögen des Grafen und, um dem Ganzen die Krone aufzusetzen, mit einem seiner Stallknechte aus dem Staub gemacht hatte? Wann würde der Graf von Kilbourne Miss Edgeworth heiraten? Würden sie sich dieses Mal zu einer Hochzeit in kleinem Kreis entschließen? Hatte Miss Edgeworth wirklich das Angebot des Grafen verschmäht? Und wer *war* diese Lily überhaupt? War sie wirklich nur die Tochter eines *gemeinen Soldaten*?

Und dann wurde bekannt, dass jene Miss Doyle, die als Gesellschafterin bei Lady Elizabeth Wyatt lebte, tatsächlich *Lily* Doyle war, vormals und nur für kurze Zeit die Gräfin von Kilbourne. Und dass sie an Lady Ashtons Ball teilnehmen würde. Nur sehr wenigen kam in den Sinn, dass Lily als Tochter eines einfachen Sergeants der Infanterie, als Mitglied der Unterschicht, kein Recht hatte, an einem Ball der besseren Gesellschaft teilzunehmen, und dass Elizabeth einen schwerwiegenden Verstoß gegen die Etikette beging, indem sie sie dort einführte.

Tatsache war, dass jeder Lily Doyle unbedingt zu Gesicht bekommen wollte, und wenn das nur auf dem Ashton-Ball möglich war, nun gut, dann sollte es also so sein. Mancher, der sie bereits in der Kirche von Newbury gesehen hatte, erinnerte sich an die dürre, ungepflegte Frau, die alle fälschlicherweise für eine Bettlerin gehalten hatten, und fragte sich mit einer gewissen Faszination, wie Lady Elizabeth die Dreistigkeit besitzen konnte, zu beabsichtigen, sie in die Gesellschaft einzuführen – selbst wenn von ihr als bezahlter Gesellschafterin erwartet wurde, dass sie sich still mit den Anstandsdamen in eine Ecke zurückzog. Doch die meisten waren um ihrer Neugier willen froh, dass Elizabeth diese Dreistigkeit besaß – sie wollten sich die Frau, die sie nur so kurz gesehen hatten, genauer anschauen.

Diejenigen, die Lily noch nie gesehen hatten, konnten es kaum erwarten, einen Blick auf die Frau zu werfen, die den Grafen von Kilbourne auf der Pyrenäenhalbinsel zu einer so unüberlegten Heirat verführt hatte und danach zum Gesprächsthema der gesamten feinen Gesellschaft geworden war. Was für eine Frau mochte das nur sein, fragte sich jeder, die ihr ganzes Leben mit dem Pöbel der Armee verbracht hatte? *Vulgär?* Wie sonst?

Lady Ashtons Ball war stets ein gut besuchtes Ereignis. Dieses Jahr machte da keine Ausnahme. Mehr als das, die *beau monde*, die zu diesem fortgeschrittenen Zeitpunkt der Saison für gewöhnlich von einem gewissen Überdruss geplagt wurde und mangelndes Interesse erkennen ließ, blickte mit gehöriger Vorfreude einem Amüsement entgegen, das mit Sicherheit *anders* werden würde.

Und dann, zwei Tage vor dem Ball, traf der Graf von Kilbourne selbst in Kilbourne House am Grosvenor Square ein. Einen Tag vor dem Ball wusste es ganz London – und auch, dass er die Einladung zu Lady Ashtons Ball angenommen hatte.

***

Der Herzog von Portfrey war zurück, wie Lily feststellte, als sie Elizabeths Salon betrat. Sie hatte gewusst, dass er sie beide zum Ball begleiten würde, daher war sein Anblick keine Überraschung. Dennoch zerrte dieses Treffen an ihren Nerven. Er war erst kürzlich in die Stadt gekommen – nicht, dass sie ihn gesehen hätte, wenn er schon länger dort gewesen wäre. Sie hatte niemanden zu Gesicht bekommen außer Elizabeth, den Dienstboten und den verschiedenen Lehrern, die ihr Unterricht gegeben hatten. Sie wünschte, der Herzog wäre nicht in der Stadt, obwohl sie in dem Monat, den sie ihn nicht gesehen hatte, zu der Überzeugung gelangt war, dass an ihm nichts Unheimliches war.

Sie blieb nicht in der Salontür stehen, aber sie ging auch nicht zu weit in den Raum hinein – man hatte ihr die genaue Entfernung gezeigt – und machte einen Knicks. Es hatte sie unglaublich viel Zeit gekostet, einen formvollendeten Knicks zu erlernen. Ein einfaches Beugen des Knies und Neigen des Kopfes waren nicht gut genug – schließlich wollte man nicht wie ein Dienstmädchen aussehen. Das andere Extrem – mit Knie und Stirn beinahe über den Boden zu schrammen – war viel zu überschwenglich, außer vielleicht, man wurde der Königin oder dem Prinzregenten vorgestellt. Ihre Versuche hatten Elizabeth jedes Mal in ansteckende Lachanfälle ausbrechen lassen. Tatsächlich, so musste Lily zugeben, war das Lernen ein Spaß gewesen – um das Wort zu benutzen, mit dem Elizabeth so gern die Aktivitäten des vergangenen Monats umschrieb. Sie hatten viel gelacht.

»Euer Gnaden«, sagte sie, senkte beim Knicks bescheiden den Blick und hob ihn, als sie sich erhob, um ihn anzusehen – nicht zu keck, sondern mit der korrekten Kinnhaltung und Rücken und Schultern gerade, jedoch nicht so steif wie ein Soldat bei der Parade. *Entspannte, würdevolle Anmut* war der Begriff, den Elizabeth häufig benutzte.

»Miss Doyle.«

Der Herzog begrüßte sie mit einer leichten, doch eleganten Verbeugung. Alles an ihm war elegant, von der modisch zerzausten Brutus-Frisur seiner dunklen Haare bis hinunter zu den ebenso modischen Tanzschuhen. Lily hatte während des vergangenen Monats einiges über Mode gelernt – sowohl über Männer- als auch über Frauenmode – und konnte den Unterschied zwischen gutem Geschmack und übertriebenem Dandytum erkennen. Seine Gnaden kleidete sich mit makellos gutem Geschmack. Er war für einen älteren Mann wirklich sehr gut aussehend, dachte Lily. Es wunderte sie keineswegs, dass Elizabeth ihn als Verehrer akzeptiert hatte. Aber auch er sah sie eindringlich an, benutzte dazu sogar sein Monokel, und sie wurde an das unangenehme Gefühl erinnert, dass er ihr auf Newbury bereitet hatte.

»Außergewöhnlich. Exquisit«, murmelte er.

»Aber natürlich«, sagte Elizabeth und klang äußerst zufrieden. »Hattest du etwas anderes erwartet, Lyndon?« Sie lächelte Lily liebevoll an. »Du siehst wirklich bezaubernd aus, Liebes. Mehr als bezaubernd. Du siehst aus wie …«

»Wie eine Dame?«, sagte Lily in die Pause hinein, die Elizabeth mit einer ausdrucksstarken Geste, aber ohne Worte ausgefüllt hatte.

Elizabeth hob die Augenbrauen. »O ja, ohne jede Frage«, sagte sie. »Aber *schwebend* ist, glaube ich, das Wort, nach dem ich suchte. Du siehst aus ... oh, als wärst du in diesen Kleidern geboren. Nicht wahr, Lyndon?«

»Miss Doyle, würdet Ihr mir vielleicht die Ehre erweisen, den ersten Tanz mit mir zu tanzen?«, fragte der Herzog.

»Ich danke Euch, Euer Gnaden.«

Lily vermied es, sich auf die Lippen zu beißen und das zu sagen, was sie in der vergangenen Woche immer wieder ohne Erfolg Elizabeth gesagt hatte. Denn obwohl sie fraglos das schönste Ballkleid trug, das sie je gesehen hatte, und obwohl sie gelernt hatte zu knicksen, Kopf, Körper und Arme in korrekter Haltung zu bewegen und die unterschiedlichsten Leute richtig anzureden und obendrein so lächerliche Dinge wie den korrekten Gebrauch des Fächers – er war anscheinend nicht dazu gedacht, sie abzukühlen, wenn ihr warm war –, konnte sie sich unter keinen Umständen vorstellen, an dem Ball als Tänzerin teilzunehmen. Natürlich hatte sie dreimal pro Woche Tanzstunden gehabt und war von dem überkandidelten Meister, über den sie und Elizabeth jedes Mal, nachdem er gegangen war, in schallendes Gelächter ausgebrochen waren, als aufmerksame und anmutige Schülerin bezeichnet worden. Aber sie fühlte sich dennoch nicht annähernd sicher genug, die Tanzschritte auf dem Parkett eines echten Gesellschaftsballs auszuführen. Sie fühlte sich nicht einmal genügend vorbereitet, um auf einem Ball der gehobenen Gesellschaft völlig regungslos in einer dunklen Ecke zu verharren.

»Sollen wir uns dann auf den Weg machen?«, schlug der Herzog vor.

Fünf Minuten später saß Lily neben Elizabeth in der bekrönten Stadtkutsche des Herzogs ihm gegenüber, der mit dem Rücken in Fahrtrichtung saß. Auf dem Weg zu Lady Ashtons Ball. Es war Lilys Pflicht, sie dorthin zu begleiten, hatte Elizabeth gesagt, als Lily anfänglich entsetzt Einwände erhoben hatte. Und welchen Nutzen hatte eine Gesellschafterin, wenn sie ihrer Arbeitgeberin auf gesellschaftlichem Parkett nicht ebenbürtig war? Elizabeth brauchte keine weitere Dienstbotin – davon hatte sie genug. Sie brauchte eine Freundin.

Lily war verängstigt. Ihr Aufenthalt auf Newbury Abbey hatte ihr einen Eindruck davon vermittelt, wie sich das Leben in der Oberschicht abspielte. Es war eine fremde, ihr völlig unbekannte Welt. Jener Umstand hatte wesentlich dazu beigetragen, dass sie die Erkenntnis begrüßt hatte, doch nicht verheiratet zu sein. Und dennoch war sie gerade im Begriff, während der offiziellen Saison an einem Ball der Oberschicht teilzunehmen. Obwohl sie zum Dinner nur wenige Bissen hatte essen können, fühlte sich ihr Magen äußerst unwohl. Und wenn ihre Beine sie trugen, wenn sie schließlich gezwungen sein würde, der Kutsche zu entsteigen, wäre sie doch sehr überrascht.

Sie hoffte, sich in eine dunkle Ecke zurückziehen zu können, nachdem der Herzog von Portfrey mit ihr getanzt hatte – aber gab es auf einem großen Ball überhaupt dunkle Ecken, in die man sich zurückziehen konnte? Sie hoffte, Elizabeth möge sie nicht dazu zwingen, mit weiteren Männern zu tanzen. Sie hoffte, niemand möge wissen, wer sie war. Sie war sich natürlich sehr wohl der Tatsache bewusst, dass einige der heutigen Gäste bei der Trauung, die sie unterbrochen hatte, in der Kirche von Newbury gewesen waren. Aber sie glaubte nicht, dass jemand sie wiedererkennen würde. Wie auch? Sie sah gewiss völlig anders aus. Sie hoffte inständig, niemand möge sie wiedererkennen. Sicherlich würde sie mit Schimpf und Schande hinausgeworfen werden, wenn jemand entdeckte, wer sie war – oder wichtiger noch, wer sie nicht war. Sie war keine Dame.

Der Herzog von Portfrey sah sie unentwegt an, wie sie feststellte, als sie verstohlen zu ihm schaute. Er verursachte ihr immer ein Gefühl der Atemlosigkeit – nicht von der Art, wie es bei Neville geschah, und es hatte auch nicht unbedingt mit Angst zu tun. Sie konnte das Gefühl nicht beschreiben, außer dass sie sich dabei sehr unbehaglich fühlte.

»Es ist in der Tat bemerkenswert«, murmelte er.

»Nicht wahr?«, sagte Elizabeth gut gelaunt. »Aschenputtel wie es leibt und lebt, findest du nicht auch, Lyndon? Aber nicht gekünstelt, das musst du zugeben. Da war eine Menge Schönheit und natürlicher Anmut und Feinheit, auf die wir aufbauen konnten. Wir haben keine neue Lily geschaffen. Wir haben nur die alte aufpoliert und sie zu dem gemacht, wofür sie immer schon bestimmt war.«

»Ich weiß nicht recht.« Seine Gnaden hob die Augenbrauen und seine Augen hafteten weiterhin auf Lily. Er sprach leise und hinterließ bei Lily den unangenehmen Eindruck, dass Elizabeth seine vorherige Bemerkung womöglich missverstanden hatte.

Aber für dieses besondere Unbehagen blieb jetzt keine Zeit. Die Kutsche verlangsamte ihre Fahrt und hielt an. Sie standen hinter einer Reihe von Kutschen, wie Lily erkannte, als sie aus dem Fenster spähte. Vor ihnen drang viel Licht aus den geöffneten Türen eines hell erleuchteten Herrenhauses. Ein roter Teppich erstreckte sich von den Türen über die Treppe und den Gehsteig, damit die illustren Gäste, die den zahlreichen Kutschen entstiegen, die Füße nicht auf den harten, kalten Boden zu setzen brauchten.

Sie waren da – oder zumindest so gut wie. Sie mussten warten, bis sie an der Reihe waren, während die Kutschen vor ihnen eine nach der anderen zu dem Teppich vorfuhren, wo livrierte Diener den elegant gekleideten Gästen beim Aussteigen behilflich waren.

Lily wünschte sich innig, sie möge nie an die Reihe kommen. Und dann wünschte sie sich, sofort an die Reihe zu kommen, ohne jede weitere Verzögerung, ohne einen weiteren Moment des Nachdenkens.

»Ihr werdet das Haus und den Ballsaal an meinem Arm betreten, Miss Doyle«, sagte Seine Gnaden ruhig, der sich ihrer Beklemmung offensichtlich vollkommen bewusst war, obwohl sie geglaubt hatte, äußerlich völlig ruhig zu sein. »Seid ganz unbesorgt. Und selbst ohne meine Begleitung seht Ihr ganz wie eine Dame aus und seid bezaubernd genug, um sich der Bewunderung aller Anwesenden gewiss zu sein.«

Lily hatte nicht den Wunsch, derart aufzufallen, aber seine Worte waren zugegebenermaßen beruhigend. Und plötzlich erschien er ihr vollkommen verlässlich und vertrauenswürdig. Sie spürte, wie sie ruhiger wurde. Allerdings nur, bis die Kutsche ein weiteres Stückchen vorzog und ein Diener die Tür öffnete und die Trittstufen herausklappte.

***

Neville fand sich erst spät auf dem Ball ein. Er aß mit dem Marquis von Attingsborough zu Abend und sie verweilten länger als nötig bei ihrem Port.

»Tatsache ist, dass ich sie nicht zu Gesicht bekommen habe«, berichtete der Marquis. »Elizabeth hat sie völlig abgeschottet. Ich hätte nicht einmal gewusst, dass sie in London ist, wäre ich bei ihrer Abreise von Newbury nicht dabei gewesen. Allerdings ist es jetzt bekannt geworden. Die ganze Welt weiß, dass sie auf dem Ball sein wird – und du natürlich auch.«

Neville zuckte zusammen. Er glaubte zu wissen – er *hoffte* zu wissen – was Elizabeth vorhatte, aber er war sich nicht sicher, ob er ihre Vorgehensweise schätzte. Es würde ein beängstigend öffentliches Zusammentreffen werden. Und das auch noch bei einem Großereignis der höheren Gesellschaft. Er hätte es vorgezogen, Elizabeth ohne großes Aufsehen einen Besuch abzustatten, aber das hatte sie nicht erlaubt. Er hielt es durchaus für möglich, dass Lily nicht einmal wusste, dass er in London war.

Er vermied es, sich auszumalen, wie sie auf diese Neuigkeit reagiert hatte – oder wie sie reagieren würde, wenn sie ihm heute Abend unvorbereitet gegenüberstand.

Arme Lily – das war nicht das Einzige, womit sie sich heute Abend würde auseinander setzten müssen. Er hätte von Elizabeth mehr Feingefühl im Umgang mit Lilys Gefühlen der Unzulänglichkeit erwartet, als sie auf einen Ball der feinen Gesellschaft zu schleppen, wo sie schon kaum mit dem alltäglichen Leben auf Newbury Abbey zurechtgekommen war. Sie war einfach nicht in der Lage, eine solch schwere Prüfung zu bestehen, und sie würde äußerst unwohl fühlen. Die Nervosität, die er verspürte, als er sich schließlich mit seinem Cousin dem Cavendish Square näherte und die Stufen zum Ballsaal der Ashtons hinaufstieg, galt ihr genauso wie ihm.

»Zum Teufel«, murmelte er dem Marquis zu, als sie auf der Schwelle standen. »Warum tue ich das?«

Unglücklicherweise war gerade Tanzpause und bei seinem Erscheinen entstand ein unmissverständliches Getuschel, das keine Sekunde später von dem Stimmengewirr erneut aufgenommener Konversationen gefolgt wurde, als ein Ballsaal voller Menschen sich redlich bemühte, den Eindruck zu erwecken, sich um ihre eigenen Angelegenheiten zu kümmern. Lily war also tatsächlich hier. Neville nahm nicht an, dass seine Anwesenheit allein eine solch offensichtliche Unruhe verursachen würde.

Dieser Ball, vermutete er, würde zur Sensation des Jahres werden. Vielleicht des Jahrzehnts. Zur Hölle damit, aber er hätte sich nicht darauf einlassen dürfen. Das Ganze war ein Fehler.

»Elizabeth sei verflucht«, sagte er, immer noch flüsternd.

»Mein lieber Nev«, sagte der Marquis langatmig, »genau für solche Gelegenheiten ist das Monokel erfunden worden.« Er hielt seins ans Auge und ließ den Blick überheblich über die Anwesenden schweifen.

»Damit ich das ganze Elend vergrößert sehen kann?«, fragte Neville, verschränkte die Hände hinter dem Rücken und zwang sich, sich umzusehen. Einen vollen Monat lang hatte er sich nach Lilys Anblick gesehnt und dennoch hatte er jetzt Angst, sie zu sehen – Angst, sie durch die peinliche Situation gelähmt zu sehen, die auch für ihn beinah unerträglich war.

»Dort hinten, zu deiner Linken, Nev«, sagte sein Cousin.

Portfrey war sofort zu erkennen und neben ihm Elizabeth. Eine Menschentraube umringte sie – fast ausschließlich Männer, wobei es den Anschein hatte, als befände sich noch ein weibliches Wesen in ihrer Mitte. *Lily*? Einem solchen Mob ausgesetzt? Neville spürte wieder diese Kälte, die ihn stets überkommen hatte, wenn er inmitten einer Schlacht einen seiner Männer einer Übermacht von Feinden ausgesetzt gesehen hatte.

Der Mob hatte ihn offensichtlich nicht bemerkt. Aber alle anderen. Alle beobachteten ihn mit größter Aufmerksamkeit – obwohl er der Überzeugung war, dass sich niemand dabei ertappen lassen würde, würde er sich umblicken, während er den Ballsaal in Richtung der Gruppe durchquerte.

»Ruhig, Nev«, sagte der Marquis neben ihm. »Du siehst aus, als wolltest du gleich mit Fäusten um dich schlagen. Das wäre nicht die feine Art, alter Freund. Das Schauspiel würde gierig aufgesogen werden und mindestens ein Jahrzehnt an dir hängen bleiben. Und ebenso an Lily, verstehst du?«

Elizabeth sah sie kommen und lächelte großmütig. »Joseph! Neville!«, rief sie. »Wie entzückend, euch beide zu sehen.«

Die guten Manieren gewannen die Oberhand. Neville verbeugte sich, ebenso sein Cousin. Dann tauschten sie Verbeugungen mit dem Herzog von Portfrey, der sich ebenfalls umgedreht hatte, um sie zu begrüßen.

»Deiner Mutter geht es gut, hoffe ich, Neville?«, fragte Elizabeth. »Und auch Gwendoline und Lauren?«

»Allen dreien«, versicherte ihr Neville. »Sie lassen grüßen.«

»Danke«, sagte sie. »Hast du schon Miss Doyle kennen gelernt? Darf ich euch vorstellen?«

Die Unverschämtheit dieser Frau, dachte Neville. Sie hatte ihren Spaß. Der Mob, bemerkte er, war leiser geworden. Einige der Kerle hatten sich zurückgezogen. Und dann bekam er dummerweise Angst, sich umzudrehen. Es bereitete ihm körperliche Schwierigkeiten. Aber er tat es – ziemlich ruckartig.

Er vergaß, dass er, genau wie sie, von der halben Gesellschaft beobachtet wurde.

Sie war ganz in Weiß – ganz zarteste Schlichtheit. Sie sah aus wie ein Engel. Sie trug ein hochtailliertes, kurzärmeliges Satinkleid mit rechteckigem Ausschnitt und einer netzartigen Tunika, einen weißen Fächer, weiße Schuhe und lange Handschuhe. Selbst das Band, das in ihr Haar geflochten war, war weiß. Überhaupt – *ihr Haar!* Es war kurz geschnitten und in Locken um ihr Gesicht gelegt, wodurch es noch herzförmiger aussah und ihre blauen Augen noch größer erscheinen ließ. Sie sah süß und unschuldig und unglaublich verlockend aus.

Lily. Oh, lieber Gott, Lily! Seit ihrer Abreise hatte er sie jede Minute jeder einzelnen Stunde vermisst. Aber er hatte nicht gewusst, wie schmerzlich, bis er sie jetzt wiedersah.

»Darf ich dir den Marquis von Attingsborough und den Grafen von Kilbourne vorstellen, Lily?«, sagte Elizabeth. »Miss Doyle, Gentlemen.«

Was für eine Posse war das?, fragte sich Neville, ohne den Blick von ihrem Gesicht abzuwenden. Ihre Augen hatten sich bei seinem Anblick geweitet, hatten von ihm nicht abgelassen, und sie errötete – sie war also über seine Anwesenheit nicht vorgewarnt gewesen. Aber sie verlor nicht die Fassung. Stattdessen machte sie einen höflichen Knicks.

»Mylord«, sagte sie, erst zu Joseph und dann zu ihm.

Er sah sich eine förmliche Verbeugung machen und an dem Possenspiel teilnehmen. »Miss Doyle.«

Ihm fiel auf, dass er sie niemals so angeredet hatte. Er hatte sie immer als Sergeant Doyles Tochter gemocht und respektiert, aber er hatte sie stets nur Lily genannt, was er bestimmt nicht getan hätte, wäre sie die Tochter eines Offizierskollegen gewesen. Er hatte sie demnach immer als geringer angesehen, geringer als eine Dame. War es so?

»Ja«, sagte sie als Antwort auf eine Frage, die Joseph ihr gestellt hatte. »Vielen Dank, Mylord. Alle waren äußerst zuvorkommend und ich habe bis jetzt alle drei Durchgänge getanzt. Seine Gnaden waren so freundlich, mich zum ersten Tanz zu geleiten.«

Wie hatte sie sich verändert – abgesehen von ihrem Haar, das wirklich sehr hübsch aussah, obwohl Neville spürte, dass er den Verlust der wilden Mähne betrauern würde, wenn es ihm möglich wäre, darüber nachzudenken. Sie hatte sich noch auf andere Art verändert – oh, auf tausend andere Arten. Sie hatte schon immer Grazie besessen. Aber am heutigen Abend schien sie von *eleganter* Grazie zu sein. Es lag auch an ihrer Sprechweise. Sie hatte sich schon immer korrekt ausgedrückt, hatte nie mit vulgärem Akzent gesprochen. Aber heute Abend vernahm er eine besondere Verfeinerung in ihrer Stimme. Der Hauptunterschied war jedoch, wie er ohne langes Nachdenken feststellte, dass sie nicht so verwirrt oder verloren aussah wie auf Newbury Abbey. Sie wirkte ausgeglichen, schien sich wohl zu fühlen. Sie sah aus, als gehörte sie hierher.

»Würdet Ihr mit mir tanzen … Miss Doyle?«, fragte er plötzlich. Er konnte sehen, dass man sich bereits wieder zum Tanz formierte.

»Es tut mir Leid, Mylord«, sagte sie. »Ich habe diesen Durchgang bereits Mr. Farnhope versprochen.

Und natürlich war Freddie Farnhope in der Nähe, zögernd und etwas verunsichert, aber entschlossen, sich durchzusetzen.

»Vielleicht den nächsten«, sagte Neville.

»Danke«, sagte sie und legte ihre Hand auf Farnhopes ausgestrecktes Handgelenk – wo hatte sie das gelernt? »Das wäre ganz reizend, Mylord.«

Mylord. Das war das erste Mal, dass sie ihn so angeredet hatte. Sie verhielt sich förmlich und unpersönlich, genau wie er. Als ob sie sich gerade zum ersten Mal begegnet wären. Konnte Lily eine Quadrille tanzen? Aber nach den ersten Takten war klar, dass sie es konnte. Sie tanzte sicher und anmutig – und mit einem reizenden Ausdruck von

Konzentration auf dem Gesicht. Als habe sie erst kürzlich die Schritte gelernt – was zweifellos der Fall war.

Da begriff er, dass Elizabeth und Lily während des vergangenen Monats in London nicht untätig gewesen waren.

Auf eine seltsame Art tat diese Erkenntnis weh. Er hatte sein Leben in Newbury wieder aufgenommen, weil es notwendig gewesen war, und er hatte geglaubt, dass Elizabeth weiterhin ihr Leben so leben würde, wie sie es gewohnt war, während sich Lily unglücklich und peinlich berührt im Hintergrund hielt. Den ganzen Monat lang hatte er nachgedacht, wie er sie dazu überreden könnte, zu ihm zurückzukehren, wie er das Leben auf Newbury Abbey für sie weniger bedrückend gestalten konnte. Und für den Fall, dass das nicht klappen sollte, hatte er sich Gedanken gemacht, welches Leben und welche Umgebung zu einer jungen Frau passen könnten, die ihr Leben lang fern von England eine Art Nomadendasein geführt hatte. Er war entschlossen gewesen, sie irgendwo glücklich unterzubringen. Er hatte davon geträumt, ihr Retter zu sein, ihr Glück über das seine zu stellen, zu tun, was für sie gut war.

Und die ganze Zeit über hatten Elizabeth und Lily zusammen das getan, woran er nicht einmal gedacht hatte – tatsächlich hatte er sich derartigen Versuchen von Seiten seiner Mutter widersetzt. Sie hatten aus ihr eine *Dame* gemacht.

Gewiss war sie nicht glücklich, dachte er, als er sie traurig beim Tanzen beobachtete. Wie denn auch? Wo war seine Lily, jenes glückliche, verträumte, feenhafte Wesen, das er auf der Iberischen Halbinsel mit unglaublichen Glücksgefühlen beobachtet hatte, lange bevor er sich in sie verliebt hatte? Die Nymphe mit dem langen Haar und den nackten Füßen, die auf einem Felsen in Portugal gesessen hatte, einen Vogel über sich schweben sah und davon träumte, vom Wind getragen zu werden? Die bezaubernde Frau, die in ihrer ganzen Schönheit am Teich am Fuße des Wasserfalls gestanden und ihm gesagt hatte, dass sie die Szenerie nicht nur betrachtete, sondern *lebte*.

Sie war zu einer zierlichen, eleganten, betörenden Dame geworden, die auf einem Ball in London die Quadrille tanzte, Freddie Farnhope anlächelte und sich auf ihre Schritte konzentrierte.

»Donnerwetter, Elizabeth«, sagte Joseph und benutzte wieder sein Monokel, »sie hat sich zu einer seltenen Schönheit entwickelt.«

»Nur für Augen, die an Ballschönheiten gewöhnt sind, Joe«, sagte Neville mehr zu sich selbst als zu seinem Cousin. »Sie war schon immer eine seltene Schönheit.«

»Neville«, sagte Elizabeth, »du darfst mich zum Erfrischungsraum geleiten, wenn ich bitten darf.«

Er bot ihr den Arm und geleitete sie durch den Saal.

»Louisa muss sehr zufrieden sein«, sagte sie, sobald sie den lärmerfüllten Ballsaal hinter sich gelassen hatten. »Ihr Ball ist sogar noch besser besucht als sonst. Oder vielleicht liegt es auch nur daran, dass die meisten den Ballsaal bevölkern, statt wie sonst üblich in den Kartenraum oder den Salon abzuwandern.«

»Elizabeth«, sagte er, »warum tust du das? Warum versuchst du, Lily zu ändern? Ich mochte sie so, wie sie war.«

»Dann bist du egoistisch«, sagte sie. »Richtig, der Erfrischungsraum liegt in dieser Richtung. Ich brauche ein Glas Limonade.«

»Egoistisch?« Er runzelte die Stirn.

»Aber natürlich«, sagte sie. »Vielleicht war Lily selbst so, wie sie war, nicht glücklich. Aber fraglos ist sie mit ihrer *Veränderung* sehr glücklich, Neville. Wenn man lernt, fügt man dem bereits vorhandenen Wissen und Fähigkeiten hinzu. Man bereichert sein Leben. Man wächst. Man verändert sich nicht in fundamentalen Eigenschaften. Auch ich mochte Lily so, wie sie war. Und ich mag sie so, wie sie ist. Sie ist immer noch Lily und wird es auch immer bleiben.«

»Sie hat das Leben auf Newbury Abbey gehasst«, sagte er, »obwohl alle sich Mühe gaben, nett zu ihr zu sein. Sogar Mama war nett, nachdem sie sich von dem ersten Schock erholt hatte. Sie war bereit, Lily einige der Lasten des Lebens als Gräfin abzunehmen. Aber Lily hasste es trotzdem, das weißt du. Sie muss auch dies hier hassen. Ich werde nicht zulassen, dass sie unglücklich ist, Elizabeth, oder dazu gezwungen wird, etwas zu tun, das sie nicht tun will, oder jemand zu sein, der sie nicht sein will. Ich werde sie irgendwo sesshaft werden lassen – in einem Dorf auf dem Lande, glaube ich –, wo sie ihr eigenes ruhiges Leben führen kann.«

»Vielleicht wird sie sich eines Tages dazu entschließen«, sagte Elizabeth, »vielleicht aber auch nicht. Vielleicht wird sie sich entschließen, eine Stellung anzutreten – möglicherweise sogar eine dauerhafte Stellung als meine Gesellschafterin. Oder vielleicht wird sie trotz ihres mangelnden Vermögens heiraten. Es gibt hier heute Abend zahllose Gentlemen, die von ihr fasziniert zu sein scheinen.«

»Sie wird nicht heiraten«, presste er zwischen den Zähnen hervor. »Sie ist *meine Frau.*«

»Und du wirst jeden Mann zum Duell im Morgengrauen fordern, der sich trotz dieser Tatsache zu ihr hingezogen fühlt«, sagte sie ausgelassen, als sie den Erfrischungsraum betraten. »Limonade, wenn ich bitten darf, Neville.«

Als er mit dem Glas in der Hand zurückkam, lächelte sie.

»Danke«, sagte sie, bevor sie an dem Getränk nippte und ihr Gespräch wieder aufnahm. »Lily ist zwanzig Jahre alt.

In zwei Monaten wird sie volljährig sein. Vielleicht solltest du langsam aufhören, dir Gedanken darüber zu machen, wie du dir ihre Zukunft vorstellst, und allmählich anfangen, dich zu fragen, was *sie* sich wünscht.«

»Ich möchte, dass sie *glücklich* ist«, sagte er. »Ich wünschte, du hättest sie auf der Iberischen Halbinsel gesehen, Elizabeth. Trotz widriger Lebensumstände war sie der glücklichste, heiterste Mensch, den ich je kennen gelernt habe. Ich möchte ihr dieses Leben der einfachen Freuden zurückgeben.«

»Aber das kannst du nicht«, sagte sie. »Selbst abgesehen davon, dass du ihr nichts vorzuschreiben hast, ihr ist seit jenen Tagen eine Menge widerfahren – der Tod ihres Vaters, die Heirat mit dir, Gefangenschaft, Ankunft in England, all das ist seitdem geschehen. Sie kann nicht zurück. Gestatte ihr, nach vorn zu gehen und ihren eigenen Weg zu finden.«

»Ihren eigenen Weg«, sagte er mit mehr Verbitterung, als er es wollte. »Ohne mich.«

»Ihren eigenen Weg«, wiederholte sie. »Mit dir oder ohne dich, Neville. Hannah Quisley und George Carson gesellen sich zu uns.«

Neville wandte sich mit einem höflichen Lächeln um.

Kapitel 19

Der Herzog von Portfrey pflegte für gewöhnlich nicht, Ballsäle mit seiner Anwesenheit zu beehren. Er war keineswegs ein Eremit, aber Bälle, wie er vor seinen Freunden zu bemerken beliebte, waren etwas für junge Hüpfer, die Flirts oder Ehefrauen suchten. Mit zweiundvierzig war er an solch öffentlichen Auftritten nicht mehr interessiert – außerdem war da Elizabeth, zu der er eine enge Beziehung pflegte, auch wenn die Natur dieser Beziehung stets im Unklaren geblieben war.

Aber er besuchte den Ashton-Ball, weil er von Lily ganz ausgesprochen fasziniert war – und weil Elizabeth ihn um seine Begleitung gebeten hatte und es ihm nicht in den Sinn gekommen wäre, ihr etwas abzuschlagen, wo sie so selten um einen Gefallen bat. Er hatte den ersten Satz mit Lily getanzt, den zweiten mit Elizabeth – und war danach gezwungen gewesen, seinem sonst makellosen Auftreten eine verschärfte Frostigkeit zu verleihen, um seine Gastgeberin davon abzuhalten, ihn einer ganzen Schar weiterer junger Damen vorzustellen, die gewiss reizende Tanzpartnerinnen gewesen wären.

Zwei oder drei seiner Bekannten hatten ihn vor übereifrigen Müttern gewarnt, die wieder versuchen würden, ihn unter die Haube zu bringen – deren Interesse hatte vor einigen Jahren nachgelassen, als sein fortschreitendes Alter und seine Gleichgültigkeit gegenüber weiblichen Ränkespielen und Verlockungen nach und nach die Anziehungskraft seines Ranges und Reichtums und seines anhaltend guten Aussehens überwogen hatten.

»Sie täten besser daran, sich schon mal feste die Hauben auf den Kopf zu binden«, antwortete Seine Gnaden gut gelaunt. Aber seine Laune verließ ihn, als Mr. Calvin Dorsey auf ihn zukam, nachdem Neville mit Elizabeth zum Erfrischungsraum entschwunden war. Der Herzog ignorierte ihn und ließ stattdessen mit Hilfe seines Monokels den Blick über den Ballsaal schweifen. Dorsey war der erste Cousin seiner verstorbenen Frau und Erbfolger ihres Vaters, Baron Onslows. Seine Gnaden hatte ihn nie gemocht, genau wie seine Frau ihn nicht hatte ausstehen können.

»Portfrey! Zu Diensten«, sagte Mr. Dorsey freundlich und deutete lässig eine Verbeugung an. »Ich bin gerade erst eingetroffen, aber ist an dem Geschwätz vielleicht etwas dran? Hat der Herzog von Portfrey tatsächlich die Sergeantentochter zum Eröffnungstanz des größten Ereignisses der Saison geführt?« Er schüttelte feixend den Kopf. »Wozu manche Männer doch fähig sind, um sich die Gunst ihrer Mätr…« Doch er unterbrach sich und legte einen Finger an die Lippen. »Ihrer speziellen *Freundinnen* zu sichern.«

»Ich gratuliere, Dorsey«, sagte Seine Gnaden, ohne ihn eines Blickes zu würdigen. »Ihr habt immer noch das Talent, mit einem halben Wort einer Faust im Gesicht zu entgehen.«

Mr. Dorsey lachte gut gelaunt und schwieg eine Weile, während er den Fortgang des Tanzes beobachtete. Er war im gleichen Alter wie der Herzog, aber die Zeit hatte es mit ihm nicht ganz so gut gemeint. Sein ehemals rotbraunes

Haar war ergraut und gelichtet und er sah weitaus älter aus als der Herzog. Aber er verfügte über gute Laune und einen gewissen Charme. Es gab nicht viele Menschen, denen gegenüber er sich so betont bissig zeigte. Der Herzog von Portfrey war einer der wenigen.

»Mir ist zu Ohren gekommen, dass Ihr Nuttal Grange vor ein paar Wochen einen Besuch abgestattet habt«, sagte er nach einer Weile.

»Tatsächlich?« Seine Gnaden verbeugte sich vor einer molligen älteren Dame mit prachtvoll nickenden Federn im Haar, die an ihnen vorbeiging.

»Ein bisschen weitab vom Schuss für Euch, nicht wahr?«, fragte Mr. Dorsey.

Zum ersten Mal richtete der Herzog sein Monokel auf seinen Gesprächspartner, bevor er es sinken ließ und ihn mit bloßem Auge ansah.

»Ich darf meinem Schwiegervater nicht meine Aufwartung machen, ohne von seinem Neffen ausgefragt zu werden?«

»Ihr habt ihn aufgeregt«, sagte Mr. Dorsey. »Er ist in schlechter gesundheitlicher Verfassung und es ist meine Aufgabe, dafür zu sorgen, dass er seine Ruhe hat.«

»Da Ihr seit zwanzig Jahren mit kaum versteckter Ungeduld darauf wartet, Onslows Titel und Vermögen zu erben«, sagte Seine Gnaden mit brutaler Offenheit, »hätte ich angenommen, dass es durchaus in Eurem Interesse läge, mich zu ermutigen, ihn *aufzuregen*, Dorsey. Aber Ihr braucht keine Angst zu haben – und keine falsche Hoffnung. Ich habe nur aus Höflichkeit meine Karte abgegeben, weil ich in der Nähe war. Ich habe weder erwartet noch gewünscht, empfangen zu werden. Onslows Familie und meine konnten sich noch nie ausstehen, schon bevor Frances und ich beide mit unserer heimlichen Trauung vor den Kopf stießen. Und nach ihrem Tod und meiner Rückkehr aus der Karibik hat sich daran nichts geändert.«

»Da wir gerade offen miteinander reden«, sagte Mr. Dorsey, »könntet Ihr mir freundlicherweise erklären, weshalb Ihr auf dem Landsitz herumschnüffelt, während mein Onkel zu krank ist, Euch davonzujagen?«

»Herumschnüffeln?« Seine Gnaden hielt sich wieder das Monokel vors Auge. »Mit der Haushälterin Tee zu trinken bezeichnet Ihr als *herumschnüffeln*, Dorsey? Gütiger Himmel, die englische Sprache muss in Leicestershire eine andere Bedeutung haben als anderswo.«

»Was wolltet Ihr von Mrs. Ruffles?«, verlangte Mr. Dorsey zu wissen.

»Mein lieber Freund«, sagte der Herzog mit matter Stimme. »Ich wollte wissen, nein, ich verspürte ein brennendes Verlangen, herauszufinden, wie viele Bettlaken sie in ihrem Leinenschrank hat.«

Dorsey errötete vor Wut. »Ich mag Eure Leichtfertigkeit nicht, Portfrey«, sagte er. »Und ich möchte Euch warnen, Euch in Zukunft von meinem Onkel fernzuhalten, wenn Ihr wisst, was gut für Euch ist.«

»Oh, ich weiß gewiss, was gut für mich ist«, sagte Seine Gnaden und seine Stimme hatte ihre Gleichgültigkeit zurückgewonnen. »Ihr entschuldigt mich, Dorsey? Es war wie immer ein Vergnügen, mich mit einem Verwandten meiner Gattin zu unterhalten. Es ist schon lange her, nicht wahr, zumal wir uns vor einem Monat auf Newbury Abbey so geflissentlich ignoriert haben. Man kann nur hoffen, dass es bis zum nächsten Mal mindestens genauso lange dauern wird.« Und er schlenderte fort, um mit der älteren Dame, die vor ein paar Minuten an ihnen vorbeigegangen war, Höflichkeiten auszutauschen.

Mrs. Ruffles hatte die Fragen des Herzog von Portfrey

recht zufrieden stellend beantworten können. Sie hatte sehr genau nachdenken müssen, denn die Ereignisse, nach denen er gefragt hatte, lagen zwanzig Jahre und länger zurück. Doch ja, es hatte eine Beatrice gegeben, die auf dem Landgut beschäftigt gewesen war. Jetzt, da sie darüber nachdachte, erinnerte sich die Haushälterin besonders deshalb an sie, weil das Mädchen wegen ungebührlichen Verhaltens entlassen worden war, wenn auch nicht gegenüber Miss Frances, wenn sie sich recht erinnerte. Warum sie geglaubt habe, dass es wegen Frances gewesen sein mochte, fragte der Herzog. Nun, erzählte ihm Mrs. Ruffles, die sich jetzt deutlich erinnern konnte, weil Beatrice Miss Frances' Kammerzofe gewesen war und Miss Frances sie gern gehabt hatte und über ihren Cousin sehr verärgert gewesen war. Die Haushälterin hatte nachdenklich die Stirn gerunzelt. Ja, genauso war es. Es war Mr. Dorsey, dem gegenüber Beatrice sich ungebührlich verhalten hatte, obwohl sie sich nicht erinnern konnte und wahrscheinlich auch niemals gewusst hatte, was genau das Mädchen ihm gegenüber gesagt oder getan hatte.

Beatrice hatte Nuttall Grange ein Jahr oder mehr vor Frances' Tod verlassen – o ja, gewiss mehr als ein Jahr –, glaubte Mrs. Ruffles. Sie wusste nicht, wohin die Magd gegangen war. Aber sie hatte eine Schwester, die immer noch im Dorf wohnte, hatte sie fast nebenbei hinzugefügt.

Seine Gnaden hatten die Schwester aufgesucht, die, nachdem sie sich von der Aufregung und ihrem beinahe unzusammenhängenden Geplapper erholt hatte, in der Lage gewesen war, ihn davon in Kenntnis zu setzen, dass Beatrice fortgegangen war, um bei ihrer Tante zu leben, und dann den Soldaten Thomas Doyle geheiratet hatte, dessen Vater Erster Stallbursche auf Mr. Craddocks Besitz sechs Meilen entfernt in Leavenscourt gewesen war. Die Doyles waren nach Indien gegangen, wo Beatrice vor Jahren verstorben war. Sie glaubte, dass Thomas Doyle mittlerweile ebenfalls tot war. Sie hatte niemals etwas von seiner Rückkehr gehört. Nicht, dass er jemals nach Leavenscourt zurückkehren würde. Sie hatte gehört, dass sowohl sein Vater als auch sein Bruder tot seien.

Sie wusste nicht, ob Beatrice und Thomas Kinder hatten.

Sie wusste nichts von Lily Doyle, die der Herzog von Portfrey nicht aus den Augen ließ, als sie auf dem Ashton-Ball mit Freddie Farnhope eine Quadrille tanzte.

***

Lily war wie benommen. Sie lächelte und plauderte sogar. Sie tanzte die komplizierten, neu gelernten Schritte, ohne zu stocken. Die erdrückende, verwirrende Tatsache, dass sie sich auf einem Ball befand und als vollwertiger Bestandteil daran teilnahm, brachte sie nicht aus der Fassung. Es hatte nicht lange gedauert, bis sie festgestellt hatte, dass sie mitnichten Lady Elizabeth Wyatts anonyme Gesellschafterin war, sondern dass jeder genau wusste, wer sie war, und es wahrscheinlich schon vor ihrer Ankunft gewusst hatte. Sie hatte auch nicht lange gebraucht festzustellen, dass sie keineswegs feindselig behandelt wurde, sondern nachsichtig und mit unverhohlener Neugier.

Sie erkannte, dass der Ball eine Herausforderung war, die ihr Elizabeth absichtlich und in dem Glauben gestellt hatte, dass sie mit der Aufgabe wachsen würde. Sie hatte den Eindruck, weder Elizabeth noch sich selbst enttäuscht zu haben. Sie hatte alles behalten, was ihr beigebracht worden war, und alles war gut gegangen. Wenn sie sich auch nicht rundum wohl gefühlt hatte, so hatte sie sich zumindest völlig unter Kontrolle gehabt.

Bis zu dem Zeitpunkt, als sie sich umgedreht hatte, um einem weiteren Gentleman vorgestellt zu werden, der Elizabeth darum gebeten hatte – und plötzlich Neville gegenüberstand.

Seit jenem Moment war sie wie betäubt gewesen. Sie war sich nicht einmal sicher, ob sie sich genau erinnern konnte, was überhaupt geschehen war. Er hatte sich verbeugt, sie hatte geknickst. Er hatte sie mit Miss Doyle angesprochen – *wirklich?* Er hatte sie noch nie so genannt. Und es war eine förmliche Verbeugung gewesen. Er hatte nicht gelächelt. Sie erinnerte sich – sie *glaubte*, sich zu erinnern –, ihn mit »Mylord« angeredet zu haben.

Sie hatten sich beide verhalten, als wären sie einander fremd. Und dennoch …

Mr. Farnhope sagte etwas zu ihr und sie lächelte ihn an und antwortete, ohne nachzudenken.

Und dennoch hatte es die Nacht am Teich und in der Hütte gegeben – jene Nacht, die sie im vergangenen Monat immer und immer wieder durchlebt hatte. Im Laufe der Zeit waren die Erinnerungen immer schmerzvoller geworden. Es war schön und gut, sich zu stählen, um das zu tun, was getan werden musste. Man ging stets davon aus, dass der Schmerz vorübergehen würde, dass die Zeit heilen würde. Aber die Zeit heilte nicht – zumindest nicht gewisse Wunden.

Im vergangenen Monat hatte sie oft den Traum – den Alptraum – geträumt.

Sie tanzte mit Mr. Farnhope und wusste, dass die Augen der feinen Gesellschaft jetzt noch gespannter auf sie gerichtet waren als zu Beginn des Balles. Sie tanzte und lächelte und verspürte die ganze Zeit tiefsten Schmerz. Warum war er gekommen? Er war natürlich nicht davon ausgegangen, sie am heutigen Abend auf dem Ball zu treffen. Aber warum war er nach London gekommen? Vielleicht, um sich eine Sondergenehmigung zu verschaffen? Diesmal für Lauren?

Sie wollte es nicht wissen. Es ging sie nichts an.

Und dann erinnerte sie sich, dass sie ihm die nächsten Tänze versprochen hatte. Zum ersten Mal an diesem Abend verspürte sie das Gefühl von Panik, das sie so oft auf Newbury Abbey überkommen hatte, und das dringende Verlangen fortzulaufen. Aber hinter den Türen von Lady Ashtons Villa gab es keinen Park, in dem man sich hätte verstecken können, keinen Wald und keinen Strand. Davon abgesehen würde ein Weglaufen es unmöglich machen, wieder zurückzukommen. Eine Dame lief nicht davon. Lily Doyle übrigens auch nicht. Nicht mehr.

Als sich die Quadrille dem Ende näherte, sah sie, dass er bei Elizabeth stand. Mr. Farnhope führte sie zu ihnen. Neville war ganz in Schwarz, Beige und Weiß gekleidet und sah außerordentlich elegant und gut aus. Er sah sie ohne zu lächeln und mit einem fast überheblichen Gesichtsausdruck an. Vielleicht verspürte auch er das unangenehme Gefühl zu wissen, dass sie im Mittelpunkt des Interesses standen, obwohl alle Anwesenden viel zu gute Manieren hatten, um sie offen anzustarren. Er wirkte fremd. Es war schwer vorstellbar, dass er der Mann war, der sie einst geheiratet hatte – Major Lord Newbury. Und derselbe Mann, der sie in der Hütte am Wasserfall geliebt hatte.

Er verbeugte sich wieder vor ihr und sie knickste erneut.

»Ich hoffe, der Gräfin von Kilbourne geht es gut, Mylord?«, fragte sie ihn.

»Danke, ja«, antwortete er.

»Und auch Lauren und Gwendoline?«

»Beiden geht es gut, danke.«

Sie lächelte und wünschte sich inbrünstig, Elizabeth möge in die Bresche springen – aber sie schwieg.

»Ich hoffe, Ihr amüsiert Euch … Miss Doyle?«, fragte er.

»Oh, außerordentlich gut, danke, Mylord.« Lily dachte an ihr Lächeln und ihren Fächer und machte von beidem Gebrauch.

»Und ich nehme an, dass Ihr London besichtigt habt?«

»Noch nicht sehr viel, Mylord«, sagte sie. »Ich war sehr beschäftigt.«

Hätte Elizabeth ein Messer bei sich gehabt, dachte Lily ohne den Schimmer von Amüsement, sie hätte die Luft zwischen ihnen zerschneiden können. Wollte ihr denn niemand zur Hilfe kommen? Und dann tat es jemand.

»Lady Elizabeth. Würdet Ihr mir die Ehre erweisen, mich – erneut – vorzustellen?« Es war die freundliche Stimme eines Mannes und Lily wandte sich mit einem dankbaren Lächeln dem Besitzer dieser Stimme zu. Sie erkannte ihn wieder. Er war nach ihrer Ankunft für einige Tage auf Newbury Abbey gewesen. Er war ein Freund von Baron Galton, Laurens Großvater.

»Mr. Dorsey«, sagte Elizabeth. Sie wandte sich zu Lily. »Lily, erinnerst du dich an Mr. Dorsey? Miss Doyle, Sir.«

»Ich bin erfreut, Eure Bekanntschaft zu machen, Sir«, sagte Lily, machte einen Knicks und wünschte sich sehnlichst, er möge eine Weile bleiben und sich mit ihr unterhalten, obwohl sie genau wusste, dass man sich jeden Augenblick zum nächsten Tanz formieren würde.

»Ich bin entzückt, Miss Doyle«, sagte er. »Und Ihr seid ganz außerordentlich entzückend, wenn ich das bemerken darf. Würdet Ihr mir die Ehre des nächsten Tanzes erweisen?«

»Er ist bereits Seiner Lordschaft versprochen«, sagte Lily.

»Ah, natürlich.« Er lächelte Neville an. »Guten Tag, Kilbourne. Dann vielleicht den nächsten?«

»Der nächste ist mir versprochen, Dorsey.«

Lily drehte sich etwas überrascht um und sah den Herzog von Portfrey hinter sich stehen. Er war äußerst kurz angebunden und sein Ton war alles andere als höflich.

»Und alle weiteren Tänze sind ebenfalls schon vergeben«, fuhr Seine Gnaden fort, was ganz und gar nicht der Wahrheit entsprach. Er hatte nicht einmal den übernächsten Tanz mit ihr reserviert.

»Lyndon …«, hob Elizabeth an.

»Guten Abend, Dorsey«, sagte der Herzog unmissverständlich.

Mr. Dorsey lächelte, machte eine Verbeugung und schlenderte ohne ein weiteres Wort davon.

»Lyndon«, sagte Elizabeth, »was ist nur in dich gefahren, dich dermaßen ungehobelt aufzuführen?«

»Ungehobelt, Ma'am?«, sagte er kühl. »Wenn es darum geht, einen Schurken von einer jungen Unschuld fernzuhalten? Es verwundert mich, dass du nichts daran findest, Miss Doyle jedem Schuft vorzustellen, der um diese Gunst bittet.«

Elizabeth war schmallippig und bleich. »Und ich bin erstaunt, Euer Gnaden«, sagte sie, »dass Ihr glaubt, mir Benimm beibringen zu müssen. Mr. Dorsey ist, erinnere ich mich, der Cousin Eurer verstorbenen Gattin. Wenn Ihr mit ihm im Streit liegt, könnt Ihr kaum von mir erwarten, dass ich mich dem anschließe.«

Es war eine kurze, scharfe Auseinandersetzung, die mit leiser Stimme geführt wurde. Lily war schockiert und verwirrt, sie glaubte, dass sie der Grund für die unerwarteten Streitigkeiten gewesen war. Aber die Auseinandersetzung trug gleichzeitig dazu bei, ihre eigene Empörung darüber, dass der Herzog von Portfrey so vermessen war, in ihrem Namen zu sprechen und zu handeln, zu unterdrücken.

»Lily«, sagte Neville und reichte ihr den Arm, »die Paare formieren sich. Wollen wir uns anschließen?«

Für einige Augenblicke hatte sie ihn vergessen. Aber man nahm tatsächlich Aufstellung und sie hatte zugestimmt, eine ganze halbe Stunde in seiner Gesellschaft zu verbringen. Kein verlockender Gedanke. Die Aussicht auf eine halbe Stunde mit ihm, wenn danach ein ganzes Leben und eine ganze Ewigkeit ohne ihn auf sie warteten, ließ sie Todesqualen erleiden.

Sie hob die Hand in der Hoffnung, dass sie nicht allzu auffällig zitterte, und legte sie, wie man es ihr beigebracht hatte, auf die Manschette seines schwarzen Abendanzugs. Sie spürte seine Kraft und seine Wärme. Sie roch sein wohlbekanntes Parfum. Und sie vergaß beinahe ihre Umgebung und das Wissen, dass dies der Augenblick war, auf den die versammelten Mitglieder der *beau monde* gewartet hatten, seit er den Ballsaal betreten hatte. Sie wollte ihn fest am Handgelenk fassen, sich an ihn schmiegen und sich bei ihm in Wärme und Sicherheit verkriechen. Sie wollte ihre Trauer und Einsamkeit herausschluchzen.

Im nächsten Augenblick erschrak sie über ihre Gedankenverlorenheit und über ihre Schwäche. Ein Monat war vergangen, ein Monat voll harter Arbeit und Spaß. Ein Monat, in dem sie dafür gelebt und sich darauf vorbereitet hatte, ein unabhängiges und selbstbestimmtes Leben führen zu können. Sie hatte einen ganzen Monat zwischen sich und ihn gesetzt. Ein mächtiges Bollwerk, hatte sie geglaubt. Aber ein Blick auf ihn, eine Berührung, und alles war wieder in sich zusammengestürzt. Der Schmerz, da war sie sicher, saß tiefer als jemals zuvor.

Sie nahm ihren Platz in der Reihe der Damen ein, die der

Reihe der Gentlemen gegenüberstand. Sie lächelte – und er erwiderte ihr Lächeln.

***

Elizabeth war immer noch schmallippig. Sie sah sich nach einer Freundin um, zu der sie sich gesellen könnte. Der Herzog von Portfrey bewachte sie kühl.

»Nimm meinen Arm«, befahl er. »Wir gehen zum Erfrischungsraum.«

»Da komme ich gerade her«, sagte sie. »Und mir missfällt dieser Ton, Euer Gnaden.«

Er seufzte vernehmlich. »Elizabeth«, sagte er, »würdest du mich bitte zum Erfrischungsraum begleiten? Dort ist es ruhiger. Die Erfahrung hat mich gelehrt, dass ein Streit, der nicht unmittelbar nach der hitzigen Auseinandersetzung bereinigt wird, wahrscheinlich niemals aus der Welt geschafft wird.«

»Vielleicht«, sagte sie, »wäre es besser so.«

»Meinst du das ernst?«, fragte er sie und in seiner Stimme war keine Spur von Kühle mehr.

Sie sah ihn an – ein langer, abschätzender Blick – und nahm dann seinen Arm.

»Kennst du Dorsey gut?«, fragte er sie im Gehen.

»Ich kenne ihn kaum«, gab sie zu. »Ich glaube nicht, dass wir im Frühjahr auf Newbury mehr als ein paar Worte gewechselt haben. Ich war überrascht, als er mich um eine förmliche Vorstellung bat, da er Lily doch bereits kennen gelernt hatte. Aber am heutigen Abend war das keineswegs eine ungewöhnliche Bitte und ich hatte keinen Grund, sie ihm abzuschlagen. Gibt es einen?«

»Er bedrängte Frances – meine Frau«, sagte er. »Er machte ihr auf unangenehme Art und Weise den Hof, selbst nachdem er wusste, dass er nicht erwünscht war. Ist das Grund genug?«

»Du lieber Himmel!«, rief sie aus. »Oh, es tut mir so Leid, Lyndon. Ich werde ihn nicht dadurch entschuldigen, dass das alles mindestens zwanzig Jahre her ist und dass er vermutlich jung und starrköpfig war. Für dich muss die Kränkung noch sehr lebendig sein.«

»Er wollte sie unbedingt heiraten«, sagte er. »Abgesehen von dem Titel handelt es sich bei Onslows Besitz nicht um unveräußerliches Erbgut, einschließlich Nuttal Grange. Er hatte Frances alles vermacht. Als sie Dorsey nicht erhören wollte, versuchte er sie zur Ehe zu zwingen. Das war einer der Gründe, warum wir einen Tag vor der Abreise meines Regiments in die Niederlande so überstürzt heimlich heirateten. Die Familienfehde machte uns eine öffentliche Trauung praktisch unmöglich. Wir waren beide der Meinung, dass es nach meiner Rückkehr leichter sein würde, beide Familien davon zu überzeugen, dass unsere Verbindung lange genug angedauert hatte, um sie zu billigen. Wir waren jung – obwohl beide volljährig – und töricht. Aber zumindest hatte sie mit der Tatsache unserer Ehe eine Trumpfkarte gegen Dorseys ständige Nachstellungen in der Hand.«

Er hatte noch nie zuvor von seiner Frau gesprochen, dachte Elizabeth, als sie den Erfrischungsraum betraten, der außer ein paar Bediensteten, die mit dem Rücken zu ihnen am Sideboard beschäftigt waren, verwaist war. Sie hatte ihn nie nach seiner Ehe fragen wollen.

»Ich kann verstehen, warum du ihn so sehr verachtest«, sagte sie. »Er kann sich allerdings in zwanzig Jahren verändert haben, und Lily hat gewiss nichts an sich, was seine Habgier wecken könnte. Aber ich werde jeden seiner zukünftigen Versuche, sich näher mit ihr bekannt zu machen, zu unterbinden wissen.«

»Ich danke dir«, sagte er. »Halte sie von ihm fern, Elizabeth.«

Sie runzelte plötzlich die Stirn und sah ihn genau an, den Kopf zur Seite geneigt. Sie versuchte ihren aufkeimenden Gefühlen keine Beachtung zu schenken. Eifersucht? »Worin besteht dein besonderes Interesse an Lily?«, fragte sie.

Er antwortete nicht mit Worten. Er tat etwas, was er in ihrer langjährigen, engen Bindung noch nie getan hatte. Er beugte sich zu ihr und küsste sie stürmisch auf den Mund.

»Das muss der letzte Tanz vor dem Abendessen sein«, sagte er, »deshalb ist es hier so leer. Sollten wir nicht beizeiten in den Speisesaal gehen?«

Elizabeth bemühte sich, ihre Gedanken wieder zu ordnen, als sie seinen Arm nahm. Sie fühlte sich, dachte sie voller Selbstironie, wie ein junges Mädchen, das gerade frisch aus der Schule kam und zum ersten Mal geküsst worden war – atemlos und mit weichen Knien und begierig auf mehr. Und natürlich hoffnungslos verliebt. Für gewöhnlich war sie diszipliniert genug, diese Tatsache auch vor sich selbst zu verbergen.

***

Es war ein langsamer und feierlicher Bauerntanz, an dem sie teilnahmen. Da sie einige Male umeinander herum tanzen oder sich an den Händen halten mussten, gab es Gelegenheit für ein wenig Unterhaltung. Aber Neville machte davon keinen Gebrauch und auch Lily machte ihrerseits keinen Versuch, mit ihm zu reden, obwohl sie die ganze Zeit über lächelte. Kurze Gesprächsfetzen konnten nur triviale Themen behandeln. Außerdem hätte unter diesen Umständen jede Unterhaltung belauscht werden können. Sie tanzten schweigend.

Er wusste, dass sie beobachtet wurden. Er wusste, dass jeder Blick, jede Geste, jede Berührung und jedes Wort bemerkt und morgen in zahlreichen Salons kommentiert und jeder Kleinigkeit eine besondere Bedeutung angedichtet werden würde. Es war ihm gleichgültig.

Sie tanzte leichtfüßig und graziös. Sie hielt sich stolz und elegant. Sie sah so aus, als hätte sie schon immer in eine solche Umgebung gehört. Sie war eine Schönheit, ein Diamant reinsten Wassers. Er konnte – er *wollte* – seine Augen nicht von ihr nehmen.

Er war mit Hoffnungen nach London gekommen, auch wenn es sorgenvolle Hoffnungen waren. Er hatte erwartet, sie unglücklich vorzufinden. Er hatte gehofft, sie – sowohl im übertragenen als auch vielleicht im wörtlichen Sinn – in die Arme schließen und ihr versichern zu können, dass er sie für den Rest seines Lebens beschützen würde, selbst wenn sie ihn nicht heiratete. Und jetzt sah sie aus, als gehörte sie in Lady Ashtons Ballsaal. Sie wirkte ausgeglichen und entspannt.

Er fühlte sich fast so, als sehe er sie zum ersten Mal. Sie hatte das Gewicht wieder zugenommen, das sie vor ihrer Ankunft auf Newbury verloren hatte und das sie dort nie zugenommen hätte. Sie war immer noch zart und schlank, aber ihr Körper zeigte jetzt gefällige, verlockende Kurven. Es gab keine Spuren mehr von dem fohlenhaften, sorglosen Mädchen, an das er sich so gut erinnerte. Und auch keine Spuren mehr von der schönen, mehr oder weniger hageren Frau, die in die Kirche von Newbury getreten war. Sie sah jetzt aus wie …

Es gab keine Worte, sie zu beschreiben. Sie war die Weiblichkeit in Person. Nein, zu schwach. Sie war alles, was er je gewollt hatte, was er je wollen *konnte*. Nicht nur eine Kameradin, eine Gattin, eine Seelengefährtin. Sie war das, wonach sich sein Körper sehnte. Sie war – sie war eine *Frau.*

Wenn dies ein Walzer wäre, dachte er mit Bedauern, würde er sie in Richtung der doppelflügligen Türen manövrieren, mit ihr hindurchwirbeln, mit ihr ins Dunkel hinter dem Kerzenlicht tanzen und sie beide um den Verstand küssen.

Es war kein Walzer. Sie tanzten aufeinander zu, bewegten sich Rücken an Rücken umeinander herum und kehrten zu ihren jeweiligen Positionen zurück, ohne sich zu berühren, obwohl er spürte, wie sich ihre Körperwärme wie eine warme Decke um ihn schmiegte. Sie behielt das Lächeln bei, das sie von Anfang an getragen hatte, aber er sah ihre Augen vor Zuneigung erglühen.

Gott sei Dank war es kein Walzer. Ihre Augen lächelten, sonst nichts. Die Ehre gebot, dass er nicht einmal versuchte, sie ohne ihre volle und freiwillige Zustimmung für sich zu gewinnen.

Ah, Lily.

Als sich der Tanz dem Ende neigte, erkannte Neville, dass es der letzte Tanz vor dem Abendessen war, und sie wusste genau, was das zu bedeuten hatte. Ohne Einwände nahm sie seinen Arm und erlaubte ihm, sie in den Speisesaal zu führen, wo er das Glück hatte, zwei Plätze an einem Tisch zu finden, der sich etwas abseits von den anderen Gästen befand. Er ließ sie Platz nehmen und brachte ihr ein Tablett mit Essen und eine Tasse Tee.

»Lily«, sagte er, als er sich neben sie setzte und dem Impuls widerstand, ihre Hand zu nehmen, »wie *geht* es dir?«

»Es geht mir sehr gut, danke, Mylord«, sagte sie. Ihre Augen, die ihn während des Tanzes unentwegt angelächelt hatten, waren starr auf sein Kinn gerichtet.

»Du siehst bezaubernd aus«, teilte er ihr mit. »Aber um dein Haar könnte ich weinen.«

Daraufhin hob sie den Blick und in dem Amüsement, das ihre Augen erhellte, konnte er die alte Lily erkennen. »Dolly *hat* geweint, das dumme Mädel«, sagte sie, »bis ich ihr versprach, dass ich ihre Dienste auch in Zukunft noch benötigen würde. Sie pflegte sich Stunden mit meinem Haar zu beschäftigen. Allerdings hat sie noch immer alle Hände voll zu tun. Ich bügle meine Kleider nicht mehr selbst und mache auch keine Änderungen oder Ausbesserungen mehr.«

»Und du machst auch nicht mehr selbst dein Bett oder hilfst, Kartoffeln zu schälen und Zwiebeln zu schneiden?«, fragte er.

»All diese Dinge«, stimmte sie zu. »Eine Dame tut so etwas nicht.«

»Es sei denn, dass sie sich dazu entschließt«, sagte er lächelnd.

»Sie ist zu beschäftigt mit anderen Dingen«, ließ sie ihn wissen.

»Ist sie das?«, fragte er. »Zum Beispiel?«

Aber sie wollte ihm nicht erzählen, was sie während des letzten Monats so beschäftigt hatte – abgesehen davon, das sie ihr Haar geschnitten und gelernt hatte, wie eine Dame zu tanzen und sich auch so zu verhalten. Sie wechselte das Thema.

»Ich danke Euch, Mylord, dass Ihr das Geld, das ich mir von Captain Harris geborgt hatte, zurückgezahlt habt«, sagte sie, »obwohl Ihr dazu nicht verpflichtet wart. Ich war einige Male bei ihnen. Elizabeth sagte, dass sie gern auf mich verzichtet, wenn ich sie besuche.«

»Ist sie eigentlich eine strenge Lehrmeisterin?«, fragte er.

»Natürlich nicht«, sagte sie. »Würde ich Euch beleidigen, Mylord, wenn ich mich anbiete zurückzuzahlen, was Ihr Captain Harris geschickt habt, sobald es mir möglich ist?«

»Es würde mich beleidigen, Lily«, sagte er und fügte eine weitere Wahrheit hinzu. »Ich wäre verletzt, mein Liebes.«

Sie nickte. »Ja«, sagte sie. »Das dachte ich mir. Also werde ich nicht darauf bestehen.«

»Danke«, sagte er.

Er bemerkte, dass sie in ihrem Essen gestochert hatte. Er dagegen hatte seins nicht einmal angerührt.

»Darf ich dich besuchen, Lily?«, fragte er. »Morgen Nachmittag?«

»Warum?« Sie blickte ihm wieder gerade in die Augen. Ihre Frage erschütterte ihn. Würde sie nein sagen?

»Ich habe etwas für dich«, sagte er. »Es ist eine Art Geschenk.«

»Ich kann keine Geschenke von Euch annehmen, Mylord.«

»Dies ist etwas anderes«, versicherte er ihr. »Es ist nichts Persönliches. Du wirst es sicherlich annehmen und dich darüber freuen. Darf ich es dir selbst bringen und in deine Hände legen? Bitte?«

Ihre Augen erhellten sich für einen Moment mit etwas, das wie Tränen aussah, aber sie senkte den Blick, bevor er sicher sein konnte. »Also gut«, sagte sie, »wenn Elizabeth Euren Besuch gestattet. Ihr dürft nicht vergessen, Mylord, dass ich ihre bezahlte Gesellschafterin bin.«

»Ich werde sie um Erlaubnis bitten«, sagte er und konnte dem Drang nicht mehr widerstehen, sich ihrer Hand zu bemächtigen und sie kurz an die Lippen zu pressen. »Lily, mein Liebes …«

Ihre Augenlider schlossen sich diesmal etwas schneller, aber nicht so schnell, als dass er sich nicht ihrer heimlichen Tränen hatte versichern können. Er zwang sich, nicht auszusprechen, was er sagen wollte. Selbst wenn ihre Gefühle immer noch vorhanden waren, wusste er, dass sie vor seinem Werben nicht leichtfertig kapitulieren würde. Liebe oder ein Mangel an Liebe hatte nur wenig mit ihrer Ablehnung zu tun. Solange sie keine gemeinsame Welt gefunden hatten, in der sie zusammen leben konnten, und solange sie nicht als Gleichgestellte auftreten konnten, würde sie ihn ablehnen, selbst wenn er sie die nächsten fünfzig Jahre lang jede Woche fragen würde.

Aber ihre Gefühle waren noch vorhanden. Da war er sich sicher. Es war eine sowohl schmerzvolle als auch ermutigende Entdeckung. Zumindest gab es immer noch Hoffnung, etwas, wofür es sich zu leben lohnte.

Kapitel 20

Lily war in ihrer Ausbildung an einem frustrierenden Punkt angelangt. Zuerst war alles verwirrend und ermüdend, aber im Grunde auch recht einfach gewesen – und vor allem aufregend. Jeden Tag hatte sie etwas Neues gelernt und jeden Tag ihre Fortschritte gesehen. Sie hatte geglaubt, innerhalb eines Monats alles lernen zu können – oder zumindest die Grundlagen so weit verinnerlicht zu haben, dass es ihr möglich wäre, sich all das zu erarbeiten, was sie schon immer hatte wissen wollen.

Aber unvermeidlich kam der Zeitpunkt, an dem die Lektionen monoton und langweilig wurden, an dem sich der Erfolg nur noch langsam einstellen wollte und manchmal kaum erkennbar war und sie den Eindruck gewann, niemals eine auch nur halbwegs vernünftige Grundausbildung erlangen zu können.

Sie hatte alle Buchstaben des Alphabets gelernt und konnte sie sowohl als Groß- als auch als Kleinbuchstaben erkennen und schreiben. Sie konnte einige Wörter entschlüsseln, besonders diejenigen, die so geschrieben wurden, wie man sie aussprach, und diejenigen, die in fast jedem Satz vorkamen. Manchmal redete sie sich ein, lesen zu können, aber immer wenn sie ein Buch aus dem Regal in Elizabeth' Bibliothek hervorholte, stellte sie fest, dass jede

Seite noch immer ein Mysterium für sie war. Die wenigen Wörter, die sie lesen konnte, ermöglichten es ihr nicht, die Bedeutung des Ganzen zu erfassen, und die Langsamkeit, mit der sie das wenige las, was sie entziffern konnte, tötete ihr Interesse und ließ sie den Faden verlieren. Als sie eines Tages eine Einladungskarte vom Schreibtisch nahm und feststellte, dass sich die Schrift so sehr von dem unterschied, was in ihren Büchern stand, dass sie kaum einen Buchstaben erkennen konnte, fühlte sie sich der Verzweiflung nahe.

Schiere Starrköpfigkeit ließ sie weitermachen. Sie wollte sich ihre Niederlage einfach nicht eingestehen. Sie bestand sogar darauf, am Morgen nach dem Ball all ihre Unterrichtsstunden wahrzunehmen, obwohl sie erst im Morgengrauen nach Hause zurückgekehrt waren und Elizabeth vorgeschlagen hatte, dem Lehrer eine Nachricht zukommen zu lassen, um ihm abzusagen.

Und gleich nach dem Mittagessen saß sie in ihrer Musikstunde. Das Klavierspielen erwies sich als ebenso frustrierend. Zu Anfang war es wunderbar gewesen, nur die Tasten zu drücken und die Namen der Noten zu lernen. Sie hatte gespürt, dass sie begonnen hatte, das Geheimnis der Musik zu entschlüsseln. Es war erheiternd gewesen, Tonleitern zu üben, sie sanft und mit dem korrekten Fingersatz und der korrekten Wölbung der Finger zu spielen und dabei auf die richtige Haltung des Rückgrates, der Füße und des Kopfes zu achten. Es war reinste Magie gewesen, mit der rechten Hand eine echte Melodie zu spielen und sich einzubilden, dass sie *Klavier spielen* konnte. Aber dann war die linke Hand dazugekommen, die irgendwie mit der rechten Hand zusammenspielte, aber doch anders. Wie sollte sie ihre Aufmerksamkeit auf beide gleichzeitig richten und beide korrekt einsetzen? Es hatte Ähnlichkeit mit dem alten Spiel, das die Kinder in der Armee immer zum Lachen gebracht hatte – man musste versuchen, sich den Bauch zu reiben und sich gleichzeitig auf den Kopf zu klopfen.

Aber sie blieb standhaft. Sie *wollte* Klavier spielen lernen. Sie würde nie eine große Musikerin werden. Wahrscheinlich würde sie nicht einmal gut genug werden, um vor einem Salonpublikum spielen zu können, wie es die meisten Damen taten. Aber sie war entschlossen, zu ihrer eigenen Zufriedenheit korrekt und auch irgendwie wohlklingend zu spielen.

Seit einer halben Stunde spielte sie immer und immer wieder dieselbe Fingerübung von Bach. Jedes Mal, wenn ihr Lehrer sie unterbrach, um sie auf einen Fehler aufmerksam zu machen, oder sich tadelnd äußerte, nachdem sie ohne Unterbrechung durchgespielt hatte, war sie kurz davor, die Beherrschung zu verlieren, ihm die Noten und zahlreiche Beschimpfungen an den Kopf zu werfen und zu erklären, dass sie nie wieder die Klaviatur berühren würde, zu schreien, dass es ihr *einfach egal* sei. Aber sie hörte jedes Mal zu und versuchte es erneut. Sie spürte ihre Müdigkeit – nicht nur, dass die Nacht kurz gewesen war, noch dazu hatte sie wach gelegen und an *ihn* gedacht – und an ihre Furcht. Er würde später zu Besuch kommen. Er hatte ein Geschenk für sie. Wie sollte sie ihm gegenübertreten, ohne zusammenzubrechen, ohne ihm zu zeigen, wie unglaublich schwach sie doch war?

Aber sie spielte weiter. Und schließlich gelang es ihr sogar, das Stück nicht nur ohne Unterbrechung zu Ende zu spielen, sondern ihrer Einschätzung nach auch besser als jemals zuvor. Als sie geendet hatte, ließ sie die Hände in den Schoß sinken und wartete auf die Beurteilung.

»Wundervoll!«, rief er aus.

Ihr Kopf flog herum. Er stand mit Elizabeth im Türrahmen des Salons und sah erstaunt und glücklich zugleich aus.

»Damit hast du dich die ganze Zeit beschäftigt, Lily?«, fragte er.

Sie erhob sich und machte einen Knicks. Wenn es vor ihren Füßen ein großes, schwarzes Loch gegeben hätte, wäre sie liebend gern hineingesprungen. Er hatte sie dabei ertappt, wie sie eine Fingerübung probte, die eine Fünfjährige vermutlich doppelt so gut spielte. Vorwurfsvoll blickte sie Elizabeth an.

»Ich denke, Mr. Stanwick«, sagte Elizabeth zu dem Musiklehrer, »dass Miss Doyle damit einverstanden ist, Euch heute früher zu entlassen. Lily?«

Lily nickte. »Ja«, sagte sie. »Danke, Mr. Stanwick.«

Unnötigerweise begleitete Elizabeth ihn zu Tür und ließ sich auch noch Zeit

»Das war sehr hübsch«, sagte Neville.

»Es war eine ganz einfache Übung«, sagte sie, »die ich mehr schlecht als recht gespielt habe, Mylord.«

»Ja«, stimmte er ernst zu, »du hast Recht.«

Und damit hatte er ihr den Wind aus den Segeln genommen. Sie war entrüstet. Hatte er ihr ein Kompliment gemacht, nur um es zurückzunehmen?

»Und das alles in einem Monat«, fuhr er fort. »Eine außergewöhnliche Leistung, Lily. Und du hast gelernt, dich mit Anmut und Leichtigkeit in der Gesellschaft zu bewegen – vom Tanzen ganz zu schweigen. Womit hast du dich sonst noch beschäftigt?«

»Ich habe Lesen und Schreiben gelernt«, sagte sie und hob das Kinn. »Allerdings kann ich beides nicht besonders gut – noch nicht.«

Er lächelte sie an. »Ich erinnere mich, wie du sagtest – es war in der Hütte –, dass du glaubtest, es müsse das wunderbarste Gefühl der Welt sein, Lesen und Schreiben zu können. Damals habe ich den Wink nicht verstanden. Es war kein leerer Traum, nicht wahr? Ich glaubte, alles was du brauchtest, wäre Freiheit und den beruhigenden Balsam ungezähmter Natur.«

Sie wandte sich halb von ihm ab und setzte sich auf den Klavierhocker. Sie wollte nicht an die Hütte erinnert werden. Jene Erinnerungen waren ihr größter Schwachpunkt.

»Wie geht es Lauren?«, fragte sie – hatte sie das nicht schon letzte Nacht gefragt?

»Gut«, sagte er.

Sie blickte prüfend auf ihre Handrücken. »Wirst du ... wird es eine Sommerhochzeit geben?«, fragte sie, ohne es je gewollt zu haben.

»Von Lauren und mir?«, sagte er. »Nein, Lily.«

Bis zu dem Moment, als sie seine Antwort vernahm, hatte sie nicht gewusst, wie sehr sie sich davor gefürchtet hatte, obwohl er sich natürlich nicht dazu geäußert hatte, ob es im Herbst oder im Winter eine Hochzeit geben würde oder ...

»Weshalb nicht?«, fragte sie ihn.

»Weil ich bereits verheiratet bin«, sagte er leise.

Lily fühlte sich, als habe sich ihr der Magen umgedreht. Aber genauso hatte er auf Newbury gesprochen. Es hatte sich nichts geändert. Sollte er ihr noch einmal die Frage stellen, die er ihr dort gestellt hatte, ihre Antwort würde dieselbe bleiben. Sie durfte nicht anders lauten.

»Ich habe dir das Geschenk mitgebracht, das ich gestern Abend erwähnte«, sagte er und trat ein wenig näher. Mit einem Blick stellte sie fest, dass er ein Päckchen in der Hand hielt. Er überreichte es ihr.

Er hatte gesagt, es sei nichts Persönliches, denn das müsste sie ablehnen. Er hatte ihr Kleider und Schuhe gekauft, als sie auf Newbury Abbey gewesen war, und sie hatte sie behalten. Aber das war etwas anderes. Sie hatte damals geglaubt, seine rechtmäßige Ehefrau zu sein. Jetzt war sie eine allein stehende Frau in Gesellschaft eines allein stehenden Mannes und durfte von ihm keine Geschenke annehmen. Aber sie streckte den Arm aus und nahm das Päckchen entgegen.

Sobald sie die Verpackung geöffnet hatte, wusste sie, was es war, obwohl es verblichen, unförmig und ungewöhnlich sauber war. Und trotzdem stellte sie die Frage, als sie ihre Handfläche darauflegte.

»Papas?«, flüsterte sie.

»Ja«, antwortete er. »Leider ist der komplette Inhalt verschwunden, Lily. Das ist alles, was ich für dich retten konnte. Aber ich dachte, du möchtest ihn vielleicht trotzdem haben.«

»Ja.« Ihre Kehle zog sich schmerzvoll zusammen. »Ja. Danke. Oh, vielen Dank.« Sie beobachtete, wie sich ein dunkler, feuchter Fleck auf dem Tornister ausbreitete, und tupfte ihn mit einem Finger ab. »Danke.« Sie stolperte auf ihn zu und hatte ihre Hände um seinen Hals und das Gesicht an seiner Krawatte, bevor sie sich bewusst wurde, was sie tat. Er schloss sie in die Arme. Mit einer Hand hielt sie fest den Tornister umklammert und spürte wieder diese Verbindung der Sicherheit und Geborgenheit, die sie während ihrer Zeit auf der Iberischen Halbinsel genossen hatte – ihr Vater, Major Lord Newbury und sie. Es waren keine sorglosen Jahre gewesen – Krieg war stets grausam –, aber trotzdem überkam sie die Sehnsucht. Sie presste die Augen fest zu, fast, als wünschte sie sich, wieder in jenem Leben zu sein, wenn sie sie öffnete.

Als sie sich wieder gefangen hatte, ließ er sie los und sie setzte sich wieder auf den Hocker.

»Es tut mir Leid um den Inhalt«, sagte er. »Es tut mir Leid, dass du nie erfahren wirst, was dein Vater dort für dich aufbewahrt hatte.«

»Wo hast du ihn gefunden?«, fragte sie.

»Man hat ihn zu deinem Großvater nach Leavenscourt in Leicestershire geschickt«, erzählte er ihr. »Er war dort Stallknecht. Er starb leider noch vor deinem Vater und sein Sohn, der Bruder deines Vaters, starb kurze Zeit später. Aber dort lebt immer noch eine Tante von dir, Lily, und zwei Cousins. Deine Tante hatte den Tornister.»

Sie hatte eigene Verwandte – eine Tante und zwei Cousins. Diesen Gedanken sollte sie eigentlich aufregend finden, dachte Lily. Aber im Augenblick war sie zu sehr erfüllt von der Trauer um ihren Vater. Sie stellte fest, dass sie niemals angemessen um ihn getrauert hatte. Sie hatte nur drei Stunden nach seinem Tod geheiratet und nur wenige Stunden später hatte jener unendlich lange Alptraum begonnen, nachdem sie knapp oberhalb des Herzens angeschossen worden war. Sie hatte niemals die Möglichkeit gehabt, die ganze Schwere ihres Verlustes zu erfassen.

»Ich vermisse ihn«, sagte sie.

»Ich auch, Lily.« Er lehnte sich an das Klavier. »Aber jetzt hast du zumindest etwas, das dich an ihn erinnert. Was geschah mit deinem Medaillon? Haben es die Franzosen genommen ... oder die Spanier?«

»Manuel«, sagte sie. »Aber er gab es mir zurück, als ich freigelassen wurde. Allerdings ist es kaputtgegangen. Die Kette brach, als er es mir vom Hals riss.«

Sie hörte, wie er vernehmlich einatmete. »Du hast es immer getragen«, sagte er. »War es ein Geschenk deines Vaters oder deiner Mutter?«

»Von beiden, nehme ich an«, sagte sie. »Ich habe es schon immer gehabt, so weit ich mich zurückerinnern kann. Papa sagte oft, dass ich es immer tragen müsse, dass ich es nie abnehmen oder verlieren dürfe.«

»Aber die Kette ist gerissen«, sagte er. »Du musst das Medaillon wieder tragen, Lily, als sichtbares Andenken an deine Eltern. Erlaubst du mir, es zu einem Juwelier zu bringen, damit die Kette repariert werden kann?«

Sie zögerte. Sie würde ihm ihr Leben anvertrauen, aber sie konnte den Gedanken nicht ertragen, das Medaillon noch einmal aus der Hand zu geben. Als sie von den Spaniern gefangen genommen wurden war, hatte man ihr die Kleider ausgezogen, aber erst als Manuel ihr das Medaillon vom Hals gerissen hatte, hatte sie sich richtig nackt gefühlt. Sie hatte das Gefühl gehabt, als sei ihr ein Teil ihrer selbst entrissen worden.

»Oder besser noch«, sagte Neville, der ihr Zögern richtig deutete, »wirst du mir erlauben, mit dir zu einem Juwelier zu gehen, um die Kette richten zu lassen? Es ist sicherlich möglich, sie an Ort und Stelle zu reparieren, sodass du zusehen kannst.«

Sie sah ihn voller Vertrauen an und vergaß für einen Augenblick die Barriere, die für immer zwischen ihnen aufrechterhalten werden musste. »Ja«, sagte sie. »Danke, Neville.« Und als sich ihre Blicke trafen und ineinander verharrten, zog sie die Unterlippe zwischen die Zähne. Sie fühlte sich, als habe sie eine Liebkosung ausgesprochen, und er sah so aus, als habe er eine gehört.

Aber wie auf ein Stichwort öffnete sich die Tür und Elizabeth trat strahlend ins Zimmer. »Meine Güte«, sagte sie, »Mr. Stanwick erzählt gern, wenn man ihm Gelegenheit dazu gibt. Vergib mir, wenn ich dich haben warten lassen, Neville. Aber ich wage zu behaupten, dass Lily dich gut unterhalten hat. Sie hat sich zu einer wahren Meisterin der leichten Konversation entwickelt.«

»Ich kann mich nicht beklagen«, sagte Neville.

»Lasst uns zum Tee ins Wohnzimmer gehen«, schlug Elizabeth vor. »Der Kamin dort ist an. Es ist ziemlich kühl für einen Sommertag, nicht wahr? Und feucht noch dazu.«

Lilys Augen wanderten zum Salonfenster. Es war in der Tat ein grauer, wolkenverhangener Tag. Auf dem Glas waren Regentropfen zu sehen, obwohl es im Augenblick anscheinend nicht regnete. Sie erinnerte sich, dass das Wetter sie schon den ganzen Morgen deprimiert hatte. Dennoch war sie der Überzeugung, dass an diesem Nachmittag die Sonne geschienen hatte. Sie hatte sich geirrt.

***

Elizabeth hatte Neville gegenüber immer unumwunden erklärt, dass er ihr Lieblingsneffe war. Sie wünschte sich, ihn glücklich zu sehen, das wusste er. Dennoch würde sie Lily nicht drängen, zu ihm zurückzukehren. Dafür war sie viel zu integer. Sie wollte Lily die Gelegenheit geben, sich Fähigkeiten anzueignen und Selbstvertrauen zu gewinnen, damit sie ihre Zukunft selbst bestimmen konnte. Wenn Lily sich entschloss, ihn zu heiraten, wäre Elizabeth hoch erfreut. Wenn sie sich anderweitig entschied, würde Elizabeth sie unterstützen.

Wenn zwei Frauen sich zusammentaten, dachte Neville traurig, waren sie so leicht zu bewegen wie der Fels von Gibraltar.

Liebend gern wollte er mit Lily zu einem Juwelier gehen. Er wusste, dass ihr das Medaillon viel bedeutete, und wollte helfen, es richten zu lassen, damit sie es wieder tragen konnte. Das war sein Hauptbeweggrund, da war er sich völlig sicher. Aber natürlich war da auch die Aussicht, bei diesem Ausflug einige Zeit mit Lily zu verbringen.

Doch am nächsten Tag würde es völlig unmöglich sein, teilte ihm Elizabeth während des Tees mit. Lily würde den ganzen Morgen mit Unterrichtsstunden beschäftigt sein und am Nachmittag stand das Gartenfest bei Fogles auf dem Programm. Dazu würde sie Lilys Begleitung benötigen. Und am darauf folgenden Tag gab es morgens Unterricht und am Nachmittag eine Tanzstunde. Außerdem war es genau der Wochentag, an dem Elizabeth für gewöhnlich zu Hause blieb, um Besuch zu empfangen, und in dieser Woche wollte sie Lily gern zur Seite haben, damit sie ihr bei der Bewirtung der Gäste half.

Da Neville keine Einladung zum Gartenfest erhalten hatte, konnte er nichts anderes tun, als Elizabeth am Tag danach einen Besuch abzustatten und Tee trinkend und plaudernd mit einer Gruppe von Besuchern im Salon zu sitzen, wo Lily nicht anwesend war. Erst am nächsten Nachmittag hatte sie endlich Zeit, mit ihm zum Juwelier zu fahren. Zu allem Überfluss bestand Elizabeth darauf, sie zu begleiten, doch er konnte ihr versichern, dass er eine offene Kutsche nehmen würde, auf der sein Stallbursche hinten mitfuhr.

Elizabeth war schon immer sehr auf die Etikette bedacht gewesen, aber sie behandelte Lily eher wie eine Schutzbefohlene denn als bezahlte Gesellschafterin. Es war frustrierend, aber zugleich war Neville auch froh darüber. Allzu viele junge Draufgänger hatten sich aus keinem anderen ersichtlichen Grund bei Elizabeth zum Tee angemeldet, als mit Lily zu liebäugeln.

Am verabredeten Nachmittag schien endlich wieder die Sonne, und Lily trug ein hübsches und äußerst modisches grünes Kleid und eine Strohhaube. Neville half ihr in seinen Phaeton und setzte sich neben sie, bevor er aus der Hand seines Stallburschen die Zügel nahm und darauf wartete, dass der Junge hinten aufstieg.

»Sag mir die Wahrheit, Lily«, sagte er, als sie in Richtung Bond Street fuhren. »Amüsierst du dich?«

Sie dachte über ihre Antwort nach. »Ich fühle mich ... wohl«, sagte sie. »Ich weiß, dass ich mich jetzt in fast jeder Gesellschaft zurechtfinden werde, in die es mich womöglich für den Rest meines Lebens verschlägt. Das ist ein gutes Gefühl, Mylord.«

»Und lernst du alles, was du dir zu lernen gewünscht hast?«, fragte er.

»Auf keinen Fall«, sagte sie. »Ich bezweifle, dass man überhaupt jemals all die faszinierenden Dinge und Geheimnisse des Lebens lernen oder sich auch nur mit allem beschäftigen kann. Ich lerne weitaus langsamer, als ich es erwartet hatte. Ich kann kaum lesen, obwohl ich schon seit mehr als einem Monat Unterricht bekomme. Aber jeden Tag, an dem ich frustriert und unzufrieden mit mir bin, erinnere ich mich daran, dass ich mich schon immer nach Wissen und Fähigkeiten gesehnt habe. Und ich denke daran, wie unendlich glücklich ich mich schätzen kann, zumindest meine Sehnsucht stillen zu können.«

Er seufzte. »Ich wollte nicht, dass du dich änderst, Lily«, sagte er. »Ich mochte dich so, wie du warst. Aber als ich das Elizabeth gegenüber äußerte, zeigte sie mir, wie egoistisch ich war. Und ich muss zugeben, dass es mir ein Vergnügen ist zu sehen, dass du dich wohl fühlst, wie du dich ausdrücktest.« Er lächelte sie an. »Und ich mag dein Haar so, wie du es jetzt trägst.«

»Ich auch.« Sie lächelte vergnügt und hob eine behandschuhte Hand, um zwei Damen zu grüßen, die soeben aus einem Hutgeschäft traten. Im gleichen Augenblick berührte George Brigham, der über die Straße ging, seine Hutkrempe mit dem Spazierstock und neigte den Kopf zu Lily.

Sie sah aus und wurde behandelt wie eine junge Dame der feinen Gesellschaft, stellte Neville fest. Ihre eigene Courage und Elizabeth' Ermutigung hatten sie aus ihrem Versteck gelockt und sie fühlte sich wohl. Er dagegen hätte sie behütet und beschützt und sie für immer unglücklich gemacht. Keine erfreuliche Erkenntnis.

Er begleitete sie in das Geschäft des Juweliers, den er als den besten am Platz ausgesucht hatte, und erklärte, dass Miss Doyle das Medaillon nicht abgeben wolle, um es später abzuholen, sondern lieber zusehen würde, wie die Kette repariert wurde. Und so hieß man sie Platz nehmen und sie ließ das kostbare Stück nicht aus den Augen.

Das Medaillon war aus Gold, ebenso die Kette. Es gehörte nicht zu der Art von Schmuckstücken, die sich ein gewöhnlicher Soldat leisten konnte, der zum Zeitpunkt des Ankaufs nicht einmal über den Sold eines Sergeants verfügt hatte. Neville hatte es unzählige Male an Lilys Hals gesehen. Es schien ein Teil von ihr gewesen zu sein. Es war ihm nie in den Sinn gekommen, sich über seine Herkunft Gedanken zu machen. Auf der Außenseite des Medaillons war ein verschlungenes Ornament zu sehen, aber er unterließ es, sich weit genug vorzubeugen, um es eingehender zu betrachten. Aus irgendeinem Grund hütete Lily sein Geheimnis und er wollte ihren Wunsch respektieren.

Er bezahlte die Arbeit, als sie beendet war, und sie legte das Medaillon vorsichtig zurück in ihre Handtasche.

»Willst du es nicht anlegen?«, fragte er, als sie das Geschäft verließen.

»Ich habe es so lange nicht getragen«, sagte sie, »dass ich es mir für eine besondere Gelegenheit aufheben möchte, es zum ersten Mal wieder anzulegen. Ich weiß noch nicht, wann. Ich werde über den richtigen Zeitpunkt nachdenken.«

»Darf ich dich auf ein Eis zu Gunther's einladen?«, fragte er.

Sie biss sich auf die Lippe, aber sie nickte. »Ja«, sagte sie. »Danke, Mylord. Und danke, dass Ihr mein Medaillon habt reparieren lassen. Ihr seid sehr liebenswürdig.«

Er blieb auf dem Gehsteig stehen und beugte sich zu ihr, um ihr in die Augen sehen zu können.

»Lily«, sagte er, »gib dich nicht dem Trugschluss hin, dass ich nur aus Liebenswürdigkeit handle. Ich war schon wieder egoistisch. Wenn du das Medaillon wieder trägst, so hoffe ich – nein, ich glaube es – dass du nicht nur an deine Mama und deinen Papa denken wirst, sondern auch an den Mann, der sich immer als deinen Ehemann betrachten wird.«

»Oh, bitte nicht«, stieß sie hervor und sah ihn mit großen, blauen Augen an.

»Aber du wirst dich doch daran erinnern, nicht wahr?«, fragte er.

Sie gab ihm keine Antwort, doch nach einigen Augenblicken nickte sie fast unmerklich.

***

Lily hatte sich vor diesem Nachmittag gefürchtet. Sie hatte gebetet, Elizabeth möge sie begleiten. Nachdem die Frage der Kutsche geregelt war, hatte sie um Regen gebetet, damit er gezwungen war, mit einer geschlossenen Kutsche zu kommen und Elizabeth sie letztendlich doch hätte begleiten müssen.

Sie war so unendlich schwach. Es war so schwer, ihn zu sehen, mit ihm zu sprechen, mit ihm allein zu sein und ihm doch ihre wahren Gefühle nicht zu offenbaren. Es bedeutete Seelenqualen zu wissen, dass sich diese Erinnerungen mit unerträglichem Schmerz in ihr Herz brennen würden, wenn er erst wieder nach Haus zurückgekehrt war. Sie brauchte keine weiteren Erinnerungen. Sie hatte schon viel zu viele.

Aber schließlich wurde es ein ganz wundervoller Nachmittag. Das Wetter war nach einigen grauen Tagen mit gelegentlichen Regenfällen wieder sommerlich geworden. In einem offenen Phaeton zu fahren und die Wärme der Sonne zu spüren und ihre Helligkeit zu sehen, weckte all ihre Lebensgeister. Genau wie seine Gegenwart.

Aber da war noch etwas anderes, das den Zauber ausmachte. Ein Gedanke, der sie in freudige Hochstimmung versetzte, obwohl sie wusste, dass sie erst nach Hause zurückkehren und in Ruhe darüber nachdenken musste, bevor sie sich zu irgendwelchen Schritten entschloss.

Sie hatte sich geweigert, Neville zu heiraten, weil sie sich in seiner Welt nicht wohl fühlte und die Rolle der Gräfin nicht hatte ausfüllen können. Sie hatte sich um ihretwillen und auch um seinetwillen geweigert – letzten Endes hätte sie ihn mit ihren Unzulänglichkeiten sehr unglücklich gemacht.

Aber ihr war die Erkenntnis gekommen, dass sie sich nun in seiner Welt nicht mehr unwohl oder fehl am Platze fühlen würde. Oh, sie hatte sich im vergangenen Monat nicht vollständig gewandelt. Sie hatte immer noch einen sehr langen Weg vor sich, bevor sie wie eine Dame sein würde, die in diese Welt hineingeboren und darin aufgewachsen war. Aber sie war auf dem richtigen Weg. Und so mühselig und schwierig einige Lektionen auch zu lernen waren, sie wusste, dass sie es schaffen konnte. Sie war keine geborene Dame und einige Mitglieder der *beau monde* würden ihr das immer vorhalten, aber sie würde eine ausgebildete Dame sein. Und es gab viele Menschen – Menschen, die sie mochte und respektierte –, die sie annehmen würden.

Was sollte sie also davon abhalten, Neville noch einmal zu heiraten?

Sie würde ihm nicht erlauben, sie aus Pflichtgefühl zu heiraten, sagte sie sich zuerst. Aber sie wusste, dass das lächerlich war. Sie wusste, dass er sie immer noch liebte, schon bevor er vor dem Juweliergeschäft die Worte über das Medaillon gesprochen hatte, hatte sie es gewusst. Und sie wusste mit Gewissheit, dass sie ihn liebte. Sie hatte nie aufgehört, ihn anzubeten, seit sie ihn mit vierzehn zum ersten Mal gesehen hatte.

Dennoch musste sie darüber nachdenken. Sie musste ganz sicher gehen, dass sie die Dinge nicht vereinfachte. Sie musste sicher gehen, dass nicht das kleinste Gefühl von Unterlegenheit sie daran hindern würde, sich als ihm ebenbürtig zu betrachten. Sie war ihm nicht durch Geburt oder Reichtum ebenbürtig. Sie musste sicher gehen, dass diese Tatsache niemals für einen von beiden zum Stein des Anstoßes werden würde – selbst wenn ihre Liebe nach dem ersten Aufblühen mit der Zeit verblasste, wie es im Laufe ihres Lebens durchaus geschehen könnte

Aber sie würde darüber nachdenken, wenn sie wieder allein war. An diesem Nachmittag wollte sie sich gestatten, sich in den Zauber fallen zu lassen und einfach nur zu genießen. Und so ging sie mit ihm zu Gunther's und aß ihr Eis und erzählte ihm von all den Lektionen, die sie im vergangenen Monat gelernt hatte. Sie wollte ihn mit zahlreichen komischen Details amüsieren, an die sie sich erinnerte – die meisten gingen auf ihre eigenen Kosten. Sie lachten ausgelassen und sie wusste, vielleicht mit einem kleinen Stich des Unbehagens, dass der Zauber auch ihn ergriffen hatte.

Es war eine kleine Enttäuschung, als ihr Tête-à-Tête unterbrochen wurde, aber Lily lächelte dem Gentleman höflich zu, der an ihrem Tisch Halt gemacht hatte, um einige Worte mit ihnen zu wechseln. Es war schwierig, die Namen all jener Menschen zu behalten, denen sie seit dem Abend des Ashton-Balles vorgestellt worden war, aber an Mr. Dorsey erinnerte sie sich sofort, zum einen, weil er nach ihrer Ankunft ein oder zwei Tage auf Newbury Abbey geblieben war, vor allem jedoch, weil sich Elizabeth und der Herzog von Portfrey seinetwegen gestritten hatten.

»Ah, Miss Doyle. Guten Tag«, sagte er, verbeugte sich mit einem Lächeln und sah überrascht aus, als habe er sie eben erst entdeckt. »Kilbourne.«

Beide erwiderten höflich, aber ohne allzu große Begeisterung den Gruß. Neville wollte genauso gern mit ihr allein sein, wie sie mit ihm, vermutete Lily. Sie erinnerte sich an die kurze Empfehlung, die Elizabeth ihr am Morgen nach dem Zwischenfall gegeben hatte. Sie würde einen Vertrauensbruch begehen, wenn sie ihr eine umfassende Erklärung gab, hatte Elizabeth gesagt, aber sie sei der Meinung, Lily täte gut daran, eine weitergehende Bekanntschaft mit Mr. Dorsey zu vermeiden.

Dabei war er ein liebenswerter Gentleman und gewiss harmlos, dachte Lily während der nächsten fünf Minuten, in denen er sich ungefragt zu ihnen an den Tisch setzte und sich mit ihnen unterhielt. Er habe gehört, der Graf von Kilbourne sei vor kurzem in Leavenscourt in Leicestershire gewesen. Er wünschte, er hätte davon gewusst. Er sei der Erbe des kranken Baron Onslow, der nur fünf oder sechs Meilen entfernt auf Nuttall Grange lebte. Es wäre ihm ein Vergnügen gewesen, sich persönlich dort eingefunden zu haben, um dem Grafen die Landschaft zu zeigen. Oder war Seine Lordschaft vielleicht geschäftlich dort gewesen?

Lily empfand es als ziemlich peinlichen Zufall, dass der

Herzog von Portfrey just während jener fünf Minuten an Gunther's vorbeispazierte und mit einem kurzen Blick ins Innere die drei dort sitzen sah. Er blieb einen Moment lang stehen und ging dann weiter, nachdem er Lily mit einem Tippen an den Hut gegrüßt hatte. Nun, dachte sie, zumindest konnte sie Elizabeth versichern, dass sie und Neville keine andere Wahl gehabt hatten, um nicht unhöflich zu sein.

Ein oder zwei Minuten später verabschiedete sich Mr. Dorsey.

»Ein merkwürdig liebenswürdiger Knabe«, sagte Neville. »Er hätte den ganzen Weg nach Leicestershire auf sich genommen, nur um mir die Landschaft zu zeigen? Dabei kenne ich ihn kaum. Vielleicht glaubt er, dass er mir eine Gefälligkeit schuldet, weil er im Mai auf Newbury zu Gast war. Aber er kam als Bekannter von Laurens Großvater. Aber immerhin hat er sich bemüht, mir zu zeigen, dass er keinen Groll gegen mich hegt.«

Sie lächelten sich an.

Er lehnte sich zu ihr und hatte die Unterbrechung vergessen: »Du hast sicher noch nicht die Vauxhall Gardens besucht, oder?«

»Nein.« Sie schüttelte den Kopf. »Aber ich habe davon gehört. Man sagt, dass es dort bei Nacht ganz bezaubernd sein soll.«

»Wirst du mich dorthin begleiten«, fragte er sie, »wenn ich eine Gesellschaft zusammenbringen kann?«

Es könnte durchaus einer der gefährlichsten Orte für sie werden, wenn sie nach reiflicher Überlegung zu dem Schluss kommen sollte, dass sie ihre Haltung zu ihm nicht ändern durfte. Sie sollte auf der Stelle ablehnen. Oder zumindest sollte sie ausweichend ankündigen, dass sie darüber nachdenken und mit Elizabeth sprechen würde.

Statt dessen lehnte sie sich begierig zu ihm hinüber, bis ihre Gesichter nur noch Zentimeter voneinander entfernt waren.

»O ja«, sagte sie. »Ja, bitte, Mylord.«

Kapitel 21

»Ich frage mich«, sagte der Herzog von Portfrey, »warum Mr. Calvin Dorsey sich so sehr für Euch interessiert, Miss Doyle.«

Elizabeth und Lily gehörten zu einer Gesellschaft von Gästen, die der Herzog in seine Theaterloge eingeladen hatte. Lily war bis zu diesem Zeitpunkt von dem Ereignis völlig fasziniert gewesen – von der prachtvollen Eleganz des Theaters, vom Publikum in den anderen Logen, im Parkett und auf den Galerien und vom ersten Akt des Schauspiels. Sobald die Vorstellung begonnen hatte, hatte sie sich in eine andere Welt entführen lassen und hatte jeden Sinn für ihre eigene Identität verloren – sie hatte sich in die Figuren auf der Bühne versetzt und deren Leben mitgelebt. Aber jetzt war Pause, und die Loge hatte sich mit Besuchern gefüllt, die gekommen waren, um Elizabeth und andere Anwesende zu begrüßen – und um die berühmte Lily Doyle aus der Nähe zu betrachten.

Seine Gnaden hatte keine Zeit mit Plaudereien vergeudet. Er hatte vorgeschlagen, sich mit Lily außerhalb der Loge ein wenig die Beine zu vertreten.

»Warum interessieren alle sich so sehr für mich, Euer Gnaden?«, sagte sie als Antwort auf seine Bemerkung. »Nach den Maßstäben der feinen Gesellschaft bin ich ein Niemand.«

»Er hat sich nie sehr um Frauen gekümmert«, sagte Seine Gnaden, »noch war er den Damen gegenüber je besonders zuvorkommend. Aber er hat dich bei zwei verschiedenen Gelegenheiten, die mir bekannt sind, absichtlich aufgesucht.«

»Ich denke, Euer Gnaden«, sagte Lily, »das geht Euch nichts an.«

»Ah, dieses Aufblitzen der Augen und das hochfahrende Kinn«, flüsterte er und schüttelte den Kopf. »Lily, was kann man tun, wenn ... nun ja, es macht nichts.«

»Außerdem«, sagte Lily, »war Mr. Dorsey bei Gunther's mehr an dem Grafen von Kilbourne als an mir interessiert. Er sagte, er wäre vor ein paar Wochen selbst nach Leicestershire gereist, wenn er gewusst hätte, dass Seine Lordschaft dort war.«

»Kilbourne war in Leicestershire?«, fragte der Herzog.

»In Leavenscourt«, sagte Lily, »wo mein Vater aufgewachsen ist – mein Großvater war dort Stallknecht.«

»Lebt er noch?«, fragte Seine Gnaden.

»Nein«, sagte Lily. »Er starb noch vor meinem Vater, und der Bruder meines Vaters ist in der Zwischenzeit ebenfalls verstorben.»

»Ah«, sagte der Herzog, »es gibt also niemanden mehr. Das tut mir Leid.«

»Nur eine Tante«, sagte Lily, »und zwei Cousins.«

»Meine Frau stammte aus Leicestershire«, sagte der Herzog. »Wusstest du, dass ich verheiratet war, Lily? Sie wuchs auf Nuttall Grange auf, nur ein paar Meilen von Leavenscourt entfernt. Calvin Dorsey war ihr Cousin. Und deine Mutter war einst ihre Kammerzofe.«

Lily blieb abrupt stehen. Sie starrte ihn an und bemerkte nicht einmal die anderen Theaterbesucher, die beinahe mit ihnen zusammenstießen und gezwungen waren, um sie herumzugehen. Plötzlich bekam sie ohne ersichtlichen Grund große Angst.

»Woher wisst Ihr das?«, fragte sie beinahe flüsternd.

»Ich habe mit ihrer Schwester gesprochen«, sagte er. »Einer weiteren Tante.«

In der vergangenen Woche hatte Lily einiges über die Wurzeln ihrer Eltern erfahren. Und sie hatte soeben entdeckt, dass beide noch lebende Familienmitglieder hatten. Sie war auf der Welt nicht ganz so allein, wie sie gedacht hatte. Aber anstatt zu frohlocken, war ihr Verstand von Unbehagen aufgewühlt – schlimmer als Unbehagen. Sie konnte das Gefühl nicht genau beschreiben. Wovor genau – vor *wem* genau hatte sie Angst?

»Ich denke«, sagte Seine Gnaden, »es ist an der Zeit, in die Loge zurückzukehren. Der zweite Akt wird in Kürze beginnen.«

***

Lily hatte Elizabeth unglaublich gern, in ihren Augen verkörperte sie all die verfeinerten Qualitäten einer wahren Dame. Lily respektierte und bewunderte sie. Darüber hinaus war sie sich der Tatsache bewusst, dass sie Elizabeths Angestellte war, die für ihr sehr großzügiges Gehalt so gut wie keine Arbeit verrichten musste. Elizabeth verlangte lediglich, dass Lily sich dem Unterricht widmete, von dem sie geträumt hatte, und dass sie ihr neues Wissen und ihre neu erworbenen Fähigkeiten erkennen ließ, indem sie mit ihrer Arbeitgeberin an gewissen gesellschaftlichen Ereignissen teilnahm.

Lily hatte sehr hart gearbeitet, sowohl um ihretwillen als auch ihrer Arbeitgeberin zuliebe. Und sie war erfreut über die Ergebnisse, wenn auch ein wenig ungeduldig angesichts der Schwerfälligkeit, die sich in manchen Bereichen eingestellt hatte. Aber manchmal wurde die Sehnsucht nach ihrem früheren Leben beinahe unerträglich. Manchmal konnte sie einfach nicht anders, als dem Bedürfnis nachzugeben, draußen zu sein, in Verbindung mit der Natur, und in ihre eigene Welt innerer Ausgeglichenheit zu entschwinden. Der Hydepark war kein wirklicher Ersatz für eine ländliche Umgebung, lag er doch inmitten der derzeit größten, geschäftigsten Stadt der Welt. Und die meiste Zeit des Tages diente er als elegantes Ausflugsziel der *beau monde*, die es schätze, dort zu flanieren, um zu sehen und gesehen zu werden und um die neuesten Gerüchte auszutauschen. Aber Lily hatte zeit ihres Lebens kaum idyllische Bedingungen gekannt, um die Natur zu genießen. Sie war es gewohnt zu sehen, was sie sehen wollte, und derweil die Welt um sie herum für kostbare Augenblicke zu vergessen. Und in den frühen Morgenstunden konnte man den Hydepark fast schon idyllisch nennen.

Seit ihrer Ankunft in London hatte sich Lily einige wenige Male kurz nach der Morgendämmerung aus dem Haus geschlichen, um ganz für sich allein eine Stunde der Ruhe zu genießen, bevor die Unterrichtsstunden und das geschäftige Treiben des Tages begannen. Sie hatte Elizabeth nie davon erzählt und falls diese es wusste, so schwieg sie darüber. Denn hätte sie zugegeben, dass sie es wusste, hätte sie sich verpflichtet gefühlt, darauf zu bestehen, dass Lily ein Dienstmädchen oder einen Diener mitnahm. Und hätte damit das Ganze zerstört.

Lily ging am Morgen nach dem Theaterbesuch in den Park. Es war ein kühler Morgen, ein wenig neblig, aber mit der Verheißung eines weiteren bezaubernden Tages. Kaum jemand war unterwegs. Lily mied die Wege und lief über das vom Tau benetzte Gras. Sie war versucht, ihre Schuhe und Strümpfe auszuziehen, aber sie tat es nicht. Leider Gottes gab es Anstandsformen, die beachtet werden mussten. Der Park war schließlich nicht *völlig* verlassen. Es gab ein paar Händler, die in morgendlichen Geschäften umhereilten, und gelegentlich galoppierte ein Reiter über die Wege.

Lily legte den Kopf in den Nacken, um in die Baumwipfel zu schauen, und füllte ihre Lungen mit der frischen Luft. Sie versuchte den Kopf freizubekommen, in dem sich Unwohlsein und Heiterkeit in einem derart verwirrenden Ausmaß mischten, dass sie in der Nacht immer wieder aufgewacht war – und auch der alte Alptraum hatte sich wieder eingestellt.

Sie konnte nicht begreifen, warum das, was sie gestern Abend erfahren hatte, sie so sehr ängstigte. Vielleicht lag es nur daran, dass sie seit Jahren in dem Bewusstsein gelebt hatte, ohne familiäre Bindungen zu sein. Von ihrem siebten Lebensjahr an hatte es nur noch ihren Vater gegeben – ein Fels der Sicherheit, solange er am Leben war, aber der einzige Fels. Jetzt gab es plötzlich eine ganze Ansammlung von Verbindungen – zwei Tanten, zwei Cousins und zwei Bekannte, die enge Verbindungen zu dem Ort hatten, an dem ihre Mutter Dienstmädchen gewesen war. Lily hatte nicht einmal gewusst, dass ihre Mutter einmal angestellt gewesen war. Aber sie war die Kammerzofe von Mr. Dorseys Cousine gewesen, der Gemahlin des Herzogs von Portfrey.

Was verursachte ihr angesichts dieser Umstände dieses nicht greifbare Unwohlsein? Lily konnte an diesem Morgen keine Antwort darauf finden, also versuchte sie, das Gefühl abzuschütteln.

Warum sie aufgeheitert war, wusste sie hingegen sehr gut. Neville hatte tatsächlich eine Gesellschaft zusammenbekommen, um in drei Tagen abends in die Vauxhall Gardens zu gehen. Schon allein die Aussicht, die berühmten Lustgärten zu besuchen, hätte sie entzückt. Aber ... nun ja, es war nicht nur diese Vorstellung allein, die sie so freudig erregte, dass sie kaum schlafen konnte. Sie hatte gehört, die Vauxhall Gardens mit ihren von Bäumen gesäumten, von Laternen beleuchteten Alleen und den abgelegeneren Pfaden, mit den Privatlogen und Konzerten und Tänzen und prunkvollen Feuerwerken seien der ideale Ort für Romanzen.

Und in wenigen Abenden würde sie mit Neville dort sein. Die Gesellschaft bestand aus acht Personen, aber das spielte für Lily keine Rolle. Sie wusste, dass er die anderen sechs nur deshalb eingeladen hatte, weil er sie nicht allein einladen durfte.

Sie fragte sich, ob er einen Abend der Romantik plante – und ob sie es zulassen würde. Sie war sich noch immer nicht sicher.

Sie versuchte, die alten Grübeleien aus ihrem Kopf zu vertreiben, während sie durch den Park lief. Sie hielt ihr Gesicht weiterhin in die Höhe und lauschte den Vögeln, die aus vollem Halse sangen. Sie versuchte sich auf den jetzigen, kostbaren Augenblick zu konzentrieren.

Zu Vauxhall würde sie ihr Medaillon tragen, entschied sie. Er würde es sehen und sich daran erinnern, dass sie gesagt hatte, sie wolle es zu einer besonderen Gelegenheit tragen.

Aber war sie schon so weit, ihm ein solches Signal zu geben?

Sie atmete die leicht feuchte Luft mit dem starken Pflanzenduft ein und horchte auf das entfernte Geräusch galoppierender Pferdehufe.

Wenn der Herzog von Portfrey mit der Schwester ihrer

Mutter gesprochen hatte, musste auch er kürzlich in Leicestershire gewesen sein. Und warum auch nicht? Seine verstorbene Frau war dort aufgewachsen. Vielleicht hatte er immer noch Kontakt zu ihrer Familie.

Das Pferd kam von hinten näher, es hatte fast Jagdgalopp erreicht. Die wenigen Male, die Lily auf einem Pferd gesessen hatte, hatte sie Reiten als ein wundervolles Gefühl empfunden. Sie dachte daran, dass sie auch gern auf einem Pferderücken über die Wege des Hydeparks fliegen würde.

Und dann geschahen drei Dinge gleichzeitig – das Geräusch der Pferdehufe klang plötzlich gedämpft, als liefe es über Gras, jemand schrie und Lily hatte wieder dieses Gefühl von lähmender, betäubender Panik. Als sie sich umdrehte, waren Pferd und Reiter schon beinahe über ihr. Instinktiv wirbelte sie zur Seite und fiel schwer ins Gras. Das Pferd donnerte an ihr vorbei und preschte in vollem Galopp weiter.

Wieder ein Schrei und ein junges Dienstmädchen kam über das Gras gerannt und ließ ihren großen Korb fallen. Zwei Männer, der eine wie ein Arbeiter gekleidet, der andere eher ein wohlhabender Kaufmann, tauchten ebenfalls wie aus dem Nichts auf. Lily lag betäubt im nassen Gras und sah zu ihnen hoch.

»Miss.« Das Mädchen ließ sich neben Lily auf die Knie fallen. »Oh, Miss, seid Ihr tot?«

»Sie hat einen Schock, sie ist nicht tot, du dummes Ding«, sagte der Arbeiter. »Seid Ihr verletzt, Miss?«

»Nein«, sagte Lily. »Ich glaube nicht. Ich weiß nicht.«

»Am besten nicht bewegen, Ma'am«, sagte der Kaufmann hastig, »bis Ihr sicher seid. Kommt erst wieder zu Atem und dann seht nach, wie sich Eure Beine anfühlen.«

»Der Schuft!«, rief das Mädchen aus und starrte dem rasch entschwindenden Reiter hinterher. »Er hat nicht einmal geschaut, wohin er ritt. Wahrscheinlich hat er überhaupt keine Ahnung, dass er beinahe jemanden umgebracht hat.«

»Das ist dem doch egal«, fügte der Arbeiter zynisch hinzu. »Die feinen Herrn kümmert es wenig, was mit irgendeinem Menschen geschieht, solange das Pferdefleisch, auf dem sie sitzen, keinen Schaden nimmt. Hier, Miss, darf ich Euch hochhelfen?«

»Lass sie noch einen Augenblick liegen«, sagte der Kaufmann. »Ihr seid ohne Dienstmädchen unterwegs, Ma'am?«

Lilys Verstand war gerade dabei, sie davon in Kenntnis zu setzen, dass sie – wieder einmal – um Haaresbreite dem Tod entronnen war. Ihr Verstand hatte sie noch nicht auf die verschiedenen Beulen aufmerksam gemacht, die sie sich bei ihrem harten Fall zugezogen hatte.

»Es ist alles in Ordnung«, sagte sie. »Danke.«

»Er sah aus wie der Teufel persönlich, das kann ich Ihnen sagen«, verkündete das Mädchen in die Runde, »mit diesem schwarzen Umhang, der sich hinter ihm bauschte. Ich habe sein Gesicht nicht gesehen. Vielleicht *hatte* er überhaupt kein Gesicht. Oh, vielleicht war es wirklich der Teufel.«

»Sei nicht so dumm, Mädchen«, sagte der Arbeiter zu ihr. »Obwohl ich mir auch nicht erklären kann, warum er an einem solchen Morgen eine Kapuze über dem Kopf hatte – es sei denn, es war eine Frau und sie wollte nicht erkannt werden, weil sie im Herrensattel reitet. Wenn ihr mich fragt, sind die da oben nicht ganz richtig im Oberstübchen.«

Der Kaufmann bemühte sich, Lily auf die Beine zu helfen. Sie musste sich für einige Augenblicke an seinem Arm festhalten, bevor sie sicher war, dass ihre Füße sie tragen würden.

»Würdet Ihr mir gestatten, Euch nach Hause zu begleiten, Ma'am?«, fragte er.

»Oh, vielen Dank«, sagte sie. »Aber nein. Ich bin völlig in Ordnung, wenn auch ein wenig durchnässt. Danke Ihnen allen. Ich bin Ihnen sehr dankbar.«

»Nun, wenn Ihr sicher seid«, sagte der Kaufmann und ruinierte seine galante Geste, indem er eine Uhr aus der Westentasche zog und stirnrunzelnd bemerkte, dass er noch so gerade eine Verabredung einhalten könne.

Lily ging allein nach Hause und es gelang ihr, ins Haus und in ihr Zimmer zu huschen, ohne von Elizabeth oder den Dienstboten gesehen zu werden. Sie zog ihr nasses Kleid aus, bevor sie nach Dolly läutete, ihre Magd liebreizend anlächelte und erklärte, dass sie im Park gewesen und auf dem nassen Gras ausgerutscht sei – und es aber begrüßen würde, wenn sonst niemand von ihrem tollen Streich erfahren würde. Dolly ließ sich vergnügt auf die Verschwörung ein und verkündete, ihre Lippen seien versiegelt, um ihr dann, während sie sich um Lily kümmerte, begeistert von den Fortschritten zu berichten, die ihre aufkeimende Beziehung zu Elizabeth' gut aussehendem Kutscher machte.

Es war ein Unfall gewesen, sagte Lily sich und begann, die schmerzhaften Auswirkungen ihres Sturzes zu spüren. Ein unachtsamer Reiter war vom Weg abgekommen und hatte sie nicht einmal bemerkt.

Er hatte einen schwarzen Umhang getragen – *mit übergestülpter Kapuze.*

Wahrscheinlich besaß jeder Gentleman in England mindestens einen schwarzen Umhang. Und der Morgen war kühl gewesen, wenn auch nicht gerade kalt.

Und es war gewiss möglich, dass er in Wirklichkeit eine Sie gewesen war.

Es war ein Unfall gewesen.

Aber vielleicht auch nicht.

Genauso wenig wie der Felsbrocken, der von der Klippe bei Newbury gestürzt war.

***

Die Dinge entwickelten sich nur langsam – wenn überhaupt. Neville hatte Lily seit seiner Ankunft in London nicht einmal jeden Tag gesehen. Und wenn er sie sah, dann für gewöhnlich bei offiziellen Anlässen, wo sie dicht an Elizabeth' Seite blieb und seine gute Erziehung ihn davon abhielt, zu viel Zeit mit ihr zu verbringen.

Sie wurden immer noch begierig beobachtet, wo immer sie zusammen auftraten. Joseph erzählte ihm, dass die Salongespräche nur um dieses Thema kreisten. Noch dazu wurde bekannt, dass es im Wettbuch des White's Club zwei Eintragungen gab, die sich mit ihnen befassten. Es gab Gentlemen, die ihr Geld darauf oder dagegen gesetzt hatten, dass er Lily Doyle innerhalb eines Jahres heiraten würde. Und es gab andere – oder möglicherweise dieselben – die auf eine Heirat mit Lauren innerhalb desselben Zeitraumes gesetzt hatten.

Joseph amüsierte sich ganz köstlich, obwohl er das Geschehen in der Öffentlichkeit als tödlich langweilig bezeichnete – niemand konnte Langeweile besser zum Ausdruck bringen als der Marquis von Attingsborough.

Aber Neville hatte vor, während des Abends in Vauxhall alle Vorsicht außer Acht zu lassen. Er hatte vor, sich die Umgebung zunutze zu machen. Er hatte eine Privatloge reserviert und Gäste eingeladen, um ein kleines Fest zu veranstalten, und bei all dem plante er, einige Zeit mit Lily allein zu verbringen. Er hatte sie fast zwei Wochen lang sehr zärtlich und zurückhaltend umworben. Er hatte vor, ihr bei Vauxhall ernsthaft den Hof zu machen. Er war nicht ohne Hoffnung auf Erfolg. Er erinnerte sich mit verhaltenem Atem an den Nachmittag beim Juwelier und bei Gunther's. Sie war an jenem Nachmittag entspannt und glücklich gewesen – glücklich, mit ihm zusammen zu sein.

Er betete um gutes Wetter.

Und seine Gebete wurden erhört. Der Tag war heiß und sonnig gewesen, wenn auch ein wenig windig. Als der Abend kam, legte sich der Wind, um genau die Bedingungen zu schaffen, die Neville für Vauxhall bestellt hätte, hätte er darauf Einfluss gehabt.

Sie überquerten die Themse im Boot – ein langsamer, jedoch ausgesprochen malerischer Weg, sich Vauxhall Gardens zu nähern. Neville nahm im Boot neben Lily Platz, während Elizabeth vor ihnen saß – Portfrey, der für einige Tage die Stadt verlassen hatte, war für heute zurückerwartet worden, aber noch nicht erschienen. Joseph saß hinter ihnen und flirtete diskret mit Lady Selina Rawlings, seiner derzeitigen Herzensdame und Begleiterin für den Abend unter dem Schutz von Elizabeth. Captain Harris und seine Frau saßen im Bug des Bootes. Bunte Lichter schimmerten aus den Gärten über das Wasser. Es wurde gerade dunkel.

»Nun, Lily?« Neville neigte den Kopf zu ihr, um ihr ins Gesicht sehen zu können.

»Es ist Magie«, sagte sie.

Und das war es – Magie, die die beiden verzaubern und nicht mehr loslassen sollte, bis die Nacht vorüber war, und vielleicht nicht einmal dann.

Er reichte Lily den einen, Elizabeth den anderen Arm und gemeinsam betraten sie Vauxhall Gardens und machten sich auf den Weg in die von ihm reservierte Loge, die sich wie die anderen in der Nähe des Orchesters befand, wo die

Musiker gerade ihre Instrumente stimmten. Es würde Tanz geben an diesem Abend.

»Hast du schon einmal unter den Sternen getanzt, Lily?«, fragte er, nachdem alle in der Loge Platz genommen hatten und er Essen und Trinken bestellt hatte.

»Natürlich«, sagte sie. »Erinnerst du dich nicht mehr an unsere Tänze?«

In der Armee? Ja, da hatte es so etwas häufig gegeben. Die Offiziere hatten ihre eigenen Tanzvergnügungen gehabt, besser organisiert, förmlicher und nicht annähernd so unterhaltsam wie die Tänze an den Lagerfeuern oder in irgendeiner schlichten Scheune, hatte Neville immer gedacht. Er hatte es sich zur Gewohnheit gemacht, manchmal dabeizustehen und zuzuschauen. Um seinen Männern nicht den Spaß zu verderben, hatte er niemals mitgemacht und eine Partnerin beansprucht, wo es ohnehin schon zu wenig Frauen gab.

»Doch, ich erinnere mich.« Er lächelte sie an. »Aber hast du unter den Sternen schon Walzer getanzt? Kennst du den Walzerschritt?«

»Ich darf ihn nicht tanzen«, sagte sie zu ihm. »Ich muss erst von einer der Damen bei Almack's eingeführt werden – obwohl ich zu behaupten wage, dass das niemals geschehen wird.«

Er beugte sich etwas näher zu ihr und was er sagte, war nur für ihre Ohren bestimmt. »Aber dies hier ist kein formeller Ball, Lily. Diese Regeln gelten hier nicht. Heute Nacht wirst du Walzer tanzen – mit mir.«

Ihre Augen sagten ihm, dass sie es wollte. Und sie sagten ihm noch viel mehr. Es lag eine gewisse tiefe Sehnsucht darin – er war sicher, dass er den Ausdruck nicht missverstand.

Und dann bemerkte er ihr Medaillon.

»Hast du es heute zum ersten Mal wieder angelegt?«, fragte er und berührte es kurz.

»Ja.«

»Dann ist das also ein besonderer Anlass, Lily?« Er sah ihr in die Augen.

»Ja, Neville.«

Seltsam, dachte er, wie sein Name auf ihren Lippen zu der intimsten Liebkosung wurde.

Für eine Weile gab es keine Gelegenheit mehr zu einem persönlichen Gespräch. Essen und Trinken waren gekommen, das Orchester hatte angefangen zu spielen und die Gespräche kreisten um allgemeine Themen.

Als der Tanz begann, führte Neville zuerst Elizabeth auf die Tanzfläche und anschließend Mrs. Harris. Doch der dritte Tanz war ein Walzer und die Zeit der allgemeinen Geselligkeit war zu Ende. Die Zeit der Romantik war angebrochen.

»Du kannst nicht wissen«, sagte Lily, als sie eine Hand auf seine Schulter legte und die andere in seine Hand, »wie sehr ich mich danach gesehnt habe, Walzer zu tanzen – vielleicht weil ich glaubte, dass ich nie die Gelegenheit bekommen würde.«

»Mit mir, Lily?«, flüsterte er. »Hast du davon geträumt, mit mir Walzer zu tanzen?«

Ihr Augen strahlten ihn an. »Ja«, sagte sie. »O ja. Mit dir.«

Er machte danach nicht mehr den Versuch, sich zu unterhalten. Es gab eine Zeit für Worte und es gab eine Zeit für schweigendes Empfinden. Die Luft war kühl und der Mond und die Sterne über ihnen leuchteten hell. In Vauxhall stand die Natur in glücklicher Verbindung mit der von Menschen gemachten Schönheit der Orchesterklänge und der bunten Laternen, die sanft in den Bäumen wippten.

Und da war die Frau in seinen Armen, klein und wohlgestaltet und zierlich, und sie lächelte ihm während des ganzen Tanzes ohne Verlegenheit und ohne gespielte Gleichgültigkeit in die Augen.

»Nun?«, fragte er, als der Walzer fast beendet war. »Ist es ein so verruchter Tanz, wie behauptet wird, Lily?«

»Oh«, sagte sie. »Verruchter.«

Er lachte leise und sie stimmte mit ein.

»Wollen wir spazieren gehen?«, fragte er.

Sie nickte.

»Wir müssen die anderen mitnehmen«, sagte er und führte sie zurück in die Loge. »Aber mit ein wenig Erfindungsreichtum könnten wie sie schon bald aus den Augen verlieren.«

Sie erhob keine Einwände.

***

Sie hatte sich nicht geirrt. O nein, das hatte sie nicht. Er hatte sie aus Pflichtgefühl geheiratet. Nach ihrer Ankunft in England hatte er sie zuvorkommend behandelt, weil er ein gütiger Mann war. Er hatte mit ihr geschlafen, weil er aus jeder Situation, in der er sich befand, das Beste machen wollte. Er hatte erneut um sie angehalten, nachdem er wusste, dass sie nicht rechtmäßig verheiratet waren, weil er sich dazu verpflichtet gefühlt hatte, an seine Ehre gebunden. Natürlich hatte er auch Liebe empfunden – das hatte er behauptet und sie hatte es nicht angezweifelt.

Aber jetzt war es reine und einfache Liebe. Er hatte keinerlei Verpflichtung mehr ihr gegenüber. Sie hatte ihn von der Last befreit und ihr eigenes Leben gelebt und hatte sich Fähigkeiten angeeignet, die es ihr ermöglichten, ihr Leben unabhängig von fremder Mildtätigkeit zu führen und für ihren eigenen Lebensunterhalt aufzukommen.

Jetzt machte er ihr den Hof, weil er sie liebte.

Sie brauchte nicht länger auch nur den Hauch eines Zweifels zu hegen. Und sie würde keine unnötigen Hindernisse mehr zwischen ihnen aufbauen. Sie würde ihm in den Augen seiner Welt vielleicht niemals gleichgestellt sein, aber sie wusste, dass sie mit einem gewissen Wohlbefinden und einer gehörigen Portion Selbstachtung in seiner Welt leben konnte. Der Gedanke an Newbury Abbey erfüllte sie nicht mehr mit Angst und Schrecken.

Sie war dabei, es zuzulassen.

Und als sie dann mit dem Marquis und Lady Selina im Licht der Laternen über die von Bäumen gesäumte Allee schlenderten, legte sie gegen die beinahe schon komischen Manöver der beiden Gentlemen, sich unauffällig mit ihren Partnerinnen zu entfernen, keinen Protest ein. Genauso wenig wie Lady Selina.

»Siehst du, Lily«, sagte Neville, nachdem sie in einen der engeren, dunkleren und ruhigeren Pfade eingebogen waren, »dies sind die Bereiche für die Liebenden.«

»Ja«, sagte sie. »Wie wundervoll praktisch.«

»Die Pfade sind so eng angelegt«, sagte er, »dass zwei Menschen entweder hintereinander oder Arm in Arm gehen müssen.«

»Wir können uns nicht unterhalten, wenn wir hintereinander gehen«, sagte sie und lächelte in die Dunkelheit.

»Genau.« Er legte einen Arm um ihre Schultern und zog sie eng an sich. Es gab keine andere Stelle, ihren Arm zu platzieren, als seine Taille. Und dann stellte sie fest, dass sich ihr Kopf an seiner Schulter zutiefst wohl fühlte.

Es herrschte ein seltsames Gefühl der Abgeschiedenheit, obwohl die Klänge des Orchesters und die Stimmen immer noch gut hörbar waren. Von Zeit zu Zeit hing eine Laterne in den Bäumen, aber hauptsächlich wurde der Pfad vom

Mondlicht erleuchtet. Sie hatte auf Romantik gehofft, dachte Lily, und hatte sie zweifelsohne im Übermaß gefunden.

Unweigerlich verlangsamten sich ihre Schritte, nachdem sie eine gewisse Entfernung auf dem Pfad zurückgelegt hatten, und dann blieben sie auf einmal stehen. Er drehte sie um und sie fand sich bequem an einen dicken Baumstamm gelehnt.

»Lily«, sagte er und umrahmte ihren Kopf mit seinen Unterarmen, die Hände an den Baumstamm gelegt, »du musst jetzt nein sagen, mein Liebes, wenn du nicht willst, dass mehr geschieht.«

Sie hob eine Hand und folgte mit einer Fingerspitze seiner Gesichtsnarbe. »Ich sage nicht nein«, flüsterte sie.

Er küsste sie, berührte sie nur mit den Lippen. Es war ein Kuss der Liebe, dachte sie, bevor sie ihre Hände auf seine Schultern legte und dann ihre Arme um seinen Hals gleiten ließ. Keiner von beiden konnte ein anderes Motiv haben. Nur Liebe. Sie öffnete die Lippen und erwiderte seinen Kuss mit Liebe.

Er hob den Kopf, als er seine Arme um sie schlang und sie an sich zog. Mit dem Mondlicht in seinem Rücken konnte sie kaum sein Gesicht sehen, aber sie hatte den Eindruck, dass er lächelte.

»Dies hier«, sagte er und seine Lippen strichen über ihre, »war vorherbestimmt, Lily, vom ersten Augenblick an.«

Sie fragte nicht, welchen ersten Augenblick er meinte – den Augenblick, als sie sich zum ersten Mal begegnet waren? Als sie in die Kirche von Newbury getreten war? Den ersten Augenblick der Zeit am Anbeginn der Welt? Vielleicht meinte er all diese Augenblicke. Und er hatte Recht. Dies war immer schon vorherbestimmt gewesen.

Er küsste ihren Mund, ihre Augen, ihre Schläfen. Er

hauchte Küsse auf ihre Kiefer und zu ihrem Kinn. Er küsste ihre Kehle. Und er küsste wieder ihren Mund und murmelte Liebkosungen.

Die Romantik schwand. Sie konnte seinen wohlbekannten, harten Körper spüren, der sich an sie presste. Sie konnte sein Parfum und seinen männlichen Duft riechen. Sie konnte den Wein, den er zuvor getrunken hatte, auf seinen Lippen und seiner Zunge schmecken, in seinem Mund. Sie konnte hören, wie sich sein Atem beschleunigte, und konnte sein wachsendes, dringendes Verlangen spüren, das sich gegen ihren Unterleib presste. Ihr eigener Körper sprach auf seinen an – hatte es seit der ersten Berührung seiner Lippen getan. Da war ein pulsierender Schmerz in ihrem Leib und an den Innenseiten ihrer Schenkel, als sie sich in blindem Verlangen, ihm nah zu sein, an ihn presste, nah … näher. Neville. Sie wollte ihn. Sie wollte ihn *da. Hier. Jetzt.*

Doch plötzlich hob er den Kopf und versteifte sich. Lauschend hielt er den Kopf in die Höhe. Selbst in der Dunkelheit konnte sie seinen angespannten Gesichtsausdruck wahrnehmen.

Lily war sich im Nachhinein nie sicher, ob sie selbst ein Geräusch gehört hatte – ein Geräusch, das anders war als der entfernte Lärm der Lustbarkeiten. Aber sie wusste genau, dass sie plötzlich wieder von der furchtbaren Angst überrollt worden war, als er sich von ihr abwandte, um in die Bäume auf der anderen Seite des Pfades zu blicken. Sie war sich im Nachhinein nicht einmal sicher, ob sie überhaupt irgendetwas gesehen hatte. Sie war sich nicht sicher, ob sie eine Gestalt im dunklen Umhang gesehen hatte, die eine Pistole auf sie richtete. Alles geschah zu schnell.

Neville wandte sich plötzlich wieder zu ihr und wirbelte sie hinter den großen Baum, wobei er sie mit seinem Körper vor der drohenden Gefahr schützte. Der Knall schien danach gekommen zu sein. Die Kugel hatte sie verfehlt, dachte sie, als er sie schmerzhaft gegen den Baum presste, mit dem Rücken zu ihr, sie abschirmend. Aber der Knall klingelte ihr noch immer in den Ohren.

Sie fühlte sich dem Ersticken nah. Er hielt die Arme nach hinten gespreizt, um ihre Seiten zu schützen. Sie konnte kaum atmen. Trotzdem hieß sie den Schild, den er ihr mit dem Körper bot, willkommen. Ohne ihn hätte sie sich in geistloser Panik verloren.

Sie hörte seinen stoßweisen Atem und wusste, dass er versuchte, Stille zu bewahren, um ihre Position nicht zu verraten. Und sie wusste, dass sie für ihn ein Hemmnis war. Wenn er sie nicht schützen müsste, könnte er sich auf die Suche nach ihrem Gegner machen, anstatt hier darauf zu warten, dass er sie fand.

Sie hatte das Gefühl, dort in unerträglicher Anspannung mindestens fünf Minuten ausgeharrt zu haben, vielleicht sogar zehn – später glaubte sie, dass es wahrscheinlich nicht mehr als ein oder zwei Minuten gewesen waren. Und dann ertönte ganz in der Nähe Gelächter und sie erkannte mit knieerweichender Erleichterung, dass jemand den Pfad entlangkam – vielleicht sogar mehrere Personen.

Es waren vier, um genau zu sein. Als sie an dem Baum vorbeigegangen waren, nahm Neville sie fest an die Hand und zog sie auf den Pfad hinaus. Sie folgten den beiden Paaren, die so aufgeheitert waren, dass sie nicht bemerkten, dass sich ihre Anzahl vergrößert hatte.

»Ich bringe dich zurück zu Elizabeth«, sagte Neville und legte einen Arm um sie, als sie die Hauptallee erreichten. »Und dann werde ich zurückgehen und versuchen, den Bast...« Er verschluckte das Wort rechtzeitig. Er atmete schwer.

Aber Lily, die einen Arm fest um seine Taille gelegt hatte, weil sie befürchtete zusammenzubrechen, spürte plötzlich etwas Warmes und Feuchtes und Klebriges.

»Du bist getroffen worden«, sagte sie. Und dann, in höchster Panik: »Neville, du bist *angeschossen* worden!«

»Es ist nichts«, sagte er mit zusammengepressten Lippen. Und er lief schneller.

Als sie die Loge erreicht hatten, löste er seinen Griff um sie und schleuderte sie der erstaunten Elizabeth entgegen, die mit dem Herzog von Portfrey vor der Loge stand.

»Nehmt sie«, sagte Neville barsch. »Bringt sie fort von hier. Bringt sie nach Hause.«

Und dann brach er vor ihren Füßen zusammen.

Kapitel 22

Als Neville wieder zu sich kam, lag er mit dem Gesicht nach unten auf einem fremden Bett. Seine Arme waren zur Seite abgespreizt und jemand hielt seine Handgelenke fest. Er spürte, dass er nackt war, zumindest von der Taille aufwärts. Und seine rechte Schulter schmerzte wie tausend Teufel.

Aus alter Erfahrung wusste er, was vor sich ging.

»Verdammt!« Es war Josephs Stimme – er hielt sein rechtes Handgelenk in stahlhartem Griff umklammert. »Du hättest nicht vielleicht noch ein paar Minuten länger schlafen können, Nev? Das Land der Träume genießen und so weiter?«

»Du kannst deinen höllischen Griff lösen«, sagte Neville. »Ich werde nicht zappeln. Wer ist der Metzger?«

»Dr. Nightingale ist mein Hausarzt, Neville.« Elizabeth' Stimme klang kühl und vernünftig, wie er es erwartet hatte – keine Spur von Hysterie. »Die Kugel sitzt noch in deiner Schulter.«

Und Dr. Nightingale hatte schon einen Schnitt gemacht, um sie zu entfernen. Das war es, was ihn dazu gebracht hatte, sich in die Kanten der Matratze zu krallen, erkannte Neville. Im diesem Moment öffnete er die Augen. Sein Kopf lag auf der linken Seite – und es war Lily, die sich an sein linkes Handgelenk klammerte.

»Mach, dass du hier rauskommst«, befahl er ihr.

»Nein.«

»Frauen haben ihren Männern zu gehorchen«, sagte er.

»Wir sind nicht verheiratet.«

»Und natürlich hast du auf dem Schlachtfeld viel Schlimmeres gesehen als das hier. Eine Kugel in der Schulter ist für dich eine Kleinigkeit. Dumm von mir, dich vor einem Ohnmachtsanfall bewahren zu wollen.«

»Richtig.«

Der Arzt, der weit weniger geschickt an diese Aufgabe heranging als die Feldärzte der Armee, wandte sich erneut der Wunde zu, suchte vorsichtig nach der Kugel und verursachte dadurch anhaltende und kaum erträgliche Schmerzen. Neville sah Lily so lange in die Augen, bis der Schmerz drohte, ihn zu übermannen, dann kniff er die Augen zusammen und knirschte laut mit den Zähnen.

»Ah«, sagte Dr. Nightingale endlich mit zufriedener Stimme.

»Er hat sie!« Joseph keuchte, als habe er gerade ein Verfolgungsrennen mit einem wild gewordenen Bullen hinter sich. »Sie ist raus, Nev.«

»Und soweit ich sehen kann, keine Verletzung an Knochen oder Sehnen«, fügte der Arzt hinzu. »Wir werden Euch im Handumdrehen wieder zusammengeflickt haben, Mylord.«

Der Schmerz wurde nur unwesentlich schwächer. Er fühlte sich wie in einer Wolke des Schmerzes, aus der heraus er wie aus weiter Entfernung in die Realität schaute. Und als er die Augen wieder öffnete, wusste er, dass Lilys Hand von seinem Handgelenk verschwunden war und in seiner Hand lag – in seiner Hand *zerquetscht* wurde. Einen Moment lang schien ihm seine Hand nicht gehorchen zu wollen, doch dann lockerte sie sich allmählich und ließ ihre los. Mit seltsamer innerer Losgelöstheit sah er, dass ihre Finger weiß und fest zusammengeschweißt zu sein schienen, sodass sie sie für kurze Zeit weder bewegen noch auseinanderbringen konnte. Ein Wunder, dass er ihr nicht sämtliche Finger gebrochen hatte, aber sie hatte keinen Laut von sich gegeben.

Sie wandte sich ab und dann wieder ihm zu und er spürte ein kühles, feuchtes Tuch auf seinem erhitzten Gesicht.

Joe sagte etwas – Neville wusste nicht, um was es ging. Der Arzt war immer noch mit seiner Schulter beschäftigt und Elizabeth assistierte ihm offensichtlich. Neville beobachtete Lily, wie sie ruhig und effizient arbeitete, so, wie sie es stets nach einer Schlacht oder einem Scharmützel getan hatte. Sie befeuchtete das Tuch, presste das überschüssige Wasser heraus und drückte es ihm sanft auf das Gesicht oder an den Hals. Er spann sich einen Kokon aus seinen Schmerzen und versteckte sich tief darin.

»Ist er gefasst worden?«, fragte er schließlich. Er hatte sich plötzlich daran erinnert, dass er bei Vauxhall gewesen war, Lily auf einem der dunkleren Wege geküsst und mit der Taktlosigkeit geliebäugelt hatte, sie weiter in die Büsche zu ziehen, um die Umarmung zu vertiefen, als er auf einmal dieses seltsam prickelnde Gefühl im Nacken verspürt hatte, eine Art sechsten Sinn für Gefahr, den er in seinen Jahren als Offizier entwickelt hatte. Womöglich hatte er das Knacken eines Zweiges vernommen, ohne sich dessen bewusst gewesen zu sein. Er erinnerte sich, dass er eine vermummte Gestalt im Gebüsch auf der anderen Seite des Weges hatte lauern sehen, die mit einer Pistole auf sie gezielt hatte. Er erinnerte sich, dass er zur Seite gesprungen war, um Lily zu decken, und sich die Kugel eingefangen hatte, die sie mit Sicherheit umgebracht hätte. »Ist der Bastard geschnappt worden?« Zu spät erinnerte er sich an Elizabeth' und Lilys Anwesenheit.

»Harris und Portfrey haben die Verfolgung aufgenommen«, sagte der Marquis, »und mit ihnen eine kleine Armee von Männern, Nev. Ich könnte wetten, noch nie in der Geschichte haben die Damen und alle anderen Vauxhall so schnell verlassen. Allerdings möchte ich bezweifeln, dass man den Schützen gefunden hat. Ein Mann mit einem dunklen Umhang, sagte Lily. Es gab wahrscheinlich fünfzig Männer, die der Beschreibung entsprachen, Portfrey und mich eingeschlossen.«

»Du warst zur falschen Zeit am falschen Ort, Neville«, sagte Elizabeth kühl. »Na also, Dr. Nightingale ist fertig. Würdest du ihn bitte hinausbegleiten, Lily, während Joseph und ich Neville ein Nachthemd anziehen?«

»Nein«, sagte Lily, »ich bleibe.«

»Lily, mein Liebes ...«

»Ich bleibe.«

Neville nahm an, dass es schließlich Elizabeth war, die den Arzt hinausbegleitete. Für ihn folgten alptraumhafte fünf Minuten – die ihm eher wie Stunden vorkamen – in denen Lily und sein Cousin ihn auszogen, ihm der verletzten Schulter zum Trotz irgendein fremdes Nachthemd anzogen und ihn dann vom Bett hoben, um die Tücher, auf denen er gelegen hatte, zu entfernen und frisches Bettzeug aufzuziehen. Dann wurde er unter Schmerzen wieder hingelegt. Während seiner Kriegsjahre war er oft genug verwundet worden und jedes Mal aufs Neue hatte er den Eindruck, dass ihm das Ausmaß der körperlichen Qualen teilweise entfallen war.

Er konnte das Rasseln seines eigenen Atems hören. Wenn er sich auf den Rhythmus konzentrierte, dachte er, könnte er die Situation in gewissem Maße unter Kontrolle bekommen.

»Wir hätten ihn nicht auf den Rücken legen sollen.« Das war Joseph.

»Doch.« Das war Lily. »So ist es besser. Neville, du musst das Laudanum nehmen, das der Arzt hier gelassen hat.«

»Fahr zur Hölle«, sagte er und riss dann die Augen auf. »Entschuldige. Es tut mir Leid.«

Ihre Lippen verzogen sich zu einem Lächeln. »Ich werde dir den Kopf stützen«, sagte sie.

Er hatte sich immer schon geweigert, irgendeine Medizin zu nehmen. Doch nun kippte er demütig die volle Dosis Laudanum herunter, als Strafe für das, was er zu ihr gesagt hatte.

Danach verschwomm alles zu einem Schleier aus Schmerz und allmählicher, beglückender Benommenheit. Er glaubte, dass Elizabeth und Portfrey im Zimmer waren, doch er öffnete nicht die Augen, um sich zu vergewissern, und nahm auch nicht wahr, dass von dem Verdächtigen mit der Pistole keine Spur zu finden gewesen war. Und dann waren nur noch Elizabeth und Lily im Raum und debattierten darüber, wer über Nacht bei ihm bleiben sollte. Elizabeth bestand darauf, zumindest die erste Wache zu übernehmen und die Haushälterin die zweite. Es schickte sich nicht für Lily, mit ihm in seinem Schlafzimmer allein zu sein – wenn er sich nur aus den Tiefen seiner selbst erheben könnte, er würde dieses Argument ganz außerordentlich witzig finden. Sie würde ermüden. Sie sei gefühlmäßig zu sehr betroffen, um eine gute Krankenschwester abzugeben – es könnte ein Fieber auftreten und dann wären Ruhe und Besonnenheit von größter Bedeutung.

Lily brachte überhaupt kein Argument; sie weigerte sich einfach zu gehen.

Er war kurz davor, in tiefe Bewusstlosigkeit zu fallen, als Elisabeth sie endlich alleine ließ, öffnete kurz die Augen, um sich Lilys Anwesenheit zu versichern. Sie stand neben dem Bett und sah zu ihm hinunter. Sie trug immer noch das elegante Abendkleid aus Goldseide und Gaze, das sie für Vauxhall angelegt hatte.

»Du wirst nicht die ganze Nacht neben dem Bett sitzen, während ich schlafe«, sagte er – in seinen Ohren klang es, als ob er lallte. »Wenn du bleiben willst, zieh das Kleid aus und lege dich neben mich. Immerhin bist du meine Frau.«

»Ja«, sagte sie, aber er war zu benebelt, um zu begreifen, welcher Aussage sie da zugestimmt hatte.

Der Schmerz war zu einem dumpfen Pulsieren in seiner rechten Schulter geworden. Seine Zunge fühlte sich geschwollen an. Sein Atmen vertiefte sich. Es gab ein Gefühl der Wärme an seiner linken Seite und eine kleine Hand legte sich in seine.

***

Lily erwachte, als die ersten Vorboten der Morgendämmerung den Raum in graues Licht hüllten – es war ein unbekannter Raum. Sie hatte das Gefühl, als ob an ihrer rechten Seite ein Feuer brannte. Jemand redete.

Neville entschuldigte sich bei Lauren. Dann teilte er Sergeant Doyle in unglaublich unflätiger Sprache mit, wie verdammt idiotisch es gewesen war, sich in die Schussbahn einer Kugel zu werfen, die für jemand anderen bestimmt war. Dann befahl er einer Kompanie von Soldaten, in der Schlucht zu bleiben, das mörderische französische Feuer von den Hügeln über ihnen zu ignorieren, und so lange nach den Heiratspapieren zu suchen, bis sie sie gefunden hatten. Dann teilte er irgendjemanden mit, dass er, zum Donnerwetter noch mal, Lily allein nach Vauxhall ausführen würde, und dass Elizabeth nur versuchen sollte, ihn daran zu hindern.

Fieber.

Als Elizabeth den Raum betrat, hatte Lily sein Nachthemd auf der Vorderseite geöffnet und wusch ihn mit kühlem Wasser. Aber abgesehen davon, dass sie Lily, die nur mit ihrem Unterhemd bekleidet war, mit hochgezogenen Augenbrauen betrachtet und einen vielsagenden Blick auf die linke Seite des Bettes warf, wo offensichtlich jemand gelegen hatte, enthielt sie sich jeden Kommentars. Ruhig machte sie sich daran, Lily zu helfen. Sie erklärte ihr, dass sie bis auf weiteres alle Unterrichtsstunden abgesagt hatte.

Bis zum späten Nachmittag weigerte sich Lily standhaft, den Raum zu verlassen. Sie wusste aus Erfahrung, dass weitaus mehr Männer am Wundfieber starben als an der Verletzung selbst. Eine Kugel in der Schulter war nicht zwingend tödlich, aber das Fieber konnte sehr wohl töten. Sie würde ihn nicht verlassen. Sie würde ihn wieder gesund pflegen, oder sie würde an seiner Seite sein, wenn er starb.

Aber Elizabeth hatte Recht gehabt – es war schwer, einen Mann zu pflegen, wenn man zu ihm eine gefühlmäßige Bindung hatte. Wenn man ihn so sehr liebte, dass man wusste, dass sein Tod im eigenen Leben eine gähnende Leere hinterlassen würde, die nie wieder ausgefüllt werden könnte. Wenn man wusste, dass er die Kugel abgefangen hatte, die für einen selbst bestimmt gewesen war. Und wenn man nicht verstand, warum es geschehen war.

Sie hatte ihm nie gesagt, dass sie ihn liebte – zumindest nicht seit ihrer Hochzeitsnacht. Jetzt könnte es zu spät sein. Sie hätte es ihm im Laufe des Tages unzählige Male gesagt, aber er konnte sie nicht verstehen.

Sie hatte ihm nie gesagt, dass sie ihn bis ans Ende ihrer Tage als ihren Ehemann betrachten würde, gleichgültig was Kirche oder Staat dagegen anzuführen hatten – dass sie niemals in ihrer Treue zu ihrer Ehe geschwankt hatte.

Am späten Vormittag hatte er mit heißem, schmerzhaftem Griff ihr Handgelenk gepackt. »Ich hätte sie bei mir an der Spitze des Zuges behalten sollen, stimmt's?«, fragte er sie und seine Augen glühten im Fieber. »Ich hätte ihre Sicherheit nicht anderen Männern im Zentrum anvertrauen dürfen. Das hätte ich niemals tun dürfen. Ich hätte sie mit meinem Leben schützen müssen.«

»Du hast dein Bestes gegeben, Neville«, ließ sie ihn wissen und beugte sich nahe zu ihm. »Das ist alles, was man tun kann.«

»Ich hätte es ihr ersparen können …«, sagte er, »ich hätte ihr dieses Schicksal ersparen können … stimmt es, dass es schlimmer ist als der Tod? Was meinst du? Ich wünschte, ich wäre gestorben, um sie davor zu bewahren.«

»Nichts ist schlimmer als der Tod«, sagte sie. »Diesseits des Grabes gibt es immer noch Hoffnung. Solange ich lebendig war, konnte ich davon träumen, zu dir zurückzukehren.«

»Das darfst du nicht sagen, Lauren«, sagte er. »Bitte, sag so etwas nicht, Liebes.«

Elizabeth konnte sie schließlich am späten Nachmittag überreden, auf ihr Zimmer zu gehen – unter dem Versprechen, dass sie nichts gegen eine erneute Nachtwache Lilys einwenden würde. Sie sagte, dass Dolly Lily erwartete und damit drohte, hereinzukommen und ihre Herrin mit Gewalt fortzureißen. Es wartete ein heißes Bad und ein Bett auf sie.

»Ich werde dich wecken, wenn es irgendeine Veränderung gibt«, versprach sie. »Er ist stark, Lily. Er wird durchkommen.«

Wäre es nicht um Neville gegangen, Lily hätte sehr wohl gewusst, dass Elizabeth die Wahrheit sagte. Aber es bedeutete ihr so viel, ihn überleben zu sehen, dass sie daran zweifelte.

Zu ihrer eigenen Verwunderung fiel sie vier Stunden in

einen traumlosen, tiefen Schlaf. Als sie nach Dolly läutete, teilte ihre Zofe ihr mit, dass Seine Gnaden, der Herzog von Portfrey, sie auf ein paar Minuten ihrer kostbaren Zeit in den Salon bat, bevor sie wieder ins Krankenzimmer zurückkehrte.

Lily hatte alle Gedanken an das, was in Vauxhall geschehen war, vehement aus ihrem Bewusstsein verbannt. Das war natürlich leichter gesagt als getan, aber sie hatte es abgelehnt, sich mit dem beängstigenden Ereignis auseinander zu setzen. Sie konnte es sich nicht leisten. Sie brauchte all ihre emotionale Kraft für Neville. Aber der Schrecken befiel sie von neuem, als sie erfuhr, dass der Herzog von Portfrey unten war – und mit dem Schrecken kam auch die Erinnerung, dass er irgendwann zwischen ihrem Spaziergang mit den anderen und ihrer Rückkehr in Vauxhall aufgetaucht war. *Und er hatte einen langen, schwarzen Umhang getragen.*

Trotzdem ging sie in den Salon hinunter.

Er kam mit ausgestreckten Armen auf sie zugeeilt. »Lily, mein Liebes«, sagte er. Sein schönes Gesicht war von Sorgenfalten durchzogen.

Lily lehnte sich mit dem Rücken gegen die Tür und hielt mit beiden Händen den Türknauf umklammert.

Er ließ die Hände sinken und blieb ein paar Schritte von ihr entfernt stehen. »Wir konnten ihn nicht fassen«, sagte er. »Es tut mir so Leid. Hast du ihn gesehen, Lily? Hattest du eine gute Sicht auf ihn? Kannst du dich außer dem Umhang und der Pistole an irgendetwas erinnern?«

»Wart Ihr es?« Sie flüsterte.

Er starrte sie mit scheinbarem Unverständnis an. »Was?«, sagte er.

»Wart Ihr es, der auf Neville geschossen hat?« Sie sprach jetzt laut.

Eine ganze Zeit lang, so schien es, sagte er nichts. »Wie kommst du darauf, dass ich es gewesen sein könnte?«, fragte er dann.

»Ihr wart es auf dem Rhododendronweg«, sagte sie. »Wart Ihr es auch im Wald? Und wart Ihr es, der den Stein über die Klippe geworfen und versucht hat, mich auf den Felsen zu töten? Wart Ihr es, der versuchte, mich mit dem Pferd im Hydepark über den Haufen zu reiten? Ich weiß, dass ich in Vauxhall das Ziel war, nicht Neville. Wart Ihr es?« Seltsamerweise fühlte sie sich sehr ruhig. Sein Gesicht, bemerkte sie, hatte alle Farbe verloren.

»Man hat versucht, dich auf *Newbury* umzubringen?«, fragte er. »Und im Hydepark?«

»Ich sah eine Gestalt auf dem Rhododendronweg«, sagte sie, »die dastand und nach mir Ausschau hielt – ich saß auf einem Baum. Und dann ging ich auf dem Weg zurück und da wart Ihr. Warum wollt Ihr meinen Tod?«

Er schloss die Augen und legte den Kopf in beide Hände. »Es gibt nur eine einzige Erklärung«, murmelte er. Er öffnete die Augen und sah sie an. »Aber wie zum Teufel soll ich es beweisen?« Er blinzelte und sah sie mit festerem Blick an. »Lily, es war nicht ich. Ich schwöre es. Ich wünsche dir nichts Böses. Im Gegenteil. Wenn du nur wüsstest ...« Er schüttelte den Kopf. »Ich habe keinen Beweis ... für nichts. Bitte glaube mir, dass ich es nicht war.«

Und plötzlich kamen ihr ihre Verdächtigungen lächerlich vor. Sie konnte sich nicht mehr erklären, weshalb sie jemals daran geglaubt hatte. Aber andererseits war schon die Vorstellung an sich lächerlich, dass jemand sie umbringen wollte. Und man konnte von einem bisher erfolglosen Mörder wohl kaum erwarten, dass er gestand, sein Opfer bereits seit gut einem Monat zu verfolgen.

»Um deines eigenen Seelenfriedens willen«, sagte er,

»bitte glaube mir. Oh, Lily, wenn du nur wüsstest, wie sehr ich dich liebe.«

Sie fuhr voller Entsetzen zurück und presste sich so gegen die Tür, dass sich ihr der Knauf schmerzvoll in den Rücken bohrte. Was meinte er? Er *liebte* sie? Was sollte das heißen? Aber es konnte nur eines bedeuten. Dabei hätte er ihr Vater sein können. Und er war mit Elizabeth liiert – oder etwa nicht?

Seine Gnaden fuhr sich mit der Hand durch das ergrauende Haar und atmete tief durch. »Vergib mir«, sagte er. »Ich war noch nie so unbeholfen. Geh hinauf zu Kilbourne, Lily, und bitte Elizabeth, zu mir zu kommen, wenn du so gut sein möchtest. Und tu mir die Ehre an, mir zu vertrauen, ich bitte dich.«

Sie gab keine Antwort. Sie drehte sich um, öffnete die Tür und floh. Sie hatte jeden Grund, ihm zu misstrauen – jetzt mehr als je zuvor. Was hatte er damit gemeint, dass er sie liebte? Und dennoch, als er sie gebeten hatte, ihm zu vertrauen, hatte sie sich geneigt gefühlt, genau das zu tun.

***

Als er die Augen öffnete, war der Raum dunkel. Er war sich nicht sicher, ob es noch dieselbe Nacht war, in der man ihm die Kugel aus der Schulter entfernt hatte, aber er bezweifelte es. Er fühlte sich schwach und seine Schulter war steif und schmerzte höllisch. Als er den Kopf drehte, zuckte er vor Schmerz zusammen. Sie lag neben ihm, den Kopf zu ihm gewandt und die Augen geöffnet.

»Wenn das ein Traum ist«, sagte er und lächelte sie an, »sag es mir nicht.«

»Das Fieber ist vor zwei Stunden zurückgegangen«, sagte sie. »Du hast geschlafen. Aber jetzt bist du wach. Hast du Hunger?«

»Durst«, sagte er.

Als sie vom Bett aufstand und durch das Zimmer ging, um ihm ein Glas Wasser einzugießen, sah er, dass sie nur ein dünnes Hemd trug. Sie hielt das Glas fest, während er sich aufrichtete. Er brauchte eine Weile, aber er lehnte ihre Hilfe ab. Nachdem er das Glas genommen hatte, stopfte sie ihm einige Kissen in den Rücken, und er ließ sich behutsam zurücksinken.

»Das Leben als Zivilist macht einen weich, Lily«, sagte er. »Wenn das auf der Iberischen Halbinsel geschehen wäre, wäre ich schon jetzt wieder zurück auf dem Schlachtfeld.«

»Ich weiß«, sagte sie.

Er klopfte neben sich aufs Bett und nahm ihre Hand, als sie sich setzte. »Ich vermute«, sagte er, »man hat ihn nicht gefasst.«

Sie schüttelte den Kopf.

»Du brauchst keine Angst zu haben«, sagte er, obwohl er sich ohnehin nicht vorstellen konnte, dass sich Lily aus Furcht verkriechen würde. »Es war eine dieser sinnlosen und zufälligen Gewalttaten, die sonst immer nur den anderen widerfahren. Irgendein Verrückter, vielleicht ist ihm in jener Nacht irgendetwas widerfahren, dass er die ganze Welt gehasst hat, und wir standen ihm zufällig in der Schusslinie.«

»Es war nicht das erste Mal«, sagte sie.

Nicht einen Moment lang missverstand er ihre Worte. Er spürte, wie ihm kalt wurde. Er hatte seiner eigenen Erklärung keinen Glauben geschenkt, aber er hatte keine andere Erklärung zu bieten. Warum sollte irgendjemand den Wunsch haben, ihn oder Lily umzubringen?

»Es ist schon vorher auf dich geschossen worden?« Der Gedanke erschien ihm völlig grotesk.

Sie schüttelte den Kopf. »Nicht geschossen«, sagte sie und erzählte, ihm von der Gestalt im dunklen Umhang, die sie aus der Entfernung auf dem Rhododendronweg hatte stehen sehen, und von dem Gefühl, das sie im Wald gehabt hatte, dass sie dort erneut jemanden im dunklem Umhang gesehen hatte. Sie erzählte ihm von dem Stein, der von der Klippe fiel, als sie auf dem darunter liegenden Felsen gestanden hatte. Sie erzählte ihm, wie sie im Hydepark dem Tod ins Auge gesehen hatte.

»Jemand will mich umbringen«, endete sie.

»Warum?« Er runzelte die Stirn. Er wünschte, er würde sich nicht so verflucht schwach fühlen. Er wünschte, sein Verstand würde nicht so schwerfällig arbeiten.

Kopfschüttelnd zuckte sie mit den Schultern.

Irgendjemand wünschte Lily den Tod und hätte sich seinen Wunsch bei drei verschiedenen Gelegenheiten beinahe erfüllt – *einmal auf Newbury.*

Auf einmal griff er nach ihr und bemerkte kaum den stechenden Schmerz in seiner Schulter. Er zog sie halb über sich und schlang seine Arme um sie. Ihr Kopf lag an seiner linken Schulter.

»Nein«, sagte er, als könne er sie Kraft seines Willens schützen, »das wird nicht geschehen, Lily. Ich schwöre es. Ich habe einmal versagt, dich zu retten. Es wird nicht noch einmal geschehen.«

»Du musst diesen Anschlag in Portugal vergessen«, sagte sie und strich ihm mit der Hand übers Gesicht. »Du hast mir in Vauxhall das Leben gerettet. Alles ist bereinigt.«

»Niemand wird dir etwas zuleide tun«, sagte er. »Ich gebe dir mein Wort.« Das lächerliche Wort eines Mannes, der nicht einmal gewusst hatte, dass ihr Leben bedroht worden war und auf seinem eigenen Grund und Boden beinahe beendet worden wäre.

Sie küsste ihn auf den Hals. »Du musst dich jetzt wieder ausruhen«, sagte sie, »oder das Fieber kommt zurück.«

»Dann leg dich neben mich. Ich will dich nicht mehr aus den Augen lassen.«

Sie ging um das Bett herum und legte sich neben ihn unter die Decke. »Ruh dich aus«, sagte sie. »Ich hätte nichts sagen sollen, bevor du wieder zu Kräften gekommen bist.«

Er nahm ihre Hand und drehte sich um, um sie anzusehen. »Ich möchte mit dir schlafen.«

Sie zögerte, aber dann schüttelte sie den Kopf. »Nein«, sagte sie. »Noch nicht, Neville. Es ist noch nicht an der Zeit.«

Ihm fiel auf, dass sie ihn wieder mit Neville anredete. Und obwohl sie nein gesagt hatte, hatte sie *noch nicht* hinzugefügt. Er schloss die Augen und lächelte. Woher zum Teufel hätte er die Energie nehmen sollen, wenn sie ja gesagt hätte?

»Außerdem bist du immer noch zu schwach.«

»Grrr«, sagte er, ohne die Augen zu öffnen.

Sie lachte leise.

Seine Pflege musste sie sehr viel Kraft gekostet haben, und trotz ihres besonnenen Auftretens war sie sicherlich vor Angst erschöpft. In wenigen Minuten war sie tief und fest eingeschlafen.

Neville lag neben ihr und starrte an die Decke. Irgendjemand wollte Lilys Tod. Es ergab keinen Sinn. Warum? Was für ein Motiv könnte es geben? Wer hatte einen Grund, ihr überhaupt irgendetwas zu verübeln? So viel er auch darüber nachdachte, es kamen ihm nur Lauren oder Gwen in den Sinn. Die Art von Groll jedoch, die sie hegten, gehörte bestimmt nicht zu dem Stoff, aus dem Morde entstehen. Außerdem waren sie in weiter Ferne, Gwen auf Newbury und Lauren bei ihrem Großvater. Sie hatte sich kurz nach seiner Abreise nach London spontan entschlossen, zu ihm zu reisen, wie seine Mutter ihm geschrieben hatte, hatte allerdings jegliche Reisebegleitung abgelehnt.

Wer sonst?

Es gab sonst niemanden.

Was besaß Lily, das jemand anders haben wollte? Lily hatte nichts. Ihr Medaillon war das einzig Wertvolle, was sie besaß, und niemand würde sie für ein goldenes Medaillon umbringen, wo praktisch jedes Herrenhaus in Mayfair mit weitaus kostbareren Juwelen voll gestopft war. Außerdem hatte sie das Medaillon bis auf den Abend in Vauxhall seit ihrer Zeit auf der Pyrenäenhalbinsel nicht mehr getragen. Möglicherweise war in Doyles Tornister Geld für sie gewesen, aber es konnte sich dabei nicht um eine Summe gehandelt haben, für die man töten würde. Davon abgesehen, was es auch immer gewesen sein mochte, der Inhalt war verbrannt worden.

Aus irgendeinem Grund blieb sein Verstand an diesem Gedanken hängen.

Es schien ihm unwahrscheinlich, dass Bessie Doyle den Inhalt des Tornisters verbrannt hatte, ohne ihn vorher durchzusehen. Und wenn er etwas Wertvolles enthalten hätte, sie hätte es behalten? War das der Fall? Aber sie hatte einen ehrlichen Eindruck auf ihn gemacht. Er glaubte noch immer nicht, dass sie ihm etwas verheimlicht hatte.

Sie war nicht zu Hause gewesen, als der Tornister eintraf. Wahrscheinlich hatte ihr Ehemann ihn angenommen. Er war durch einen Unfall ums Leben gekommen, bevor sie nach Hause zurückgekehrt war, und hatte den Inhalt des Tornisters über den Boden verteilt in einer Ecke der Hütte zurückgelassen.

Fast so, als habe er – *oder jemand anderes* – etwas gesucht.

Er konnte sich nicht erklären, warum ihm auf einmal ein kalter Schauer über den Rücken lief.

Sergeant Doyle hatte vor seinem Tod versucht, ihm etwas zu sagen, das er, Neville, Lily und noch einer weiteren Person weitergeben sollte. Er hatte mit dem Tornister zu tun, den er auf dem Stützpunkt zurückgelassen hatte. Und er hatte Lily wiederholt gesagt, dass etwas für sie darin sei. War es möglich, dass William Doyle es gefunden hatte, was auch immer es war?

Und deshalb getötet worden war?

Aber im Augenblick gab es keine Möglichkeit, diese Fragen zu beantworten.

Dies war lächerlich, dachte Neville ungeduldig. Wenn das so weiterging, würde er noch anfangen, Gespenstergeschichten zu schreiben. Aber andererseits war der Gedanke, dass jemand drei Anschläge auf Lilys Leben verübt hatte, alles andere als lächerlich.

Und dann stellte sich wie aus dem Nichts eine Erinnerung ein – ein Detail, dem er seinerzeit nicht viel Beachtung geschenkt hatte. Ein Brief war gekommen, hatte ihm Bessie Doyle erzählt, der sie von Sergeant Doyles Tod in Kenntnis gesetzt hatte. Und William, der nicht lesen konnte, hatte den Brief zum Vikar gebracht, um ihn sich vorlesen zu lassen. Wenn auch der Tornister einen Brief oder ein schriftliches Dokument enthalten hatte, *würde er das nicht ebenfalls zum Vikar gebracht haben?*

Dummes Zeug, dachte Neville erneut.

Doch jemand wollte Lilys Tod. Es gab nichts Sinnloseres als das. Aber irgendwie, irgendwo musste es dafür einen Grund geben.

Er wusste auf einmal, was er zu tun hatte.

Er legte seinen Arm noch schützender um Lily.

Er würde sie retten. Und wenn es ihn sein Leben kostete, wenn es ihn *sie* kostete, er würde sie vor Terror und Tod schützen. Er würde nicht aufhören zu suchen, um am Ende zu zerstören, was sie bedrohte, was – oder *wer* – auch immer es war.

Kapitel 23

Lily war niedergeschlagen. Nachdem das Fieber überstanden war, hatte Neville sich so rasch erholt, wie man es von einem Soldaten mit Fronterfahrung erwarten konnte, und war zwei Tage später nach Kilbourne House zurückgekehrt. Am Tag darauf hatte er sie besucht, allerdings nur kurz, um anzukündigen, dass er für ein paar Tage die Stadt verlassen würde. Er hatte sich weder geäußert, wohin er ging, noch wann er zurückkehren würde und ob überhaupt. Sein Verhalten war kurz angebunden und unpersönlich gewesen, obwohl er beim Abschied Lilys Hände genommen hatte. Elizabeth war ebenfalls im Zimmer gewesen.

»Lily«, hatte er gesagt, »versprich mir bitte, nicht allein aus dem Haus zu gehen und in einem fremden Haus niemals einen Raum ohne Begleitung zu verlassen.«

Er hatte ihre Antwort abgewartet. Es war offensichtlich nicht der geeignete Augenblick gewesen, auf ihre Unabhängigkeit zu verweisen. Sie hätte sich sowieso nicht anders verhalten, selbst wenn er sie nicht darum gebeten hätte.

»Ich verspreche es.«

Er hatte ihre Hände gedrückt, einen Moment gezögert und dann hinzugefügt: »*Wenn* du das Haus verlässt, könntest du das Gefühl haben, dass du beobachtet wirst und dass man dir folgt. Das darf dich nicht beunruhigen: Es werden mehrere Männer da sein – zu deiner Sicherheit.«

Ihre Augen hatten sich geweitet, aber sie hatte nichts entgegnet. Es war ihr nicht länger möglich, sich einzureden, dass sie sich die Anschläge auf ihr Leben bloß eingebildet hatte. Und mit der Kugel in der Schulter hatte er sich das Recht erworben, sich um ihre Sicherheit zu kümmern.

Sie hatte erneut genickt und er war gegangen, nachdem er noch einmal ihre Hände gedrückt und sich zu ihr geneigt hatte, um ihr einen leichten Kuss auf die Wange zu geben.

Seitdem war sie zweimal zur beliebten Stunde mit Elizabeth und dem Herzog von Portfrey in den Park gefahren und hatte an einem privaten Dinner beim Herzog von Anburey teilgenommen und an einer exklusiven Soirée im Hause einer Freundin Elizabeth' – einer Dame, die im Ruf stand, eine Intellektuelle zu sein. Und sie hatte ihren Unterricht wieder aufgenommen.

Mit Energie und Entschlossenheit hatte sie sich in ihre Studien gestürzt. Zumindest schien sie jene frustrierende, stockende Phase überwunden zu haben und konnte wieder auf fast allen Gebieten außer der Stickerei Fortschritte erkennen.

Dennoch war sie deprimiert. Bei der Ergreifung des Täters, der bei drei verschiedenen Gelegenheiten versucht hatte, sie umzubringen, waren keine Fortschritte erzielt worden. Über ihren eigenen grundlosen Verdacht hatte sie geschwiegen. Es gab keine Anhaltspunkte, keine Hinweise. Aber in der Zwischenzeit fühlte sie sich wie in einem Käfig. Sie durfte nicht allein das Haus verlassen, obwohl das Wetter durchweg fantastisch war und die Verlockungen der frühen Morgenstunden sie geradezu unwiderstehlich anzogen. Und wenn sie doch aus dem Hause ging, spürte sie die Anwesenheit ihrer Leibwächter.

Ihre Nerven lagen blank. Elizabeth hatte ganz nebenbei erwähnt, sie sei glücklich, erfahren zu haben, dass Lauren sich zu ihrem Großvater nach Yorkshire begeben hatte. Ein Ortswechsel würde ihr gut tun.

Wann war sie abgereist?

»Hat Gwendoline sie begleitet?«, hatte Lily gefragt.

Doch Lauren hatte allein reisen wollen. *War sie wirklich nach Yorkshire gereist?* Lily konnte nicht verhindern, dass ihr diese Frage durch den Kopf ging. Doch es war absurd. Lauren konnte zwar reiten, aber sie war nicht der Typ, der über die offenen Flächen des Hydeparks galoppierte. Und es war kaum vorstellbar, dass sie mit einer Pistole zielte und feuerte. Oder dass sie hoch oben auf der Klippe einen Felsbrocken aus seiner Verankerung löste. Und dennoch ...

Am schlimmsten war es, dass Neville fort war – gerade jetzt, wo Lily geglaubt hatte, dass sich zwischen ihnen eine neue Romanze anbahnte und er kurz davor sei, sich ihr zu erklären. Sie versuchte, nicht an ihn zu denken. Sie hatte ein Leben zu leben. Aber ihr Leben war im Augenblick so furchtbar trostlos. Sie freute sich auf die Abendgesellschaft, die Elizabeth schon seit Wochen plante und zu der zahlreiche Gäste erwartet wurden. Lilys Berühmtheit hatte seit dem Zwischenfall in Vauxhall ungeahnte Höhen erreicht. Davon abgesehen waren Einladungen zu Elizabeth' exklusiven Festen stets heiß begehrt.

Lily wählte ihre Garderobe für diesen Anlass sorgfältig aus. Sie wollte sich amüsieren und sie wollte ihre Sache gut machen. Als Mitglied des Haushaltes hatte sie in gewissem Sinne die Rolle einer Gastgeberin zu übernehmen, und das bedeutete eine völlig neue Herausforderung für sie.

»Was meinst du, Dolly?«, fragte sie ihre Zofe, bevor sie nach unten ging. »Bin ich schön oder bin ich schön?« Sie vollführte eine Pirouette.

»Also, ich weiß wirklich nicht, ob diese beiden Worte treffend sind, Mylady«, sagte Dolly, den Kopf zur Seite geneigt und eine Fingerspitze am Kinn – Dolly hatte nie aufgehört, sie anzureden, als wäre sie eine Gräfin. »Wenn Ihr mich fragt – was Ihr ja tut –, würde ich sagen, Ihr seid schön.«

Sie lachten beide über den albernen Witz.

»Ihr seht in Weiß immer bezaubernd aus«, fuhr Dolly fort. »Und viele Damen würden für diese Unmengen edler Spitze töten. Allerdings fehlt noch etwas Schmuck.«

»Die Diamanten oder die Rubine?«

Sie kicherten erneut und Lily nahm das Medaillon aus der Schublade neben ihrem Bett. Sie hatte es seit Vauxhall nicht getragen – seit jenem besonderen Anlass, der so katastrophal geendet hatte. Aber sie würde nicht dem Aberglauben verfallen. Sie legte eine Hand darauf, nachdem Dolly es in ihrem Nacken verschlossen hatte. O ja, er hatte Recht gehabt, dachte sie und schloss kurz die Augen. Das Medaillon schien ihren Papa näher zu bringen und erinnerte sie an ihre Mama. Aber vor allem erinnerte es sie an *ihn*, der mit ihr zum Juwelier gegangen war und die Kette hatte reparieren lassen, sodass sie es wieder tragen konnte.

»Er wird zurückkommen, Mylady«, sagte Dolly.

Lily sah sie verblüfft an. Ihre Zofe nickte weise.

»Gütiger«, log Lily, »ich habe nicht einmal an ihn gedacht.«

»Woher wisst Ihr dann, von wem ich gesprochen habe?«, fragte Dolly keck und brach erneut in fröhliches Gelächter aus.

Lily lächelte noch immer, als sie nach unten ging. Die ersten Gäste trafen fast augenblicklich ein und sie hatte keine Zeit für weiteres Brüten oder Nachdenken. Sie konzentrierte sich auf ihre Haltung und ihr Lächeln, musste zuhören und die richtigen Antworten geben. Alles in allem war es nicht schwierig, sich in der adligen Gesellschaft zurechtzufinden. Und die meisten waren nett zu ihr.

Ungefähr eine Stunde später befand sie sich mit Elizabeth, dem Marquis von Attingsborough und zwei anderen Gentlemen in der Bibliothek. Mr. Wylie hatte sie im Salon gefragt, ob sie sich schon in einer der Büchereien eingeschrieben habe, und der Marquis hatte ihn davon in Kenntnis gesetzt, dass Miss Doyle nicht lesen könne, was ihr aber unmöglich vorzuwerfen war, da sie mit Sicherheit eine der bezauberndsten jungen Damen der Stadt sei. Lily war dumm genug gewesen einzuwenden, dass sie sehr wohl lesen könne.

Joseph hatte sie angegrinst. »Weißt du, Lily«, hatte er gesagt, »Menschen, die flunkern, kommen sofort in die Hölle, wenn sie sterben.«

»Ich kann es dir beweisen«, hatte sie erklärt.

Das war der Grund, warum sie in die Bibliothek gegangen waren. Lily hatte den Marquis herausgefordert, irgendein Buch aus irgendeinem Regal zu nehmen, und sie würde den ersten Satz laut vorlesen.

»Gibt es hier Bücher mit Predigten, Elizabeth?«, fragte er und schaute die Regale entlang.

»Fürwahr«, sprach Mr. Wylie zu Lily, »mir würde Euer Wort genügen, Miss Doyle. Ich bin sicher, dass Ihr gewiss recht gut lesen könnt. Und wenn schon, ich denke nicht, dass es eine Rolle spielt, wenn es nicht so wäre. Ich habe nur Konversation betrieben.«

»Galanterie den Damen gegenüber«, sagte Elizabeth, »war noch nie Josephs Stärke, Mr. Wylie. Es *gibt* hier keine Predigten, Joseph. Davon höre ich sonntags in der Kirche genug.«

»Eine Schande«, murmelte er. »Ah, hier, das ist gut: *Die*

Pilgerfahrt.« Mit großen Gebärden zog er den in Leder gebundenen Band aus dem Regal und schlug die erste Seite auf, bevor er Lily das Buch reichte.

Sie lachte und war zugleich schrecklich aufgeregt. Und sie geriet sogar noch mehr in Verlegenheit, als noch jemand den Raum betrat und sie sah, dass es der Herzog von Portfrey war. Er musste soeben eingetroffen sein und war gekommen, Elizabeth zu begrüßen.

»Ah, Lyndon«, sagte sie, »Joseph hat Lily beleidigt, indem er behauptete, sie sei Analphabetin. Sie ist gerade dabei, ihn vom Gegenteil zu überzeugen.«

Der Herzog lächelte und blieb im Türrahmen stehen, die Hände hinter dem Rücken verschränkt. »Wir hätten eine Wette darauf abschließen sollen, Attingsborough«, sagte er. »Ich wäre auf dem besten Weg, dich um ein Vermögen zu erleichtern.«

»Ach du meine Güte«, sagte Lily. »So gut lese ich auch wieder nicht. Möglicherweise kann ich nicht jedes Wort entziffern.« Sie neigte den Kopf und sah mit gewisser Erleichterung, dass der erste Satz nicht sehr lang war, auch schien er keine allzu langen Wörter zu enthalten.

»›Als ich durch die Wild-nis dieser Welt wan-delte‹«, las sie stockend und in gleich bleibendem Tonfall, »›ließ ich mich an einem bbe-stimmten Ort bei einer Hö-hle nieder, und ich legte mich dort hin, um zu schla-fen; und, während ich schlief, hatte ich einen Trrr-aum.‹« Sie blickte triumphierend lächelnd auf und ließ das Buch sinken.

Die Gentlemen applaudierten und der Marquis stieß einen Pfiff aus.

»Bravo, Lily«, sagte er. »Vielleicht kommst du doch noch in den Himmel. Ich bitte demütigst und untertänigst um Verzeihung.« Er nahm ihr das Buch aus der Hand und schloss es mit großer Geste.

Lily sah zu dem Herzog von Portfrey, der einige Schritte auf sie zugegangen war. Doch ihr Lächeln erstarb. Er starrte sie an, aschfahl im Gesicht. Alle schienen es gleichzeitig zu bemerken. Eine unnatürliche Stille legte sich über den Raum.

»Lily«, sagte er in seltsamem Flüsterton, »woher hast du das Medaillon?«

Ihre Hand fuhr hoch und legte sich schützend darüber. »Es gehört mir«, sagte sie. »Meine Mutter und mein Vater haben es mir geschenkt.«

»Wann?«, fragte er.

»Ich hatte es immer schon«, erklärte sie, »so weit ich mich zurückerinnern kann. Es ist meins.« Wieder stieg diese Angst in ihr auf. Sie umschloss das Medaillon mit der Hand.

»Lass es mich sehen«, befahl er. Er hatte sich ihr bis auf Armlänge genähert.

Sie hielt das Medaillon fester.

»Lyndon ...«, hob Elizabeth an.

»Lass es mich sehen!«

Lily senkte die Hand und er starrte auf das Medaillon. Sein Gesicht war noch bleicher geworden, soweit das überhaupt möglich war – er sah aus, als würde er jeden Moment in Ohnmacht fallen.

»Es trägt das verschlungene F und L«, sagte er. »Öffne es für mich. Was enthält es?«

»Lyndon, was soll das alles?« Elizabeth klang verärgert.

»Öffne es!« Seine Gnaden hatte von ihr keine Notiz genommen.

Lily schüttelte den Kopf, wie gelähmt vor Schreck, obwohl noch vier weitere Personen im Zimmer waren. Der Herzog von Portfrey schien sie nicht wahrzunehmen – bis er plötzlich den Blick von dem Medaillon nahm und sich mit einer Hand über das Gesicht fuhr. Dann löste er unter den schweigenden Blicken der anderen sein Halstuch so weit, dass er in sein Hemd greifen und eine goldene Kette hervorziehen konnte, an der ein Medaillon hing, das mit Lilys identisch war.

»Es gab nur zwei davon«, sagte er. »Ich hatte sie extra anfertigen lassen. Was befindet sich in deinem, Lily?«

Sie schüttelte den Kopf. »Mein Papa gab es mir«, sagte sie. »Er war kein Dieb.«

»Nein, nein«, sagte er. »Nein, ich bin überzeugt, dass er keiner war. Befindet sich irgendetwas darin?«

Sie schüttelte erneut den Kopf und trat einen Schritt zurück. »Es ist leer«, sagte sie. »Das Medaillon gehört mir. Ihr könnt es mir nicht wegnehmen. Ich werde es nicht zulassen.«

Elizabeth war an ihre Seite getreten. »Lyndon«, sagte sie, »du machst Lily Angst. Aber was hat das alles zu bedeuten? Du hast zwei identische Medaillons anfertigen lassen?«

»Das L steht für Lyndon«, sagte er. »Das F steht für Frances. Meine Gemahlin. Deine Mutter, Lily.«

Lily starrte ihn fassungslos an.

»Du bist Lily Montague«, sagte er und sah sie an. »Meine Tochter.«

Lily schüttelte den Kopf. In ihrem Kopf rauschte es.

»Lyndon.« Es war Elizabeth' Stimme. »Du kannst das nicht einfach so behaupten. Vielleicht …«

»Ich habe es seit dem Augenblick gewusst«, sagte er, »als ich sie in der Kirche von Newbury sah. Abgesehen von den blauen Augen hat Lily eine geradezu unheimliche Ähnlichkeit mit Frances – mit ihrer Mutter.«

»Obacht! Seht nur, Miss Doyle!«, sagte einer der Gentlemen, aber seine Worte waren überflüssig. Der Herzog von

Portfrey war zu ihr gestürzt und hatte sie mit den Armen aufgefangen. Lily, nur halb bei Bewusstsein, erkannte ihr Medaillon – nein, *seines* – das vor ihren Augen an seinem Hals baumelte.

Er legte sie auf ein Sofa und rieb ihr die Hände, während Elizabeth ein Kissen hinter ihren Kopf platzierte.

»Ich hatte keinen Beweis«, sagte Seine Gnaden, »bis eben. Ich wusste, dass es dich geben musste, obwohl ich auch dafür wenig Beweise hatte. Aber ich konnte dich nicht finden. Ich habe niemals ganz aufgegeben, nach dir zu suchen. Ich habe es nie wirklich geschafft, mein Leben zu leben. Und dann tratest du in jene Kirche.«

Lily drehte den Kopf auf dem Kissen von einer Seite auf die andere. Sie versuchte, nicht zuzuhören.

»Lyndon«, sagte Elizabeth ruhig, »überfordere sie nicht. Ich bin selbst einer Ohnmacht nahe. Stell dir vor, wie Lily sich fühlen muss.«

Da blickte er zu Elizabeth auf und sah sich in dem Zimmer um.

»Ja«, sagte sie, »die anderen Gentlemen haben sich taktvoll zurückgezogen. Lily, mein Liebes, hab keine Angst. Niemand wird dir etwas – oder jemanden – wegnehmen.«

»Mama und Papa waren meine Mutter und mein Vater«, flüsterte Lily.

Elizabeth küsste sie auf die Stirn.

»Was geht hier vor?«, fragte eine Stimme barsch von der Türschwelle. »Als ich hereinkam, riet mir Joseph, besser sofort nach Lily zu sehen. Lily?«

Sie stieß einen kurzen Schrei aus und rappelte sich hoch. Noch bevor sie sich einen Schritt vom Sofa entfernen konnte, lag sie in seinen Armen – sicher und geborgen, das Gesicht an seinem Halstuch.

»Ich bin es, der sie aufgeregt hat, Kilbourne«, sagte der

Herzog von Portfrey. »Ich habe ihr soeben erklärt, dass sie meine Tochter ist.«

Lily verkroch sich tiefer in Wärme und Sicherheit.

»Ja«, sagte Neville ruhig. »Ja, das ist sie.«

***

»Der Brief war an Lady Frances Lilian Montague adressiert«, sagte Neville. »Aber jemand hatte mit einer anderen Handschrift ›Lily Doyle‹ darunter geschrieben – so hat es mir der Vikar versichert.«

Er saß neben Lily auf dem Sofa, hielt ihre Hand und ihre Schulter lehnte an seinem Arm. Sie starrte auf ihre andere Hand, die in ihrem Schoß ruhte. Sie ließ nicht erkennen, dass das Gespräch sie interessierte. Der Herzog von Portfrey war durch das Zimmer gegangen und mit einem Glas Brandy zurückgekehrt, das er ihr schweigend gereicht hatte. Sie hatte den Kopf geschüttelt. Er hatte es abgesetzt und sich einen Stuhl herangezogen, um ihr gegenübersitzen zu können. Er betrachtete sie, verschlang sie mit den Augen. Elizabeth lief auf und ab.

»Wenn wir nur wüssten, was in dem Brief stand«, sagte Seine Gnaden wehmütig.

»Wir wissen es.« Neville zog für einen Augenblick die Aufmerksamkeit des Herzogs von Lily ab. »Der Brief war an Lily Doyle adressiert. William Doyle war ihr nächster Verwandter, obwohl er nichts von ihrer Existenz wusste. Der Vikar öffnete den Brief und las ihn vor.«

»Und der Vikar kann sich an den Inhalt erinnern?«, fragte Seine Gnaden aufgeregt.

»Noch besser«, sagte Neville. »Er hat von dem Brief eine Kopie angefertigt. Nachdem er ihn vorgelesen hatte, riet er William Doyle, den Brief nach Nuttall Grange zu Baron

Onslow, Lilys Großvater, zu bringen. Er glaubte, dass auch William Doyle ein Anrecht auf eine Kopie hatte. Er schien zu ahnen, dass die Doyles den Wunsch verspüren könnten, für die Jahre der Pflege, die Thomas Doyle Lily hatte zukommen lassen, eine Art Wiedergutmachung zu beanspruchen.«

Lily plissierte mit den Fingern die teure Spitze ihres Oberkleides. Sie war wie ein Kind, das ruhig und teilnahmslos dasaß, während die Erwachsenen sich unterhielten.

»Ihr habt diese Kopie?«, fragte der Herzog und seine Stimme klang gepresst.

Neville zog sie aus einer Tasche und übergab sie wortlos. Seine Gnaden las schweigend.

»Lady Lyndon Montague hatte ihrem Vater gesagt, sie würde einige Monate bei einer kranken Schulfreundin verbringen«, sagte Neville nach einer Weile. »In Wirklichkeit ging sie zu ihrer früheren Zofe und deren frisch vermähltem Ehemann – Beatrice und Thomas Doyle –, um ein Kind zur Welt zu bringen.«

Lily glättete die Falten, die sie geknickt hatte, und fing dann von vorn an, die Spitze erneut zu falten.

»Ihre Heirat mit Lord Lyndon Montague war eine heimliche gewesen«, sagte Neville, »und beide hatten gelobt, es nicht bekannt werden zu lassen, bevor er nicht aus den Niederlanden zurückgekehrt war. Aber er wurde mit seinem Regiment in die Karibik geschickt und sie stellte fest, dass sie ein Kind von ihm trug. Sie fürchtete sich vor dem Zorn ihres Vaters genauso wie vor seinem. Schlimmer noch, sie fürchtete sich vor ihrem Cousin, der sie bedrängte, ihn zu heiraten, damit er nach Onslows Tod das Vermögen, den Besitz und den Titel erben würde. Sie fürchtete sich vor dem, was er ihr – und dem Kind – antun würde, sollte er die Wahrheit entdecken.«

»Mr. Dorsey?«, fragte Elizabeth.

»Genau der.« Seine Gnaden faltete den Brief zusammen und hielt ihn in seinem Schoß. Sein Blick war zu Lily zurückgekehrt. »Wir waren töricht genug zu glauben, dass unsere Heirat sie vor ihm schützen würde. Es verhielt sich natürlich genau umgekehrt.«

»Sie hatte Angst, mit dem Kind nach Hause zu gehen«, sagte Neville. »Sie wartete darauf, dass ihr Ehemann aus der Karibik zurückkehrte – sie hatte ihm geschrieben, um ihm von ihrem Zustand zu berichten. In der Zwischenzeit ließ sie das Kind bei den Doyles. Sie muss vorgehabt haben, nach ihrer Heimkehr erneut ihrem Gatten zu schreiben. Aber er war ein Offizier und daher immer in Todesgefahr. Und sie muss sehr um ihre eigene Sicherheit gebangt haben. Deshalb ließ sie ihr Medaillon bei dem Kind und einen Brief, der Ihrem Gemahl nach seiner Rückkehr ausgehändigt werden sollte, oder schlimmstenfalls ihrer Tochter, falls keiner von beiden sie jemals zu sich holen konnte.«

»Ich hatte immer den Verdacht«, sagte Seine Gnaden, »dass ihr Tod kein Unfall war. Ich hatte auch den Verdacht, dass Dorsey sie umgebracht hat. Sie hatte mir tatsächlich geschrieben, um mir mitzuteilen, dass sie ein Kind gebären würde – doch wenn sie noch einen weiteren Brief geschrieben hat, so habe ich ihn nie erhalten. Als sie starb, trug sie kein Kind in sich, und niemand wusste etwas von einer kürzlichen Geburt. Sie mochte sich geirrt haben, als sie den ersten Brief geschrieben hatte, so dachte ich, oder sie mochte eine Fehlgeburt erlitten haben. Aber irgendwie habe ich immer gewusst, dass es ein Kind gab, dass es irgendwo auf dieser Welt jemanden gab, der mein Sohn oder meine Tochter war. Ich habe Nachforschungen in alle erdenklichen Richtungen angestellt, aber von Beatrice Doyle habe ich nichts gewusst.«

»Lyndon«, fragte Elizabeth, »ist es also Mr. Dorsey, der versucht hat, Lily zu töten? Aber doch gewiss nicht. Ich kann mir das von ihm nicht vorstellen.«

»Onslow ist bettlägrig«, sagte Neville. »Wahrscheinlich hat William Doyle den Brief in Dorseys Hände gegeben. Also hat er die Wahrheit gewusst, die ihn allerdings nicht sonderlich beunruhigt haben dürfte, da Lily ja tot war. Ich frage mich allerdings, ob Williams Tod wirklich ein Unfall war. Möglicherweise hat er bei Onslow unerfreuliche Ansprüche für den jahrelangen Unterhalt seiner Enkelin geltend machen wollen. Der Vikar in Leavenscourt hat vielleicht einfach Glück, dass er noch am Leben ist. Doch dann war da Lilys plötzliches Erscheinen auf Newbury. Dorsey war auch in der Kirche. Er sah, was Portfrey sah, und muss sofort Bescheid gewusst haben.«

»Lily.« Der Herzog von Portfrey lehnte sich vor und ergriff mit beiden Händen ihre freie Hand. Der Brief fiel unbeachtet zu Boden. »Beatrice und Thomas Doyle waren deine Mama und dein Papa. Sie gaben dir eine Familie und Sicherheit und eine gute Erziehung und eine ungewöhnlich tiefe Liebe, wie ich annehme. Niemand – ich am allerwenigsten – wird jemals versuchen, sie dir wegzunehmen. Sie werden immer deine Eltern sein.«

Sie lehnte den Kopf an Nevilles Arm, aber er konnte sehen, dass sie die Augen hob, um Portfrey anzusehen.

»Wir liebten uns, Lily«, sagte Portfrey, »deine M... Frances und ich. Du wurdest in Liebe empfangen. Wir hätten dich mit all unserer Liebe überhäuft, wenn ...« Er atmete tief ein und langsam wieder aus. »Sie liebte dich so sehr, dass sie um deiner Sicherheit willen für eine gewisse Zeit auf dich verzichtete. Zwanzig Jahre lang war es mir nicht möglich, sie wirklich zu begraben oder den Gedanken fallen zu lassen, dass ich vielleicht ein Kind habe. Wir haben dich nicht im Stich gelassen. Wenn du Frances, meine Frau, nur irgendwie als deine Mutter ansehen könntest, Lily, wenn nicht als deine Mama … wenn du nur mich als deinen Vater ansehen könntest … ich will mich nicht mit deinem Papa auf eine Stufe stellen. Niemals. Doch erlaube mir …« Er hob ihre Hand an die Lippen, ließ sie dann los und erhob sich jäh.

»Wohin gehst du?«, fragte Elizabeth.

»Sie steht unter Schock«, sagte er, »und ich belaste sie mit meinen selbstsüchtigen Ansprüchen. Ich muss gehen, Elizabeth. Würdest du mich entschuldigen? Ich werde euch morgen besuchen, wenn ich darf. Aber bitte versuche nicht, Lily zu zwingen, mich zu empfangen. Pass auf sie auf.«

»Euer Gnaden.« Lily sprach zum ersten Mal, seit Neville den Raum betreten hatte. Portfrey und Elizabeth wirbelten herum, um sie anzusehen. »Ich werde Euch empfangen … morgen.«

»Danke.« Er lächelte nicht, aber er sah sie erneut an, als wolle er sie verzehren. Er machte eine förmliche Verbeugung und wandte sich zur Tür.

»Wartet auf mich, Portfrey, ja?«, fragte Neville. »Ich werde gleich bei Euch sein.«

Seine Gnaden nickte und verließ mit Elizabeth die Bibliothek.

Neville erhob sich und half Lily auf. Er legte seine Arme um sie und zog sie an sich. Was musste es für ein Gefühl sein, fragte er sich, plötzlich herauszufinden, dass die innig geliebten Eltern nicht der wahre Vater und die wahre Mutter waren? Er versuchte sich vorzustellen, er würde das von seinen Eltern erfahren. Er würde sich seiner Wurzeln beraubt fühlen, ohne Anker. Er würde … Furcht empfinden.

»Ich möchte, dass du das Fest vergisst«, erklärte er ihr,

»und hinauf auf dein Zimmer gehst. Läute nach Dolly und geh zu Bett. Versuche zu schlafen. Wirst du das tun?«

»Ja«, sagte sie.

Es tat ihm weh, sie so teilnahmslos zu sehen, so gefügig wie ein gehorsames Kind. So gar nicht wie Lily. Aber Portfrey hatte Recht. Sie hatte einen tiefen Schock erlitten. Genau so hatte sie sich in den Stunden nach Doyles Tod verhalten.

»Versuche, heute Nacht nicht zu viel nachzudenken«, sagte er. »Morgen wird es dir leichter fallen, dich auf die neue Situation einzustellen. Ich glaube, letztendlich wirst du erkennen, dass du nichts verloren hast. Es ist eine Sache, sich um ein Kind von eigenem Fleisch und Blut zu kümmern. Aber es ist etwas ganz anderes, das Kind eines anderen zu lieben und zu umsorgen, für das man im Grunde nicht verantwortlich ist. Und genau das haben deine Mama und dein Papa für dich getan. Ich kannte deine Mama nicht, aber ich habe immer darüber gestaunt, dass ein Vater eine solch hingebungsvolle, zärtliche Liebe für seine Tochter empfinden konnte, wie sie dein Vater für dich empfand. Du hast sie nicht verloren. Du hast nur Menschen gefunden, die dich in Zukunft lieben und für dich sorgen werden, ohne auf die Vergangenheit eifersüchtig zu sein.«

»Ich bin so unendlich müde«, sagte sie und hob ihr Gesicht zu ihm – ihr bleiches Gesicht mit den großen Augen. »Ich kann nicht geradeaus denken – und auch nicht um die Ecke.«

»Ich weiß.« Er senkte den Kopf, um sie zu küssen, und sie erwiderte den Kuss mit einem Seufzen und hob die Arme, um sie um seinen Hals zu schlingen.

Er hatte sie auf seiner Reise nach Leicestershire furchtbar vermisst. Und er war krank vor Sorge um ihre Sicherheit gewesen, besonders nachdem er den Brief gelesen hatte. Ihren kleinen, wohlgeformten Körper wieder an seinem zu spüren, ihre Arme um seinen Hals und ihre Lippen, die an seinen hafteten, erweckte in ihm Gelüste, die ihn zu überwältigen drohten. Aber sie war nicht in der Verfassung für Leidenschaft. Außerdem hatte er sich heute Nacht einer Sache von schwer wiegender Wichtigkeit zu widmen – und Portfrey wartete auf ihn.

»Geh nun zu Bett, meine große Liebe«, sagte er, hob den Kopf und umrahmte mit beiden Händen ihr Gesicht. »Ich sehe dich morgen.«

»Ja«, sagte sie. »Morgen. Vielleicht kann ich morgen wieder denken.«

Kapitel 24

Lily erwachte aus einem tiefen Schlaf, als die Morgensonne schon durch ihr Fenster schien. Sie schlug die Decken zurück und sprang aus dem Bett, wie sie es oft tat, und reckte sich. Was war das für ein seltsamer Traum gewesen! Sie konnte sich im Moment nicht einmal genau daran erinnern, aber sie wusste, dass er grotesk gewesen war.

Sie hielt mitten in der Bewegung inne.

Und erinnerte sich. Es war kein Traum gewesen.

Sie war nicht Lily Doyle. Papa war nicht ihr Vater. Sie war auch nicht Lily Wyatt, Gräfin von Kilbourne. Sie war Lady Frances Lilian Montague, eine völlig Fremde. Sie war die Tochter des Herzogs von Portfrey. Ihr Großvater war Baron Onslow.

Für einen Augenblick drohte ihr Verstand, sich wieder in die Benommenheit des gestrigen Abends zu flüchten, aber das würde zu nichts führen. Sie kämpfte gegen die Panik an.

Wer war sie?

Endlose sieben Monate lang in Spanien hatte sie gekämpft, sich ihre Identität zu bewahren. Es war nicht leicht gewesen. Alles hatte man ihr genommen, ihre Kleider, ihr Medaillon, ihre Freiheit, ihren Körper. Und dennoch hatte sie sich an das fundamentale Wissen um ihre eigene Person geklammert – sie hatte sich geweigert, dieses Wissen aufzugeben.

Jetzt, an diesem Morgen, kannte sie sich nicht mehr. Wer war Frances Lilian Montague? Wie konnte nur jener ernste, gut aussehende Mann – *mit blauen Augen wie sie* – ihrer Vater sein? Wie konnte eine Frau, deren Initiale mit der seinen auf dem Medaillon verschlungen war, ihre Mutter sein?

Sie waren sehr bald nach ihrer Trauung getrennt worden, der Herzog, der ihr Vater war, und die Frau, die ihre Mutter war. Lily wusste, was das bedeutete. Sie kannte den Schmerz der Sehnsucht und der Einsamkeit, den diese Frau erlitten haben musste. Und sie hatten sich geliebt. Lily war in Liebe empfangen worden, hatte der Herzog gestern Abend erklärt. Sie hatten sich geliebt und waren für immer getrennt worden. Ihr gemeinsames Kind war für einen ursprünglich nur als kurzfristig geplanten Zeitraum bei den Menschen gelassen worden, die zu Lilys Eltern geworden waren.

Mama und Papa, die sie so von Herzen geliebt hatten, wie es Eltern nur tun konnten.

Die Frau, ihre Mutter, musste sie ebenfalls geliebt haben. Lily stellte sich vor, wie sie sich gefühlt hätte, wenn sie nach ihrer Trennung von Neville ein Kind erwartet hätte. O ja, ihre Mutter hatte sie geliebt. Und über zwanzig Jahre lang war es dem Herzog, ihrem Vater, nicht möglich gewesen, weder seine Frau loszulassen noch seine Überzeugung, dass irgendwo sie, Lily, existierte.

Sie wollte nicht Lady Frances Lilian Montague sein. Sie wollte nicht, dass der Herzog von Portfrey ihr Vater war. Sie wollte, dass ihr Papa der Mann war, der sie gezeugt hatte. Aber es war die Wahrheit, ob sie es wollte oder nicht. Und sie konnte nicht aufhören, daran zu denken, dass, während sie achtzehn Jahre lang den besten Papa der Welt gehabt und drei Jahre lang seit seinem Tod ihre Erinnerungen an ihn gepflegt hatte, der Herzog von Portfrey die ganze Zeit ohne sein Kind gewesen war. All die Jahre, die für sie so voller Liebe gewesen waren, waren für ihn leer gewesen.

Er war ihr Vater. Sie versuchte sich an den Gedanken zu gewöhnen, ohne davor zurückzuschrecken. Der Herzog von Portfrey war ihr Vater. Und Papa hatte immer gewollt, dass sie es letztendlich erfuhr. Er und Mama hatten ihr das Medaillon gegeben, damit sie es ihr Leben lang tragen sollte, und Papa hatte immer darauf bestanden, dass sie seinen Tornister zu einem Offizier bringen müsse, sollte er in der Schlacht fallen. Sie wusste nicht, weshalb er die Wahrheit so lange vor ihr verborgen und warum er nicht versucht hatte, mit dem Herzog von Portfrey Kontakt aufzunehmen. O doch, sie wusste, warum. Sie konnte sich erinnern, wie ihre Mama sie vergöttert hatte, wie ihr Vater sich benommen hatte, als ob mit ihr die Sonne auf- und unterging. Sie hatten sich nicht in der Lage gesehen, sie aufzugeben, und hatten zweifellos tausend gute Gründe gefunden, die dagegen sprachen. Papa hatte vorgehabt, es ihr zu sagen, wenn sie volljährig wurde. Sie war sicher, dass er das vorgehabt hatte.

Lily kam zu dem Schluss, dass sie über seine Absichten oder Motive niemals letzte Sicherheit erlangen würde. Aber zwei Dinge wusste sie. Papa hatte nicht beabsichtigt, ihr die Wahrheit für immer zu verheimlichen. Und Papa hatte sie geliebt.

Es war gar nicht so schlecht, dachte sie plötzlich, die Tochter eines Herzogs und die Enkelin eines Barons zu sein. Sie hatte davon geträumt, Neville ebenbürtig zu sein, und hatte geglaubt, dass sie es in allem außer in Geburt und Vermögen sein könnte.

Sie lächelte gequält.

Elizabeth hatte sich vor Lily fertig angezogen im Morgensalon eingefunden – ein seltenes Ereignis. Sie erhob sich, nahm Lilys Hände und küsste sie auf beide Wangen, bevor sie ihr forschend ins Gesicht sah.

»Lily«, sagte sie, »wie geht es dir, mein Liebes?«

»Wach«, sagte Lily. »Ganz wach.«

»Du wirst ihn heute Morgen empfangen?« Elizabeth klang ausgesprochen besorgt. »Du musst es nicht, wenn du dich nicht dazu in der Lage siehst.«

»Ich werde ihn empfangen«, sagte Lily.

Eine Stunde später traf er ein, als sie im Salon saßen und an ihren Stickereien arbeiteten – oder zumindest so taten. Er folgte dem Butler auf dem Fuße, machte eine Verbeugung und blieb dann zögernd in der Nähe der Tür stehen, als habe er plötzlich all seinen Mut verloren.

»Meine Güte, Lyndon«, sagte Elizabeth und eilte zu ihm, »was ist passiert?«

»Ein unglückliches Zusammentreffen mit einer Tür?« Er betonte die Worte wie eine Frage, als wolle er vorsichtig erinnern, ob sie gewillt seien, eine so offensichtliche Lüge zu akzeptieren. Sein Gesicht war grün und blau. Sein linkes Auge war blutunterlaufen und in der äußeren Ecke purpurfarbig.

»Ihr habt mit Mr. Dorsey gekämpft«, sagte Lily leise.

Er trat ein Paar Schritte auf sie zu. »Er stellte schon länger keine große Gefahr mehr für dich dar, Lily«, sagte er. »Kilbourne hat dich unter strenge Bewachung stellen lassen und ich hatte Dorsey unter strenge Bewachung stellen lassen. Ich wusste, dass er es war, weißt du, aber bis gestern Abend hatte ich keinen Beweis. Er wird dich nie wieder belästigen.«

Lily vermutete, dass sie schon gestern Abend gewusst hatte, weshalb der Herzog und Neville das Fest so frühzeitig verlassen hatten. Aber ihr Verstand war nicht in der Lage gewesen, dieses Wissen zu verarbeiten.

»Ist er tot?«, fragte sie.

Er senkte den Kopf.

»Habt Ihr ihn getötet?«

Er zögerte. »Ich schlug ihn bewusstlos«, sagte er, »in einem Faustkampf. Kilbourne und ich waren mit beträchtlichem Bedauern übereingekommen, dass wir es mit unserem Gewissen nicht vereinbaren konnten, ihn kaltblütig oder im Duell zu töten, aber wir stimmten überein, ihn hart zu bestrafen, bevor wir ihn einem Konstabler überließen. Dann sollte er einem Richter vorgeführt werden, damit ihm der Prozess gemacht werden konnte. Aber wir waren unvorsichtig. Er griff sich eine Pistole, bevor er abgeführt werden konnte, und hätte mich umgebracht, wenn Kilbourne ihn nicht zuerst erschossen hätte.«

Elizabeth schlug sich beide Hände vor den Mund. Lily blickte nur ruhig in die Augen des Herzogs und wusste, dass er nicht bereit war, ihr mehr zu erzählen. Sie wusste, dass, obwohl Mr. Dorsey wahrscheinlich ihre Mutter und William Doyle umgebracht hatte, obwohl er dreimal versucht hatte, sie umzubringen, und beinahe Neville getötet hätte, es vor Gericht unter Umständen schwierig geworden wäre, diese Morde und Mordanschläge zu beweisen. Sie war sich nicht sicher, ob es Unvorsichtigkeit gewesen war, die eine Pistole in Mr. Dorseys Reichweite gebracht hatte. Vielleicht hatten sie gewollt, dass er zu der Waffe griff. Vielleicht hatten sie gewollt, dass er den Versuch machte, diese Waffe zu benutzen, damit er ihnen den perfekten Vorwand lieferte, ihn in Notwehr zu erschießen.

Der Herzog würde sich natürlich niemals dazu äußern. Genauso wenig Neville. Und sie würde niemals fragen. Sie wollte es nicht wirklich wissen.

»Ich bin froh, dass er tot ist«, sagte sie, beinahe schockiert festzustellen, dass sie die Wahrheit sprach. »Danke.«

»Und das ist alles, was es zum Thema Calvin Dorsey zu sagen gibt«, sagte er. »Du bist sicher, Lily. Frei.«

Sie nickte.

»Nun«, sagte Elizabeth auf einmal, »ich muss mich mit meiner Haushälterin zusammensetzen. Heute ist der Tag, an dem wir immer die Bücher durchgehen. Ihr werdet mich für eine halbe Stunde entschuldigen. Lyndon? Lily?«

Lily nickte und der Herzog verneigte sich.

Er machte einen unsicheren Eindruck, als er sich umdrehte, nachdem er Elizabeth zur Tür begleitet hatte, aber Lily lächelte ihn an.

»Wollt Ihr Euch nicht setzen, Euer Gnaden?«, fragte sie.

Er nahm ganz in ihrer Nähe Platz und sah sie einige Augenblicke schweigend an.

»Ich werde es verstehen«, sagte er schließlich und es klang, als ob er eine gut vorbereitete Rede vortrug, »wenn es dir nicht möglich sein sollte, unsere Beziehung anzuerkennen, Lily. Kilbourne hat mir gestern Abend eine Menge über Sergeant Thomas Doyle erzählt. Ich kann deinen Stolz auf ihn und deine Zuneigung zu ihm verstehen. Aber ich bitte dich – bitte! –, mir zu erlauben, dir einen beträchtlichen Teil meines Vermögens zu überschreiben, damit du den Rest deines Lebens in wohlhabender Unabhängigkeit verbringen kannst. Gestatte mir wenigstens, das als Geringstes für dich zu tun.«

»Was würdet Ihr zu tun wünschen«, fragte sie ihn, »wenn ich sagte, dass ich gewillt bin, mehr als das Geringste anzunehmen?«

Er lehnte sich zurück, atmete tief durch und sah sie nachdenklich an. »Ich würde dich öffentlich anerkennen«, sagte er. »Ich würde dich nach Hause nach Rutland Park in

Warwickshire mitnehmen und jede verfügbare Minute jedes Tages damit verbringen, dich kennen zu lernen, und dir erlauben, mich kennen zu lernen. Ich würde dich kleiden und mit Juwelen überhäufen. Ich würde dich ermutigen, deine Ausbildung fortzusetzen. Ich würde dich nach Nuttall Grange in Leicestershire bringen, damit du deinen Großvater kennen lernst. Ich würde ... was noch? Ich würde auf jede mir zur Verfügung stehende Weise versuchen, die verlorenen Jahre wieder gutzumachen.« Er lächelte langsam. »Und ich würde mir von dir jede Einzelheit über Thomas und Beatrice Doyle und die Jahre deiner Kindheit erzählen lassen, an die du dich erinnern kannst. Das ist es, was ich mir wünschen würde.«

»Dann müsst Ihr es tun, Euer Gnaden«, sagte sie.

Sie sahen sich eine lange Zeit an, so schien es, bevor er sich erhob, auf sie zuging und ihr eine Hand reichte. Sie stand auf, gab ihm ihre Hand und sah zu, wie er sie an die Lippen führte.

»Lily«, sagte er. »Oh, mein Liebes. Mein Allerliebstes.«

Sie zog ihre Hand zurück, legte ihm die Arme um die Taille und den Kopf an seine Schulter. »Er wird immer mein Papa bleiben«, sagte sie. »Aber von diesem Tag an werdet Ihr mein Vater sein. Darf ich Euch so anreden? Vater?«

Seine Arme waren wie eiserne Bänder um sie. Sie war ein wenig beunruhigt, als sie das erste, schmerzvoll klingende Schluchzen hörte, aber sie schloss ihre Arme enger um ihn, als er sich zurückziehen wollte.

»Nein, nein«, sagte sie. »Es ist gut. Es ist alles gut.«

Er weinte nicht lange. Männer taten das nicht, das wusste sie aus Erfahrung. Sie betrachteten es als Zeichen zutiefst peinlicher Schwäche, selbst wenn sie gerade hatten zusehen müssen, wie ein enger Freund von einer Kanonenkugel in tausend Stücke zerfetzt wurde, oder ihnen gerade von einem Chirurgen ein Bein amputiert wurde – oder wenn sie soeben nach fast zwanzig Jahren ihre Tochter gefunden hatten. Nach wenigen Minuten wandte er sich von ihr ab und ging zum Fenster, wo er mit dem Rücken zum Zimmer stehenblieb und in ein großes Taschentuch schnäuzte.

»Es tut mir so entsetzlich Leid, dir das zuzumuten«, sagte er. »Es wird nicht wieder vorkommen. Du wirst mich stark und verlässlich finden, so glaube ich, Lily, einen guten Fürsorger und einen guten Beschützer.«

»Ja, ich weiß, Vater«, sagte sie und blickte lächelnd zu seinem Rücken.

Sie hörte ihn einen tiefen Atemzug machen und einige Momente die Luft anhalten. »Ich hätte in den letzten zwanzig Jahren einige Male jederzeit neu heiraten können. Ich hätte eine Kinderstube voller Kinder haben können und wäre bis heute tausendmal und mehr so angesprochen worden. Aber ich glaube, Lily, es hat sich gelohnt, darauf zu warten, es aus deinem Mund zu hören.«

»Wann werden wir nach Rutland Park aufbrechen?«, fragte sie. »Ist es ein großes Haus? Wird es mir gefallen ... Vater?«

Er drehte sich, um sie anzusehen. »So bald wie möglich«, sagte er. »Es ist größer als Newbury Abbey. Du wirst es lieben. Es hat die ganzen Jahre auf dich gewartet. Ich möchte Elizabeth fragen, ob sie dich nicht begleiten möchte. Heute ist Donnerstag. Sagen wir Montag?«

Lily nickte.

Er lächelte sie an und schritt zum Klingelzug. Er befahl dem Diener, der auf sein Läuten erschien, Lady Elizabeth zu bitten, baldmöglichst in den Salon zu kommen. Dann nahmen beide wieder Platz und sahen sich an.

Richtiger wäre es, dachte Lily, zu sagen, dass er sie anstrahlte. Trotz der Blessuren in seinem Gesicht machte er einen sehr glücklichen Eindruck. Sie behielt absichtlich ihren freudigen Gesichtsausdruck bei – nicht, dass es vollkommen gespielt war. Aber teilweise. Wie es schien, trat sie wieder einmal in das Unbekannte ein, wie sie es in den vergangenen Jahren schon so viele Male getan hatte.

Sie erinnerte sich, wie sie von London nach Newbury Abbey gereist war und gehofft hatte, dass die lange Reise damit beendet sein würde. Sie erinnerte sich, wie sie Neville zum ersten Mal nach fast anderthalb Jahren wiedergesehen und trotz der widrigen Umstände das Gefühl erfahren hatte, endlich nach Hause gekommen zu sein. Aber sie war nicht zu Hause gewesen. Und war es immer noch nicht. Sie fragte sich, ob sie es je sein würde. Würde je der Moment kommen, in dem sie spüren würde, dass sie endlich angekommen war, dass sie sich in Frieden für den Rest ihres Lebens niederlassen konnte?

Oder war das ganze Leben eine Reise auf einem unbekannten Weg?

»Kilbourne«, sagte der Herzog, kurz bevor Elizabeth zurückkam, »bat mich, dich wissen zu lassen, dass er heute Nachmittag beabsichtigt, dir einen Besuch abzustatten, Lily – wenn du gewillt bist, ihn zu empfangen.«

***

Einen Menschen zu töten war gewiss nichts, wobei man Genuss empfinden konnte, dachte Neville während der Nacht und des Morgens nach Calvin Dorseys Tod. Gewiss nicht in der Schlacht – man war sich viel zu sehr der Tatsache bewusst, dass die Männer, die man tötete, nicht schlechter waren oder eher den Tod verdienten als man selbst. Und nicht einmal, wenn der, den man tötete, ein Mörder war, der die Mutter der eigenen Ehefrau umgebracht und mehrmals versucht hatte, auch sie umzubringen. Es hatte vielleicht eine gewisse Genugtuung darin gelegen, Dorsey zu beobachten, wie er nach dem Köder der so nachlässig hingelegten Pistole griff und ihm damit letztendlich keine andere Wahl ließ, als ihn zu töten – zumal Portfrey die Auseinandersetzung, wer ihn bestrafen durfte, bevor man ihn den Behörden übergab, für sich entschieden hatte. Aber gewiss kein Genuss.

War es erfreulich, die Wahrheit über Lilys Geburt erfahren zu haben? Erfahren zu haben, dass sie ihn im Rang übertraf? Dass er ihr nichts bieten konnte, was sie nicht selbst im Überfluss hatte? Aber hatte er gehofft, Lily mit seiner Position und seinem Reichtum zu gewinnen, weil ihre drohende Armut sie zu ihm zurückzwingen würde? Bestimmt nicht. Er wollte, dass sie ihm gleichgestellt war, dass sie sich gleichgestellt *fühlte*. Die Tatsache, dass sie sich ihm weit unterlegen gefühlt hatte, hatte jede Chance auf Glück, die sie gehabt haben mochten, als sie nach Newbury gekommen war, zunichte gemacht.

Er sollte sich also über den Gang der Entwicklung freuen. Warum tat er es nicht? Es war wegen Lily selbst, erkannte er schließlich. Die arme Lily hatte in den letzten anderthalb Jahren so viel durchgemacht. Wie sollte sie da noch den Verlust ihrer eigenen Wurzeln verkraften? Würde er sie zusammengebrochen vorfinden, wenn er am Nachmittag Elizabeth' Haus besuchte? Schlimmer noch, würde sie immer noch so völlig anders sein, als es ihrem unbezähmbaren Ich entsprach, betäubt und passiv wie am vergangenen Abend?

Er näherte sich Elizabeth' Haus mit großer Nervosität. Fast hoffte er, als er das Haus betrat und fragte, ob Miss

Doyle ihn empfangen würde, sie möge es ablehnen. Aber sie tat es nicht. Der Butler führte ihn zum Salon. Sowohl Lily als auch Elizabeth waren anwesend.

»Neville«, sagte Elizabeth und kam auf ihn zu, nachdem er sich verbeugt und beide begrüßt hatte. Sie küsste ihn auf die Wange. »Ich werde dir einige private Worte mit Lily gestatten.« Und sie verließ den Raum ohne weitere Umstände.

Lily sah nicht niedergeschlagen aus – oder betäubt. Ganz im Gegenteil, sie sprühte vor Leben in ihrem schönen, mit Zweigmuster versehenen Musselinkleid. Ihr Haar umrahmte in weichen Locken ihr Gesicht.

»Du hast Mr. Dorsey getötet«, sagte sie. »Mein Vater hat es mir heute Morgen erzählt. Es tut mir nicht Leid, dass er tot ist, obwohl ich noch nie jemandem den Tod gewünscht habe. Aber es tut mir Leid, dass du dazu gezwungen warst. Ich weiß, dass es nicht leicht ist zu töten.«

Ja, Lily musste es wissen. Sie war in einer Armee aufgewachsen, deren Geschäft es war zu töten.

Aber – *mein Vater?*

»Diesmal«, sagte er, »war es beinahe leicht.«

»Wir werden nie wieder darüber sprechen«, sagte sie ruhig. Sie war von ihrem Stuhl aufgestanden und kam durch das Zimmer auf ihn zu. »Neville, ich werde am Montag mit meinem Vater und Elizabeth nach Rutland reisen. Es wird morgen in den Zeitungen stehen. Ich werde einige Zeit mit ihm verbringen, lernen, seine Tochter zu sein, und ihm Gelegenheit geben, mein Vater zu sein. Ich werde meinen Großvater kennenlernen und das Grab meiner Mutter sehen. Ich werde … gehen.«

»Ja.« Es fühlte sich an, als ob sein Herz sich überschlug und anschließend bis auf die Sohlen seiner Stiefel stürzte – selbst als er sich sagte, dass er sich für sie freute.

Sie lächelte ihn unsicher an. »Ich war Lily Doyle«, sagte sie. »Dann war ich Lily Wyatt – und dann wieder nicht. Jetzt bin ich Lily Montague. Ich muss herausfinden, wer ich wirklich bin. Als ich hierher nach London kam, dachte ich, ich würde die Antwort finden, aber heute scheint sie so weit entfernt zu sein wie eh und je.«

»Du bist Lily.« Er versuchte, ihr Lächeln zu erwidern.

Sie nickte und ihre Augen füllten sich mit Tränen.

»Wie lange?«, fragte er.

Sie schüttelte den Kopf.

Er durfte sie nicht unter Druck setzen. Sie brauchte keine weitere Bürde auf ihren Schultern. Und er wusste, dass die Frage nicht zu beantworten war.

Nach allem, was geschehen war, hatte er angefangen, an eine gemeinsame Zukunft zu glauben. In Vauxhall war er kurz davor gewesen, erneut um ihre Hand anzuhalten. Er hasste es, sich an jene Nacht zu erinnern, die so magisch verheißungsvoll begonnen hatte. Nun müsste er erneut eine unbestimmte Zeit warten müssen, ohne eine Gewissheit, die das Warten erträglich machen könnte.

Er reichte ihr beide Hände und sie legte ihre hinein.

»Du wirst ihn mögen, Lily«, sagte er. »Ich wage sogar zu behaupten, dass du ihn lieben wirst. Er ist ein guter Mann und er ist dein Vater. Geh also und finde dich selbst. Und sei glücklich. Versprichst du mir das?«

Er sah, dass sie sich auf die Oberlippe biss.

Er drückte ihre Hände und hob sie eine nach der anderen an seine Lippen. »Ich bin nicht allzu wild auf London«, sagte er. »Ich werde froh sein, den Sommer auf Newbury zu verbringen. Ich schätze, ich werde morgen oder übermorgen abreisen. Vielleicht könntest du mir einen Brief schreiben, wenn du es für angebracht hältst?«

»Ich kann nicht … gut genug schreiben«, sagte sie.

»Aber bald.« Er lächelte sie an. »Und du wirst auch meine Antwort lesen können.«

»Meinst du?«, fragte sie ihn. »Manchmal wünsche ich mir – oh, wie sehr ich mir wünsche, ich wäre wieder Lily Doyle und du Major Lord Newbury und Papa ...«

»Aber wir sind es nicht«, sagte er traurig. »Trotzdem sollst du eines wissen, Lily. Du darfst es nicht als Last empfinden, aber du sollst wissen, dass einige Dinge unverändert und unveränderlich sind. Ich liebte dich, als ich dich heiratete. Ich liebe dich heute. Ich werde dich bis zu meinem letzten Atemzug lieben. Ich habe dich geliebt und werde dich in jedem Moment deiner Abwesenheit lieben.«

»Tja. Aber dies ist nicht der richtige Augenblick«, sagte sie und ihre Augen verdunkelten sich mit einer Gefühlsregung, die er nicht deuten konnte. Arme Lily. So vieles war ihr in letzter Zeit widerfahren und sie hatte es alles mit solcher Würde und Redlichkeit ertragen.

»Ich will diesen Besuch nicht in die Länge ziehen«, teilte er ihr mit. »Ich werde jetzt gehen, Lily. Würdest du mich bei Elizabeth entschuldigen?«

Sie nickte.

Sie hielten sich noch für einige Augenblicke an den Händen. Aber sie hatte Recht. Es war nicht der richtige Zeitpunkt. Wenn sie zu ihm zurückkam – *wenn* sie zu ihm zurückkam –, durfte es kein anderes Bedürfnis in ihrem Herzen geben, als für den Rest ihres Lebens mit ihm zusammen zu sein.

Er zog zärtlich seine Hände zurück, behielt das Lächeln in seinen Augen und ging ohne ein weiteres Wort.

Er hatte bereits den halben Weg nach Kilbourne House blicklos durch die Straßen laufend zurückgelegt, bevor er sich erinnerte, dass er mit seinem Zweispänner zu Elizabeth gefahren war.

Teil fünf

Eine Hochzeit

Kapitel 25

Lily blickte ungeduldig aus dem Fenster der Kutsche und unternahm nicht einmal den Versuch, vornehm zu erscheinen. Upper Newbury sah so sehr vertraut aus. Dort war der Gasthof, wo sie der Linienkutsche entstiegen war, und dort der steile Weg, der hinunter zum unteren Dorf führte. Und dort ...

»Oh, können wir die Kutsche anhalten?«, fragte sie.

Der Herzog von Portfrey klopfte von dem gegenüberliegenden Sitz aus gegen die vordere Täfelung und die Kutsche hielt unverzüglich an. Trotz der Kühle des Tages hatte Lily im Handumdrehen das Fenster geöffnet und steckte den Kopf heraus.

»Mrs. Fundy«, rief sie. »Wie geht es Ihnen? Und wie geht es den Kindern? Oh, wie das Kleine gewachsen ist.«

Während der Herzog und Elizabeth stillschweigend amüsierte Blicke austauschten, lächelte Mrs. Fundy, die mit offenem Mund die stattliche Kutsche mit dem herzöglichen Emblem angestarrt hatte, übers ganze Gesicht, blickte dann plötzlich verwirrt drein und machte einen Knicks.

»Uns allen geht es sehr gut, danke, Mylady«, sagte sie. »Es ist schön, Euch wieder zurück zu wissen.«

»Oh, es ist schön, wieder zurück zu *sein*«, sagte Lily. »Ich werde Sie bald besuchen, wenn ich darf.«

Sie strahlte Mrs. Fundy an, während sich die Kutsche wieder in Bewegung setzte. Es war keine Heimkehr, rief sie sich in Erinnerung. Newbury Abbey war nicht ihr Zuhause. Oh, aber sie *fühlte* sich so, als ob es das war. Sie hatte Rutland Park ins Herz geschlossen, so wie es ihr Vater vorausgesagt hatte. Sie hatte auch ihn ins Herz geschlossen, so wie sie es sich vorgenommen hatte – und es war alles andere als schwierig gewesen. Sie hatte sogar ihren ausgedehnten Besuch auf Nuttall Grange genossen, wo sie die Zuneigung ihres bettlägerigen Großvaters gewonnen hatte und ihrer beiden Tanten, die im Grunde gar nicht ihre Tanten waren – Bessie Doyle und die Schwester ihrer Mama. Es war ihr sogar gelungen, sich glücklich und gefestigt zu fühlen, in Einklang mit sich und der Welt. Sie hatte seit ihrer Abreise aus London nicht ein einziges Mal ihren Alptraum geträumt.

Aber Newbury Abbey, obwohl sie bis jetzt weder den Park noch das Haus gesehen hatte, fühlte sich an wie zu Hause.

»Oh, seht nur!«, rief sie voller Entzücken aus, nachdem die Kutsche durch die Tore gebogen war und die Auffahrt durch den Wald entlangfuhr. Die Bäume erglühten in prächtigen roten, gelben und braunen Farbtönen. Einige wenige Blätter waren bereits gefallen und lagen als bunter Teppich auf dem Weg. »Hast du jemals etwas Herrlicheres als England im Herbst gesehen, Vater? Du, Elizabeth?«

»Nein«, sagte ihr Vater.

»Nur England im Frühling«, sagte Elizabeth. »Und eigentlich ist es dann nicht herrlicher, nur genauso herrlich.«

Es war Frühling gewesen, als Lily zum ersten Mal hierher gekommen war. Jetzt war Herbst – Oktober. Was war in den Monaten seither alles geschehen, dachte Lily. Sie konnte sich daran erinnern, mühsam in der Nacht diese Auffahrt entlanggegangen zu sein, die Hand um ihre Tasche gekrallt ...

Sie hatte ihm Anfang September geschrieben, wie er es erbeten hatte. Sie hatte Elizabeth gefragt, ob es zu beanstanden sei, wenn sie an einen allein stehenden Gentleman schrieb. Elizabeth hatte mit einem Augenzwinkern geantwortet, dass es daran wirklich nichts zu beanstanden gäbe. Aber Vater, der ebenfalls anwesend gewesen war, hatte sie alle daran erinnert, dass Lily sehr erfahren darin war, jede Regel fast bis zum Zerreißen zu dehnen, ohne jemals etwas wirklich Ungebührliches zu tun – das sei ihr größter Zauber, hatte er mit der lächelnden Nachsicht hinzugefügt, die sie zunächst so an ihm überrascht hatte. Und so hatte sie geschrieben – mit mühseliger Sorgfalt und runder, kindlicher Handschrift. Sie arbeitete an ihrer Schreibkunst, aber es dauerte seine Zeit.

Sie sei glücklich bei ihrem Vater, hatte sie geschrieben. Sie sei glücklich in Elizabeth' Gesellschaft. Sie sei auf Nuttall Grange gewesen und habe ihren Großvater kennen gelernt. Sie hoffe, Lady Kilbourne ginge es gut, ebenso Lauren und Gwendoline. Sie hoffe, dass es ihm gut ginge. Sie unterschrieb als seine ergebene Dienerin.

Er hatte zurückgeschrieben, um sie und ihren Vater einzuladen, als Gäste nach Newbury Abbey zu kommen, um im Oktober den fünfzigsten Geburtstag seiner Mutter zu feiern. Elizabeth hatte bereits erste Vorkehrungen getroffen.

Und so waren sie also da. Sie waren Gäste. Aber es fühlte sich an wie eine Heimkehr. Und Lily, die plötzlich, als das Haus auftauchte, mit glänzenden Augen zu ihrem Vater blickte, sah, dass er verstand und ein wenig traurig war, obwohl er sie anlächelte.

»Vater.« Sie lehnte sich impulsiv vor und ergriff seine Hand. »Danke, dass du zugestimmt hast, hierher zu kommen. Ich liebe dich so sehr.«

Er tätschelte ihre Hand. »Lily«, sagte er, »du bist einundzwanzig, mein Liebes. Erschreckend alt, um immer noch bei deinem Vater zu leben. Ich gehe nicht davon aus, dass ich dich noch viel länger ganz für mich allein haben werde.«

Aber für eine solche Aussage war es noch viel zu früh. Sie setzte sich zurück und ihr Lächeln verblasste ein wenig. Sie würde nichts als selbstverständlich voraussetzen. Einige Monate waren vergangen. Vieles hatte sich in ihrem Leben verändert und mochte sich auch in seinem Leben verändert haben. Er hatte sie aus Höflichkeit eingeladen. Ohne Frage würde eine Menge anderer Gäste anwesend sein. Sie wollte der Tatsache, dass er *sie* eingeladen hatte, nicht allzu viel Bedeutung beimessen.

Ihre Kutsche war gesichtet worden. Die großen Doppeltüren öffneten sich, als sie sich näherten, und Menschen traten aus dem Haus – Gwendoline, Joseph, die Gräfin und ... *er.*

Es war der Marquis, der die Kutschentür öffnete und die Trittstufen herunterließ. Der Herzog war fast schon ausgestiegen, bevor sie heruntergelassen waren, und drehte sich um, um Elizabeth zu helfen. Die Gräfin trat vor, um sie zu umarmen. Alles redete gleichzeitig.

Dann lehnte sich jemand in die Kutsche und reichte Lily die Hand – es war, als wären sie allein. Alles andere trat in den Hintergrund. Er sah sie mit leuchtenden Augen und fest zusammengepressten Lippen an. Sie strahlte verlegen zurück.

»Lily«, sagte er.

»Ja.« Und plötzlich wusste sie, dass all ihre Ängste völlig töricht gewesen waren. »Hallo, Neville.«

Sie nahm seine Hand.

***

Obwohl die Geburtstagsfeier erst am nächsten Tag stattfinden sollte, befanden sich bereits eine Menge Gäste im Haus. Das Abendessen war eine gedrängte und laute Veranstaltung. Neville war erfreut festzustellen, dass seine Mutter Portfrey zu ihrer Rechten und Lily zu ihrer Linken platziert hatte, obwohl sie so von seinem Platz am Kopfende des Tisches weit entfernt saßen. Bis auf jene Momente auf der Terrasse während der Begrüßung hatte es kaum eine Möglichkeit gegeben, mit ihr ein Wort zu wechseln.

Aber das bekümmerte ihn nicht sehr. Für den Augenblick gab er sich damit zufrieden, sie anzusehen, die Veränderungen zu beobachten, die die wenigen Monate in ihr hervorgebracht hatten. Er erinnerte sich, wie Elizabeth ihm einmal erklärt hatte, dass neues Wissen und neu erworbene Fähigkeiten einen Menschen nicht veränderten, sondern dem bereits Vorhandenen etwas hinzufügten. Auf Lily traf das zu. Sie war elegant und ausgeglichen und voller Leben. Verschwunden war das fürchterliche Gefühl der Unzulänglichkeit, das ihr bei ihrem ersten Aufenthalt auf Newbury Abbey in vornehmer Gesellschaft die Sprache verschlagen hatte – zumindest in weiblicher Gesellschaft. Sie redete so viel wie jeder andere, mindestens. Sie lächelte und lachte.

Aber sie war immer noch Lily. Sie war Lily, wie sie geschaffen worden war – aber jetzt hatte sie die Freiheit, sich in jeder Gesellschaft und Umgebung zu vergnügen.

Er schnappte Gesprächsfetzen ihrer Unterhaltungen auf, da sie irgendwie im Mittelpunkt des allgemeinen Interesses zu stehen schien und der ganze Tisch oft schwieg und wenn alle sich nach vorn beugten, um ihr zuzuhören – so zum Beispiel, als Joseph sie fragte, wie es um ihre Lesefähigkeiten bestellt sei.

»Oh, du würdest einen großen Einsatz verlieren, wenn du jetzt dumm genug wärest zu wetten, kann ich dir versichern«, ließ sie ihn wissen. »Ich lese sehr gut. Nicht wahr, Elizabeth? Ich wage zu behaupten, dass ich eine ganze Seite in einer halben Stunde lesen kann, wenn ich nicht abgelenkt werde und der Text keine langen Wörter enthält. Und ich muss die Worte auch nicht mehr laut vorsprechen oder leise mit den Lippen formen. Was sagst du *dazu*, Joseph?« Sie lachte vergnügt und der ganze Tisch lachte mit.

»Ich denke, ich wäre eingeschlafen, bevor du das Ende der Seite erreichst«, sagte Joseph gähnend und fächelte geziert mit einer Hand vor dem Mund.

Sie war entzückend, dachte Neville und versuchte, gelegentlich die Augen von ihr zu nehmen, um sich mit den Verwandten, die in seiner Nähe saßen, weiterhin zu unterhalten. Es war nicht einfach.

O ja, sie war immer noch Lily, dachte er wenige Minuten später. Einer der Diener beugte sich neben ihr über den Tisch, um einen Teller zu entfernen, und sie blickte zu ihm auf und ihr Gesicht erstrahlte, als sie ihn erkannte.

»Mr. Jones!«, rief sie aus. »Wie geht es Ihnen?«

Der arme Jones ließ beinah den Teller fallen. Er wurde knallrot und murmelte etwas, das Neville nicht verstehen konnte.

»Oh, ich weiß«, sagte Lily, augenblicklich reumütig. »Ich möchte mich entschuldigen, wenn ich Sie in Verlegenheit gebracht habe. Ich werde morgen früh in die Küche kommen, wenn ich darf, und mit allen ein Schwätzchen halten. Es ist eine Ewigkeit her, seit ich Sie alle das letzte Mal gesehen habe.«

Seine Mutter, bemerkte Neville, lächelte Lily augenscheinlich mit echter Zuneigung an.

»Das heißt, wenn Ihr nichts dagegen habt, Madam«, sagte Lily an sie gewandt. »Ich vergesse, dass ich nicht zu Hause bin. Zu Hause gehe ich oft hinunter in die Küche, nicht wahr, Vater? Es ist der behaglichste Raum des Hauses und ich kann immer sicher sein, dort eine sinnvolle Beschäftigung zu finden. Vater hat nichts dagegen.«

»Und ich ebenfalls nicht, Kind«, sagte die Gräfin und tätschelte ihr die Hand.

»Man lernt schnell, Madam«, sagte der Herzog von Portfrey mit einem Seufzer, »dass Töchter zu dem alleinigen Zweck geschaffen wurden, ihren Vater um den kleinen Finger zu wickeln.«

Er sah aus wie ein neuer Mensch, das war Neville bereits unmittelbar nach ihrer Ankunft aufgefallen. Ihn umgab eine Aura des Glücks und er tat wenig, den ungeheuren Stolz zu verbergen, den er für seine Tochter empfand.

Später im Salon bezauberte Lily alle Anwesenden, indem sie sich mit jeder seiner Tanten und mit seiner Mutter unterhielt. Nachdem das Teetablett entfernt worden war und einige der Cousinen und Cousins ins Musikzimmer gegangen waren, saß sie eine Weile bei Lauren und hielt, in ein ernstes Gespräch vertieft, ihre Hand. Und dann beugte sich Gwen über sie, sagte etwas und sie lächelten sich an, bevor sie Arm in Arm ins Musikzimmer gingen.

Für Lauren musste es ein schwieriger Abend sein, dachte Neville traurig. Zwischen ihnen hatte seit seiner Rückkehr aus London eine gewisse Unbeholfenheit geherrscht – sie war doch nicht in Yorkshire geblieben – denn obwohl niemand sie direkt angesprochen hatte, wussten beide, dass in der Nachbarschaft Spekulationen über seine Zukunftspläne kursierten. Hatte er vor, um Lady Lilian Montague anzuhalten, oder würde er seine Heiratspläne mit Lauren erneuern?

Er und Lauren kannten die Antwort. Aber es war zwischen ihnen niemals ausgesprochen worden. Wie auch? Wie sollte er ihr sagen, dass er nicht die Absicht hatte, ihr erneut den Hof zu machen, ohne damit anzudeuten, dass sie genau das erwartete? Und wie sollte sie ihm sagen, dass sie begriffen hatte, dass es zwischen ihnen nicht mehr als ein freundschaftliches Verhältnis geben konnte, ohne damit zu verstehen zu geben, dass sie noch immer hoffte, er möge sie heiratete?

Aber wie immer verhielt sie sich äußerlich ausgeglichen und würdevoll. Man konnte nur ahnen, was in ihrem Kopf vor sich ging.

Er hatte Lily lange Jahre geliebt. Im letzten Frühjahr hatte er nicht für möglich gehalten, dass er sie noch mehr lieben könnte. Aber das tat er. Er hatte versucht, sein altes Leben zu führen, ohne dauernd sehnsüchtig an sie zu denken. Er hatte versucht, sich nicht zu sicher zu sein, dass sie von sich aus zu ihm zurückkommen würde.

Aber ein Blick auf sie hatte alle guten Vorsätze aus seinen Gedanken verbannt. Ohne Lily konnte ihm das Leben nur wenig bedeuten. Sie war Sonnenschein und Wärme und Lachen. Sie war ... nun, sie war seine Liebe.

Er hielt sich von ihr fern. Er wollte sie nicht bedrängen, obwohl dieser Besuch unausweichlich auf eine Aussprache herauslaufen würde. Sie war mit ihrem Vater gekommen, um an einer Geburtstagsfeier teilzunehmen. Er würde ihr also gestatten, sie zu genießen – morgen. Aber übermorgen ...

All seine Träume richteten sich auf das, was mit Sicherheit übermorgen geschehen würde. Er weigerte sich, zu zweifeln, zu fürchten.

***

Lauren und Gwendoline gingen nicht sofort zu Bett, als sie zum Witwenhaus zurückkehrten, obwohl es schon spät war. Sie saßen zusammen im Wohnzimmer, wo ein Feuer brannte. Der Raum war kleiner und behaglicher als der Salon. Sie blickten beide eine Weile schweigend in die Tiefen der knisternden Flammen.

»Weißt du, was sie mir gesagt hat?«, sprach Lauren schließlich.

»Was?«, fragte Gwendoline. Es bestand keine Notwendigkeit klarzustellen, von wem die Rede war.

»Sie sagte mir, dass sie weiß, dass ich mich von ihrer Anwesenheit gekränkt fühle«, sagte Lauren. »Sie sagte mir, dass sie sich im letzten Frühjahr auch durch mich gekränkt gefühlt habe, weil ich so perfekt war, der Inbegriff einer Dame, so viel besser geeignet, Nevilles Gräfin zu sein, als sie es war. Sie sagte mir, dass sie meine Zurückhaltung bewundert, meine Würde, meine tadellose Güte ihr gegenüber, obwohl meine wahren Gefühle sicher anders geartet seien. Sie bat mich, ihr zu vergeben, dass sie je an meiner Aufrichtigkeit gezweifelt hat.«

»Sie hat Recht, offen anzusprechen, was zwischen euch steht«, sagte Gwendoline. »Sie äußert sich freimütig, nicht wahr?«

»Sie ist …« Lauren schloss die Augen. »Sie ist die Frau, die Neville will. Hast du bemerkt, wie er sie den ganzen Abend angesehen hat? Hast du seine *Augen* gesehen?«

»Sie sagte mir«, sprach Gwendoline leise, »dass sie weiß, dass sie mich verletzt hat, als sie ungebeten in meine Familie trat und ich Vernons Tod noch nicht verarbeitet oder mich den Umwälzungen meines Lebens gestellt hatte. Sie bat mich, ihr zu vergeben. Sie war nicht unterwürfig, Lauren. Sie meinte es aufrichtig. Ich wünsche mir immer noch, dass es möglich wäre, sie zu hassen, aber das geht nicht, nicht wahr? Sie ist so liebenswert.«

Lauren lächelte ins Feuer.

»Ich wollte damit nicht sagen …«

»Dass du mich deshalb weniger magst?«, sagte Lauren und sah sie an. »Nein, natürlich nicht, Gwen. Warum sollte ich das denken? Sie ist nicht meine Rivalin. Neville und ich hätten geheiratet, wenn sie nicht gekommen wäre, aber es ist gut, dass sie da ist. Unsere Ehe wäre keine Liebesheirat gewesen.«

»Oh, Lauren, natürlich wäre es das gewesen!«, rief Gwendoline aus.

»Nein.« Lauren schüttelte den Kopf. »Auch du musst heute Abend gespürt haben, was alle anderen spürten, Gwen. Die Luft knisterte praktisch von der Spannung der Leidenschaft, die beide füreinander empfinden. So etwas hat es zwischen Neville und mir nie gegeben.»

»Vielleicht …«, begann Gwendoline, aber Lauren blickte wieder ins Feuer und etwas in ihrem Gesicht ließ ihre Cousine verstummen.

»Ich habe sie einmal gesehen, weißt du«, sagte Lauren, »als ich sie nicht hätte sehen sollen. Sie waren eines frühen Morgens zusammen unten am Teich. Sie badeten und lachten und waren unglaublich glücklich. Die Tür der Hütte stand offen – sie hatten dort zusammen die Nacht verbracht. So sollte Liebe sein, Gwen. Das ist es, was du mit Lord Muir erfahren hast.«

Gwendolines Hände legten sich fester um die Armlehnen ihres Sessels und sie atmete hastig ein, sagte aber kein Wort.

»Es ist die Art von Liebe, die ich nie kennen lernen werde«, sagte Lauren.

»Natürlich wirst du«, versicherte ihr Gwendoline. »Du bist jung und bezaubernd und …«

»Und unfähig zur Leidenschaft«, sagte Lauren. »Hast du den Kontrast zwischen Lily und mir bemerkt, Gwen? Nach der … der Hochzeit hätte ich von hier fortgehen können.

Ich hätte mit Großvater nach Hause gehen können. Ich wage zu behaupten, dass er einiges für mich getan hätte. Ich hätte ein neues Leben beginnen können. Stattdessen blieb ich hier und hoffte darauf, dass sie sterben würde. Und selbst als ich mich später dazu entschlossen hatte, letztendlich doch zu gehen, überlegte ich es mir anders. Aber Lily, die viel weniger Aussichten hatte als ich und die weitaus mehr aufgab, ging fort, um sich ein neues Leben zu schaffen, statt sich an etwas zu klammern, was sie zu jenem Zeitpunkt nicht zufrieden stellen konnte. Mir fehlt diese Courage.«

»Du bist müde«, sagte Gwendoline, »und ein wenig niedergeschlagen. Am Morgen wird alles anders aussehen.«

»Aber es gibt eines, wozu ich die Courage habe«, sagte Lauren und erhob sich. Sie reckte sich mit größter Vorsicht, um eine kostbare Schäferin aus Porzellan vom Kaminsims zu nehmen, hielt die Figur in den Händen und lächelte sie an. »O ja, ich tue es wirklich.«

Sie schleuderte das Zierstück ins Feuer, wo es in tausend Einzelteile zerbarst.

***

Der Festakt zur Geburtstagsfeier der Gräfin sollte am Abend stattfinden, doch mit so vielen Hausgästen auf Newbury Abbey war selbst der Nachmittagstee eine überfüllte, laute Angelegenheit. Draußen herrschte raues Herbstwetter. Jeder war froh, drinnen zu sein.

Außer Elizabeth. Oh, sie war entzückt, wieder zu Hause zu sein, all ihre Verwandten wiederzusehen und an einer Familienfeier teilzunehmen. Und sie war mehr als entzückt zu sehen, dass das, worauf sie seit dem Frühjahr gehofft hatte, bald geschehen würde. Obwohl offiziell Claras Geburtstag der Grund für ihr Zusammenkommen war, begriffen doch alle unmissverständlich, dass etwas weitaus Bedeutenderes im Gange war. Die Art von Liebe, die Neville und Lily füreinander hegten, war selten und wunderbar anzusehen.

Das erfüllte Elizabeth mit selbstloser Freude.

Und betrübte den selbstsüchtigen Teil ihres Herzens.

Sie würde nicht länger gebraucht werden, weder von Lily noch von … noch von Lilys Vater.

Sie zog sich früher als die meisten Gäste leise aus dem Salon zurück, holte einen warmen Mantel, Haube und Handschuhe aus ihren Gemächern und ging zu einem einsamen Spaziergang hinaus in den Steingarten, der zu dieser Jahreszeit ziemlich kahl und farblos aussah, wie sie fand. Sie erinnerte sich, am Tag von Lilys erster Ankunft auf Newbury Abbey hier gewesen zu sein, an dem Tag, als eigentlich Nevilles und Laurens Hochzeitsfeierlichkeiten hätten stattfinden sollen. Lyndon hatte Lily bei dieser Gelegenheit eingehend befragt und sie, Elizabeth, hatte ihn dafür gerügt, nicht wissend, dass er schon damals die Wahrheit vermutet hatte. Es war so lange her …

»Ist Begleitung erlaubt?«, fragte eine Stimme hinter ihr. »Oder ziehst du es vor, allein zu sein?«

Er war ihr gefolgt. Sie drehte sich um, um ihn anzulächeln. Sie wünschte, sie hätte die Kraft, ihm zu sagen, dass sie tatsächlich lieber allein wäre, aber es wäre eine Lüge gewesen. Sie hatte noch den Rest ihres Lebens vor sich, um allein zu sein. Es gab keinen Grund, damit früher als nötig anzufangen.

»Lyndon«, sagte sie, als er näher trat, »macht es dich nicht ein wenig traurig? Du hattest so wenig Zeit mit ihr.« Sie hatte die Verwandlung ihres Freundes, seit Lily in sein Leben getreten war mit höchster Verwunderung und Freude beobachtet – und mit einem unwillkürlichen Frösteln im Herzen.

»Dass sie mich wegen Kilbourne verlassen wird?«, sagte er. »Ja, ein wenig. Die letzten Monate waren die schönsten meines Lebens. Wollen wir den Rhododendronweg nehmen? Oder wird dir kalt werden?«

Sie schüttelte den Kopf. Aber ihr fiel auf, dass er ihr nicht seinen Arm bot, vielleicht weil sie die Hände so entschlossen hinter dem Rücken verschränkt hatte. Sie hatte sich in seiner Gegenwart nie verlegen gefühlt. Jetzt fühlte sie sich verlegen.

»Aber ich verspüre auch ein gewisses Gefühl der Befriedigung«, sagte er. »Lily wird glücklich sein, wenn sie seinen Antrag annimmt, woran ich nicht zweifle. Ebenso wenig die Gräfin oder sonst jemand auf Newbury. Es liegt eine gewisse Befriedigung in der Erkenntnis, Elizabeth, dass ich endlich in der Lage sein werde, mein eigenes Leben zu leben.«

»Als du im Sommer an Frances' Grab weintest, wie auch Lily, warst du endlich fähig ihren Tod zu akzeptieren, nicht wahr? Du musst sie sehr geliebt haben.«

»Ja, das habe ich«, sagte er. »Vor langer, langer Zeit. Ich hatte früher den Gedanken, wieder zu heiraten, und einen Sohn zu zeugen und ihn als meinen Erben zu erziehen. Und dann stellte ich mir vor, Frances' und mein Kind zu finden und festzustellen, dass es ein Sohn war. Ich hielt mir die Feindseligkeit und Verbitterung vor Augen, die zwischen diesen beiden Brüdern entstehen würde – beides Kinder meines Blutes, aber nur eines von beiden hätte mein Erbe werden können.«

Der Hügelpfad zeigte mehr Schönheit, als im Garten gewesen war. Die Blätter über ihren Köpfen und zu ihren Füßen waren vielfarbig. Das Jahr war noch nicht ganz tot.

»Es ist noch nicht zu spät, Lyndon«, zwang sie sich zu sagen, das Herz kalt und schwer, in Einklang mit der kühlen Brise, die ihnen ins Gesicht blies. »Einen Sohn und Erben zu zeugen, meine ich. Du bist noch nicht zu alt. Und du bist eine äußerst gute Partie. Wenn du eine junge Frau heiratest, könntest du sogar noch einige Kinder mehr bekommen. Du könntest eine Familie gründen, die dich über Lilys Abwesenheit hinwegtröstet.«

»Das wäre also dein Rat, meine Freundin?«, fragte er sie.

»Ja«, sagte sie und hoffte, dass ihre Stimme so kühl und beherrscht klang wie immer.

Sie hatte diesen Pfad schon immer geliebt, der den Spaziergänger am höchsten Punkt über die Ebene der Baumwipfel führte, sodass man plötzlich einen weiten Blick über das Herrenhaus und den Park hinweg bis zum Meer hatte. Sie betrachtete die Schönheit ihrer Umgebung, während sich die Stille zwischen ihnen ausdehnte. Ihr fiel auf, dass sie stehen geblieben waren.

»Hältst du dich für jung, Elizabeth?«, fragte er sie schließlich.

Sie verspürte ein Schlingern in der Magengegend. Sie sah nach vorn auf die bleierne, graue See und weigerte sich, der Tatsache Beachtung zu schenken, dass er ihre Hände hinter ihrem Rücken entfaltete und in seine legte.

»Nicht jung genug«, sagte sie. »Ich bin nicht jung genug, Lyndon. Ich bin sechsunddreißig. Ich bin aus freier Wahl unvermählt geblieben, das weißt du. Ich habe es immer vorgezogen, nicht zu heiraten, solange ich nicht liebe. Aber jetzt bin ich zu alt.«

»Liebst du mich?«, fragte er sie.

Er selbst betrachtete nicht die Aussicht, obwohl sie aus diesem Grund den ganzen Weg hierher gegangen waren. Er stand ihr gegenüber und blickte sie an. Es war keine faire

Frage, die er ihr gestellt hatte. Ihr Herz schlug so kräftig, dass es drohte, ihr den Atem zu rauben.

»Als sehr teuren Freund«, ließ sie ihn wissen.

»Ah«, sagte er leise. »Das ist schade, Elizabeth. Bis vor ein paar Monaten hätte ich mich über meine Gefühlen zu dir genauso geäußert. Aber jetzt nicht mehr. Es hat also wenig Sinn, das Gespräch auf eine Heirat mit dir zu bringen? Du liebst mich nicht so, wie du einen Ehemann zu lieben wünschst?«

»Lyndon«, flüsterte sie, »es ist für mich zu spät, dir einen Sohn zu gebären.«

»Tatsächlich?«, fragte er und hob ihre Hand an seine Lippen, nachdem er ihren Handschuh abgestreift hatte. »Aber du bist *erst* sechsunddreißig, mein Liebling.«

Er lachte. Oh, nicht laut, aber in seiner Stimme schwang Belustigung mit, der Schuft. Sie wollte ihre Hand wegziehen, aber er hielt sie nur noch fester.

»Lyndon«, flehte sie, »sei vernünftig. Du schuldest mir nichts. Du musst an deinen Namen und an deine Stellung denken.«

»Ich schulde mir etwas«, teilte er ihr mit. »Ich schulde mir, die Frau zu heiraten, die ich liebe, Elizabeth. Ich liebe dich. Willst du mich heiraten?«

»Oh«, sagte sie – und für einige Augenblicke war sie sprachlos, während er ihre Hand drehte und seine Lippen ihr bloßes Handgelenk fanden. »In ein paar Tagen wirst du es bereuen, wenn Lily sich entschieden hat und du erkennst, dass du bald frei sein wirst, mit deinem Leben alles zu tun, was du willst. Du wirst erleichtert sein, dass ich nein gesagt habe.«

»Du sagst also nein, mein Liebling?« Er hörte sich plötzlich traurig an und alles Lachen war aus seiner Stimme verschwunden. »Würdest du mich bitte ansehen und mir sagen, dass du nein sagst, weil du mich nicht liebst und weil du den Rest deines Lebens lieber allein verbringst als mit mir? Sieh mir in die Augen, wenn ich bitten darf.«

Sie hatte den Blick auf sein Kinn geheftet – erst jetzt sah sie in seine unglaublich blauen Augen. Galt dieser Blick wirklich ihr? Der gleiche Blick, mit dem Neville Lily betrachtete und den sie so beneidet hatte? Mit genau diesem Blick sah der Herzog von Portfrey ihr unverwandt in die Augen.

»Versprich mir, dass du es nie bereuen wirst.« Eine Mischung aus Hoffnung und schrecklicher Angst ließen ihre Eingeweide schmerzhafte und eigentümliche Saltos schlagen. »Versprich mir, dass du es nach ein oder zwei Jahren nicht bereust, wenn keine Kinder kommen. Versprich mir ...«

Er küsste sie.

»Bis zum heutigen Tag habe ich dich noch nie solchen Unsinn plappern hören, Elizabeth«, sagte er eine gute Minute später.

»Lyndon.« Sie blinzelte mit den Augen, um wieder zu Verstand zu kommen. Ohne ihr Zutun hatten ihre Hände den Weg zu seinen Schultern gefunden. »Oh, Lyndon, bist du völlig, völlig si...«

Er küsste sie erneut, diesmal mit offenem Mund, und schob seine Zunge durch ihre erstaunten Lippen und Zähne tief in ihren Mund. Es war eine derart schockierend intime Umarmung, dass es ihr den Atem nahm und ihr die Knie weich wurden, sodass sie gezwungen war, ihre Arme um seinen Hals zu legen und sich an ihr nacktes Leben zu klammern. Und dann erwiderte sie seinen Kuss, berührte seine Zunge mit ihrer, saugte an seinen Lippen und hörte frohlockend die leisen, anerkennenden Seufzer, mit denen er antwortete.

Er lächelte, als er wieder den Kopf hob. »Ich bitte um Entschuldigung«, sagte er. »Ich habe dich unterbrochen. Was wolltest du sagen?«

»Ich habe das Gefühl«, sagte sie mit ernster Miene, »du wirst mir nicht erlauben, einen Satz zu Ende zu sprechen, den du nicht hören möchtest.«

»Du lernst schnell«, sagte er, rieb seine Nase an ihrer und setzte eine Linie von sanften Küssen über ihre Wange zu ihrem Ohr, bevor er an ihrem Ohrläppchen knabberte und ihr einen Schrei reinster Lust entlockte. »Aber schließlich bist du eine intelligente Frau. Du weißt also, wie ich beabsichtige, ehelichen Gehorsam zu erzwingen.«

»Ich habe gar nicht gewusst, wie absurd du sein kannst«, sagte sie. »Und wie skrupellos. Lyndon?«

»Mmm?« Er hauchte Küsse ihre Wange entlang zu ihrem Kinn.

»Ich liebe dich wirklich, das weißt du«, sagte sie mit geschlossenen Augen. »Als teuren Freund und noch so viel mehr als das. Wenn ich dich heirate, werde ich mein Äußerstes tun, dir einen Sohn zu schenken.«

Er warf den Kopf in den Nacken und lachte laut auf, bevor er sie eng an sich zog und umarmte. »Wirst du das wirklich?«, fragte er sie. »Das sind provokante Worte, mein Liebling – sehr provokant. Ich werde deinen Entschluss in unserer Hochzeitsnacht auf die Probe stellen, das verspreche ich dir, und in jeder folgenden Nacht. Vielleicht auch gelegentlich morgens oder am Nachmittag. Wann, Elizabeth? Bald? Früher? Mit einer Sondergenehmigung? Ich habe nicht die Geduld, ein Aufgebot abzuwarten, du? Ich bin zweiundvierzig Jahre alt. Du bist sechsunddreißig. Ich will, dass wir jeden Tag, jeden Augenblick vom Rest unseres Lebens zusammen verbringen.«

»So alt sind wir nun auch wieder nicht«, protestierte sie.

»Mit Sicherheit nicht zu alt«, stimmte er zu und küsste sie wieder auf den Mund. Er grinste. »Lass uns abwarten, wozu sich die Kinder im Laufe der nächsten ein, zwei Tage entschließen werden, ja? Ich werde für meine geliebte Lily auf einer angemessenen Hochzeit auf Rutland bestehen – nirgendwo anders. Aber es wäre sicher wundervoll für sie, eine Stiefmutter zu haben, die bei der Organisation helfen könnte.«

»Ah«, rief sie aus, »*jetzt* kommen wir zum wahren Kern des Ganzen. *Jetzt* kommt heraus, warum du dir so viel Mühe machst, mich zu überreden …«

Er küsste sie lange und intensiv.

Kapitel 26

Newbury Abbey, hatte Lily festgestellt, sah noch genauso aus wie früher und war dennoch so völlig anders. Früher hatte es sie erdrückt, sie war sich zwergenhaft vorgekommen, war überwältigt gewesen. Jetzt konnte sie seine Großartigkeit bewundern und die leichte Eleganz seiner Konstruktion wertschätzen. Jetzt fühlte es sich an wie ein Zuhause. Weil es *sein* Zuhause war und gewiss auch ihres werden würde.

Im Laufe der anderthalb Tage nach ihrer Ankunft hatte sie sich mit jedem unterhalten und hatte sich bei allen wohl gefühlt – einschließlich des Küchenpersonals, mit dem sie am Vormittag Kaffee getrunken hatte, während sie Kartoffeln schälte. Sie war auch in Nevilles Gesellschaft gewesen, jedoch kein einziges Mal mit ihm allein. Der intimste Moment, der ihnen vergönnt gewesen war, war jene Minute – nein, nicht so lang – gewesen, als er sich in die Kutsche ihres Vaters gebeugt hatte.

Es spielte keine Rolle. Auch inmitten großer Menschenansammlungen war es möglich, mit jemandem allein zu sein. Sie war umgeben von einem Regiment von Soldaten und deren Frauen und Kindern aufgewachsen und hatte diese Lektion früh gelernt.

Sie unterhielten sich miteinander – in Gesellschaft anderer. Sie sahen sich an und lächelten sich zu – für alle anderen sichtbar. Aber die ganze Zeit gab es im Grunde nur sie beide und die gemeinsame Übereinkunft, dass sie endlich die Zeit gekommen war. Dass sie endlich zu Hause angekommen war. Für den Rest ihres gemeinsamen Lebens. Lily war sicher, dass sie sich nicht irrte.

Es war noch nicht ausgesprochen worden, denn obwohl die Zeit reif war, war der genaue, ideale Zeitpunkt noch nicht gekommen. Und sie wollten nichts überstürzen – es war, als hätten sie da ein stillschweigendes Abkommen getroffen. Sie hatten lange Zeit gewartet, sie hatten viel ertragen. Der Augenblick ihrer endgültigen Bindung würde sich von selbst offenbaren. Sie wollten nicht versuchen, ihn zu erzwingen.

Der Teppich im Salon war für den Abend zurückgerollt worden, damit auf der Geburtstagsfeier der Gräfin getanzt werden konnte. Lady Wollston, Nevilles Tante Mary, nahm ihren Platz am Klavier ein. Neville tanzte mit seiner Mutter und dann mit Gwendoline, die trotz ihres verletzten Beines liebend gerne tanzte. Er tanzte mit Elizabeth und mit Miranda.

Und natürlich tanzte er mit Lily – den letzten Tanz des Abends, einen Walzer.

»Wie du siehst, bin ich selbstsüchtig, Lily«, offenbarte er ihr mit einem Lächeln. »Bei einem Bauerntanz hätte ich dich ständig an einen anderen Partner abtreten müssen. Bei einem Walzer habe ich dich ganz für mich allein.«

Lily lachte. Sie hatte mit ihrem Vater getanzt, mit Joseph, mit Ralph, mit Hal. Sie hatte den Abend voll und ganz genossen. Aber nur weil sie wusste, dass sie zum Schluss, endlich, mit Neville tanzen würde.

»Ich wusste, dass es ein Walzer sein würde«, erklärte sie ihm.

»Lily.« Er neigte den Kopf ein wenig näher zu ihr. »Du bist eine allein stehende Frau, Tochter eines Herzogs, gebunden an all die Anstandsregeln, die für eine Dame der *beau monde* gelten.

Lilys Augen tanzten vor Belustigung.

»Ich habe bereits mit Portfrey gesprochen und habe sein Einverständnis«, sagte er. »Ich könnte morgen in der Bibliothek offiziell und förmlich mit dir reden. Dein Vater oder Elizabeth würden dich dorthin bringen und uns beide taktvoll für fünfzehn Minuten allein lassen. Nicht länger als fünfzehn – das wäre unschicklich.«

»Oder?« Lily lachte erneut. »Ich höre da ein Zögern in deiner Stimme und sehe sie in deinem Gesicht. Wenn dich die Aussicht auf fünfzehn Minuten in der Bibliothek ebenso wenig begeistert wie mich, was dann?«

Er grinste sie an. »Portfrey würde mich schon für den bloßen Gedanken zum Duell im Morgengrauen fordern«, sagte er.

»Neville.« Sie drückte sich ein wenig näher an ihn. Auf einem Ball der feinen Gesellschaft hätte ihre Nähe einen Skandal ausgelöst. Aber sie befanden sich im Kreis der Familie, die sie mit liebevoller Duldung beobachtete und dabei so tat, als hätten sie nichts gesehen. »Was ist die Alternative zur Bibliothek? Oh, soll *ich* es sagen? Du meinst das Tal, nicht wahr? Und den Wasserfall und den Teich. Die Hütte.«

Er nickte und lächelte langsam.

»Morgen früh?«, fragte sie. »Nein, das würde keinen erzürnten Vater zu einer Herausforderung veranlassen. Du meinst heute Nacht, richtig?«

Sein Lächeln schwand nicht, ebenso wenig das ihre. Aber sie sahen sich tief in die Augen und vollführten die Walzerschritte, fast ohne sich bewusst zu sein, dass sie immer noch tanzten. Und Lily, die ein Spannen in ihren Brüsten und ein Wackeln in ihren Knien verspürte, wusste, dass der Augenblick gekommen war. Der ideale Moment. Er sprach erst wieder, als sich die Musik dem Ende neigte.

»Wirst du mit mir dorthin gehen, Lily?«

»Natürlich«, sagte sie.

»Wenn sich alle zur Nachtruhe begeben haben? Ich werde an deine Tür klopfen.«

»Ich werde bereit sein.«

Ja, dachte Lily, als sie sich kurze Zeit später auf den Weg zu ihrem Zimmer machte, nachdem sie die Gräfin, Elizabeth und ihren Vater umarmt und Neville schicklich gute Nacht gesagt hatte. Ja, es war völlig richtig, dass sie in die Hütte gingen. Heute Nacht. Sie war jetzt eine Dame, Tochter eines Herzogs und sie war allein stehend und sie war durch all die Regeln gebunden, die sich die feine Gesellschaft selbst auferlegt hatte. Aber zuerst und vor allem war sie *Lily,* war sie in ihrem Herzen verheiratet, und zwar schon seit fast zwei Jahren. Sie fühlte sich an etwas weitaus Stärkeres gebunden als an die Regeln, die von Menschen aufgestellt waren.

***

Ein fast voller Mond strahlte von dem klaren, sternenübersäten Himmel herab. Es war Herbst und es war kalt. Doch Lily, an Nevilles Hand, sah und fühlte nur die Schönheit dieses Augenblicks, an dem sie angelangt waren. Sie gingen an den Stallungen vorbei, die Wiese hinunter durch die Bäume, durch die Farne, den steilen Hügel ins Tal hinab. Sie sprachen kein Wort, selbst als sie weit genug vom Haus entfernt waren, um niemanden durch den Klang ihrer Stimmen zu stören. Es gab keinen Grund zu sprechen. Etwas viel Intensiveres als Worte pulsierte zwischen ihnen.

Schließlich gingen sie zusammen das Tal hinauf und betraten den Weg zum Wasserfall und dem Teich und der Hütte. Hier hatten sie zusammen einen anderen, qualvoll kurzen Moment absoluten äußersten Glückes erlebt, bevor sie durch eine Reihe von Ereignissen auseinander gerissen worden waren, die im Moment keine Rolle mehr spielten. Sie waren wieder da, wo sie zusammen glücklich gewesen waren. Und wo sie wieder glücklich sein würden.

Sie waren wieder da, wo sie hingehörten.

Bevor er die Tür der Hütte öffnete, hob er an zu sprechen. »Lily«, sagte er, neigte den Kopf zu ihr und umfasste zärtlich ihr Gesicht, »wir werden uns lieben, bevor wir reden, ja? Selbst wenn Kirche und Staat unser Anrecht darauf nicht anerkennen?»

»Ich erkenne es an«, ließ sie ihn wissen. »Und du auch. Das ist alles, was zählt. Ich bin deine Frau. Du bist mein Mann.« Es war immer schon wahr gewesen, seit jenem Moment auf dem Berghang in Portugal, als sie von Schock und Trauer betäubt gewesen war. Selbst damals hatte sie gewusst, dass er alles auf der Welt war, das sie jemals brauchen oder wollen würde. Niemand – schon gar nicht die unpersönliche Macht von Kirche und Staat – konnte diese heilige Zeremonie ungültig machen.

»Ja.« Er berührte ihre Stirn mit seiner und schloss die Augen. »Ja, du bist meine Frau.«

In der Hütte entzündete er zwei Kerzen. Sie trug eine davon in die Schlafkammer, während er sich vor den Kamin kniete und das Feuer entzündete. Die Luft war eiskalt.

»Es wird eine Weile dauern, bis es hier drinnen warm wird«, sagte er, erhob sich und warf seinen Umhang zurück, bevor er sie an sich zog und sie beide darin einhüllte. Er ließ seine Wange auf ihrem Kopf ruhen. »Lass mich dich festhalten und dich küssen, bis es warm genug ist, sich auszuziehen und aufs Bett zu legen.«

Sie aber lachte und legte den Kopf zurück, um ihn anzusehen. »In unserer Hochzeitsnacht«, erinnerte sie ihn, »war es kalt.«

»O mein Gott, ja«, sagte er grinsend. »Und wir hatten nur Mäntel und Decken und ein Zelt, um die Kälte des Dezembers abzuhalten.«

»Und Leidenschaft«, sagte sie.

Er strich mit seinen Lippen über ihre. »Ich muss dich fürchterlich zerquetscht haben. Das war nicht die Einführung in die Leidenschaft, die ich für dich gewählt hätte, wenn ich es hätte planen können.«

»Es war eine der beiden schönsten Nächte meines Lebens«, erklärte sie ihm. »Die andere war hier. Die Luft ist vom Feuer schon aufgewärmt.«

»Aber der Boden ist hart.«

Sie lächelte ihn betörend an. »Nicht härter als in unserem Zelt in Portugal.«

Sie nahmen ihre Umhänge und die Kopfkissen und alle Decken vom Bett. Sie entledigten sich nicht all ihrer Kleider. Der Boden war tatsächlich hart und kalt und die Luft nicht gerade behaglich warm, trotz des knisternden Feuers im Kamin.

Ihre Leidenschaft bemerkte keine dieser Unannehmlichkeiten. Für jeden von beiden gab es nur den anderen, warm und lebendig und begierig. Nach einer Weile, nachdem sie sich gegenseitig mit Händen und Lippen gestreichelt und Liebkosungen geflüstert hatten und er ihr Kleid angehoben und seine Kleidung beiseite geschoben und sich tief in sie gepresst hatte, gab es nicht einmal mehr den anderen, sondern sie schienen ein Körper zu sein, ein Herz, ein Wesen. Und nachdem er sich in ihr und mit ihr in lang andauernder, geteilter Leidenschaft und Lust bewegt hatte, war nicht einmal das eine übrig geblieben, sondern nur noch losgelöste Wonne.

O ja, sie waren verheiratet.

***

Er war noch immer in ihr. Er hatte geschlafen und mit seinem ganzen Gewicht auf ihr gelegen. Auf dem harten Boden der Hütte. Er rollte sich zur Seite, ohne seine Umarmung zu lösen. Aber sie stöhnte aus Protest, dass er ihren Körper verlassen hatte, und kuschelte sich mit schläfrigem Gemurmel an ihn.

Das Feuer, sah er über ihre Schulter hinweg, loderte hoch. Er hatte also nicht lange geschlafen.

»Dir müssen alle Knochen wehtun«, sagte er.

»Mmm.« Sie seufzte. Dann bewegte sie den Kopf und küsste ihn mit sanfter Trägheit auf den Mund. »Wirst du aus mir wieder eine ehrbare Frau machen?«

»Lily.« Er drückte sie eng an sich. »Oh, Lily, meine einzige Liebe. Als ob du jemals deine Ehre verlieren könntest. Du bist meine *Frau*. Und wenn du tausendmal nein sagst, für den Rest unseres Lebens, ich werde in dieser Überzeugung niemals wanken.«

»Ich habe nicht vor, tausendmal nein zu sagen«, sagte sie. »Oder auch nur einmal. Ich sagte ja, als du mich zum ersten Mal fragtest, und heiratete dich eine Stunde später. Seitdem bin ich mit dir verheiratet, auch wenn ich im Frühjahr nicht zustimmen konnte, es rechtsgültig zu machen. Ich sage jetzt nicht nein. Ich bin mit dir verheiratet und ich will, dass die ganze Welt diese Tatsache anerkennt – Vater, deine Mutter, jeder. Aber nur, um anzuerkennen, was bereits ist.«

Er küsste sie.

»Vater wird eine große Hochzeit wollen«, sagte sie, »selbst wenn für mich nur die Zeremonie in Portugal zählt. Er will, dass wir auf Rutland Park heiraten. Wir müssen ihm seinen Wunsch erfüllen, Neville. Er bedeutet mir sehr viel. Er ist ... ich liebe ihn.«

»Natürlich. Und Mama wird das Gleiche erwarten«, sagte er und küsste sie erneut. »Die Gesellschaft wird es erwarten. Natürlich werden wir wieder heiraten – im großen Stil. Wann, Lily?«

»Wann immer Vater und deine Mutter es wünschen«, sagte sie.

»Nein.« Er lächelte sie plötzlich an. »Nein, Lily. Das werden wir ganz allein entscheiden. Was hältst du vom zweiten Jahrestag unserer ersten, unserer *wahren* Trauung? Dezember – auf Rutland Park.«

»O ja.« Sie lächelte voller Entzücken. »Ja, das wäre wunderbar.«

Alles war wunderbar – für den Augenblick. Es würde natürlich nicht für den Rest ihres Lebens so bleiben. Leben hieß etwas anderes. Aber jetzt, in dieser Nacht war alles gut. Sie hatten eine sonnige Zukunft vor sich und die Vergangenheit ...

Ah, die Vergangenheit. Die Vergangenheit, die Lily hatte ertragen müssen und die er aus Mangel an Mut nie vollständig mit ihr geteilt hatte. Vielleicht spielte es keine Rolle. Die Vergangenheit sollte man ruhen lassen. Aber andererseits ruhte die Vergangenheit niemals. Sie schlich sich in die Gegenwart ein und sie konnte die Zukunft vereiteln, wenn man sich nie mit ihr beschäftigt hatte. Er würde immer um Lilys Vergangenheit herumschleichen und sie würde absichtlich nie mit ihm darüber sprechen.

»Was denkst du?« Sie berührte seine Lippen mit ihren. »Warum siehst du so traurig aus?«

»Lily.« Er sprach mit ruhiger Stimme und blickte in ihre vor Sorge verdunkelten Augen, obwohl er ihrem Blick liebend gern ausgewichen wäre. »Erzähl mir von jenen Monaten. Es gibt noch viel mehr zu erzählen, oder? Aber ich hatte im letzten Frühjahr nicht den Mut oder die Kraft, mir alles anzuhören. Die Schmerzen jener, die wir lieben, sind immer schwerer zu ertragen als unsere eigenen, besonders wenn Schuld im Spiel ist. Aber ich muss es wissen. Ich muss es mit dir teilen, damit zwischen uns keine Schatten bleiben. Und vielleicht hast du das Bedürfnis, es zu erzählen. Ich habe das Bedürfnis, dir zu helfen, dich davon zu befreien, wenn ich kann. Ich brauche …«

»Vergebung?«, sagte sie, als er den Gedanken nicht zu Ende führte. Ihr Finger strich über die Narbe in seinem Gesicht. »Du hast getan, was du konntest, Neville, sowohl für mich als auch für die Männer, die in der Schlucht starben. Es war Krieg. Und es war Papa, der mich auf diesen Spähtrupp mitgenommen hatte. Ich kannte das Risiko, er kannte es. Du darfst dir nicht die Schuld geben. Das *darfst* du nicht. Doch ja, ich werde es dir erzählen. Und dann werden wir *beide* den Schmerz loslassen. Gemeinsam. Er wird endlich der Vergangenheit angehören, wo er hingehört.«

Noch in diesem Moment wünschte er sich, er hätte es nicht angesprochen. Er wünschte, er hätte ihre wunderbare Nacht vor dem Eindringen jener Hässlichkeit bewahrt, der sie sich noch nie gemeinsam gestellt hatten.

»Sein Name war Manuel«, sagte sie leise.

Sie atmete langsam und vernehmlich ein. »Ja. Sein Name war Manuel«, sagte sie. »Er war klein und von drahtiger Gestalt und gut aussehend und charismatisch. Er war der Anführer einer Gruppe von Partisanen und ein fanatischer Nationalist. Er war seinen Landsleuten gegenüber leidenschaftlich loyal und fürchterlich grausam zu seinen Feinden. Ich war sieben Monate lang seine Frau. Ich glaube, er hatte mich lieb gewonnen. Er weinte, als er mich gehen ließ.«

Er hielt sie fest umschlungen, während sie fortfuhr. Und nachdem sie aufgehört hatte zu reden. Am Ende hatte sie geweint. Sie weinte jetzt. Genau wie er.

»Es ist überflüssig, es zu sagen«, murmelte er ihr ins Ohr, als er seine Stimme wieder unter Kontrolle hatte, »weil du keine Schuld trägst, Lily. Aber ich weiß, du machst dir Vorwürfe, weil du lebst, während jene französischen Gefangenen sterben mussten. Und weil du jenem Mann erlaubtest, deinen Körper zu benutzen, statt bis zum Tod zu kämpfen. So werde ich es aussprechen, meine Liebe, und du musst mir glauben. Es sei dir verziehen. Ich vergebe dir.«

Ihre Tränen versiegten schließlich, und sie schnäuzte sich in ein Taschentuch, das er in der Tasche seines Mantels gefunden hatte.

»Danke«, sagte sie. Sie lächelte bebend. »Es muss nicht gesagt werden, weil du keine Schuld trägst, Neville. Aber ich weiß, dass du es hören musst. Ich vergebe dir, dass du versagt hast, mich zu schützen, dass du es versäumt hast, nach mir zu suchen, dass du nach England heimgekehrt bist und dein Leben fortgesetzt hast. Es sei dir verziehen.«

Er zog ihren Kopf an seine Brust und strich ihr mit sanften Fingern durchs Haar. Er blickte ins Feuer.

Seltsame Nacht, dachte er. Fast wie die erste Nacht, die sie zusammen verbracht hatten, Hässlichkeit und Trauer auf der einen Seite, Liebe und Glückseligkeit und körperliche Leidenschaft auf der anderen verwoben sich zu jenem Stoff, den man Leben nannte. Der es trotz allem wert war, dafür zu leben und zu kämpfen. Solange es Liebe gab – jenes undefinierbare Element, das allem eine Bedeutung gab und einen Wert, der mit Worten nicht zu beschreiben war.

Es war genau richtig gewesen, der letzten schmerzvollen Barriere ausgerechnet in dieser Nacht die Stirn zu bieten. Sich gegenseitig offen einzugestehen, dass der Weg zu dieser Nacht und zu dieser Hütte ein langer und schwieriger gewesen war. So hatten sie begriffen, dass sie die Bürden des anderen gemeinsam erleichtern und sich gegenseitig Vergebung und Frieden, Liebe und Leidenschaft schenken konnten.

»Lily.« Er küsste sie auf den Mund. »Lily …«

Sie presste sich an ihn.

Es war ein heftiges Lieben, ohne Vorspiel, ohne lange Zärtlichkeiten. Es war die Sehnsucht zweier Körper, über das Verlangen hinaus, über Lust hinaus, über schlichte sexuelle Leidenschaft hinaus zum wahren Kern der Liebe vorzudringen. Und sie wurden damit gesegnet, ihn dort in der Hütte neben dem Teich und dem Wasserfall zu finden, ihre letzten Schreie tonlos, ihre befriedigten Körper auf dem harten Boden auf Decken und Mänteln und anderen Kleidungsstücken ineinander verwunden.

Sie schliefen.

***

Neville schlief immer noch tief und fest und in die Decken verstrickt, als Lily bereits aufgestanden war, ihre Kleider in Ordnung gebracht, ihr Haar so gut sie konnte aufgelockert und ihren Umhang umgelegt hatte. Sie war versucht, ihn dort liegen zu lassen, aber das Feuer war heruntergebrannt und bald würde ihn die Kälte sowieso wecken. Sie stupste ihn mit dem Fuß an.

Er grunzte.

»Neville«, sagte sie und beobachtete ohne Überraschung, wie er sich hastig aufrichtete – er war immerhin ein Offizier der Armee gewesen. »Neville, in ein paar Stunden müssen wir zum Haus zurückgehen und frisch und adrett und unschuldig aussehen, um Vater und deiner Mutter und allen anderen entgegenzutreten. Wir werden ihnen unsere Neuigkeiten mitteilen und ihnen notgedrungen erlauben, uns alles Weitere aus den Händen zu nehmen. Wollen wir diese wenigen, kostbaren Stunden vergeuden?«

Er grinste und streckte einen Arm nach ihr aus. »Jetzt, da du es sagst ...«, begann er.

Aber sie schnalzte mit der Zunge. »Ich hatte an ein Bad gedacht«, gab sie zu, »aber ich vermute, das Wasser ist zu kalt.«

Er verzog das Gesicht.

»Also werden wir stattdessen am Strand entlanglaufen«, erklärte sie ihm. »Nein, rennen.«

»Werden wir?« Er räkelte sich. »Und wenn wir stattdessen miteinander schlafen?«

»Wir werden über den Strand rennen«, sagte sie entschlossen. »Genau genommen ist es so«, sie grinste ihn schelmisch an, »dass der Letzte oben auf dem Felsen ein schändlicher Langschläfer ist.«

»Ein *was*?«, sagte er und schüttelte sich vor Lachen.

Aber sie war bereits entschwunden, in den anderen Raum und zur Tür hinaus, die sie weit offen stehen ließ. Er hörte ihr entferntes Gelächter.

Neville verzog erneut das Gesicht, seufzte, warf einen sehnsüchtigen Blick auf das erlöschende Feuer, lachte, sprang auf, hüllte sich in seine Kleider und nahm die Verfolgung auf.

Kapitel 27

Lily hatte den Herzog von Portfrey nicht richtig eingeschätzt. Er wollte für sie eine Hochzeit auf Rutland Park, das stimmte. Schließlich war sie seine Tochter, die er nach Jahren endlich gefunden und nach Hause gebracht hatte, wo sie hingehörte. Und in diesem Zuhause wollte er sie dem Mann übergeben, der seinen Segen bekommen hatte.

Aber er überließ Lily selbst die Wahl der Größe der Hochzeit. Wenn sie die vollzählige adlige Gesellschaft dort haben wollte, dann würde er jeden einzelnen nötigen zu kommen. Wenn sie aber etwas Intimeres vorzog, eine Feier im Kreis von Familie und Freunden, dann würde es so geschehen.

»Die Adelsgesellschaft würde nicht in die Kirche passen«, erklärte sie ihm. Es war eine alte normannische Kirche, die auf einem Hügel über dem Dorf stand. Ein schmaler Weg schlängelte sich hinauf und über den Kirchplatz bis zu dem bogenförmigen Eingang. Es war keine große Kirche.

»Wenn du es wünschst, quetschen wir sie hinein.«

»Bist du sicher, dass es dir nichts ausmachen würde, wenn ich mich für eine Trauung nur mit der Familie und einigen Freunden entscheide?«

»Nicht im Geringsten.« Er schüttelte den Kopf. »Ich weiß, Lily, dass diese Hochzeit nur den zweiten Platz hinter deiner ersten einnehmen wird. Aber ich möchte, dass es ein kostbarer zweiter Platz wird. Ein Fest, an das du dich für den Rest deines Lebens liebevoll erinnern wirst.«

Sie schlang ihm die Arme um den Hals und drückte ihn fest. »Das wird es«, sagte sie. »Das wird es, Vater. *Du* wirst diesmal da sein und Elizabeth wird da sein und Nevilles ganze Familie. Oh, diese Trauung wird nicht an zweiter Stelle stehen, das kann ich dir versprechen, sondern an *gleicher* Stelle.«

»Also eine kleine, intime Trauung«, sagte er. »Ich habe ohnehin gehofft, dass du dich dazu entschließen würdest.»

Es wurde allerdings nicht so klein und intim wie seine eigene Trauung mit Elizabeth, die Anfang November auf Rutland stattgefunden hatte und bei der nur Lily und der Haushofmeister des Herzogs anwesend gewesen waren. Und dennoch hätten er und seine Braut an diesem Tag nicht glücklicher sein können, wie er später sagte.

Elizabeth, wie immer schön, elegant, würdevoll und heiter, strahlte vor neuem Glück, das die Blüte der Jugend auf ihre Wangen zurückbrachte. Sie stürzte sich voller Energie in die Pläne für die Hochzeit ihrer Stieftochter und ihres Lieblingsneffen.

***

Und so wartete Neville an einem klaren, kalten, sonnigen Dezembermorgen vor dem Altar der Kirche zu Rutland auf das Erscheinen seiner Braut. Die Kirche war nicht ganz gefüllt, aber alle, die in seinem und Lilys Leben wichtig waren, waren gekommen, mit Ausnahme von Lauren, die allem Bitten zum Trotz darauf bestanden hatte, zu Hause zu bleiben. Seine Mutter war da und saß mit seinem Onkel und seiner Tante, dem Herzog und der Herzogin von Anburey, in der ersten Bank. Elizabeth, die Herzogin von Portfrey, saß in der Bank gegenüber im Seitenschiff. Alle Onkel und Tanten und Cousinen und Cousins waren da. Captain und Mrs. Harris waren ebenso gekommen wie zahlreiche Verwandte Portfreys. Baron Onslow hatte sich von seinem Krankenbett in Leicestershire aufgerafft, um der Hochzeit seiner Enkelin beizuwohnen.

Und Joseph, Marquis von Attingsborough, stand ihm als Trauzeuge zur Seite.

Es kam Bewegung auf im hinteren Teil der Kirche und er erhaschte einen kurzen Blick auf Gwen, als sie sich bückte, um den Saum des Brautkleides zu richten. Die Braut selbst war schmerzlicherweise nicht zu sehen.

Aber nicht lange. Portfrey trat ins Blickfeld, makellos in Schwarz, Silber und Weiß gekleidet, und dann folgte hinter ihm die Braut und nahm seinen Arm. Die Braut in einem weißen Kleid von klassisch schlichtem Schnitt, das in dem gedämpften Licht des Innenraums der Kirche schimmerte. Ihre kurzen blonden Locken waren von winzigen weißen Blumen und grünen Blättern durchwirkt.

Ein Seufzer der Zufriedenheit entstieg den Anwesenden im Kirchengestühl.

Aber Neville sah keine Braut, die mit Eleganz und Geschmack kostspielig gekleidet war. Er sah Lily. Lily in ihrem verblichenen blauen Baumwollkleid, in einen alten Armeemantel gehüllt, der immer noch zu groß war, obwohl sie ihn auf ihre Größe gekürzt hatte. Lily mit nackten Füßen, trotz der Dezemberkälte, und mit ungekämmtem Haar, das ihr in einer wilden Mähne den Rücken hinunter bis zur Taille reichte.

Seine Braut.

Seine Liebe.

Sein Leben.

Er beobachtete sie, wie sie auf ihn zuging, ihre blauen Augen fest auf seine gerichtet und tief in sie hineinblickend. Und er wusste in diesem Augenblick, dass sie keinen Bräutigam in einem weinfarbenen Samtrock mit silberner Brokatweste, grauen Hosen und feinem weißem Leinen sah. Er wusste, sie sah einen Offizier des 95. Regimentes, schäbig und verstaubt in seiner grün-schwarzen Uniform, mit ungeputzten Schuhen und kurz geschorenem Haar.

Sie lächelte ihn an und er lächelte zurück. Portfrey legte ihre Hand in seine und wandte sich ab, um seinen Platz an Elizabeth' Seite einzunehmen.

Neville war wieder zurück in der Kirche auf Rutland Park, an der Seite seiner eleganten, kostbar gekleideten Braut. Seiner schönen Lily. Schön in ihrer Wildheit, schön in ihrer Eleganz.

»Liebe Gemeinde, wir haben uns heute zusammengefunden ...«

Er wandte seine Aufmerksamkeit dem Gottesdienst zu, der sie in den Augen von Kirche und Staat zusammenführen würde, genau, wie sie der Gottesdienst auf den Hügeln Zentralportugals in ihren Herzen für immer zusammengefügt hatte.

***

Kalte Luft empfing sie, als sie aus der Kirche traten. Aber es war die Kälte eines wunderschönen Wintertages, die Farbe auf die Wangen zauberte und ein Leuchten in die Augen und Kraft in die Glieder.

Lily lachte. »Ach du meine Güte«, sagte sie.

Als sie nach dem Eintrag ins Kirchenregister durch das Hauptschiff der Kirche geschritten waren und nach links und rechts Freunde und Verwandte angelächelt hatten, die sie strahlend betrachteten, hatten sie nicht bemerkt, dass viele der Gäste, vor allem die Jüngeren, verschwunden waren. Nun standen sie zu beiden Seiten des verwundenen Kirchplatzpfades, die Hände geladen mit Munition.

Neville lachte ebenfalls. »Woher zum Teufel«, fragte er respektlos, »kommen im Dezember all diese lebendigen Blumen?«

»Vaters Gewächshäuser«, riet Lily. »Aber es sind keine Blumen mehr. Es sind Blütenblätter.«

Hunderte. Tausende. Alle in den Fängen der Cousinen und Cousins, die begierig darauf warteten, sie auf die Braut und den Bräutigam herabregnen zu lassen.

»Nun«, sagte Neville, als er am Ende des Kirchpfades die offene Kutsche erspähte, die sie zum Hochzeitsschmaus zurück zum Haus bringen sollte, »wir dürfen sie nicht enttäuschen und gelassen hinabschlendern, als machte es uns nichts aus, mit Unrat überhäuft zu werden, Lily. Lass uns rennen!«

Er nahm ihre Hand in festem Griff und fröhlich lachend rannten sie den verwundenen Pfad hinab, unter dem Beifall der Cousins und Cousinen, die klatschten und jubelten und zahllose bunte Blütenblätter auf ihr Haar und ihre Brautkleider regnen ließen.

»Freistatt«, sagte Neville immer noch lachend, als sie die Kutsche erreicht hatten. Er half Lily hinein und ergriff den pelzbesetzten weißen Umhang, der dort auf sie gewartet hatte, um ihn ihr über die Schultern zu legen. »Oh, oh.«

Lily kuschelte sich in ihren von Blütenblättern gesäumten Umhang, während Neville in der Kutsche aufstand und eine Faust in Richtung der fröhlichen Hochzeitsgäste reckte. Sie waren jetzt alle da, nüchterne Erwachsene genauso wie aufgekratzte Junge. Die Gräfin hatte geweint, sah Lily, und sie streckte ihrer Schwiegermutter die Hand entgegen und küsste sie auf die Wange, als sie näher kam. Sie küsste Elizabeth, die ebenfalls feuchte Augen hatte, und umarmte ihren Vater, der so tat, als habe ihm die Kälte die Tränen in die Augen getrieben.

Neville, der immer noch in der Kutsche stand, warf eine Handvoll Münzen in Richtung einer großen Gruppe von Dorfbewohnern, die sich zusammengefunden hatte, um das Spektakel zu beobachten. Die Kinder unter ihnen kreischten und tummelten sich, um den Schatz aufzusammeln.

Und dann setzte sich die Kutsche in Bewegung und Lily und Neville bemerkten, dass sie ein ganzes Arsenal von Bändern und Schleifen und Glocken hinter sich herzogen.

»Man könnte meinen«, sagte Neville, als er sich neben Lily setzte, »unsere Cousins und Cousinen hatten nichts Besseres mit ihrer Zeit anzufangen.«

»Du hast ein Blütenblatt auf der Nase«, sagte sie fröhlich lachend und streckte die Hand aus, um es zu entfernen.

Aber er schnappte ihre Hand und führte sie an seine Lippen. Sein Gesicht war ernst geworden. Sie sah ihm mit glühendem Blick in die Augen.

»Lily«, sagte er. »Meine Gemahlin. Meine Gräfin.«

»Ja.« Sie öffnete die Hand, um sie ihm auf die Wange zu legen. Sie waren auf der Landstraße, die sie zum Haus zurückbringen sollte, um eine Biegung gefahren. Kirche und Hochzeitsgäste und Dorfbewohner waren dem Blickfeld entschwunden. »Ich habe in den vergangenen zwei Jahren so oft meine Identität gewechselt, dass ich nicht mehr gewusst habe, wer ich bin oder sein wollte.«

»Ich weiß.« Er legte seine Hand auf ihre. »Und jetzt hast du dich endlich gefunden? Wer bist du, Lily?«

»Ich bin Lily Doyle«, sagte sie, »und Lady Frances Lilian

Montague. Und Lily Wyatt, Gräfin von Kilbourne. Ich bin alle drei.«

»Du hörst dich immer noch verwirrt an«, sagte er nachdenklich.

Doch sie schüttelte den Kopf und lächelte ihn an und ihr ganzes Glück leuchtete aus ihren Augen.

»Ich bin all die Personen, die ich jemals gewesen bin«, sagte sie, »und all die Erfahrungen, die ich jemals gemacht habe. Ich brauche mich nicht zu entscheiden. Ich brauche nicht eine Identität abzulegen, um eine neue annehmen zu können. Ich bin, wer ich bin. Ich bin Lily.« Ihr Lächeln wurde keck. »Auch bekannt als deine Gemahlin.«

Er schloss die Augen und presste seine Lippen an ihr Handgelenk. »Ja«, sagte er. »Das ist genau das, was du bist. Du bist Lily. Die Frau, die ich liebe. Ich liebe dich, Lily.«

»Ich weiß.« Sie neigte ihren Kopf näher an seinen. »Du liebtest mich genug, um mich gehen zu lassen, damit ich mich finden konnte.«

»Und du bist zu mir zurückgekommen.«

»Ja«, sagte sie. »Weil ich es nicht tun musste, Neville. Weil ich aus freien Stücken kommen und mich aus freien Stücken anbieten konnte. Und weil ich dich liebe. Ich habe dich immer geliebt. Vom ersten Augenblick an, als ich dich mit Papa reden sah. Du warst damals mein Held. Du wurdest danach zu meinem Freund. Und dann zu meiner Liebe. Und jetzt bist du sogar mehr als das. Du bist der Mensch, dem ich als Ebenbürtige gegenübertreten und den ich als Ebenbürtige lieben kann.»

»Habe ich dir schon gesagt«, fragte er sie und lächelte sie an, »was für eine entzückende Braut du abgibst, Lily?«

»Oh«, sagte sie, »dafür musst du dich bei Elizabeth bedanken. Sie ist diejenige, die mir zu diesem Kleid geraten hat und zu Blumen im Haar statt einer Haube und Schleier.«

»Ich meinte, in deinem blauen Baumwollkleid mit dem Armeemantel und mit gar nichts im Haar. Nicht einmal einer Haarnadel.«

»Oh.« Sie biss sich auf die Lippe. »Wie schön, dass du das sagst. Und du hast nie besser ausgesehen als in deiner abgetragenen Uniform. Neville, wie glücklich wir uns doch schätzen können, dass wir uns an zwei solche Hochzeitstage erinnern dürfen.«

»Oh, oh«, sagte er auf einmal. Er blickte nach vorn die Straße entlang, während Lily ihn immer noch ansah. Neugierig wandte sie sich um.

»Du meine Güte«, sagte sie.

Jeder Dienstbote von Rutland Park, könnte sie schwören, vom Butler bis hinunter zum letzten Aushilfsgärtner, stand draußen auf der Terrasse. Sie hatten sich ihrem Rang nach säuberlich aufgereiht, um die Frischvermählten zu begrüßen. Sie waren ebenfalls – jeder einzeln – bis an die Zähne bewaffnet mit Blütenblättern.

Neville legte Lily einen Arm um die Schultern und neigte den Kopf, um ihr ins Gesicht zu blicken. Sie strahlte zu ihm auf. Die kurze, wunderschöne Zeit des Alleinseins war offensichtlich vorüber. Zumindest für den Augenblick.

»Bis heute Nacht, meine Liebe«, sagte er.

»Ja«, sagte sie sehnsüchtig. »Bis heute Nacht.«

Sie stellten sich den Dienstboten und der Blütenattacke, die sie erwartete, mit lachenden Gesichtern.